KB076038

여행자를 위한
# 나의 문화유산답사기
3

경상권

유홍준

여행자를 위한

나의 문화유산답사기

3

경상권

창비

# 답사여행객을 위한 『나의 문화유산답사기』

이 책은 『나의 문화유산답사기』 국내편 여섯 권의 내용을 여행객들이 실질적으로 이용할 수 있도록 세 권으로 재구성한 한정판 답사 가이드 북이다. 비록 한정판이지만 이미 출간된 책을 굳이 권역별로 묶어 펴내 게 된 것은 순전히 독자들의 요청에 응한 것이다.

애당초 내가 처음 '답사기'를 저술할 때는 독서를 위한 기행문이었다. 그 때문에 1권, 2권, 3권, 매 권을 펴낼 때마다 되도록 여러 지역을 두루 아우르면서 문화유산의 다양한 면모를 보여주려고 노력했다.

돌이켜보건대 『나의 문화유산답사기』 첫 책이 출간된 것은 1993년 5월이었다. 그때는 세상의 관심사가 서구의 선진 문화에 쏠려 있어 내 것을 등한시하고 우리의 옛것을 가볍게 보는 풍조가 만연해 있었다. 나 는 이런 문화적 분위기에 대한 강한 거부감을 갖고 이 책을 집필하면서

"우리나라는 전 국토가 박물관이다"라고 호기 있게 외치며 시작하였다.

그런 사정으로 첫째 권은 국토의 다양한 면모를 보여주기 위하여 경주의 화려한 통일신라 유물에서 한반도 땅끝의 유배 문화에 이르기까지 문화유산의 넓이와 깊이를 증언하는 데 온 정성을 쏟았다. 그러면서 행여 독자들이 나의 주장에 동의하지 않을까 봐 "아는 만큼 보인다"고 사십대의 패기로 강하게 밀어붙이기도 하고 "사랑하면 알게 되고 알면 보이나니 그때 보이는 것은 전과 같지 않으리라"라고 호소하기도 하였다.

그런데 뜻밖에도 독자들이 거의 열광적으로 호응하였다. 자신들의 생각을 대변했다는 듯이 나의 견해에 공감을 보내왔다. 이에 힘입어 나는 둘째 권, 셋째 권을 연이어 펴내면서 이 기회에 독자들에게 우리 문화유산의 미학을 깊이 있게 소개해주고자 했다. "종소리는 때리는 자의 힘만큼 울려퍼진다"는 고유섭 선생의 말씀을 이끌며 전문적인 미술사 용어와 미학적 해석을 곁들여 석굴암 한 편을 무려 3부작으로 집필하였고, 안동의 선비 문화를 이야기하는 데 책의 4분의 1을 할애하기도 했다.

이렇게 1997년까지 5년간 세 권을 펴낸 뒤 사실 나는 이 시리즈를 거기서 끝맺을 생각이었다. 그러나 『나의 문화유산답사기』는 운명적으로 나를 붙잡고 놓아주지 않았다. 아무도 기대하지 못했던 '북한 문화유산답사기'를 쓰게 된 것이다. 나는 그것을 시대의 부름으로 받아들이고 두 차례에 걸쳐 북한을 한 달간 답사하고, 금강산을 철 따라 네 번 더 오르며 두 권으로 펴냈다. 거기까지가 『나의 문화유산답사기』 '시즌 1'이다.

이후 나는 스스로 본업이라 생각하는 한국미술사로 돌아와 『조선시대 화론 연구』 『화인열전』 『완당평전』 저술에 전념했다. 그러는 사이 세상이 많이 바뀌어 공직에 불려나가 4년간 문화재청장을 지내고 내 나이 환갑에 다시 학교로 돌아왔다. 이제 나는 『한국미술사 강의』를 집필하는 데 전념할 생각이었고 또 그렇게 했다.

그러나 『나의 문화유산답사기』가 여전히 나를 놓아주지 않았다. 정말로 오래전에 쓰인 이 책을 여전히 독자들이 찾으면서 나는 개정판을 내지 않을 수 없었다. 어떤 독자는 태어나기 전에 쓰인 글이기에 시대 상황과 맞지 않는 이야기도 있었고 문화유산의 현장과 거기로 가는 길이 너무도 달라졌기 때문이다. 그래서 나는 2011년, 출간 18년 만에 개정판을 내기에 이르렀고 내친김에 기존의 답사기에서 언급되지 않은 지역에 대한 미안함 때문에 제6권을 펴내면서 '시즌 2'로 들어가게 되었다.

그러다 제7권 제주편을 한 권으로 펴내자 많은 독자들이 이 책은 제주도 여행 가이드북을 겸하게 되어 아주 편리하고 좋았다는 반응을 보내왔다. 그리하여 제8권은 남한강을 따라 내려오는 답사기로 저술하였고 지금은 '서울편'을 집필 중이다. 이렇게 되면서 독자들로부터 기왕에 나온 답사기도 권역별로 묶어서 충실한 여행 가이드북이 되게 해달라는 요청이 들어오기에 이른 것이다.

이리하여 기존의 두 권을 한 권 분량으로 재편집하여 보니 중부권, 전라·제주권, 경상권 등 세 권으로 묶을 수 있었다. 처음 이 책을 기획했을 때 20여 년의 시차를 두고 쓴 글들을 한 권 속에 섞어도 괜찮을까라는 걱정이 있었다. 또 기행문학이 여행 책으로 격이 떨어지는 것이 아니냐는 우려도 있었다. 그러나 내 글은 꼭지별로 단락 지어 있어 독서에 큰 무리가 없었고 여행 가이드북으로 된다고 해서 품격이 떨어지는 것은 아니라고 생각하였다.

나는 아직 『나의 문화유산답사기』의 최종 형태에 대해 생각해본 적이 없다. 그러나 이렇게 권역별로 재구성하고 보니 얼핏 이런 생각이 든다. 본래 글맛이란 시대감각을 넘어설 수 없는 것이다. 육당 최남선의 『심춘순례』는 당대의 명문이지만 지금 시대의 독자는 읽기 힘든 옛글로 묻혀 있다. 다만 글 속에 담긴 내용만이 살아 있을 뿐이다. 『나의 문화유산

답사기』도 어느 순간에는 글맛을 느낄 수 없는 옛글이 되어 독서의 대상으로서는 생명을 다하게 되고 내용만 살아남아 답사여행의 길잡이가 될 것이다. 그렇다면 『나의 문화유산답사기』의 최종 형태는 답사여행의 안내서로 마무리하는 것이 현명하다는 생각도 들었다.

이리하여 『나의 문화유산답사기』는 중부권, 전라·제주권, 경상권에 이어 서울편까지 국내편이 네 권, 북한편 한 권, 일본편 두 권, 그리고 앞으로 쓰일 중국편 두 권으로 재구성할 수 있게 되지 않을까. 내 여력이 된다면 국내편이 더 늘어날 수도 있다. 서울편이 두 권으로 될 수도 있고, 섬 이야기와 섬진강변의 '산사 순례'를 쓰면 전라도편이 한 권으로 독립되고 제주도는 섬 이야기 편으로 들어가게 될 것이다. 이런 생각에서 이번 경상도편에서는 진작에 써둔 창녕 답사기를 추가해 넣었다. 이런 미완의 작업 때문에 일단 한정판으로 펴내게 된 것이다.

인생이 마음대로 안 된다는 것을 잘 알고 있지만 한편으론 의지대로 방향을 바꾸어갈 수 있음도 안다. 『나의 문화유산답사기』는 내 인생 설계에 없던 일이었지만 결국은 '전 국토가 박물관이다'라고 외친 내 의지대로 국내는 물론이고 북한과 중국, 일본까지 아우르는 기행문이자 여행 가이드북으로 나아가고 있는 것이다.

다시 돌이켜보건대 이 모든 일이 지난 20여 년간 독자들의 전폭적인 지지와 요청에 응하면서 이루어진 것이다. 그 점에서 나는 누구보다도 복 받은 저자라는 행복감에 젖어든다. 독자 여러분의 성원에 진심으로 감사드리며 부디 이 책이 국토박물관의 여행 가이드북으로 오래도록 널리 이용되기를 바란다.

2016년 6월
유홍준

여행자를 위한
나의 문화유산답사기
3

차례

## 청도 운문사와 문경 봉암사

## 달성 도동서원과 창녕 관룡사

# 서부 경남 이야기

**일러두기**

1. 이 책은 『나의 문화유산답사기』 국내편 제1권 '남도답사 일번지'(초판 1993; 개정2판 2011), 제2권 '산은 강을 넘지 못하고'(초판 1994; 개정판 2011), 제3권 '말하지 않는 것과의 대화'(초판 1997; 개정판 2011), 제6권 '인생도처유상수'(2011), 제7권 '제주편: 돌하르방 어디 감수광'(2012), 제8권 '남한강편: 강물은 그렇게 흘러가는데'(2015)에 수록된 글을 권역별로 묶어 세 권으로 재구성한 것입니다.

2. 재구성하여 편집하는 과정에서 본 책의 띄어쓰기 및 표기법, 도량형 등을 통일했으며, 몇몇 연도 등을 구체적으로 밝혔습니다.

3. 서로 다른 시기에 집필하여 출간한 여섯 권의 책에 실린 글이므로 각 글의 맨 뒤에 집필 시점과 개정 시점을 명기해두었고 2016년 현재에 변화된 내용에 대해서는 일부 수정하거나 부기(附記)했습니다. 다만 한정 특별판이기에 글의 전체적인 맥락을 고려해 원래의 본문을 대폭 개정하지는 않았음을 밝혀둡니다.

경주, 신라 고도
1천 년의 유산

# 선덕여왕과 삼화령 애기부처

첨성대 / 황룡사 구층탑 / 삼화령 미륵삼존 / 감실부처님 / 여근곡

## 고속버스 33번 자리

지금은 사정이 달라졌지만, 답사를 홀로 다닐 때 나는 기차보다 고속버스를 좋아했다. 편하기로 따진다면 기차가 월등 낫지만, 우선 시간 맞추는 구속이 번거롭고 값도 비싸며 무엇보다도 주위가 산만해서 싫다. 모처럼 갖는 나만의 시간을 즐기는 데는 고속버스가 훨씬 좋다. 기차를 탔다가 만약 앞이나 뒷자리에 수다스러운 여자 둘이 앉거나 유별나게 옴지락거리고 칭얼대는 어린애가 곁에 있는 날에는 망해도 보통 망하는 것이 아니다. 그런 위험부담은 고속버스도 마찬가지이지만 달리는 버스 속에서 사람들은 곧잘 잠들기 때문에 수다도 소란도 오래가지 않는다.

표를 살 때면 으레 25번이나 33번을 달라고 한다. 이 두 자리는 운전석 쪽 중간 뒷부분 창측 좌석인데 유리창이 넓게 트여 시야를 가로막는

것이 없다. 같은 창측이라도 다른 자리는 창틀이 가운데 붙어 있어서 아주 갑갑하다. 20번을 넘어섰으니 금연석도 아니고(지금은 모든 좌석이 금연석이지만 1990년대 초만 해도 흡연이 가능했다) 비디오를 틀어도 소음이 거기까지는 안 미친다. 햇볕을 피하기 위해 버스 문쪽에 있는 28번과 36번을 택하는 경우도 더러 있었지만 나는 줄곧 33번 자리에 앉아 다녔다.

그 고속버스 33번 자리에 앉아 가장 많이 간 곳은 경주였다.


## 경주에 대한 실망의 상징, 첨성대

경주를 제대로 보려면 최소한 한 달은 잡아야 할 것이다. 그 많은 유물을 두고 1박 2일, 2박 3일 다녀오고서 경주를 봤다고 말하는 것은 만용이다. 하물며 경주를 안다고 할 것인가?

경주는 교과서에 쓰여 있는 대로 '찬란한' 문화유산의 보고(寶庫)다. 국사책·국어책·미술책에서 우리는 경주와 신라 문화에 대한 현란한 예찬들을 접해왔다. 또 그것을 달달 외워서 시험도 보았다. 수학여행이라면 으레 경주부터 생각하는 것이 하나의 관행으로 되어 있다.

그러나 바로 이 사실 때문에 경주는 뭇사람들에게 실망을 안겨주는 허망의 도시이기도 하다. 우리는 그것이 '찬란하다'는 찬사만 들어왔을 뿐, 왜 그것이 그토록 칭송되는가에 대한 근거는 좀처럼 들어볼 기회가 없다.

기대를 안고 처음 경주에 가보는 사람들에게 감동은 고사하고 실망만을 안겨주는 대표적인 유물은 첨성대이다. 교과서에서 동양 최고(最古)의 천문대라고 배운 첨성대가 겨우 10미터도 안 되는 초라한 규모라는 사실에 망연자실해질 따름이다. 저것도 천문대라고 해서 기어올라갔단 말인가? 거기에 올라가면 하늘이 가깝게 보이더란 말인가? 그럴 바에야 산 위에 올라가서 보거나 옆동네 언덕에라도 세울 일이지. 신라 사람들의 생각이 너무도 가난하고 용렬스럽게만 생각된다.

그러나 가난하고 용렬스러운 것은 첨성대가 아니라 그것을 동양 최고의 천문대라고만 가르치고 배운 이 시대의 문화 행태다. 우리가 언제 첨성대의 구조와 상징성에 대해 단 한 번이라도 제대로 들어볼 기회가 있었던가?

### 첨성대 구조의 상징성

경주 시내 인왕동에 있는 첨성대는 신라시대로 말하자면 궁성이 있던 반월성과 계림의 바로 위쪽에 있으며, 대릉원의 고분군·석빙고·안압지와 이웃하고 있다. 즉 그 주변은 서라벌 '다운타운'의 주택가가 아니라 관공 건물이 모여 있던 곳이다. 거기에 있던 신라 국립관상대 내지 천문대의 한 건물이 첨성대이다.

국립관상대에는 별도의 건물이 있었겠지만 신라시대 모든 목조건축들이 그렇듯이 폐허가 되어 사라졌고 지금은 그 상징물이던 첨성대만이 남아 있는 것이다. 마치도 폐사지에는 덩그러니 석탑만 남아 있듯이. 한국과학사의 연구자들은 첨성대의 기능에 대하여 첨예한 의견 대립만 계속할 뿐 아직껏 합의에 도달한 결론이 없지만, 그런 중에 내가 설득력 있게 받아들이고 있는 사항은 다음과 같다.

만약 지금 서울 서대문에 있는 국립기상대 건물 앞마당에 천문·기상 관측의 상징물을 하나 세운다고 하면 어떤 형태의 조형물이 될까? 설계자들은 이 시대의 천문 지식을 최대한 상징해보려고 고심할 것이다. 신라 사람들이 다다른 결론은 곧 첨성대의 구조였다.

전체 모양은 대(臺)였다. 과학사 연구자들은 이것이 병 모양이라고 설명하는데, 그런 것이 아니고 제기(祭器)를 받치는 기대(器臺)에서 따온

| 첨성대 | 한국과학사에서 끊임없는 논쟁거리가 되고 있는 첨성대의 기본 형태는 신라 도기 중 기대(器臺)를 닮은 단정한 모습이다.

것이리라. 신라 도기 중에는 이 첨성대와 비슷한 형상의 기대가 여러 개 있다. 그러니까 첨성탑(塔), 첨성옥(屋)이 아니라 첨성대가 된 것이다. 거기에 올라가 밟고 섰다 해서 대가 아니라 하늘을 떠받치고 있는 받침이라는 뜻이리라.

옛날 사람들은 천원지방(天圓地方), 즉 하늘은 둥글고 땅은 네모라는 생각을 갖고 있었다. 그래서 첨성대의 기단은 정사각형이고 몸체는 원으로 되었다. 몸체는 모두 27단으로 되었는데, 맨 위에 마감한 정자석(井字石)과 합치면 28. 기본 별자리 28수(宿)를 상징한다. 여기에 기단석을 합치면 29. 한달의 길이를 상징한다. 몸체 남쪽 중앙에는 네모난 창이 있는데, 그 위로 12단, 아래로 12단이니 이는 1년 12달과 24절기를 상징하며 여기에 사용된 돌의 숫자는 어디까지 세느냐에 따라 다소 차이가 있지만 362개 즉 1년의 날수가 된다.(박성래, 한국사특강 편찬위 『한국사특강』, 서울대출판부 1990, 467면)

그뿐만 아니라 첨성대는 태양의 움직임을 관측하는 기준이 되는 일정한 기능도 했다.

기단석은 동서남북 4방위에 맞추고 맨 위 정자석은 그 중앙을 갈라 8방위에 맞추었으며 창문은 정남이다. 정남으로 향한 창은 춘분과 추분, 태양이 남중(南中)할 때 광선이 첨성대 밑바닥까지 완전히 비치게 되어 있고, 하지와 동지에는 아랫부분에서 완전히 광선이 사라지므로 춘하추동의 분점(分点)과 지점(至点) 측정의 역할을 한다.(전상운 『한국과학기술사』, 정음사 1975, 54면)

얼마나 절묘한 구조이고 기막힌 상징성인가? 또 모든 것을 떠나 첨성대의 생김새를 보라. 얼마나 안정감 있고 아담하며 조순한 인상을 풍기고 있는가. 맨 위 정자석의 길이가 기단부 길이의 꼭 절반으로 된 것은 안정감을 위한 비례였을 것이며, 유연하게 뻗어올라간 형태미와 곡선은 친숙하고 아담한 것을 좋아했던 그 시대 미적 정서의 표출일 것이다.

첨성대가 세워진 것은 선덕여왕(재위 632~46) 때라고 전해진다. 첨성대 몸체가 27단으로 된 것도 선덕여왕이 27대 왕이라는 상징성으로 해석하는 학자도 있는데 그것은 아마도 우연한 수치의 일치일 것이다. 중요한 것은 선덕여왕 시절의 문화는 천 년 신라 역사 속에서 아주 독특하고 뚜렷한 자취를 남기고 있는데 첨성대도 그중 하나였다는 사실이다.


## 경주를 말해주는 세 가지 유물

문화유산을 보는 안목을 높일 수 있는 가장 빠르고 좋은 방법은, 좋은 유물을 좋은 선생님과 함께 보면서 배우는 것이다. 내게 경주를 가르쳐준 분은 정양모 선생이었다. 선생의 아호는 소불(笑佛). 소불 선생은 두 차례에 걸쳐 경주박물관장을 역임하셨다. 소불 선생이 경주에 계실 때 나는 여러 번 찾아뵈었다. 답삿길에 들르기도 했고, 여쭙고 도움받은 일도 있었고, 때론 선생의 일을 도와드리러 가기도 했는데 1985년 어느 여름날, 나는 소불 선생이 그저 뵙고 싶어 관사에 찾아가 하룻밤 묵고 돌아온 일이 있다.

저녁을 마치고 관사로 돌아온 소불 선생은 이런저런 얘기를 하던 중에 나에게 이렇게 물었다.

"자네, 경주에서 좋아하는 유물을 차례로 대보게."

| **진평왕릉** | 조용한 가운데 왕릉의 기품이 돋보인다. 신라가 삼국의 다툼에서 승리할 수 있었던 저력을 여기에서도 살필 수 있다.

"석굴암, 석가탑, 고선사탑, 감은사탑, 삼화령 애기부처, 태종무열왕
릉 거북이, 에밀레종 비천상, 남산 용장사터 마애불, 불곡 감실부처님,
삼릉계 마애불, 보리사 약사여래상…… 그 정도이겠네요."

아마도 나의 '문화유산답사기' 경주편은 이곳들의 이야기로 엮어질 것
이 틀림없다. 그때나 지금이나 마찬가지이니까. 또 누가 꼽아도 비슷할
것이다. 그런데 소불 선생은 한참 생각하시더니 이렇게 묻는 것이었다.

"자네, 진평왕릉 가보았나?"
"아니요."
"자네, 장항리 절터 가보았나?"
"아니요."

| **장항리 폐사지** | 토함산 깊숙한 곳에 있던 이 절터엔 잘생긴 오층석탑과 무너진 석탑 부재가 남아 있어 통일신라 때 절이 있었음을 말해준다.

"자네, 에밀레종 치는 거 직접 들어보았나?"

"아니요."

"자네, 경주를 말하려면 꼭 이 세 가지를 잘 음미해야 할 걸세. 신라 문화의 품격을 알려주는 것은 바로 이 세 가지일세."

그 이상의 말씀은 없었다. 조금은 풀이 죽어 더 묻지도 못했고, 일단 답사해보면 알 수 있을 것이라 믿고 꼭 다녀오겠다는 말씀만 드렸다.

과연 에밀레종 소리는 위대한 것이었다. 과연 장항리 절터는 감동적인 것이었다. 그러나 진평왕릉은 위대하거나 멋있는 곳이라는 생각이 전혀 들지 않았다. 그날 이후 나는 진평왕릉을 열 번은 다녀왔을 것이다. 경주에 갈 때마다 맨 먼저 들르는 곳은 언제나 진평왕릉이었다. 그러나 소불 선생이 내려준 명제, "경주를 알려면 이 세 곳을 보라"는 말씀은 나에게 마치 화두(話頭)를 풀지 못해 괴로워하는 수행승의 안타까움 같은 것이었다. 나는 그 답을 얻기 위해 한밤중에도 가보았다. 들꽃이 흐드러지게 핀 봄날에도 가보았고 눈 내린 겨울날에도 가보았다. 그래선 안 되는 줄 알면서 봉분 꼭대기에도 올라가보았다. 감동을 할 만반의 마음 준비를 이렇게 다했건만 내겐 별다른 감흥이 찾아오지 않았다. 답사회원을 인솔해서 그동안 경주에 간 것이 대여섯 번은 되겠지만 나는 그것을 설명할 자신이 없어서 코스에 넣지도 못했다.

이 풀지 못한 숙제는 나의 경주행을 언제나 괴롭혔다. 나는 소불 선생의 안목을 의심해본 적이 없기 때문에 '진평왕릉이 별것 아니군' 하는 생각을 가져볼 수도 없었다. 혹시 귀띔이라도 해주시지 않을까 하는 기대를 걸고 소불 선생을 모시고 함께 가본 것도 세 번이었다. 그러나 선생은 "이 분위기를 좀 봐, 좀 좋아" 하시는 정도였고 그 이상의 말씀은 없었다. 그러면 나는 풀 죽은 목소리로 "예" 하곤 했다.

그리고 7년이 지난 1991년 봄, 경주답사를 마치고 돌아오는 길, 창밖의 보름달이 줄기차게 나를 따라오는 것처럼 느껴지던 날 고속버스 33번 자리에서 나는 문득 깨달을 수 있었다. "이 분위기 좀 봐, 좀 좋아", 바로 그것이었다. 소불 선생이 제시한 세 가지 유물들은 사실상 가시적인 형태의 미술사적 유물들은 아니었다. 그 대신 찬란한 신라 문화를 창조해낼 수 있었던 분위기를 느끼게 해주는 것이었다. 그것도 세 가지 유형, 즉 진평왕릉은 7세기 전반, 장항리 절터는 7세기 후반, 에밀레종은 8세기 중반 신라 문화의 특질을 반영하는 것이었다.

## 온화하며 굳센 진평왕릉

진평왕릉은 경주 낭산(狼山) 동쪽 산자락이 시작되는 구황동 낮은 산비탈 논밭 한켠에 자리잡고 있다. 시내에서 가자면 분황사를 거쳐 보문 관광단지 쪽으로 가다가 로터리 지나 첫번째 오른쪽 길로 접어들면 외길 농로가 나오는데 논밭 저편 고목나무 가로수가 일렬로 늘어선 그 끝에 진평왕릉이 있다. 소불 선생 말씀이 본래 진평왕릉으로 가는 길은 저 고목나무길을 따라가야 제맛인데 수로를 내면서 허리 부분 나무들이 베어지고 쓰러져 이제는 왕릉 초입의 운치는 사라졌다고 아쉬워하셨다.

고목나무 가로수가 끝나는 바로 그 지점에 있는 높은 봉분이 진평왕릉이다. 무덤 주위에는 키 큰 소나무들이 어엿한 자태를 뽐내고 있는데 그 줄기의 뒤틀림은 마치 명나라 문인화가 문징명의 그림에 나오는 수지법(樹枝法)을 연상케 한다. 사계절 중에서 오뉴월 들꽃이 흐드러지게 필 때가 가장 아름다워 보였다.

봉분에는 아무런 치장이 없다. 김유신 묘처럼 12지상이 조각되거나, 괘릉처럼 석인·석수가 늘어선 것이 아니었다. 그것은 통일신라 이후의 장식 취미다. 그렇다고 황남대총처럼 우람한 봉분으로 사람을 기죽이는 웅장한 맛이 느껴지는 것도 아니다. 그러나 경주 시내에 있는 155개 고분 중에서 왕릉으로서의 위용을 잃지 않으면서도 소담하고 온화한 느낌을 주는 고분은 진평왕릉뿐이다. 그 밖에 또 있다면 낭산 꼭대기에 있는 그의 딸 선덕여왕릉이 비슷한 인상이다. 화려해야 눈에 들어오고 장식이 많아야 눈이 휘둥그레지는 안목으로는 진평왕릉의 격조가 잡히지 않는다. 그런 요사스러운 문화적·사회적 분위기에서는 절대로 진평왕릉 같은 유물이 탄생하지 않는다.

## 선덕여왕을 아시나요

진평왕릉은 누가 만들었는가? 그의 따님, 선덕여왕 때 만든 것이다. 역사책에서 신라의 문화가 발전하고 강성해지는 것은 법흥왕(재위 514~39)이 불교를 주도적인 이데올로기로 끌어들여 이 발달된 종교의 힘으로 사상 체계를 정비하고, 진흥왕(재위 540~75)이 영토를 확장해서, 그것이 기초가 되어 이후 벌어지는 삼국 간의 통일전쟁에서 신라가 승리하는 대목, 즉 김유신과 태종무열왕 김춘추(재위 654~60)의 이야기로 이어진다. 그러니까 신라시대 역사를 서술하면 진평왕(재위 579~631), 선덕여왕 시대는 삼국 간의 전쟁이 한창인 시절로만 묘사되어 이 시기에 무슨 문화창조가 있었을까 싶게 느끼게 된다.

그러나 정작 우리가 지금 경주에 가서 볼 수 있는, 통일신라가 아닌 고신라의 대표적인 문화유물들은 거의 다 진평왕과 선덕여왕 때 만들어진 것이다. 국보 제83호 금동반가사유상과 남산 선방곡(禪房谷) 삼릉불은 진평왕 때 유물로 추정되며 황룡사 구층탑, 분황사, 첨성대, 삼화령 애기부처, 남산 불곡의 감실부처님 등은 모두가 진평왕과 선덕여왕 시절 유물들이다. 경주에 있는 왕릉을 제외하고는 모두 이 시기 소산인 셈이다.

어디 그뿐인가. 원광법사는 진평왕 때, 자장율사는 선덕여왕 때 고승이다. 원효와 의상 같은 사람들도 선덕여왕 때 젊은 날을 보냈다. 그런데 왜 역사책에서 진평왕의 이름은 언급조차 없고 선덕여왕은 야사에서 통 큰 여자 정도로만 묘사되고 있을까. 『삼국사기』를 쓴 김부식(金富軾, 1075~1151)은 지독히도 '비진보적인 여성관'을 갖고 있었는데, 그가 선덕여왕조 끝머리에 "중국에서도 황후는 있어도 여자 황제를 세운 일이 없는데 음양의 원리를 거역하고 여자를 왕으로 세운 것은 참말로 난세의 처사였으며, 나라가 망하지 않은 것이 다행이다"라고 논하면서도 "약한 돼지가 껑충거리고 뛰논다"고 빈정댄 것은 여왕 시절 문화가 별 볼일 없어야 하는데 오히려 찬란하게 피어났음을 역설로 말해준 구절이다.

이미 널리 알려진 선덕여왕의 '지기삼사(知幾三事, 즉 미리 알아낸 세 가지

| **황룡사터 발굴 현장** | 항공촬영한 이 사진만으로도 황룡사의 규모가 파악된다. 사찰 경내만 약 2만 5천 평. 위쪽의 나무숲이 분황사다.

일)'에서 우리는 여왕의 재기와 배짱 그리고 뛰어난 감각을 충분히 엿볼 수 있다. 이 여왕의 배포가 큰 것은 황룡사 구층탑만 보아도 알 수 있다.


## 황룡사 구층탑의 위용

분황사 남쪽, 1991년 현재 한창 발굴작업이 진행되고 있는 대지 면적 2만 5천 평의 황룡사터는 남문, 중문, 탑, 금당, 강당, 승방, 회랑, 종루, 경루의 건물 자리가 반듯하게 정비되어 그 스케일을 느낄 수 있다. 각 건물 자리에는 주춧돌만을 복원하여 비록 입면은 아니어도 평면만은 명확히 재구성해볼 수 있다. 그중 초석과 심초석(心礎石)을 드러낸 구층목탑의 자리는 한 변의 길이가 사방 22.2미터다. 바닥 면적만 해도 150평(495제곱미터)이 된다. 여기에 올라간 9층 목조건물의 높이는 『삼국유사』에서 말

| **황룡사 복원 모형** | 황룡사를 복원하는 데는 150년 이상 된 소나무가 4톤 트럭으로 2,400대분이 필요한 엄청난 규모다.

하기를 상륜부가 42척, 본탑 높이가 183척, 총 225척으로 약 80미터가 되는 것이다. 요즘 건물로 환산하면 20층 건물 위에 송신탑 하나 붙어 있는 셈이니 서울의 광교 조흥은행 본점 건물이나 태평로 삼성 본관 건물보다 더 높다. 한국미술사 강의 시간에 이런 말을 하면 학생들은 믿으려 하지 않는 눈치인데 현장을 답사하면 모두가 놀란다. 우리에게 그런 놀라움까지 주는 것이 선덕여왕 때 문화다.

황룡사를 생각할 때 나를 놀라게 하는 사실은 두 가지가 더 있다. 황룡사를 처음 짓기 시작한 것은 진흥왕 14년(553)으로 17년 만에 담장을 쌓아 완성했는데, 장륙존상을 만든 것은 22년 후인 574년, 금당은 32년 후인 584년, 구층목탑을 준공한 것은 92년 후인 645년이다. 그러니까 완공까지 걸린 기간이 장장 1세기에 육박하는 것이었다. 698년에 벼락을 맞아 720년에 수리를 하고 754년에 에밀레종보다 세 배나 더 큰 종을 만들었을 때가 가람배치의 마지막 완공이라고 본다면 그것은 200년이 걸린 셈이다.

기술이 부족해 그랬다면 할 말이 없다. 그러나 공기(工期)가 얼마 걸리든지 90년 후까지 대를 이어가며 절집을 지은 정성은 무어라 설명할 것인가? 자기가 계획한 것은 자기 시대에 결실로 꼭 거두어들인다는 전제 아래 계획되는 이 시대 국가와 개인의 일들을 한번 반성해볼 일이다. 우리 시대 어느 누가 100년 후에야 열매 맺을 일을 구상하고 시작한 것이 있는가?

또 하나 놀라운 것은 황룡사 구층탑을 설계한 것은 신라 조정의 초청으로 백제 정부에서 파견되어온 아비지(阿非知)였다는 사실인데, 더욱 놀라운 것은 역사학자들은 이를 거의 무감각하게 받아들인다는 점이다. 이때가 역사가들이 한결같이 말하고 있듯이 한창 통일전쟁을 하고 있던 시절이라면 어떻게 상대국에게 이런 청을 하고 또 응했겠는가. 또 구층탑을 지으면 아홉 오랑캐의 침략을 막을 수 있다 해서 층마다 나라를 말하면서 일본, 중국, 탐라, 말갈, 예맥을 다 적었는데 왜 고구려와 백제가 없는가? 삼국은 남남이었나, 민족적 동질성을 갖고 있었나?

선덕여왕 때 벌어진 여러 전쟁들이 꼭 상대방을 정복해버리겠다는 통일 의지의 싸움이었나 아니면 늘상 있어왔고 있을 수 있던 분쟁이었나? 티격태격하던 다툼 정도의 싸움이 어느 시점에서 통일전쟁으로 바뀌었는가? 이런 문제는 문화사적 사실로도 증명해야 설득력이 있을 것이다. 문화사적으로 말한다면 진평왕과 선덕여왕 때 문화는 백제의 영향을 말할 수 없이 강하게 받았다. 그 영향과 자극을 계기로 신라는 스스로의 고대 문화를 체계적으로 갖추어가게 된다. 백제 입장에서 말한다면 백제 무왕시대의 발달한 문화가 신라에 깊숙이 파급되었다고 말할 수 있을 것이다.

첨성대의 우아하면서 온순한 느낌의 형태미는 신라적이라기보다 백제

풍이다. 신라 사람들은 그런 식으로 백제의 감화를 많이 받았고, 그것을 소화하면서 자기 문화능력을 키웠으며 또 자기화(自己化)하였다. 그래서 선덕여왕 시절의 유물들에는 그 앞시대나 뒷시대의 유물과는 판연히 다른, 따뜻하고 유순하며 인간적 체취를 느끼게 하는 정서가 배어 있다. 소불 선생이 진평왕릉에서 느끼라는 분위기는 바로 그것이었던 것이다.

## 삼화령 애기부처

선덕여왕 시절 문화유산 중에서 가장 사랑스러운 유물은 삼화령 애기부처다. 정식 명칭은 생의사(生義寺) 미륵삼존상이다. 이 세 개의 석불은 본래 남산 삼화령고개에 있던 것인데 1925년 원위치에 있던 본존불을 박물관으로 옮겨오고 또 민가에서 훔쳐간 협시보살 두 개를 압수해서 지금은 국립경주박물관에 진열되어 있다. 이 삼존불이 『삼국유사』에 나오는 '생의사 석미륵'인 것을 밝혀낸 것은 황수영 박사였다. 기록에는 선덕여왕 13년(644)에 제작한 것이라고 한다. 이 삼존불은 참으로 귀엽게 생겼다. 모두 4등신의 어린아이 신체 비례를 하고 있어서 그 앳된 얼굴의 해맑은 웃음이 보는 이의 마음을 송두리째 사로잡는다. 특히 왼쪽의 협시보살입상은 비록 코가 깨졌지만 불심(佛心)과 동심(童心)의 절묘한 만남을 느끼게 해준다. 언제부터였을까? 삼화령고개에 오른 사람들은 이 애기 모습의 보살상을 보면 얼굴을 쓰다듬고 손을 매만져보았다. 그 이름도 '삼화령 애기부처'라고 바뀌었다.

유신 말기인 1979년 미국 7대 도시를 순회하며 3년간 열리는 대규모 해외전 '한국미술 5천 년전'이 기획되었다. 이 해외전은 한국 문화를 해외에 적극 홍보한다는 차원에서 출발한 것이 아니라 한국의 인권 상황이 극악하다는 빗발치는 세계 여론의 화살을 문화라는 방패로 막아보기

| 생의사 미륵삼존상 | 경주 남산 삼화령고개에 있던 석불로 지금은 국립경주박물관에 진열되어 있다.

위하여 기획된 것이었다. 때문에 유신 정권의 강력한 지원으로 이 전시
회는 다시는 유례를 찾아보기 힘든 국보·보물의 대향연이 되었고 한국
문화를 해외에 알리는 데 결정적인 공헌을 하였다.

아무튼 '한국미술 5천 년전'에는 삼화령 애기부처가 차출되었는데 이
애기부처는 해외 나들이를 위하여 비로소 세수를 하게 됐다. 그때 박물
관 학예관들은 이 천고의 땟물을 빼기 위하여, 3일 동안 세제로 닦아내야
했다. 이 애기부처가 도록마다 다른 사진으로 나오는 것은 이 때문이다.

### 애기부처의 까만 발가락

3년간의 해외여행을 마치고 돌아온 애기부처는 다시 국립경주박물관

으로 내려가 가족들과 함께 박물관 불상실에 진열되었다. 그런데 이 애기부처가 그때부터 발가락이 새까맣게 되었다. 나는 이상하다 싶어 소불 선생님께 여쭈어보았다. 선생님 대답이 "자네가 몇 시간만 그 앞에 서 있으면 저절로 알게 될 걸세"라는 것이었다. 소불 선생의 답은 언제나 이런 식이었다. 나는 말씀대로 무작정 그 앞에 서보았다. 그러고는 한 시간도 못 되어 알 수 있었다. 진평왕릉에 비하면 너무도 쉬운 문제였다.

국립경주박물관의 하루 평균 관람 인원은 당시에도 2만 명이 넘었다. 초등학생부터 중·고등학생의 수학여행·신혼여행·효도 관광, 일본인들 기생 관광의 보너스 코스 등으로 항시 만원이다. 심한 경우에는 진열장마다 일렬로 늘어선다. 고등학생들은 '재미없는' 박물관 견학을 진작 제쳐버리고 밖에서 맴돌지만 초등학생, 중학생들은 선생님의 눈이 무서워 마지못해 구경하게 된다. 아무리 보아도 감동이 없다. 돌멩이를 주워놓은 것이 선사시대 돌도끼이고, 꺼먼 그릇은 토기이고, 금관·금귀고리는 그래도 뭔가 있는 것 같은데, 저 깨진 기와쪽은 왜 그리 많이 진열했는지. 인솔 선생은 그저 염소 몰듯 "빨리 가자" 소리만 하고 모자 쓴 수위 아저씨는 연신 "손대지 말라"고만 한다.

드디어 마지막 방, 불상실이다. 불상실에 들어서면 이제까지와 달리 한쪽 벽에 불상 세 분이 널찍이 자리잡고 있다. 다른 전시실처럼 답답한 공간이 아니다. 본래 박물관 진열은 이래야 한다. 그래서 관람객들은 좀 차근히 보게 되는데 한쪽에 귀여운 애기부처가 서서 웃고 있다. 아이들이 수군거린다. "쟤 좀 봐, 쟤 좀 봐." 이내 방 안에는 "우와! 귀엽다. 우리 애기 같다"는 소리도 나온다. "조용히 해!" 선생님의 타이름이 있어도 막무가내다.

감성적 공감은 어떤 식으로든 나타나기 마련이다. 연주가 끝나면 박수 치는 것이 그렇다. 귀엽다는 탄성을 억누를 이유가 없는 것이다. 선생

| **애기부처의 귀여운 얼굴** |  앳된 얼굴에 편안한 미소가 동심과 불심의 만남이라고 할 만하며, 인간미가 넘쳐흐른다. 개구쟁이 아이들의 손때가 묻어 애기부처의 발가락은 이렇게 까맣게 되었다.

의 재촉에도 이 애기부처가 귀여워 그 자리를 좀처럼 못 떠나는 아이들이 있다. 우리가 길을 가다가 귀여운 애기를 보면 머리를 쓰다듬어보고 싶듯이 어떤 아이들은 한번 애기부처 손이라도 만져보고 싶으나 들어가지 못하는 금줄이 있고, 저쪽엔 모자 쓴 아저씨가 있다. 그래도 뱃심 좋은 아이는 수위 아저씨가 잠시 돌아서면 몰래 뛰어들어가 슬쩍 만져보고 얼른 튀어나온다. 그러나 순식간에 해야 하기 때문에 얼굴이나 손까지는 만져보지 못하고 고작해서 발가락만 손대보고 만다. 그 개구쟁이 아이들의 손때가 쌓이고 쌓여 애기부처의 발가락은 이렇게 까맣게 됐다.

## 감실부처님의 친숙한 이미지

우리는 역사를 배우면서 '찬란한 문화'라는 말을 무수히 강요받아왔다. 외세의 침략을 받아 국토가 만신창이가 되고 말았다는 역사적 사실을 장황하게 설명하고도 문화를 설명할 때는 '찬란하였다'이며, 지배층의 향락과 소비의 도덕적 타락을 말하고서도 문화는 '찬란'이었다. 논리적으로 가당치도 않은 이런 미사여구는 맹목적 애국주의의 소산이거나 찬란하지 못했던 문화에 대한 열등의식이 낳은 표현일 뿐이다.

세계 어느 나라 역사를 보아도 문화에는 기복이 있어서 찬란했던 시절이 있는가 하면, 별 볼일 없었던 시절도 있다. 침체, 새로운 준비, 새로운 일깨움, 찬란한 창조, 매너리즘과 과소비 현상, 문화적 가치의 대혼란, 그리하여 다시 침체, 새로운 준비로 흘러가는 문화의 생장소멸이라는 도도한 흐름이 있는 것이다.

7세기 전반기, 진평왕과 선덕여왕 시절의 신라 문화상은 한마디로 모든 것을 남이 아니라 자신의 입장에서 창조하고 소비할 수 있는 자신감에 충만한 것이었다. 백제·고구려·중국의 문화를 적극 받아들이면서 그것을 주체적으로 소화해낼 수 있는 능력이 있었던 것이다. 익히 아는 바와 같이 원효대사는 당나라 유학을 중도에 포기하고 스스로 일종(一宗)을 이루어냈다. 그것은 다시 말해서 이제는 굳이 유학하지 않아도 알 것은 다 알 수 있다는 문화적 자신감이 그 시대에 형성되었다는 것을 말해주는 것이다.

비유해 말하자면 1950, 60년대 지식인으로 인문·사회과학 연구자는 해외를 경험하지 못했을 때 열등감이 아니라면 최소한 불안감을 지녔다. 그러나 1980, 90년대에 오면 외국 유학을 결코 필수나 만능으로 생각하지 않게 된다. 오히려 자국의 현실 속에서 부딪치며 현실을 영원한 스승으로 삼아 자신의 삶과 학문을 실천적으로 구현하는 것이 올바른 길이라고 말할 수 있게 된다. 원효가 젊은 시절을 보냈던 선덕여왕시대의 문화적 기류는 그런 것이었다.

선덕여왕 시절에 제작된 것으로 추정되는 불상들 또한 이 시대의 문화적 성격을 아주 잘 말해주고 있다. 그중 한 예로, 경주 남산의 북쪽 기슭에 있는 감실부처님을 보면 저 조순하고 인자한 기품은 부처님상이니까 그렇다고 치더라도 마치도 신라시대 어느 여인을 모델로 했음 직한 그 친숙한 이미지는 원효가 불교를 주체적으로 소화하여 대중화 작업을 펼쳤던 그 위대한 족적에 비견되는 고신라 불상의 한 백미라 할 것이다.

경주에 있는 수백, 수천 가지 신라 유물 중에서 나의 마음을 언제나 평온의 감정으로 인도하는 유물은 이 감실부처님이다. 내가 이 넉넉한 인상의 현세적 자비심이 생동감 있게 다가오는 감실부처님 앞에 선 것은 몇 번인지 나도 알 수 없다.

그런 감실부처님이건만 나는 나의 독자에게 거기를 어떻게 찾아갈 수 있는지를 친절하게 가르쳐줄 방도가 없는 것이 기막힌 우리의 문화 실정이다. 위치로 말하자면 경주박물관 뒤쪽의 산기슭으로, 걸어서 3분이면 갈

| 남산 불곡의 감실부처님 | 자연석 바위를 파서 감실 속에 부처상을 모셔 일종의 석굴사원의 형식을 취하고 있다.

수 있는 가까운 거리다. 그러나 경주에 가서 특별한 전문인 아니고는 감실부처님을 아는 사람이 없고 안내 지도만으로는 결코 찾을 수도 없다.

택시 기사에게 옥룡암 입구에 데려가달라고 해서 거기서 찾아가야 한다. 옥룡암은 속칭 탑곡(塔谷)으로 거기에는 고신라 불적(佛跡) 중 하나인 탑곡마애불상군이 있는데 이 마애불은 저 고졸한 솜씨의 다양한 도상으로 미술사에서 큰 관심을 끄는 유물이다. 그것은 경주 남산 답사의 필수 코스 중 하나인 것이다. 그 탑곡 바로 옆이 불곡(佛谷)이고 불곡 계곡 중턱에 감실부처님이 있다.

내가 처음 감실부처님을 찾아갔을 때 옥룡암 탑곡으로 들어가는 삼거리에서 사람들에게 길을 물으니 아무도 내 말을 알아듣는 사람조차 없었다. 어떤 아주머니 왈, 들어본 것도 같은데 그건 유명하지 않으니 탑곡이나 보고 가라는 것이었다. 그러던 중 한 촌로가 서쪽을 가리키면서 새마을 포장 농로를 따라 조금 가면 "개 치는 집"이 있는데 거기서 꺾어 산으로 올라가라는 것이었다. 촌로의 길잡이대로 가보니 과연 축사 몇 채를 경영하는 외딴 농가가 있었다. 그리고 이 외딴집 저편 개울 너머로 박물관이 보였다. 길을 잃을세라 조심스레 걷다보니 길가 까만 대리석에 '감실불상 입구→500m'라는 표지가 하나 서 있었다. 화살표를 따라 500미터쯤 갔건만 어떤 이정표도 없다. 뭔가 잘못된 것 같아서 위로도 올라가보고, 아래로 내려오고, 옆길로 들어가보고, 개울 건너 저쪽으로도 가보았지만 찾을 길이 없었다. 가을비가 처량히 내리던 날 그렇게 헤매길 여러 시간. 나는 다시 "개 치는 집"으로 내려가서 주인아주머니에게 감실부처님을 물었다. 아주머님은 거기에 산 지 20년이 되었다는데 내게 하는 말이 "있긴 있답디다"라며 자신은 한 번도 가본 일이 없다는 것이었다. 결국 그날 나는 도판으로만 보아온 감실부처님을 친견하지 못하였다. 이튿날 박물관 학예관에게 전화로 물었더니, 그 위치는 500미터쯤 가다가 오른쪽 샛길로 바짝 꺾어들어서야 되는데 그걸 쉽게 찾지 못할 것이라는 답이었다. 그리하여 나는 감실 입구부터 오른쪽으로 꺾어들 만한 길이면 모조리 꺾어들어가보다가 서너 시간 만에 감실부처님 앞에 설 수 있게 되었다.

나는 그래도 이 부처님을 원망하거나, 미술사에서, 문화사에서 푸대접받고 있는 이 부처님을 가엾게 생각지 않았다. 오히려 당신의 그 넉넉한 모습이 1,350여 년 동안 변함없이 여기 이 자리에 건재함을 축하드렸다.

땅속에 깊이 뿌리를 내린 자연 암석을 깎았기에 어떤 도굴꾼도 당신을 겁탈하지 못하였고, 바위를 깎아 감실을 만들었기에 풍화의 시달림에

---

| 감실부처상 | 이 감실부처님은 마치 인자한 하숙집 아주머니를 연상케 하는 따뜻한 인간미가 살아 있다.

서 벗어날 수 있었고, 관광의 대상에서 제외되어 사람의 손때를 입지 않았으니 어느 불상이 당신처럼 본모습 그대로를 유지하는, 상처받지 않은 행복이 있었겠느냐는 축복이었다. 감실부처님에게 매료된 사람은 나뿐만이 아니었다. 어느 일본인 학생은 이 감실부처님을 달밤에 찾아갔다가 너무도 감복하여 그 앞에 텐트를 치고 하룻밤을 자고 갔단다. 사실 나도 꼭 한번 보름달이 밝은 날 이 마음씨 좋은 하숙집 아주머니 같은 부처님과 하룻밤 보내기를 원해왔는데, 그 날 받기가 쉽지 않아 아직껏 동침은 못해보았다.


## 여근곡을 지나면서

경주를 슬기롭게 답사하는 방법은 코스를 몇 개로 나누되 그것을 문화사적 단계로 더듬어보는 것이다. 제1코스는 서라벌의 향기라 할 고분 시대의 유적으로 반월성과 왕릉을 순차적으로 답사하는 것이고, 제2코스는 이번에 우리가 더듬어본 고신라 문화의 전성기인 황룡사터·분황사·첨성대·삼화령 애기부처·감실부처·진평왕릉 등 선덕여왕 시절 유물들을 답사하는 것이다.

제3코스는 신라가 통일국가의 건설에 국가적·국민적 총력을 기울이던 때의 힘찬 기세의 유물을 보아야 한다. 그것은 감은사탑·고선사탑·황복사탑·불국사 석가탑에서 영지(影池)에 이르는 삼층석탑 순례가 될 것이고, 제4코스는 8세기 중엽 전성기 통일신라 문화의 조화적 이상미를 살펴보는 불국사·석굴암·안압지·에밀레종 등으로 이어진다. 그다음 불국토를 구현하려 했던 신라인의 의지와 이상을 경주 남산의 핵심적 유물로 더듬어보아야 한다. 그렇게 하고 난 다음 그 밖의 유물들은 하나씩 각개격파하듯 답사하는 것이 경주를 답파하는 길이다.

| **여근곡** | 건천읍 부산(富山) 아래 산줄기로 지형이 영락없이 여자의 국부처럼 생겨 이런 이름을 얻었다. 선덕여왕 '지기삼사' 전설의 고향이며, 조선시대 과거 시험 보러 가는 선비가 이 길로 지나가면 꼭 떨어졌다고 한다. 경부고속도로 하행선. 경주터널을 지나 산자락 한 굽이를 돌아서면 바로 나타난다.

경주에서 서울로 올라오는 길, 나는 다시 고속버스 33번에 앉는다. 선덕여왕 시대의 유물을 답사한 나에게 서울로 올라가는 길은 더욱 뜻깊다. 경주톨게이트를 떠나 고속도로로 들어서면 이내 건천(乾川)역이 오른쪽에 보이는데, 그 건천역 지나 조금 가면 왼쪽으로 산줄기가 한눈에 들어온다. 그 산이 바로 선덕여왕의 '지기삼사'에 나오는 여근곡(女根谷)이다. 마치 여자의 국부와 허벅지의 디테일을 클로즈업한 것 같은 형상인데, 나는 아직 안 가보았지만 실제로 그 중앙에는 옥문지(玉門池)라는 샘이 있어 더욱 신비롭다고들 한다. 여근곡은 특히 겨울철에 볼 때 실감

난다. 마른 나뭇가지에 막 물이 오르는 산의 마티에르 효과가 에로틱한 감정을 더욱 촉발시킨다. "성난 남근은 여근 속에 들어가면 반드시 죽는 법"이라고 큰소리친 선덕여왕의 배짱이 이 대목에서 절정에 달하며 그 배짱 덕에 우리는 경주답사 제2코스를 환상의 여행길로 맞이할 수 있었던 것이다. 나의 얘기가 더 이상 빗나가기 전에 여기에서 멎는 것이 좋을 성싶다. 이 여왕에 대해 더 알고 싶으신 분은 『삼국유사』 제1권 「기이(紀異)」 제1편의 뒷부분을 보면 된다.

1991. 8. / 2011. 5.

* 첨성대의 구조와 기능에 관하여 독자들의 상당한 관심과 함께 많은 문의 편지가 있었다. 첨성대에 대하여는 적지 않은 논쟁이 있었다. 그중에서 나는 박성래, 전상운 선생의 설 중에서 일부만 따랐던 것이다. '첨성대의 수수께끼'에 대해서는 한림대 송상용 교수가 간명하게 정리한 글(『이야기 한국과학사』, 서울신문사 1993)이 있어 이를 바탕으로 소개하면 다음과 같다.

  첨성대는 기네스북에도 '세계 최초의 천문대 건물'로 기록될 정도로 최고(最古)의 천문대로 나라 안팎에 알려져 있다. 1973년 한국과학사학회에서 첨성대에 관한 연구를 총점검하는 토론회가 열렸는데 여기서 만주·몽골 사학자인 이용범 교수가 첨성대는 천문대가 아니라 불교의 수미산을 연상케 하는 종교적 상징물이라고 이의를 제기했으나, 그해 역사학대회에서는 수학자 김용운 교수가 첨성대는 신라의 과학 수준을 과시하는 상징물로 중국의 수학책인 『주비산경(周牌算經)』에서 얻은 천문 지식을 나타낸 것이라고 주장했다. 이처럼 첨성대가 천문대가 아니라는 주장이 나오자 물리학자인 남천우 교수는 두 가설을 단호히 거부하며 매우 훌륭한 관측 작업장임을 강조하며 나섰다(『유물의 재발견』, 정음사 1987).

* 한바탕 논쟁을 치른 뒤인 1979년 해발 1,500미터에 있는 소백산 천체관측소에서 첨성대를 다시 논하는 모임이 있었고, 1981년에는 경주 현지에서 30명의 과학자와 역사학자들이 모여 천문대파와 비천문대파 그리고 강경파와 온건파 등이 순열조합으로 4파로 나뉘어 난상토론이 벌어졌다.

* 첨성대 연구에는 외국인도 가담했는데 미국인 천문학자 루퍼스, 영국인 과학사학자 니덤, 일본인 학자 와라 등은 모두 천문대로 보고 있다. 천문대가 아니라는 주장은 실제 관측 활동 하기에 매우 부적당한 구조라는 점, 선덕여왕 시절에 천문 관측한 기록이 없다는 점, 동시대의 고구려·백제·중국·일본 등에 같은 모양의 첨성대가 없다는 점 등을 지적하고 있다. 이런 논쟁이 끝날 기미는 보이지 않지만 그 구조가 지닌 상징성만은 변함이 없는 것이기에 나는 그 설을 소개한 것이며, 돌의 숫자가 366개라는 사실은 1962년 당시 경주박물관

홍사준 관장의 실측 보고로 밝혀진 것이다.

* 진평왕릉은 요즈음 심심치 않게 답사객이 찾는 곳이 되었는데 여기에 가려면 보문관광단지 가는 길에 붙은 샛길보다도 황복사터 삼층석탑에서 가는 길이 훨씬 더 좋다. 논둑을 따라 사뭇 진평왕릉을 보면서 걷노라면 서라벌의 스산한 정취를 맛볼 수 있다. 가다보면 보문사터의 석조와 부러진 당간지주 그리고 탑자리 주춧돌이 처처에 널려 있다. 특히 농사가 끝난 겨울철에 이 논길을 다녀온 답사객들은 경주의 강한 인상을 여기서 찾는다.

* 감실부처 보러 가는 길은 이제 반듯하게 잘 다져져 있고, 주차장도 넓고 이정표도 확실하여 찾기 쉽다. 잡목도 많이 걷어내어 혼자 가도 무섭지 않은데, 기왕 이 길로 들어섰으면 탑곡의 마애불, 보리사의 석조여래좌상을 보는 기쁨까지 맛보시기 바란다.

# 아! 감은사, 감은사탑이여!

감포가도 / 대왕암 / 감은사탑 / 고선사탑 / 석가탑

## 돌덩이가 내게 말하네요

내가 대학에서 가르치는 한국미술사는 미술사학과의 전공과목뿐만 아니라 미술대학의 이론 과목으로, 국사학과와 한국철학과 등 인접 학문의 전공 선택과목으로, 그리고 일반 교양과목으로 강의되고 있다. 그리고 나의 강의는 그 수강 대상에 따라 내용과 강의 방식이 조금씩 달라진다. 그럴 수밖에 없는 이유는 무엇보다도 슬라이드에 대한 반응이 수강자에 따라 다르게 나타나기 때문이다.

인문대학 학생들은 뭐든지 한참 생각해보고 나서야, 또는 내가 이런 것이라고 설명한 다음에야 감탄도 하고 웃기도 한다. 그러나 미술대학 학생들은 슬라이드가 넘어가는 순간 즉각적으로 반응하여 탄성도 나오고 웃음도 쏟아진다. 대체로 여학생이 남학생보다 감성적 반응이 빠른

편이다. 그래서 미술·인문 대학이 함께 듣는 교양과목으로서 한국미술사 시간에는 웃음과 탄성이 2, 3초 간격을 두고 터져나오게 된다. 미술대학 여학생과 인문대학 남학생 간의 감각 반응 시차인 것이다. 그러나 한 학기 강의가 끝날 무렵이 되면 그 간격은 거의 없어지게 되는데 그래도 못 따라오는 둔한 사람이 몇몇은 남게 된다.

그처럼 감각이 둔하고, 감성적 반응이 느리고, 자신의 감각에 자신감이 없었던 인문대학 국사학과 학생 중에 인호라는 남학생이 있었다. 그는 내 강의를 듣고 경주답사에 따라온 적이 있었는데, 과에서 답사 왔을 때 다 보았다는 식으로 시큰둥해하더니 감은사탑 앞에 이르러서는 "선생님, 정말로 장대하네요"라며 나보다 먼저 그 감흥을 흘리는 것이었다. 그러고는 내게 좀 쑥스러웠던지 "제 생전에 돌덩이가 내게 뭐라고 말하는 것 같은 경험은 처음입니다"라며 탑쪽으로 뛰어가서는 이 각도에서도 보고 저 각도에서도 보고 올라가 매만지며 즐거워하였다.

그런 감은사탑이다. 본래 명작에는 해설이 따로 필요없는 법이다. 그저 거기서 받은 감동을 되새기면서 즐거워하는 것으로 그만이다. 마치 월드컵 축구에서 우리나라가 아르헨티나와 싸운 날, 멋진 골인 장면을 되새기고 또 되새기며 즐거워하는 축구 팬의 모습 같은 것이라고나 할까. 만약에 감은사 답사기를 내 맘대로 쓰는 것을 편집자가 조건 없이 허락해준다면 나는 원고지 처음부터 끝까지 이렇게 쓰고 싶다.

아! 감은사, 감은사탑이여. 아! 감은사, 감은사탑이여. 아! 감은사……

인호를 비롯하여 감은사에 한 번이라도 다녀온 분은 나의 이런 심정을 충분히 이해해줄 것이고, 또 거기에 다녀온 다음에는 모두 내게 공감

| 감은사터 전경 |  쌍탑일금당(雙塔─金堂)의 정연한 가람배치로 이후 통일신라 절집의 한 모범이 되었다.

할 것이 분명한데, 나는 지금 어젯밤 그 멋진 축구 경기를 못 보고 잠만
실컷 잔 사람들을 상대로 그 상황을 복원하여 해설해야 하는 어려움을
안고 있는 셈이다.


### 감포로 가는 길

우리나라에서 가장 아름다운 길은 어디일까? 남원에서 섬진강을 따라
곡성·구례로 빠지는 길, 양수리에서 남한강 줄기를 타고 양평으로 뻗은
길, 풍기에서 죽령 너머 구단양을 거쳐 충주댐을 끼고 도는 길. 어느 것이
첫째고 어느 것이 둘째인지 가늠하기 힘들 것이다. 그런 중에서 내 잊을 수
없는 아름다운 길은 경주에서 감은사로 가는 길, 흔히 말하는 감포가도다.

| **감은사터 쌍탑** | 쌍탑이 연출하는 공간감은 단탑과 달리 장중하고 드라마틱한 분위기가 있다.

경주에서 토함산 북동쪽 산자락을 타고 황룡계곡을 굽이굽이 돌아 추령고개를 넘어서면 대종천(大鐘川)과 수평으로 뻗은 넓은 들판길이 나오고 길은 곧장 동해바다 용당포 대왕암에 이른다. 불과 30킬로미터의 짧은 거리이지만 이 길은 산과 호수, 고갯마루와 계곡, 넓은 들판과 강, 그리고 무엇보다도 바다가 함께 어우러진 조국 강산의 모든 아름다움의 전형을 축소하여 보여준다. 어느 계절인들 마다하리요마는 늦게야 가을이 찾아오는 이곳 11월 중순의 감포가도는 우리나라에서 첫째, 둘째는 아닐지 몰라도 최소한 빼놓을 수 없는 아름다운 길이다.

더욱이 나에게 있어서 감포가도는 나의 미술사적 상상력을 가장 인상 깊게 심어주는 길이기도 하다. 경주를 떠나 대왕암에 이르기까지 차창 밖으로 스쳐가는 천 년 넘은 나이의 유물과 아마도 그보다 더 오랜 나이를 지녔을 오솔길을 보면서 나는 능히 한 권 분량의 미술사적 사실과 그의의를 떠올리곤 한다.

경주 시내를 벗어나 분황사와 황룡사 터를 가로지르면서 거기가 그 옛날 서라벌의 다운타운임을 생각한다. 진평왕릉과 황복사탑을 아스라 이 바라보면 차는 어느새 명활산성을 끼고 오르는데 여기서는 반드시 오른쪽 창으로 고개를 돌려야 한다. 만약 왼쪽으로 돌리면 반드시 사탄 의 소굴로 빠져들 것이다. 거기는 이른바 보문관광단지 도투락랜드가 있 는 곳. 번뜩번뜩한 호텔들이 허황된 인품을 잡고 있고 별의별 요사스러 운 장치가 눈을 어지럽힌다. 제법 큰 보문호수엔 가짜 플라스틱 백조가 신파조로 떠 있다. 내가 보문단지를 미워하는 것은 인위적인 관광단지로 만들어 경주의 체취는 하나도 없고 또 거기엔 값싼 여관이 없다는 사실 때문이다. 모처럼 관광단지를 개발한다면서 고급 호텔로만 들어차 있으 니 있는 분들이 모이는 곳에 돈 없는 아랫것들은 얼씬도 말라는 식의 계 층적 분리, 계급적 차별을 이처럼 명백히 실현하고 있는 곳이 없다. 그러 니까 보문단지는 마치 20세기 자본의 성골, 진골들의 휴양지처럼 꾸며 진 셈이다.

그러나 고개를 오른쪽 창으로 고정한 사람은 들판에 의연히 서 있는 다부진 인상의 쌍탑을 보게 된다. 그것이 천군동(千軍洞) 절터이고, 그 옆쪽 건물은 서라벌초등학교다. 천군동 쌍탑은 이제 우리가 찾아가는 감 은사탑이 불국사 석가탑으로 변천해가는 과정의 길목에 있으니 그 미술 사적 가치와 의의는 알 만한 일 아닌가. 보문단지에 묵어가는 분들이라 면 아침나절 '해장 답사'처로는 그만인 곳인데 몇 분이나 여길 알고 다녀 갔을까 싶다.

그러는 사이 차는 산자락에 바짝 붙어 비탈을 타고 오른다. 알맞게 가 파른 고갯길. 조선 땅이 아니고서는 맛볼 수 없는 그런 고갯길이다. 여기 서는 다시 고개를 왼쪽으로 돌려야 한다. 오른쪽은 벼랑뿐이지만 왼쪽으로는 넓은 저수지 덕동호(德洞湖)가 펼쳐진다. 70년대 경주개발사업의 일환으로 만들어져 경주 일원의 상수원과 농업용수로 기능하며 보문호의 수위를 조절하는 이 덕동호는 높은 산골짜기를 막아 만들었기 때문에 여느 호숫가의 풍경과는 다르다. 호수의 가장자리는 모두 산굽이로 이어져 어디까지 물줄기가 뻗어갔는지 가늠하지 못한다. 그래서 호수는 무한대로 크기를 확대한 듯하고 평온한 느낌보다는 진중한 무게를 지닌다. 고갯길을 오를수록 덕동호는 점점 더 넓게 퍼져가면서 마침내는 저쪽 멀리 보이는 산자락 그늘이 짙게 비치는 곳이 이미 수몰된 암곡동(暗谷洞) 그윽한 골짜기였다는 사실이 떠오르면 나는 마이크를 잡고 그 옛날을 얘기해주곤 한다.

## 무장사 깨진 비석 이야기

암곡동 아래쪽 제법 넓은 논 한가운데는 고선사(高仙寺)의 삼층석탑이 결코 외롭지 않은 모습으로 그 옛날 원효대사가 주지스님으로 있었던 절터임을 증언하고 있었다. 이 고선사탑은 감은사탑과 거의 비슷한 시기에 세워진 우리나라 삼층석탑의 원조 중 하나로 그 선후를 가려보는 것이 미술사의 한 과제로 남아 있다. 이 고선사 삼층석탑은 덕동호로 수몰되기 전에 국립경주박물관 뒤뜰로 옮겨져 있어 나의 경주답사에서는 대개는 박물관 순례의 마지막 코스로 되곤 한다.

암곡동 산속 깊은 곳에는 지금도 무장사(鍪藏寺) 절터가 남아 있어, 깨진 비석받침과 삼층석탑 하나가 외롭게 거기를 지키고 있다. 여기에 세워졌던 비석은 조선 정조 때 대학자인 이계(耳溪) 홍양호(洪良浩, 1724~1802)가 경주시장(부윤)을 지낼 때 마을 사람이 콩 가는 맷돌로 쓰고 있는 비석 파편을 발견하여 세상에 다시 알려지게 된 '무장사 단비(斷碑)', 정식 명

| **무장사터** | 삼층석탑이 있는 곳이 무장사터다. 암곡동 깊은 산중에 있는 무장사터는 웬만해서는 찾아가기도 힘든 곳이다.

칭으로 '무장사 아미타불 조성기(造成記)' 비석의 고향이다.

801년에 세워진 것으로 추정되는 이 비는 전설로만 김생 글씨라고 전해져왔으나 홍양호는 비편을 보고는 김육진(金陸珍)이 왕희지 글씨체로 쓴 것이라고 감정하였다. 그리고 몇십 년이 지나 금석학의 대가인 추사 김정희가 나이 32세 때 이 암곡동 산골짜기를 직접 답사하여 또 다른 비편 한 조각을 발견하고 너무 기뻐 소리지르고 말았다고 한다. 추사는 이 비석의 글씨는 김육진이 왕희지의 글씨를 집자하여 세운 것이라고 고증하고는 비편에 자신이 발견하게 된 과정을 새겨넣었다. 이 두 개의 비편은 지금 국립중앙박물관에 소장되어 있다.

무장사는 지금 우리가 찾아가는 문무대왕의 또 다른 전설이 서려 있는 곳이다. 아버지 김춘추의 뒤를 이어 당나라 군사를 몰아내고 명실공히 통일전쟁을 마무리했을 때, 문무왕은 전시 비상 체제를 해제하는 뜻

| 무장사 삼층석탑과 아미타불 사적비 탁본 | 무장사터에는 한국 금석학에서 손꼽히는 비석이 있었다. 절터엔 깨진 돌거북이 남아 있고 비편은 국립중앙박물관에 진열되어 있다.

으로 투구[鍪]를 여기다 묻고 절을 세웠다고 『삼국유사』에 전하고 있다. 나는 이것이 곧 '군사 문화의 폐기 처분'이라고 생각하고 싶다.

　호수는 멀어져가고 나의 상상력도 끝을 달리는데 차는 추령고개 마루턱을 오르느라 숨이 차다(지금은 추령터널이 뚫려 이 옛 고갯길을 넘어가는 일은 거의 없게 되었다).

## 대종천의 영광과 상처

　추령고개는 제법 높다. 언제 우리가 이렇게 높이 올라왔더냐 싶게 저

멀리 동해바다가 희뿌연 안개 속에 가물거리고 내리막 고갯길은 구절양
장으로 가파르기 짝이 없다. 굽이굽이 돌고 돌아 고갯길을 내려오면 갑
자기 깊은 계곡 속에 파묻히는 스산한 냉기가 젖어온다. 육중한 산세를
비껴도는 이 길은 노루목까지 이어진다. 언제부터인가 이 계곡도 여름날
에는 초만원이다. 그래서 11월 중순에 이 길을 넘으라고 권하는 것이다.
황룡계곡의 골짜기를 빠져나오면 이내 넓은 들판이 나오는데 거기가 장
항리. 양쪽에서 흘러내린 두 줄기 계류가 만나 제법 큰 내를 이룬다. 그
것이 대종천이다. 한 갈래는 함월산에서 흘러온 것이고, 또 한 갈래는 토
함산 동쪽을 맴돌아 내리뻗어 있다.

　함월산 쪽 계곡을 따라 올라가면 선덕여왕 때 창건된 기림사(祇林寺)
가 있고 계곡 입구에서 1킬로미터쯤 오르면 골굴암(骨窟庵)이 있다. 골
굴암에는, 1980년대 후반에 대대적인 성형수술을 했지만 통일신라 부처
님 중에서 가장 원만한 인상을 풍기는 거대한 마애불이 있고, 기림사에
는 조선 연산군 7년(1501)에 만든 건칠보살상, 조선시대에 지은 잘생긴
절집, 1991년 낙성한 박물관이 있어 그것이 한나절 답사 코스가 된다.

　반대편 토함산 쪽 계곡을 따라 10릿길을 올라가면 장항리 폐사지가
나온다. 맑고 넓은 냇물을 징검다리로 예닐곱 번은 건너야 한다. 여기가
소불 선생이 "경주를 말해주는 세 가지 유물" 중 하나로 꼽았던 그 절터
다. 폐사지에는 준수한 오층탑 하나, 일제 때 도굴꾼이 다이너마이트로
탑을 허물고 사리장치를 훔쳐간 무너진 석탑이 하나, 주인 잃은 거대한
불상좌대만 남아 있다. 돌보는 이 없어 해묵은 마른 갈댓잎만 스산하게
스치는 황량감이 감돌지만, 통일신라 초기—아마도 문무대왕 시절—새
로운 문화를 창조하려는 기백과 의지만은 역력히 서려 있는 곳이다. 신
라 고찰의 품격이 살아 있는 곳이다(지금은 석굴암 가는 길에서 토함산을 반 바퀴
돌아 장항리로 나오는 환상의 드라이브 코스가 열렸고 개울 건너 장항리 폐사지가 바라보

이는 곳에는 전망대도 설치되어 있다).

어느새 차는 들판길을 달린다. 대종천과 나란히 달리는 찻길은 거의 수평으로 나 있다. 대종천은 그 옛날에는 큰 강이었다고 한다. 바닷물이 깊숙이 들어왔던 모양이다. 그러나 지금은 한갓 시냇물, 장항리의 옛 절터, 골굴암, 기림사의 영광이 빛바랜 세월 속에 시들어가듯 대종천은 말랐나보다. 상처는 영광보다 골이 깊다던가. 뼈아픈 상처를 지우지 못한 채 저기 그렇게 흘러가고 있다.

1235년 몽골군의 제3차 침입은 4년간에 걸쳐 국토를 유린했다. 경주를 불바다로 만들어 황룡사 구층탑을 태워버린 몽골군은 황룡사의 대종이 하도 탐이 나 이것을 원나라로 가져갈 계획을 세웠다. 대종은 에밀레종의 네 배나 되는 무게(약 100톤)였다. 이 거대한 약탈 작전은 바닷길이 아니고서는 운반이 불가능하다고 판단되어 지금 우리가 넘어온 길로 끌고 와서는 강에 뗏목을 매어 바닷가로 운반하는 방법을 취하게 되었다. 그러나 봉길리 바닷가에 거의 다 왔을 때 그만 종을 물속에 빠뜨렸다. 대종은 물살에 실려 동해바다 어디엔가 가라앉고 이후 이 내를 대종천이라 부르게 됐다. 지금도 이곳 사람들은 파도가 거센 날이면 바닷속에서 종소리가 울리는 것을 들을 수 있다고 한다. 그래서 일제 때부터 요즘까지 대종을 찾겠다는 사람들이 심심치 않게 나오고 있다.

대종천 어귀, 벌써 바닷바람이 느껴지는가 싶으면 양북면사무소가 있는 어일(漁日)에 다다르게 되는데 여기서는 해안변 대부분 마을들이 그러하듯 검문소가 우리의 길을 막는다. 얼마 전까지만 해도 군인이 차를 세우고 어디 가느냐고 묻곤 했다. 천하의 문화유산 명소로 찾아가는 길에 마중 나온 것이 검문이었으니 그때 답사의 기분이 어떠했겠는가. 요즘 독자들이 과연 이런 상황을 상상이나 할 수 있을까.

어일삼거리 검문소에서 우리는 감포로 가는 왼쪽 길을 버리고 오른쪽

| **이견대에서 바라본 대왕암** | 조선시대 정조 때 경주부윤을 지낸 홍양호는 여기서 문무대왕의 뜻에 감사하는 제사를 올렸다.

으로 곧장 뻗은 봉길리·용당리 길을 택하게 된다. 반듯한 찻길은 봉길리 대왕암을 마주하고 있고, 찻창 왼쪽의 낮은 산자락 끝 용당리마을 한쪽에는 석탑 한 쌍이 유유히 이쪽을 바라보고 있다. 절터엔 늙은 느티나무만 한 그루 있을 뿐 아무것도 보이지 않는다. 지금 우리가 차를 타고 지나는 이 길에 그 옛날에는 바닷물이 들어왔다고 하니 감은사는 곧 바다와 접한 절이었다. 감은사를 옆에 두고 곧장 동해바다로 달리면 왼쪽으로는 이견대(利見臺), 오른쪽으로는 대왕암으로 갈라진다. 어느 쪽이고 걸어서 5분도 안 걸리는 거리이며, 바다는 멀리 뻗어 수평선이 아득히 보인다.

대왕암 주차장에 차를 대고 내리면 처음 온 사람들은 그렇게 불쾌해할 수가 없었다. 눈앞엔 봉길리 해변가의 검은 자갈돌들이 조수에 밀리면서 맑은 해조음을 연주하며 구르고 있고, 불과 200미터 거리엔 대왕암에 파도가 넘나드는 것이 보이는데 잔인한 철조망이 앞을 막아놓았다. 남한 땅 전체를 철조망으로 봉쇄하는 이 군사적 방어물은 공비 침투 방어용인지 대국민 공포 조작물인지 분간이 안 갔다. 그래도 대왕암인지라 개구멍만 한 문짝을 내주고 멀리는 못 가도 드나들 수는 있어 그 아량에 차라리 감사하며 해마다 여기를 찾아왔다. 그러나 여기가 내 잊을 수 없는 아름다운 길의 종점이라는 것이 싫다. 그래서 답사를 인솔할 경우 나는 대왕암보다 이견대에 들러 정자 난간에 기대 동해바다와 대왕암을 바라보는 것으로 종점을 삼아왔다. 거기서 상상의 날개로 천 년을 오가던 나의 행복한 감포가도 여정을 아름답게 갈무리했다(지금은 검문소도 철조망도 모두 철수되어 무시로 드나들 수 있게 되었지만 무당들의 내림굿판이 처처에서 벌어져 그것이 또 다른 문제로 되곤 한다).

## 과대포장된 대왕암의 진실

대왕암은 문무대왕의 시신을 화장한 납골을 뿌린 산골처(散骨處)로 이미 오래전부터 알려져왔고, 이곳 해녀들은 절대로 이 근처에 가지 않았다는 성역이었다. 그런데 어느 날 갑자기 문무대왕 해중릉(海中陵)을 발견했다고 신문마다 대서특필하여 세기의 대발견으로 인식하게 되었다. 그래서 사람들은 마치 아무도 모르던 것을 그때 발견한 것인 양 알게 되었고, 학교에서도 그렇게 가르치고, 책에도 그렇게 쓰인 것이 많다. 대표적인 예로 신구문화사 편『인명대사전』문무왕 항목의 끝부분이다.

(…) 죽은 뒤 화장, 오랫동안 장지가 의문시되었으나 1967년 5월 신라 오악(五嶽)조사단에 의해 경북 월성군 양북면 봉길리 앞바다의 대왕암에 특이한 수중경영 방식으로 그 유해가 안장되어 있음이 발견되었다.

이것은 과대 포장이다. 알고 있는 사람은 다 알고 있던 사실이다. 대왕암을 누구보다 잘 알고 있고, 누구보다 사랑했던 분은 조사단원들의 스승인 우현(又玄) 고유섭(高裕燮, 1905~44) 선생이었다. 우현 선생은 1940년에 「나의 잊히지 못하는 바다」 「경주기행의 일절」이라는 수필을 썼다. 수많은 아름다운 바다보다도 당신은 대왕암이 있는 용당포 바다를 잊지 못한다는 것이었고 "경주에 가거든 문무왕의 위업을 찾아 (⋯) 동해의 대왕암을 보러 가라"고 했다. "바다를 마스터한 이순신보다도, 바다를 엔조이한 장보고보다도" 내 죽어 왜적을 막는 동해 용이 되겠다던 문무왕의 구국 정신—한편으로는 반일 독립 정신—을 그의 수필에서 말하고 있다. 그렇다고 대왕암을 고유섭이 발견한 것은 아니었다.

『삼국사기』 「신라본기」 문무왕 21년(681)조에는 이렇게 기록되어 있다.

7월 1일 왕이 돌아가시므로 (⋯) 그 유언에 따라 동해 어귀의 큰 바위에 장사 지냈다. 세상에 전하기를 용으로 화(化)하여 나라를 지킨다고 하여 그 바위를 가리켜 대왕암이라고 하였다. 왕이 유조(遺詔)에 말하기를 (⋯) (화려한 능묘란) 한갓 재정만 낭비하고 거짓만을 책에 남기며 공연히 사람들의 힘만 수고롭게 하는 것이니 (⋯) 내가 죽은 뒤 열흘이 되면 곧 궁문 밖 뜰에서 인도식(불교식)으로 화장하여라.

그리고 『삼국유사』 제2권 「기이」 제2편 만파식적(萬波息笛)조에는 문무왕이 아들 신문왕에게 만파식적을 내려주어 이 피리를 불면 '왜적이 물러가고, 가뭄에 비가 오고, 질병이 퇴치되는 (⋯) 신라의 국보가 되었다'는 기사 앞에 이렇게 쓰여 있다.

| **'나의 잊지 못하는 바다'** | 우현 고유섭 선생의 수필 제목을
커다란 자연석에 새겨 미술사에 대한 선생의 열정을 기리고 있다.

 신문왕은 (⋯) 681년 7월 7일에 즉위하였다. 아버지 문무대왕을 위
하여 동해변에 감은사를 세웠다. 사중기(寺中記)에 문무왕이 왜병을
진압하고자 이 절을 짓다가 마치지 못하고 돌아가 바다의 용이 되었
는데, 그 아들 신문왕이 즉위하여 682년에 마쳤다. 금당 계단 아래를
파헤쳐 동쪽에 한 구멍을 내었으니 그것은 용이 들어와 서리게 하기
위한 것이다. 생각건대 유조로 장골(葬骨)케 한 곳을 대왕암이라 하고
절은 감은사라 하였으며, 그후 용이 나타난 것을 본 곳을 이견대라 하
였다.

또 『세종실록』 지리지(地理志) 경주부 이견대조에 보면 이렇게 실려 있다.

이견대 아래쪽 70보가량 되는 바닷속에 돌이 있어 사각이 높이 솟아 네 문(門) 같은데 여기가 문무대왕의 장처(葬處)이다.

그리고 지금부터 200여년 전, 1796년 무렵, 경주부윤을 지내고 있던 홍양호는 대왕암과 이견대를 방문하여 대왕암의 전설을 듣고는 그것을 『삼국사기』와 대조해보고 왕의 큰 뜻을 기려 제물을 갖추고 제사를 지냈다고 그의 문집인 『이계집(耳溪集)』 중 '제(題)신라문무왕릉비'에 기록해두었다. 무엇이 새로운 발견이었다는 것인가?

신라오악조사단이 새로운 발견이라고 주장한 근거는 대왕암이 산골처가 아니라 사리장치하듯 납골을 모셔놓았다는 주장이었다. 대왕암이 네 개의 바위로 된 것은 물이 넘나들게 인공으로 만든 것이고, 가운데 못에 깔려 있는 거북이등 모양의 길이 3.7미터, 폭 2.6미터, 두께 1.45미터의 돌은 납골장치를 눌러놓은 돌이고, 그 밑에는 납골을 모신 합 같은 것이 있었을 것이라는 추정이었다. 그것은 증명되지 않은 하나의 가설이고 추측일 따름이다.

거북이등 밑에서는 아무것도 발견되지 않았다. 그렇다고 그 돌을 들어내어 납골을 모신 장치가 있는가를 조사하는 성실한 발굴도 하지 않았다. 바윗돌을 쪼갠 것은 인공인지 자연인지 증명될 수가 없는 일이었다. 인공이었다 하더라도 그것이 1,300년간의 파도에 부딪혀 다시 자연스러운 모습이 되었을 것이니까.

더욱이 홍양호가 발견한 문무대왕비문 파편에는 "나무를 쌓아 장사지내다〔葬以積薪〕" "뼈를 부숴 바다에 뿌리다〔粉骨鯨津〕" 등이 『삼국사기』의 내용과 똑같이 적혀 있다.

이견대에서 내려와 감은사와 대왕암이 갈라지는 길목에는 1985년에 우현 선생의 제자들이 세운 '나의 잊히지 못하는 바다'라는 돌비가 서 있다. 감은사를 답사할 때마다 나는 반드시 여기에 들른다. 그리고 속으로 이렇게 말한다. '존경하는 우현 선생님, 당신이 찾으라는 문무대왕의 위업이 가는 세월 속에 이렇게 바뀌었답니다. 앞으로는 문무대왕을 찾으라 하지 마시고 무장사로 가라고 말해주십시오.'

## 석탑의 아이디어

문무대왕은 생전에 이곳 경주로 통하는 동해 어귀에 절을 짓고 싶어 했으나 680년 세상을 떠나게 되므로 그 뜻을 이루지 못하였다. 그리하여 그의 아들 신문왕은 부왕의 뜻을 이어받아 즉위 이듬해(682)에 완공하고는 부왕의 큰 은혜에 감사한다는 뜻으로 감은사라 하였다. 신문왕은 문무대왕이 죽어 용이 되어 여기를 지키겠다는 유언에 따라 감은사 금당 구들장 초석 한쪽에 용이 드나들 수 있는 구멍을 만들어놓았는데, 그것을 지금 감은사터 초석에서도 볼 수 있다.

감은사의 가람배치는 정연한 쌍탑일금당(雙塔一金堂)으로 모든 군더더기 장식은 배제하였다. 이것은 이후 불국사에서도 볼 수 있는 가람배치의 모범을 보인 것이다. 또 여기에 세워진 한 쌍의 삼층석탑, 이 감은사탑은 이후 통일신라에 유행하는 삼층석탑의 시원(始原)을 보여주는 것으로 그것의 조형적 발전은 불국사 석가탑에서 절정에 달하게 된다.

우리는 역사를 되새길 때 흔히 완성된 결실에서 그 가치를 논하는 경우가 많다. 특히 미술 문화를 얘기할 때면 그 문화의 전성기 유물을 중심으로 논하게 된다. 그러나 나는 전성기 양식 못지않게 시원 양식을 중요

---

| **미륵사탑** | 근래까지 남아 있던 미륵사 서탑의 모습이다(2016년 현재에도 해체 수리 중이어서 볼 수 없다).

| 정림사터 오층석탑 | 백제 사람들이 만든 석탑의 이상은 여기에 있었다. 우아하면서 부드러운 인상. 그러나 여기엔 힘과 안정감이 약하다.

하게 생각하고 있다. 그리고 세월이 흐르면 전성기의 전형을 파괴하는 양식적 도전을 보여주는데 이 또한 간과해서는 안 된다는 생각도 갖고 있다. 전성기 양식은 정제된 아름다움을 보여주지만 시원 양식의 웅장한 힘은 갖추지 못하며, 말기의 도전적 양식이 갖고 있는 파격과 변형의 맛을 지닐 수 없다. 그 모든 과정은 오직 그 시대 문화적 기류와 취미의 변화를 의미할 따름인 것이다. 그렇게 인식할 때 우리는 문화와 역사의 역

동성을 놓치지 않을 수 있다.

그리스 고전 미술에서 전기 고전주의의 정중한 페이디아스 조각과 후기(전성기) 고전주의의 매끄럽게 빛나는 프락시텔레스의 조각, 헬레니즘 시대의 다양성을 상호 비교해도 그렇고, 세종 때 만든 훈민정음의 글씨체가 정조 때 만든 『오륜행실도』의 글씨보다 엄정한 기품을 보이는 것도 마찬가지다.

우리나라는 석탑의 나라다. 중국의 전탑(벽돌탑)과 일본의 목탑(목조건축)과 비교해서 생긴 말이다. 중국에서 처음 불교가 들어올 때는 목조건축 형식의 목탑이 유행하여 황룡사 구층탑 같은 거대한 건물을 세우게도 되었다. 이것을 석탑으로 전향시킨 작업을 해낸 것은 역시 백제 사람들이었다.

익산 미륵사터에 남아 있는 한 쌍의 구층석탑은 우리나라 최초의 석탑인데, 이것은 돌로 지었을 뿐 거의 목조건축을 모방한 것이었다. 이것을 발전시켜 건축 부재의 표현을 간소화시키면서 석탑이라는 양식, 기단부와 각층의 몸돌과 지붕 그리고 상륜부라는 구조의 틀을 보여준 것은 부여 정림사터 오층석탑이었다. 정림사 오층석탑은 그것 자체로 하나의 완결미를 갖고 있는 또 다른 명작이다. 그것은 우아하다는 감정을 조형적으로 표현해낸 모범 답안이었다.

고유섭 선생은 대표적인 저작인 『조선탑파의 연구』에서 이 석탑을 만들게 된 원인으로 불교 사상에서 금당과 탑의 가치가 탑에서 금당으로 옮아가는 당탑 가치의 변화, 완공까지 걸리는 시간의 문제, 보존의 영속화 문제, 건축 재료의 생산성 문제 등을 미세하게 따지고 있다. 그러나 내가 궁금하게 생각하고 있는 또 다른 문제는 그것이 왜 신라, 고구려가 아닌 백제에서 시작됐느냐는 점이다. 나는 이렇게 생각한다. 미륵사탑·정림사탑이 세워진 것은 600년 무렵, 즉 백제 무왕 때다. 이때가 백제 문

화의 전성기였다. 유명한 금동반가사유상·서산 마애불이 제작된 것도
이 시기다. 발달된 중국의 불교문화를 체화·육화하여 자체 생산력을 갖
춘 시기였다.

한국은 화강암의 나라다. 그 자연 풍토와 재질을 살려 독창적 문화를
창조하게 되니 태안·서산의 화강암바위 마애불과 예산·정읍의 석불을
제작하였고 그것이 탑에서도 적용된 것이 석탑이었다. 그러나 백제는 여
기에서 문화적 하강 곡선을 그리게 되니 정림사탑의 맥은 통일신라의
과제로 넘겨지고 말았다.


## 위대한 탄생, 삼층석탑

정림사의 오층석탑은 곧 신라에서도 모방하는 바가 되었다. 의성 탑
리의 오층석탑, 월성 나원리의 오층석탑, 장항리의 오층석탑 등이 바로
그 맥인 것이다. 그러던 오층석탑이 감은사에 이르러 삼층석탑으로 변신
하게 되었다. 그 형태와 층수를 변형시켜야만 했던 이유는 무엇이었을
까? 그것은 양식적 분석에 입각한 조형 의지의 파악으로 설명해야 한다.

정림사탑은 대단히 우아하고 세련된 멋을 갖추고 있다. 고상하다는 말
은 이럴 때 쓰는 단어일 것이다. 그러나 정림사탑에는 힘이 없다. 일층의
몸체가 휠칠하여 상승감이 돋보이지만 이를 받쳐주는 안정감이 약하다.

감은사를 조영하던 정신은 통일된 새 국가의 건설이라는 힘찬 의지의
반영이었으니 그런 식의 오층석탑은 그들에게 어울릴 수가 없었다. 장중
하고, 엄숙하고 안정되며, 굳센 의지의 탑을 원했던 것이다.

---

**| 감은사터 삼층석탑 |**  튼실한 이중기단에 삼층탑신이 알맞게 체감하는 구조다. 안정감과 상승감을 동시에 충족시
킨 통일신라 삼층석탑의 기본형이 여기서 만들어졌다.

그 조건을 충족시키려면 상승감과 안정감이 동시에 살아나야 한다. 그러나 상승감과 안정감은 서로 배치되는 미감이다. 상승감이 살아나면 안정감이 약해지고, 안정감이 강조되면 상승감이 죽는다. 그것을 결합할 수 있는 방법, 그것은 기단과 몸체의 확연한 분리, 그리고 기단부의 강조에서 안정감을 취하고, 몸체의 경쾌한 체감률에서 상승감을 획득하는 이른바 이성기단(二成基壇)의 삼층석탑으로 결론을 얻게 된 것이다.

기단을 상하 두 단으로 튼실하게 쌓고, 몸체는 일층을 시원스럽게 올려놓고는 이층, 삼층을 점점 좁혀서 상륜부 끝으로 이르는 상승의 시각을 유도하는 것이었다. 상륜부 끝에서 삼층, 이층, 일층의 몸체 지붕돌과 기단부의 끝모서리를 그으면 80도의 경사를 이루는 일직선이 되었으니 여기서는 기단부가 튼실함에도 상승감이 조금도 약화되지 않았다. 이것이 삼층석탑 형식의 기본 골격이 된 것이었다. 삼층석탑, 그것은 진짜로 위대한 탄생이었던 것이다.

감은사탑을 세울 때 이들은 웅장하고 장중한 것을 희망하였다. 세련되고 단아한 기품을 원한 것은 그로부터 1세기 지난 뒤의 일이다. 그래서 감은사탑은 우리나라 삼층석탑 중 가장 큰 규모로 총높이 13미터, 몸체 위에 꽂혀 있는 상륜부 고리인 쇠꼬챙이(擦柱)의 높이 3.9미터를 제외해도 9.1미터가 되는 장중한 스케일이다. 그리고 그 기세는 결코 허세를 부리는 과장된 상승이 아니다. 대지에 굳건히 뿌리내린 팽창된 힘에 유지되어 있어 조금도 흔들림이 없는 엄정한 기품이 서려 있다.

감은사 삼층석탑 앞에 서면 나는 저 장중한 위세 앞에 주눅이 들어 오금에 힘을 쓸 수가 없다. 저 위대한 힘, 그것이 곧 인호라는 학생의 "돌덩이가 내게 말하네요"의 내용이었던 것이다.

## 사리장엄구

감은사 쌍탑 중 서탑은 1959년 해체·복원하는 과정에서 삼층몸돌 위쪽에 설치된 사리공에서 대단히 아름다운 사리장엄구가 발견되었다. 하지만 유감스럽게도 부식 상태가 심하여 그 화려했던 원모습을 그리기엔 부족했다. 그러나 1996년 동탑을 해체·복원하는 과정에서 역시 삼층몸돌 위쪽의 사리공에서 똑같은 세트의 사리장엄구가 발견되었다. 이는 보존 상태가 양호하여 완벽하게 원형을 갖추고 있었고 우리나라 사리장엄구의 최고 가는 명작으로 손꼽히고 있다.

사리장엄구란 단순히 불교 공예품의 하나가 아니다. 고분미술시대의 꽃이 금관이라면 불교미술의 꽃은 사리장엄구다. 불교가 받아들여져 더이상 거대한 고분을 만들지 않게 되었을 때 고대인들은 금관을 만들던 정성과 기술을 이 사리장엄구에 쏟았다. 지하의 왕을 위한 금관에서 지상의 탑 속에 절대자의 분신인 사리를 모시는 장엄구로 옮긴 것이다.

사리함의 전통은 역시 백제에서 시작되었다. 왕흥사 사리함, 미륵사 서탑 사리함, 왕궁리 오층석탑 사리함 등은 백제 금속공예의 하이라이트들이다. 통일신라는 이 사리함의 전통을 이어받아 통일신라식으로 발전시킨 아름답고 화려한 사리장엄구를 석탑에 봉안하였다. 그 첫번째가 감은사 삼층석탑의 사리장엄구이며 이는 나원리 오층석탑, 황복사 삼층석탑, 불국사 석가탑, 칠곡 송림사 오층전탑 사리함으로 이어진다.

감은사탑 사리장엄구는 네 면에 사천왕을 조각으로 붙인 사각형 외함(높이 27센티미터) 안에 가마 모양의 화려한 보장형(寶帳形) 사리기가 따로 모셔지고 그 가운데에 수정사리병을 봉안하였다.

외함은 이국적인 얼굴로 삼굴(三屈)의 자세를 취한 사천왕의 몸동작이 생동감 있게 표현되었고 문고리장식, 구름무늬도 곁들여 아주 장엄하

| 감은사 동탑 출토 **사리장엄구** | 감은사탑에는 통일신라 금속공예의 꽃이라 불리는 환상적인 사리장치가 봉안되어 있었다.

고 높은 품격을 보여준다. 작은 수정사리병은 앙증맞을 정도로 귀엽고 뚜껑도 깜찍스럽다.

　상하 이단으로 구성된 이 보장형 사리전의 구조를 보면, 하단은 석탑의 기단부가 연상되는 튼실한 구조에 주악천녀로 장식하였다. 피리를 불고 춤을 추는 천녀의 조각은 아주 섬세하고 품위 있고 고귀한 자태를 보인다. 상단은 대나무 모양의 네 기둥이 더없이 화려한 이중보개(寶蓋)를 떠받치고 빈 공간 가운데에는 수정사리병을 모시는 아름답고 장엄한 장치를 하고 사방팔방에 작은 조각으로 스님상과 사천왕을 배치하였다. 낱낱의 조각들은 몸동작과 표정이 명확하여 그 자체로서 독립된 조각 작품이라고 할 만하다.

　다양한 미니어처 조각들로 구성된 보장형 사리전(舍利殿)은 통일신라 사람들이 창안한 공예 의장으로 우리나라뿐만 아니라 동아시아 사리장엄구 중 최고의 명작이라 할 불교 공예품이다. 이 사리함의 발견으로 감은사탑은 건축적으로나 공예적으로나 나아가서는 정신적으로나 통일신라 문화의 장려함을 한 몸에 지닌 유물로 칭송됨에 한 치의 부족함이 없게 되었다.

### 고선사탑과 석가탑

감은사탑 이후 모든 통일신라의 석탑은 그 기본을 여기에 두었다. 거의 비슷한 시기에 제작된 고선사탑의 경우는 감은사탑과 가히 쌍벽을 이룰 통일신라 초기의 명작이다. 원효대사가 주지스님으로 계시던 암곡동 고선사터가 덕동호에 수몰되는 바람에 지금은 국립경주박물관 뒤뜰 한쪽 모퉁이에 처박히듯 세워져 있는 저 시대의 명작을 사람들은 별로 눈여겨보지 않는다. 박물관 뒤뜰에 있는 가짜 다보탑·석가탑 앞에서는 연신 사진을 찍으면서도 이 고선사탑 앞에는 머무를 줄 모르는 것은 관객의 무지 탓이라기보다는 우리 문화 전반의 허상과 실상이며, 박물관의 비계몽적·비대중적 태도에도 기인하는 것이다.

고선사탑은 그 스케일과 형태에서 감은사탑과 거의 비슷한데, 다만 하늘을 찌를 듯한 찰주가 없고 선마무리가 약간 부드럽다는 차이가 있을 뿐으로, 장중함에서는 감은사탑 못지않다.

언젠가 답사회원들과 경주의 삼층석탑을 순례하고 돌아오는 길에 지루한 버스 속에서 우리는 서로의 감상을 얘기하는 시간을 가졌는데 그때 노처녀가 아니라 독신녀로 당당하게 살아가기를 희망한다는 분은 이렇게 말했다.

"완벽하고 존경스러운 감정을 일으키는 것은 감은사탑이지만, 내게 배우자로 선택하라면 고선사탑 같은 남자를 택할 것입니다. 왜냐하면

| **고선사터 삼층석탑** | 원효대사가 주지스님으로 주석하던 고선사의 삼층석탑에는 초기 양식이 지니는 장중함이 서려 있어 보는 이를 압도하는 힘의 미학이 있다.

고선사탑은 완벽성 대신 포용성과 인자함이 살아 있거든요."

　형식사로서 또는 편년사로서 연구에 몰두하는 미술사가들은 모름지기 이 독신녀의 고백 속에서 미적 세계의 오묘한 변화를 배워야 할 것이다. 그녀는 이미 감성학으로서 미술사라는 그 나름의 방법론을 체득하였다고 나는 지금도 생각하고 있다. 감은사탑과 고선사탑이 세워진 지 80년이 지나면 석가탑이 등장하여 삼층석탑의 형식은 거기에서 최고의

**| 불국사 석가탑 |** 더할 것도 덜할 것도 없는 완벽한 아름다움의 모범 답안이라고
할까. 통일신라의 삼층석탑은 여기에서 형식의 완성을 이룩하게 되었다.

완성을 보게 된다. 더할 것도 덜할 것도 없는 정제된 아름다움, 단아한
기품과 고귀한 덕성, 빼어난 미모를 모두 갖춘 조화적 이상미의 전형이
거기에 있다.

감은사탑에 비할 때 석가탑은 그 스케일이 3분의 2로 줄어들었다. 그
러나 그것은 왜소함이 아니라 알맞은 크기로의 축소였다. 감은사탑은 누
가 본들 생각보다 크다고 말한다. 그 크기 때문에 일층몸돌은 한 장의 돌
로 만들지 못하고 네 개의 기둥돌을 세운 다음 네 장의 돌판을 붙여놓고

그 속을 자갈로 채웠던 것이다. 그래서 감은사탑은 오늘날 뱀의 소굴이 되었다. 내가 학생들에게 "감은사탑에 올라가서 사진 찍다가는 뱀에게 물려 클레오파트라 뒤따르게 된다"고 말하면, 학생들은 내가 탑에 오르지 못하게 하는 수단으로 만든 말인 줄로만 안다. 그러나 내 말을 무시하고 기단부 갑석에 쭉 늘어앉아 사진 찍다가 일층몸돌 기둥과 돌판 사이로 뱀이 고개를 내미는 바람에 자지러진 학생이 있었다. 이것은 고선사탑도 마찬가지다.

더욱이 지붕돌도 네 장의 돌을 짜맞추었으니 그 선의 마무리는 거칠 수밖에 없다. 그러나 석가탑은 일층몸돌, 일층지붕돌, 이층몸돌, 이층지붕돌, 삼층몸돌, 삼층지붕돌 등이 각각 한 장의 돌로 되어 있는 것이다. 그래서 세련과 완결미는 여기서 빛나게 마무리된 것이다.

### 소불 선생과 함께

1985년 어느 보름날, 나는 밤늦게 소불 선생과 불국사에 갔었다. 저 달빛 아래 석가탑을 보고 싶다는 나의 청을 들어주셨던 것이다. 나는 불국사를 생각할 때면 언제나 그때 본 석가탑을 그려낸다.

돌아오는 길에 박물관에 들러 뒤뜰에 모셔져 있는 고선사터 삼층석탑도 보았다. 길이 멀어 감은사까지는 가지 못했지만 고선사탑은 감은사탑과는 또 다른 웅혼한 멋이 있기에 이날 한밤중의 답사는 참으로 황홀한 것이었다. 그때 소불 선생과 나는 이런 말을 주고받았다.

"저 고선사탑은 살아 있는 돌 같아서 멀리서 보면 별것 아닌데 가까이 갈수록 점점 커져서 그 앞에 서면 마치 엄습하는 것 같아요. 잘 보슈!"
"선생님, 저는 저 고선사탑을 보면 글래머 스타같이 느껴져요. 소피아 로렌 같죠."

"그렇군. 잘 봤네. 그러면 석가탑은?"

"그야 그레이스 켈리죠. 저 귀족적 기품이나 고고한 멋이 그렇잖아요?"

"이 사람아, 틀렸네. 그레이스 켈리는 그렇게 단아하지 못해요. 잉그리드 버그먼, 「누구를 위하여 종은 울리나」에 나오는 버그먼쯤은 돼야 석가탑답다고 할 수 있지."

서양의 여배우를 빌려 아름다움의 형태를 논할 정도로 나는 문화적 제국주의의 영향을 강하게 입은 세대다. 그러나 한편 감수성 예민하던 젊은 날에 미적 우상을 그런 식으로 만들어갈 수밖에 없었던 피해자이기도 하다.

그러나저러나 나는 아직 감은사탑 같은 미인을 본 적이 없는 것 같다. 감히 근접하기 힘든 기품을 갖춘 그런 미인은 없을 것 같다. 어쩌다 종묘 제례악 수제천을 듣거나, 「그레고리언 찬트」를 들었을 때, 그리고 청도 운문사에서 비구니 승가학교 학생들의 아침 예불 합창을 들었을 때 그것이 감은사탑 같은 감동이었으니 아마도 이승에서는 찾지 못할 것 같다.

아! 감은사, 감은사탑이여!

1991. 9. / 2011. 5.

* 초판이 나온 뒤 경주의 애독자들로부터 많은 격려와 질정을 받았다. 특히 신라문화동인회 회원들은 나의 글을 윤독하면서 유물의 위치, 방향, 연도 등과 인용문까지 미세하게 검토하여 교정본을 보내주는 과분한 후의까지 베풀어주었다. 나는 이 지적 사항을 이근직 님과 검토한 다음 대폭 수정하였고 황오동 권태은 님, 대구의 이원연 님의 지적 사항도 모두 받아들여 정정하였다. 가르침을 주신 모든 분들께 감사드린다.

* 대왕암이 수중릉이 아니라 산골처라는 주장은 내가 책에 쓴 내용 그대로이다. 이것을 독재자와 언론과 문화재를 연결시켜 말한 것은 나의 주관적 심회를 토로한 것이지만 증명되지

않은 가설은 아무리 훌륭한 것이라도 가설이지 사실은 아니라는 나의 입장엔 변함이 없다.

* 감은사에 가면 석탑과 금당터를 두루 살피고 나서 그 뒤쪽 강당터에 바짝 붙어 있는 산자락에 올라 이 책의 45면에 나오는 사진을 찍을 수 있는 자리에 올라야 감은사의 당당함을 더욱 가슴 깊이 새길 수 있다. 여기를 감은사터 조망대로 삼을 만하다. 올라가는 길은 원래는 없었는데 지금은 하도 사람이 많이 다녀 느티나무 옆으로 잘 닦여 있다.

* 첫번째 책이 나오고 거의 1년이 됐을 때 칠순이 넘으신 나의 어머님께서 어느 날 "애야, 에미도 네 책 표지에 나오는 감은사탑 좀 보여주렴" 하고 어렵게 부탁하셨다. 나는 순간 낯모르는 사람은 누구든 답사를 안내하면서 정작 부모님은 한 번 모시고 간 일이 없는 불효가 부끄러웠다. 그래서 그 주말에 부모님을 모시고 감은사에 갔다.

감은사터 조망대에 올라가서 오래도록 둘러보시고 나서 어머니가 내게 하신 말씀이 있었다.

"애야, 이런 게 네가 책에서 폐사지라고 한 거니?"

"예, 어머니도 많이 기억하시네요."

"아니다. 그 말이 하도 신기해서다."

"그러면 뭐라고 해요?"

"우린 이런 걸 보면 그냥 망한 절이라고만 그랬지. 망한 절을 망했다고 하지 않고 거기서 좋은 걸 찾아 말했으니 네가 복 받은 거다. 아무쪼록 그렇게 살아라."

감은사탑은 석양의 실루엣이 정말 아름답다. 토함산으로 넘어간 태양이 홍채를 뿌려 배경을 은은하게 물들일 때 감은사탑은 장엄의 극치를 보여준다.

# 에밀레종의 신화(神話)와 신화(新話)

성덕대왕신종 / 봉덕사종 이동기 / 후천개벽춤 / 불국사 박정희종

## 장중하면서도 맑은 종소리

지금은 중단되었지만 예전에 에밀레종은 새벽을 알리는 종소리로 매일 아침 여섯시에 세 번 타종되었다. 이 종이 만들어진 771년 12월 14일 이후 그것이 종각에 걸려 있는 한 변함없이 서라벌에 울려온 종소리였다.

소불 선생이 나에게 "경주를 알려면 에밀레종 소리를 들어보아야 한다"는 가르침을 준 그 이튿날 새벽 여섯시, 냉기가 온몸에 스미는 늦가을 나는 처음으로 그 소리를 들어보았다. 신새벽 고요를 가르며 울리는 에밀레종 소리는 장중하기 그지없었다. 낮게 내려앉은 저음이지만 그 맑은 여운은 긴 파장을 이루며 한없이 퍼져나간다. 세상에 이런 악기가 다시 있을 것 같지 않았다.

장중하면 맑기 어렵고, 맑으면 장중하기 힘든 법이건만 그 모두를 갖

추었다. 소불 선생은 이 소리를 "엄청나게 큰 소리이면서 이슬처럼 영롱하고 맑다"고 표현하였다.

본래 조화란 서로 상반된 것이 어우러질 때 생기는 것이다. 비슷한 것끼리는 조화가 성립되지 않는다. 이 상반된 미감을 어울려 이루어낸 복합미는 어쩌면 통일신라 문화의 전성기가 보여준 고대국가 이상미의 구체적 내용인지도 모른다. 감은사탑·석가탑 등 삼층석탑이 상승감과 안정감이라는 두 개의 미감을 충족시켜준 것이고, 안압지의 조경이 직선과 곡선, 인공적인 것과 자연적인 것의 절묘한 조화인 것도 그렇듯이, 에밀레종은 소리에서 장중함과 맑음이, 그리고 그 모양에서는 정중하면서도 유려한 형태미를 동시에 보여준다.

에밀레종은 여느 범종과 마찬가지로 항아리를 뒤집어놓은 달걀 모양, 또는 대포알을 머리와 허리춤에서 자른 모습이지만 가운데 아래쪽이 불룩하게 부풀어 있으면서 끝마무리는 슬쩍 오므려 풍만한 포만감을 주는 긴장미를 유지하면서, 동시에 종 어깨에서 몸체를 지나 허리에서 마감하는 유려한 곡선미를 드러낸다. 풍만하면 유려하기 힘들고, 유려하면 풍만하기 힘든 법이지만 에밀레종은 그 모두를 충족시켜준다. 그래서 나는 에밀레종을 보면서 감히 아름답다는 형용사를 쓰지 못한다. 그것은 거룩한 것이고, 인간이 만들어낼 수 있는 가장 위대한 형태와 소리를 지닌 신종(神鐘)이라고 생각하면서 내가 보낼 수 있는 최대의 찬사와 경의를 여기에 바칠 뿐이다.

| 에밀레종 | 소리는 장중하면서 맑고, 형태는 유려하면서 긴장감 있는 곡선미를 보여준다.

## 20세기 복제품의 실패

미술사를 공부하면서 나는 에밀레종의 형태미에 대해서는 익히 배운 바 있어 우리나라 금속공예의 상징적 유물임을 자랑껏 말해왔고 학생들에게 그렇게 가르쳐왔다. 그러나 종은 종소리가 생명이라는 사실은 내 미술사적 관념 속에서 빠져 있었다. 이것은 문화유산에 대한 나의 인식이 총체적이지 못했다는 단적인 증거였다. 모든 공예는 용(用)과 미(美)로 이루어진다. 그중에서도 쓰임새가 먼저다.

에밀레종 소리를 듣고 난 엄청난 감동과 그간 미처 깨닫지 못했던 문화유산의 단편적 인식 태도에 대한 나의 아둔함을 주체할 수 없어 박물관 건너편에 있는 반월성에 올라 키 큰 갈댓잎을 헤치며 무작정 거닐었다. 감사하는 마음과 속살을 후벼내는 참회의 아픔이었다. 에밀레종을 만든 조상님께 감사하고 이것을 이제 와서야 알게 된 나 자신과, 이 시대의 아둔한 문화 행태를 미워하였다.

경주에 오는 사람은 거의 모두 국립경주박물관에 들른다. 박물관에 들어온 사람은 또한 거의 모두 정문과 마주하고 있는 에밀레종을 둘러보고 간다. 그들이 저 종을 보면서 무슨 생각을 하고 어떤 감동을 갖고 돌아갈 것인가. 어린애를 희생해서 만들었다는 잔인한 전설을 기억했을 것이고, 비천상의 아름다운 돋을새김, 화려하기 그지없는 보상당초무늬에 눈길이 닿았다면 그래도 안정된 정서를 가진 관객이었을 것이다. 그러나 과연 위대하다는 존대의 감정을 갖고 갔을 것인가?

아닐 것이다. 과학 문명, 온갖 기술이 발달된 이 시대에 살고 있는 사람들은 에밀레종을 만드는 정도의 기술에 놀랄 리 만무하다. 1,200년 전에 제법 큰 종을 만든 것이 대견하다는 정도의 가벼운 칭찬을 보냈을 것이다.

그러나 내 단연코 말하건대 에밀레종은 인간이 다시 만들어낼 수 있는 유물이 아니다. 에밀레종 이전에도 없었고 에밀레종 이후에도 없이, 오직 에밀레종 하나가 있을 따름이다.

1986년에 우리는 두 차례에 걸쳐 에밀레종 복제품을 만들었다. 하나는 아메리카 건국 200주년을 기념하는 선물로 제작되어 '우정의 종'이라는 이름이 붙은 종으로 지금 로스앤젤레스, 태평양이 바라보이는 어느 공원 언덕에 설치되어 있다. 1987년 미국에 10개월간 있을 때 나는 이 공원에 올라가 에밀레종 복제품을 몰래 쳐보았다. 그것은 종소리가 아니라 깡통 두드리는 소리였다. 형태도 흉내만 냈지 장중하고 유려한 기품을 갖춘 것이 아니었다.

또 하나는 서울 보신각종이 수명을 다하여 더 이상 타종할 수 없게 됨에 따라 이것을 국립중앙박물관으로 옮길 때로 그 자리에 새 종을 만들면서 에밀레종을 복제하였다. 그러나 문양 구성을 현대에 맞춘다고 바꾼 것이 촌스러운 것은 그렇다 치고 우선 종소리가 '전혀 아니올시다'이다.

해마다 12월 31일 자정이 되면 제야의 종이 울렸다. 한동안 보신각종과 에밀레종 타종을 텔레비전으로 생중계했는데 항시 보신각종—정확히는 에밀레종 복제품—을 먼저 보여주고 뒤이어 에밀레종의 타종을 중계했다. 아무리 음치이고 아무리 소리에 둔한 사람이라도 진짜와 가짜의 차이가 무엇인가를 단박 알아차릴 수 있었다. 가짜는 재겨운 첫소리를 내면서 터지는 소리가 나오고, 진짜는 명문(銘文)에 쓰여 있는 대로 '장중한 원음(圓音)'을 냈다.

왜 이렇게 되었을까? 과학기술로 따진다면 몇천만 곱 발달한 우리 시대에 왜 1,200년 전 종소리를 따라잡지 못했을까? 그것은 단 한 가지 이유, 즉 제작하는 자세 내지 정신이 이 시대에는 에밀레종 소리를 도저히 흉내도 낼 수 없게 된 점에 있는 것이다.

시대정신이 퇴락하면 다시는 그 정신이 되돌아오지 못한다. 이것은 인간사의 법칙 같은 것이다. 우리 시대는 자동차나 컴퓨터는 만들어도 에밀레종을 복제해낼 능력은 완전히 상실했을 뿐만 아니라 그것을 온전히 보존할 수 있는 능력조차 없게 되었다.

왜 1,200년을 두고 변함없이 울려왔던 에밀레종 소리가 그치게 되었는가? 에밀레종에는 지금도 아무 이상이 없다. 금이 가거나 깨질 기미가 전혀 보이지 않는다. 영원히 보존하기 위한 조치였다는 것이 문화재 관계자들의 생각이겠지만, 불국사에 계신 월산스님의 말을 빌리면 "종은 쳐야 녹슬지 않는 법"이다. 만물이 자기 기능을 잃으면 생명이 끊어지듯이. 게다가 지금은 종 앞에 달려 있는 나무봉마저 거두어버렸으니 에밀레종은 종으로서 생명을 잃고 "명작들의 공동묘지"에 안치된 것이다.

### 한·중·일 삼국의 범종

범종은 사찰에서 시각을 알릴 때, 의식을 행할 때, 또는 사람을 불러 모을 때 사용하는 것으로, 그 기원에 대해서는 여러 설이 있지만 성덕대왕신종의 명문에서는 "범종의 기원을 살펴보니 인도에서는 카니슈카(Kanishka)왕 때부터이고 중국에서는 고연(鼓延)이 시초였다"라고 하였다. 범종은 기본적으로 몸체인 종신(鐘身)과 종고리인 종뉴(鐘紐)로 구성되며 종신에는 여러 가지 장식이 가해지고 몸체를 나무봉으로 때려 울린다. 이는 몸체 속의 방울로 울리는 서양종과 다른 동양의 독특한 형식이다. 그런데 한·중·일 삼국의 범종은 비슷하면서도 또 각기 형태와 특징이 날라 한·중·일 삼국 문화의 정서적 특질을 잘 보여준다.

중국 종은 형태가 대단히 화려하고 장중한 멋이 있다. 종의 몸체가 여덟 팔(八) 자 모양으로 넓게 퍼지면서 맨 아랫부분인 종구(鐘口)가 나팔

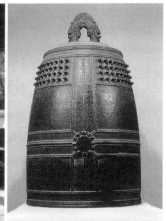

| 중국 종 | 종 입술이 곡선이고 몸체에 종유가 없다.　　| 일본 종 | 띠를 두른 듯한 기하학적 구성이 특징이다.

꽃 모양으로 각이 지게 돌려졌다. 일본 종은 엄숙함을 느끼게 하는 단순미가 있다. 형체가 거의 수직으로 내려오고 몸체에는 열 십(十) 자를 반복적으로 그린 기하학적 구성이 있다.

한국 종은 형태에 유연한 곡선미가 있다. 몸체에는 아름다운 비천상이 조각되었고 종봉(鐘棒)과 마주치는 자리에 당좌(撞座)가 연꽃무늬로 새겨졌다. 그리고 종 윗부분에는 종유라는 돌기 모양의 꽃봉오리가 달려 있는데 4곳의 유곽(乳廓) 속에 9개씩 모두 36개가 달려 있다. 종고리는 한 마리 용으로 만들어지고 음통(音筒)이 피리처럼 솟아 있다.

그런 중 통일신라부터 시작된 우리나라 범종은 그 소리와 울림이 아름다워 음향학에서는 한국 종(Korean bell)이라는 별도의 학명으로 불린다.

## 한국 종의 명성

한국 종의 유래에 대해서는 아직 명확히 알려진 바가 없다. 기록상으로 보면 삼국시대부터 만들어진 것 같은데 현존하는 가장 오래된 범종은 성덕왕 24년(725)에 만들어진 상원사 동종이다.

『삼국유사』에 의하면 상원사 동종에 이어 경덕왕 13년(754)에 주조된 황룡사 동종은 종의 길이가 1장 3촌(약 4미터), 두께는 9치, 무게는 49만 7,581근(약 100톤)이었다고 하나 이는 몽골란 때 원나라 군대가 가져가려다 감은사 앞 대종천에 빠트렸다는 전설만 남고 지금은 전해지지 않는다. 황룡사 동종은 그 무게가 성덕대왕신종의 네 배나 되는 대종이었다.

그리고 경덕왕이 황동 12만 근(약 24톤)을 희사하여 선왕인 성덕대왕을 위해 종을 만들려다 이루지 못하고 돌아가자 771년에 혜공왕이 마침내 만든 것이 성덕대왕신종, 일명 에밀레종이다.

이 밖에 통일신라 범종으로는 국립청주박물관에 9세기 동종이 완형이 전해지는 것이 하나 있고, 한국전쟁 때 화재를 입은 선림원터 동종(804)과 실상사 동종, 원주 출토 동종 등 파손된 것이 3개 있다. 그리고 이와 별도로 일본에는 통일신라 범종의 완형이 4점, 파손품이 2점 전해진다. 통일신라 범종이 일본에 이렇게 많이 남아 있는 것은 일찍부터 일본 사찰들이 소리가 좋은 한국 종을 갖고 싶어하여 왜구의 약탈 대상이 되었기 때문이다.

그중 에밀레종은 통일신라 과학기술과 예술이 낳은 한국 종의 압권으로 이후의 어느 범종도 이를 따라오지 못하고 있나. 종의 형체는 더없이 장중하면서 고고한 품위를 보여준다. 돋을새김의 조각들은 청동조각인만큼 석굴암의 그것보다도 더 정교하다. 향로를 받들고 공양하는 비천상의 자태와 꽃구름과 함께 휘날리는 천의 자락은 감은사탑 사리장엄구의 조각보다 더 부드럽고 우아하게 피어오른다. 상원사 동종이 강한 동세를 자랑한다면 여기서는 원숙한 아름다움이 있다.

종유는 돌출된 돌기가 아니라 돋을새김으로 정교하게 새겼다. 상대·하대·연화당좌·유곽·종유의 연꽃과 넝쿨무늬의 새김도 우아하다. 그리고 종 맨 아랫부분인 종 입술[鐘口]이 여덟 모로 엷게 각이 지면서 맵시 있게 마무리되었다.

## 종소리는 부처님 목소리

에밀레종에는 총 1,037자의 명문이 새겨져 있어 이 종의 제작 시기, 제작하게 된 동기, 범종이 갖는 의미 등을 소상히 밝히고 종을 만드는 데 참여한 사람 8명의 이름과 관직, 주종 기술자 4명의 직책과 이름을 모두 기록해놓았다. "한림랑(翰林郎) 김필중(金弼重)이 왕명을 받들어 짓다"로 시작하는 이 명문은 앞머리에서 범종의 의미를 이렇게 말하였다.

무릇 심오한 진리는 가시적인 형상 이외의 것도 포함하나니 (…) (부처님께서는) 때와 사람에 따라 적절히 비유하여 진리를 알게 하듯이 신종(神鐘)을 달아 진리의 원음(圓音)을 듣게 하셨다.

즉, 종소리는 진리의 원음으로, 부처님의 말씀을 글로 옮기면 불경이 되고, 부처님의 모습을 형상으로 옮기면 불상이 되듯이 부처님의 목소리를 옮겨놓은 것이 종소리라는 것이다. 그런 마음, 그런 정성으로 이 종을 만들었다는 것이다. 그리고 명문은 이어 성덕대왕의 치적을 칭송하였다.

성덕대왕의 덕은 산처럼 높고 바다처럼 깊었으며 (…) 항상 충직하

| 에밀레종 구연부의 보상당초무늬 | 에밀레종의 입술 부분에는 8개의 동그란 연판 사이마다 아름다운 보상당초 무늬가 새겨 있다.

고 어진 사람을 발탁하여 백성들을 편안히 살 수 있게 하였고, 예(禮)와 악(樂)을 숭상하여 미풍양속을 권장하였다. 들에서는 농부들이 천하의 대본인 농사에 힘쓰고 시장에서 사고파는 물건에는 사치한 것이 전혀 없었다. 풍속과 민심은 금과 옥을 중시하지 아니하고 문학과 재주를 숭상하였다.

그리하여 치세 기간 동안 한 번도 전란으로 백성을 놀라게 하거나 시끄럽게 한 적이 없는 태평성대였다는 것이다. 효자인 경덕왕이 어머니와 부왕을 여의고서 추모의 정이 더하여 구리 12만 근을 희사하여 대종 하나를 주조코자 했으나 뜻을 이루지 못하고 세상을 떠나자 아들 혜공왕이 부왕의 유언에 따라 종 기술자에게 설계하여 본을 만들게 했다는 것이다. 이리하여 마침내 신종이 완성되니,

그 모양은 산처럼 우뚝하고 소리는 용이 읊조리는 것과 같아 위로는 하늘에 이르고 아래로는 지옥에까지 통하여 보는 사람은 신기(神奇)를 칭송하고 종소리를 듣는 사람은 복을 받으리라고 했다.

종이 완성된 날짜는 771년 12월 14일이라고 했다. 그리고 종을 찬미하는 장문의 시명(詩銘)을 쓰고 이 일에 참여한 사람들의 직함과 이름을 모두 기록하였는데, 시명은 김백완이 짓고 글씨는 대나마 한단이 썼으며, 감독관은 대각간 김옹과 각간 김양상이었다. 요즘으로 치면 국무총리가 책임자였다는 것인데 각간 김양상은 훗날 혜공왕을 죽이고 왕위에 오른 선덕왕이다. 이 밖에 판관(判官)과 녹사(錄事) 7명이 기록되었는데 모두 김씨였다. 주종 기술자 5명은 모두 박씨로 그중 책임자는 주종대박사(鑄鐘大博士) 박종일과 차박사(次博士) 박빈나였다.

## 봉덕사에서 박물관 정원으로

높이 3.7미터, 둘레 7미터, 입지름 2.27미터, 종 두께는 아래쪽이 22센티미터, 위쪽이 10센티미터, 전체 부피는 약 3세제곱미터, 무게는 20~22톤. 이 거대한 종이 완성된 것은 771년 12월 14일이었다.

에밀레종은 봉덕사(奉德寺)에 봉안되었다. 봉덕사는 성덕대왕의 명복을 빌기 위하여 세운 절이니 이 종이 거기에 봉안된 것은 당연한 일이었다. 지금 우리는 봉덕사가 어디였는지 정확히 알지 못한다. 다만 어느 때인가 경주 북천(北川)이 홍수로 넘쳐 봉덕사는 매몰되고 오직 에밀레종만이 폐지에서 뒹굴고 있었다고 한다.

생육신의 한 분인 매월당(梅月堂) 김시습(金時習, 1435~93)이 경주 금

1915년 봉황대에서 구(舊) 경주박물관으로 에밀레종을 옮길 때 사진.

오산(남산) 용장사에 칩거하여 『금오신화』를 저술할 때 봉덕사의 황량한
모습을 이렇게 읊었다.

> 봉덕사는 자갈밭에 매몰되고
> 종은 풀 속에 버려졌으니
> 아이들이 돌로 차고
> 소는 뿔을 가는구나
> 주나라 돌북(石鼓)이 그랬다던가

  『신증동국여지승람』에 의하면 세조 6년(1460), 당시 경주부윤을 지낸
김담(金淡)이 이것을 영묘사(靈妙寺) 옆에 달아놓았다고 한다. 그런데
『신증동국여지승람』에는 또 중종 원년(1506)에 당시 부윤 예춘년(芮椿

年)은 경주 남문 밖 봉황대(鳳凰臺) 밑에 종각을 짓고 종을 옮겨와 성문을 열고 닫을 때, 그리고 군사의 징집을 알릴 때 이 종을 쳤다고도 한다. 봉황대는 신라 고분 중 가장 큰 무덤으로 높이 22미터 지름 82미터나 되니 훗날에는 무덤이 아니라 언덕으로 생각되어 대(臺)라는 이름까지 얻은 곳이다. 영묘사는 '선덕여왕을 짝사랑한 사나이'의 유명한 전설이 전해져오는 내력 있는 큰 사찰이었지만 그곳이 어디였으며 왜 에밀레종을 옮겨오게 되었는지는 지금 알 수 없다. 기록에 보면 영묘사는 유난히 불이 잘 난 절이었다고 하니 혹시 그때 화재로 인해 폐사가 된 것인지도 모른다.

봉황대 밑에서 성문종(城門鐘)으로 480년간 복무(?)한 에밀레종은 1915년 8월, 경주 법원 뒤쪽에 있는 구(舊) 경주박물관 자리로 옮겨지게 되었다. 이곳은 본래 경주부 관아가 있던 곳이다. 그때 운반하던 장면이 낡은 사진으로 하나 전해지고 있다.


## 광목 열 필을 사오시오

그리고 1975년 이른 봄부터 6월까지 에밀레종을 새로 지은 현재의 박물관으로 옮기는 작업을 진행하게 되었다. 그때의 숨은 얘기는 소불 선생이 「이제야 털어놓는 에밀레종 옮길 때의 이야기」(『한국인』 1985년 11월호)에 그 일부를 써놓은 바 있다. 그것은 아름다운 이야기가 아니라 부끄럽고 가슴 아픈 이야기였다.

당시 경주박물관장을 지내고 있던 소불 선생은 이 위대한 종을 무사히 옮겨 거는 일, 거기에 걸맞은 예우를 하는 일로 무척 고심했다고 한다. 다시는 인간이 만들 수 없는 이 신종에 어떤 손상이 간다는 것은 영원한 죄일 수밖에 없다고 생각하고 있었다고 했다.

| **성덕대왕신종 이전 광경** | 동부동 옛 박물관에서 현재의 박물관으로 옮길 때의 장관. 대한통운의 트레일러에 실린 신종은 연꽃으로 장식되었고 그 앞에는 여학생들이 부채춤을 추고 있으며 뒤에는 많은 시민들이 줄을 지어 따라오고 있다.(지금의 화랑로. 1975년 5월 27일)

에밀레종을 새 박물관으로 옮기는 일은 대한통운이 맡았다. 에밀레종은 높이가 3.7미터, 무게가 22톤으로 생각되었다(훗날 포항제철에서 정확히 재어보니 19.2톤이었다). 이것을 운반하기 위해 포장을 하니 높이가 5미터, 무게가 30톤이 되었다. 이것을 또 트레일러에 올려놓으니 6미터가 넘게 되고 트레일러 무게와 합치면 50톤이 넘게 되었다.

박물관 구관에서 신관까지는 월성로를 따라가면 불과 2킬로미터의 거리이다. 그런데 그 중간에 다리가 하나 있는데 이 다리로는 결코 50톤의 하중을 견디지 못한다는 결론이 나왔다. 결국 돌아서 5킬로미터를 가야 하는데 이번에는 경주 시내 전깃줄이 모두 걸리는 것이었다. 그래도 이 길을 택했다. 한국전력공사에서는 전공들이 여럿 동원되어 에밀레종을 실은 트레일러가 지나갈 때마다 전깃줄을 끊어주고 지나간 다음에는 곧 이어주고 하면서 시내를 관통하기로 한 것이다.

종을 달고 옮기는 의식은 월성군 두대리 절집에 계신 스님이 잘 알고 있어 정통 불교 의식으로 하였다. 매일 아침 새벽을 알려주던 에밀레종을 옮긴다고 경주 시민들이 모두 역 앞 광장으로 모여들었다. 수만 명이었다. 경주시 인구는 지금 13만, 그때 10만 명이었으니 경주 사람은 모두 모인 셈이었다.

에밀레종을 실은 트레일러가 지나가자 경주 사람들은 약속이나 한 듯이 남녀노소가 그 뒤를 따랐다. 끝까지 따라올 기세였다. 이 예기치 않은 경주 시민들의 축제 같은 행사에 소불 선생은 문득 생각나는 것이 있어 시장에 가서 광목 열 필을 사오라고 했다. 이것을 에밀레종에 세 가닥으로 매어 늘어뜨리고 시민들은 그것을 잡고 따라오면서 장대한 행렬을 벌이게 됐다. 소불 선생은 선도차에서 늙은이의 걸음에 맞게 천천히 인도했고, 한국전력 전공들은 전신주에 올라가 에밀레종을 실은 트레일러가 지나갈 때마다 전선을 끊어주었다. 이렇게 해서 5킬로미터 거리를 두 시간 만에 오게 되었다.

그러나 이 희대의 장관은 사진 몇 장만 남아 있을 뿐 어디에도 동영상으로 촬영된 것이 없다. 이때 한 텔레비전 기자가 취재를 왔었다고 한다. 그러나 이 기자는 촌지를 주지 않는다고 그냥 돌아가버렸다는 것이다 (1993년 경주박물관에서 열린 '다시 보는 경주와 박물관' 사진자료전에서 이때 찍은 사진이 여러 장 공개되었다).


## 28톤 강괴를 빌려주시오

소불 선생은 이렇게 에밀레종을 신관 새 종각 자리까지 옮겨다 놓았지만 이제는 이것을 안전하게 거는 일이 태산 같은 걱정이었다. 종각이 부실 공사가 아닐까 걱정도 되고 공사자들이 신식 기술을 과신하거나

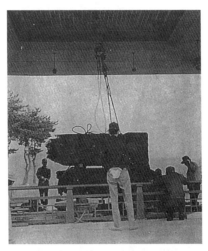

| 종각과 종고리 상태 시험 장면 | 성덕대왕신종을 지금의 종각에 달기 전, 포항제철에서 특별히 빌려온 28톤 무게의 강괴를 매달아 종각과 종고리의 안전 여부를 시험하는 모습. 이 결과 새로 만든 종고리는 견디지 못하고 휘어버려 다시 만들어야 했고 철봉도 옛것을 그대로 써서 걸었다.(1975년 4월 10일)

옛 유물을 과소평가하지나 않을까 걱정이었다. 무엇보다도 종고리가 휘어 부러질 것 같은 생각이 들었다고 한다.

소불 선생은 고심 끝에 포항제철에 강괴 28톤을 빌려 시험적으로 달아보고자 공문으로 요청했다. 그것은 만용에 가까운 것이었다. 포철은 강괴를 외부로 내준 일도 없고, 강괴를 운반하는 비용만도 상당한 액수였다. 그러나 소불 선생은 그저 에밀레종, 성덕대왕신종, 다시는 못 만드는 문화유산이라는 말로만 몇 날 며칠을 설득하였다. 한국 사회에서 안될 일도 되게 하는 길은 실무자를 잘 알면 되는 것인데, 일이 되려고 했는지 포철의 한 실무 간부가 소불 선생의 경복고등학교 동창이었다. 그

1975년. 경주박물관장이던 소불 선생이 포항제철에서 빌려온 강괴 28톤으로 종각의 쇠고리 힘을 측정
해본 다음 내리고 있는 장면.

리하여 천신만고 끝에 포철은 강괴 28톤을 빌려주고 대한통운에서는 자
원봉사로 참여하여 중기계장 이용일 씨, 작업반장 김창배 씨 등 여러 분
이 작업비도 받지 않고 거기에 옮겨 걸어주었다.

소불 선생은 에밀레종 무게보다 6톤의 여분으로 28톤을 빌려와 시험
적으로 걸어보는 데 성공했다. 그러나 그것은 큰 실수였다. 22톤의 하중
을 견디는지 시험하려면 44톤이 필요하다. 바람에 움직이는 물체는 정
지된 물체보다 두 배의 힘이 필요한 것이다. 뒤늦게 이 사실을 안 소불
선생은 아침저녁으로 강괴를 흔들어보았다. 시공자 공영토건 공사장은
6톤을 더 얹었다고 불평하면서 이 시험 자체를 불쾌해했지만 대수롭지
않게 생각했고, 소불 선생은 아랑곳없이 틈만 나면 종을 치듯 흔들어보
았다.

이레째 되던 날 아침, 경비원이 소불 선생을 찾아 뛰어왔다. 종고리가
휘어 벌어진다는 것이었다. 열흘이 되니 곧 떨어질 것 같아 강괴를 내려
놓았다. 소불 선생은 휘어지고 벌어져 추한 모습이 된 종고리를 떼어 들

고는 부르르 떨었다고 한다. 소불 선생은 그것을 상자에 담아 고속버스에 신고 서울로 올라와 국립중앙박물관장실에 풀어놓고는 자세히 보고하였다. 이 어이없는 일로 지체 높은 분들이 모였다. 문화재관리국장, 공영토건 사장, 원자력연구소장, 국립중앙박물관장 등이 '에밀레종 종고리 제작위원회'를 조직하여 실수 없이 하기로 했다.

## 에밀레종 종고리 제작위원회

에밀레종 종고리 제작위원회는 원자력연구소의 김유선 박사, 금속실장 황창규 선생 등 과학자와 소불 선생 등 박물관 관계자로 구성되었다. 종고리위원회는 먼저 일그러진 고리를 인천에 있는 한국기계공업회사에 가서 시험해보니 연구원 하는 말이 "이 쇠는 똥쇠(똥철)입니다"라는 것이었다.

문제는 종고리만이 아니었다. 종을 걸 쇠막대기도 22톤 하중을 잘 지탱해야 한다. 황실장은 이 쇠막대기는 특수한 강철을 사용하여, 황실장이 지정하는 실력 있는 공장에서, 황실장의 지시에 따라 최소한 직경 15센티미터가 되는 철봉을 만들면 된다고 하였다. 그렇게 하면 휘지도 구부러지지도 않는 것을 만들 자신이 있다는 것이었다.

그러나 큰 문제가 생겼다. 에밀레종 머리의 쇠막대기를 끼우는 부분은 용이 용틀임하는 형상으로 그 허리에 가로지르게 되어 있는데 이 구멍이 9센티미터도 안 되는 것이었다. 최상의 질로 15센티미터를 해야 기계역학에 맞는데 구멍은 9센티미터밖에 안 된다니 낭패가 아닐 수 없었다.

황실장은 고민 끝에 지금의 과학기술로는 오직 한 방법, 와이어(철사)로 계속 말면 걸 수 있다는 것이었다. 그러나 그래서야 종을 달았다고 할 수 있겠는가. 그러던 어느 날 황실장은 "관장님, 그 전에 매단 쇠막대

| **에밀레종의 종고리** | 용의 허리춤으로 끼여 있는 쇠막대는 지름 8.5센티미터로 이 시대의 기술로는 만들지 못하여 그 옛날부터 사용해온 쇠봉을 그대로 끼웠다.

기 있습니까?" 하고 물어왔다. 소불 선생이 창고에서 그것을 꺼내 보여 주었더니 황실장은 득의만면하여 "이것이라면 안전합니다"라는 것이었 다. 현대 공학의 기술로는 15센티미터 쇠막대기 이하로는 안 되지만 이 것은 된다는 것이었다. 왜냐하면 이 옛날 쇠막대기는—그것을 신라시대 에 만들었는지 조선시대에 만들었는지 알 수 없지만—여러 금속을 합금 해서 넓고 기다란 판을 만들어 단조(鍛造) 기법으로 두드리면서 말아서 만들었으니 와이어가 분산된 힘을 결합하듯 만든 형태라는 것이다. 강하 면 부러지기 쉽고 연하면 휘기 쉬운데 이렇게 만들면 강하면서 부드러 워 휘지도 부러지지도 않는다는 것이다.

결국 종고리위원회는 에밀레종 종고리에 끼울 쇠막대기를 만들지 못 하고 이 옛날 쇠봉을 사용하기로 결정하였다.

## 과학기술로 본 성덕대왕신종

그러고 보면 20세기에 에밀레종 복제가 불가능한 것은 정성의 부족뿐만 아니라 기술 부족이라는 측면도 있는 것이다. 컴퓨터를 만들고 자동차를 만드는 기술은 발달했지만 청동 주물 솜씨는 그 옛날을 따라가지 못한다. 어쩌면 경험과 필요에 의한 기술의 축적과 과학적 사고란 발전이 아니라 변화일 따름인지도 모른다.

에밀레종 몸체에는 종고리인 용머리의 방향과 같은 축으로 둥그런 연꽃무늬 당좌가 양쪽에 새겨져 있다. 종을 칠 때는 반드시 여기를 쳐야 제소리가 난다. 조금만 어그러지거나 비껴가도 안 된다. 종 몸체에 새겨져 있는 모든 문양, 비천상, 명문의 서(序)와 사(詞), 어깨에 새긴 종젖꼭지〔鐘乳〕, 입술 부분의 보상당초문(寶相唐草文) 등이 이 두 당좌를 축으로 하여 완벽하게 좌우대칭을 취하고 있는 것도 그 이유다.

서울공대 이장무 박사의 말을 빌리면, 종의 키와 폭, 즉 천판까지의 높이 3.030미터와 맨 아랫부분 바깥쪽 입지름 2.227미터의 비율을 보면 $\sqrt{2}$(≒ 1.414)의 값에 가깝고, 당좌의 위치를 보면 종 높이와 천판에서 당좌까지의 길이의 비 역시 $\sqrt{2}$로 이 지점은 스위트스폿(야구에서 홈런 칠 때 공이 배트에 맞는 지점)에 해당한다고 하였다.

1963년 2월 원자력연구소 고종건, 함인영 두 박사 팀이 삼국시대 불상과 범종을 특수촬영(감마선 투과 촬영)하여 과학적으로 규명한 것이 『미술자료』제8, 9호에 실려 있는데 이 두 박사는 당시 어떻게 그렇게 얇은 주물이 가능했고, 깨끗한 용접이 가능했고, 주물에 기포(氣泡)가 없었는지

| 에밀레종 비천상 |  천의 자락을 날리며 내려앉아 공양하는 비천상과 이를 감싸안은 넝쿨꽃의 묘사는 천상의 축복 같은 것을 느끼게 한다.

불가사의하다는 것이었다. 에밀레종에도 물론 기포가 없다.

남천우 박사의 『유물의 재발견』이라는 명저에는 우리나라 범종을 과학적으로 규명한 장문의 논문이 실려 있고, 염영하 박사의 『한국종 연구』(고려원 1988)에는 그 제원과 기법이 자세히 논구되어 있는데, 비과학도인 나로서는 그저 신비할 따름이며 두 이학박사의 논지도 그렇다.

남천우 박사의 견해에 의하면 에밀레종은 납형법(蠟型法)으로 제작되었다. 중국 종·일본 종이 만형법(挽型法) 또는 회전형법(廻轉型法)으로 제작된 것과는 큰 차이다. 중국과 일본의 학자들이 '조선 종'이라고 부르는 것은 이런 기법의 차이에서부터 유래한다. 이 기법의 차이는 곧 형태와 소리 모두에서 큰 차이를 보여준다. 납형법이 아니고서는 종 몸체에 그와 같이 아름다운 문양을 새기는 것이 불가능하고, 납형법이 아니고서는 긴 여운을 내지 못한다. 우리가 듣는 종소리, 그것은 세상 사람들이 모두 듣는 소리가 아니라 '한국 종'을 만들어낸 우리들만 듣는 소리인 것이다.

일본의 범종학자인 쓰보이 료헤이(坪井良平)에 의하면 몇 해 전 일본 NHK에서 세계의 종소리를 특집으로 꾸민 적이 있는데 에밀레종이 단연 으뜸이었다는 것이다. 장중하고 맑은 소리뿐만 아니라 긴 여운을 갖는 것은 에밀레종뿐이라고 한다.

성덕대왕신종에 대해서는 기계공학과 음향학에서도 이처럼 많은 연구가 있어왔다. 많은 공학박사들이 이 종을 측량하고 종소리를 녹음하여 연구한 뒤 발표했다. 그 논문들의 결론은 한결같이 이 범종의 구조와 소리에 대한 경의로 가득하며 그것을 수치로도 제시하고 있다.

카이스트의 이병호 박사는 「성덕대왕신종의 음향학적 연구」에서 종소리의 음색과 음질, 종소리의 톤 스펙트럼을 분석하면서 다음과 같이 대단히 어렵고 복잡한 종성 평가식을 제시하고 그 채점 결과를 발표했다.

참고로 그가 제시한 종소리 평가 방식은 ①종성의 tonal spectrum

분석을 한 다음, ②fundamental tone의 frequency에 대한 각 tone의 frequency ration을 구하고, ③그 값에 따라 Malmberg에 의한 각 tone 의 화음도평점($m_i$)을 하고, ④각 tone의 intensity에서 결정되는 sound pressure($p_i$)로 무게를 붙여서 ⑤화음도평점을 평균한 값으로 종성 평가 점수 m으로 한즉, m=$\frac{\sum m_i p_i}{\sum p_i}$ 로 된다는 것이다.

이렇게 해서 채점한 결과, 100점 만점에

성덕대왕신종 86.6점,
상원사종 55.7점,
보신각종 58.2점.

여타의 종은 50점 이하였다. 이병호 박사는 여기서 제시한 종성 평가 기준은 종소리에 국한되는 것이 아니라 일반 음악의 화성학에서 소리의 맑고 우수함을 따지는 판정 척도로서도 훌륭한 것이라고 믿는다고 했다.


## 음통과 울림통의 문제

에밀레종을 비롯한 한국 종에서의 이 울림, 물리학에서 말하는 '맥놀이' 현상은 진동수가 거의 동일한 두 개의 음파가 동시에 발생될 때 생기는 일종의 공명 현상이라고 한다. 그러나 에밀레종에서 이 진동원(振動源)이 어디인지는 아직 찾아내지 못했다. 사람들은 아마도 음통(音筒)에 그 비결이 있지 않을까 생각하고 있다. 에밀레종 용머리 뒤쪽에는 대롱 모양의 관이 솟아 있는데 이 관은 높이 96센티미터, 안쪽이 14.8센티미터, 위쪽이 8.2센티미터로 속이 비어 있다. 이 음관은 조선 종에만 있고 중국 종·일본 종에는 없기 때문에 더욱 그렇게 생각되는 것이다. 또 종각에 종을 걸고 난 뒤 종 바닥 아래쪽에 움푹 파놓은 울림통(洞空)이 어떤 식으로든 기능하지 않았을까 추정하고 있다.

음통은 한국 종만의 특징으로 중국 종이나 일본 종에는 없다. 천판 위에 솟아 있는 음통은 내부와 뚫려 있고 아래쪽은 지름 8.2센티미터, 위쪽 지름 14.8센티미터이며, 밖으로 노출된 길이는 63.3센티미터로 나팔 모양이다.

형태로 보면 분명 종소리와 어떤 식으로든 연관이 있을 것 같은데 그동안 대부분의 공학박사들은 그 영향이 보이지 않는다며, 있다 하여도 미미할 것으로 잠정 결론을 내리곤 하였다. 그리하여 황수영 박사는 음통이 문무대왕의 만파식적을 상징화한 것이라는 학설을 내놓기도 하였다. 그러나 음통은 성덕대왕신종에만 있는 것이 아니라 모든 한국 종에 있고 이미 상원사동종에도 나타나기 때문에 학계의 동의를 얻지는 못하였다.

울림통은 현재 옛 모습 그대로를 전하는 예가 없어 확실한 형태를 모른 채 국립경주박물관 구관에 걸려 있을 때의 형태에 따라 종구 아래에 웅덩이 모양으로 파놓았는데 이것이 종소리에 어떤 기능을 하는가에 대해서도 이론이 분분했다.

그러나 1996년 국립경주박물관 주관으로 이루어진 성덕대왕신종에 대한 종합 학술조사에서 네 시간에 걸쳐 타종하며 이를 분석한 결과 김양한 박사는 다음과 같은 결론을 내렸다.

성덕대왕신종의 진동, 음향, 특성을 요약해본다면 일반적으로 들을 수 있는 동서양의 다른 종들과 달리 모든 공진 주파수를 '쌍'을 이루게 하여 맥놀이 현상이 일어나게 하고 있다는 사실이다. (…) 그동안 관심의 대상이 되어왔던 음통은 1차, 2차 맥놀이 현상을 일으키는 주파수에 대하여는 막힌 관과 같은 역할을 하고 (반사계수가 1에 가까운) 그 이상의 고주파 음은 효과적으로 외부에 반사시켜주는 일종의 감쇠기 역할을 하고 있다고 볼 수 있다.

## 에밀레종의 풀리지 않는 비밀

나는 에밀레종 여운의 신비를 찾기 위하여, 한번은 새벽에 에밀레종을 칠 때 얼른 종 밑바닥 홈으로 굴러들어갔다. 신기하게도 종 안쪽에는 소리의 여운이 없다. 마음 같아선 종 속에 들어앉아서 종 치는 소리를 들어보고 싶은데 고막이 터질까 겁도 나고, 또 소불 선생께 거기까지는 허락받지 못했다. 지금도 나는 기회가 있다면 종 칠 때 그 속에 들어가 앉아볼 생각이다.

남천우 박사가 주장한바, 에밀레종이 납형법으로 제작되려면 22톤의 쇳물, 감량 20~30퍼센트를 계산하면 약 25~30톤의 쇳물을 끓여 동시에 부어야 한다. 명문에 12만 근으로 만들었다는 기록은 당시 225그램을 한 근으로 계산해보면 약 27톤이 되니 맞는 얘기가 된다.

27톤의 끓는 쇳물을 거푸집(鑄型)에 일시에 붓는데—염영하 박사의 조사에 의하면 10곳에 주입구가 있었던 흔적이 있다고 한다—그 압력이 대단하여 거푸집이 웬만큼 튼튼하지 않고는 못 견딘다고 한다. 또 쇳물이 쏟아질 때는 거품이 일어나 버글거리는데 이때 공기가 미처 빠져나오지 못하면 공기를 품은 채 굳어버려 기포가 생기게 된다는 것이다. 이 공기를 어떻게 빼내었을까? 요즘 만든 주물에는 기포가 많은데 그때는 없었다니 신비하기 그지없다. 그 모든 것이 불가사의한 일일 따름이다.

## 에밀레종의 전설

성덕대왕신종이 에밀레종이라는 별칭을 얻게 된 것은 그 여운의 소리가 "에밀레" 같고, 그 뜻은 "에밀레라" 즉 "에미 탓으로"와 같기 때문이다.

내용인즉 경덕왕이 대종의 주조를 위한 성금을 모으기 위하여 전국에 시주승을 내보냈을 때 어느 민가의 아낙네가 어린애를 안고 희롱조로 "우리 집엔 시주할 것이라고는 이 애밖에 없는데요"라며 스님을 놀렸다는 것이다.

대종이 연신 실패를 거듭하자 일관(日官)이 점을 쳐서 이것은 부정(不淨)을 탄 것이니 부정을 씻는 희생이 있어야 한다고 했다. 여러 갈래로 그 부정을 추정한 결과 그 아낙네 탓으로 단정되었다. 그리하여 그 애는 "에밀레"로 되었다는 얘기다.

이 전설은 반강제 성금을 내야만 했던 민중의 고통으로 해석되기도 하고, 온 국민의 국가적 총력으로 설명되기도 하는데, 아기가 진짜로 희생됐다, 아니다에는 엇갈린 견해가 여지껏 팽배하다.

희생됐다는 주장은 사람의 뼛속에 있는 인(P)의 성분이 신묘하게 작용했다는 주장이다. 사람의 뼈, 동물의 뼛속에 있는 인의 성분은 물질의 합성, 합금에서 신기한 작용을 하는 것으로 예부터 알려져왔다. 진시황이 만리장성을 쌓을 때 그 땅다지기를 하면서 사람의 시신을 썼다는 얘기도 그중 하나다. 또 이 점에서는 삼한시대의 저수지 중 김제의 벽골제(碧骨堤)가 '푸른 뼈'의 제방이라는 이름을 얻은 유래를 상기할 필요가 있다. 벽골제에 제방을 쌓을 때만 해도 조수가 여기까지 미쳤다고 한다. 물밑에 제방 기초를 해놓으면 조수가 밀려와 쓸어버리는 바람에 공사는 매번 원위치로 돌아갔단다. 이럴 때면 으레 공사 감독이 꿈에 신령님의 계시를 받는 것이 우리나라 전설의 상투적 얘기다. 신령님은 공사 감독에게 '벽골' 즉 '푸른 뼈'를 흙과 함께 반죽해서 쌓으라고 했다. 짐승의 뼈는 대개 푸른 기를 조금씩 띠고 있는데 특히 말뼈가 푸르다고 한다. 공사는 말뼈를 갈아 섞음으로써 이루어질 수 있었다고 하였다.

아니라는 주장은 전설 자체가 만들어낸 얘기일 뿐이며 아무리 사람의 인이 신묘하다 할지라도 27톤의 쇳물 속에서 그 양은 거의 없는 것과 마찬가지이고 그 쇳물은 한 가마에서 끓인 것이 아니라 도가니 100개 이상을 동시에 사용한 것이니 말도 되지 않는다는 것이다.


## 벌통 2천 개가 필요하다

나는 이 전설 속에서 종소리에 맥놀이 현상의 긴 여운이 있어서 그것을 신비롭게 생각했고 그 여운의 생김을 소릿말로 옮겨보려 했던 사실 자체를 중요하게 생각하고 있다. 어느 종에나 그처럼 아름다운 여운이 있었다면 이런 전설이 생기지 않았을 것이다. 그러니까 성덕대왕신종은 숱한 시행착오 속에 완성된 밀랍형 주조의 첫 작품이고, 신비로운 여운이 있는 종의 첫 탄생이었다.

성덕대왕신종의 제작 경위는 무엇보다도 종 몸체에 새겨져 있는 명문에 명확히 드러나 있다. 경덕왕(재위 742~64)이 아버지 성덕왕에 대한 추모의 정이 깊어 그분의 덕을 기리기 위하여 동 12만 근을 내어 대종(大鐘)을 주조하려고 했으나 그 뜻을 이루지 못하고 아들 혜공왕 7년(771)에 비로소 완성하여 봉덕사에 안치했던 것이다. 여기서 참으로 이상스러운 것은 무엇 때문에 그토록 오랜 세월이 걸렸는가라는 의문이다. 에밀레종 만들기 17년 전(754)에는 황룡사에 그 네 배(50만 근)가 되는 황룡사종도 만들었고, 세 배가 넘는 분황사 약사여래상도 주조했던 실력인데 어찌해서 이렇게 됐는가.

남천우 박사는 그 이유를 회전형 주조법에서 밀랍형 주조로 옮아가는 과정에서 일어난 시행착오 때문이었다고 해석하고 있다. 이 종의 제작 날짜가 음력으로 12월 14일로 되었다는 것도 그 증거로 제시했다. 밀랍형으로 제조하려면 우선 밀랍이 있어야 하는데, 에밀레종의 부피가 3세제곱미터이고, 벌통 하나에서 채취되는 밀랍은 고작해야 1~2리터이고 보면 최소한 토종 벌통 1,500 내지 2,000개가 있어야 한다는 계산이 나온다. 이것은 보통 숫자가 아닌 것이다. 지금 최대의 토종벌 재배장인 설악산 미천골 황이리 토종꿀단지에서 기르고 있는 벌통은 겨우 279개다. 그래서 밀랍을 채취할 수 있는 음력 9월에 만들기 시작해서 10월에는 밀초로 모형을 만들고 약 2개월에 걸쳐 주조했다는 계산이 나온다.

에밀레종은 단 한 번의 주조로 완성되지는 않았다. 에밀레종 속으로 들어가보면, 안쪽에는 쇳물을 덧붙이고 덧붙인 자국들이 생생하게 보이는데 이 보완작업은 그 울림을 밝게 이끌어내기 위한 조치였을 것이다. 그리하여 771년 12월 14일에 종을 걸고 치니, 종래의 종은 회전형인지라 여운이 없었는데 에밀레종은 밀랍법으로 되어 긴 여운을 띠게 되었다. 그것은 대단히 신기한 일이었을 것이며, 좋은 종을 만든 큰 기쁨이었을 것이다. 거기에서 그 여운이 신기하여 무슨 소리 같다는 둥 하던 사람들의 얘기가 "에밀레"로 결론을 내게 되었고, 나라에서는 신종(神鐘)이라는 이름을 붙이게 되었던 것이다.

### 불국사의 박정희 대통령 신종

사람들은 잘 기억하지 못하지만 우리 시대에도 성덕대왕신종 같은 것을 제작한 적이 있다. 언제인지 정확히는 알 수 없으나 1970년대 유신 시절, 불국사에는 커다란 종이 하나 걸리게 되었다. 커봤자 에밀레종의 반의반만 한 것이었다. 이 종에는 "박정희 대통령의 만수무강을 빕니다. 한진그룹 조중훈 올림"이라는 명문이 새겨져 있었다. 말하자면 20세기에 만든 박정희신종이었던 것이다.

그런데 이 종은 항시 삐딱하게 걸려 있어서 마치 6시 5분을 가리키는 시계 방향과 같았다. 아침저녁 예불을 알리는 종으로 계속 사용하고 있는데 그 종소리는 고르게 퍼져나가지 못하고 항시 웅웅거린다.

불국사 월산스님은 이것이 맘에 걸려 경주박물관에 한번 조사해줄 것을 부탁하였다. 박물관팀이 먼저 실측해보니 두께가 엉망이었다. 에밀레종은 어디를 재도 위쪽은 10센티미터, 아래쪽은 22센티미터이다. 그런데 박정희신종은 같은 면이라도 어디는 10센티미터인데 어디는 5센티미터이고 기포는 말할 것도 없고 한쪽 구석은 다 해져서 하늘이 보일 것만 같았다. 그러니 그 소리는 웅웅거리고, 세워진 모습은 6시 5분일 수밖에 없다.

10·26사태로 그분이 돌아가시고 2년이 지난 1982년 가을, 불국사에 갔더니 그 명문이 깎이어 없어져버렸다. 그리고 이제는 종 몸체가 6시 정각으로 똑바로 섰다.


## 에밀레종 반주의 후천개벽춤

에밀레종 소리를 세상에 다시 없는 음악으로 생각하게 된 나는 이 음악에 맞추어 추는 춤도 생각해보았고, 그것을 곧 실현시켜보게도 되었다.

1986년 5월, 오윤 판화전이 그림마당 '민'에서 열릴 때 열림굿은 이애주 교수가 추고, 그의 예술에서 '민족적 형식의 문제'라는 강연은 내가 했다. 이애주 교수는 내 강의를 듣고는 우리 미술의 특징을 슬라이드로 보여주면 거기에 맞는 춤을 자신이 추어보고 싶다고 했다. 그래서 우리는 '춤과 미술의 만남'이라는 제목 아래 서울대 개교 40주년 기념행사로 공연을 갖게 되었다.

그때 서울대 측은 예산을 동결시켜 이 공연을 중지시키려 하였다. 민중적 색채가 조금이라도 보이면 탄압하고 금지시키던 5공 말기의 상황이었다. 그러나 우리는 굴복하지 않고 자비와 민미협(민족미술인협회)의 김용태 형과 성완경 형이 보내준 보조금으로 공연을 치르게 되었다. 경비의 대부분은 악사의 거마비였다. 그래서 나는 이애주 교수에게 사물만 부르고 나머지는 카세트로 출 것을 부탁했더니 이애주 교수는 정색을 하며 나를 나무랐다. 요지인즉, 춤꾼은 춤판이 벌어질 때 멋지게 춤추어보는 것이 인생인데, 흥도 신명도 없이 어떻게 카세트에 맞춰 추느냐는 것이었다. 좋은 음악이 있으면 춤도 좋은 춤이 나오는 법이라며 예술을 안다는 사람이 그렇게 서운한 소리를 할 수 있느냐는 것이었다. 나는 그때 정말로 미안하고 부끄러운 마음이 일어났으며 그것은 큰 마음빚이 되었다. 우리의 공연이 끝나고 뒤풀이 자리가 벌어졌을 때 나는 그 마음빚을 갚을 요량으로 이애주 교수에게 넌지시 제안했다. 세상에서 가장 위대한 음악에 맞추어 춤 한번 추어보겠냐고. 그게 뭐냐는 물음에 나는 곧 에밀레종이라고 했다.

이애주 교수는 내 설명을 듣고는 경주에 가서 에밀레종 소리를 들어보고 나서 결정하겠다고 했다. 그러고는 며칠이 지났는데, 이애주 교수는 내게 와서 경주에 가서 새벽종 치는 것을 듣고 왔는데 정말로 굉장하다면서 내게 혹시 녹음한 것 있느냐고 물었다.

물론 내게는 좋은 녹음 테이프가 있었다. 소불 선생은 근 10년간 에밀레종 소리를 듣고 사는 동안 그 소리가 계절마다 여운이 다른 것을 알게 되었고, 가장 맑고 긴 여운은 여름밤의 종소리라고 했다. 한여름 저녁 대기의 공기가 완전히 녹아 있을 때라 더 좋은 것이었을까? 그래서 어느 한여름 밤에 녹음해둔 에밀레종 소리 테이프의 복사품이었다. 그런데 이 녹음 과정에서 예상치 않은 일이 일어났다고 한다. 그것은 침묵의 밤하늘에 에밀레종의 첫 방이 울리자 박물관 뒤편의 논에서 모든 개구리, 맹꽁이가 일제히 울어대는 바람에 낭패를 보았던 것이다. 그래도 작정한 일인지라 주변의 사람들이 모두 논두렁에 가서 에밀레종을 치면 일제히 짱돌을 논에 던져서 개구리, 맹꽁이들이 울지 못하게 하고서 간신히 녹음해둔 것이니 그 이상의 것은 없으리라.

이애주 교수는 연속적으로 타종된 에밀레종 소리를 듣고는 한번 춰보겠다고 했다. 나는 속으로 큰일이 생겼다고 생각했다. 반은 혼자 생각으로 그저 해본 소리였는데 진짜 춤을 추겠다니 소불 선생이 과연 허락해줄까 걱정이 태산 같았다. 그래도 한번 뱉은 말이고, 또 해볼 만한 일이기에 경주로 내려가 소불 선생을 만나 자초지종을 말씀드렸다. 그때는 이애주 교수가 바람맞이춤으로 유명해지기 전이어서 소불 선생은 그저 서울대 교수 이애주로만 알고 있었다. 소불 선생의 대답은 말 같지도 않은 소리 말라는 것이었다. 내 목이 몇 개여도 못 한다는 말씀이었다. 국보로 지정된 것은 사진을 찍을 때도 허가를 얻어야 되는데 하물며 종을 아무 때나 치겠느냐면서, 말이 잘못 나가면 종을 쳤다고 하지 않고 종을 때렸다고 해서 문화재 파괴범이 된다는 것이었다.

나도 사실은 어지간히 끈질긴 사람이었다. 내가 살아가면서 남에게 많이 들은 소리가 쇠귀신과 질경이다. 나는 쇠귀신처럼 들러붙어 소불 선생을 설득하는 데 결국 성공했다. 그때 나는 소불 선생과 다음과 같은 신사협정을 맺었다.

10월 3일 개천절을 맞아 신라문화동인회원들과 공식적으로 33천 하늘이 열림을 경축하는 33번의 종을 칠 테니 그때 와서 비공식적으로 춤을 추어도 나는 모른 척해주겠네. 그러나 첫째 언론이 눈치채지 못하게 하고, 향후 3년간은 비밀이며, 서울에서는 꼭 봐둘 필요가 있는 사람 10명만 초대할 것.

이리하여 나는 서울로 올라와 이애주 교수에게 성공했다고 자랑하며 좋아했더니 이애주 교수는 정색을 하면서 제야의 종 때면 몰라도 개천절까지는 보름밖에 남지 않아서 춤을 구상할 시간도 안 된다는 것이었다. 나는 소불 선생께 춤꾼의 이런 사정을 말씀드렸으나 소불 선생은 기껏 명분으로 잡은 날이 개천절이니 더 이상의 변경은 불가라는 답이었다. 할 수 없이 이번에는 이애주 교수를 쇠귀신처럼 물고 늘어져 10월 3일 개천절에 후천개벽무를 추기로 약속을 받아냈다.

이애주 교수는 춤을 준비했고, 소불 선생은 윤경렬 선생 등에게 연락했고, 나는 국악계에서 최종민·권오성, 미술사학계에서 이태호·강경숙, 국사학계에서 안병욱·유승원, 미술계에서 성완경, 소불 선생과 가까운 서씨집 다섯째 언니, 그리고 영상 기록을 위하여 영화감독 장선우를 초대하였다.

그런데 공연 이틀 전, 이애주 교수는 춤이 준비 안 되었다고 취소해버렸다. 무반주에 가까워 못 추겠다는 것이다. 내년에 하자는 것이었다. 세상에 이런 낭패가 없었다.

나는 소불 선생께 백배 사죄하러 경주에 갔더니, 이번에는 소불 선생이 더 서운해하시면서 이번이 마지막 기회였는데라며 아쉬워하셨다. 나중에야 알았지만 10월 말에 소불 선생은 경주박물관장을 그만두고 서울로 자리를 옮기시게 되었던 것이다.

이번이 마지막이라는 여운에 나는 그 낌새를 느끼고 이애주 교수와 소불 선생 양쪽을 중재하여 10월 9일에 추자고 제안했다. 이애주 교수는

1986년 10월 9일 새벽 6시. 이애주 교수는 에밀레종 소리에 맞추어 후천개벽무를 추었다.

동의했으나 소불 선생은 종을 칠 명분이 없다며 난처해하셨다.

나는 억지를 부리며 명분을 만들었다. 종소리는 깨우침이니 세종대왕이 한글 자모 28개를 만들어 어린 백성을 깨우침을 경축하는 것으로 명분을 세우고, 기왕에 매일 아침 3번 친 것에다 개평으로 두 방만 더 치면 33방이 되니 그렇게 해달라고 밀어붙였다.

그리하여 1986년 10월 9일 한글날 새벽 6시, 서울에서 온 10명의 관객, 경주의 신라문화동인회원 20여 명 앞에서 이애주 교수의 후천개벽무는 공연되었다.

에밀레종은 관객 30명이 4인씩 조를 짜서 1분 간격으로 치다가 나중에는 30초 간격으로 점점 빠르게 쳤다. 세번째 종이 울리자 저 멀리서 소복을 한 춤꾼이 종소리의 여운을 밟으며 서서히 다가왔다. 가슴에는 차곡차곡 갠 광목을 품고 있었고 탑돌이를 하듯 종을 한 바퀴 돈 다음 그것을 종 밑 우묵히 파인 울림통에 공양하듯 바쳤다. 종소리가 울릴 때마다 춤꾼은 율동과 정지를 반복하면서 비장감 감도는 춤사위로 흐느끼듯 기도하듯 저항하듯 공경하듯 환희에 날뛰듯 춤추었다. 종소리 간격이 조금씩 빠르게 되자 춤꾼은 에밀레종 밑으로 들어가 광목 자락 끝을 잡고 어디로 가는지 마냥 걸어갔다. 그 길이는 광목 두 필이었다. 마지막 종소리의 여운이 끝났을 때 춤꾼은 보이지 않았다.

30명의 관객들은 숨을 죽이고 이 천고의 음악과 시대의 춤꾼 이애주의 춤을 20여 분간 감상하였다.

박수 소리와 함께 이애주 교수가 나타나자 윤경렬 선생은 어떤 춤꾼이 있길래 감히 에밀레종 앞에서 춤을 추나 싶었다며, 당신두 춤을 좀 알지만 이처럼 성덕대왕신종에 걸맞은 춤이 있을 줄은 상상도 못했다고 했다.

그러나 이 순간, 가장 중요했을 비디오 촬영은 없었다. 애당초 촬영은 장선우 감독이 책임지기로 했는데 그가 오지 못한 것이었다. 본래 장감독은 10월 3일에 있던 촬영 스케줄을 후천개벽춤 찍는다고 10월 9일로 옮겨놓았던 것이다. 에밀레종 옮길 때도 카메라와 인연이 닿지 않더니 이번에도 마찬가지였다. 그렇다면 에밀레종이 계속 카메라를 피하고 있는 것인지도 모를 일이다.

춤판이 끝나고 팔우정로터리로 해장국을 먹으러 가는 길에 소불 선생과 나는 이런 얘기를 나누게 되었다.


"에밀레종은 광목하고 인연이 있구먼. 옮길 때는 열 필이었는데 이번에는 두 필이지."

"그건 종하고의 인연이 아니라 죽은 애기하고의 인연 같네요."

"어떻게?"

"에미가 어린애 기저귀, 포대기 하려고 끊어놓았던 광목이 사용되지 못한 원한 같은 거요."

"그럼 자네는 애기 희생설을 믿는 쪽이군."

"그렇죠."


1991. 10. / 2011. 2.

# 그 영광과 오욕의 이력서

창건설화 / 정시한의 석굴기행 / 소네 통감의 도둑질 /
일제의 해체 수리

## 세계적인 유물이란

어느 날 한 중년 여인으로부터 아주 당돌한 전화를 받았다. 『나의 문
화유산답사기』 독자인데 꼭 만나서 물어볼 것이 있다는 것이다. 귀찮기
도 하고 시간 버리는 일 같아 전화로 말하라며 딱딱하게 대했더니 여인
은 낭랑한 목소리로 또박또박 따지듯 말했다.

"다름 아니라 우리 문화가 고유한 특색을 갖고 있다는 것은 충분히
이해하겠지만 그것이 혹 국수적인 자기 고집이 아닌가라는 의문이 일
어나서 여쭙고 싶습니다. 저는 남편 따라 외국 여행할 기회가 많았는
데요. 우리나라엔 마야의 제단 같은 것도 없고 이집트의 피라미드, 로
마의 콜로세움, 중국의 자금성, 인도의 타지마할 같은 세계적인 유물

과 비교하면 초라하다는 생각을 버릴 수 없어요. 이 점을 선생님은 어떻게 생각하는지 듣고 싶어요."

얼굴을 마주한 대화가 아닌지라 질문자의 자세를 읽을 수 없었지만, 어찌 생각하면 오만하고 어찌 생각하면 자못 사려 깊은 고뇌의 고백처럼 들리기도 했다. 그동안 서구 문화를 동경하며 살아온 중년 세대로서는 당연히 찾아옴 직한 질문이라는 생각도 들었다. 나는 능글맞게 그러나 당차게 대답했다.

"예, 맞습니다. 우리에겐 피라미드도 타지마할도 없습니다. 그러나 그런 것 없는 나라가 왜 우리나라뿐인가요? 일본에 있습니까, 프랑스에 있습니까? 마야의 제단은 마야 제국 이외의 나라엔 없는 것입니다. 그런데 왜 세계에서 제일가는 유물만 골라서 우리와 비교하며 스스로 비참에 빠집니까? 그런 불공평한 비교가 어디 있으며 그렇게 비교해서 견딜 수 있는 나라와 민족이 어디 있겠습니까?"

나의 다그치는 듯한 대답이 계속되는 동안 상대방은 아무 말도 없었다. 간혹 예, 예 소리가 작게 들리는 것으로 보아 어쩌면 고개 숙인 채 끄덕이고 있을 것이라는 생각도 들었다. 잠시 후 여인은 아주 낮은 목소리로 물어왔다.

"질문한 제가 부끄럽네요. 그러면 하나만 더 묻고 싶어요. 우리에게도 세계에 그런 식으로 내세울 문화유산이 있나요?"
"물론 있죠. 동의하실지 모르겠습니다마는 우선 한글이 그렇고, 제 책에 쓴 에밀레종이 그렇고, 팔만대장경이 있고, 무엇보다도 석굴암이 있습니다. 그럴 일이야 없겠지만 우리의 모든 문화유산이 다 사라진다 해도 석굴암만 남아준다면 한민족이 살아온 문화적 긍지는 손상받지 않을 겁니다."

"석굴암이 그렇게 위대한 것인가요? 지난여름에 애들하고 갔었는데 유리장 밖에서 슬쩍 보아서 그랬는지 잘 모르겠던데요. 선생님 두 번째 책에는 석굴암을 쓰실 거죠. 꼭 읽고 다시 가볼게요. 그리고……"

"그리고 뭐요?"

"그리고, 저처럼 멍청한 질문을 하는 사람도 있었다는 얘기도 쓰실 수 있다면 써주세요. 실은 제 주위엔 그런 의문을 갖고 있는 사람이 적지 않거든요."

전화를 끊고 나서 나는 후회했다. 나는 차라리 그분이 내게 보낸 신뢰에 감사했어야 옳았다. 이럴 줄 알았다면 진작에 차라도 마시면서 사람 사는 정을 실어가며 대화를 나눌 일이었는데……

## 종교와 과학과 예술의 만남

석불사(石佛寺)의 석굴(石窟), 언제부터인지 우리가 석굴암(石窟庵)이라고 잘못 부르고 있는 저 위대한 존상에 대하여 내가 이제부터 무엇인가를 말하려 함이 행여 하나의 오만이 아닐까 두렵다.

석불사의 석굴, 그것은 종교와 과학과 예술이 하나 됨을 이루는 지고(至高)의 최미(最美)이다. 거기에는 전 세계 고대인들이 추구했던 이상적인 인간상으로서 절대자의 세계가 완벽하게 구현되어 있다. 지금도 석불사의 석굴 앞에 서면 숨 막히는 감동과 살 끝이 저려오는 전율로 인하여 감히 아름답다는 말 한마디조차 입 밖에 내는 것을 허용치 않으며 오직 침묵 속에서 보내는 최대의 찬미만이 가능하다. 우리는 석굴에 감도는 고요의 심연에서 끝도 없이 흐르고 있는 신비롭고 장중한 정밀(靜謐)의 종교음악을 감지할 뿐인 것이다.

석굴에는 불(佛), 보살(菩薩), 천(天), 나한(羅漢)이 모두 마흔 분 모셔져 있다. 거기에는 절대자를 중심으로 한 천상의 질서가 정연하게 펼쳐져 있다. 팔만대장경으로 설명한 장엄하고 오묘한 불법이 이 하나의 석굴 안에 요약되어 있다. 그 절묘한 만다라를 모두 해석해낼 학자는 아직 없다.

석굴은 인간이 만들어낼 수 있는 가장 완벽한 기술로 축조되었다. 석굴의 구조는 그 평면과 입면이 과학적이고도 철학적인 수리 체계를 이루어 부분과 부분의 조화, 전체에 의한 부분의 통합이 빈틈없이 이루어져 있다. 남천우 교수는 석굴을 측정하고서 그 엄청난 무게의 돌을 자르고 깎아 세우면서도 10미터를 재었을 때 1밀리미터의 오차도 허용하지 않았다고 했다. 다시 말하여 1만분의 1의 실수도 보이지 않은 것이다. 그 무서우리만큼 정확한 기술에는 우리 시대엔 상상도 할 수 없는 과학이 뒷받침되어 있었던 것이다. 20세기 들어와 보수에 보수를 거듭하면서도 온전한 보존책을 아직껏 마련치 못하고 있는 것은 현대의 기술만 과신하고 고대인의 과학을 무시했던 소치였다.

석굴의 제존상(諸尊像)은 분명 종교예술품이다. 아무런 생명도 성격도 없는 돌을 깎아 거기에 영원한 생명과 절대자의 이미지를 부여한 것은 종교적 열정에 근거한 예술혼의 산물이다. 그러나 어느 누구도 그 예술성을 비판하거나 의심한 사람은 없다. 그 어떤 독설의 비평가도 이 앞에선 입을 열지 못하였다. 뿐만 아니라 그 어떤 시인도 석굴의 신비와 아

| 석굴 내부 전경 | 본존불을 중심으로 벽면과 감실에는 39분의 보살, 천, 나한 등이 정연한 도상 체계를 이루고 있다.

름다움을 온전하게 노래하지 못했다. 고은 선생은 석굴 앞에서 "모든 이 나라의 찬미(讚美) 형용사는 그곳에 모여들었다가 하나씩 하나씩 다른 것을 찬미하기 위하여 나갔으니 석굴은 하나의 형용사로서 도저히 찬미할 수 없다"고 고백하였다.

그리하여 나는 석불사 석굴에 대하여 완벽한 인간 공력이 이루어낸 경이로움만 말할 수 있으며 거기에 오직 한마디만 덧붙일 수 있다.

"보지 않은 자는 보지 않았기에 말할 수 없고, 본 자는 보았기에 말할 수 없다."

그리하여 이제부터 시작하는 석불사에 대한 나의 이야기는 다만 그 신비와 신비를 밝히기 위한 노력들과 이 위대한 인류의 유산을 지키기 위해 자신의 일생을 거기에 걸었던 소중한 인생들에 대한 증언, 그리고 20세기 한국사의 슬픈 굴절 속에서 석굴이 겪어야만 했던 쓰라린 아픔을 말하는 석불사 석굴의 영광과 오욕의 이력서를 쓰는 일일 뿐이다.

### 김대성의 창건설화

석불사의 창건에 관한 기록은 『삼국유사』에 나오는 「대성이 두 세상 부모에게 효도하다(大城孝二世父母)」뿐이다. 위대한 명작에 대한 기록으로는 너무 빈약한 것인데, 그나마도 지방에 전하는 옛 기록인 「고향전(古鄕傳)」과 절집에 전하는 기록인 「사중기(寺中記)」가 다르다면서 어느 것이 옳은지 알 수 없어 모두 소개한다고 하였으니 우리로서는 더더욱 미궁 속에 빠진다.

더욱이 일연스님의 서술 방식은 현대인으로서는 믿기 어려운 전설을 천연덕스럽게 풀어간다는 특징이 있다. 그러나 『삼국유사』에 기록된 사항은 어느 것 하나 거짓이 없다는 사료의 정확성과 신빙성도 지니고 있다.

그러므로 우리는 일연의 『삼국유사』를 읽을 때는 그 설화 속에 깃든 상징과 은유를 잡아내야 한다. 석불사의 석굴 또한 그런 노력 속에서 신비의 베일을 벗길 수 있다.

모량리(牟梁里, 또는 浮雲村이라고도 함)의 한 가난한 여인 경조에게 아이가 있었는데 머리가 크고 이마가 평평한 것이 성(城)과 같으므로 대성이라 하였다. 집이 가난하여 아이를 키우기 어려우매 부자 복안(福安)의 집에 품팔이를 하였는데 그 집에서 밭 몇 이랑을 주어 먹고 입고 사는 밑천으로 삼게 되었다. 이때에 덕망 있는 스님 점개(漸開)가 육륜회(六輪會)를 흥륜사에서 베풀고자 복안의 집에 와서 시주하기를 권하니 베 50필을 바쳤다. 이에 점개스님이 축원하기를 단월(檀越, 독실한 신도)이 보시하기를 좋아하시니 천신(天神)이 항상 보호하여 하나를 보시하면 만 배의 이(利)를 얻게 하고 안락장수하게 하리로다 하였다.

대성이 이를 듣고 뛰어들어와 어머니께 "내가 문에서 스님이 축원하는 말을 들으니 하나를 보시하면 만 배를 얻는다고 합니다. 생각건대 우리가 전생에 닦은 선도 없어 이와 같이 곤궁하니 지금 보시치 않으면 내세에는 더욱 간난할 것입니다. 우리가 고용해서 얻은 밭을 법회에 시주하여 뒷날의 과보(果報)를 도모함이 어떻겠습니까?"라고 하매 어머니가 좋다고 하여 밭을 점개에게 보시하였다.

그뒤 얼마 안 되어 대성이 죽었는데, 그날 밤 재상 김문량(金文亮)의 집에서는 하늘로부터 외치는 소리가 있었다. "모량리 대성이라는 아이가 이제 너의 집에서 다시 태어날 것이다!" 집안사람들이 놀라 모량리를 검사하니 대성이 과연 죽었고 하늘에서 외치는 소리가 있던 한

날 한시에 김문량의 집에서는 아기를 배어 이윽고 출산하였다. 아이가 왼손을 쥐고 펴지 않다가 이레 만에 펴니 '대성'이라 새긴 금패쪽을 쥐고 있었으므로 이로써 이름을 삼고 모량리 어머니를 이 집으로 맞아 함께 봉양하였다.

대성은 장성하여 토함산에서 곰 한 마리를 잡았는데 그 곰이 귀신으로 변하여 시비해 가로되 "네가 어째서 나를 죽였느냐, 내가 환생하여 너를 잡아먹으리라" 하였다. 대성이 두려워하여 용서를 빌자 "네가 나를 위하여 능히 절을 지어주겠는가" 하므로 대성이 맹세하여 그렇게 하겠다고 답하고 꿈을 깨니 땀이 흘러 자리를 적시었다. 이후 들판의 사냥을 금하고 그 곰을 잡은 자리에 장수사(長壽寺)를 세우고 이로 인하여 자비로운 결심[悲願]이 더하여갔다. 이에 현세의 부모님을 위해 불국사를 세우고 전생의 부모님을 위해 석불사를 세우고 신림(神琳)과 표훈(表訓) 두 스님을 청하여 각각 머물게 하였다.

이상은 「고향전」에 나오는 기록이라며 일연스님은 이어 말하기를 "이에 불상 설치를 성대하게 하여 길러준 은공을 갚으니 한 몸으로 2세의 부모에게 효도하였음은 옛적에도 드문 일이며 불국사의 구름다리[雲梯]와 석탑은 그 목석에 조각한 공교로운 기술이 동부(東部)의 여러 사찰 중에 이보다 나은 것이 없다"고 하였다. 그리고 이와 별도로 절에 전하는 기록을 옮겨놓았다.

「사중기」에 의하면, 경덕왕 때 대상(大相)인 김대성이 천보 10년 신묘(751)에 불국사를 세우기 시작하여 혜공왕 대를 거쳐 대력 9년 갑인(774) 12월 2일에 대성이 죽었으므로 나라에서 이를 완성하고 처음에 유가의 대덕인 항마[瑜伽大德降魔]를 청하여 이 절에 거주케 하고 오늘에 이르렀다 하였는데 어느 것이 옳은지 모르겠다.

이 설화 속의 주인공 김대성은 과연 누구인가? 그 실체를 밝힌 분은 이기백 교수였다(『신라정치사회사연구』, 일조각 1974). 이기백 교수는 『삼국사기』에 김문량(文良)이라는 사람이 중시(中侍)로 있다가 711년(성덕왕 10년)에 죽었으며, 또 김대정(大正)이라는 사람은 6년 동안 중시로 있다가 750년(경덕왕 9년) 1월에 그만둔 사실이 있는데 이는 『삼국유사』에 나오는 김문량(文亮)과 김대성(大城)과 동일인으로 볼 수 있다며, 그것은 당시 고유어의 이표기(異表記) 현상이라고 해석했다. 이것을 통해 우리는 김대성이 혹 가난한 집안 자손으로 재상을 지내는 명문 집안에서 길러진 것이 그런 전설을 낳게 되었고, 김대성 자신 또한 재상을 지냈고 재상 자리를 물러난 바로 그다음 해에 불국사와 석불사 창건을 추진하다가 24년이 지나도록 끝을 보지 못하고 세상을 떠나자 나라에서 완성했다는 사실로 인식하게 되었다.

### 석불사 석굴의 유래

석불사는 암자가 아니라 석굴사원이다. 석굴은 인도에서 기원전부터 시작되었다. 차이티야(chaitya, 塔院)라고 하여 암석을 파고 굴을 만들어 그 안에 도량을 세우는 방법이다. 이는 장방형의 전실(前室)과 원형의 주실(主室)로 구성되며 주실 중앙에는 스투파(stupa, 탑)가 있어 참배자들이 이 스투파를 돌며 예배하게끔 되어 있다. 석불사의 석굴도 기본 구조는 이 차이티야와 같다.

차이티야는 기원전 무불상시대에서 기원후 불상시대로 넘어오면서 주실에 불상도 모시게 되었는데 이것이 인도의 아잔타, 중국의 둔황·윈

| **석굴암 전실에서 바라본 본존불** | 전실 정중앙에서 보면 본존불 뒤 광배가 제자리에 위치한다. 두 기둥 위에 걸친 아치형 머릿돌은 없어야 한다는 주장이 있다.

강·릉면 석굴로 이어지는 것이다. 그러나 우리나라에서는 좀처럼 석굴사원을 조영할 수 없었다. 우리나라의 산은 노년기 지형으로 단단한 화강암이 주류를 이루기 때문에 인도나 중국처럼 쉽게 굴착될 수 있는 사암(砂岩)이 없다. 그래서 이를 변형하여 백제의 서산 마애불처럼 바위에 새기거나 고신라의 감실부처님처럼 작은 규모로 바위를 깎거나, 통일신라 이후 군위의 삼존불처럼 자연 석굴을 이용한 석굴사원이 있었을 뿐이다.

그것이 석불사의 석굴에 이르러서는 세계에 그 유례를 찾아볼 수 없는 인공 석굴을 조영하게 된 것이다. 그것도 주실의 천장이 궁륭을 이루는 돔(dome)으로 설계된 것이다. 모르타르가 없던 시대에 낱장의 돌을 쌓으면서 서로의 힘을 의지하며 반구형의 돔을 형성한다는 것은 여간 어려운 일이 아니다. 조금만 역학 관계가 어긋나도 안쪽으로 쏟아져내리

| **천장석 팔뚝돌 해부 모형** | 석굴 궁륭부는 팔뚝돌을 이용한 절묘한 역학 관계로 구축되어 있다. 팔뚝돌은 긴 못처럼 박혀 있는 셈이다.(신라역사과학관의 모형)

고 마는 것이다.

여기에서 우리는 통일신라 사람들이 돌을 다룸에 있어서 얼마나 탁월한 기술이 있었고 또 자신감을 갖고 있었는지를 엿볼 수 있다. 그들은 이미 첨성대, 석빙고, 불국사의 돌축대 등을 축조했던 경험이 있다. 또 수많은 석실무덤의 축조에서 천장을—비록 궁형은 아니지만—마무리했던 기술을 갖고 있었다. 석불사의 인공 석굴 계획은 이런 기술과 문화능력을 바탕으로 가능했던 것이다.

그러나 천장을 돔으로 만든다는 것은 이제까지 없었던 대단한 구상인데, 김대성은 여기에서 '팔뚝돌'이라는 버팀돌의 힘을 창안하였다. 석굴의 천장은 반구형으로 올라가는 것이 모두 5단으로 되어 있다. 석굴 안으로 들어가 천장을 올려다보면 아래쪽 제1단과 제2단은 평판석 12개,

13개를 호형으로 다듬어 이어나갔는데 천장덮개돌을 향한 제3, 제4, 제5단은 모두 10개의 평판석과 그 사이마다 끼워 있는 돌출된 삐침돌을 볼 수 있다. 이 삐침돌을 보통은 '동틀돌' 또는 '리벳(rivet, 대갈못) 형상'이라고들 부르고 있으나 남천우 교수는 아주 적절하게도 '팔뚝돌'이라고 표현하였다.

팔뚝돌은 실제로 주먹을 구부린 팔뚝 모양으로 되어 있다. 그 길이는 대략 2미터이다. 이것을 바깥쪽에서 빙 둘러가며 비녀를 꽂듯이 수평으로 끼워 아래쪽 평판석을 눌러줌으로써 낱장의 천장석들은 역학적 균형 속에 안정을 취할 수 있었던 것이다. 돔이 완성된 상태에서 보자면 천정에 대고 대못(팔뚝돌)을 박아 고정시킨 셈이 된다. 이 팔뚝돌의 구조는 지금 경주에 있는 신라역사과학관에서 만든 분해 모형을 통하여 확연히 이해할 수 있으며 통일신라 토목 기술, 특히 석조 기술의 놀라운 수준을 여실히 보여주고 있는 것이다.

## 천장덮개돌이 세 동강 난 사연

모든 신비로운 유물은 저마다 조그마한 흠집과 함께 미완성의 전설을 갖고 있다. 석불사의 석굴은 마지막 마무리 단계에서 천장덮개돌이 세 동강 나고 마는 사건과 함께 그 미완성의 전설을 지니고 있다. 『삼국유사』에서는 천장덮개돌이 세 동강 난 것을 이렇게 증언하였다.

대성이 장차 석불을 조각코자 큰 돌 하나를 다듬어 덮개돌(龕蓋)을 만들다가 갑자기 세 토막으로 갈라졌다. 대성이 통분하여 잠도 채 들지 않고 어렴풋이 졸았는데 밤중에 천신(天神)이 내려와서 다 만들어 놓고 돌아갔다. 대성이 막 자리에서 일어나 급히 남쪽 고개(南嶺)에 올라 향나무를 태워 천신께 공양하였다. 이로써 그곳을 향령(香嶺)이라고 한다.

석불사 남쪽의 봉우리를 향령이라고도 하고 어떤 이는 지금 주차장 자리가 거기라고 한다.

천장덮개돌의 안치는 곧 석굴의 마지막 마무리를 의미한다. 덮개돌을 눌러줌으로써 천장의 낱낱 돌이 힘의 평형을 이룬다. 천장덮개돌은 지름 2.5미터, 높이 1미터 되는 홈통을 끼우는 꼴로 되어 있다. 간단히 마무리하자면 둥근 원기둥을 아래쪽은 크기를 구멍에 맞추고 위쪽은 좀 더 크게 만들어 끼우면 빠뜨릴 일도, 떨어뜨릴 일도 없을 것이다.

그러나 과욕이라고 할까 아니면 완벽주의의 소산이라고 할까? 김대성은 그것을 아름다운 연꽃이 두 겹으로 피어나는 모습으로 디자인하였다. 그래서 석굴에서 천장을 올려다보면 구멍을 막은 것이 아니라 피어나는 연꽃이 본존불의 머리 위에서 마치 스포트라이트를 비추는 환상적 분위기를 연출했던 것이다. 측량 기사 요네다(米田)는 이것을 태양으로 생각했고 고유섭 선생은 광배의 이동으로 보았다.

김대성이 설계한 천장덮개돌은 아가리가 밖으로 벌어진 손잡이 없는 찻잔을 거꾸로 엎어놓은 형상으로 연화문 지름이 2.5미터, 높이 1미터, 바깥쪽 지름이 3미터 되는 크기로 무게가 자그마치 20톤짜리였다. 이것을 떨어뜨려 세 동강 내고 만 것이다.

김대성은 얼마나 낙심했을까? 일연스님은 "분(憤)하고 억울(悉)했다"고 표현했다. 어찌하면 좋을까. 그 고민 중에 김대성은 잠이 든 것이다. 그리고 잠든 사이에 천신이 와서 설치하고 갔다는 것이 설화의 내용이다.

설화는 항시 사실에 기초한다. 심지어는 꿈도 사실에서 연유한다고 한다. 혹자는 이 꿈을 김대성이 꿈에서 천신의 계시를 받아 마무리했다

고 해석한다. 그렇게 해석하려면 깨진 것이 아니라 새로 깎은 덮개돌이어야 한다. 김대성이 자기 손으로 마무리했다면 20여 년이 걸린 대역사를 깨진 덮개돌로 얹었을 리가 있겠는가.

나는 김대성이 잠든 틈을 타 석공들이 완성시켜놓았다고 해석하고 싶다. 그들은 20개의 쐐기돌을 박아 천장덮개돌을 얹은 것이다. 그것은 이지루한 공사를 빨리 마무리하고 싶었던 석공들의 욕망의 표현이었는지도 모른다. 이제 다시 무게 20톤이나 되는 2.5×3×1미터의 돌을 채석해서 복판연꽃을 새긴다는 일 자체가 한심스러웠을 것이다. 일이란 마무리단계에 오면 더욱 그런 법이다. 생각해보라, 25세에 이 공사를 시작한 석공은 이제 50을 바라보는 나이가 되었다. 그것이 겨울날이었다면 또 어떠했을까 미루어 알 만하다.

석공들은 그들의 고집대로 또는 밑져야 본전인 셈으로 후딱 해치웠는데 김대성의 꿈에는 그들이 천신으로 현몽했던 것이리라.

나는 1년간 미국에 연수차 가 있은 적이 있다. 이국의 밤은 언제나 쓸쓸했다. 그 고독을 달래려고 침대에 누워 텔레비전을 보며 시간을 죽이다가 곧잘 잠이 들었다. 그런 어느 날 꿈에 그리운 나의 아내가 나타났다. 반가운 마음에 달려드니 아내는 손을 저으며 우선 당신이 좋아하는 노래를 한 곡 부르겠노라며 애잔한 목소리로 존 바에즈의 「솔밭 사이로 강물은 흐르고」를 불렀다. 대학생 때 애청하던 너무도 황홀한 노래여서 깜짝 놀라 깨어보니, 켜놓은 채 잠든 텔레비전에서 존 바에즈 리사이틀을 방영하고 있었던 것이었다. 나는 그때 김대성 꿈의 천신과 내 꿈속의 아내가 같은 종류의 현몽이라고 생각했다.

| 분리된 광배와 갈라진 천장덮개돌 | 석굴 전체 구조에서 가장 절묘한 부분은 본존불과 광배의 분리이다. 이로 인 *
해 광배의 장식성은 사라지고 이미지의 유동성이 살아났다. 세 동강이 난 천장덮개돌에는 석굴 완공의 어려움을 말해주는 미완의 전설이 서려 있다.

미완성의 전설은 언제나 아름답게 느껴진다. 그것으로 인하여 실패작이라는 혐의를 받는 것이 아니라 오히려 그 신비함을 더해주기도 한다. 레오나르도 다빈치의 「모나리자」는 5퍼센트의 미완성으로 그 신비로움을 더해가듯이 석불사 석굴의 세 동강 난 천장덮개돌은 석굴의 난공사를 더욱 실감케 해주는 아름다운 상처인 것이다.


## 잊혀가는 석불사

김대성이 세운 석불사의 석굴사원이 그 자체로서 어떤 역사를 갖고 있었는지에 대해 우리는 아무런 기록을 갖고 있지 않다. 다만 그로부터 5백여 년이 지난 고려시대에 와서 일연의 『삼국유사』에서 그 창건의 신화와 천장덮개돌이 깨진 전설만 들을 수 있었던 것이다.

그리고 또다시 석불사는 아무런 증언 없이 세월이 흐르다가 일연스님의 증언 이후 4백여 년이 지난, 창건 뒤 근 천 년이 되는 조선왕조 숙종 때 한 답사객의 기행문 속에 나온다. 그 기행문은 민영규 선생이 발굴한 우담(愚潭) 정시한(丁時翰)의 『산중일기(山中日記)』다. 『산중일기』는 조선시대의 드문 고사순례(古寺巡禮) 기행 일기로 나는 언젠가 기회가 있으면 그분이 밟았던 그 길을 그대로 답사해보고픈 희망을 갖고 있다. 그 중 1688년 5월 15일자로 나오는 석불사 답사기는 석굴의 원형을 잘 설명해주므로 전문을 인용해본다.

(불국사에서) 불존을 담당하고 있는 국행(國行)이라는 스님과 이야기하며 저녁을 먹고 나니 또 꿀물과 엿 그리고 곶감을 먹으라고 가져오므로 얼마 동안 더 앉아 있다가 안내하는 스님을 따라 석굴암(승방을 말함)으로 향했다.

| 1907년경 발견 당시의 석굴 | 석굴은 전실의 목조건축이 없는 개방 공간으로 궁륭 앞부분의 일부가 허물어져 있다. 바로 그 부분은 광창이 있었던 자리로 추정된다.

뒤쪽 봉우리로 오르니 자못 험하고 가팔랐다. 힘써 10여 리를 가서 고개를 넘고 1리 정도 내려가니 석굴암에 다다랐다. 암자의 스님 명해(明海)가 맞이하므로 잠시 앉아 있다가 석굴에 올라가니 모두 사람이 공력을 들여 만든 것이었다. 석문(石門) 밖 양변엔 큰 돌에 각각 4, 5명의 불상을 조각하였는데 그 교묘함이 마치 하늘이 이룬 것 같았다. 석문은 돌을 다듬어 무지개 모양을 했다. 그 안에 큰 석불상이 있는데 엄연히 살아 있는 듯하다. 좌대는 반듯하고 아주 정교하다. 굴 위의 덮개돌과 여러 돌들은 둥글고 반듯하게 서 있어 하나도 기울어지거나 어긋난 것이 없다. 줄지어 서 있는 불상들은 마치 살아 있는 듯한데 그 신기하고 괴이함을 말로 다할 수 없다. 이러한 기이한 모습은 보기 드문 일이다. 두루 완상하다 얼마 뒤 내려와 암자에서 잤다.

당시 모습을 그려보면 지금처럼 목조건축의 전실이 있는 것이 아니라 금강역사상 양옆으로 팔부중상이 늘어서 있는데 그중 하나는 깨져버렸고 사천왕이 늘어선 비도(扉道) 앞에 무지개 형상의 돌문이 있었음을 알 수 있다. 그리고 정시한은 그다음 날 봇짐을 진 한 거사를 만났는데 그는 아내를 데리고 전주에서 불국사·석굴을 다니러 오는 길이라고 했다 하니 당시에도 여전히 탐승객, 참배객이 그치지 않았음을 알 수 있다.

18세기로 들어서면 우리나라의 모든 산사들이 새로운 중창의 시기를 맞이하듯이 석불사도 중수(重修)를 맞게 된다. 1740년에 발간된 『불국사 고금창기(古今創記)』를 보면 "1703년에 종열(從悅)이 석굴암(승방)을 다시 짓고 또 석굴 앞에 돌계단을 쌓았다"고 하였다. 그러나 석굴에 어떤 이상이 있었다는 말은 없다. 그후 손영기(孫永耆)라는 사람이 쓴 「석굴암 중수상동문(重修上棟文)」에 의하면 1891년에 석굴은 조(趙)씨 성을 가진 순상(巡相, 병마사)에 의해 크게 중수되었다고 하였는데 그 중수의 내용과 규모는 확실치 않고 다만 "불국지석굴(佛國之石窟)"이라고 한 것을 보아 이미 불국사의 말사로 되었음만은 확인할 수 있다.

이 정도의 기록만이 전해진다는 것은 이 유물의 위대함에 비할 때 너무도 가난하다. 어쩌다 조선시대 문인의 탐승 시구에 서너 번 오른 적이 있다 하나 그것으로 석굴에 예의를 다했다고 할 수는 없을 것이다. 그러나 이 빈약한 기록은 결코 오욕의 상처나 쓰라림은 아니었다. 이제 우리는 일제시대로 들어서면서 그 아픔의 상처를 더듬어가게 된다.


**소네 통감의 도둑질**

잊혀가는 명작, 석불사의 석굴이 세상에 다시 알려지게 된 것은 1907년 무렵이었다.

때는 1905년 11월, 일제의 군사적 협박으로 체결된 을사늑약 이후 이른바 보호정치의 명분으로 조선통감부가 서울 남산, 훗날 중앙정보부 자리에 설치되고 초대 통감(統監)으로 이토 히로부미가 부임해왔을 때이다. 내 언젠가 다시 증언할 기회가 있겠지만 이토 히로부미는 이 땅에 도굴을 조장한 장본인이었다. 그는 무수한 고려청자를 일본 천황과 귀족 사회에 선물하였다. 그로 인해 고려시대 고분이란 고분은 모조리 파괴되는 불행을 맞게 되었다.

곳곳에서 의병운동이 일어나면서 산사의 스님들은 이른바 '산중치안(山中治安)의 불안'으로 산에서 내려와 공사(空寺)로 남아 있는 절이 많았다. 이 틈을 타고 도굴꾼과 문화재 약탈범 들은 사찰문화재를 마구 탈취하고 파괴하는 만행을 자행하였다. 아직 문화재에 대한 인식이 없던 때인지라 궁핍한 절에서 몇 푼의 돈으로 사갈 수도 있었다고 한다.

토함산 높은 산중에 있는 석불사 석굴이 세상에 늦게 알려진 것은 불행 중 다행이었다. 1902년 8월, 도쿄제대 조교수이던 세키노 다다시(關野貞)가 고건축 실태조사를 위해 한국에 온 일이 있다. 명색은 대한제국 초청이었으나 내막은 청일전쟁 이후 식민지 지배를 위한 전국 토지조사사업을 준비하려고 보낸 각 분야 전문가 조사단의 일원이었다. 그때 세키노는 황폐한 불국사는 보았지만 석불사의 석굴은 존재조차 몰랐다. 1906년 어용사가인 이마니시 류(今西龍)가 고적 답사차 불국사에 왔었는데 그도 역시 석불사의 석굴을 몰랐다.

그리고 1907년에 "토함산 동쪽에 큰 석불이 파묻혀 있다"는 소문이 일본인 사이에 퍼졌다고 한다. 이 소문은 한 우체부가 우연히 발견하고 이를 우체국장(일본인 관리)에게 말한 것이 그렇게 과장되게 퍼지고 있었다고 한다. 이렇게 석굴이 알려지자 드디어 도굴꾼이 이 높고 험한 산중에까지 닥치게 되었다. 이때 도굴꾼들은 석굴 내 감실에 안치된 불상

| 깨진 보탑 상륜부 | 석굴 내부에는 두 개의 대리석 소탑이 있었으나 완전한 탑은 일본의 소네 통감이 훔쳐갔고 깨진 탑의 잔편들은 국립경주박물관에 소장되어 있다.

중 두 개—아마도 열 개의 감실상 중 가장 아름다운 것 둘—를 훔쳐갔다. 운반상의 문제 때문에 그들로서는 둘밖에 못 가져갔던 모양이다.

　이때 이들은 혹시 본존불 밑바닥에 복장 유물이 있을지도 모른다는 생각에서 본존불 궁둥이 부분을 무참하게 정으로 찍어 깨뜨렸다. 그때 깨진 파편은 땅에 묻혀 있다가 보수공사 때 다시 붙였지만 그 상처는 지금도 그대로 남아 있고, 모두 40개의 불·보살·수호신상으로 구성되었던 석굴의 조상은 두 개를 잃어버려 38개만 남아 있게 되었다. 바로 이때 불국사에서는 다보탑에 있는 네 마리의 돌사자 중 상태가 좋은 세 개를 잃어버리게 된다.

1909년 가을, 이토에 이어 2대 통감으로 부임한 소네 아라스케(曾禰荒助)가 초도순시차 수행원을 거느리고 경주에 왔다. 소네 또한 엄청난 문화재 약탈자였다. 그의 관심사는 주로 불교미술품과 고문서였다. 그는 1년도 못 되는 통감 재임 시 고가·사찰·서원에 소장된 우리 고문헌을 무더기로 갈취하여 황실에 헌납했다. 그것이 한일협정 때 반환문화재로 돌아오기 전까지 일본 궁내청(宮內廳) 서릉료(書陵寮, 서고)에 '소네 아라스케 헌상본(獻上本)'이라는 이름으로 보관돼왔던 것이다.

경주에 온 소네 통감은 그 귀하신 몸으로 어려운 등산을 감내하고 토함산 석불사에 올랐다. 이 고관대작이 다녀간 이후 석굴 11면관음보살 앞에 놓여 있던 아름다운 대리석 오층소탑(小塔)이 온데간데없이 증발해버렸다. 소네 통감이 사람을 시켜 가져간 것이 분명했다.

본래 석굴은 인도의 차이티야에서 기원한 것이므로 추측건대 본존불 앞과 뒤에 소탑 한 쌍이 안치되었을 것으로 생각된다. 그러나 본존불 뒤쪽, 즉 11면관세음보살 발아래 있던 대리석 소탑은 소네 통감이 훔쳐갔고 앞쪽에 있던 소탑은 부서진 잔편만 남아 경주박물관에 진열되어 있다. 지금 석굴 인에는 인왕상 양쪽에 네모난 사리공을 하늘로 드러낸 석탑 받침돌〔臺石〕만이 쓸쓸히 그 자취를 말해주고 있다.

소네 통감의 도둑질과 감실불상의 실종에 대하여는 야나기 무네요시(柳宗悅)가 전언(傳言)을 인용한 것도 있지만 두 사람의 일본인 관리가 증언한 것이 더욱 생생하다. 하나는 경주박물관 초기에 촉탁으로 관장을 대리했던 모로가 후미오(諸鹿史雄)가 유인물로 남긴 「경주의 신라유적에 대하여」에 나오는 다음과 같은 구절이다.

지금 석굴암의 9면관음(11면관음) 앞에 남아 있는 대석 위에 불사리가 봉납되었다고 구전되는 소형의 훌륭한 대리석제 탑이 있었는데 지난 메이지 41년 봄(42년 가을의 착오, 1909)에 존귀한 모 고관이 순시하고 간 뒤 어디론지 자취를 감추어버린 것은 지금 생각해도 애석하기 짝이 없는 일이다.

또 하나의 증언은 통감부 설치 때 조선에 건너와 경주군 주석서기(主席書記)로 있으면서 소네 통감의 석굴암 관람을 안내했던 기무라 시즈오(木村靜雄)가 「조선에서 늙으며」(1924)에서 말한 다음과 같은 구절이다.

나의 (경주군) 부임을 전후해서 도둑놈들에 의해 환금(換金)되어 내지(內地, 일본 본토)로 반출돼 있는 석굴 불상 2구와 불국사의 다보탑 사자 1대(對, 한 쌍)와 등롱(燈籠, 사리탑) 등 귀중물이 반환되어 보존상의 완전을 얻는 것이 나의 죽을 때까지의 소망이다.

이로써 소네 통감의 도둑질은 다름 아닌 일본인의 증언이라는 결정적인 증거를 제시할 수 있게 되었다. 그리고 나는 이 두 일본인의 증언을 읽으면서 "애석하기 짝이 없다"와 "죽을 때까지의 소망"이라는 구절을 깊이 음미해보았다. 얼핏 생각하기에 증언자들은 우리 문화재를 노략질해간 일본인과 동족이 아닌가? 그렇다면 그들의 분개가 허사이고 위선이란 말인가? 나는 그렇게 생각지 않는다. 그렇다고 그들이 조선에 대한—야나기류의—동정적 시각에서 그렇게 말한 것도 아니라고 생각한다. 그것은 단지 일본 관료 정신의 발현이었던 것이다. 식민지의 재산 관리를 맡고 있던 실무자들이 자기 책임을 다하지 못한 것에 대한 회한인 것이다. 그것은 어쩌면 노략질보다도 더 무서운 식민지 지배의 힘이있다.

석불사의 석굴을 탐방하고 소탑까지 훔쳐간 소네 통감은 서울로 돌아간 다음 미술사가 세키노를 현지에 보냈다. 석굴의 문화재적 가치를 "동양무비(無比)의 작품"이라며 최고로 평가한 세키노의 보고를 들은 소네 통감은 석굴의 보수와 보존을 검토하면서 그 결론으로 석굴의 불상을 모두 서울로 옮긴다는 구상을 하였다. 석굴을 해체하여 모든 석재를 동해안 감포로 끌고 와 거기서 인천항으로 운반한다는 계획이었다. 조선통감부는 즉각 경상도관찰사에게 이 계획을 현지 군수에게 알리고 소요경비의 견적서를 올리도록 명령하였다. 그러나 당시 사정으로는 거의 무모한 계획이었고, 기무라의 「조선에서 늙으며」에 의하면 현지 여론도 심상치 않았는데 소네 통감이 해임됨에 따라 그 계획은 취소되고 말았다. 그리고 석굴의 운명은 곧이은 한일병합과 함께 데라우치 마사타케(寺內正毅) 총독의 손으로 넘어가게 된다.

## 데라우치 총독의 보수공사

1910년 한일병합과 동시에 첫 총독으로 부임한 데라우치는 식민지의 통치와 재산 관리를 위해 무단정치를 실시하면서 토지조사를 비롯하여 문화재 관리에도 치밀하고 철저한 조사작업에 들어간다. 세키노 다다시를 단장으로 한 조선고적 조사사업도 해마다 발간하는 보고서와 연차사업으로 간행된 『조선고적도보』만 보아도 얼마나 열성적이었는가를 알 수 있다. 일제는 이제 우리 문화재의 노략에서 관리 체제로 들어간 것이다. 식민지 재산이란 곧 일본 정부의 재산을 의미하는 것이었기 때문이다.

총독부에서는 석굴을 포함한 경주 주요 고적에 대한 현상조사를 실시케 하였는데 1912년 6월 25일자 복명서(復命書)에는 다음과 같이 적혀 있다.

그 구조의 진기함과 조각의 정미(精美)함은 당대의 최우수 유물이라 하겠는데, 현상은 반구형(半球形) 천장의 3분의 1 정도가 추락하여 동혈(洞穴)이 되어 그 안으로 산 위의 흙과 모래가 유입되어 불상을 더럽히고 있으며, 현 상태로 놔두면 천장의 3분의 2도 추락하여 주벽 불상을 상하게 되고 중앙에 있는 석가모니 대상을 파괴하여 동양 무비(無比)의 미술품을 멸망시킴에 이른다.

그리하여 데라우치 총독은 그해 직접 토함산 석굴에 올라 현장을 답사하고 대대적인 보수공사를 지시하였다. 총독부 토목국 기사인 구니지(國枝博)를 현장에 출장 보내 보수 계획을 수립하게 했다. 1913년 4월 8일자로 된 그의 복명서 내용은 다음과 같다.

(…) 돌을 일단 전부 해체하고, 주위의 석벽도 모두 다시 쌓아서 뒷면에 두께 3자 균일로 콘크리트를 박으며, 천장도 되도록 구석(舊石)을 사용하고 부족한 것만을 보충하여 그 위에 두께 3자의 콘크리트를 박아 다시 추락하지 않게 한다. 전면 입구 상부는 원래 천장이 있었던 것이 중세에 파괴된 것이므로 이것도 철근콘크리트로 덮으면 석상의 보존상 크게 유효한 것이 될 것이다. 이에 예산을 계산한바 대략 별지와 같다.

이 복명서에 따라 설계 도면과 예산 조서가 작성되고, 9월 12일에 토목국에서 내무부 앞으로 '석굴암 보존공사 설명서 및 동 설계 도면' 각 3통이 송부되고, 9월 13일 이 서류에 세키노 다다시의 의견서를 첨부하여 공사착수를 위한 데라우치 총독의 결재가 이루어졌다.

## 해체되는 석굴

이로 인하여 석불사의 석굴은 창건 이래 처음으로 완전 해체되는 비극적인 대수술을 받게 된다. 1913년 10월, 석굴 해체공사를 위해 천장덮개돌의 위치를 고정시키는 목제 가구(假構)를 설치하는 작업부터 시작하였다. 12월에 이 작업을 완성하고는 철조망으로 출입 금지케 한 다음 한 해 겨울을 나고 이듬해인 1914년 5월 21일부터 공사를 재개하여 6월 15일에는 지붕돌을 다 들어내고, 8월 17일에는 굴 내 조각을 다 들어냈으며, 9월 12일에는 완전 해체하였다고 현장감독을 맡았던 이지마(飯島源之助) 기사의 보고서에 나와 있다.

9월 27일부터는 콘크리트벽을 세우기 위한 굴토작업을 시작하여 10월 9일부터 콘크리트를 부어넣기 시작하였다. 이 과정에서 이들은 석굴 뒤쪽 암반에서 두 개의 샘물이 올라오는 것을 발견하였다. 이들은 샘물이 석굴 뒤쪽의 암반을 관통하여 지금 석굴암 공터에 있는 감로수로 흘러내리는 오묘한 뜻을 이해하지 못하고 아연관으로 배수로를 만들어 밖으로 빼내었다. 그 오묘한 뜻이란 훗날 이태녕 박사가 밝혀내게 된다.

1914년도 석굴 해체작업 때의 인부를 보면 석공과 연직(鳶職) 목수는 모두 일본인이었고 한국인은 잡역부로만 일했는데, 석공의 임금은 2원 10전임에 반하여 한국인 인부는 45전이었고 같은 인부라도 일본인은 1원이었던 것으로 나와 있다.

콘크리트 배합은 암반 기초에는 시멘트 1, 모래 1, 돌가루 4의 비율이었고, 돌의 결합은 시멘트 1, 모래 1의 모르타르로써 견고하게 하였다고 했다.

그리고 3차 연도인 1915년 5월에 석굴 재조립공사가 시작되었다. 본래 석굴의 외벽은 "지름 5자의 옥석(玉石) 또는 절석(切石)으로써 이중으로 쌓아올려" 내벽을 두껍게 포장하여 석굴 내부의 공기가 숨을 쉴 수

| **해체되는 석굴** | 1914년 6월 15일, 석굴은 본존불과 천장석만 남겨둔 채 지붕돌을 다 들어냈다. 목책에 갇힌 본존불의 얼굴이 안쓰러워 보인다.

있게 되어 있었다. 그러나 일본인 기술, 아니 이 시대의 기술로는 그렇게 재조립할 능력이 없었다. 그리하여 외벽에 3자 정도의 석재를 쌓아 버팀판을 만들고는 두께 2미터의 콘크리트 외벽으로 싸발라버렸던 것이다. 석조물의 보수공사에서 시멘트를 사용한 것은 석굴 보존에 치명상을 주게 된다. 왜냐하면 시멘트에서 나오는 탄산가스와 칼슘의 해독이 있기 때문이다. 그러나 일제는 시멘트의 모르타르 기능만 생각하고 석불사 석굴, 분황사 석탑, 미륵사터 석탑 등의 보수에 모두 시멘트를 무지막지하

| 해체된 석굴 | 1914년 9월 12일, 석굴이 완전히 해체되어 10대제자상들이 한쪽으로 널려 있다.

게 발라버렸던 것이다. 특히 석굴에서의 치명적인 손상은 석굴 내부가 콘크리트벽으로 인하여 숨을 쉬지 못하게 되었다는 점에 있었다. 이런 결정적인 손상을 입으면서 석불사의 석굴은 1915년 9월 13일에 3년간의 공사를 마치고 성대한 준공식이 거행된다. 이때 총공사비는 2만 2,726원이었다.

남천우 교수의 분석에 따르면 이때의 공사는 천장 앞부분만 수리하면 간단히 끝날 수 있는 것이었다고 한다. 그러나 총독부가 완전 해체에 2미터짜리 콘크리트 외벽 쌓기, 그리고 286개에 달하는 석재를 교체하는 방대한 공사를 시행하게 된 것은 데라우치 총독의 방침 때문이었던 것으로 풀이된다. 즉, "너희 조선 사람들은 이 위대한 문화유산 하나 제대로 지키지 못하는 미개한 민족이다. 그러나 이제 황국의 보호를 받게 되어 이처럼 최신식 설비와 재료로 완벽하고 말끔하게 보수하게 되었다. 이것이 한일병합의 뜻이니라"라는 대국민 과시용이었던 것이다.

그러나 석굴의 개수공사는 1,200년을 유지해온 석굴에 돌이킬 수 없는 치명상만 주었다. 그리고 외형상에도 무수한 변조가 가해져 야나기 무네요시는 장문의 「석불사의 조각에 관하여」라는 글을 『예술(藝術)』지 1919년 6월호에 발표하면서 다음과 같은 통탄의 비판을 가하였다.

나는 이것(보수된 돌담)을 보았을 때 그 몰취미한 행위에 크게 놀랐다. 무슨 이해가 있다고 거의 터널의 입구로 잘못 보는 그러한 건설을 해놓았을까? 나는 이것이 석불사의 수리가 아니라 새로운 파손 행위라고밖에 생각되지 않는다. 기사는 비록 과학적인 수리를 했다 하더라도 아무런 예술적 수리는 알지 못한 것 같다. (…) 될 수만 있다면 저 돌담을 파괴해서 그 수리는 조선인 자신에게 맡기고 싶다. (…) 석불사는 다행히도 왜구의 화를 면했다. 그러나 수리라는 이름 아래 새로운 모욕을 당했다. (…) 만약 그 수리가 단순히 천장을 덮고 각 돌담의 위치를 제자리에 갖추는 데 그쳤더라면 얼마나 아름답게 되었을까? 나는 파손된 채로 있는 그때의 사진과 수리 후의 사진을 비교해보면서 예술을 모르는 죄 많은 과학의 행위를 미워하지 않을 수 없었다.

### 끊임없이 생기는 습기와 이끼

그러나 미관보다도 더 큰 문제는 이 신식 기술과 재료 사용으로 인하여 석굴이 극심한 누수 현상을 일으킨 것이었다. 준공 2년 뒤인 1917년에는 하는 수 없이 빗물 누수 방지공사를 위해 천장돔 외부에 하수관을 묻는 보수공사를 하게 된다.

2차 보수공사 뒤에도 석굴의 누수 현상은 그치지 않았다. 그리하여 1920년 9월 3일부터 1923년까지 4년에 걸친 대대적인 제3차 보수공사

**| 복원된 석굴 전경 |** 1915년 9월 13일, 3년간에 걸친 해체공사를 마치고 복원된 모습이다. 외벽에 콘크리트를 발라 석굴 보존에 치명상을 주었지만 전실을 개방한 것은 발견 당시의 원형을 따르고 있다.

를 시행하게 된다. 천장 부분의 콘크리트벽에 방수용 아스팔트를 바르는 작업과 석실 지하수의 아연관 배수로가 샘물을 다 감당하지 못하므로 오른쪽으로 빼돌리는 공사를 하였다. 여기에 들어간 비용이 1차 공사의 70퍼센트가 넘는 1만 6,980원이었다니 그 규모를 짐작케 한다.

그러나 3차 보수공사에도 불구하고 석굴의 습기 문제는 역시 해결되지 못했다. 석굴에는 푸른 이끼〔靑苔〕가 끼며 육안으로도 그 손상을 역력히 볼 수 있었다. 이에 조선총독부는 1927년 증기 사용에 의한 세척법을 강구하게 되었고 이를 위한 보일러를 제작·설치케 하였다. 이끼가 끼는 원인을 조사하여 그것을 보수하는 것이 아니라 기계 작동에 의하여 처리하는 강제 방법을 동원한 것이었다.

수증기 분무에 의한 세척작업은 석굴의 돌들이 풍화작용을 일으키는 데 치명적인 손상을 입히는 일이었다. 이것을 함부로 할 수 없음은 일본인들도 알고 있었던 모양이다. 그러나 일제의 기술을 과시하려고 대대적인 보수공사를 3차에 걸쳐 시행한 총독부로서는 또 다른 새로운 기술 설비, 사실상의 흉기로 석굴의 모든 조각상에 증기를 뿜어대었다. 증기 세척이란 핀란드식 사우나탕에 들어가 앉는 목욕법이 아니다. 그 뜨거운 증기를 샤워기 꼭지로 뿜어대는 것이다. 그들은 경주역에 있는 기관사를 불러다 기름보일러에 불을 때서 스프레이식으로 석굴을 세척했다. 낙숫물도 돌을 깨뜨리는 힘을 갖고 있는데 하물며 물총을 쏘듯이 뿜어대는 증기로 인한 피해란 비과학도의 상식으로도 짐작할 수 있는 것이다.

1927년 증기 세척으로 일단 푸른 이끼를 제거하였으나 시간의 경과 속에 이끼는 또 피어났다. 1933년 8월 16일 경북도지사가 총독부 학무국장 앞으로 보낸 「석굴암 석불 및 주위 불상의 보존에 관한 건」에는 다음과 같이 쓰여 있다.

종래에는 약간의 푸른 이끼가 끼고 있었던바 이번 여름에 들어 장기 강우로 말미암아 이끼가 격증하여 (…) 습기가 굴 내에 가득하고 또 천장으로부터 물의 점적(點滴)이 끊이지 않고 떨어져 (…) 이대로 방임할 때에는 부식 작용을 일으킬 염려가 있으므로 지금 전문 기술원을 파견하여 (…) 지시를 바라는 바이다.

이리하여 1934년, 석굴 옆에 설치한 흉기, 보일러가 다시 가동되며 증기 세척으로 분무 세례를 받게 되었다.

그리고 1945년, 8·15해방을 맞으면서 석불사 석굴의 제 문제는 우리에게 넘어오게 되었다. 일제 36년을 통하여 일제가 석굴에 남겨준 유산이란 두께 2미터의 콘크리트벽과 끊임없이 생기는 습기와 푸른 이끼, 그리고 가공할 흉기, 증기 세척 보일러뿐이었다. 그것은 석불사 석굴이 겪

138

은 오욕의 역사에 첨부된 증거물이었다.

1994. 7. / 2011. 5.

* 석불사에 관한 기록으로 우리가 현재 알고 있는 마지막 자료는 1963년 석불사 수광전 부근
에서 우연히 발견된 현판인 '석굴암 중수 상동문(上棟文)'인데 이는 1891년에 손영기(孫永
耆)라는 사람이 쓴 것으로 판독되었다. 이 글에서 우리는 석불사가 조씨 성을 가진 순찰사
에 의해 중수되었고 '불국지석굴'이라고 하여 불국사의 말사가 되었음을 알 수 있다. 이 원
문은 1963년 8월 『고고미술』(제4권 9호)에 판독 가능한 대로 정명호 씨가 소개한 바 있다.

그런데 손영기가 누구인지에 대해서는 조사된 바가 없었는데, 대구의 손진화씨로부터 월
성 손씨 중에 손기영(孫耆永)이라는 분이 있는데 출생이 1850년, 몰년이 1893년이고 홍문관
교리를 지냈으니 혹 그분을 잘못 쓴 것이 아니냐는 물음이 있었다. 아직 '상동문' 원판을 볼
기회를 얻지 못하여 이에 대해 확실한 조사를 하지 못했으나 관심 있는 여러 분이 참조할
만하여 알려둔다.

# 석굴의 신비에 도전한 사람들

박종홍 / 야나기 / 고유섭 / 요네다 / 이태녕 / 남천우 /
김익수 / 강우방

## 청년 박종홍의 좌절

석불사의 석굴이 총독부 기술자들에 의해 오욕의 상처를 받고 있을
때 그 한쪽에서는 석굴의 아름다움과 신비를 밝혀내려는 뜻있는 사람들
의 뜻있는 연구가 이루어지고 있었다. 그 첫번째 도전자는 당년 19세의
한 젊은 한국인 박종홍(朴鍾鴻, 1903~76)이었다. 요즈음 젊은이들은 박종
홍, 그분의 이름을 잘 모른다. 고작해서 국민교육헌장을 지은 분이라면
그제야 그런가보다 한다. 그러나 그런 박종홍은 별로 말하고 싶지 않은
만년의 한 모습일 뿐이다. 한국철학계의 태두, 20세기 한국 지성사에서
가장 우뚝한 한 봉우리를 차지할 대학자이시다. 내가 대학 입시를 준비
할 때 국어 시험에서 가장 많은 지문으로 제시되는 것이 그분의 문장이
었다. 실제로 나는 입시 교육을 통해 그의 글을 읽기 시작했지만 대학 시

절 천하의 명강의로 이름 높은 그분의 철학개론을 수강하는 행운이 있었고, 「우리 학문의 나아갈 길」과 「한국지성의 과제」에 대한 그분의 가르침은 지금도 유효하게 내 가슴속 한쪽에 생생히 서려 있다.

철학자 박종홍은 청년 시절에는 미술사가 지망생이었다. 그분의 「독서회상: 내가 철학을 구하기까지」에는 그가 19세의 나이에 감히 한국미술사를 쓰겠다고 착수했던 과정이 생생하게 기록되어 있다.

청년 박종홍은 무엇보다도 식민지하에서 민족적 자존심을 찾아내기 위해 우리 민족의 특성을 밝히는 글을 쓰고 싶었단다. 우리 민족의 정신적 특색이나 장점을 드러내기 위해 사상사를 쓸 수만 있으면 좋겠으나 엄두가 나지 않았고 음악사가 더 좋겠는데 거기에는 지식이 없어서 미학과 미술사에 대한 저서를 열심히 읽고 연구하면서 어떤 사명감으로 미술사를 쓰기 시작했다고 한다. 그것이 『개벽』지 1921년 4월호부터 12회에 걸쳐 만 1년간 연재한 「조선미술사 미정고(未定稿)」이고 이 글은 『박종홍전집』(형설출판사 1982) 제1권 제1장에 실려 있다. 이 글은 상고(上古)시대에서 삼국시대에 걸쳐 서술되었고, 거기에서 끝맺은 그야말로 미정고가 되었다. 그 이유는 석불사의 석굴에 있었다. 이제 통일신라 미술을 서술코자 당시 교편을 잡고 있던 박종홍은 여름방학에 토함산에 올랐다. 그때의 일을 그는 다음과 같이 회상하였다.

나는 어느 해인가 리프스(Theodor Lipps, 1851~1914)의 미학 책을 트렁크에 넣어가지고 경주 석굴암을 찾아 그 앞에 있는 조그만 암자에서 한여름을 지낸 일이 있었다. 리프스의 조각에 관한 이론을 기준으로 석굴암을 설명해보려 하였던 것이다. 석굴암 속에서 거의 살다시피 하면서 무한 애를 써보았으나 어떻게 하였으면 좋음직하다는 엄두도 나지 않았다. 오래 머물러 있었던 덕에 아침저녁으로 광선 관계

| 석굴에서 본 동해바다 | 토함산의 일출은 늦가을에나 보이므로, 나는 오후 늦게 동해바다 수평선이 훤히 내다보일 시각에 토함산을 오르곤 한다.

가 달라진다든가, 특히 새벽에 해 돋아오를 때도 좋지만 둥근 달이 석가상을 비출 때면 석굴암 전체가 그야말로 신비의 세계가 된다는 것을 알게 되었다. 석굴암을 설명할 수 없는 나 자신의 부족함을 느끼자 계속할 용기가 없어지고 말았다. 나는 기초적인 학문부터 다시 시작하여야 되겠다고 절실히 느꼈다.

그리하여 청년 박종홍의 한국미술사 탐구는 여기서 좌절되고 그 이듬해에 개교한 경성제대에 입학하여 철학개론부터 다시 배우는 대학생이 되었다. 그리고 박종홍은 훗날 야나기가 쓴 석불사에 관한 글을 읽고는 큰 감명을 받았고 그때 그만두기를 잘했다고 생각했다는 것이다.

## 야나기의 석굴 예찬론

석불사 석굴의 아름다움에 대하여 최초로 본격적인 글을 발표한 것은 야나기 무네요시(柳宗悅, 1889~1961)였다. 1919년 6월 『예술』지에 게재된 그의 「석불사의 조각에 관하여」라는 장문의 논문 부기에는 다음과 같이 쓰여 있다.

나는 오랫동안 조선의 예술에 대하여 두터운 흠모의 정을 품고 있다. (…) 특히 이 석불사의 조각은 내 여행중 나를 자극한 잊을 수 없는 작품들이었다. 나는 이 세계의 걸작이 아직도 일반에게 널리 알려져 있지 않은 것을 애석하게 생각하고 이것을 널리 소개하는 최초의 한 사람이 되었다. (…) 나는 이 소개를 객관적인 것으로 하기 위해 지극히 멋없는 글이 된 것을 마음 괴롭게 생각한다. (…) 그러나 다소는 나의 사랑을 전달할 수 있었던 것으로 생각하며, 내가 맛본 이해의 어느 부분은 반드시 정당하다는 것을 믿는다.

사실상 야나기의 이 글은 그의 미문(美文)이 보여주는 아련한 분위기는 상당히 죽어 있다. 『삼국유사』와 『불국사사적』의 장문을 인용하고 40개 존상의 배치를 도면으로 그려가며 일일이 설명하자니 그럴 수밖에 없었을 것이다. 그러나 유물 설명에 들어가면 그 해설이 자못 황홀해진다.

실로 석굴암은 분명히 하나의 마음에 의해 통일된 계획의 표현이다. 인도 아잔타나 중국 용문 석굴처럼 (…) 누대의 제작이 모인 집합체가 아니다. 하나의 마음을 도처에서 찾아볼 수 있는 정연한 구성이다. 서로가 서로를 살리는, 분리할 수 없는 하나의 유기체적 제작이다.

| **전실이 개방되었을 때의 석굴** | 일제시대에 석굴 관광 기념품으로 만든 그림엽서의 사진으로 굴절된 전실의 모습을 잘 보여준다.

외형적으로도 심리적으로도 놀랄 만큼 주도면밀히 계획된 완전한 통일체이다.

　걸음을 굴 밖에서 굴 안으로 옮기면 마음도 또한 내면의 세계로 들어간다. 위대한 불타는 소리 없이 조용히 그 부동의 모습을 연화좌대 위에 갖춘다. 우러러보는 자는 그 모습의 장엄과 미에 감동되지 않을 수 없다. 이곳은 완전히 내적인 영(靈)의 세계다. 그는 앞에 네 명의 여보살을, 뒤에는 십일면관음을, 그리고 좌우에는 그가 사랑하는 열 사람의 제자를 거느리고 영원의 영광을 고한다. 감실에 있는 여러 불상들은 그 법열을 찬송하는 듯하다. 여기는 (석굴 밖) 외부의 힘의 세계가 아니다. 내적인 깊이의 세계다. 미와 평화의 시현이다. 또한 장엄과 그 욱함의 영기(靈氣)이다. 얼마나 선명한 대비가 굴 안팎에 나타나 있는

| 10대제자상(부분) | 제각기 다른 표정을 보여주는 10대제자상은 그 시선의 방향이 참배객의 순롓길을 자연스럽게 유도하고 있다.

가! 모든 것이 밖으로부터 안으로 돌아간다. 힘에서 깊이로 들어간다. 움직임(動)보다도 고요함(靜) 속에 사는 것이다. 종교의 의미는 석굴암 속에서 다하는 느낌이다.

야나기의 해설은 그칠 줄 모르는 탐미의 연속이다. 그러나 그는 부질없는 형용사의 나열이 아니라 심리적, 철학적, 종교적 인식에로 도달하는 사색의 깊이를 지니고 있다.

야나기는 스스로 미술사를 전공하지 않았다고 한다. 그러나 그는 석굴의 여러 조상들을 보면서 굴 밖의 수호신상에서 굴 안의 불보살상으로 들어가면서 힘의 세계에서 내면적 성찰의 계기로 바뀐다는 탁견을 내놓았다. 뿐만 아니라 그 기법과 내용이 점차 진보된 발전의 발자취를 느낀다며 그것은 마치 미켈란젤로가 시스티나성당 벽화를 5년간 그리면서 최초 작품 「노아의 방주」에서 최후 작품 「천지창조」 사이에 보여준 미묘한 차이와 같다는 점까지 읽어낸 것이다.

야나기의 뛰어난 안목이 밝혀낸 또 하나의 중요한 관찰은 모든 조상들이 갖는 시선의 방향 문제다. 그는 한 사람의 참배자, 즉 사용자 입장에서 석굴암을 한 바퀴 돌 때 일어나는 모든 심리적 변화를 이 조상들의 시선 처리에서 살피고 있는 것이다.

나아가서 그는 석굴의 부조들 중에서 왜 정면을 향하고 있는 11면관음과 인왕상만이 환조(丸彫)의 높은 돋을새김을 했는가를 논하고 있다. 어느 면에서나 야나기는 뛰어난 미술사가였고 탁월한 양식 분석가였다. 석불사의 조각에 대한 그의 예찬은 본존불의 설명에서 절정을 이룬다.

누가 능히 이 조각에 나타난 그 뜻을 말할 수 있을 것인가. 말할 수 없다는 사실에 이 불상의 아름다움이 있다. 사람들은 여기에서 아무런 착잡한 수법도 보지 못한다. (…) 그는 아무런 과장도 복잡한 것도 보이지 않고 있다. 그런데 실로 아무것도 없는 지순(至純)의 그 속에서 작자는 불타로서 지고의 위엄을 확실하게 보여주고 있다. 모든 의미는 그 단정한 용모에 모여 있다. 그는 말없이 침묵을 지키고 입은 다물고 눈은 쉬고 있는 듯이 보인다. 그는 어둡고 고요하기 이를 데 없는 이 석굴 안에 앉아서 깊은 좌선에 몰두하고 있다. 그것은 모든 것을 말하는 침묵의 순간이다. (…) 모든 것을 포함한 무(無)의 경지이다. 어떠

| **범천·보현 보살** | 팔등신의 늘씬한 키에 정교한 돋을새김으로 석굴암 조각의 명장면으로 꼽힌다.

한 참된 것도 어떠한 아름다움도 이 순간보다 더한 것은 없을 것이다. (…) 여기에선 종교도 예술도 하나다.

석불사 석굴에 대한 야나기의 통찰은 미학적 고찰이 추구하는 학문적 모색이 아니라 그것을 통한 자기 내면의 성찰에로 이루어지고 있다. 그래서 많은 사람들은 그를 수필가나 미문가로만 보기도 한다. 그러나 나는 아니라고 주장한다. 침묵의 물체를 보면서 거기서 일어나는 감정이

입의 상태를 말할 수 있는 것은 글솜씨만으로 가능한 것이 아니다. 그는 스스로 미학자(美學者)가 아니라고 하였지만—철학을 배우는 것보다 '철학하는 법'을 배우는 것이 더 중요하다고 했을 때—이미 그는 '미학하는 법'에 깊숙이 들어가 있었다.

『조선과 그 예술』에 깃들여 있는 야나기의 한국미에 대한 예찬과 탐구는 한국의 미를 비애(悲哀)의 미, 선(線)의 예술로 단정한 애상(哀傷)의 미학이라며 민족적 입장에서 극복의 대상으로 삼는다. 나 또한 그의 사고 속에 동정적 시각이 배어 있음을 거부한다. 그러나 야나기는 결코 극복의 대상만은 아닌 것이다. 혹자는 냉철하고 객관적인 학문적 태도라는 이름으로 그의 과도한 주관적 감정의 노출을 질타하면서 야나기는 존경해서는 안 될 인물로 단죄하듯 말하기도 한다. 그러나 나는 야나기를 존경한다. 그 누가 야나기만큼 한국의 미술을 사랑해보았느냐는 반문과 함께 야나기가 지녔던 사랑과 존경의 자세만은 어제도 오늘도 배우고 있다.


## 우현 고유섭의 고전미술론

석불사의 석굴에 대한 야나기의 예찬은 그가 자부한바, 최초의 해설서이자 위대한 종교예술품이 이루어낸 아름다움에 대한 미적 성찰이었다. 이것을 한국미술문화사적 지평에서 총체적으로 규명한 것은 우현(又玄) 고유섭(高裕燮, 1905~44) 선생이었다.

한국미술사의 아버지라 불리는 우현 선생은 「신라의 미술공예」 「우리의 미술과 공예」 「김대성」 등의 논문에서 석불사의 석굴에 대하여 그분이 보낼 수 있는 최대의 찬사와 함께 치밀한 양식 분석과 정신사적 해석까지 내렸다.

우현 선생의 석굴에 대한 연구는 이 위대한 조각에 대한 존경과 사랑과 자랑에서 시작된다. 그의 「우리의 미술과 공예」라는 글은 1930년대의 한자 어투로 쓰여 있지만 내 그분 글의 명예를 욕되게 하지 않을 범위에서 한글로 옮기며 당신이 여기에 보낸 경의의 뜻을 세상 사람들에게 다시 전한다.

거대한 연화대좌도 아름다운 작품이지만 9척 고상(高像)이 촉지항마(觸地降魔)의 인상(印相)으로 온화하고 엄숙한 봉의 눈을 반개하고 동해 창파를 굽어살펴 듬직이 앉아계신 위용! 결가부좌하신 발모습〔足相〕도 평안하고 두루 원만(安平具圓)하시거니와 무릎도 섬세한 듯 둥글고 무릎까지 뻗어내린 긴 손도 살진 듯 부드럽고 온화하시거니와 양어깨·양팔도 풍만하고 원융하시고―가슴도 장엄하시거니와 등줄기도 곧고 엄숙하시고 귓밥도 길게 늘어뜨리고 입술도 두툼하니 내리셨거니와 콧날도 우뚝하시고 눈동자도 빼어나거니와 머리도 원만하시다.

피도 없고 물도 없고 가슴도 없고 정(情)도 없는 화강 거석에서 맥박이 충일하고 신성(神性)이 횡일하고 호흡이 가지런하고 온화함과 엄숙함이 구비된 위대한 이 상이 드러날 때 환희는 조각공의 손끝에 있지 아니하고 신라 천지에 휩싸였을 것이요, 우주 속에 메아리쳐 퍼졌을 것이다.

우현 선생은 석굴의 구조에 나타난 유동성(流動性)은 가히 기운생동적(氣韻生動的) 경영이라 하며 야나기가 '누천의 찬사'를 보낸 시점(視點)의 이동에 덧붙여 본존불의 광배가 석굴 후벽에 설치된 것과 천장덮개돌의 연화문 원석이 어울리는 절묘한 발상을 이렇게 설명하였다.

대개 불상의 후면 광배는 원상에 직접 부착되어 있는 까닭에 매우 공예적 고정성과 비현실적 부자연성이 많은 것이지만 이 불상의 광배는 원상과 멀리 떨어져 따로이 벽면에 가 붙어 있는 까닭에 이러한 결점이 사라졌을뿐더러 보는 이의 행보 위치를 따라 자유로이 유동되어 급기야 원상 직전에 다다라 온안(溫顔)을 우러러볼 때는 이 광배가 어느덧 정상의 연꽃으로 변하도록 설계되어 있으니 이것이 천장 정중앙에 남아 있는 일타연화(一朶蓮花)의 존재 이유이다. 이와 같이 배광이 본체에서 떨어져 있음에도 불구하고 본체를 항상 떠나지 않고 비추고 있는 점에 다른 어느 조각품에서도 볼 수 없는 특색이 있다. 일반 불상 조각이 그 객관적 소재성에서 받는 불가피한 고정감을 끝까지 버리고 이와 같이 자연적 사실성을 살려 유동성을 발휘한 것은 실로 경탄할 신기(神技)라 아니할 수 없다.

## 고전은 고전으로 통한다

우현 선생은 우리나라 불상 조각의 흐름을 크게 세 갈래로 보았다. 삼국시대의 그것은 상징주의, 통일신라의 그것은 고전주의 내지 이상주의, 고려시대의 그것은 낭만주의적 성격을 지녔다는 것이다.

삼국시대의 불상은 측면관을 전혀 무시한 정면성의 강조와 살붙임의 변화를 갖지 않는 부분부분의 조립적·구축적 특질과 옷주름의 양식화된 도식적 평면 전개로 전체적으로 기계적인 경직함과 추상적 신비함으로 충만된 상징주의적 경향이었다. 그러나 통일신라의 조각은 살붙임이 풍부하고 따라서 입체적인 깊이와 양적 크기가 증가하여 모든 굴절은 자연적인 유기적 연관을 보유하고 설명적·평면적 전개는 없고 가장 이상화된 정돈 속에 사실적 충실성을 표시하여 추상적 신비성은 구체적인

감각 면의 강조로서 나타났다고 했다. 석불사의 조각은 바로 그 이상주
의적 고전주의의 정상에 서 있는 것으로 본 것이다.

이 점은 훗날 삼불(三佛) 김원용(金元龍) 선생의 미술사관에 그대로
계승되었다.

석굴암의 조각들은 8세기 중엽 신라 조각의 절정을 보여주는 작품
들이다. 이 조각들은 외형과 내면의 미를 함께 융합한 최상의 종교 조
각이라고 할 수 있으며, 6세기에서부터 시작하여 2세기 동안에 연마
된 신라인들의 조각 기술을 총집산하고 결산한 감이 있다. 침울한 표
정, 조용한 미소, 이러한 과거의 동작들이 지양되고 이제 신라 불상들
은 고요한 정밀의 심연 속에서 정좌(靜坐)하고 있으며, 여기에서 멈추
어진 웃음을 신라 불상들은 되찾지 못하고 만다. 그리고 그 얼굴은 시
대가 내려가면서 점점 굳어지고 무서워지고 무표정해지고 그리고 차
디찬 형식적인 불안(佛顏)으로 타락하고 마는 것이다. 석굴암의 불상
들은 이러한 하강이 시작되기 전의 고비에 서 있는 분수령 같은 존재
이다. (김원용·안휘준 『한국미술사』, 서울대출판부 1993)

불상이란 곧 인간이 만들어낸 절대자의 상이다. 신, 절대자, 완전자, 그
가 인간의 모습으로 나타난다는 것은 곧 이상적 인간상의 구현이다. 그
것은 모든 고대인들이 추구한 조화적 이상미이기도 하다.

모든 양극의 모순이 극복되어 하나의 이상적 질서를 이룰 때 우리는
그것을 고전적 가치로 받아들인다. 그리고 고전은 고전으로서 통한다.
그것은 양의 동서, 때의 고금을 관통하는 이상인 것이다. 그리하여 고유
섭 선생은 「우리는 고대미술에서 무엇을 배울 것인가」에서 석불사 석굴
(신라 미술)의 미학을 세계사적 시각으로 풀어 이렇게 말하고 있다.

희랍의 미술을 평하여 "고귀한 단순과 조용한 위대"라고 한 빙켈만의 말을 '여기에' 붙여 말할 수 있고, 명랑성과 생동성이 니체가 말한 아폴로적인 것에 해당한 것이라면 우리는 이 말을 또한 '여기에' 붙일 수 있고, 감성과 지성이 양식적인 것에서 조화되어 있는 것이 헤겔이 말한 고전적이란 것에 해당한 것이라면 우리는 이 말을 역시 '여기에' 붙일 수 있다.

## 요네다의 석굴 측량

석불사의 석굴은 종교와 과학과 예술이 하나로 통합된 지고의 최미라고 하였을 때 야나기와 고유섭의 고찰이 그것의 예술성에 대한 성찰이었다면 그것의 과학성을 밝혀낸 것은 한 일본인 토목 기사였던 요네다 미요지(米田美代治)였다.

요네다는 1932년 니혼대학 전문학부 건축과를 졸업하고 이듬해부터 조선총독부 박물관의 촉탁으로 적은 월급을 감내하면서 고건축 측량에 몰두하였다. 그는 후지타(藤田亮策) 교수의 조수로 성불사(成佛寺) 개수 공사에 참여하여 측량을 맡은 이후 경주 사천왕사 천군동 석탑, 평양 청암리사터, 부여 정림사터, 그리고 불국사와 석굴암의 측량을 도맡았다. 그리고 백제 부소산성을 실측하던 중 장티푸스에 걸려 불과 35세의 젊은 나이에 결혼도 하지 못한 채 1942년 10월 24일 세상을 떠났다.

그러나 요네다는 죽기 3년 전, 자신이 7년간 측량하여 얻은 현장 경험을 면밀히 분석하여 「다보탑의 비례관계」 「정림사터 오층석탑의 의장계획」 「불국사의 조영계획」 「조선상대건축에 나타난 천문사상」 등을 발표하면서 한국 고건축의 수리적 관계를 밝혀냄으로써 어떤 건축사가, 어떤 미술사가도 이루지 못한 미술사적 진실을 밝혀내는 데 성공하였다. 요네다가 세상을 떠난 직후 그 유고를 모아 펴낸 그의 『조선상대건축의 연구』(1944; 신영훈 역, 한국문화사 1976)는 곧 한국건축사 연구의 불후의 고전으로 되었다.

요네다의 책에 실린 「경주 석굴암의 조영계획」은 석불사 석굴의 과학적 신비를 푸는 첫 실마리이자 가장 중요한 열쇠가 되었다.

요네다가 석굴 조영 계획을 찾는 작업은 통일신라 사람들이 측량에 사용했던 자(尺)의 길이를 밝히는 데서 시작하였다. 그는 불국사와 석불사 석굴을 측량하면서 이때의 석공들이 사용했던 자는 곡척(曲尺, 30.3센티미터)이 아님을 알았다. 그는 석탑의 각 부위를 측량하여 0.98곡척, 1.96곡척, 23.6곡척 등의 수치가 반복적으로 나오는 것을 보고 통일신라의 석공이 쓴 자는 0.98곡척(29.7센티미터)이라는 결론에 도달했고, 이 길이를 당척(唐尺)이라 이름 붙였다. 불국사의 조영척(造營尺)은 0.980125곡척이었고, 석불사 석굴의 조영척은 0.98207곡척이었는데 그는 놀랍게도 이것의 평균치로 0.98이라는 치수를 얻어냈다. 0.125란 8분의 1을 의미한다. 그 숫자의 치밀함에 나는 눈앞이 캄캄해질 뿐이다. 그리고 그는 측량의 정확성을 위하여 통일신라 석공이 사용했을 자와 똑같은 자를 쇠자로 만들고 그것으로 측량했다.

그 결과 석굴의 평면 계획을 보면 주실은 반지름 12자의 원이다. 원형 주실의 입구 또한 12자로 이는 원에 내접하는 육각형의 한 변에 해당한다. 주실의 대좌는 원의 중심에 놓인 것이 아니라 약간 뒤쪽으로 물러나 있는데 그 위치는 입구의 12자를 한 변으로 하는 정삼각형을 그렸을 때 그 꼭짓점이 대좌의 앞끝에 닿도록 했다. 그리고 대좌의 높이는 한 변을 12자로 하는 정삼각형 높이의 2분의 1로 하였다.

전실(前室)은 1960년대 수리공사 때 굴절된 석상 하나를 전개시키는

기본으로 하는 8.8당척(8.62곡척)

응은 6.6 당척

굵는 4.4

응는 2.2

1.1 1.1 1.1 1.1 1.1 1.1 1.1 1.1

3.91(3.83)

11.53(11.3) — 대좌고·단수=10÷1.1

(굴반경 12.0×2=대좌 평명반경이 반드는 정방형의 대각선)

7.62(7.47)

3.81

실측치= 16.7곡척=17.0당척=16.99당척(굴평면 반경이 반드는 정방형의 대각선)

3.81

5.5당척(5.4곡척)

1.1×5

1.16 1.66 1.6

12.54(12.29)

10.4(10.19)

5.2(5.1)

| **요네다가 그린 본존불의 측량 도면** | 정사각형의 한 변과 그 대각선 $\sqrt{2}$ 의 연속적인 전개를 보여준다.

바람에 변형되었지만, 요네다 측량 당시의 모습으로 보았을 때 주실 입구에서 대좌 앞을 잇는 12자 정삼각형을 3배로 연결한 상태의 밑변에서 전실의 입구가 설정되었음을 알 수 있었다. 요네다는 석굴의 평면을 3자짜리 방안지 위에 그려 그 수치의 상호 관계가 치밀함을 증명했다.

석굴의 입면 계획에서는 주벽의 조각과 받침돌을 합친 길이가 12자이고, 감실의 높이는 $12 \times \sqrt{2}$ 자이다. $\sqrt{2}$ 는 정사각형의 대각선 길이다. 그리고 감실의 천장에서 석굴 천장에 이르는 길이는 12자를 반지름으로 하는 반원을 이룬다. 그리고 본존상과 대좌의 높이를 합치면 $12 \times \sqrt{2}$ 자가 된다.

대좌는 정팔각형으로 간석(竿石)이 끼여 있는데 간석받침의 지름은 한 변을 12자로 한 정삼각형 높이의 2분의 1인 5.2자를 기본으로 하여 5.2자의 정사각형이 이루는 대각선 길이가 되며, 대좌의 아래쪽 받침은 5.2자가 만든 정팔각형의 내접원과 일치한다.

이와 같은 수리 관계로 요네다는 석굴의 조영이 12자를 기본으로 하면서 정사각형과 그 대각선의 길이인 $\sqrt{2}$의 응용, 정삼각형 높이의 응용, 원에 내접하는 육각형과 팔각형 등의 비례 구성으로 이루어졌음을 풀어 내었다.

불상의 크기는 11.53자인데 이 수치를 11.0자로 요약하여 무릎과 무릎 사이는 8.8자, 어깨의 너비는 6.6자, 가슴너비 4.4자, 얼굴폭 2.2자라는 수치를 얻을 수 있다. 또 양무릎 8.8자를 한 변으로 하는 정삼각형을 그리면 꼭짓점은 턱에 닿는다.

백면 측량 기사 요네다의 해석은 이처럼 치밀하였고 이처럼 완벽하였으며, 0.98207곡척을 계산하는 그의 매서운 눈은 이 움직일 수 없는 수리 관계를 기초로 하여 천체 우주라는 거대한 크기까지 볼 수 있게 되었다. 요네다는 자신이 측량한 수치를 근거로 하여 「석굴암 석굴의 천체(天體)표현 사고(私考)」라는 짧은 논문을 썼다. 그는 메소포타미아 천문 역술의 기본인 천문 수학을 상기시키면서 "억측"일지 모르지만 일단 제기해본다며 그 수리 관계를 이렇게 풀었다.

석굴 구성의 기본은 반지름을 12자(지름 24자는 1일 24시간에 일치)로 하는 원(360도는 1년 360일에 일치)이다. 석굴 출구의 12자는 1일(12刻)에 해당하고 궁륭천장(천체 우주)은 같은 원둘레에 구축하여 유구한 세계를 표현하고 그 중심(천장덮개돌)에는 원형(태양)으로 큼직하게 연꽃덮개돌을 만들고 구면 각 판석의 사이에 팔뚝돌이 비어져나와 별자리를 만든 것으로 보인다.

나는 요네다의 짧은 일생에 담긴 많은 의미를 생각해본다. 35세의 젊은 나이로 죽는 그해까지도 땡볕에서 부소산성을 측량하던 한낱 기술자이고 무명의 건축학도였던 그가 7년간 말없이 성실하고 치밀하게 측량했던 그 경험을 토대로 불과 3년 만에 이처럼 위대한 결론에 도달할 수 있었다는 사실에서 인생을 사는 법과 학문하는 법을 동시에 배우게 된다.

그의 삶과 학문은 '작은 것의 힘, 작은 것의 위대함, 작은 것의 아름다움'을 극명하게 보여준다. 미국의 건축가 미스 반 데어 로에(Mies van der Rohe)는 그의 조수가 많은 건축 시안을 제시하는 것을 보고 하나만 가져오라며 "적은 것이 많은 것이다"(Less is more)라고 했다고 한다. 명나라 문인화가 동기창(董其昌)은 역대의 명화를 작은 화첩에 옮겨 그려보고서는 그 화첩의 제목을 '작은 것 속에 큰 것이 들어 있다'는 뜻으로 '소중현대(小中現大)'라고 하였다. 요네다의 학문에는 곧 '소중현대'의 방법론적 실천이 있었으며, 그의 일생은 '소중현대적' 인생이었다.


### 신라인의 과학과 기술

요네다의 정확한 측량과 그것에 기초를 둔 수리 관계의 규명은 신라인의 과학과 기술에 대하여 생각게 하는 바가 적지 않다. 이것은 곧 한국 과학사의 한 성과이며 과제이기도 하였다.

김용운 교수는 신라에 재정·회계 등을 담당하는 기술 관리의 양성을 목적으로 설치된 수학 교육 기관이 있었으나 거기에는 서양적인 뜻에서의 기하학은 전혀 보이지 않았으면서도 석굴의 구조처럼 기하학적인 수

법이 정교하게 이용된 것은 여러모로 생각게 한다며 그 응용의 내용을 열 가지로 분류하였다(『이야기 한국과학사』, 서울신문사 1985).

① 기본단위의 설정
② 기본단위의 분수점 등분
③ 정사각형과 그 대각선($\sqrt{2}$)으로 전개(또 이 단위를 이용해서 입체도형을 구성한다)
④ 등급차수를 이용한 본존불 형상의 결정
⑤ 정삼각형과 그 수직선의 분할(본존불과 받침 크기)
⑥ 정육각형의 한 변과 외접원(굴의 입구와 내부의 평면도 관계)
⑦ 정팔각형과 내접원(본존불과 받침의 구성)
⑧ 원과 원주율
⑨ 구면(球面)
⑩ 타원

1960년대의 석굴암 수리공사에 대하여 강력한 반론을 제기했던 남천 우 박사(전 서울대 교수, 물리학)는 "석굴의 구조란 깊이 조사하면 조사할수록 실로 무서우리만큼 숫자상의 조화로 충만되어 있다"고 말하면서 그 것을 실현해낸 기술의 신비로움을 다음과 같이 말하였다(남천우 「석굴암 원형보존의 위기」, 『신동아』 1969년 5월호).

석굴은 경이적인 정확도로써 기하학적으로 건립되었다. 이 정확도는 1천분의 1, 아니 1만분의 1에 달한다. 1만분의 1이란 10미터에 대하여

| 요네다가 그린 석굴 측량 도면 | 석굴 구조의 치밀한 수리적 관계가 한눈에 증명되고 있다.

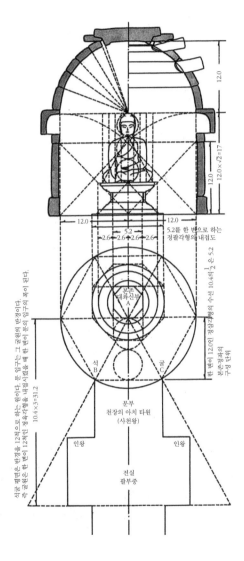

12.0

$12.0 × \sqrt{2} = 17$

12.0

12.0 ----- 12.0

5.2

2.6 2.6 2.6 2.6

5.2를 한 변으로 하는
정팔각형의 내접도

한 변이 12.0인 정상각형의 수선 10.4의 $\frac{1}{2}$ 은 5.2

본존
대좌신부
A

석
B

굴
C

본존정좌의
구성 단위

문부
천장의 아치 타원
(사천왕)

인왕      인왕

$10.4 × 3 = 31.2$

전실
팔부중

석굴 벽면은 반경을 12처으로 하는 원이다. 문 입구는 그 굴원의 반경이다.
즉 굴원은 한 변이 12처인 정육각형을 내접시켰을 때 한 변이 문의 입구의 폭이 된다.

1밀리미터의 오차를 말한다는 것을 생각해보면 석굴의 각 석재가 얼마나 정확한 위치에 놓여 있었다는 뜻인지를 알 수 있을 것이다.

더욱이 석굴 본당은 정원(正圓)으로 이루어져 있고 이 원호(圓弧)를 구성하고 있는 조각의 숫자만도 15구에 달한다는 사실을 생각해보면 거대한 화강암의 암석을 갖고 마치 밀가루 반죽이라도 다루듯 자유자재로 다듬어놓았던 신라인의 솜씨도 놀랍거니와 그러한 솜씨를 뒷받침하여준 신라인의 기하학에 대해서도 경탄할 뿐이다.

석굴 본당의 원호를 그 내접하는 육각형으로 분할하여 육각형의 한 변을 입구로 삼고 나머지 원호를 정확하게 분할해낸 계산 능력, 그리고 천장의 궁륭부를 이루는 원호를 정확하게 10등분해낸 계산 능력은 거의 신기에 가까운 것이다. 그리하여 남천우 박사는 다음과 같이 말하기에 이른다.

신라인들은 원주율(圓周率) 파이($\pi$)의 값을 3.141592……보다도 훨씬 더 높은 정확도로 알고 있었을 것은 물론이고, 아마도 정12면체에 대한 정현(正弦)법칙, 다시 말하면 사인(sine) 9도에 대한 정확한 값을 구할 수 있는 기하학을 최소한도의 것으로 갖고 있었다.

### 석굴 밑에서 샘이 솟는 이유

석불사의 석굴에 오르면 우리는 넓은 공터에서 석굴을 마주 보게 된다. 바로 그 공터 앞 맞은편 바위에서는 천연 샘이 솟아나고 이를 감로수라고 부른다.

이 감로수는 신비하게도 석굴 본당의 암반 밑에서 용출하는 두 개의 샘이 흘러내리는 것이다. 1913년에 시작된 보수공사 때 일제는 콘크리트벽을 세우기 위해 암반을 파고들다가 이 샘을 발견하고는 그 습기가 석굴 내부로 스며오르는 것을 방지하기 위해 아연관(鉛管)을 묻었다.

1963년 석굴 수리공사를 재개할 때도 이 샘물이 큰 문제가 되었다. 일제 때 묻었던 연관은 이제 다 삭아버려 튼튼한 동(銅)파이프를 묻어 석굴 밖으로 빼내었다.

일제시대건 3공화국 시절이건 석굴의 습기에 결정적 영향을 주는 주요 원인의 하나가 이 샘물에 있다고 생각했던 것이다. 그도 그럴 것이 이 샘물은 10초 동안에 1리터를 뿜어내는 힘찬 용수였다.

1961년 석굴 보수를 위한 외국인 전문가 초빙으로 내한한 유네스코 문화유산연구소장 플랜덜라이스(H. Planderleith) 박사가 석굴 봉토를 걷어내고 조사한 제1차 보고서에서도 이 지하수의 배수 문제를 언급하고 있다.

이에 대하여 무엇인가 그렇지 않을 것이라는 이견을 갖고 있던 분은 이태녕(李素寧, 전 서울대 교수, 화학) 박사였다. 그분의 회고담이다.


플랜덜라이스 박사가 샘물이 나오는 것을 보고 2미터 정도의 배수구를 만들어 샘물을 처리해야겠다는 것이었습니다. 그래서 제가 질문 겸 제안을 했습니다. 물이 올라가서 적셔진다고들 하는데 그러면 왜 (신라인들이) 샘 위에다 석굴을 지었을까요? 이 문제를 어떻게 생각합니까? (…) 샘 위에 지어놓은 석굴이 천몇백 년 동안 이 정도로 보존되어 있다는 사실을 검토해야 할 필요가 있지 않겠는가? 내가 가설로 실험 방법을 제안하겠다. 내 가설은 적절치 않아도 앞으로 원형에 대한 귀중한 자료가 될 것이다. 그 샘물의 침입수가 0퍼센트라고는 단정할 수 없지만 거의 다 응축되어 있는 것으로 보인다. (…) 여기서 중요한 것

| 석굴 암반 밑의 샘물 배수관 | 석굴 암반에는 두 개의 샘이 솟아오르고 있는데, 20세기 두 차례 보수공사 때마다 배수관으로 빼내는 작업을 했을 뿐, 그 오묘한 자연 원리의 응용은 알아채지 못했다.

은 표면 온도와 공간 온도를 측정하여 공기의 흐름이 오전과 오후, 여름과 겨울에 어떻게 차이가 나는지를 조사하는 (…) 상대습도와 상대온도를 강조해서 제안을 했습니다. 플랜덜라이스 박사는 이것을 받아들여 그전의 1차 보고서를 교정한 2차 보고서를 만들었습니다. (『석굴암의 과학적 보전을 위한 국내전문가회의 회의록』, 문화재관리국 1991)

그러나 플랜덜라이스 박사의 제2차 보고서는 시행자들이 받아들이지 않았다.

이 과정에서 나는 참으로 재미있고 중요하고 무서운 사실을 하나 알게 되었다. 이태녕 박사나 남천우 박사 같은 이학박사, 즉 과학자들은 신라인들의 과학성을 믿고 있었고 그들의 과학성이란 20세기의 기계장치를 연상케 하는 과학이 아니라 자연의 순리를 응용하는 또 다른 고도의 과학임을 염두에 두고 있었다. 그래서 과학자들은 석굴 보존과 관련한 여러 문제점을 해결하기 위해서는 석굴을 신라시대의 원형으로 돌려놓아야 한다는 주장을 하고 있는 것이다.

그러나 과학을 제대로 모르는 미술사가, 고고학자, 행정가들은 그저 무슨 과학적인 방법으로, 과학이 낳은 유식한 기계에 의하여 보존할 궁리를 하였다는 사실이다.

김대성이 석굴을 왜 샘물이 솟는 암반 위에 세웠는가? 동해를 바라보는 자리는 토함산에 얼마든지 있건만 왜 바로 이 자리였는가? 이 문제는 결국 이태녕 박사가 그 신비를 풀어냈다. 이태녕 박사는 1973년 2월에 열린 역사학회 월례발표회에서 「석굴암의 구조와 습기문제」라는 논문을 발표하였는데 그 요지가 『법시』 통권 67호(1973년 4월호)에 다음과 같이 실려 있다.

석굴암 석면(石面)의 결로 현상은 석면의 온도 조절이 균형을 잃은 데서 일어난다. 일제 때 보수하기 이전(즉 원형)에는 석굴 밑에 있는 두 개의 샘물 때문에 석굴 바닥의 온도가 조각이 있는 벽면보다 낮아 바닥돌에서만 결로 현상이 나타나고 풍화작용도 이곳에서만 심했다. 그러나 일제 때 두 차례에 걸친 보수공사에서 바닥을 강회로 보강하고 샘물을 연관으로 돌리고 요석 뒷면에 콘크리트를 다져넣었기 때문에 온도가 낮아야 할 바닥돌의 온도가 높아지고 반대로 요석 부분의 온도가 낮아져 정교한 조각이 있는 벽면에 물기가 돌고 있는 것이다.

바로 그것이었다. 실내에 스며든 수분은 섭씨 0.1도의 온도 차이만 있어도 차가운 쪽에서는 물 분자 이동이 저하되어 결로(結露) 현상이 일어난다는 사실을 신라 사람들은 알고 있었다. 그래서 밑으로 샘물이 흐르는 암반은 섭씨 4~10도를 유지하므로 결로 현상은 바다에서만 생기고 석굴 자체는 조금도 손상시키지 않는다는 슬기를 갖고 있었다.

그러니까 석굴의 습기 문제는 일제시대의 콘크리트벽, 3공화국 시절의 목조전실과 유리장, 샘물의 배수관 등을 모두 제거하면 자연스러운 상태에서 원활히 보존된다는 결론에 다다르게도 되는 것이다.

진짜 과학자란 모름지기 자연현상을 거스르지 않으며, 거기에 순응하는 과학적 사고를 하는 분임을 나는 여기서 알았다.

### 해는 동쪽에서 떠오른다

토함산 동쪽 산자락 해발 565미터 상에 세워진 석불사의 석굴이 향하고 있는 방향은 동동남 30도이다. 멀리 동해바다의 수평선이 바라다보이는 자리다. 왜 정동(正東)이 아니고 30도를 남쪽으로 이동하였는가? 이것은 오랫동안의 의문이었다. 일본인들은 다만 지리적 편의로만 생각했다.

1960년대 석굴의 보수공사 총감독을 맡았던 황수영 박사가 이것은 문무대왕의 대왕암이 있는 동해구(東海口)를 바라보고 있는 것이라는 설을 1964년에 발표한 이래 지금도 많은 일반인들은 이 학설을 정설로 믿고 싶어한다. 이 논증을 위하여 황수영 박사는 1967년에 대왕암은 곧 수중릉이라는 주장을 폈고, 석굴의 본존불은 아미타여래라는 학설까지 내놓았다.

황수영 박사는 석불사 석굴의 방향이 감은사가 있는 동해구 대왕암을 바라보는 시점과 비슷함에 주목하면서 신라에서는 왕릉 앞에 석불을 배치했던 예에 따라 조영된 것으로 해석하고 있다. 그것이 대왕암과 석불사 석굴을 호국 불교, 왜(倭)의 침략에 대한 수호, 진골 김씨왕조의 안녕을 비는 기복 신앙, 김대성이 전세의 부모를 위해 지었다는 설화 등으로

동해구　대왕암　정면（동남 30도）

| **석굴의 방향** | 석굴이 바라보는 방향은 대왕암이 아니라 동짓날 해 뜨는 동남 30도임을 증명한 남천우 박사의 사진.

연계시킨 내용이다.

　그러나 이 해석에는 많은 무리가 따르고 있다. 석불사 창건은 문무대왕 사후 신문·효소·성덕·효성 왕을 거쳐 경덕왕에 이르는 71년 뒤의 일이다. 게다가 대왕암의 위치는 석굴에서 정확하게 바라보는 시점에서는 왼쪽(동쪽)으로 밀려 있는 곳이다. 혹자는 대충 그 방향이면 그럴 수 있는 것 아니겠느냐고 말할지도 모른다. 그러나 어림도 없는 얘기다. 신라 사람들은 이미 석굴 구조에서 보았듯이 '무서울 정도'로 과학적이고 치밀했다. 더욱이 석불사 석굴과 토함산 정상 부근에는 대왕암을 훤히 조망할 수 있는 자리가 얼마든지 있다.

　석불사 석굴의 대왕암 조망설은 김대성의 창건설화와 문무대왕을 연결시킬 수 있는 합당한 이유를 설명하는 데도 충분한 논거를 제시하지 못했다. 또 신라가 통일을 이루는 데 호국 불교의 힘이 컸음은 내남이 모

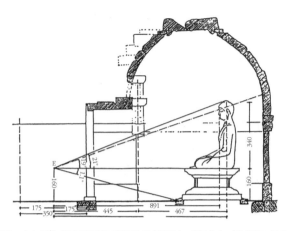

| 김익수 교수가 제시한 예배자의 정위치 | 전실 중앙에 서면 본존불 크기의 3배 되는 거리, 앙각 20도를 유지하게
된다.

두 알고 있지만 통일 후 100년이 지난 통일신라 전성기에 그런 '군사 문
화'를 위해 이런 대역사를 벌였다는 것도 이해하기 힘들다.

　김원용 박사도 석굴의 위치 선정은 '호국용(護國用)'이 아니라 어떤 정
신적 성격일 것이라며 이 설을 받아들이지 않았다. 1969년도 석굴암 논
쟁 때 남천우 박사도 그런 '사소한 문제'가 아니었을 것이라고 했다.

　남천우 박사는 석굴의 방향은 대왕암(28.5도)과 일치하는 것이 아니라
동짓날 해 뜨는 방향(29.4도)과 일치한다는 사실을 「석굴암에서 망각된 고
도의 신라과학」(『진단학보』 제32호, 1969)에서 발표하였다.

　석불사의 석굴이 지금처럼 목조전실로 세워진 것이 아니라 개방 구조
가 원형이라고 생각할 때 동짓날 일출이 지니는 의미는 자못 큰 것이다.
동지는 1년의 끝이 아니라 시작을 의미한다. 석굴 구조의 수리적 관계를
생각할 때 동짓날 일출의 방향은 설득력을 더하게 된다.

'해는 동쪽에서 떠오른다'는 평범한 사실, 그것을 우리는 너무도 오랫동안 모르고 살 정도로 자연을 멀리하고 살아왔다. 한 해의 시작을 자연 변화에서 아무런 징후를 나타내는 것도 상징하는 바도 없는 양력 1월 1일이 아니라, 음(陰)이 쇠하고 양(陽)이 비로소 일어나기 시작하는 바로 그 순간인 동짓날로 잡고 살았던 옛사람들의 생활 형태가 훨씬 과학적이고 철학적이었던 것이다.

## 김대성의 키는 170센티미터?

석불사의 석굴에 관하여 1994년 현재까지 쓰인 저서와 논문은 350편에 달한다. 가히 '석굴학(石窟學)'이라 일컬을 만하다. 글쓴이의 전공을 보면 미술사, 고고학, 역사학, 불교학, 건축학, 과학사, 자연과학, 보존과학 등 관련 있는 전 분야의 연구 인력이 모두 동원되고 있다. 그런 중 조각가로서 석굴을 관찰한 아주 재미있고 유익한 논문이 영남대 김익수 교수에 의해 발표된 바 있다(「석굴암 원형에 관한 견해」, 『영남대학교논문집』 제14집, 1980).

김익수 교수는 석굴의 원형은 남천우 박사가 주장하는 개방설과 전실은 전개가 아니라 굴절이라는 주장에 동조하면서 김대성의 키는 170센티미터라고 추정하는 신기한 주장을 편다.

김교수는 조각가(창작자) 입장에서 본존불의 크기가 결정되었을 때 좌대의 높이는 어떻게 설정할 것이며, 얼마만 한 거리에서 볼 때 그것이 가장 잘 보이는가를 따지지 않을 수 없다는 사실에서 접근하였다.

이를 위하여 실측하는 과정에서 김교수는 석굴 본당 뒷벽에 붙어 있는 광배가 원형이 아니라 타원이라는 사실을 밝혔다. 이 연화광배의 지름이 좌우는 224.2센티미터임에 반하여 상하는 228.2센티미터로 아래위가 약 4센티미터 긴 타원형이다. 그 이유는 아래에서 위로 올려다보았을 때〔仰角〕, 사각(斜角)의 시각 협착으로 실제보다 짧아 보이는 현상을 감안한 것으로, 일정한 지점에서 보면 이 타원형이 오히려 정원으로 보인다는 것이다.

그러면 일정 지점은 어디인가? 그는 물체를 바라볼 때 가장 알맞은 거리는 물체의 최대 높이(또는 최대 길이)의 3배, 회화의 경우는 대각선 길이의 3배라는 조형 원리를 상기시키면서 이 3배의 거리는 물체의 양끝을 바라보는 시각이 20도가 된다는 사실에서 석굴의 본상을 관찰하였다.

그 결과 창조자가 요구하는 관점은 전실의 정중앙에 해당하는 자리가 되는데, 이때 사람의 키에 따라 부처의 얼굴이 두광(頭光)의 정중앙에 놓이기도 하고 약간 위쪽 또는 아래쪽이 된다는 것이다. 이를 더욱 치밀하게 측량한 결과 보는 사람의 눈높이가 160센티미터일 때 불두는 두광의 정가운데 놓이는데, 더욱 신기한 것은 이 길이는 곧 좌대의 높이와 일치한다는 사실이다. 따라서 160센티미터의 눈높이를 가지려면 키가 172센티미터로 되어야 하는데 이때 가죽신 또는 짚신의 높이 2센티미터를 빼야 하므로 김대성(설계자)의 키는 170센티미터가 된다는 계산이다.


## 본존불은 과연 누구인가

석불사 석굴사원의 본존불을 우리는 그냥 본존불이라고 부르는 데 익숙해 있다. 그 이유는 이 불상이 석가모니라는 설, 아미타여래라는 설, 비로자나불이라는 설 등이 팽팽히 맞서 있기 때문이다. 본존불의 인상(印相)은 분명 항마촉지인을 하고 있다. 석가모니가 성도(成道)할 때 마귀를 항복시키고서 손가락으로 땅을 가리키는 순간의 모습을 묘사한 것이다. 그래서 오른손 검지손가락이 살짝 들려 있다. 이 점에서는 석가여래로 보는 설이 우세하다. 그런 중에도 민영규 선생은 불국사의 다보탑과 석가탑은 법화경의 「견보탑품」에서 유래하는 것으로 미루어 석불사 본존을 영취산 정토에서 설법하는 석가모니로 보았고, 문명대 교수는 「관불삼매경」에 근거를 둔 석가상으로 주장하며, 남천우 박사는 12지연기보살과 연계된 석가여래라는 설을 내놓았다.

황수영 박사는 아미타여래설을 주장하고 있다. 통일신라시대에는 군위 삼존불에서도 보이듯 아미타여래도 항마촉지인을 하고 있는 예가 있고 8세기 중엽에는 미타 신앙이 팽배해 있었던 점, 본존불 뒤에 11면관음보살상이 있는 점, 석불사에 '수광전(壽光殿)'이라는 현판이 19세기에 걸려 있었다는 주장 등에 근거한 것이다.

이에 반하여 이 본존불을 불법 그 자체를 의미하는 법신불(法身佛)로서 비로자나불이라고 이해하는 견해가 있다. 김리나 교수는 화엄경의 세주묘엄품(世主妙嚴品)에서 적멸도량의 깨달은 부처는 설법 장소가 바뀌어도 촉지의 자세로 다른 곳에 화신(化身)으로 나타나고 있으므로, 비로자나불이면서 석가의 권속들을 이끌고 있다고 해석하고 있다.

이와 같이 설이 오가는 중에 강우방 선생은 움직일 수 없는 중요한 사실 하나를 발견하였다. 강우방 선생은 측량 기사 요네다의 논문을 주목하고 있었다. 석굴의 연구는 여기에서 시작해야 한다는 생각까지 갖고 있다고 한다. 그런데 요네다는 건축적 구조만 설명했을 뿐 어쩌면 가장 중요한 본존불의 크기가 왜 높이가 11.5자, 무릎과 무릎 사이가 8.8자, 어깨너비가 6.6자로 되었는지에 대하여는 밝히지 못하였다.

강우방 선생은 이 수치의 근거를 찾아내기 위하여 각종 문헌 자료를 조사하던 중 현장법사의 『대당서역기』를 읽다보니 신기하게도 똑같은 수치가 나오는 것이었다. 당나라 현장법사는 인도에 가서 부다가야의 마하보리사에 석가모니 성도상(成道像)이 세워질 때의 이야기를 다음과 같이 기록해놓았다.

정사(精舍) 안을 들여다보니 불상이 엄연한 자태로 결가부좌하고 오른발을 위에다 얹고 왼손을 샅 위에 두었으며 오른손을 늘어뜨려(항마인을 하고) 동쪽을 향하여 앉아 있었다. 그 근엄한 모습은 참으로 그곳에 부처가 있는 것과 같았다.

대좌의 높이가 4.2자이고 너비는 12.5자이며, 불상의 높이는 11.5자, 양무릎 사이가 8.8자, 양어깨 사이가 6.2자였다. 얼굴 모습은 원만구족하여 그 자비로운 얼굴은 산 사람과 같았다. (…) 사람들은 모두 진심으로 그것을 만든 이가 어떤 사람인가 알고 싶어했다.

어깨너비의 4치 차이만 제외한다면 바로 그 숫자와 방향과 모습이 일치하는 것이다. 그렇다면 석불사 석굴의 본존상은 부다가야 마하보리사의 석가 성도상을 모델로 하여 조영된 것이 분명하다.

석불사 석상들의 도상 체계를 밝히려는 불교학자·미술사가들은 줄곧 불경의 어느 경전에 근거한 것인가를 찾아내어 교리 관계에서 밝히려고 노력해왔다. 그러나 불상의 조영이란 교리사(敎理史) 내지 불교사상사의 직접적 반영이라기보다는 신앙사, 즉 당시 신앙의 형태와 더 밀접하다. 그러니까 석불사 석굴의 40존상이란 부처를 중심으로 하여 그분을 보필하고 수호하는 모든 거룩한 존재의 배치라는 아주 간명한 원리에 근거한 것인지도 모른다. 그러니까 부처 주위에는 당시 신라인들이 알고 있고 좋아하는 보살, 천, 나한 등을 총동원하여 배치한 것으로 생각된다.

## 반보 선생의 유래

1986년 초여름, 동주 이용희 선생이 대우재단 이사장으로 계실 때 '미술사학연구회'의 결성을 준비하면서 실험적인 연구 방식으로 신라 왕릉 형식의 변천을 공동 답사하는 기회를 가졌다. 당시 경주박물관장이던 정양모 선생의 인솔과 해설로 진행된 그 답사는 다 함께 석불사 석굴에 올라 한 시간 남짓 관람하고 저녁 회식 자리를 갖는 푸짐한 '보너스'가 있었다.

그 자리에서 미국 유학을 마치고 갓 귀국한 강우방 선생은 석불사 석굴의 연구 동향을 간략하게 보고하면서 자신이 『대당서역기』에서 그 수치를 찾아냈다는 얘기를 처음 하였다. 그러자 동주 선생은 크게 놀라고 기뻐하며 이렇게 치하했다.

"그거 큰 거 발견했습니다. 축하만스럽습니다."

"크기야 할까요. 다 요네다가 통일신라 자를 복원해서 실측해 제시해놓은 수치가 있었으니까 가능했죠. 저는 이제 요네다의 석굴 연구에서 한 발짝도 못 되는 반보(半步) 정도 나아갔죠."

"반보라! 강선생, 앞으로 아호를 반보로 하시오. 그거 멋있네. 더 나이 들어 사람들이 반보 선생이라고 부르면 더 멋있겠네."

반보 선생의 노력과 성과 역시 '소중현대(小中現大)'를 구현한 것이었다. 나는 그날 반보 선생이 마냥 부러웠다.

1994. 7. / 2011. 5.

# 무생물도 수명이 있건마는

1963년 보수공사 / 전실 문제 / 광창 문제 / 보존 문제 /
신라역사과학관 / 유치환 시 / 서정주 시

### 또다시 작동되는 보일러

8·15해방 이듬해인 1946년 11월, 석불사의 석굴은 이끼 제거를 위하여 일제가 남겨둔 흉기, 보일러를 작동하여 증기 세척작업을 시행하였다. 원인 제거가 되지 않는 한 그 방법밖에 없었는지도 모른다. 한국전쟁이 끝난 1953년 보일러는 또 한 차례 가동되었다. 그러나 이때의 증기 세척작업은 경주박물관 직원에 의한 조심스러운 작업이었다고 한다.

문제는 1957년, 해방 후 제3차 세척작업이었는데 이것은 경주교육청이 청부업자에게 지시하여 긴급하게 실시한 것이었다. 당시 관광차 내한한 외국인 관광객의 도착 전에 세척한다고 사용 준칙인 열도(熱度)의 조절, 1자 이상 거리에서의 분무 등을 무시하고 쏘아댔다. 이것이 신문에 "펄펄 끓는 수증기의 세례에 다박솔로 문질러댄 석굴암"이라고 보도

되자 정부는 문교부차관을 파견하여 진상 규명을 하기에 이르렀다. 이를 계기로 문교부 산하 문화재관리국에는 1958년 1월에 '석굴암 보수공사 조사심의위원회'가 결성되어 이승만정권하에서 3차에 걸쳐 조사단을 파견했다.

1960년 4·19혁명이 일어나고 장면정권이 들어서면서 '석굴암 보수공사'는 급진전되어 1960년 5월 21일 건축가 배기형 씨에게 설계를 의뢰하였고, 1961년 3월 16일에는 문화재위원회에서 이중돔 설치를 설계한 배기형 씨 설계안이 검토되었다.

그러나 1961년 5·16군사쿠데타가 일어난 다음 열린 5월 24일 문화재위원회 제1분과회의는 배기형 씨 설계안을 돌연 폐기하고, 6월 7일에는 건축가 김중업 씨에게 새로 설계를 위촉하게 되었다. 이 갑작스러운 설계자 변경과 심의회 사업이 원점으로 돌아간 것에 대해서 『석굴암 수리공사 보고서』에서는 "이러한 변경은 5·16군사혁명 직후에 있어서의 하나의 풍조를 반영하는 (…) 조치였다"고만 적혀 있다. '군사혁명 직후에 있어서의 하나의 풍조'가 무엇인가는 당대를 산 분들은 대개 짐작하겠지만 지금의 젊은 독자들이 과연 이해할 수 있을지 모르겠다. 궁금한 분은 나이 드신 분께 여쭈어보기 바란다.

## 박정희의 등장과 공사 진척

설계 담당자 변경으로 보수공사가 답보 상태에 들어가 있는 상황에서 장면정권 시절에 초청한 유네스코 문화재연구소장 플랜덜라이스 박사

---

| **11 면관세음보살상** | 다른 부조에 비해 강하게 돌출시키고 6.5등신의 현세적 미인관을 반영하여 이상적인 미인관, 즉 '미스 통일신라'상에 접근하고 있다.

가 1961년 7월 17일 내한하였다. 그는 21일에는 현지로 내려가 조사하면서 "석굴의 누수 상태와 지하수 문제의 검토를 위하여는 석굴을 덮고 있는 봉토층의 제거가 필요하다"는 보고서를 내었다. 문교부는 긴급회의를 소집하여 이를 승인함으로써 7월 31일부터 봉토 제거작업이 시작되었다. 이것이 1964년부터 시행되는 본격적인 보수공사에 대한 예비공사의 시작이었다.

3년을 끌며 답보 상태에 있으면서, 공사 설계안도 마련되지 않은 상태에서 외국인 박사 한 사람이 와서 봉토를 파봐야 한다니까 문교부는 긴급회의까지 열면서 승인했다는 사실이 마냥 서글프기만 하다.

그러나 석굴 보수공사가 이처럼 급진전을 보게 된 데에는 또 하나의 힘, 5·16 직후 혁명정부의 단안이 있었다고 『석굴암 수리공사 보고서』는 밝히고 있다. 3선개헌과 유신헌법을 동원한 박정희 대통령은 살아 있는 국민만이 아니라 말 없는 문화재에도 독재의 힘을 휘둘렀다. 그것도 국가재건최고회의 의장 박정희 소장 시절부터였다.

불국사 복원, 아산 현충사 건립, 천마총 발굴, 한국미술 5천 년전, 해인사 경판고 이전 구상…… 그 모두가 '각하'의 지시하에 이루어졌다. 그는 이러한 문화재 발굴과 보수 사업에도 일일이 의견을 내면서 지시하고 감독하였다. 우리가 문화재 현장에서 보는 콘크리트 한옥에 미색 수성페인트를 칠한 천편일률적인 집들은 모두 박정희의 안목으로 결재된 것이다. 석불사 석굴의 60년대 보수공사가 또 다른 오욕의 이력이 되고 만 것은 박정희의 지나친 관심과 간섭의 결과였다. 그것은 지금이니까 회한의 역사로 그렇게 말하는 것이고 당시 석굴 보수공사는 막강한 독재자의 의지대로 착착 진행되었다.

## 플랜덜라이스의 2차 보고서

석굴 보수공사는 조사, 예비공사, 본공사로 나뉘어 진행되었다. 공사의 원활한 진행을 위하여 2인의 중앙감독관을 두기로 하여 문화재위원인 황수영 박사와 건축가 김중업 씨가 임명되었다.

수리공사의 기본 방침은 석굴의 습기와 이끼를 원인부터 제거하기 위하여 ① 빗물이 스며들지 못하도록 이중돔을 세운다, ② 지하수가 스며들지 못하도록 석굴 밑 암반에서 나오는 샘물의 배수구를 강화한다, ③ 습한 공기의 유입을 막기 위하여 전실에 목조건축을 세운다, ④ 석굴 내부의 환기를 위하여 지하에 공기 통로를 만들어 이중돔 공간으로 빠지게 한다는 것이었다.

이것은 석굴의 습기 문제가 '습한 공기의 유입'에 있다는 판단에 근거한 것이었다. 그러나 석굴에 대하여 누구보다도 열정적으로 연구해온 남천우 박사의 견해에 따르면 석굴의 습기는 물이 스며드는 누수 현상이 아니라 '결로 현상'에 있다는 것이다. 즉 외부와 내부의 공기 온도 차가 심하여 이슬점(露點)에 다다르면 자연히 이슬방울이 생긴다는 것이다. 따라서, 공사 방침은 공기의 유입을 막는다는 것이지만 이는 반대로 공기가 원활하게 유동할 수 있도록 개방해야 하며, 그것이 석굴의 원형이라고 주장하였다. 그러나 남천우 박사는 당시 문화재위원에 위촉되어 있지 않았고 그의 주장은 받아들여지지 않았다.

더군다나 유네스코 플랜덜라이스 소장은 7월 21일 경주에 내려가 하루 동안 조사한 다음 23일에 의견서를 제출하면서 공사단의 방침이 옳다는 판단을 내리고 이 의견서로써 자신의 건의는 종결한다고 하였던 것이다. 그리하여 7월 31일부터 예비공사를 위한 석굴 봉토 제거작업이 시작되었다.

문화재 보존과학에서 세계적인 권위를 갖고 있던 플랜덜라이스는 의견서 제출 이후에도 현지에서 조사를 하며 이태녕 박사 같은 자연과학자들과 의견을 교환하면서 뒤늦게 한국의 자연조건이 사계절의 온도 차가 한여름 섭씨 35도에서 한겨울 영하 15도에 이르는 큰 차이가 있음과, 상대온도·상대습도에 의해 결로가 생긴다는 자연 원리를 인지하고서는 지난번에 제출한 의견서를 정정하는 2차 의견서를 내게 되었다. 그 제출 날짜가 8월 18일이었으니 25일간의 연구 결과이기도 하였다.

내가 측정한 결과로서 8월 중의 낮 온도는 섭씨 35도, 습도 95퍼센트에 달하는 덥고도 습한 것이므로 기온이 30도로 내려가는 밤에는 저온의 표면에 이슬이 맺히게 될 것이다. 따라서 젖는 것을 막을 수 있는 주요한 방법은 통풍이므로 석굴암을 밀폐하려는 시도는 중대한 과오를 저지르는 것이 될 것이다. 그러므로 나의 지난번 의견은 정정되지 않을 수 없게 되었으며 심사숙고를 거듭한 결과로서의 나의 의견은 석굴암 전면부에 지붕을 얹거나 또 문을 해 다는 것에 대하여는 '전적으로 반대'(all against)한다.

그러나 플랜덜라이스의 2차 의견서는 묵살되었다. 공사단의 방침은 이미 대통령에게 보고된 방향으로 굳어져 있었다.

나는 여기에서 플랜덜라이스의 두 얼굴을 보게 된다. 하나는 오만스럽게도, 아니면 경박하게도 불과 하루 만의 조사에 의견서를 내면서 그것으로 자신의 보고서를 끝낸다고 한 지나친 권위의 과시이며, 또 하나는 자신의 소임을 다했으면서도 25일 뒤에 요구하지 않은 2차 의견서를 제출하는 학자적 양심 두 측면이다.

## 목굴암이 되는 석굴

석굴 보수공사에서 전실에 목조건축을 얹는 것은 '습한 공기의 유입'을 막기 위한 조처로만 구상된 것이 아니었다. 공사단은 석굴의 원형이 그렇다는 주장을 갖고 있었던 것이다. 석굴 주위를 조사·발굴하는 과정에서 8세기 후반, 창건 당시 것으로 추정되는 기왓장에 "석불사"라는 명문이 새겨져 있는 것을 수습한 것이다. 그러나 그 기와는 목조건축의 기와인지, 봉토 위의 깨진 천장덮개돌로 물이 유입되는 것을 막기 위한 일부인지는 알 수 없는 것이었다.

황수영 박사와 공사단 측에서는 또 간송미술관이 소장하고 있는 겸재 정선의 『교남명승첩(嶠南名勝帖)』에 들어 있는 「골굴석굴(骨窟石窟)」 그림에 목조건축으로 되어 있는 것을 제시했다. 그러나 겸재가 1733년(58세)에 그렸다는 이 그림은 겸재가 60대에 보여준 화풍과 매우 달라서 진경(眞景)을 진경답게 그린 것이 아니다. 그래서 일부 학자 중에는 그의 손자 정황의 그림으로 보는 견해도 있을 정도로 겸재로서는 불명예스러운 작품이다. 뿐만 아니라 「골굴석굴」은 말 그대로 기림사 쪽의 '골굴암'을 그린 것으로 보는 것이 더 타당하다.

석굴의 전실에 목조지붕을 얹는다는 일은 원형을 위해서도, 보존을 위해서도 맞지 않는 일이었다. 그러나 공사는 그렇게 진행되었고 '석굴암'은 '목굴암(木窟庵)'으로 되고 만 것이다. 석굴 전실에 목조건축을 세운다는 것은 황수영 박사의 일관된 주장이었으며 한편으로는 박정희의 생각이기도 했다.

| 목조건물로 막힌 석굴의 전실 | 석굴의 전실을 목조건물로 막음으로써 외견상 '석굴암'은 '목굴암'이 되고 말았다.

## 전실 석상의 전개 문제

1961년 7월 31일, 봉토 제거작업이 시행되면서 본격화된 석굴 수리 공사는 1961년 9월 13일에 공사 현장사무소가 설치되었다. 예비공사는 1963년 6월 30일까지 약 2년에 걸쳐 실시된 것이었다.

예비공사가 진행되는 동안 본공사의 설계안이 계속 심의되었는데 1962년 10월 18일 회의에서는 목조 암자 문제로 황수영·김중업 2인의 중앙 감독관 사이에 의견 대립이 생긴다. 결국 12일 뒤 김중업 씨는 중앙감독관에서 해임되고 며칠 후 김중업 씨와 맺은 설계 계약도 해약 절차를 밟는다.

11월 13일, 김중업 씨 후임에 김원용 박사가 임명되었다. 황수영과 김중업의 의견 차이는 전실에 목조건축을 얹기 위하여 벽면을 현재의 절곡(折曲)에서 전개(展開)로 바꾸는 문제였다. 당시 전실은 양측면의 팔부중상이 한 분씩 등을 돌리고 꺾여 금강역사와 마주보는 형상으로 되어 있었다. 이것을 네 분씩 나란히 편다는 주장이 나온 것이다. 이것을 편다는 것은 곧 원형의 파괴를 의미하는데 황수영 박사는 그것이 일제 때 잘못한 것이라는 주장을 갖고 있었다. 그러나 팔부중상을 전개하게 되면 요네다가 측량했던 '무서우리만큼 치밀한' 기하학적 수리 관계는 다 무너지고 만다.

1963년 2월 16일, 새 감독관에 임명된 김원용 박사는 현지의 석재를 조사하고는 굴곡 부분은 원형(原形)이므로 이를 변경해서는 안 된다는 결론을 내린다. 또 11일 뒤 10인의 관계자가 현지에 가서 같은 결론을 내린다.

그러는 사이 본공사가 시작되는 1963년 7월 1일이 되었다. 그리고 7월 2일 김원용 박사는 중앙감독관에서 해임되고 황수영 중앙감독관이 혼자 주관하게 되었다.

석굴 전실의 절곡을 편다는 것은 문화재위원회의 승인이 있어야만 가능한 것이었다. 문화재위원회는 이를 승인하지 않았고 8월 14일 황수영 감독관은 사의를 표한다. 그러나 황수영 감독관은 해임되지 않으며 더 조사한다는 명분으로 굴곡부를 해체하기 시작했다.

10월 12일, 문화재위원회에서는 굴곡면의 전개를 둘러싼 논란 끝에 표결 제의를 물리치고 굴곡부를 전개하되 그 대신 상반된 논의 내용은 모두 보고서에 기록하기로 결정했다.

나는 이 과정에서 법정이나 국회에서 속기록에 기록해둔다는 증언의 의미를 비로소 실감했다. 후세의 올바른 판단을 위한, 그리고 자신의 양심과 명예를 위한 증거 보존의 뜻이 얼마나 중요한가를.

이상의 진행 과정은 『석굴암 수리공사 보고서』에 실린 회의록에 자세한데 나는 왜 이 문제가 이처럼 무리하게 강행되었는가를 잘 몰랐다. 그것을 남천우 박사는 『석불사』(일조각 1990)에서 다음과 같이 증언하고 있다.

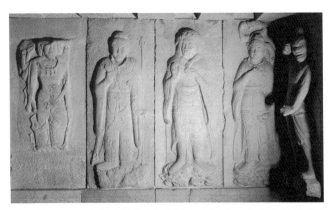

| **팔부중상** | 전실 양쪽으로 늘어선 팔부중상은 바깥쪽 한 분의 키가 세 분과 다르다. 이는 전실이 전개가 아니라 절곡이었음을 말해주는 것이다.

당시는 아직도 군사회의에 의한 통치 시대였다. 그러므로 사실 문화재위원회가 정부로부터의 압력을 이 정도라도 버티기는 매우 어려운 처지였다. 그러나 이 이후에는 문화재위원회는 더욱 무력화되며 자문기관으로 격하된다.

이와 같이 하여 문화재위원회의 승인을 강제로 얻고 나서 불과 5일이 경과된 10월 17일에는 최고회의 의장인 박정희 씨 일행이 석굴 수리공사 현장을 직접 시찰하고 격려한다.

서울에 있으면서 혁명 과업에 바쁜 통치자가 굴곡부 전개 결정의 소식을 듣고 5일 후에 경주 토함산의 석굴 현지에 왔다면 그것은 곧바로 달려왔다고 표현될 수 있다. 자신의 지침에 대하여 완강하게 반대하던 문화재위원회가 스스로의 결정을 번복한 이상 박정희 씨로서는 하루속히 석굴 현지에 가보고 싶었던 것이다.

| 석굴 전실의 절곡 | 석굴암이 원래 절곡되어 있다는 것을 증명하는 일제시대 사진.

## 수굴암, 암굴암, 전굴암

그렇게 강행된 석굴암 수리 본공사는 1964년 7월 1일, 만 1년 만에 준 공식을 갖게 된다. 1961년 7월 31일, 봉토 제거작업이 시작된 이래 만 3년에 걸친 대역사였다.

준공식에는 당연히 박정희 대통령이 참석하였다. 그러나 석굴 벽면에 서는 눈에 띄게 물이 흘러내렸다. 누수는 물론이고 습한 공기의 유입까 지 막는 3년간의 공사가 결국 석굴을 물바다로 만들고 만 것이다. 여론 이 비등하였다. "석굴암인가 수(水)굴암인가" "석굴암은 암(暗)굴암". 그 리고 그해 여름 석굴의 본존불은 물방울로 샤워를 하기에 이르렀다.

수리공사 이후 석굴에 이처럼 물이 스미는 주요 원인은 철저한 밀폐 공사의 잘못을 말해주는 것이었다. 전실의 목조건축보다도 이중 콘크리 트 돔이 더 큰 문제였다. 석굴에 생기는 물은 남천우 박사의 진단대로 누 수가 아닌 결로 현상인바 이중 콘크리트 돔 사이에 들어 있는 더운 공기

가 미처 빠져나가지 못함으로써 여름이면 굴 내부의 상대온도·상대습도
가 급격히 낮아지면서 생기는 자연현상이었다. 전실의 목조건축도 굴 밖
의 더운 공기의 유입은 막아주지만 공기 중의 습기를 막는 데는 아무 도
움이 되지 않는다. 남천우 박사는 이 원리를 다음과 같이 설명하였다.

　　장마철에 방 안의 공기가 밖의 공기보다 훨씬 더 건조하게 느껴지
　는 것은 방 안 공기에 들어 있는 습기의 분량이 실제로 적어서 그런 것
　이 아니고 방 안의 온도가 밖의 온도보다 더 높으므로 방 안의 상대습
　도가 낮기 때문에 그렇게 느껴질 따름인 것이다.
　　가령 옷장에도 문이 있고 광에도 문이 달려 있다고 하여 여름철에
　옷장을 광 속에 넣어두고 안심할 사람은 아무도 없을 것이다. 그것은
　여름철에 광 속이 언제나 습하다는 것을 누구나 잘 알고 있기 때문이
　며, 광 속이 습한 것을 다소라도 건조하게 해주기 위해서는 대낮에 광
　문을 열어두는 것이 가장 효과적이라는 것은 주부들도 알고 있는 상
　식인 것이다.(「석굴암 원형보존의 위기」에서)

　그러나 석굴의 습기 문제를 근본적으로 검토하는 작업은 이루어지지
않았다. 현 상태에서 기계 설비에 의한 습기 제거를 강구하게 되었고 준
공 2년 뒤에는 서울공대 기계과 김효경 박사에게 이 작업이 위촉되었다.
그리하여 석굴에는 급기야 공기 냉각장치(에어컨)를 설치하여 기계 작동
에 의한 강제 방식을 취하게 되었다. 그리하여 석굴은 '전(電)굴암'이라
는 또 하나의 별명을 얻게 되었다. 근본적인 보존 대책이 강구된 것이 아
니라 '목굴암' '암굴암'은 그대로 둔 채로 '수굴암'을 면하기 위한 '전굴암'
으로 고착된 것이다. 그로부터 30년이 다 된 오늘날까지도 석굴 바로 옆에
붙은 기계는 진동 소리를 내며 하루 24시간, 1년 365일 돌아가고 있다.

**광창의 문제**

박정희 대통령이 석굴을 비롯한 문화재에 관심을 갖고 있는 것은 개인적 취미와 성향일 수 있다. 그러나 독재자들이 문화재와 토목사업에 두는 관심은 자기 능력의 과시와 대국민 선전 효과에 있어왔다. 데라우치 총독이 콘크리트벽으로 '멋있게' 석굴을 보수한 것이나 박정희 대통령이 석굴의 전실에 번듯한 목조건축이 세워지도록 유도한 것이나 같은 맥락에 있는 것이었다.

석불사 석굴이 보수공사 뒤에도 습기 문제가 떠나지 않자 남천우 박사는 1969년 『신동아』 5월호에 「석굴암 원형보존의 위기」라는 장문의 글을 기고하였다. 이것이 유명한 '석굴암 논쟁'의 발단이 되어 현지 공사 책임자였던 신영훈 씨의 「석굴암 보수는 개악이 아니다」(『신동아』 69년 7월호), 문명대 교수의 「석굴암 위기설에 이의 있다: 남박사의 위기설에 관한 반론」(『월간중앙』 69년 8월호) 등이 발표되고, 남천우 박사는 다시 「속 석굴암 원형보존의 위기」(『신동아』 69년 8월호)를 발표하였다.

이 과정에서 남천우 박사는 석굴의 온전한 보존 문제는 온전한 원형을 찾아내는 일이 된다며 석굴의 원형은 대담한 개방 구조였고 석굴에는 광창(光窓)이 있었다는 사실을 논증하였다. 또 석굴 본당의 10개 감실은 외벽과 맞붙어 있는 것이 아니라 뒤로 더 물러나 아래쪽에서 공기가 숨 쉬도록 되어 있었다는 주장을 폈다.

남천우 박사는 일제시대의 석굴 보수공사 때 어디에 쓴 것인지 몰라 석굴 한쪽에 버려둔 원석재(原石材)들을 검사하면서 호(弧)형을 이룬 긴 석재들이 바로 광창의 부재였다는 것을 제시하였다. 지금 우리는 석굴암을 관람하고 내려오는 길 돌계단 중턱에서 이 석재들을 만날 수 있다. 대부분의 관람객들은 그것이 무슨 돌인지 모르는 채 지나치고 어린이들은

| 석굴의 광창 상상 모형 | 남천우 교수는 석굴 전면에 이와 같은 광창이 있었을 것으로 추정하고 있다. 신라역사과학관이 제작한 모형.

| 버려진 석굴 원석재 중 광창 부분 | 석굴에서 내려오는 돌계단 한쪽에 있는 원석재 중에는 광창에 사용됐으나 빼어버린 호형의 돌이 있다. 따로 떨어져 있는 돌을 목도로 옮겨 붙여놓고 찍은 김익수 교수의 사진.

그 위에 오르기도 하고 올라앉기도 한다.

### 1991년 전문가 회의록

기계 설비에 의한 강제로 석굴의 온·습도를 조절하는 데에는 여러 가지 문제가 따른다. 전적으로 기계에 의존하다가 그 기계가 잠시라도 고장나는 일이 생기면 그 피해는 더욱 커진다. 평생 에어컨 없이는 여름을 나지 못하는 습성에 어느 날 그것이 고장날 때 흘릴 땀을 상상하기 어렵지 않다.

기계가 작동하면서 일으키는 소음을 관람자들은 인내로 참아준다고 하더라도 그 미세한 진동이 석굴에 끼치는 영향이 없을 리 없는 것이다. 낙숫물이 바위를 뚫는 것을 생각해볼 일이다. 현재로서 무리 없다는 것과 자손만대로 보존한다는 것은 다른 것이다.

기계 작동에 의한 습기 제거가 일단은 성공하였다. 그러나 습기 문제가 완전히 해결된 것은 아니었다. 1970년 다시 내한한 플랜덜라이스 박사는 석굴의 수리 상태를 보고 나서 ① 전실 목조건축을 철거할 것, ② 이 중돔 공간에 단열 시공을 하고 또 그곳을 가온할 것 등을 건의했다. 그러나 역시 받아들여지지 않았다.

정부의 문화재관리국은 한국과학기술원에 석굴 연구를 위한 용역을 주었다. 그것은 양재현 박사가 맡은 프로젝트였는데 거기에 "석굴 보존에 관람객 출입이 해롭다"고 되어 있다. 그리하여 1971년에는 유리장 안으로 일반인은 들어갈 수 없게 되었다. 이리하여 우리는 석굴의 본존불을 교도소에서 죄수 면회하는 것보다도 더 먼 거리에서 볼 수 있을 뿐이며, 그분의 권속은 그림자도 볼 수 없게 되었다.

1991년 문화재관리국 문화재연구소에서는 '석굴암의 과학적 보존을 위한 국내 전문가회의'를 12월 11일부터 13일까지 3일간 현지에서 열었다. 여기에 참석한 전문가는 김원용(고고학)·황수영(미술사)·장경호(건축사)·신영훈(건축사), 보존과학 및 자연과학에서는 이태녕(화학)·김효경(기계 설비)·김종희(재료공학)·전상운(과학사)·민경희(생물학)·이상헌(지질학) 등 10명이었고 회의 진행은 김동현 실장이 맡았다. 명실공히 각계 권위의 모임이었다.

회의 결과는 회의록 끝에 다음과 같이 요약되어 있다.

현재 석굴암의 보존 상태는 전반적으로 양호한 편이므로 근본적인 개선은 요구되지 않으나 화강암 시편을 석굴암 내부에 설치하여 장기적인 풍화 요인을 규명토록 하고, 전실 밀폐와 조명 문제에 있어서는 조도를 현재보다 낮추고 조명 방식은 하부에서 상부로 비추도록 한다. 석굴 내 항온·항습을 위한 제습기의 소음·진동은 큰 문제가 없다고 판단되나 장기적인 면에서는 석굴암에 영향을 줄 수 있으므로 소음·진동이 작은 기기로 교체하거나 기계실을 다른 장소로 이전하는

것이 바람직하다. 또한 석굴암의 원형과 현상 변경에 대해서는 석굴
암보존위원회를 창설하거나 전문학회에 학술 용역으로 의뢰해서 연
구토록 한다. 관람객의 교육적 편의 제공을 위하여 모형 전시관의 건
립을 추진한다. 석굴암의 과학적 보존을 위한 국제 심포지엄의 개최
보다는 국내 전문가를 외국에 파견, 훈련시키는 것이 바람직하다는
의견에 합의를 보게 되었다. (『석굴암 전문가 회의록』에서)


## 무생물도 수명이 있건마는

나는 이 회의록을 읽으면서 많은 새로운 지식을 얻을 수 있었고 '석굴학'
의 방향에 대해서도 많은 시사점을 얻을 수 있었다. 매우 유익한 자료였다.

그러나 이 회의에는 보수공사 당사자와 기계 설비 담당자가 증인의
입장에서 나온 것이 아니었다. 때문에 남천우 박사처럼 일생을 거기에
걸고 뜻있는 반론을 편 분은 초대되지 않았던 모양이다. 더욱이 어느 전
문가는 생전 처음으로 석굴암에 와보았다고 스스로 고백했다.

나는 이 회의록을 보면서 모든 석굴 보존 관계자들에게 묻고 싶은 말
이 하나 있었다. "무생물도 수명이 있다고 생각하는가, 없다고 생각하는
가?" 무생물도 수명이 있다. 바위가 가루가 되어 부서지면 바위의 수명
은 끝나는 것이 아닌가? 석굴의 조각상들이 토함산 곳곳에 자연 상태로
노출된 바위보다 석질이 약해졌다는 것은 무엇을 의미하는가? 돌의 건
강 상태를 말하는 것이다. 지금 눈앞에서 본존불 오른쪽 팔꿈치가 피부
암에 걸린 양 박락해버리고 말 것 같은 양상을 보았는가 못 보았는가?
어떻게 현 상태로 큰 문제가 없다는 결론에 다다랐는가? 나는 이 회의록
에서 보이는 김원용 교수의 회한 어린 주장 속에서 석굴 보존 대책의 방
향을 잡아보고 싶다.

전 세계적인 보물인 석굴암을 생각할 때마다 뭔가 가슴속에 꺼림칙한 생각이 듭니다. 이것은 석굴암을 보수할 때 정말 잘해놓은 것인가라는 의심이 아직도 있고, 언젠가는 내가 한번 나서서 해결해야겠다는 그런 생각도 가져보고 (…) 전실 자체가 반드시 목조건물을 가지고 있었다는 것은, 그런 생각은 현대적인 생각이지 신라 당시로 돌아가면 그것은 문제가 있지 않나 그런 생각입니다. (…)

저는 학자로서 집념이 강해야 한다고 생각합니다. 그런 점에서 황수영 선생님을 존경합니다. 그러나 (…) 지금 석굴암은 개인 것이 아닙니다. 이것은 석굴암이 되어야지 황(黃)굴암이 되어서는 안 됩니다. 이것은 결국 세계 석굴암이 되어야 합니다.

결론적으로 말해서 모든 석굴암에 관련된 사람은 앞으로 다 빼고 우리나라에 우수한 젊은 학자들이 많으니 새로운 사람들로 위원회를 만들어서 석굴암에 관하여 다시 한번 검토를 하고, 만약에 그때 관여한 사람이 방해를 한다면 전부 다 죽고 난 다음에 정말 마음을 터놓고 가능성을 따져서 그런 방향으로 밀고 나가야지 지금처럼 해서는 말이 많아 안 됩니다. (『석굴암 전문가 회의록』에서)

나의 석불사 석굴 이야기는 여기서 끝날 수도 있다. 그러나 이 영광과 오욕의 이력서가 아무런 희망도 비치지 못하고 끝난다는 것은 너무도 슬프고 잔인한 얘기가 될 것 같다. 나는 이제부터 석굴에 자신의 일생을 바친 두 분의 아름다운 인생을 소개하고, 아름다운 시 두 편을 옮기면서 아름다운 이야기를 다시 시작하련다.

## 김효경 박사의 전보

1966년, 석굴의 습기와 이끼 문제를 기계 설비라는 강제 작용에 의해서라도 해결한 것은 서울공대 기계공학과의 김효경 박사였다.

나는 김효경 박사를 뵌 적이 없다. 또 기계 설비를 지금처럼 석굴 가까이에 설치한 것이 비록 어쩔 수 없는 일이었다 하더라도 장기적으로는 명백히 잘못된 일이라는 소견을 갖고 있다.

그러나 나는 김효경 박사가 이후에 보여준 모습에서 눈물 나는 감동을 받았고 저런 분이 있기 때문에 우리나라는 살아 있고 희망이 있다는 믿음을 다시 새기게 되었다.

기계 작동에 의한 석굴의 보존 문제는 1966년 6월 25일로 김효경 박사의 책임은 끝났다. 그러나 김박사는 그날부터 오늘에 이르기까지 근 30년간 이 작업의 사후 관리를 감독해오고 있다. 누가 시켜서 한 일도 아니고 문화재관리국이나 석굴암 측에서 출장비 1원도 준 일이 없다. 그러나 김효경 박사는 이미 정년퇴직한 노령임에도 때가 되면 경주로 가서 석굴에 오른다.

기계 설비 작동 이후 석굴의 온·습도는 6, 10, 14, 18, 22시 하루 5번을 측정하여 기록하고 있다. 그 측정 기록은 경주시와 문화재연구소에 한 부씩 보내고 있는데 김효경 박사도 매일 받아보며 검토·확인하고 있다. 48세 때 시작해서 76세의 고령이신 지금까지 하고 있는 것이다.

여태까지 기록으로 보면 5월부터 9월까지가 문제가 됩니다. 그래서 매년 4월이면 나는 석굴암 기계실에 전화로 확인합니다. (…) 저는 언제 기술감독관에서 해임됐는지 모릅니다. 그러나 1년에 두 번 이상은 석굴암에 꼭 왔습니다. 왜냐하면 4, 5월이나 8, 9월이 되면 누군가가 머리를 두드리고 이끄는 것 같은 느낌을 받곤 해서 현장에 와서 보고, 담당자에게 운전하는 방법은 이런 거요, 운전 관리 지침은 이런 거요, 공기청정기의 필터는 정기적으로 교체해야 하는 거요. (…) 등등의 여러 지침을 내려주고 갑니다. 늘 똑같은 일을 하는 사람은 누군가가 돌보아주어야 좋은 효과를 내며 자극도 된다는 생각에서입니다.

제가 어떤 때는 석굴암 기사한테 월권행위를 했을지도 모릅니다. 김아무개가 뭔데 전화를 하고 이따금 왔다 가는가, 문화재관리국에서는 연락도 없는데 왜 그러느냐고 할지 모르지만 1966년에 이 공사를 내가 했다는 사실에서 내가 할 수 있는 동안은 내가 해야 한다는 생각에서 이렇게 해왔습니다.

나는 내가 잘했다고 주장하고 싶지 않습니다. 그러나 과거부터 지금까지 계속되는 자료를 갖고 있다는 사실은 더 좋은 방안을 강구할 토대가 된다는 것만은 확실하다는 것이죠. (『석굴암 전문가 회의록』에서)

나는 항시 관(官)이 하는 일보다도 민(民)이 하는 일이 빛날 때 그 문화는 성숙한다고 믿고 있다. 세상 사람들이 알아주는 일에 매달리는 '스테이지 체질'들이 제풀에 사그라들고, 남들은 뭐라고 하든 곰바위처럼 자기가 생각한 일에 일생을 거는 쇠귀신 같은 분들이야말로 우리 시대의 소중한 사람이라고 믿고 있다. 4천만이 들떠서 레게 춤을 흔든다 해도 단 한 명만이라도 그러지 않는 인생이 있다면 우리 문화는 죽지 않고 영원하리라고 믿고 있는 것이다. 그것은 지난 1세기 한국 역사가 나에게 가르쳐준 값진 교훈이었다.

김효경 박사는 석굴에 기계장치를 설비할 때의 개인적인 한 에피소드를 이렇게 회고하였다.

1966년 6월 25일, 기계를 돌려서 석굴을 완전히 건조시켰습니다. 그 날 밤 12시가 되어도 잠이 오지 않더군요. 이후 걱정이 되어서 약 1년 간은 수시로 석굴암에 왔다 갔다 했습니다. 그때 아이들이 매일 어디를 가느냐고 묻더군요. 나는 나중에 얘기하라고 해놓고는 6월 26일 일단은 경주에 내려와서 전보를 쳤습니다. "석굴암 제습 문제 해결 축하", 보내는 사람은 누구냐? "경주 시민" 하고 전보를 쳤어요. 나중에 일을 마치고 집에 갔더니 아이들이 경주 시민이 친 전보가 와 있다고 하더군요. 그때 나는 아이들한테는 말하지 않고 집사람한테만 그건 내가 친 거요라고 말했습니다. (『석굴암 전문가 회의록』에서)

## 신라역사과학관의 석우일 사장

경주시 하동 201번지, 경주민속공예촌 안쪽 깊숙한 곳에는 1988년에 개관한 '신라역사과학관'이 있다. 개관 당시의 이름은 '동악(東岳)미술관'이다.

이 과학관은 한 경주 시민, 진짜 경주 사람의 땀과 의지로 세워진 경주 최고의 교육관이다. 1991년 '석굴암 전문가 회의' 때 모든 전문가들이 이 전시장을 견학하고는 큰 감동을 받고 그 회의 결과에 이러한 교육관이 있어야 한다는 의견을 내놓았던 것이다.

신라역사과학관은 서울공예사라는 목조각을 수출하는 업체의 석우일 (昔宇一) 사장이 운영하는 사설 미술관이다. 석사장은 경주중·고등학교를 졸업하고 성균관대 동양철학과를 졸업한 뒤 줄곧 석재상을 해온 분이다. 그 이상의 특별한 이력이 없다. 있다면 누구보다 경주를 사랑했고 신라인의 슬기에 감복하여 그 위대한 유산을 우리 시대의 살아 있는 교육장으로 만들어보는 꿈을 갖고 있었다는 것이다.

1985년부터 석사장은 석재상으로 번 돈을 여기에 투자하기 시작했다. 그리하여 신라역사과학관에서는 석불사 석굴의 신비를 밝히는 석굴 모형도와 해부도를 제작하고, 첨성대를 통하여 관측한 신라인의 천체 인식을 복원한 천문도를 제작하고, 18만 호를 자랑하는 서라벌의 옛 모습을 재현하는 「왕경도(王京圖)」를 제작하고, 1994년 현재는 '신의 소리' 에밀레종의 신비를 밝히는 성덕대왕신종의 제작 과정을 재구성하는 모형도 제작에 들어갔다. 그 모형과 도해와 사진 자료를 통해 고대인의 과학과 과학정신을 밝히는 역사교육장을 만들고 있는 것이다.

신라역사과학관의 석불사 석굴 모형도는 5분의 1 축척으로 1개, 10분의 1 축척으로 7개를 제작하여 석굴의 내부와 외부 구조, 그리고 현재의 상태와 원형의 추정, 학계에서 논란의 대상이 되고 있는 전실의 전개와 꺾임 문제, 광창의 유무 문제 등을 모두 수용하여 그것을 모형으로 제시하고 있다. 내가 복잡하게 설명할 수밖에 없었던 석굴 구조의 과학성과 치밀함은 이 8개의 모형으로 완벽하게 설명된다. 석불사 석굴을 답사하기 전에, 또는 답사한 후에 반드시 여기를 거쳐가야만 그 신비에 접근해갈 수 있다.

석불사 석굴의 교육 전시장을 만들어낸 것도 관이 아니고 민이었다. 하루에도 천만 원의 입장료를 징수하여 우리나라에서 아니 세계에서 현찰 수입이 가장 많은 석불사의 석굴을 관리하는 석굴암과 문화재관리국이 관람객을 위하여 한 일은 결국 유리장으로 막은 것 이외에 아무것도 없었다.


**당신께 바친 두 편의 시**

석불사의 석굴에 바친 시는 이상스러울 만큼 적다. 하찮은 미물을 바라보고도 거기에 온갖 의미와 사랑을 곧잘 부여하는 것이 시인이건만 이 거룩한 존상 앞에서는 차라리 침묵의 찬미라는 겸손으로 피해갔던 모양이다.

　내가 알고 있는 석불사의 시는 모두 네 편이다. 그중 유치환의 「석굴암 대불」과 서정주의 「석굴암 관세음의 노래」는 이미 잘 알려진 명시다. 그러고 보면 두 분 모두 현대시의 대가였을 뿐만 아니라 누구보다도 경주를 사랑했던 분이기에 감히 석불사를 노래했다는 생각이 든다.

　청마(青馬) 유치환(柳致環, 1908~67)은 경주고와 경주여고 교장을 10년간 지냈고 말년엔 경주에 와서 살고자 했으나 뜻밖의 교통사고로 세상을 떠났다.

　　목놓아 터뜨리고 싶은 통곡을 견디고
　　내 여기 한 개 돌로 눈 감고 앉았노니
　　천년을 차거운 살결 아래 더욱
　　아련한 핏줄 흐르는 숨결을 보라


　　(⋯)


　　먼 솔바람
　　부풀으는 동해 연잎
　　소요로운 까막까치의 우짖음과
　　뜻없이 지새는 흰 달도 이마에 느끼노니

　　뉘라 알랴!
　　하마도 터지려는 통곡을 못내 견디고

| **본존불의 얼굴** | 신성(神性)과 인성(人性)의 조화로운 만남으로 석굴의 본존불은 이상적인 인간상, 신의 인간화를 동시에 보여준다.

내 여기 한 개 돌로

적적(寂寂)히 눈감고 가부좌하였노니

청마의 시는 우렁차서 좋다. 어려울 것도 없고. 그래서 나는 고등학생 때 청마의 유명한 「깃발」을 곧잘 외우면서 마치 산마루에 올라 지르는 호쾌함 같은 것을 느끼곤 했다. 그런데 대학 입시 국어 시험 문제에 운 좋게도 이 「깃발」의 첫 행 "이것은 소리없는 아우성"을 빈칸으로 해놓고 쓰라는 주관식 문제가 나왔다. 나는 너무도 기분 좋은 나머지 덤벙대다가, 아니면 내 특유의 이미지 기억법으로 잘못 쓰고 말았다. "이것은 소리치는 아우성." 그러나 내가 아슬아슬하게 합격한 것을 보면 채점관이 맞게 해준 것 같다. 하기야 나는 들리지 않는 소리까지 읽어냈으니까.

아무튼 청마의 시는 당당함과 통쾌함으로 답답한 심사가 일어날 때 읽으면 오장육부의 후련함도 느끼곤 한다. 그러나 청마의 시는 그 첫 구절의 강렬함 때문에 여운이 바스러지는 경우도 있다. 그래서였을까. 불국사에서 석굴로 오르는 길가에는 청마의 시비가 있어 나의 눈길이 항시 그쪽으로 닿는데, 거기에는 오직 첫 구절 "목놓아 터트리고 싶은 통곡을 견디고/내 여기 한 개 돌로 눈감고 앉았노니"만 새겨져 있다.

여운이 짙은 시라면 미당 서정주의 몫이다. 사물에 대한 잔잔한 관조와 거기에서 읽어내는 생에 대한 은은한 인식은 곧잘 선적(禪的) 요해(了解)의 경지에 다다르는 미당이다. 그러나 그러한 미당도 감탄사 없이는 시를 쓸 수 없었던 것이 석불사였다.

그리움으로 여기 섰노라.

호수와 같은 그리움으로,

(…)

오— 생겨났으면, 생겨났으면,
나보다도 더 나를 사랑하는 이
천년을, 천년을, 사랑하는 이
새로 햇볕에 생겨났으면

(…)

허나 나는 여기 섰노라.

(…)

이 싸늘한 바윗속에서
날이 날마닥 드리쉬고 내쉬이는
푸른 숨결은
아, 아직도 내것이로다.


## 종을 치는 자는 모름지기

1980년부터 오늘까지 나는 해마다 석불사 석굴에 올랐다. 그때마다
무슨 수를 쓰든지 석굴 안에서 혼자 몇 시간을 지내곤 했다.

그러나 80년대를 보내면서 나는 석불사의 석굴을 좋아하지 않았다.
차라리 화순 운주사의 무개성한 돌부처들이 집단적 개성을 보여주는 모
습이나 지리산변 마을의 돌장승 입가에 도는 파격미에 박수를 보냈다.

그에 비할 때 석불사의 석굴은 너무도 권위적이었고 강압적이었으며 보편적이었다.

그러다 내 나이 마흔이 되는 80년대 말 어느 날 나는 석불사 석굴에서 전에 볼 수 없던 그 무엇을 보고 있었다. 지난 10년간 해마다 찾아뵌 그분이었는데 그때 나는 처음으로 조화적 이상미라는 것을 보았다.

그날 내게 다가오는 석불사 석굴의 조각은 맹목적 보편성을 드러내는 아카데미즘이 아니었다. 신이라고 부르기엔 너무도 인간적이고, 인간적이라고 말하기엔 절대자의 기품이 강하였다. 엄숙하다고 말하기엔 온화하고, 인자하다고 말하기엔 너무 엄했다. 젊다고 생각하려니 너무 의젓하고 노숙하다고 말하기엔 너무도 탄력 있었다. 남성으로 보려 하니 풍염하고 여성이라고 말하기엔 너무 건장하였다. 그리하여 혹자의 "아버지라고 보려 하니 너무 자비롭고, 어머니로 보려 하니 너무 엄격했다"는 말도 생각났고, 이 세상의 질서와 평화가 저 한 몸에 있다는 말도 생각났다.

본존불은 고전주의적 기품을 보여줌에 반해 10대제자상은 강렬한 리얼리즘으로 포진하고 있고, 팔등신의 늘씬한 몸매의 문수·보현, 제석천·범천이 얇은 돋을새김으로 환상적·이상주의적 자태를 보여준다. 11면 관음보살은 여지없는 '미스 통일신라'로 돌에서 뛰쳐나올 듯하다. 고개를 들어 감실의 제상(諸像)을 둘러보니 지장보살은 의젓하고 유마거사는 열변을 토하는데 유희좌(遊戲坐)로 몸을 비틀고서 무릎에 턱을 괸 어여쁜 보살은 상기도 조는 듯 눈을 내리고 있다. 그 아련한 분위기에 나는 오랫동안 넋을 잃고 있었다. 아름다운 것은 아름다운 것이다.

나는 무어라 표현할 말이 없었다. 그저 종교와 예술과 과학이 어우러진 지고의 최미라는 딱딱하고 의례적인 정의 이상 내릴 수 없었다. 내가 "보지 않은 자는 보지 않아서 말할 수 없고, 본 자는 보아서 말할 수 없다"고 한 것은 그때의 경험이었다. 내가 의도적으로 거부했던 어떤 이상

| **유희좌 보살상** | 10개의 감실에 모셔 있는 존상 중에서, 나는 이 아름다운 유희좌 보살상에서 가장 큰 감동을 받았다.

주의, 고전주의 미학에 휘어잡히고 마는 순간을 느꼈다. 나는 그것을 거부하지 않았다. 그것이 내게 아무런 가식 없이 다가오는 미적 체험이라면 굳이 아니라고 우길 이유가 없는 것이었다. 그렇다면 나는 그 고전의 심연으로 내려가 더 깊은 미의 철리를 배워야 할 것이다. 무엇을 어떻게

배울 것인가. 그때 내게 생각나는 한 구절의 경구가 있었다. 고유섭 선생이 「고대미술연구에서 우리는 무엇을 얻을 것인가」(1975)에서 던진 미술사적 화두였다.

종소리는 때리는 자의 힘만큼만(에 응분하여) 울려지나니……

1994. 7. / 2011. 5.

# 불국사 안마당에는 꽃밭이 없습니다

불국사 창건기 / 표훈대사 / 경덕왕 / 가람배치 / 불국사 명품 해설

## 우리나라 문화재의 얼굴

대한민국 국민으로 의무교육을 받고도 불국사를 모르는 사람이 있을까? 없을 것이다. 아직 경주에 가보지 못한 인생이야 있겠지만 경주를 보러 가서 불국사에 다녀오지 않은 사람이 몇이나 될까? 없을 것이다. 그런 의미에서 불국사는 우리나라 문화재 중 가장 높은 지명도를 갖고 있다고 할 수 있다.

그러면 불국사를 보고 나서 멋지다, 아름답다는 생각을 하지 않은 사람이 몇이나 있을까? 불국사를 보고 나서 시시하다고 말하는 사람이 있기는 있을까? 없을 것이다. 그런 의미에서 불국사는 우리나라 문화재의 얼굴이며 한국미의 한 상징이다.

그런데 몇 해 전 한 건축 잡지에서 건축가들에게 설문 조사를 하면서

'가장 높게 평가하는 전통 건축'을 묻는 질문에 불국사가 첫째는커녕 다섯 손가락 안에도 들지 못한 것을 보고 적이 놀라지 않을 수 없었다. 훌륭하고 유명한 것이 공연히 시샘을 받아 오히려 무시당하고 홀대받으면서 유명세를 치르는 것이야 세상사에 흔한 일인 줄 알지만 전문가라 할 건축가들마저 불국사를 이렇게 외면할 줄은 정말 몰랐다. 더욱이 이 설문을 보는 순간 나라면 '우선 뭐니뭐니 해도 첫째는 불국사가 아닐까'라고 속으로 생각했기 때문에 더 그런 서운한 생각이 들었던 것 같다. 더 솔직히 말하자면 불국사를 꼽지 않은 설문 응답자들의 시각과 안목이 오히려 문제 있다고 생각했다.

나의 주관적 견해로 우리나라의 대표적인 전통 건축을 논하려면 반드시 사찰 건축을 거론하지 않으면 안 되는데 그중 뛰어난 절집이라면 당연히 영주 부석사, 순천 선암사, 경주 불국사가 꼽힐 만하다고 생각하고 있다. 그런데 이 세 절은 건축적 지향점, 특히 자연과의 조화 관계가 아주 다르다. 부석사는 백두대간의 여맥을 절 앞마당인 양 끌어안는 장엄한 스케일을 보여주고, 선암사는 부드러운 조계산 자락이 사방에서 감지되는 아늑한 산중에 자리잡았는데, 불국사는 산자락을 타고 올라앉았으면서도 비탈을 평지로 환원하여 반듯하게 경영되었다. 그래서 부석사는 자리앉음새(location)가 뛰어나고, 선암사는 건물과 건물 간의 공간(space) 운영이 탁월하며, 불국사는 돌축대의 기교(technic)와 가람배치(design)의 묘가 압권이다. 그런 저마다의 특징으로 인하여 한국 사람은 부석사를, 일본 사람은 선암사를, 서양 사람은 불국사를 더 좋아한다. 한국 사람은 부석사의 호방스러운 기상을, 일본 사람은 선암사의 유현(幽玄)한 분위기를, 서양 사람은 불국사의 공교로운 인공(人工)의 멋을 높이 평가하는 것이다.

그런데 부석사 같은 절, 선암사 같은 절은 다른 예가 참 많지만 불국사

| **불국사 전경** | 회랑이 있는 쌍탑 1금당의 정연한 자태는 화엄불국토의 장엄한 모습이자 고대국가의 권위를 상징하는 것이기도 하다.

처럼 자연과 인공을 대비하면서 조화를 구한 절은 달리 예를 찾아볼 수 없는 유일본이다. 그 점에서 불국사는 어느 건축보다도 독창적이고 독특한 건축이라 할 수 있다.

### 불국사 「역대기」와 「사적」의 허구

불국사의 창건과 역사에 관한 기록으로는 「불국사 고금 역대 제현 계창기(佛國寺古今歷代諸賢繼創記)」(이하 「역대기」)와 「불국사 사적(事蹟)」(이하 「사적」) 둘이 있다. 「역대기」는 1740년에 동은(東隱)스님이 쓴 것이고, 「사적」은 1708년에 백련(白蓮)스님이 재간행한 것으로 되어 있다. 우리는 이런 기록에 의해 불국사의 역사는 물론이고 김대성(金大城) 창건 당시의 모습을 유추해볼 수 있다. 그건 여간 다행한 일이 아닐 수 없다.

그러나 불행히도 이 기록들은 좀처럼 믿을 수 없는 거짓말과 오류를 곳곳에서 범하고 있으니 그것은 오히려 불행이라고 해야 할 것이다. 민영규(閔泳珪) 선생이 「역대기」의 해제를 쓰면서 지적했듯이 사찰의 연기(緣起)와 옛날부터 전해오는 얘기 그리고 화엄에 관계되는 것이면 불국사의 역사에 맞건 안 맞건 억지로 끌어다 붙였다는 혐의를 면할 수 없다. 그중 대표적인 예로 최치원(崔致遠)의 글 다섯 편은 불국사 「역대기」와 「지리산 화엄사 사적」에 그대로 겹쳐나오는 것이다. 「사적」으로 말하면 편찬자 일연의 출생부터 틀렸으니 그 나머지는 말하고 싶지도 않다.

왜 이런 일이 벌어졌을까? 그것은 비단 불국사에만 해당하는 일이 아니다. 임란 이후 불교가 다시 일어나면서 각 사찰은 그동안 끊겼던 전통과 권위를 되찾는 작업으로 사사(寺史)와 사지(寺誌)를 편찬하면서 무작정 고찰로 끌어올리는 헛된 풍조가 있었던 것이다. 이것은 민가에서 가짜 족보를 만드는 작업과 진배없는 일이었다. 이 바람에 모든 절이 불교를 가져온 아도화상(阿道和尙) 시창(始創), 또는 의상이나 원효의 창건, 최소한 도선의 건립 형태를 띠게 됐던 것이다. 그 와중에 불국사 「역대기」는 불국사 창건을 법흥왕 때로 올려놓고, 「사적」은 한술 더 떠서 눌지왕 때 아도화상이 창건한 것으로 해놓았으나 그것을 믿을 사람은 아무도 없는 것이다.

아무리 좋은 뜻으로 한 일이어도 진실이 아닌 것은 후대의 비웃음거리밖에 안 된다는 사실을 이 부실한 사료들이 교훈적으로 말해주고 있을 뿐이다. 마치 '평화의 댐'이 20세기 인간들의 허구성을 증언하는 유적이 되었듯이.

## 김대성 창건설의 의문

불국사의 창건에 관한 기록으로 지금 우리가 믿을 수 있는 것은 『삼국유사』에 나오는 "대성이 두 세상 부모에게 효도하다(大城孝二世父母)"뿐이다. 이 설화의 내용은 익히 알려져 있고 이 책 「토함산 석불사 1」의 '김대성의 창건설화'에 전문이 실려 있으니 다음 두 대목을 상기시켜두는 것으로 나의 이야기를 계속하고자 한다.

이에 현세의 부모님을 위하여 불국사를 세우고 전생의 부모님을 위하여 석불사를 세우고 신림(神琳)과 표훈(表訓) 두 스님을 청하여 각각 머물게 하였다.(『고향전(古鄕傳)』)

경덕왕 때 대상(大相)인 김대성이 천보 10년 신묘(751)에 불국사를 세우기 시작하여 혜공왕 대를 거쳐 대력 9년 갑인(774) 12월 2일에 대성이 죽었으므로 나라에서 이를 완성하고 처음에 유가의 대덕인 항마〔瑜伽大德降魔〕를 청하여 이 절에 거주케 하고 오늘에 이르렀다.(『사중기(寺中記)』)

일연스님은 이 두 기록을 재인용하면서 어느 것이 옳은지 모르겠다고 했는데 사실 우리에게 큰 의문점을 남기는 것은 둘 중 어느 것이 사실이냐는 문제보다도 김대성이 제아무리 국무총리를 지냈기로서니 개인으로서 어떻게 이와 같은 대역사(大役事)를 일으킬 수 있었으며, 또 그가 완성하지 못한 것을 왜 국가가 나서서 마무리했는가에 대한 의문이다.

그런데 이 의문의 답을 다름 아닌 『삼국유사』의 경덕왕조에서 찾아볼 수 있다는 탁월한 견해가 1991년 봄, 남천우(南天祐) 박사와 신영훈(申榮

勳) 선생 두 분에 의해 거의 동시에 제기되었다.

남천우 박사는 1991년 4월 20일에 발간된 『석불사(石佛寺)』(일조각)라는 단행본에서, 신영훈 선생은 1991년 5월 3일 정신문화연구원에서 열린 '석굴암의 제문제' 세미나에서 똑같이 경덕왕의 기자(祈子) 소원의 이야기를 불국사 창건과 연결해서 해석하였다.


## 경덕왕의 아들 얻은 얘기

하늘이 인간에게 복을 내릴 때 전부 다를 주는 법은 없다고 한다. 그래서 세상은 공평하다는 말도 있는데 통일신라의 문화적 전성기를 장식했던 경덕왕은 복이 많은 분이었지만 자식 복이 없어서 아들을 낳지 못했다. 그래서 경덕왕은 아들을 낳게 해달라고 능력 있는 스님인 표훈대사에게 부탁하게 된다. 일연스님은 이 얘기를 그의 독특한 상징 어법으로 다음과 같이 충격적인 문장으로 시작했다.

경덕왕의 옥경(玉莖, 성기)의 길이는 8촌이었는데 아들이 없으므로 왕비를 폐했다.(…) 후비 만월(滿月) 부인은 (…) 각간 의충(義忠)의 딸이다.

한때 측량 기사였던 요네다 미요지(米田美代治)가 규명하기를 불국사를 세울 때 쓴 자는 한 자가 29.7센티미터였다고 했으니, 경덕왕의 옥경은 무려 23.76센티미터나 된다. 『동아일보』에 연재된 '성의학' 기사(「남성의 힘」 1996. 1. 21)를 읽다보니 동물의 생식기에 대한 통계자료가 소개되었는데, 성인 남자는 발기했을 때 길이가 평균 15센티미터이고 한국 남자는 11.2센티미터라는 통계도 있다고 했다(참고로 이 기사는 고래가 3미터, 말이 1미터, (…) 모기는 0.03센티미터라고 하였다). 그렇다면 경덕왕은 보통 남자

두 배 길이의 옥경을 갖고 있었던 것이다.

그런데 경덕왕이 아들을 못 낳은 것을 신영훈 선생은 '8촌이나 되므로'로 해석하면서 경덕왕에게 문제가 있는 것으로 보았고, 남천우 박사는 '8촌이나 되는데'로 해석하면서 남자 쪽에는 아무런 이상이 없는 것으로 풀이했다. 다른 사람도 아니고 스님인 일연이 이런 식으로 얘기를 시작한다는 것을 생각하면 그분은 정말 큰스님 같다는 존경심이 크게 일어난다. 큰스님 일연은 그 뒷얘기를 이렇게 이어간다.

왕이 하루는 표훈대덕(大德, 덕이 높은 스님)에게 명했다.

"내가 복이 없어 아들을 두지 못했으니 원컨대 대덕은 상제(上帝)께 청하여 아들을 두게 하여주오."

표훈이 천제(天帝)에게 올라가 고하고 돌아와서 아뢰었다.

"상제께서 딸은 얻을 수 있지만 아들은 얻을 수 없다 하십니다."

"딸을 바꿔 아들을 만들어주기 바라오."

표훈이 다시 하늘에 올라가서 청하니 상제는 말했다.

"할 수는 있지만 아들이 되면 나라가 위태할 것이다."

표훈이 내려오려 할 때 상제는 다시 불러 말했다.

"하늘과 사람 사이를 문란케 할 수 없는 것인데 지금 대사가 (하늘과 사람 사이를) 이웃 마을처럼 왕래하여 천기(天機)를 누설했으니 이후로는 다시 다니지 말아야 한다."

표훈이 돌아와서 천제의 말로써 왕을 깨우쳤으나, 왕은 말했다.

"나라는 비록 위태하더라도 아들을 얻어 뒤를 잇게 한다면 만족하겠소."

그후 만월왕후가 태자를 낳으니 왕은 매우 기뻐했다.

태자는 8세 때 왕이 세상을 떠나므로 왕위에 올랐다. 이가 혜공대왕

(惠恭大王)이다. 왕은 나이가 어렸으므로 태후가 대신 정사를 보살폈으나 정치가 잘 되지 않았다. 도둑이 벌떼처럼 일어나 미처 막아낼 수 없었다. 표훈의 말이 그대로 맞았다.

왕은 여자로서 남자가 되었으므로 돌날부터 왕위에 오를 때까지 항상 부녀가 하는 짓만 했다. 비단 주머니 차기를 좋아하고 도사(道士)들과 함께 희롱했다. 그러므로 나라에 큰 난리가 생겨 마침내 선덕왕(宣德王)이 된 김양상(金良相)에게 죽임을 당했다. (그리고) 표훈 이후에는 신라에 성인이 나지 않았다 한다.


## 경덕왕의 치세와 '문화 대통령'

경덕왕(재위 742~65)은 통일신라 문화의 꽃을 피운 '예술의 왕자(王者)'였다. 우리가 간절히 바라는 '문화 대통령'이었다. 통일신라의 예술품으로 뛰어난 것은 모두 경덕왕 때 소산이다. 불국사, 석불사(석굴암), 석가탑, 다보탑은 물론이고 에밀레종, 경주 남산의 불상들, 안압지(雁鴨池) 출토의 판불(板佛)들…… 국립경주박물관의 불상과 불교 관계 유물 중 뛰어난 것은 모두 이 시기 것으로 표기되어 있다. 오래전에 사라졌지만 거대하기 이를 데 없었다는 황룡사의 대종(大鐘)과 분황사의 약사여래입상도 이 시기에 제작된 것이다. 8세기 3/4분기 경덕왕 때는 이처럼 통일신라 문화의 한 정점이었다.

그러나 그것은 통일신라 문화의 마지막 만개(滿開)를 의미하는 것이기도 했다. 통일 후 100년을 두고 지속적으로 상승세를 보이던 전제 왕권의 문화능력은 경덕왕으로 끝나고 만다. 경덕왕이 세상을 떠나고 그의 아들 혜공왕이 즉위하자 귀족들은 기다렸다는 듯이 전제 왕권에 도전하여 혜공왕은 결국 신하로부터 죽임을 당하고 그 신하가 왕이 되니,

이후 왕권을 둘러싼 귀족들 간의 다툼으로 앞시대의 신라와는 다른 사회가 된 것이다. 그래서 김부식(金富軾)은『삼국사기』「신라본기」마지막에 신라 사람들은 자신들의 나라, 천 년의 역사를 말하면서 건국부터 무열왕까지 통일 이전을 상대(上代)신라, 통일 후 경덕왕까지를 중대(中代)신라, 혜공왕부터 경순왕까지를 하대(下代)신라로 시대구분했다는 증언을 남겼다.

역사상 이런 현상은 아주 흔하여 차라리 그것이 문화사의 한 법칙처럼 여겨질 때도 있다. 고려왕조에서 중앙 문신귀족 문화의 절정은 12세기 3/4분기인 의종 연간이었다. 우리가 알고 있는 상감청자의 명품은 모두 이 시기에 제작된 것이다. 그러나 의종은 무신정변으로 물러나고 이후 고려 귀족 문화는 성격을 달리할 수밖에 없었다. 또 조선왕조의 문예부흥기인 18세기 4/4분기, 정조대왕 시대의 문화 또한 정조의 급작스러운 서거 이후 세도정치로 문화적 쇠퇴를 면치 못했다. 그래서 르네상스와 바로크 미술을 비교하여 미술사의 기초 개념을 제시한 것으로 유명한 미술사가 하인리히 뵐플린(Heinrich Wölfflin)은 "르네상스라는 산마루는 담배 한 대를 다 피우고 가기에도 가파른 정상이었다"고 술회했던 것이다. 불국사는 이런 문화사적 변동의 흐름―완만히 상승하여 급속히 하강하는 포물선―의 정점에서 세워진 것이다.

경덕왕은 이런 문화적 난숙 속에 감지되는 불안과 위기를 느끼고 있었는지도 모른다.『삼국사기』의 기록이 말해주고 역사가들이 증언하듯이 경덕왕은 왕실의 전제 정권이 귀족세력의 부상으로 흔들리는 것을 의식하여 왕권의 재강화를 위한 일련의 관제 정비와 개혁 조치를 취했다. 그래서 그는 전제 왕권의 기틀을 확립한 아버지인 성덕대왕의 위업을 기리는 엄청난 대종인 에밀레종을 만들었고, 아들을 얻기 위한 대불사(大佛事)를 또 일으켰던 것이다. 고대국가의 왕은, 현대의 독재자도 이를 배워

| **다보탑** | 석가탑과 달리 대단히 화려한 구성이지만 전혀 이질감이 없고 오히려 불국사의 다양함을 보여준다.

그대로 행하듯이, 이런 대대적인 토목공사를 통하여 자신의 권위를 드높이고 대(對)국민적·대귀족적 위엄을 과시하곤 했다. 그러자니 그것은 더욱더 위대한 것으로 잘 만들어야만 했고, 그런 무리한 토목공사는 국력을 쇠잔시키는 원인을 곧잘 제공하기도 했다. 불국사를 지으면서 김대성이 총감독을 맡은 것도 국무총리급에게 이 공사를 맡긴 셈이었다.

그러나 경덕왕의 소망은 하나도 이루어진 것이 없었다. 왕권 강화를 위해 절대적으로 필요한 아들을 얻기는 했지만 이 아들은 결국 귀족세력에게 죽임을 당하게 되고, 성덕대왕신종도 경덕왕은 실패만 거듭해서 혜공왕 7년(771)에야 완성됐고, 불국사도 그는 완공을 보지 못하고 혜공왕 때 준공을 보았으니 그것이 모두 감당할 수 없는 국력의 쇠미를 의미하는 것인가, 아니면 그로 인한 국력의 위축을 말해주는 것인가. 그도 저

| 관음전에서 내려다본 회랑과 다보탑 | 불국사 가람배치의 엄정성을 잘 보여주는 장면이다.

도 아닌 천신의 뜻이었던가.

### 불국사 안마당엔 꽃밭이 없습니다

불국사는 삼국시대 이래 유행한 여러 가람배치 중 달리 유사한 예를 찾아볼 수 없는 오직 하나뿐인 독특한 구조를 갖고 있다. 그 점에서 불국사의 특징과 매력과 가치가 모두 나온다. 우리나라 초기의 사찰은 시가지에 있는 평지 사찰이었다. 평양의 청암사터, 부여의 정림사터, 경주의 황룡사터가 그 대표적인 예이다. 옛 서라벌의 다운타운인 경주 구황동(九皇洞)에는 황룡사·분황사·황복사 등 황(皇) 자 들어가는 절이 아홉 개 있었다. 그래서 구황동이다. 이쯤 되면 혹자는 무슨 절이 한 동네에 아홉

| **불국사 축대** | 불국사 건축이 다른 사찰과 가장 큰 차이를 보여주는 것은 축대다. 반듯한 석축과 자연석을 이 맞춘 석축이 잘 어울린다.

개나 되느냐고 반문한다. 그럴 때면 나는 서울 대치동 어느 아파트 상가 건물에는 교회가 열 개 있었다고 대답해준다.

　당시의 절들은 대개 시내에 있었고, 건물에는 회랑이 있었다. 그래야 성속(聖俗)의 영역이 확실히 구분되었고, '왕즉불'(王卽佛)'이라 했으니 부처를 모신 곳은 임금이 사는 곳에 준해야 했으므로 궁궐에 회랑이 있 듯이 절에도 회랑이 있었던 것이다. 그리고 훗날에는 대웅전, 극락전 같 은 전당(殿堂) 안이 예불 공간이었지만, 그때는 중문(中門)을 들어선 회 랑 안이 곧 성역이었다. 석가모니의 분신(分身)인 사리를 모신 목탑이 곧 예불 대상이었던 것이다. 거기엔 당탑(堂塔) 이외엔 어떤 장식도 허용하 지 않는 엄격성이 있었다. 그러다 중대신라로 들어서면 의상대사가 세운 화엄 10찰을 비롯하여 지방에 산사가 하나씩 세워지게 되었고 이때부터 산사에는 회랑이 없어졌다. 그 이유는 아마도 주변의 산세가 회랑의 역

| **관음전 곁문** | 3단의 돌축대를 꽃계단으로 만들고 콩떡담장에 기와지붕을 얹어 자연스러우면서도 인공미가 잘 살아난다.

할을 하였던 것이 아닌가 생각된다. 그리고 하대신라로 들어서면 구산선문(九山禪門)의 선종 사찰이 심심산골에 개창되면서 절집은 교종의 엄격성보다도 선종의 개방성이 강조되니 더 이상 회랑 같은 엄격한 질서나 구속을 요구하지 않았다. 차라리 자연의 묘리가 감지되는 여유로운 표정이 더 교리에 맞았다. 회랑 대신 꽃과 나무를 배치하는 정원이 생겼다. 그런 식으로 우리나라의 절집은 자연스럽게 평지 사찰에서 산지 사찰로 옮겨갔다.

그러나 불국사는 그 어느 것에도 해당되지 않는다. 불국사는 토함산 자락에 자리잡았지만 평지 사찰 개념으로 경영하였다. 불국사는 화엄세계를 추구하는 교종의 사찰이지 선종 사찰이 아니었다. 더욱이 불국토를 건축적으로 구현한 부처님의 궁전인 것이다. 그래서 불국사 안마당에는 회랑은 있지만 산사에서 볼 수 있는 아름다운 꽃밭도, 나무도 없다. 그

대신 산비탈을 평지로 환원하기 위한 엄청난 축대를 쌓아야 했다. 그것
이 불국사의 가장 큰 특징이자 가장 큰 아름다움이 되었다.


## 불국사 석축의 아름다움

불국사 건축의 아름다움은 석축(石築)으로부터 시작된다. 불국사 석
축은 누구에게나 벅찬 감동으로 다가온다. 일연스님은 석축의 구름다리
〔雲梯〕를 일러 "동부의 여러 사찰 중 이보다 나은 것이 없다"는 한마디로
마감했다. 조선 후기의 한 낭만적 문인인 박종(朴琮)이 쓴 「동경(경주)기
행」이라는 글에서는 "그 제도가 심히 기이하고 장엄하다"는 말로 감탄을
대신했다.

어쩌다 외국의 미술관에서 오는 손님이 있어 불국사로 안내하면 열
이면 열 모두가 석축 앞에서는 "판타스틱(fantastic)!" 아니면 "원더풀
(wonderful)!"을 연발한다. 불국사가 24년이 걸리도록 완공을 보지 못했
던 가장 큰 이유는 바로 이 석축 때문이었음이 분명하다.

전장 300자, 약 90미터의 이 석축은 대단히 복잡한 구성이어서 현란
한 인상을 준다. 그러나 이상하게도 이 복잡하고 현란한 구성이 어지러
운 것이 아니라 정연한 인상을 주는 것이다. 자세히 살펴보면 "경사지를
두 개의 단으로 조성하고 거기에 석축을 쌓았는데 아랫단은 자연미 나
게 쌓았으며 윗단은 다듬은 돌로 모두 인공미 나게 쌓았다. 그리하여 단
순한 가운데서 변화를 주며 또 자연미로부터 인공미에로의 체계성 있는
변화를 안겨오게 하였다".(리화선 『조선건축사』 제1권, 발언 1993) 동양미술사
가인 페널로사(Ernest F. Fenollosa)가 일본 나라(奈良)의 야쿠시지(藥師
寺) 쌍탑을 보고서 "얼어붙은 소나타 같다"는 찬사를 보낸 적이 있는데,
나는 이 불국사 석축이야말로 장대한 오페라에서 피날레를 장식하는 선

| **석축과 청운교·백운교** | 산자락을 다져 평지로 환원시키기 위한 이 석축에는 불국토로 이르는 길이라는 상징성과 함께 자연과 인공의 조화를 통한 고대국가의 조화적 이상미가 구현되어 있다.

율이 최고조에 달한 어느 한순간처럼 생각되곤 한다.

반듯하게 다듬은 장대석으로 네모칸을 만들면서 열 지어 가는 것이 기본틀인데 그 직사각형 속은 제각각 다른 크기의 자연석으로 꽉 채우고 청운교·백운교, 연화교·칠보교에서 인공미를 최대한 구가했는가 하면 크고 잘생긴 듬직한 자연석을 그대로 기단부로 삼는 대담한 여유를 보여주기도 했다. 자연석 기단 위로 인공석을 얹으면서 목조건축의 그랭이법을 본받아 그 자연석을 다치지 않게 하려고 인공석 받침들을 거기에 맞추어 깎아낸 것은 그 기교의 절정이라 할 것이다. 그 엄청난 공력의 수고로움을 감당해낸 석공의 인내심은 거의 영웅적인 것이다.

그런가 하면 반듯한 석축이 열 지어 가다가는 범영루(泛影樓)에 이르면 화려한 구성의 수미산(須彌山) 모양 축대가 누각을 번쩍 들어올린다.

| 경루의 석축 | 경루를 받치고 있는 석축은 간결한 구성의 단순미가 돋보인다.

그래서 최순우(崔淳雨) 선생은 「불국사 대석단」(『무량수전 배흘림기둥에 기대서서』, 학고재 1994)에서 이렇게 묘사해냈다.

크고 작은 자연 괴석들과 잘 다듬어진 장대석들을 자유롭게 다루면서 장단 맞춰 쌓아올린 이 석단의 짜임새를 바라보면 안정과 율동, 인공과 자연의 멋진 해화(諧和)에서 오는 이름 모를 신라의 신비스러운 정서가 숨 가쁘도록 내 가슴에 즐거운 방망이질을 해주는 것이다. (…)

| **범영루의 기단** | 범종각인 범영루의 기단은 매우 화려한 구성이다.

 

 

　불국사의 이 대석단 중에서도 내가 가장 좋아하는 부분은 범영루
발밑에 쌓인 자연석 돌각담이었다. 우람스럽게 큰 기둥이 의좋게 짜
여서 이 세상 태초의 숨소리들과 하모니를 아낌없이 들려준다. 이 세
계에 나라도 많고 민족도 많지만 누가 원형(原形) 그대로의 지지리도
못생긴(사실은 잘생긴) 돌들을 이렇게도 멋지게 다루고 쌓을 수 있었을
것인가.

## 불국사의 교리적 상징체계

불국사의 마스터플랜이 어떠했는지를 우리는 지금 명확히 잡아내지는 못한다. 그러나 현재 남아 있는 건물과 「역대기」의 기록으로 유추해보면 그 대강을 파악지 못할 것도 없다. 지금 우리는 불국사를 아름다운 고건축으로 대하는 관람객의 입장에 있지만 창건 당시의 건축 취지는 그야말로 불국토를 건축적으로 재현하는 것이었다. 따라서 이 절집의 돌하나, 문 하나마다 그런 정신이 들어 있는 것이다.

이 점은 모든 종교 건축에 통하는 얘기이다. 서양 중세의 교회당 건축에서 평면의 기본 계획은 십자가였다. 십자가는 좌우상하의 길이가 같은 그리스형과 좌우보다 상하가 긴 라틴형이 있다. 그리스형 십자가를 평면으로 한 대표적인 교회는 콘스탄티노플의 아야 소피아 사원이고, 라틴형 십자가를 옆으로 누인 평면으로 하는 것은 로마네스크 교회당 건축의 기본이었다. 이런 상징체계가 문짝에서 제단에 이르는 장식에 오면 매우 복잡해진다. 지금 이 자리에서는 그것을 얘기할 여유가 없지만 도상학(圖像學, iconography)으로서 미술사를 주창한 에르빈 파노프스키(Erwin Panofsky) 같은 분은 그런 것을 귀신같이 읽어내는 미술사가였는데, 우리의 미술사학계에도 그런 귀신이 빨리 나오기를 고대하면서 불국사 건축에 나타난 교리적 상징체계의 기본을 소개해두고자 한다. 다소 생소하고 지루하더라도 이것을 알아야 불국사가 제대로 보일 것이니 참을성 기르는 셈치고 끝까지 읽어주시기 바란다.

불국사의 석축은 곧 천상의 세계로 오르는 벽이다. 그 정상이 수미산인데 범영루가 이를 의미한다. 그래서 「역대기」에서는 '수미범종각'이라고 이름하였고, 그 정상의 누각에는 108명이 앉을 수 있다고 하였다. 108은 물론 백팔번뇌를 의미한다. 그리고 천상으로 오르는 청운교와 백운교는 모두 33계단으로 곧 33천(天)의 세계를 의미한다. 청운교와 백운교의 위치는 책마다 다르게 나오는데 「역대기」에 의하면 위가 청운교, 아래가 백운교로 되어 있고, 「동경기행」에서도 위가 청운, 아래가 백운이라고 했지만 정확히 말하면 아래 계단이 끝나면서 무지개다리 모양으로 돌이 깔려 있는 부분이 백운교이고, 위의 계단이 끝나면서 자하문(紫霞門) 문턱에 다리를 가설하듯 돌을 깐 것이 청운교라고 했다. 어느 말이 맞는지 모르지만 위가 청운교이고, 아래가 백운교이다.

이리하여 33천에 올라 자하문에 들어서면 석가모니 부처를 모신 대웅전과 마주하게 되고 그 좌우로는 석가탑과 다보탑이 시립하듯 우뚝 서 있다. 이런 쌍탑의 설정은 『묘법연화경』의 「견보탑품(見寶塔品)」에 나오는 이야기를 그대로 건축적으로 구현한 것이다. 내용인즉, 다보불은 평소에 "내가 부처가 되어 죽은 뒤 누군가 『법화경』을 설하는 자가 있으면 내 그 앞에 탑 모양으로 땅에서 솟아나 '참으로 잘하는 일이다'라고 찬미하며 증명하리라"고 서원(誓願)을 내었는데 훗날 석가여래가 『법화경』의 진리를 말하자 그 자리에 칠보로 장엄한 탑이 우뚝 섰다는 것이다. 이것이 다보탑의 내력이다. 그래서 다보탑은 화려한 것으로 되었다.

다보불과 석가여래의 이런 관계는 곧잘 이불병좌상(二佛並坐像)이라 해서 부처님 두 분이 나란히 앉아 있는 불상으로도 표현되곤 했다. 다보탑 사리함에서 나왔다는 불상 2구(軀)란 바로 다보·석가일 가능성이 크다.

대웅전 영역 서쪽으로는 서방 극락세계를 주재하는 아미타여래를 모신 극락전 영역이 따로 있는데, 여기로 오르는 계단은 칠보교와 연화교로 극락세계의 정문인 안양문(安養門)에 곧장 연결되고 있다. 칠보교는 칠보를 돋을새김으로 조각한 일곱 개의 계단인데 지금은 육안으로는 잘 보이지 않을 정도로 마모되었지만 「동경기행」을 쓴 박종은 선명하게 본 것으로 기록하고 있다. 그러나 연화교의 연꽃받침 조각은 지금도 선명하다. 극락세계로 오르는 길은 그렇게 칠보와 연꽃으로 장식되어 있다. 그리고 극락전 뒤쪽으로는 대웅전과 이어주는 3열의 돌계단이 각각 16단으로 모두 48단을 이루고 있다. 이는 아미타여래가 48가지 원(願)을 내어 극락세계를 건립한 것을 상징하는 것이다.

이러한 건축적 상징성은 비로전·관음전에서도 나타나고 있는데 나는 그 모두를 여기서 설명하지 못한다. 지금 내가 중요하게 생각하고 있는 것은 그 낱낱 사항의 의미보다도 불국사 마스터플랜에는 그런 상징체계가 있음을 설득력 있게 증언하는 것이다.

## 불국사 건축의 수리적 조화

불국사가 아무리 훌륭한 교리적 상징체계를 갖추었다 하더라도 이것을 받쳐주는 형식을 제시하지 못했다면 그것은 아무것도 아니다. 그것은 예술로나 건축으로나 실패를 의미할 뿐이다. 파노프스키의 친구로 그의 도상학에 동조하여 인도, 인도네시아의 불교미술을 해석한 쿠마라스와미(A. Coomaraswamy)는 『시바의 춤』(Dance of Siva)이라는 책에서 "과학에 근거하지 않은 예술은 아무것도 아니다"(The Art without science is nothing)라고 단언하면서 수리적 체계의 조화를 강조했는데 불국사는 석불사 못지않은 그런 비례관계를 지니고 있다. 이에 대한 분석 또한 석불사를 측량했던 요네다가 발표한 「불국사 조영계획에 대하여」라는 논문에 수치와 도면으로 제시되어 있다. 여기서 말하는 수치란 비례관계이며 그것이 조화(harmony)와 균제(symmetry)의 근거가 된다.

그 내용을 요약해보면, 불국사는 다보탑과 석가탑 사이 간격의 2분의 1을 단위 기준으로 하고 그것의 일정한 배수로 건축물들을 규모 있게 배치하였다. 회랑의 너비는 단위 기준의 네 배, 길이는 단위기준의 다섯 배

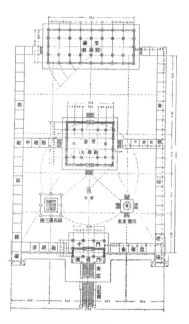

| 불국사 대웅전 영역의 배치 계획 | 다보탑과 석가탑을 잇는
길이의 반을 기본단위로 하여 그것의 배수와 제곱근으로 각 건
물 위치를 정하였다.(요네다의 측량)

로 되어 있으며, 금당의 북벽 중심은 단위 기준의 네 배(남회랑의 너비)로
이루어지는 정삼각형의 정점과 일치한다. 즉, 경루(經樓)에서 종루(鐘樓)
에 이르는 길이로 정삼각형을 그리면 꼭짓점은 대웅전 뒷벽에서 만나
고, 대웅전 계단을 중심으로 하여 석가탑·다보탑의 중심을 잇는 원을 그
리면 역시 대웅전 뒷벽에 닿는다.

석등을 중심으로 대웅전·석가탑·다보탑이 동일한 거리에 있으며 대
웅전 지붕 높이와 자하문의 거리는 1 : 2의 비율로 되어 있다. 석가탑 높

| **대웅전 돌계단 소맷돌** | 저고리 소매끝 같은 이 고운 곡선의 묘를 살려낸 석공의 마음은 도대체 어떤 것이었을까. 그래서 소맷돌이라고 했나?

이를 반지름으로 하여 원을 그리면 대웅전 앞뜰 전체 공간이 포함된다. 건축물의 평면 크기도 단위 기준과 일정한 관계를 가지고 있다. 동서 두 탑의 아래층 기단 너비는 단위 기준의 3분의 1이고 강당의 정면 기둥 사이 간격은 단위 기준의 5분의 2(단위 기준을 한 변으로 하는 정방형 대각선의 5분의 1)이다. 이것은 단위 기준을 설정하고 제곱근으로 계산되는 치수까지도 대각선(전체 또는 등분)을 전개하면서 쉽게 양적 관계를 표시하였다는 것을 말해준다. 다보탑, 석가탑의 하층기단의 폭은 대웅전 한 변의 3분의 1이며, 석가탑의 평면 크기는 대웅전 평면의 10분의 1이다. 이런 정연한 비례관계 때문에 불국사에서는 여느 절에서 볼 수 없는 정연한 기품이 살아나고 있는 것이다.

| **연화교 연꽃무늬 새김** | 연화교에선 날이 좋으면 이런 연꽃무늬를 볼 수 있다. 칠보교엔 칠보가 조각되어 있었다는데 지금은 자취조차 알 수 없다.

## 불국사 건축의 세부 관찰

이제 나는 불국사 낱낱 유물의 아름다움을 살필 차례가 되었다. 석가탑, 다보탑, 석등과 배례석, 금동아미타여래좌상, 금동비로자나불좌상, 불국사 사리탑, 그 어느 것 하나 나라의 보물 아닌 것이 없고, 명품 아닌 것이 없다. 이 낱낱 명작에 대한 해설은 별도의 장이 아니고서는 불가능하다. 그러나 지금은 그럴 여유가 없다. 그 대신 나는 답사객이 그냥 지나치기 쉬운 감추어진 아름다움을 제시하는 것으로 나의 임무를 대신하고자 한다.

나는 경주에서 곧잘 손님을 맞이한다. 특히 외국 박물관의 관계자가 경주를 방문하면 안내를 자원하여 한국미술의 전도사로서 임무를 다하려고 노력해왔다. 그들이 한국을 인상 깊게 보고 가면 그 박물관의 한국실에 대한 대접이 달라지기 때문이다. 그럴 때 내가 빼놓지 않고 보여주

는 불국사 건축의 오묘한 디테일들을 여기에 공개하고자 한다. 1997년 봄에도 시카고미술관의 제임스 우드 관장 부부가 왔을 때 나는 이 코스를 그대로 돌았다.

첫번째는 대웅전 정면으로 오르는 돌계단의 소맷돌 측면의 살짝 궁굴린 곡선의 아름다움이다. 마치 옷깃의 선 맛을 낸 것도 같고, 소매끝의 곡선 같기도 한데 그 날카로운 듯 부드러운 아름다움엔 더할 수 없는 기쁨이 일고, 그런 미세한 아름다움을 구사한 옛사람의 마음을 생각하면 놀라움이 일어난다. 우드 관장을 이 자리에 끌고 오자 그는 "믿을 수 없다(unbelievable)!"를 여러 번 되뇌며 고개를 절레절레 흔들었다.

두번째는 석가탑의 탑날개 직선의 묘이다. 사람들은 다보탑은 그 화려한 구조의 묘를 자세히 살피면서도 석가탑은 전체적 인상만 즐길 뿐

| **그랭이법 석축** | 자연석의 초석을 깎는 것이 아니라 그 위에 얹을 장대석을 자연석에 맞추어 깎았다. 이런 기법을 목조건축에선 그랭이법이라고 한다. 다른 나라엔 예가 없다.

세부적 관찰은 포기하곤 한다. 석가탑은 무엇보다도 지붕돌이 상큼하게 반전한 맵시가 일품이다. 그러나 이를 자세히 살피면 지붕돌은 기울기가 직선으로 되어 있지 반전된 것이 아님을 알 수 있다. 처마를 직선으로 뻗게 하다가 추녀 부분에서 살을 두툼히 붙여 급하게 깎아낸 것인데, 그것을 밑에서 올려다보니까 살포시 반전한 느낌을 갖게 되는 것이다. 착시 현상을 이용하여 곡선의 느낌을 창출한 것이다. 석가탑의 아름다움은 바로 우아한 부드러움이 있으면서도 견실한 힘이 느껴지는 이런 디테일의 묘에 있는 것이다.

　세번째는 석축에서 그랭이법으로 자연석 위에 얹힌 장대석을 자연석 모양에 따라 깎은 것이다. 외국인들은 대개 여기에서 자지러지듯 놀라며 인공과 자연의 조화에 얼마나 많은 공력과 계산이 들었는가를 인정하게 된다. 그리고 극락전 바깥쪽 서쪽 면의 축대 쌓기에 이르면 그 감동은 절정에 이른다. 불국사 석축 정면에서 왼쪽으로 돌아서면 비탈길에 드러난 극락전의 석축이 있는데, 곧게 세운 세로줄 장대석을 가로지르는 허리축 걸림돌이 수평으로 뻗어가다가 오르막에서 급격한 꺾임새를 나타내는 동세(動勢)는 천하의 일품이다. 수직·수평으로 교차하는 장대석을 마치 목조건축의 가구(架構)인 양 동틀돌로 조이면서 입체적으로 돌출시킨 아이디어도 여간 놀라운 것이 아니다. 우드 관장과 경주를 함께 답사하고 헤어지면서 경주에서 가장 감동적인 것 하나만 꼽아보라고 했더니 그는 어려운 문제라며 머뭇거리더니 결국은 이 극락전 서쪽 석축의 짜임새를 꼽았다. 그때 우드 관장은 정말 "경이롭다"(marvelous)고 했다.

네번째는 극락전 안양문에서 연화교를 내려다보면서 연꽃무늬가 계단을 타고 내려가는 것을 보는 것이다. 계절과 시각과 광선에 따라 선명도에 차이는 있지만 육안으로 반드시 간취될 것이다. 우드 관장은 이 조각 새김을 보는 순간 "믿기지 않는다"(incredible)고 했다.

다섯번째는 관음전에 올라 관음전 남쪽 기와담 너머로 보이는 회랑과 다보탑을 꼭 보여주는 것이다. 여기서 보는 시각이, 회랑이 있는 절집의 정연한 기품이 무엇인가를 남김없이 제시해주기 때문이다.

여섯번째, 불국사 서북쪽의 빈터에는 불국사 복원 때 사용되지 않은 석조 부재들이 널려 있는데 이중 주춧돌이야 누구나 알 만한 것이지만, 뒷간에 사용되었던 타원형으로 구멍 난 돌은 참 신기하고 재미있다. 또 한쪽에는 완벽한 단독 뒷간이 있다. 그것은 상상 외로 멋있고 조형적이다. 우드 관장이 이 멋있는 단독 뒷간을 보면서 왜 이것만 이렇게 잘 만들었다고 생각하느냐고 물어와서 나는 즉흥적으로 "관장님 전용"(Director's only)이라고 대답해주었다. 그러자 그는 웃으며 나에게 유머 책을 쓰면 그 책은 베스트셀러가 될 거라고 했다.

그런데 여기에는 이상하게도 네모난 돌에 버들잎 모양으로 홈을 파고

**| 뒷간 설치물 |** 구조가 당당한 석조 뒷간이다. 용도를 알 수 없는 이 버들잎 모양의 홈돌은 혹시 '8세기 비데'가 아닐까 생각해보게 된다.

아래쪽에 작은 구멍을 내놓은 용도 미상의 석물이 있다. 환자용 변기 모양새를 하고 있는데, 신영훈 선생은 이것이 실내에 설치한 수세식 변기로서 여성용이 아니었겠는가 추측하였다. 나도 처음엔 그렇게 생각했다. 그러나 자꾸 보니까 변기가 아니라 혹시 용변 후 물을 담아 밑을 씻던 물받이 석조가 아니었을까 하는 생각이 든다. 우드 관장과 왔을 때도 이것을 골똘히 관찰하고 있는데 그는 또 내게 이게 뭐냐고 물었다. 그때 나의 짧은 영어로 대답할 수 있는 것은 한마디뿐이었다. "8세기의 비데."(8th century's bidet) 그러자 다른 때 같으면 "리얼리?"(really)라고 동의성 반문을 했을 텐데 이 순간에는 내 어깨를 가볍게 치면서 "못 당하겠네"(You win) 하며 너털웃음을 웃었다.

그러나 이 자리에서 놓쳐서는 안 될 가장 중요한 사항은 작은 일각문 너머 있는 뒷간에 다녀오는 일이다. 그것은 일을 보기 위해서가 아니라 거기서 멀리 불국사 강원(講院)을 합법적으로 바라볼 수 있기 때문이다. 멀리 보이는 강원, 그것은 우리가 늘 보아온 산사의 한 정경인데 불국사가 회랑이 있는 평지 사찰로 경영되는 바람에 여기서 보는 산사의 편안한 분위기가 새삼 따뜻하고 정겹게 느껴지는 것이다. 그것을 우리는 불국사의 여운으로 삼아도 좋을 것이다.

우드 관장이 멀리 솔밭 아래 오붓하게 들어앉은 강원을 보면서 "나는 세계의 무수한 나라를 방문했는데 자연이 예술과 건축에서 차지하는 비중이 이렇게 큰 나라는 처음 보았다"고 신기한 느낌을 말하였다. 그때 나는 "이것은 단지 예고편일 뿐입니다"(It's only a preview)라고 대답했다.

불국사 답사는 여기서 마무리하고 결론 삼아 한마디를 덧붙이고 싶다. 언젠가 나는 답사엔 초급, 중급, 고급이 있다고 했는데 불국사는 당연히 초급 코스에 속한다. 그렇다고 해서 초급자가 초급 코스를, 중급자가 중급 코스를 좋아하는 것은 아니다. 초급자가 오히려 중급 코스를 더 가고 싶어하고, 중급자는 고급 코스에서 더 큰 매력을 느낀다. 그런데 고급자가 되어야 비로소 초급 코스의 진가를 알고 거기를 즐겨 찾게 된다. 그런 진보와 순환의 과정이 인생 유전의 한 법칙이고 묘미인지도 모른다. 결국 불국사는 답사의 시작이자 마지막인 것이다.

1997. 6. / 2011. 5.

# 믿기는 뭘 믿었단 말이냐

돌아온 광학부도 / 사라진 다보탑 돌사자 / 깨지는 석가탑 /
사리장치 발굴 / 일그러진 조화

## 불국사 수난의 역사

신의 노여움 아니면 질투였던 것 같다. 20세기 들어와 토함산 석불사
가 갈가리 해체된 뒤 반신불구로 복원되었듯이, 불국사 또한 일제시대부
터 제3공화국에 이르는 기간 갖은 수난을 다 당하고 지금은 무엇이 잘못
된 것인지도 모른 채 답사객들은 일없이 거기를 다녀온다. 나는 이제 또
한 번 입술을 깨물고 인류의 위대한 문화유산, 불국사가 겪은 20세기 수
난의 역사를 여기에 기록해둔다. 그것은 분명 완벽한 아름다움에 대한
신의 질투가 아니었다면 우리의 몽매함에 대한 하늘의 노여움이었다고
밖에 할 수 없다. 그렇지 않고서는 설명되지 않는 것이 너무 많다.

『역대기』와 『사적』을 통하여 우리가 마지막으로 불국사의 영광을 볼
수 있는 것은 1796년 정조대왕이 하사품을 내려준 것이며, 마지막 기록

| **폐허가 된 불국사** | 몽골란, 임진란을 겪으면서도 견디었던 불국사 석축이 구한말에 이르러는 이렇게 폐허로 되어가고 있었다.

으로 남아 있는 것은 1805년에 비로전을 수리했다는 사실이다. 그러나 이후 19세기 100년간 불국사가 어떤 상태로 유지되어왔는지에 대해서는 어떤 기록도 갖고 있지 않다. 국운(國運)이 다해가면서 사운(寺運)도 쇠퇴할 대로 쇠퇴하여 퇴락하는 거찰(巨刹)을 감당하지 못한 채 승려 몇몇이 기거하고 있을 뿐이었다.

1902년 8월, 도쿄제국대학 조교수였던 세키노 다다시가 고건축 실태조사를 위해 한국에 왔을 때 불국사를 조사한 기록과 사진을 남긴 것이 우리가 20세기 들어와 다시 만나는 첫 자료이다. 이때 불국사에는 스님이 두어 명밖에 없었다고 한다. 박종이 『동경기행』을 쓸 때만 해도 "열이 없어지고 하나가 남은 것도 오히려 이렇듯 기이하고 아름다우니"라고 했는데 오직 석탑과 승탑 같은 석조물만이 영광을 지켰을 뿐이다. 거기에 일본인은 눈독을 들였다.

세키노는 이때 조사한 것을 2년 뒤인 1904년에 『조선건축 조사보고』라는 책자로 발표하였는데, 그는 이 책을 조선 방문 시 신세 진 개성에 사는 한 일본인에게 선물로 보냈다. 그런데 이것이 결과적으로는 유물을 약탈해가는 정보가 되어 그 개성의 일본인은 을사보호조약 이듬해인 1906년 불국사에 와서 지금 보물 제61호로 지정되어 있는 이른바 '광학(光學)부도'를 일본으로 반출해갔다. 이후의 과정은 이구열(李龜烈) 선생의 『한국문화재 수난사』(돌베개 1996)에 자세히 기록되어 있는데 그 자초지종은 다음과 같다.

## 불국사 사리탑은 어떻게 돌아왔나

일본으로 반출된 불국사 사리탑은 도쿄 우에노공원께의 세이요켄(精養軒)이라는 요릿집 정원에 있었다고 한다. 당시 세키노는 『구니하나(國華)』지의 요청으로 이 승탑의 해설문을 기고하기도 했다고 한다. 그리고 세키노는 1909년 이래로 다시 조선에 와서 고적조사를 하면서 조선총독부에 이 승탑을 되찾아 제자리에 돌려줄 것을 요청했다. 그러나 승탑은 요릿집에서 딴 데로 팔려가고 행방을 잃었다. 그래도 세키노는 끈질기게 탐문하여 물경 20년 뒤인 1933년 5월 도쿄의 한 제약회사 사장인 나가오 긴야(長尾欽彌)의 정원에서 이것을 발견했고, 드디어는 나가오가 조선총독부에 기증하는 형식으로 하여 1933년 7월에 불국사로 반환되었다.

우리로서는 천만다행인데 일본인 세키노는 왜 이 승탑의 반환에 그토록 열정을 보낸 것일까? 여기서 두 가지 이유를 생각할 수 있다. 하나는 학자적 양심이다. 그는 비록 식민사관을 창출하는 데 일조한 고고학자였지만 일본 고고학계에서는 지금도 존경하는 대학자로서의 풍모가 있었

| **불국사 사리탑** | 구조와 조각이 뛰어난 이 승탑은 일본에 실려갔다가
다시 찾은 미술품 도난사의 대표적 사례이다.

다. 최소한 그는 유물은 제 위치에 있어야 한다는 원칙은 알고 있었던 것
같다. 둘째는 그것이 사실상 조선총독부의 재산 관리였다는 점이다. 그
때만 해도 그들은 조선에 있는 것은 곧 자국의 자산으로 생각했다. 나이
치(內地)에 있든 반도에 있든 일본정부 자산인데 불국사 유물은 조선총
독부 자산이므로 찾아온 것이다. 만약 일본인들이 식민지 지배를 36년
밖에 못 할 것이라고 생각했다면 건너간 것을 찾아오기는커녕 무수한
유물을 닥치는 대로 빼돌렸을 것이다. 그러나 불행 중 다행으로 그때 그
들은 영원히 식민지로 삼을 것이라고 생각했던 것이다.

## 다보탑의 돌사자와 사리함은?

1909년, 세키노가 경주에 다시 왔을 때 그사이 불국사 다보탑 기단 위 네 귀퉁이에 놓여 있던 네 마리의 돌사자 중에서 두 마리가 분실된 것을 발견했다. 그는 돌사자 네 마리 중에서 상태가 좋은 것 한 쌍이 사라졌다고 했다.

지금 이 돌사자의 도둑은 불국사 사리탑을 반출해갔던 개성의 일본인으로 추정하는 분과 1909년 초도순시차 경주에 왔던 소네(曾禰) 통감이 석불사의 대리석 소탑을 훔쳐갈 때 함께 가져간 것으로 보는 분이 있다. 누가 범인인지 이제는 알 길도 없고, 그 돌사자가 어디에 있는지는 아직껏 밝혀지지 않고 있다.

그런데 다보탑의 돌사자 나머지 한 쌍 중 비교적 상태가 좋은 것이 또 도난당하고 마는데 그것은 또 언제 사라진 것인지도 모른다. 다만 경주군의 서기로 근무했던 기무라 시즈오(木村靜雄)가 1924년에 「조선에서 늙으며」라는 글을 쓰면서 "다보탑 사자 한 쌍을 되찾아 보존상의 완전을 얻는 것이 나의 죽을 때까지 소망"이라고 했으니 그 이후가 아닌가 추정된다. 아무튼 지금 다보탑에 남아 있는 돌사자는 얼굴에 난 상처 덕분에 제자리를 지키게 됐다. 굽은 소나무가 무덤을 지키고, 쓸모없는 갯버들이 고목이 되어 정자나무가 된 격이다.

1924년 일제는 불국사에 대한 대대적인 개수(改修)공사를 실시하였다. 공사 내역은 석축과 석교의 복원, 법당의 중수 그리고 다보탑의 전면 해체작업이었다. 그러나 이들은 이 공사 관계 기록이나 사진을 남기지 않았는지 현재까지 밝혀진 것이 없다. 이로 인하여 1970년대 복원공사 때 1924년 개수공사 시 변형해놓은 원상을 바로잡느라 무척 고생했다고 실무자들은 증언하고 있다. 당시 공사에 앞서 사진을 찍어두고 도면을

그려놓았다면 그 원상을 찾느라고 그런 고생은 안 했을 것이다.

1924년 개수공사로 불국사는 폐허를 면했다. 그러나 회랑은 다 없어지고 범영루만 멀쑥하니 서 있어서 그 횅한 느낌이 여전히 허전해 보였다. 그래도 그게 어디냐고 우리의 아버지, 할아버지들은 경주로 수학여행을 다녀오며 거기서 사진을 찍곤 했다.

1924년 공사에서 결정적인 피해를 본 것은 다보탑의 해체 수리였다. 이에 대한 공사 보고서가 하나도 남아 있지 않은데, 여기에 분명히 들어 있었을 사리장치가 이때 감쪽같이 사라져버렸다. 그러나 완전범죄는 없는 법인가보다. 1924년 불국사 보수공사의 감독이었던 다케우치 야스지(武內保治)가 1925년 6월 9일자로 경주군수에게 보낸 공문 중 「발견물 이송의 건(件) 통지」라는 공문에 다음과 같은 구절이 있는 것이다.

다보탑 수선 중 발견된 불상 2구의 처치에 관하여 이번 학무국장으로부터 심사의 필요상 송부하라 하므로 경복궁 내 종교과(宗敎課) 분실(分室) 앞으로 발송한다.(『불국사 복원공사 보고서』, 문화재관리국 1976)

경주 황복사탑에서 순금불상 2구가 사리장치로 발견된 예가 있는데, 다보탑의 것도 그런 것이었던 모양이다. 그러나 이 불상이 어떤 것이고 어디로 갔는지에 대해서는 알려진 바 없다. 그것은 실로 아름다운, 석가탑 사리장치 솜씨에 준하는 명작이었을 것이다.

1924년 불국사 개수공사 때의 일화로는 석축을 보수하면서 장대석으로 엮은 네모칸에 자연석을 끼운다는 것이 역시 일본인 솜씨답게 반듯

---

| 다보탑과 돌사자 | 절묘한 구조의 다보탑 못지않게 절묘한 조각인 돌사자 네 마리 중 세 마리는 아직도 행방을 못 찾고 있다.

| 1924년에 복원된 석축 | 일제에 의하여 석축이 수리되어 가까스로 폐허를 면한 불국사는 이런 상태에서도 한국의 문화유산을 대표해왔다.

반듯한 돌로 짜넣었다는 것이다. 그러니 자연과 인공의 조화를 꾀한 석축이 인공적인 맛으로 변해버린 셈이었다. 그래서 개수공사로 왜색이 짙어졌다는 악평이 일어나자 일제는 할 수 없이 끼운 돌의 모퉁이를 망치로 깨뜨려서 자연석 느낌이 나도록 했다는 것이다. 그런 식으로 사람 손길이 끝까지 가지 않으면 못 견디는 것이 일본인의 생리이고, 그들의 자연스러움은 이처럼 억지로 자연스러운 경우, 말하자면 조작된 자연스러움이 많다.

그런 상태에서 일제시대 남은 20년을 보내고 8·15해방, 한국전쟁, 4·19혁명, 5·16군사쿠데타를 거치도록 큰일 없이 보내던 불국사가 1966년 9월 석가탑이 지진으로 흔들렸다는 신문 보도가 나오면서, 이것이 곧 불국사가 세인의 큰 주목을 받는 연이은 사건의 시발점이 되었다.

## 1966년 9월의 도굴 훼손

1966년 9월. 때는 차기 대통령 선거에서 야당 후보 단일화를 위하여 박순천(朴順天) 민중당 대표최고위원과 재야의 이인(李仁), 이범석(李範奭) 등이 신한당의 윤보선(尹潽善) 후보를 압박하면서 곧이어 유진오(兪鎭午) 고려대 총장을 정계로 끌어내는 작업이 정치적으로 초미의 관심사로 진행되고 있었고, 신문 사회면은 한국비료의 사카린 밀수 사건 수사의 진행 과정이 연일 톱기사로 장식되는가 하면 파월 맹호부대·비둘기부대의 동향으로 메워지고, 신문 하단에 일상의 뉴스로 '파월 장병에게 신문 보내기운동'이 자리잡고 있었다. 그런 어수선한 상황에서 9월 8일자 도하 신문에는 '불국사 석가탑 위태'라는 제목 아래 사진과 함께 3단 기사가 실렸다. 이하 진행 과정을 당시 특종을 한 『중앙일보』 기사로 소개한다.

불국사 대웅전 앞에 있는 국보 제21호 석가탑이 지난 8월 29일 밤 동해 남부 일대에 있었던 미진(2도가량)으로 흔들려 탑이 6도가량 남쪽으로 기울어졌으며, 탑신 4개처가 떨어지고 2층 갑석 하단부가 균열됐음이 8일 현지조사에서 돌아온 도교육위원회 직원에 의해 밝혀졌다. (…)

문화재위원회는 8일 상오 11시 제1분과위를 소집, 현지에 조사단을 보냈다.

그리고 5일 뒤인 9월 13일자 신문에는 '석가탑 파손에 양론(兩論)'이라는 제목 아래 6단 박스 기사가 실렸다.

석가탑 훼손 원인을 둘러싸고 문화재관리위 측의 조사단과 현지 경찰, 불국사 측의 견해가 엇갈려 주목을 끌고 있다. 문화재보존위원 황수영 교수와 문교부 임봉식(任奉植) 문화재과장 등 일행은 9일부터 11일까지 3일간의 현지조사 끝에 '훼손 원인이 자연적인 것이었다'는 이제까지의 주장을 뒤엎고 사리를 탐낸 도둑의 소행이라고 결론, 경찰국에 수사를 의뢰했다.

치안국은 13일 상오 불국사 석가탑을 파손한 도둑이 있다는 정보에 따라 치안국 수사지도과장 정상천 씨를 경주에 급파, 수사를 지휘하도록 하였다.

그리고 드디어 9월 19일에는 도굴범을 일망타진했다는 경찰의 검거 발표가 있었는데 이튿날 신문에는 '국보 도둑의 시말'이라는 제목과 함께 수사의 진행 과정과 도굴 행각을 상세한 해설 기사로 싣고 있다.

범인들은 처음, 9월 3일 밤 석가탑 하층을 들어올리려다 잭(jack)의 힘이 약해서 실패하자 이튿날 다시 10톤짜리 공기 압축 잭을 대구에서 날라다 일층탑을 들어올렸다고. 그러고도 9월 5일 밤에 세번째로 이층탑을 들어올려 손을 넣어 더듬어보았지만 사리가 없어서 실패했다는 것이다.

이튿날 석가탑 이외에도 지난 10개월간 모두 13회 범행을 했다는 자백을 받아냈는데 석가탑과 똑같이 잭 때문에 망가진 나원리 오층석탑도 이들의 소행임이 밝혀졌다. 황룡사 초석, 남산사 사적, 통도사 승탑 등 13개처 사찰과 고적을 파헤쳐 값으로 따지기 힘든 역사적 보물(경찰 추산 550만 원)들을 닥치는 대로 휘저은 도굴범들이었다. 아무튼 일당 9명을 이렇게 검거한 경찰은 남은 10명의 호리꾼, 장물 알선자 들을 수배하고 없어진 보물을 찾기에 전력을 기울이고 있다.

참고로, 이 날짜 신문에는 쌀값이 19일보다 한 가마에 100원 떨어져 상품 4,300원, 하품 4,000원에 거래되고 있다는 보도가 있었다.

그리고 석가탑 도굴 현장검증은 9월 23일에 있었는데, 이들의 도굴품을 구입한 삼강유지 사장 이병각 씨를 중과실 장물 취득과 문화재보호법 위반 혐의로 구속하고 개인 소장품 226점을 압수하는 커다란 사건을 파생시켰다.

## 1966년 10월의 파손

이후 문화재관리국은 석가탑을 원상대로 복원하기 위해 전문가로 문화재보수단을 편성했고 10월 13일부터 복원공사를 시작했다. 그런데 아뿔싸! 10월 14일, 『중앙일보』는 1면 한쪽에 '국보 석가탑의 수난'이라는 제목 아래 석가탑이 깨지는 3단계 사진과 함께 다음과 같은 비통한 기사를 실었다.

(불국사—최종률, 이종석, 김용기, 최기화 기자) 국보 제21호 경주 불국사 석가탑(일명 무영탑)은 올 들어 가장 큰 수난을 겪고 있다. 13일 하오 2시 금빛 찬란한 사리함이 발견되어 모두들 탄성을 올린 지 불과 2시간 만에 들어올리던 2층 옥개석이 떨어져 미리 밑에 내려놓았던 3층 탑신마저 부서뜨린 것이다. 도굴자의 손에 상처를 입었던 석가탑이 이제 그것을 복원하던 손길에 또 아픈 상처를 입었다.

이 기사는 『중앙일보』의 특종이었다. 최종률 씨(전 『경향신문』 사장)의 회고에 의하면 당시 불국사 앞 우체국에는 장거리 시외전화기가 한 대밖

| **깨지는 석가탑** |  1966년 10월 13일 오후 4시, 석가탑 보수·복원 공사중 2층 옥개석을 들어올렸다가 밑에 있던 3층 탑신에 떨어뜨려 큰 상처를 내고 말았다. 당시 상황을 「중앙일보」는 연속 3단계 사진으로 신문 1면에 실었다.

1. 2층 옥개석을 들어올리는 모습
2. 떨어진 모습
3. 깨어진 옥개석

에 없었는데 고(故) 이종석(李宗碩, 문화재 전문위원) 『중앙일보』 기자가 먼저 그 전화를 확보했기 때문에 특종을 할 수 있었다고 한다. '애니콜'시대에는 도저히 이해하기 힘든 귀여운 옛날얘기일 것이다. 아무튼 당시 신문은 8면 발행이었으니 이 기사의 비중을 알 만하다. 그리고 이 신문은 사회면에 다음과 같은 비탄조로 머리기사를 장식하고 있다.

　이날 사고 광경을 바라보던 불국사 노승들은 흐느끼며 비통한 심정을 누르지 못했다. 탑의 해체공사는 이날 상오 9시 13분, 11명의 인부들에 의해 착수되었다. 현장감독은 탑의 보수공사에 있어 우리나라 최고의 기술자라는 김천석 씨(52세)가 맡았다. 그는 국보급 탑을 25개나 만진 32년의 경험자다.
　3층의 옥개와 탑신을 내리는 오후 공사는 무리한 강행군이었다. 8미터의 전봇대(직경 20센티미터) 위에 장대 6개를 묶어 만든 받침대가 워낙 허술했다.

지금 세상에서는 믿기지 않을 일이다. 석가탑을 해체하는 데 쓴 연장이 고작 전봇대와 장대였던 것이다. 이 기사는 다음과 같이 이어진다.

　7.5톤짜리 2층 옥개를 간신히 들어올린 도르래는 중량을 지탱 못해 부서져버렸다. 이때 2층 옥개가 20센티미터 들렸다가 주저앉았다. 공사는 이런 상황에서 강행이 두 번, 2층 옥개가 두번째 들렸을 때 이미 휘어졌던 전봇대는 부러지면서 바윗덩이 같은 2층 옥개석이 공중에서 땅바닥으로 떨어졌다. 땅에 이미 내려놓았던 3층 옥개석 위에 그것은 비스듬히 떨어지며 상처를 냈다. 공사 책임자 김천석 씨는 '전봇대 속이 썩은 줄 몰랐다'고 무릎을 쳤다.

옥개석이 내려지는 동안 불국사 스님들은 한쪽에서 합장하고 송경(頌經)하고 있었다. 이것은 용케도 사진에 잡혀 이 날짜 신문에도 실렸는데 신문 기사는 다음과 같이 스님의 통곡을 전하고 있다.

불교 조계종 총무원에서 현지 참여 대표로 파견된 강석천 스님은 발을 동동 구르며 탑 앞에서 통곡을 했다. '천추의 미안한 일'이라고 하며 그는 울음을 그칠 줄 몰랐다. 경내의 관광객들은 분노를 터뜨리며 인부에게 달려들어 경찰의 제지를 받았다.

한편 경찰과 조사위원들의 심경과 사후 조치에 대해서도 이 기사는 보도하고 있다.

경주경찰서는 무장 경찰을 동원, 밤새껏 불국사를 특별 경비했다. 조사위원인 황수영, 진홍섭, 최순우 씨는 국보 파손은 이를 데 없는 유감이라고 말하며 손괴가 그 정도로 그친 것은 그나마 다행이라고 큰 숨을 내쉬었다. 복원은 어느 정도 가능하다고 보고 있었다.

그러나 2층 옥개석의 복원은 영원히 힘들 것으로 보인다. 이번 사고는 문화재들이 원시적이고 우직한 방법으로 보호되는 것에 충격적인 경종을 울렸다.

그러나 그런 경종도 당시의 실정에서는 아무 의미가 없는 것이었다. 문화재 수복에 필요한 어떤 특수 장비도 마련된 것이 없고, 그런 데 관심을 둔 일이 없는 정부로서도 대책이 없기는 마찬가지였다. 그때는 문화재관리국장조차도 군 출신이 차지하고 있었다. 당시 도굴꾼이 사용한 장비는 오히려 10톤짜리 잭이었으니 할 말을 잃는다. 이 신문 기사의 마지막 구절이 그것을 말해준다.

　복원공사는 불국사 경내의 소나무 다섯 그루를 잘라 다시 진행되고 있다.

전봇대에서 소나무 생목으로 바뀌었을 뿐이다. 작년 가을에 어쩌다 한국미술사 수업 시간에 이 얘기를 하게 되었다. 모두가 흥미 있게 듣는 줄만 알았는데 한 학생이 끝내 이해 못 하겠던지 질문을 하는데 그게 또 기막힌 얘기였다.

　"샘, 이상하네예. 전신주는 콘크리트 아닝교?"

신세대들은 나무 전신주를 본 일이 없었던 것이다.


### 천하의 보물 — 석가탑 사리장치

석가탑 대파(大破)에 톱기사를 내주어야 했지만 사실, 탑이 깨지기 두 시간 전에 2층 탑신부에서 발견한 사리장치는 우리나라의 국보인 정도가 아니라 세계적인 보물로, 세기의 대발견이었다. 같은 날 같은 신문 지면엔 이에 대한 기사가 같은 기자들에 의해 보도되고 있다.

　최근 탑 도굴단의 도량으로 일반의 관심을 모았던 불국사 석가탑의 사리장치가 온전히 간직되고 있음이 확인되었다. 석가탑의 해체 결과 신라 예술의 정수요 동양미술사상 한 극치인 석가탑 사리장치의 발견으로 신라문화제에 모인 군중은 석가탑 손괴의 충격과 새 국보 발견의 환희로 착잡한 감동에 사로잡혔다.

13일 상오 9시 삼엄한 경계 가운데 석가탑 상륜부가 해체되기 시작했다. 하오 2시 스님들의 독경 속에 2층 탑신 사리함은 1천수백 년 동안 간직했던 신비의 베일을 벗었다.

이 기사는 당시 사리함의 구조를 다음과 같이 상세하게 소개하고 있다. 나는 이 기사가 석가탑의 복잡한 사리장치 상황을 가장 잘 설명해준다고 생각하고 있다.

탑신 복판 사방 41센티미터, 길이 18센티미터의 사리공(舍利孔)에는 파란 녹으로 덮인 금동제 사리함이 둘리고 그 둘레에는 목제소탑(木製小塔), 동경(銅鏡), 비단, 향목, 구슬 등이 가득한 채 둘레에 천 년 유향(遺香)이 번졌다. 네모반듯한 청동외합(너비 17센티미터, 높이 18센티미터)은 석가탑의 그것처럼 장중한 균형미를 갖춰 국내외에서 발견된 사리장치 중 최고의 예술품임이 확인되었다.

제3사리병은 비단으로 겹겹이 싼 높이 4센티미터의 은항아리 속에는 순금종이로 감싼 콩알만 한 은제합 속에 진신사리를 간직한 보기 드문 희귀한 것이었다. 위의 세 사리함에서 나온 사리는 모두 48과였다(사리병에서 46과, 두 개의 합에서 각각 1과).

이 밖에 비단으로 싼 목판본 불경은 폭 8센티미터, 길이 5미터의 다라니경으로서 한지에 한문이 총총히 박힌 것을 볼 수가 있어 이는 우리나라 최고의 인쇄 문화를 말하는 귀중한 유물임이 분명하다. 이와 함께 발견된 칠기는 삭아서 기형(器形)을 알 수가 없으나 옻을 입힌 자취가 역력히 남아 있어서 높은 기술을 엿볼 수 있다.

| 석가탑 사리장치 | 유리병, 은제합,
금상자 등으로 겹겹이 싸인 사리장치는
하나하나가 나라의 보물 아닌 것이 없
었다.

그리고 이튿날인 10월 15일에는 석가탑의 사리장치가 화보로 소개되고, 문화재위원장 김상기(金庠基) 박사와 문화재관리국장 하갑청(河甲淸) 씨가 공식 기자회견을 통해 국민에게 사과하였고, 사고 현장에 모인 문화재위원들은 석가탑 복원이 가능하다고 낙관했다는 보도가 있었다. 그런데 같은 지면에는 사리 보관 문제로 야기된 사찰과 문화재위원 사이의 갈등을 크게 보도하고 있다.

석가탑에서 발견된 사리함의 보존 문제는 문화재위원들과 사찰 당국 사이의 의견 차이 속에 방치되어 있다. 사찰 당국은 현재 극락전에 이안되어 있는 사리함을 석가탑 본위치에 안치할 것을 요청하고 있고, 문화재위원들은 화학적인 부식 작용을 염려하여 특수하게 보관할 것을 주장하고 있다.
문화재위원들은 적어도 20평 넓이의 사리보존각을 별도로 현지에 건립해서 방습·방화 장치 등 과학적 조치로 사리함을 보존해야 한다는 데 의견이 일치되고 있다. 사리함은 현재 유리함 속에 아무 조처 없이 그냥 보관되어 있다. 지금같이 대기 중에 방치된 상태로는 1년도 못 가서 비단이나 종이 등 귀중한 유물들이 소멸될 것이라고 이들은 한결같이 염려하고 있다.

이후 사리장치는 보존 처리하기로 결정되었다. 또한 다라니경이 세계에서 가장 오랜 목판인쇄물임을 고증한 김상기, 김두종(金斗鐘), 김원용 박사들의 글과 인터뷰가 연일 도하 신문을 대대적으로 장식하였다. 이제 석가탑 파손에 대한 얘기는 사라졌고 그것을 어떻게 복원할 것인가 같은 문제에 대해서는 전혀 언급이 없었다.

이때 언론인 홍종인(洪鍾仁) 선생은 당신의 논설문 중 아마도 최고의 명문일 「석가탑 파괴의 책임자 누구냐」라는 장문의 칼럼을 『중앙일보』 10월 20일자 '목요논단'에 실었다. 석가탑 파손에 대한 관계자들의 얘기 중에 "그만한 것이 다행" "우리 화강암은 강해서 철심을 박아 이으면 된다" "나도 불교 신도로서 믿음을 갖고 하던 일이다" 등 책임자로서 무책임하고 불성실한 태도에 대하여 준엄한 꾸짖음을 내리는 일갈이었다. 그때는 세상이 잘못 가고 있을 때 불호령을 내리며 준엄하게 꾸짖을 수 있는 그런 큰 언론인이 있었다.

경주의 불국사 석가탑을 동강이 나도록 망가쳐버렸다는 신문 보도를 보고 가슴이 무너져앉는 것 같은 아픔과 두려움을 아니 느낀 이 없을 것이다. (…)

이 경망한 백성들, 역사가 길다고 반만년을 추켜들기를 일삼는 이 백성들이 과연 이 땅의 역사와 문화의 유산을 제대로 지켜나갈 수 있겠느냐? 하는 벽력같은 꾸지람 소리가 어디선가 귀청이 터지도록 울려오는 것 같다. (…)

보물에 탐내는 무리들이 국보의 존엄을 무시하고 탑을 들어 뒤적거리며 이를 부분적으로 훼손시켰다는 일만도 그 죄상은 그 죄인들의 당대에 그칠 바 아니겠지만 그 도둑들에게 훼손된 것을 복원한다고 정부의 이름 밑에 적든 많은 국가의 재정으로 학자라거니 교수라거니 하는 사람들의 간여하에 일꾼을 시켜 '공사'라고 하던 일에서 동강이가 나도록 국보의 탑을 깨쳐버렸다니 수천 수백 년대로 물려받은 조업에 대한 면목은 무엇이며 또 그 경망과 불찰의 죄과는 후손 만대에 무엇으로써 씻을 길이 있겠는가. 그러면 그 책임자는 과연 누구냐? 엄숙히 이를 밝히지 않아서 아니될 것이다.

혹은 말하기를 누구누구가 다 그런 일에 익숙하기에 믿고 맡겼었다는 말도 들린다. 그러나 무엇을 믿고 일을 어떻게 하라고 맡겼었다는 말인가. (…)

학자들 가운데는 사태의 전후 순서를 가리려 하지 않고 지나치게 새 국보에 취하여 새 국보의 어머니인 석가탑 자체의 파괴의 슬픔을 소홀히 여기는 느낌을 주고 있다. 일을 저질렀거든 저지른 일부터 처리할 것이 더 바쁘고 송구스럽지 않겠는가. (…)

현대의 상식으로는 공사에 쓰이는 연장으로 '크레인'이란 것도 있지 않은가. 또 탑의 어느 부분을 들어내릴 때도 전문가라면 그 크기를 재어가지고 중량을 넉넉히 계산해낼 수도 있었을 것이다. 믿기는 누구를 믿고 공사를 했다는 것인가. 결국은 썩은 나무를 믿었던 것밖에 아무것도 아닌 결과였다.

홍종인 선생의 이 논설 이후 석가탑 얘기는 더 이상 신문에 나오지 않는다. 그러나 그 무렵 아주 중요한 슬픈 사건이 불국사에서 또 일어난 것을 아무도 몰랐다. 지금도 거의 모든 사람이 모르고 있는 일이다. 그것은 석가탑에서 나온 사리장치 중 하이라이트인 사리 46과가 담겨 있던 녹색 유리사리병을 한 스님이 옮기다 떨어뜨려 깨뜨린 것이다. 그야말로 박살이 나도록 깨져 억지로 이어붙인 상태로 지금은 국립경주박물관 창고에 있다. 이에 대해 『불국사 복원공사 보고서』에서는 파손 전 흑백사진과 함께 다음과 같은 해설을 붙여놓았다.

사리병(높이 6.45센티미터, 입지름 1.5센티미터, 몸지름 5센티미터, 목지름 1.8센티미터)은 심록색(深綠色) 파리제(玻璃製)로서 가장 큰 것이며 병 안에 사리 46과가 들어 있었다. 거의 원에 가까울 정도로 둥근 몸 위에 약간

| 깨어진 사리병(복원된 상태) | 사리장치를 임시로 극락전에 보관하던 중 한 스님의 실수로 사리병은 깨졌다. 천신만고 끝에 복원했지만 깨진 상처는 그대로 남아 있다.

짧은 목이 달렸고 입술은 두껍게 외반(外反)되었다. 반투명의 전면에는 곳곳에 반점이 나타나 있고 바닥면은 약간 안으로 들어갔다. 이 사리병은 일시 불국사 극락전에서 다른 장엄구(莊嚴具)와 함께 전시 중 사찰 측의 부주의로 파손되어 지금은 완형(完形)을 볼 수 없다.

그것은 석가탑이 깨진 것 못지않은 큰 상처였던 것이다.

### 1970년대 복원공사 진행 과정

1969년 늦봄, 박정희 대통령이 3선개헌을 과연 할 것이냐 아니냐에 정가의 관심이 집중되어 있던 때, 5월 12일 박정희 대통령은 불국사 복원을 지시하였다. 이리하여 시작된 불국사 복원공사는 만 4년 만에 준공하여 오늘의 모습을 갖추게 된다. 그것은 막대한 예산이 들어간 엄청난 공사였다. 이 불국사 복원 과정은 『불국사 복원공사 보고서』에 40단계로 상세하게 일지로 기록해두었는데 이 일지를 보면 박정희 대통령의 문화재 복원 의지가 얼마나 강했는가를 알 수 있으며, 당시 경제 실정으로는 감당하기 힘든 재원을 강력한 통치력으로 밀어붙여 완공하였음을 여실히 보여준다. 그 주요 사항을 날짜별로 줄여 소개한다.

1. 1969년 5월 12일　박대통령 복원 지시
2. 1969년 5월 21일　신범식 문공부장관이 본사업 추진을 위한 경제인 간담회 개최
4. 1969년 6월 17일　청와대 정무비서실에서 불국사 복원이 행주산성, 도산서원, 진주성 보수·정화 사업과 함께 토의
5. 1969년 6월 23일　코리아하우스에서 불국사복원위원회의 운영, 고증·설계 위원회 구성
8. 1969년 7월 30일　세종호텔에서 불국사 복원재원 염출을 위하여 (경제인) 시주자 간담회 개최
13. 1969년 8월 29일부터 10월 30일까지 64일간 불국사 발굴조사 실시
18. 1969년 11월 14일 불국사 복원공사 기공식
35. 1972년 2월 6일　대통령 각하께서 불국사 현장을 순시하시고 단청공사에 대하여 밝고 은은하게 하고 각별한 정성을 들여 충실한 공사가 되도록 지시하시면서 관계관에게 노고를 치하하심

36. 1972년 6월 18일  대통령 각하께서 불국사 현장에 오셔서 불국
　　　　　　　　　　 사 벽 단청을 좀 더 은은하게 하도록 지시하심
39. 1973년 7월 3일  대통령 각하를 모시고 불국사 복원공사 준공
　　　　　　　　　　 식 거행

## 불국사의 잃어버린 아름다움

그리하여 불국사는 복원되었다. 지금 그나마도 복원되었기에 나는 우
리나라 건축에서 최고로 손꼽을 수 있게 됐으니 이 일을 수행한 모든 분들
의 노고에 감사하는 마음도 없지 않다. 그러나 지금은 그때보다 또 모든 면
에서 많이 발전했다. 기술도, 조사 연구도, 생각도 당시와는 다른 것이 많다.
그래서 역사도, 문화도 발전하는 것 아니겠는가. 그런 각도에서 그 복원공
사 때 잃어버린 불국사의 아름다움을 또 기록해두지 않을 수 없다.

첫째는 경루를 복원하지 않은 잘못이다. 앞서 살폈듯 완벽한 대칭적
구성과 황금 비례를 갖춘 것이 불국사 조영 계획인데 막상 대웅전 영역
에 들어서면 화려한 다보탑과 단순한 석가탑이 균형을 잃고 있다는 생
각을 버릴 수 없다. 이것은 부처님이 바라보는 시각에서도 그렇고 자하
문으로 들어섰을 때도 그렇다. 그러나 이런 어긋남은 원래는 경루와 종
루의 변화로 오히려 조화를 이루었던 것이다. 지금 경루는 복원되지 않
고 사물(四物)을 걸어놓았지만 원래는 아주 단순하고 닫힌 구성의 건물
이었고, 종루인 범영루는 '수미범종각'이라는 이름에 걸맞게 화려한 건
물이었다. 그러니까 부처님 위치에서 보자면 왼쪽은 화려한 다보탑 너머
로 단순한 경루, 오른쪽은 단순한 석가탑 너머 화려한 종루로 대(對)를
맞추어 다양의 통일을 이루었던 것이다. 그래야 불국사의 기본 조영 취
지가 살아나는 것이다.

둘째는 석가탑을 복원하면서 상륜부를 너무 장식적으로 처리한 점이다. 석가탑의 상륜부는 원모습을 알 수 없어서 남원 실상사탑의 상륜부를 그대로 본떠온 것이다. 그런데 실상사탑은 석가탑을 본받은 9세기 석탑으로 아담하고 장식성이 강한 탑이었으니, 이를 석가탑에 옮기려면 그 장식성을 제거하고 석가탑의 단순하고 우아한 아름다움에 맞추었어야 했다. 석가탑의 상륜부를 $x$로 놓고 비례식으로 풀자면 '$x$ : 실상사탑 상륜부 = 8세기 단순성 : 9세기 장식성'으로 하여 쉽게 구할 수 있는 값이다. 그러니까 지금 복원된 상륜부의 들쭉날쭉, 우둘투둘한 장식을 반듯하게만 깎아도 그 느낌은 살아날 것이다.

셋째는 극락전 건물의 초라함이다. 극락전은 임란 때 불탄 뒤 1750년에 중창된 것인데, 그때 건물의 기둥을 반듯하게 깎은 것이 아니라 뒤틀림이 강한 것을 썼기 때문에 결과적으로 정연한 기단부와는 어울리지 않게 되었다. 그런 건물은 자연석 주춧돌에 그랭이법으로 세우는 산사에나 어울릴 뿐 회랑이 있는 이 기하학적 건축에는 불성하고 초라한 기색으로 남을 뿐이다. 그 결과 옆에서 보고 있자면 극락전은 곧 쓰러질 것처럼 볼품이 없어 안쓰럽기까지 하다.

넷째는 아마도 가장 큰 아쉬운 점으로, 구품연지(九品蓮池)를 1970년대 복원 때 포기한 점이다. 『불국사 복원공사 보고서』에 의하면 1971년 3월 8일 제9차 불국사복원고증위원회에서 구품연지 발굴 보고를 하면서 불국사 광장의 나무와 유구(遺構)의 교란 그리고 관람객의 수용 기능을 감안하여 복원 않기로 했다는 것이다. 그럴지도 모르지만 이로 인해 불국사 석축의 아름다움이 반의반도 살아나지 못한 것은 어쩔 것인가.

---

| **석가탑** | 통일신라 석탑은 여기서 완성되었다. 더할 것도 덜할 것도 없는 완벽한 조형성을 보여준다. 하지만 석가탑의 상륜부는 실상사탑을 모방해서 복원한 것인데, 단아한 석가탑과 장식성이 강한 실상사탑의 느낌이 다른 만큼 상륜부도 달랐어야 했다.

구품연지는 청운교와 백운교 아래에 있던, 동서로 길이 39.5미터, 남북으로 폭 25.5미터 되는 타원형 연못이었다. 연못 안쪽의 이른바 호안부는 불국사 석축에 쓰인 큰 자연석으로 둘러싸여 있었다. 못의 깊이는 2미터 내지 3미터, 물은 토함산 골짜기 물을 대웅전 동쪽 회랑 지하로 도랑을 가설하여 끌어들여 청운교 옆으로 나 있는 석구(石溝)를 통하여 떨어지게 되어 있고 또 경루 밑에 있는, 지금 우리가 마시고 있는 샘물을 받아 채웠던 것으로 추정된다. 그리하여 항시 맑은 물이 가득했을 구품연지에는 수미산 같다는 범영루가 그 화려한 축대와 함께 거꾸로 비쳤던 것이다. 그래서 누각의 이름을 범영루(泛影樓)라 했던 것이다.

나는 불국사에 올 때면 꼭 새벽에 사람 적은 시각을 이용한다. 겨울 한철 빼고 봄, 여름, 가을로 차가운 아침 기온은 불국사에 가벼운 수증기를 뿌린 듯 대기가 촉촉히 젖어 있음을 느낀다. 만약에 구품연지가 있었다면 그 일교차는 당연히 아침 안개를 일으켜 청운교와 백운교를 가볍게 덮었을 것이다. 그럴 때면 '보랏빛 안개'라는 이름을 갖고 있는 자하문은 진짜 자하문 같았을 것이고, 불국사는 정녕 불국토의 건축적 구현이라는 생각을 갖게 되었을 것이다. 그것을 실제로 볼 수 없음이 글을 맺는 이 순간에도 아쉽고 또 아쉽기만 하다.


## 나무 불국사, 나무 불국사

이제까지 답사기를 쓰면서 나는 그 유물에 대한 그간의 문헌을 조사하고 반드시 그에 걸맞은 시를 한 편은 골라 소개하려고 노력했다. 그래도 없으면 몰라도 되도록 실었다. 불국사도 마찬가지로 조사하였다. 마침 고고미술동인회가 1962년에 등사해놓은 『경주고적 시문집』이 있어 최치원, 김시습(金時習), 김종직(金宗直), 이언적(李彦迪) 같은 대학자의 시를 거기서 볼 수 있었고 나는 나대로 김정희(金正喜), 초의선사, 박목월(朴木月) 등의 시를 조사해보았다. 그러나 내가 여기 소개할 만한 적절한 시는 찾지 못했다. 그분들이 쓴 시가 명시가 아니라고 생각해서가 아니다. 내가 본 시들은 불국사를 노래한 것이 아니라 불국사에서 느낀 자신의 주관적 감정, 그것도 '아! 늙었구나, 아! 세월이 무상쿠나!' '폐허가 되었구나' 같은 영탄조가 많았고 어떤 시는 굳이 불국사에서 읊은 자취와 이유도 없었다. 적이 놀랍고 적이 서운한 일이 아닐 수 없다. 아무리 말 없는 건축이라지만 천 년을 두고 우뚝한 저 탑과 장엄한 석축에 대해 한마디 없다니 무정한 시인이고 무심한 조상들이라는 생각도 든다.

저 위대한 불국사, 그러나 그 어느 위대한 시인도 이 위대함을 찬미한 일이 없는 불국사, 내 차라리 나의 서툰 노래로 옛사람들이 쓰던 형식을 빌려 찬(讚)하겠다. 제목은 「나무(南無) 불국사」다.

서라벌 해 뜨는 곳으로 신성한 산, 동악(東岳)이 있어
햇살을 뿌리고〔吐〕 달빛을 받아내어〔含〕 토함산이라 부르더니
토함산 산자락에 만고(萬古)의 성전(聖殿)을 세운다.
천하를 꽃피운 경덕왕에게 후사만이 없던 것은
예술의 왕자(王者)를 위한 신의 시험이던가
천신을 만나러 가는 표훈대사의 발길은 바빠지고
산을 깎고 흙을 다져 불국토를 닦는다.
큰 바위 작은 냇돌, 반듯한 장대석에 끼워 돌축대를 쌓는다.
"공덕 드리러 가세, 공덕 드리러 가세."
나무(南無) 불국사

구품연지 건너

백운교 청운교 구름다리 넘으면 자하문
칠보교 연화교 층층다리 오르면 안양문
수미산이 거기 있고, 극락이 거기 있네.
대웅전 큰 부처님, 앞에는 밝은 석등 좌우로는 거룩한 탑
긴 회랑 사위 둘러 달빛 별빛 모두는데
토함산 솔바람 소리엔 온갖 노래 다 실렸네.
"장하도다, 장하도다, 진실로 장하도다."
나무(南無) 불국사

다보불은 서원대로 보탑으로 우뚝 섰고
아미타는 마흔여덟 서원 내어 큰 부처로 되었건만
김대성은 어이해서 불국토를 못 보았고
아사달은 어이하여 아사녀를 잃었던가.
동악의 산마루는 가팔라 담배 한 대도 못다 피운다는데
석양의 거울못(影池)엔 탑그림자 끝내 없네.
여름이 가고 겨울이 오니
산 너머 바다 건너 외적이 밀려온다,
불국사 3천 칸에 큰 불길 휩싸인다.
"어쩔 것이냐, 어쩔 것이냐, 이 큰 슬픔을 어쩔 것이냐."
나무(南無) 불국사

사승(寺僧)은 다 떠나고 빈터는 소산했다.
그래도 위대할손 신라의 돌들이여
열을 잃고 하나가 남은 것도 그토록 장했단다.
왜놈이 다시 와서 돌사자 들고 가고

전신주로 들어올린 옥개석은 동강 나고
파아란 사리병은 박살 나게 깨졌는데
흙 쌓인 구품연지엔 다시는 꽃이 없다.
토함산 산마루에 둥근 달 높이 떠서
흰 달빛 맑은 바람 흔흔히 젖어드니
석가여래 다보여래 경덕대왕 표훈대사 김대성 아사달
불국사 옛 주인네들 모두들 내려보네.
천상에서 탄식하며 우리보고 하는 말들
바람소리 새소리에 남김없이 실려온다.
"믿기는 뭘 믿었단 말이냐, 믿기는 뭘 믿었단 말이냐!"

나무(南無) 불국사
나무(南無) 불국사
나무(那無) 불국사

1997. 6. / 2011. 5.

* 향가와 옛 시인의 글이 셋 인용됐고, '나무(南無)'는 귀의한다는 뜻이며 '나무(那無)'는 '어찌 없을 것이냐'는 뜻이다. 내가 해본 소리다.

* 제임스 우드 시카고미술관 관장은 이후 로스앤젤레스 게티(Getty)재단 이사장으로 초빙되어 근무하던 중 2010년 4월 갑자기 세상을 떠났다.

영주 부석사와
북부 경북 순례

# 사무치는 마음으로 가고 또 가고
사과밭 진입로 / 무량수전 / 대석단 / 조사당 / 선묘각 / 부석

## 이미지와 오브제

미술품은 하나의 물체다. 그러나 우리는 그것을 물(物) 자체로 보는 것이 아니라 그 물체를 통해 나타나는 상(像)을 갖고 이야기한다. 유식하게 말해서 오브제(objet)가 아니라 이미지(image)로 대하는 것이다.

따라서 미술품에 대한 해설은 필연적으로 시각적 이미지를 언어로 전환시켜야 한다는 조건에서 시작된다. 이 때문에 예로부터 미술을 말하는 사람들은 어떻게 하면 그 이미지를 극명하게 부각할 수 있는가를 고민해왔다.

그런 중에 옛사람들이 곧잘 채택했던 방법의 하나는 시각적 이미지를 시적(詩的) 영상으로 대치해보는 것이었다. 오늘날에는 제아무리 뛰어난 문장가라도 엄두를 못 내는 이 방법을 조선시대에는 웬만한 선비라면 제

화시(題畵詩) 정도는 우리가 유행가 한가락 부르는 흥취로 해치웠다.

그렇게 함으로써 이미지는 선명하게 부각되고, 확대되고, 심화되어 침묵의 물체를 생동하는 영상으로 다가오게 하였다. 그것은 곧 보이는 것과 보이지 않는 것의 만남이며, 말하지 않는 것과의 대화인 것이다.

조선왕조 철종 때 영의정을 지낸 경산(經山) 정원용(鄭元容)은 비록 그 자신이 문장가이기는 했지만 글씨에 대하여 특별한 전문성을 갖고 있었던 것 같지도 않은데 네 사람의 명필을 논한 「논제필가(論諸筆家, 여러 서예가를 논함)」에서는 미술과 문학의 행복한 만남을 보여주고 있다.

한석봉(韓石峯)의 글씨는 여름비가 바야흐로 흠뻑 내리는데 늙은 농부가 소를 꾸짖으며 가는 듯하다.

서무수(徐懋修)의 글씨는 반쯤 갠 봄날 은일자가 채소밭을 가꾸는 듯하다.

윤백하(尹白下)의 글씨는 가을달이 창에 비치는데 근심에 서린 사람이 비단을 짜는 듯하다.

이원교(李圓嶠)의 글씨는 겨울눈이 쏟아져내리는데 사냥꾼이 말을 타고 치달리는 듯하다.

## 남한 땅의 5대 명찰

이런 옛글을 읽을 때면 나는 이미지의 고양과 풍성한 확대라는 것이 인간의 정서를 얼마나 풍요롭게 해주는가를 절감하게 된다. 이것은 꼭 문잣속 깊은 지식인층의 지적 유희만은 아닐 것이다. 정도의 차이는 있을지언정 일자무식의 민초에게도 마찬가지다. 나는 그 좋은 예를 하나 갖고 있다.

우리 어머니는 경기도 포천군 청산면 금동리 왕방산 서쪽 기슭 깊은 산골에서 태어나 소학교도 제대로 다니지 못했다. 열일곱 살 때 갑자기 정신대라는 '여자 공출'이 시작되자 부랴사랴 우리 아버지에게 시집오게 되었다. 내가 중학교 일학년 때 어머니는 나를 외가댁 가서 실컷 놀다 오라고 데리고 가면서 끔찍이도 험하고 높은 칠오리고개를 넘으면서 절절 매는 나를 달래기 위해 얘기를 하나 해주셨다.

외가댁 건너편 왕방마을에 양지바른 툇마루에 앉아 아이들을 모아놓고 재미있는 얘기를 하도 잘해서 '양달대포'라는 별명을 갖고 있는 아저씨가 있었는데, 우리 어머니가 갑자기 시집간다니까 시집가서 잘살게 되나 좀 봐준다면서 다섯 가지 그림 같은 정경을 말하고서는 순서대로 늘어놔보라고 했다는 것이다. 나는 지금 어느 것이 부자가 되고 어느 것이 가난하게 되는 것인지 그 서열을 다는 기억하지 못하지만 우리 어머넌 꼴찌서 둘째였는데 나는 첫째로 부자가 되는 것을 골라서 우리 모자는 함께 좋아하며 지루한 고개를 단숨에 넘어갔다. 이후 나는 한동안 이 문제를 동무들에게도 써먹었고 작문 시간에 슬쩍 도용도 하면서 그 이미지를 잊어버리지 않게 되었는데, 지금 그것을 다시 도용하여 남한 땅의 5대 명찰을 논하는 「논제명찰(論諸名刹)」을 읊어보련다.


춘삼월 양지바른 댓돌 위에서 서당개가 턱을 앞발에 묻고 한가로이 낮잠자는 듯한 절은 서산 개심사(開心寺)이다.

한여름 온 식구가 김매러 간 사이 대청에서 낮잠 자던 어린애가 잠이 깨어 엄마를 찾으려고 두리번거리는 듯한 절은 강진 무위사(無爲寺)이다.

늦가을 해 질 녘 할머니가 툇마루에 앉아 반가운 손님이 올 리도 없건만 산마루 넘어오는 장꾼들을 물끄러미 바라보고 있는 듯한 절은 부안 내소사(來蘇寺)이다.

| **산사의 여러 모습** | 우리나라 사찰은 주어진 자연환경에 따라 자연과 어울리는 방식이 다양하게 나타났다.
1. 내소사  2. 무위사  3. 개심사  4. 운문사

한겨울 폭설이 내린 산골 한 아낙네가 솔밭에서 바람이 부는 대로 굴러가는 솔방울을 줍고 있는 듯한 절은 청도 운문사(雲門寺)이다.

몇 날 며칠을 두고 비만 내리는 지루한 장마 끝에 홀연히 먹구름이 가시면서 밝은 햇살이 쨍쨍 내리쬐는 듯한 절은 영주 부석사(浮石寺)이다.

우리 어머니가 택한 것은 운문사 전경이었고 나는 부석사를 꼽았었다.

### 질서의 미덕과 정서적 해방의 기쁨

영주 부석사는 우리나라에서 가장 아름다운 절집이다. 그러나 아름답

다는 형용사로는 부석사의 장쾌함을 담아내지 못하며, 장쾌하다는 표현으로는 정연한 자태를 나타내지 못한다. 부석사는 오직 한마디, 위대한 건축이라고 부를 때만 그 온당한 가치를 받아낼 수 있다.

건축 잡지 『플러스』에서 1994년 2월에 건축가 2백여 명을 상대로 한 설문 조사를 발표한 적이 있는데, "가장 잘 지은 고건축"이라는 항목에서 압도적인 표를 얻어 당당 1위를 한 것이 부석사였다. 그 "가장 잘 지었다"는 말에는 건축적 사고가 풍부하고 건축적 짜임새가 충실하다는 뜻이 들어 있으리라. 그런 전문적 안목이 아니라 한낱 여행객, 답사객의 눈이라도 풍요로운 자연의 서정과 빈틈없는 인공의 질서를 실수 없이 읽어내고, 무량수전 안양루에 올라 멀어져가는 태백산맥을 바라보면 소스라치는 기쁨과 놀라운 감동을 온몸으로 느끼게 될 것이니, 부석사는 정녕 위대한 건축이요, 지루한 장마 끝에 활짝 갠 밝은 햇살 같을 뿐이다.

부석사의 가장 큰 자랑거리는 무량수전에 있다. 그것이 우리나라에서 가장 오래된 목조건축이라서가 아니며, 그것이 국보 제18호라서도 아니다.

부석사의 아름다움은 모든 길과 집과 자연이 이 무량수전을 위해 제자리에서 제 몫을 하고 있는 절묘한 구조와 장대한 스케일에 있는 것이다. 부석사를 창건한 의상대사가 「법성게(法性偈)」에서 말한바 "모든 것이 원만하게 조화하여 두 모습으로 나뉨이 없고, 하나가 곧 모두요 모두가 곧 하나 됨"이라는 원융(圓融)의 경지를 보여주는 가람배치가 부석사인 것이다. 그러니까 부석사는 곧 저 오묘하고 장엄한 화엄세계의 이미지를 건축이라는 시각 매체로 구현한 것이다. 이 또한 이미지와 이미지의 만남이며, 말하는 것과 말하지 않는 것의 대화일 것이다.

부석사는 백두대간(태백산맥)이 두 줄기로 나뉘어 각각 제 갈 길로 떠나가는 양백지간(兩白之間)에 자리잡고 있다. 태백산과 소백산 사이 봉황산(鳳凰山) 중턱이 된다. 이 자리가 지닌 지리적·풍수적 의미는 그것으로

| **무량수전** | 현존하는 최고(最古)의 목조건축으로 우리나라 팔작지붕집의 시원 양식이다. 늠름한 기품과 조용한 멋이 함께 살아있다.

암시되며, 옛날이나 지금이나 사람의 발길이 닿기 쉽지 않은 국토의 오지라는 사실에서 사상사적·역사적 의미도 간취된다.

부석사 아랫마을 북지리에서 이제 절집의 일주문을 들어가 천왕문, 요사채, 범종루, 안양루를 거쳐 무량수전에 이르고 여기서 다시 조사당과 응진전(應眞殿)까지 순례하는 길을 걷게 되면 순례자는 필연적으로 서로 성격을 달리하는 세 종류의 길을 걷게끔 되어 있다.

절 입구에서 일주문을 거쳐 천왕문에 이르는 돌 반, 흙 반의 비탈길은 자연과 인공의 행복한 조화로움을 보여준다.

천왕문에서 요사채를 거쳐 무량수전에 이르는 부석사의 본채는 정연한 돌축대와 돌계단이라는 인공의 길이다. 그것은 엄격한 체계와 가지런한 질서를 담고 있으며 그 정상에 무량수전이 모셔져 있다.

| **무량수전 내부** | 고려시대 불상을 중심으로 시원스럽게 뻗어올라간 기둥들이 무량수전의 외관 못지않은 내부의 아름다움을 보여준다.

   무량수전에 이르면 자연의 장대한 경관이 펼쳐진다. 남쪽으로 치달리는 소백산맥의 줄기가 한눈에 들어오며 그것은 곧 극락세계로 들어가는 서막을 보여주는 듯하다. 이제 우리는 상처받지 않은 위대한 자연으로 돌아온 것이다.

   무량수전에서 한 호흡 가다듬고 조사당, 응진전으로 오르는 길은 떡갈나무와 산죽이 싱그러운 흙길이다. 그것은 자연으로 돌아온 우리를 포근히 감싸주는 여운인 것이다.

   인공과 자연의 만남에서 인공의 세계로, 거기에서 다시 자연과 그 여운에로 이르는 부석사 순롓길은 장장 15리이건만 이 조화로움 덕분에 어느 순례자도 힘겨움 없이, 지루함 없이 오를 수 있게 된다.

   지금 나는 저 극락세계에 오르는 행복한 순롓길을 여러분과 함께 가고 있는 것이다.

## 비탈길의 미학과 사과나무의 조형성

부석사 매표소에서 표를 끊고 절집을 향하면 느릿한 경사면의 비탈길이 곧바로 일주문까지 닿아 있다. 길 양옆엔 은행나무 가로수, 가로수 건너편은 사과밭이다. 여기서 천왕문까지는 1킬로미터가 넘으니 결코 짧은 거리가 아니지만 급한 경사가 아닌지라 힘겨울 바가 없으며 일주문이 눈앞에 들어오니 거리를 가늠할 수 있기에 느긋한 걸음으로 사위를 살피며 마음의 가닥을 잡을 수 있다.

별스러운 수식이 있을 리 없는 이 부석사 진입로야말로 현대인에게 침묵의 충언과 준엄한 꾸짖음 그리고 포근한 애무의 손길을 던져주는 조선 땅 최고의 명상로라고 나는 생각하고 있다.

비탈길은 사람의 발길을 느긋하게 잡아놓는다. 제아무리 잰걸음의 성급한 현대인이라도 이 비탈길에 와서는 발목이 잡힌다. 사람은 걸어다닐 때 머릿속이 가장 맑다고 한다. 여러분 생각해보십시오. 직장에서 집까지, 학교에서 집까지 가는 한 시간 남짓한 시간에 머릿속에서 무엇을 했습니까? 돌아오는 길은 어떠했고요? 현대인은 최소 하루 두 시간 자기만의 명상 시간을 갖고 있는 셈인데 대부분은 그 시간을 지겨운 일상의 공백으로 소비해버리고 있다. 내용 없는 수다와 어지럽고 경박한 스포츠신문에, 아니면 멍한 상태에서 자기만의 시간을 낭비해버리는 것이다.

그러나 비탈길은 그런 경박과 멍청함을 용서하지 않는다. 아무리 완만해도 비탈인지라 하체는 긴장하고 있다. 꾹꾹 누르는 발걸음의 무게가 순례자의 마음속에 기여하는 바는 결코 적은 것이 아니다. 그래서 사람의 생각은 걷는 발 뒤꿈치에서 시작한다는 말도 있는 것이다.

만약 저 일주문이 없어 길의 끝이 어딘지 가늠치 못할 경우와 비교해보자. 루돌프 아른하임(Rudolf Arnheim)의 『미술과 시지각』(미진사 2000)

| **부석사로 오르는 은행나무 가로수길** | 적당한 경사면의 쾌적한 순롓길로 멀리 일주문이 있어 거리를 가늠케 한다.

이라는 책에는 공간에 반응하는 인간의 감성적 습성에 대한 아주 섬세한 분석이 들어 있는데, 그의 명제 중에는 '모든 물체는 공간을 창출한다'는 것이 있다. 한 폭 풍경화 속에 그려져 있는 길에 사람이 하나 들어 있느냐 않느냐의 차이가 그 명제에 정당성을 부여해주고 있다.

더욱이 일주문을 향한 우리의 발걸음은 움직이고 있다. 앞으로 나아갈수록 일주문은 선명하게 보이고 크게 보인다. 그것을 통해 움직이고 있는 자신의 위치를 명확히 감지할 수 있는 것이다.

부석사 진입로의 이 비탈길은 사철 중 늦가을이 가장 아름답다. 가로수 은행나무잎이 떨어져 샛노란 낙엽이 일주문 너머 저쪽까지 펼쳐질 때 그 길은 순례자를 맞이하는 부처님의 자비로운 배려라는 생각이 들기도 한다.

내가 늦가을 부석사를 좋아하는 이유는 은행잎 카펫길보다도 사과나

| **부석사 입구의 사과나무밭** | 사과나무의 굵은 가지에서는 역도 선수의 용틀임 같은 힘의 조형미가 느껴진다.

무밭 때문이었다. 나는 언제나 내 인생을 사과나무처럼 가꾸고 싶어한다. 어차피 나는 세한삼우(歲寒三友)의 송죽매(松竹梅)는 될 수가 없다. 그런 고고함, 그런 기품, 그런 청순함이 태어나면서부터 없었고 살아가면서 더 잃어버렸다. 그러나 사과나무는 될 수가 있을 것도 같다. 사람에 따라서는 사과나무를 사오월 꽃이 필 때가 좋다고 하고, 시월에 과실이 주렁주렁 열릴 때가 좋다고도 할 것이다. 그러나 나는 잎도 열매도 없는 마른 가지의 사과나무를 무한대로 사랑하고 그런 이미지의 인간이 되기를 동경한다.

사과나무의 줄기는 직선으로 뻗고 직선으로 올라간다. 그렇게 되도록 가지치기를 해야 사과가 잘 열린다. 한 줄기에 수십 개씩 달리는 열매의 하중을 견디려면 줄기는 굵고 곧지 않으면 안된다. 그리하여 모든 사과나무는 운동선수의 팔뚝처럼 굳세고 힘 있어 보인다. 곧게 뻗어오른 사과나무의 줄기와 가지를 보면 대지에 굳게 뿌리를 내린 채 하늘을 향해 역기를 드는 역도 선수의 용틀임을 느끼게 된다. 그러한 사과나무의 힘은 꽃이 필 때도 열매를 맺을 때도 아닌 마른 줄기의 늦가을이 제격이다.

내 사랑하는 사과나무의 생김새는 그것 자체가 위대한 조형성을 보여준다. 묵은 줄기는 은회색이고 새 가지는 자색을 띠는 색감은 유연한 느낌을 주지만 형체는 어느 모로 보아도 불균형을 이루면서 전체는 완벽한 힘의 미학을 견지하고 있다. 그 힘은 어디에서 나오는가? 뿌리에서 나온다. 나는 그 사실을 나중에 알고 나서 더욱더 사과나무를 동경하게 되었다.

"세상엔 느티나무 뽑을 장사는 있어도 사과나무 뽑을 장사는 없다."


## 9품 만다라의 가람배치

일주문을 지나 천왕문으로 오르는 길 중턱 왼편에는 이 절집의 당 (幢), 즉 깃발을 게양하던 당간의 버팀돌이 우뚝 서 있다. 높이 4.3미터의 이 훤칠한 당간지주는 우리나라에 있는 수많은 당간지주 중 가장 늘씬한 몸매의 세련미를 보여주는 명작 중의 명작이다. 강릉 굴산사터의 그것이 자연석의 느낌을 살린 헤비급 챔피언이라면, 익산 미륵사터의 그것이 옹골차면서도 유연한 미들급의 챔피언이 될 것이고, 부석사의 당간지주는 라이트급이라도 헤비급을 능가할 수 있는 멋과 힘의 고양이 있음을 보여준다. 아래쪽에서 위로 올라갈수록 약간씩 좁혀간 체감률, 끝마무리를 꽃잎처럼 공글린 섬세성, 몸체에 돋을새김의 띠를 설정하여 수직의 상승감을 유도한 조형적 계산. 그 모두가 석공의 공력이 극진하게 나타난 장인정신의 소산인 것이다. 바로 그 투철한 장인정신이 이 한 쌍의 돌 속에 서려 있기에 우리는 주저 없이 이와 같은 아름다움을 창출해낸 이름 모를 그분에게 감사와 경의를 표하게 된다.

비탈길이 끝나고 낮은 돌계단을 올라 천왕문에 이르면 여기부터가 부석사 경내로 된다. 사천왕이 지키고 있으니 이 안쪽은 도솔천이 되는 것이다. 여기에서 요사채를 거쳐 범종루, 안양루를 지나 무량수전에 다다르기까지 우리는 아홉 단의 석축 돌계단을 넘어야 한다. 그것은 곧 극락세계 9품(品) 만다라의 이미지를 건축적 구조로 구현한 것이다.

정토삼부경(淨土三部經)의 하나인 『관무량수경(觀無量壽經)』을 보면 극락세계에 이를 수 있는 16가지 방법이 설명되어 있는데 그중 마지막 세 방법은 3품3배관(三品三輩觀)으로 상품상생(上品上生)에서 중품중생(中品中生)을 거쳐 하품하생(下品下生)에 이르기까지 저마다의 행실과 공력으로 극락세계에 환생할 수 있다는 것이다. 그것이 곧 9품 만다라다.

부석사 경내의 돌축대가 세번째 단을 넓게 하여 차별을 둔 것은 9품을 또다시 상·중·하 3품으로 나눈 것이니 비탈을 깎아 평지로 고르면서 돌계단, 돌축대에도 이런 상징성을 부여할 수 있는 정성과 아이디어는 결코 가벼이 생각할 수는 없는 일이다.

더욱이 부석사의 돌축대들은 불국사처럼 지주가 있는 것도 아니고 해인사 경판고처럼 장대석을 사용한 것도 아니다. 제멋대로 생긴 크고 작은 자연석의 갖가지 형태들을 다치지 않고 자연스럽게 이를 맞추어 쌓은 것이다. 다시 말하여 낱낱의 개성을 죽이지 않으면서 무질서를 질서로 환원시킨 이 석축들은 자연스러운 아름다움이라기보다도 의상대사가 말한바 "하나가 곧 모두요 모두가 곧 하나 됨"을 입증하는 상징적 이미지까지 서려 있다. 불국사의 돌축대가 인공과 자연의 조화를 극명하게 보여준 최고의 명작이라면, 부석사 돌축대는 자연과 인공을 하나로 융화시킨 더 높은 원융의 경지라고 말할 수 있을 것이다.

천왕문에서 세 계단을 오른 넓은 마당은 3품3배의 하품단(下品壇) 끝

| **부석사 당간지주** | 곧게 뻗어오르면서 위쪽이 약간 좁아져
선의 긴장과 멋이 함께 살아난다.

이 되며 여기에는 요사채가 조용한 자태로 자리잡고 있다. 여기서 다시
세 계단을 오르는 중품단(中品壇)은 범종이 걸린 범종루(梵鐘樓)가 끝이
되며 양옆으로 강원(講院)인 응향각(凝香閣)과 취현암(醉玄菴)이 자리잡
고 있다. 이 두 건물은 일제시대와 1980년도의 보수공사 때 이쪽으로 옮
겨진 것이지만 부석사 가람배치의 구조를 거스르는 바는 없다.

범종루에서 다시 세 계단을 오르면 그것이 상품단(上品壇)이 되며 마
지막 계단은 안양루(安養樓) 누각 밑을 거쳐 무량수전 앞마당에 당도하
게 되어 있다. 마지막 돌계단을 오르면 우리는 아름다운 자태에 정교한
조각 솜씨를 보여주는 아담한 석등과 마주하게 된다. 이 석등의 구조와
조각은 국보 제17호로 지정된 명작 중의 명작이다. 아마도 우리나라에

| **무량수전 앞 석등** | 받침대에 상큼하게 올라앉은 이
석등엔 조각이 아주 정교하게 새겨져 있다.

현존하는 석등 중에서 가장 화려한 조각 솜씨를 자랑할 것이다. 섬세하고 화려하다는 감정은 단아한 기품과는 거리가 멀 수 있다. 그러나 이 석등의 조각은 완벽한 기법이라는 형식의 힘이 받쳐주고 있기 때문에 화려하면서도 단아하다. 마치 불국사 다보탑의 화려함이 석가탑의 단아함과 상충하지 않음과 같으니 아마도 저 아래 있는 당간지주를 깎은 석공의 솜씨이리라. 그리고 우리는 이제 부석사의 절정 무량수전과 마주하게 된다.

극락세계를 주재하는 아미타여래의 상주처인 무량수전 건물은 1016년, 고려 현종 7년, 원융국사가 부석사를 중창할 때 지은 집으로 창건 연대가 확인된 목조건축 중 가장 오랜 것이다. 정면 5칸에 측면 3칸 팔작지붕으로 주심포집인데 공포장치는 아주 간결하고 견실하게 짜여 있다. 그것은 수덕사 대웅전에서 보았던 필요미(必要美)의 극치다. 기둥에는 현저한 배흘림이 있어 규모에 비해 훤칠한 느낌을 주고 있는데 기둥머리 지름은 34센티미터, 기둥밑은 44센티미터, 가운데 배흘림 부분은 49센티미터이니 그 곡선의 탄력을 수치만으로도 짐작할 수 있을 것이다.

무량수전 건축의 아름다움은 외관보다도 내관에 더 잘 드러나 있다. 건물 안의 천장을 막지 않고 모든 부재들을 노출시킴으로써 기둥, 들보, 서까래 등의 얼키설키 엮임이 리듬을 연출하며 공간을 확대시켜주는 효과는 우리 목조건축의 큰 특징이다. 그래서 외관상으로는 별로 크지 않은 듯한 집도 내부로 들어서면 탁 트인 공간 속에 압도되는 스케일의 위용을 느끼게 되는 것이다. 무량수전은 특히나 예의 배흘림기둥들이 훤칠하게 뻗어 있어 눈맛이 사뭇 시원한데 결구 방식은 아주 간결하여 강약의 리듬이 한눈에 들어온다. 그래서 건축사가 신영훈 선생은 이런 표현을 쓴 적이 있다.

"길고 굵은 나무와 짧고 아기자기한 부재들이 중첩하면서 이루는 변화 있는 조화로운 구성에서 눈 밝은 사람들은 선율을 읽는다. 장(長)과 단(短)의 율동이 거기에 있다."

무량수전에 모셔져 있는 불상 또한 명품이다. 이 아미타불상은 흙으로 빚은 소조불(塑造佛)에 도금을 하였는데 전형적인 고려시대 불상으로 개성이 강하고 육체가 건장하게 표현되어 있다.

## 안양루에 올라

부석사의 절정인 무량수전은 그 건축의 아름다움보다도 무량수전이 내려다보고 있는 경관이 장관이다. 바로 이 장쾌한 경관이 한눈에 들어오기에 무량수전을 여기에 건립한 것이며, 앞마당 끝에 안양루를 세운 것도 이 경관을 바라보기 위함이다. 안양루에 오르면 발아래로는 부석사 당우들이 낮게 내려앉아 마치도 저마다 독경을 하고 있는 듯한 자세인데, 저 멀리 산은 멀어지면서 소백산맥 연봉들이 남쪽으로 치달리는 산세가 일망무제로 펼쳐진다. 이 웅대한 스케일, 소백산맥 전체를 무량수전의 앞마당인 것처럼 끌어안은 것이다. 이것은 현세에서 감지할 수 있

는 극락의 장엄인지도 모른다. 9품 계단의 정연한 질서를 관통하여 오른 때문일까. 안양루의 전망은 홀연히 심신 모두가 해방의 기쁨을 느끼게 한다. 지루한 장마 끝의 햇살인들 이처럼 밝고 맑을 수 있겠는가.

그러나 부석사를 안내하는 책자 어디를 보아도 이 장쾌한 경관의 사진을 실은 것은 없다. 고건축 도록을 보면 무량수전은 빠짐없이 들어 있으면서도 무량수전에서 내려다본 경관 사진 하나 들어 있는 것이 없다. 그렇게 하고도 부석사를 안내한 책이라고 하며, 고건축 도록이라고 이름 붙일 수 있겠는가. 이 답답한 작태를 효과적으로 치유할 수 있는 기발한 방법을 나는 강구해보고 있는 중이다. 지금까지 생각한 중에 가장 그럴듯한 것은 무량수전에서 내려다보는 경치를 '국보 제0호'로 지정해버리는 것이다. 그리고 문화재 안내판을 세우면 그제야 모든 도록에 게재될 것이 아닐까?

누차 말하건대 옛날사람들은 그렇지 않았다. 안양루에 걸려 있는 중수기(重修記)를 읽어보니 이렇게 적혀 있다.

몸을 바람난간에 의지하니 무한강산(無限江山)이 발아래 다투어 달리고, 눈을 들어 하늘을 우러르니 넓고 넓은 건곤(乾坤)이 가슴속으로 거두어들어오니 가람의 승경(勝景)이 이와 같음은 없더라.

천하의 방랑시인 김삿갓도 부석사 안양루에 올라서는 저 예리한 풍자와 호방한 기개가 한풀 꺾여 낮은 목소리의 자탄(自歎)만 하고 말았다.

| | |
|---|---|
| 평생에 여가 없어 이름난 곳 못 왔더니 | 平生未暇踏名區 |
| 백발이 다 된 오늘에야 안양루에 올랐구나 | 白首今登安養樓 |
| 그림 같은 강산은 동남으로 벌어 있고 | 江山似畵東南列 |
| 천지는 부평같이 밤낮으로 떠 있구나 | 天地如萍日夜浮 |
| 지나간 모든 일이 말 타고 달려오듯 | 風塵萬事忽忽馬 |
| 우주 간에 내 한 몸이 오리마냥 헤엄치네 | 宇宙一身泛泛鳧 |
| 인간 백 세에 몇 번이나 이런 경관 보겠는가 | 百年幾得看勝景 |
| 세월이 무정하네 나는 벌써 늙어 있네 | 歲月無情老丈夫 |

무량수전 앞 안양루에서 내려다보는 그 경관에 취해 시인은 저마다 시를 읊고 문사는 저마다 글을 지어 그 자취가 누대에 가득한데, 권력의 상좌에 있던 이들은 또 다른 기념 방식이 있었다. 그것은 현판 글씨를 써서 다는 일이다. 무량수전의 현판은 고려 공민왕이 홍건적 침입 때 안동으로 피란 온 적이 있는데 몇 달 뒤 귀경길에 들러 무량수전이라 휘호한

것을 새긴 것이라 하며, 안양루 앞에 걸린 부석사라는 현판은 1956년 이 승만 대통령이 이곳을 방문했을 때 쓴 것이다. 우리 같은 민초들은 일없 이 빈 바람을 가슴에 품으며 눈길은 산자락이 닿는 데까지 달리게 하여 벅찬 감동의 심호흡을 들이켤 뿐이건만 한 터럭 아쉬움도 남지 않는다.

### 부석과 선묘각

무량수전 좌우로는 이 위대한 절집의 창건설화를 간직한 부석(浮石) 과 선묘 아가씨의 사당인 선묘각(善妙閣)이 있다. 부석과 선묘에 대하여 는 민영규 선생이 일찍이 연구발표한 것이 있고 그 내용은 『한국의 인간 상』(신구문화사 1965) '의상'편에 자세하다.

부석사를 고려시대에는 선달사(善達寺)라고도 하였는데 선달이란 '선 돌'의 음역으로, 부석의 향음(鄕音)이란다. 거대한 자연 반석인 이 부석 을 이중환(李重煥, 1690~1752)은 『택리지(擇里志)』에서 1723년 가을 어느 날 답사했던 기록으로 이렇게 남겼다.

불전 뒤에 한 큰 바위가 가로질러 서 있고 그 위에 또 하나의 큰 돌이 내려덮여 있다. 언뜻 보아 위아래가 서로 이어붙은 것 같으나 자세히 살펴보면 두 돌 사이가 서로 붙어 있지 않고 약간의 틈이 있다. 노끈을 넣어보면 거침없이 드나들어 비로소 그것이 뜬 돌인 줄 알 수 있다. 절 은 이것으로써 이름을 얻었는데 그 이치는 전혀 이해할 수가 없다.

절만이 부석이 아니었다. 세상 사람들은 의상을 부석존자라고 부른다. 부석의 전설은 후대에 신비화시킨 것이 분명하지만 우리는 반드시 알고 지나가야 한다. 부석에 얽힌 선묘의 이야기는 송나라 찬녕이 지은 『송고 승전』에 나온다. 그것을 여기에 요약하여 옮겨본다.

| **선묘각** | 무량수전 뒤편에 산신각처럼 아주 소박하게 세워졌다.

　의상과 원효가 유학길에 올랐다가 원효는 깨친 바 있어 되돌아오고 의상은 당주(唐州, 지금의 남양·아산)에서 배를 타고 바다를 건너 등주(登州)에 닿았다. 의상은 한 신도 집에 머물렀는데 그 집의 선묘라는 딸이 의상에게 반했으나 의상의 마음을 일으킬 수 없자 "세세생생(世世生生)에 스님께 귀명(歸命)하여 스님이 필요로 하는 모든 것을 바치겠다"는 소원을 말했다.

　의상이 종남산의 지엄에게 화엄학을 배우고 돌아오는 길에 그 신도 집에 들러 사의를 표했다. 이때 선묘는 밖에 있다가 의상을 선창가에서 보았다는 말을 듣고는 의상에게 주려고 준비했던 옷과 집기들을 들고 나왔으나 의상의 배는 이미 떠났다. 선묘는 옷상자를 바다에 던지고 내 몸이 용이 되어 저 배를 무사히 귀국케 해달라며 바다에 몸을 던졌다.

| 일본의 국보 「화엄종조사회전」 중 의상과 선묘 부분 | 12세기 일본에서 의상과
원효의 일대기를 그린 장권(長卷)의 명화가 제작됐다는 사실 자체에서 각별한 뜻을
새기게 된다.

　귀국 후 의상은 산천을 섭렵하며 "고구려의 먼지나 백제의 바람이
미치지 못하고, 말이나 소도 접근할 수 없는 곳"을 찾아 여기야말로 법
륜의 수레바퀴를 굴릴 만한 곳이라고 생각했다. 그러나 사교(邪敎·權
宗異部, 잘못된 주장을 하는 종파)의 무리 500명이 자리잡고 있었다. 항상
의상을 따라다니던 선묘는 의상의 뜻을 알아채고 허공중에 사방 1리
나 되는 큰 바위가 되어 사교 무리들의 가람 위로 떨어질까말까 하는
모양으로 떠 있었다. 사교 무리들은 이에 놀라 사방으로 흩어지고 의
상은 이 절에 들어가 화엄경을 강의했다.

지금 부석사 왼쪽에는 조그마한 맞배지붕의 납도리집 한 채가 있어서 선묘의 초상화가 봉안되어 있고, 조사당 벽화 원본을 모셔놓은 보호각 뒤로는 철문이 닫혀 있는 옛 우물 자리가 있는데 이를 선묘정이라고 부른다.

### 선묘 아씨를 찾아서

1993년 2월, 나는 일본에 있는 한국문화재 조사를 위하여 한 달간 도쿄, 오사카, 나라의 박물관들을 둘러볼 기회가 있었다. 그때 나에게 이틀 간의 자유 시간이 있었다. 나는 일행과 헤어져 교토로 떠났다. 꼭 한번 만나고 싶었던 한 여인, 선묘 아가씨의 조각을 보기 위하여.

교토의 명찰 고잔지(高山寺)에는 많은 유물이 전해지고 있다. 그중 대표작은 일본 국보로 지정되어 있고, 일본 특유의 두루마리 그림인 에마키(繪卷)의 3대 걸작 중 하나인 「화엄종조사회전(華嚴宗祖師繪傳)」이 있다. 12세기 가마쿠라(鎌倉)시대 묘에(明惠, 1173~1233) 쇼닌(上人, 큰스님)이 제작케 한 것인데, 정식으로 이름을 붙이자면 의상전(傳)·원효전(傳)의 도해(圖解)이다.

묘에 쇼닌은 고잔지 아래에 젠묘니지(善妙尼寺)를 세우고 거기에 선묘상을 봉안했는데 그것이 있다는 소식만 들었을 뿐 우리에게 제대로 알려진 바가 없었다. 나는 그것을 보러 간 것이다.

교토박물관 관계자를 만나 나는 선묘니사(善妙尼寺젠묘니지)는 오래전에 폐사되었고 그 조각과 그림은 모두 교토박물관에 위탁되어 있다는 사실을 알게 되었다. 그래서 쉽게 모두 볼 수 있었지만 선묘니사터는 가지 못했다.

아담한 상자 안에 보관된 빼어난 솜씨의 선묘 목조상을 보는 순간 나는 그 예술적 아름다움보다도 그녀의 마음씨에 감사하고 대한민국 국민

| **선묘 조각상** | 12세기 일본에서 선묘 아씨를 기려 만든 아름다
운 조각상이 지금도 전해지고 있다.

모두를 대신해서 사과드리는 합장의 예를 올렸다.

　묘에 쇼닌이 선묘니사를 세우고 조각을 만든 것은 당시 내전으로 생
긴 전쟁 미망인들을 위해서 그들이 불교에 공헌할 수 있는 한 범본으로
선묘를 기리게 했다는 것이다. 12세기 일본인은 의상과 원효의 일대기
를 그림과 행장으로 쓰고 그려 장장 80미터의 장축 6권으로 만들며, 선
묘의 조각을 만들고 선묘니사를 세웠다. 그러나 우리나라에는 역대로
그런 일이 없었다. 부석사에 뒷간보다도 작게 지은 선묘각도 그 나이는

100년도 안 된다.

선묘는 중국 아가씨였다. 선창가 홍등의 여인이었는지도 모른다. 그 아가씨가 의상을 위해 자기희생을 한 것만은 기록으로 분명하다. 그렇다면 우리는 당연히 그런 희생을 높이 기려야 한다.

우리나라 사람은 애국심, 애향심이 남달리 강하다. 그것은 아름다운 면이지만 그로 인하여 외국과 이민족에 대하여는 대단히 배타적이라는 큰 결함도 갖고 있다. 심하게 말하여 지독스러운 폐쇄성을 갖고 있다고 비난받을 만도 하다. 우리는 우리나라에 소수민족 문제가 없다고 생각한다. 그러나 천만의 말씀이다. 중국 화교들을 보라. 그들의 정당한 상권(商權)을 제한하고, 그들이 마련한 서울 명동의 터전을 빼앗고, 그들은 영원히 짜장면 장사만 하게 만들었다. 만약 일본과 미국에서 우리 교포가 그렇게 당하며 살고 있다고 했을 때 우리는 어떤 반응을 보였을까를 생각해본다.

선묘는 한국인인 의상을 위해 희생한 중국인이었다. 그럼에도 그분의 상을 만들어 그 희생의 뜻이 역사 속에 살아남게 한 것은 800년 전 일본인이었다. 나는 그 점을 사과드리고 싶었던 것이다.


## 조사당과 답사의 여운

이제 우리는 이 위대한 절집의 창건주 의상대사를 모신 조사당(祖師堂)으로 오를 차례다. 무량수전에서 조사당을 향하면 언덕 위의 삼층석탑을 지나게 된다.

삼층석탑이 이 위쪽에 있다는 위치 설정에는 알 만한 순례객들은 모두 아리송해한다. 아마도 무량수전의 아미타여래상은 남향이 아닌 동향을 하고 있으니 지금 부처님이 바라보고 있는 방향과 같다는 사실로써 그 실마리를 찾을 수 있을 법도 한데, 그것은 내 전공이 아닌지라 그 이상은 나도 모른다고 할 수밖에 없다.

삼층석탑 옆쪽으로 나 있는 오솔길은 부드러운 흙길이다. 돌비탈길, 돌계단길로 무량수전에 오른 순례자들이 오랜만에 밟게 되는 자연 그대로의 길이다. 그래서 나는 이것에 자연으로 돌아온 여운이라는 표현을 썼던 것이다.

오솔길 양옆으로는 언제나 산죽이 푸르름을 자랑하고 고목이 된 떡갈나무, 단풍나무들이 오색으로 물들 때면 자연은 그저 아름다운 것이 아니라 정겹게 다가온다. 오솔길의 끝은 조사당이다. 이 건물 또한 고려시대의 건축물로 단칸 맞배지붕 주심포집의 단아한 아름다움을 모범적으로 보여준다. 처마의 서까래가 길게 내려뻗어 지붕의 무게가 조금은 부담스럽다. 그러나 그로 인하여 이 집은 작은 집이지만 조금도 왜소해 보이질 않는다. 특히 취현암터의 비석이 있는 쪽에서 측면을 바라보는 눈맛은 여간 즐거운 비례감이 아니다. 밑에서 처마를 올려다보면 공포 구성의 간결한 필요미에 쏠려 얼른 시선을 떼지 못한다.

그러나 조사당 안을 들여다보면 그 순간 밖으로 나오고 싶어진다. 내벽에 20세기 특유의 번쩍거리는 채색으로 생경한 모습의 제석천, 범천, 사천왕이 그려져 있다. 딴에는 잘 그린다고 한 것인데 이 시대의 역량은 그것밖에 안 된다. 부석사의 스님들은 대대로 친절했다. 보호각을 열고 일제시대에 떼어놓은 옛 벽화를 보여달라면 언제고 응해주었다. 여러분도 나중에 요사채에 들러 부탁해보고 그 벽화와 이 벽화를 비교해보시라. 조사당이 나를 슬프게 하는 것은 어느 구석에고 있어야만 할 선묘 아가씨가 없음이다. 요새만 없는 것이 아니라 그 옛날부터 없었다.

조사당을 순례하면 여러분과 나를 슬프게 하는 또 하나의 20세기 구조물을 만난다. 그것은 조사당 정면 반쪽을 닭장 치듯 철조망으로 둘러

| **조사당 측면** | 조사당 건물은 고려시대 맞배지붕의 단아한 아름다움의 표본이다.

친 것이다. 내력인즉, 의상대사가 꽂은 지팡이에서 잎이 나오며 자랐다는 골담초를 보호하기 위함이란다. 이 골담초는 선비화(禪扉花)라는 것으로 그늘에서 저절로 자란 것이겠지만 그것을 의상대사의 전설로 끌어붙인 것이다. 그 잎을 달여먹으면 아기를 갖는다고 한 것이나, 그 수난을 막겠다고 닭장을 친 것이나 모두 같은 과(科)에 속하는 무리들의 작태일 뿐이다. 이 조사당 건물의 난데없는 수난 때문에 우리는 건물의 정면을 제대로 음미할 수 없는 피해만 보게 되었다.

조사당 건너편, 무량수전 위쪽에는 나한상을 모신 단하각(丹霞閣)과 응진전이 있고 자인당(慈忍堂)에는 부석사 동쪽 5리 밖에 있던 동방사(東方寺)라는 폐사지에서 옮겨온 석불 2기가 모셔져 있는데, 그 모두가 당당한 일세의 석불들이다. 부석사 본편의 여운으로 삼기에 미안할 정도의 미술사적 근수를 갖고 있다. 그래서 나는 이곳을 부석사 순롓길에서

| **부석사 조사당 벽화** | 부석사 조사당에는 제석천, 범천, 사천왕을 그린 고려시대 벽화가 남아 있었다. 지금은 벽면
전체를 그대로 떼어 유리 상자에 담아 무량수전에 보관하고 있다.

뺀 적이 없다.

부석사 답사에서는 보호각 쪽 언덕 너머로 외롭게 서 있는 고려시대 원융(圓融)국사의 비를 보는 것도 답사 끝의 작은 후식(後食)은 된다. 지금 우리가 끝없는 예찬을 보내는 부석사의 아름다움은 1980년의 보수공사 때 문화재위원들이 내린 아주 현명하고 위대한 판단 덕분이었다. 그당시 보수공사 보고서를 보면 한결같이 부석사의 구조를 조금도 건드리지 않는 범위에서만 해야 한다는 의견이었고 그렇게 시행되었다. 문자그대로 고색창연한 절을 유지하게끔 한 것이다.

이제 우리는 오솔길의 산죽을 헤치며 흙길을 돌고 돌아 다시 무량수전 앞마당으로 내려간다. 답사를 마치고 돌아가려니 무한강산의 부석사 정원이 다시 보고 싶어진다. 부석사의 경관은 아침보다도 저녁이 아름답다. 석양이 동남쪽의 소백산맥의 준령들을 비출 때 그 겹겹의 능선이 살아 움직이니 아침 햇살의 역광과는 비교할 수 없는 차이를 보여준다. 그래서 나는 모든 절집의 답사는 새벽을 취하면서 부석사만은 석양을 택한다. 이것으로 여러분과 순롓길에 오른 나의 부석사 안내는 끝난다.

그렇다고 내가 부석사를 낱낱이 다 소개한 것은 아니다. 요사채 안쪽에는 『신증동국여지승람』에서 가뭄에 기도드리면 감응이 있다는 식사용정(食沙龍井)이 있고, 승당 자리에 있는 석조(石槽)와 맷돌 또한 아무데서나 볼 수 있는 것이 아니다. 그리고 나의 부석사 이야기가 여기서 끝나는 것도 아니다.


## 부석사의 수수께끼

부석사에는 나로서는 풀 수 없는 수수께끼가 둘 있다. 하나는 석룡(石龍)이다. 절 스님들이 대대로 전하기로 무량수전 아미타여래상 대좌 아래는 용의 머리가 받치고 그 몸체는 ㄹ자로 꿈틀거리며 법당 앞 석등까지 뻗친 석룡이 있다는 것이다. 이것은 사찰 자산대장에도 나와 있고 일제시대에 보수할 때 법당 앞마당을 파면서 용의 비늘 같은 조각까지 확인했다는 것이다. 그때 용의 허리 부분이 절단된 것을 확인하여 일본인 기술자에게 보수를 요구했으나 그는 완강히 거부했다는 것이다. 나는 이 이야기의 진실성을 의심치 않는다. 다만 그것이 선묘화룡의 전설과 연결되는 것인지 지맥에 의한 건물 배치의 뜻이 과장된 것인지, 그것은 모르겠다.

두번째 의문은 이 큰 절집에 상주하는 스님이 1991년에는 겨우 두 분이었다는 사실이다. 그때는 주지와 총무뿐이었고 간혹 객승들이 기도드리러 올 뿐이었다. 지금(1994년 집필 당시)도 많아 보았자 서너 분 아닐까 싶다―이 위대한 절, 이 아름다운 절, 소백산맥 전체를 정원으로 안고 있는 이 방대한 절에.

나는 이 사실이 혹시 의상 이후 부석사에서 큰스님이 나오지 않았다는 점과 연관 있지 않을까 생각해본다. 하대신라의 대표적인 큰스님인 봉암사의 지증대사, 태안사의 혜철스님, 성주사의 무염화상 등은 모두가 부석사 출신으로 나중에 구산선문의 개창주가 된 스님들이다. 그러나 그들은 부석사에서 공부하고 떠났지 머물지는 않았다. 결국 부석사는 일시의 수도처는 될망정 상주처로는 적당치 않다는 셈이다.

하기야 이렇게 호방한 기상의 주거 공간 속에서는 깊고 그윽한 진리의 탐색이 거추장스럽고 쩨쩨하게 느껴질지도 모를 일이다. 집이란 언제나 거기에 알맞은 사용자가 있는 법이니 의상 같은 스케일이 아니고서는 감당키 어려웠을 것이다. 그 대신 큰스님들은 간간이 이곳을 거쳐가며 호방한 기상을 담아갔던 것은 아닐까. 이 점은 금강산의 사찰도 마찬가지다. 절집도 사람 집과 마찬가지로 살기 편한 집과 놀러 간 사람이 편한 집은 다른가보다.


## 최순우의 무량수전

부석사에 대한 나의 이야기는 여기서 끝맺을 수도 있다. 그러나 내게는 개인사적으로 잊을 수 없는 또 하나의 이야기가 남아 있다.

1992년 7월 15일 오후 6시, 국립중앙박물관 중앙홀에서는 『최순우(崔淳雨) 전집』(전 5권) 출간기념회가 열렸다. 도서출판 학고재가 제작비 전액을 부담해준 미담이 남아 있는 이 전집의 출간은 당시 학예연구실장인 소불 정양모 선생이 맡으셨고 편집 전체는 내게 떨어진 일이었다. 행사가 시작되기 바로 직전에 소불 선생이 급히 나에게 달려와 하시는 말씀이 "식순에 선생의 글 하나를 낭독하여 고인의 정을 새기는 것이 좋겠으니 자네는 편집책임자로서 아무거나 하나 골라 읽게" 하시는 것이었다. 나는 거침없이 "그러죠"라고 대답했다. 그러자 소불 선생은 너무도 쉽게 대답하는 나에게 "무얼 읽을 건가?"라며 되물었다. 나는 또 거침없이 "그야 무량수전이죠"라고 대답했다.

나는 항시 부석사의 아름다움은 고 최순우 관장의 「무량수전」 한 편으로 족하다고 생각해왔다. 혹자는 이 글을 일러 너무 감상적이라고, 혹자는 아카데믹하지 못하다고 한다. 그럴 때면 나는 감상적이면 뭐가 나쁘고 아카데믹하지 못하면 뭐가 부족하다는 것이냐고 되받아쳤다. 나는 그날 낭랑한 나의 목소리를 버리고 스산하게 해지는 목소리에 여운을 넣어가며 부석사 비탈길을 오르듯 느긋하게 읽어갔다. 박물관 인생이라는 외길을 걸으며 우리에게 한국미의 파수꾼 역할을 했던 고인의 공력을 추모하면서.

소백산 기슭 부석사의 한낮, 스님도 마을 사람도 인기척도 끊어진 마당에는 오색 낙엽이 그림처럼 깔려 초겨울 안개비에 촉촉이 젖고 있다. 무량수전, 안양루, 조사당, 응향각들이 마치도 그리움에 지친 듯 해쓱한 얼굴로 나를 반기고, 호젓하고도 스산스러운 희한한 아름다움은 말로 표현하기가 어렵다. 나는 무량수전 배흘림기둥에 기대 서서 사무치는 고마움으로 이 아름다움의 뜻을 몇 번이고 자문자답했다.

(…) 눈길이 가는 데까지 그림보다 더 곱게 겹쳐진 능선들이 모두 이 무량수전을 향해 마련된 듯싶어진다. 이 대자연 속에 이렇게 아늑하고도 눈맛이 시원한 시야를 터줄 줄 아는 한국인, 높지도 얕지도 않은 이 자리를 점지해서 자연의 아름다움을 한층 그윽하게 빛내주고 부처님의 믿음을 더욱 숭엄한 아름다움으로 이끌어줄 수 있었던 뛰어난 안목의 소유자, 그 한국인, 지금 우리의 머릿속에 빙빙 도는 그 큰 이름은 부석사의 창건주 의상대사이다.

나는 이 글을 통해 '사무치는'이라는 단어의 참맛을 배웠다. 그렇다! 내가 해마다 거르는 일 없이 부석사를 가고 또 간 것은 사무치는 마음이 있었기 때문이다.

1994. 7. / 2011. 5.

---

* 부석사 무량수전의 석룡(石龍)에 대해 보완하여 말해둔다. 이 석룡은 민영규 선생이 『한국의 인간상』(신구문화사 1965)에서 '의상'편을 집필하면서 처음 얘기한 것이다. 그 전문을 옮기면 다음과 같다. "석룡에 관한 노주지의 설명인즉 법당 밑 땅속에 묻힌 석물을 가리킨다고 한다. 무량수전의 미타불 대좌 밑에서 그 머리가 시작되어 S자형으로 몸체를 꿈틀거리며 법당 앞뜰의 석등 밑에서 꼬리가 끝나기까지 십몇 간(間) 길이의 용형(龍形)을 조각한 석물이 땅속 깊이 묻혀 있다는 이야기는 사찰자산대장(寺刹資産臺帳)에도 석룡이란 이름이 적혀 있음으로 보아 전승의 유래가 오랜 것임을 알 만하다. 이때부터 삼십몇 년 전 경내의 몇

몇 건물과 축대가 크게 개수되고 법당 앞뜰도 상당한 깊이로 개굴(開掘)되었을 때 거대한 석물의 일부가 땅속 깊이 드러나 보였는데, 용의 비늘인 듯한 조각의 세부로 역력히 알아볼 수 있었다는 노주지의 주석이었다."

그런데 이 용의 몸체가 여러 동강으로 잘려 있다는 것이다. 이것을 민영규 선생은 글 끝에 다음과 같이 적어놓았다. "나는 노주지로부터 석룡에 관한 이야기를 좀 더 알아보려고 노력하였다. 그러나 결과는 기대와 달랐다. 임란 때 원군 온 명장 이여송(李如松)이 팔도강산을 두루 돌아다니면서 명산이 있으면 단맥(斷脈)하는 것이 일이었었는데, 이 태백산에 와서는 석룡의 허리를 잘라놓고 갔다는 것이다. 노주지의 설명은 또 이렇게 덧붙여졌다. 삼십몇 년 전 일본인 기술자가 와서 이 절에 크게 개수공사를 할 때, 무량수전 앞뜰의 개굴에서 석룡의 절단된 허리 부분이 노출되었었다. 주위 인사들이 이 기회에 절단된 부분의 보수를 희망했으나, 일본인 기술자는 이를 완강히 거부하였다. 마치 옛날 명장이 그러했던 것처럼, 단맥된 산세의 복구가 이 땅에 영웅의 생신을 가져올까 못내 두려워했기 때문이라는 것이었다."

이 사실에 대하여는 나도 부석사 스님으로부터 들은 바 있는데, 건축사가인 김동현 선생은 직접 절단된 부분을 확인하였다고 1996년 문화재관리국이 주최한 '일제의 문화재정책 평가 세미나'에서 증언한 바 있다. 김동현 선생은 이 단맥을 일인들의 소행으로 보았다.

* 부석사 조사당 벽화는 그대로 떼어 유리 상자에 담아 지금은 무량수전에 보관하고 있다.

# '니껴'형 전탑의 고장을 아시나요

탑리 오층석탑 / 빙산사터 / 소호헌 / 조탑동 전탑 / 동부동 전탑 /
법흥동 전탑 / 임청각 군자정

## 영남답사 일번지 ─ 북부 경북

내가 답사기 첫째 권에서 남도답사 일번지로 강진과 해남을 꼽은 것
을 보고서 "그렇다면 영남답사 일번지는 어디가 되겠느냐"는 질문을 곧
잘 해온다. 그럴 때면 나는 어김없이 그리고 지체 없이 안동을 중심으로
한 북부 경북이라고 대답한다. 그런 질문은 대개 재미 삼아 사견을 물은
것이니 무슨 객관적 근거까지 제시할 필요는 없지만 나는 이내 영남답
사 일번지는 남도답사 일번지와 여러 면에서 다른 점을 서슴없이 늘어
놓곤 했다.

낙동강 반변천(半邊川)의 푸른 물줄기를 따라 안동, 영양, 봉화 땅을
누비면서 북부 경북 지역을 순례하자면 낮은 언덕을 등지고 기품있게
자리잡은 반촌(班村)이 처처에 보인다. 퇴색한 고가(古家)와 재실(齋室),

운치 있는 누정(樓亭)과 늠름한 서원(書院)들이 펼쳐 보이는 이 유서 깊은 옛 고을의 풍광은 조선시대 한 정경을 연상케 하는 명실공히 양반 문화의 보고로, 달리는 차창 밖으로 그것을 하염없이 바라보는 것만으로도 훌륭한 답사가 된다.

안동 문화권에는 독특한 불교문화 유적도 남아 있다. 통일신라시대에는 삼층석탑이 전국적으로 유행하였지만 이 지역만은 전탑 양식을 고수하는 독자적인 모습을 보여주었고, 우리나라에서 가장 오래된 목조건물로 첫째 둘째를 다투는 봉정사 극락전과 부석사 무량수전이 모두 여기에 건재하고 있으니 불교문화의 뿌리와 전통이 얼마나 깊은가 알 수 있다.

뿐만 아니라 하회탈춤을 비롯하여 차전놀이, 놋다리밟기 같은 민속문화도 여느 지역이 견주기 힘들 정도로 잘 전승되어왔다. 서원마다 때맞추어 지내는 향사(享祀)와 내력 있는 종갓집에서 거하게 치르는 불천위(不遷位)제사는 안동 문화권이 아니면 볼 수 없는 무형의 문화유산이다. 이와 같이 안동 문화권에 유교·불교·민속 등 전통적 삶의 형식이 모두 잘 보존되어왔다는 것은 거의 기적에 가까운 일이다.

1996년 봄, 살아 있는 금세기 최고의 지성이라 할 위르겐 하버마스(Jürgen Habermas)가 우리나라에 와서 보름 동안 전국을 돌며 여러 차례 강연과 토론회를 가졌다. 나는 하버마스에 대해서는 그가 프랑크푸르트학파의 한 적자(嫡子)로서 동구식 좌파가 아니라 서구식 좌파 이론가로 '의사소통 이론'에 탁월한 견해를 갖고 있다는 정도로만 알고 있고 또 그 이상의 관심은 없다. 그가 한국의 통일 전망에 대하여 강연한 요지를 보면서 "북한 인구 2,500만 명이라는 것은 남한이 흡수 통일하기에는 너무 벅찬 수치이다"라는 등 그의 사려 깊은 식견에 경의를 표하기는 했지만 "한국의 미래를 굳이 동구나 서구의 모델에서 해답을 찾지 말라"는 그의 충고대로 그가 한 일과 우리가 할 일이 다르다고 생각하면서 그에 대한 지나친 기대와 대접과 보도에 다소는 거부감도 없지 않았다. 그런데 우연히 기차 안에서 남이 버리고 간 한 시사 주간지에서 하버마스의 이한(離韓) 인터뷰 기사를 읽고 큰 감명을 받았다. 그는 확실히 놀라운 안목을 가진 세계적인 석학이었다.

한국 사회에는 불교가 갖고 있는 도덕적 순수성과 유교가 지닌 공동체 지향적 윤리의 전통이 있습니다. 이것을 결합시킨다면 한국 사회는 새로운 문화적 정체성을 확보할 수 있을 것 같습니다. 그런데 한국 학자들은 왜 이런 것에 대해 좀 더 깊이 있고 진지한 연구 작업을 진행하지 않고 (하버마스를 연구하고) 있는지 모르겠습니다.

이 인터뷰에 참석한 국민대 최종욱(崔鍾旭) 교수(2001년 타계)가 우리는 "하버마스의 한국이 아니라 한국의 하버마스가 필요한 것"이라고 뼈 있는 논평을 쓴 것을 읽은 것은 뒤의 일이었는데, 그때 내 머릿속에 전통의 원형질을 지켜준 문화유산의 보고로 가장 먼저 떠오른 곳은 안동이었다.

'약무호남(若無湖南) 무시조선(無是朝鮮)'이라는 말이 있다. '호남이 없으면 그것은 조선이 아니다'라는 뜻인데 그것은 남도의 풍부한 물산과 따스한 인정, 멋진 풍류를 두고 하는 말인 줄로 안다. 그와 마찬가지로 지금 우리가 '약무안동(若無安東) 무시조선'이라는 명제를 내걸고 '안동이 없다면 그것은 조선이 아니다'라고 말할 수도 있을 것이니 그때는 무엇보다도 정신과 도덕을 두고 하는 말임에 모두가 동의하게 될 것이다.

내가 남도답사 일번지에서 느낀 귀한 감정이란 따뜻한 고향의 품, 외갓집을 찾는 편안함, 정겨운 이웃과 함께하는 친숙함이었다. 이에 반하여 영남답사 일번지라 칭할 북부 경북의 안동 문화권에서는 어느 지역에서도 찾아볼 수 없는 지적인 엄숙성, 전통의 저력, 공동체적 삶의 힘

같은 것을 절절히 느끼게 되니, 그곳에 갈 때면 나를 정신적으로 성숙시켜준 모교를 찾아가는 그리움 같은 것이 느껴진다. 그래서 남도답사 일번지는 화려한 원색의 향연을 벌이는 화창한 남도의 봄과 어울릴 때 제격이었듯이, 영남답사 일번지는 처연한 만추의 안동을 찾았을 때 더욱 깊은 감회를 새기게 된다.

## '능교'형과 '니껴'형의 차이

지금 내가 안동 문화권을 답사하면서 그 제목에 '북부 경북'이라는 표현을 쓰고 있는 것은 단순한 지역 구분이 아니다. 이 고장 사람들에게 북부란 거의 고유명사화되어 안동에서 발행하는 지방신문의 이름이 '북부신문'일 정도로 일반화된 표현이다.

북부 경북은 여타의 경북 지역과 비슷하면서도 또 다른 독특한 문화권을 형성하고 있다. 그래서 북부 경북 답사는 서울 사람들과 가는 것보다 대구 사람들과 가는 것이 훨씬 재미있다. 미묘한 차이의 대표적인 예는 말씨다. 언젠가 나는 『영남일보』에서 「능교형과 니껴형의 지역분포」라는 아주 재미있는 학술 기사를 읽은 적이 있다.

나는 처음엔 이 괴이한 언어를 알아차리지 못했는데 기사를 읽어보니 '했능교?'와 '했니껴?'라는 어미의 차이로 경상도 방언의 지역 구분을 시도한 국어학자들의 논의를 소개한 글이었다. 능교형의 대표 지역은 대구이고 니껴형은 안동을 비롯한 예천, 의성, 영양, 봉화, 영주 등이다. 같은 북쪽이라도 문경, 점촌, 상주는 또 달라서 북부가 아니라 서부로 분류하여 선산, 구미, 김천 등과 함께 '사요'형으로 구분되고 있으니 옛날에는 이 지역을 낙동강 서쪽이라고 해서 낙서(洛西) 지방이라고 불렀던 것이다. 그리고 어미뿐만 아니라 이른바 성조(聲調)라고 하는 말의 높낮이와 길이에도 차이가 있어서 '학교 안 가나'에서 능교형의 대구에서는 '안'에 악센트가 있지만 니껴형의 안동에서는 '가'에 악센트가 있다. 이른바 고 평평(高平平)과 평고평(平高平)의 차이다.

대구 예술마당 솔의 답사반은 초급과 고급 두 반이 있는데 초급반은 뗀석기반, 고급반은 간석기반이라고 부른다. 재작년 간석기반 답사를 인솔할 때 나는 이 능교형의 대구 사람들에게 니껴형의 안동 문화를 해설하면서 평소 나의 지론대로 지방 문화를 지키는 최소한의 몸짓으로 지방 방송국 아나운서들이 그 지방 말씨를 사용해야 한다는 주장을 폈다. 능교형과 니껴형을 사용하자는 것이 아니라 표준말을 사용하되 서울 말씨와 다른 그 지방 고유의 억양을 살려서 지역적 자긍심과 향토애를 키워야 한다는 얘기였다. 그러나 나의 이 주장에 대하여 간석기반 회원들은 이상하게도 동의하지 않고 반신반의하는 것 같았다. 나는 약간은 당황스러워 할 말을 잊고 잠시 머뭇거리는데 황금동에 사는 한 회원이 강하게 반론을 제기했다.

"택도 없심더! 우리가 들어도 씨끄러버예!"

이 능교형의 정직성을 '서울공화국' 사람들은 다는 모를 것이다. 저 담대하고 확실함이 간혹은 무례하고 무뚝뚝하고 멋없어 보인다는 오해를 낳기도 하지만 경상도 반찬 중 저래기(겉절이)의 싱싱하면서 매운 듯 달콤한 그 매력은 겪어본 사람만이 안다.

아닌 게 아니라 경상도 말씨는 거세고 시끄럽다. 이것이 남쪽으로, 또 바닷가로 갈수록 심해서 악센트는 강하게 앞쪽으로 쏠려, 아주머니를 부를 때 '아지매'라고 하면서 '아'를 짧고 강하게 부른다든지, 말끝마다 '씨껍했다' '니 지기삔다' 같은 강한 말을 붙이는 걸 들으면 기겁을 할 정도고 오죽하면 부산 자갈치시장 같다는 말이 나왔겠나 이해할 만하다.

그러나 북부 경북의 니껴형 말씨는 그렇지 않다. 단어 또는 문장상에서 악센트를 뒤쪽으로 주므로 힘도 있고 설득력도 있다. 고평평의 능교형, 평평평의 서울말과 달리 평고평의 니껴형에는 무엇보다도 리듬감과 여운이 있다. 우리가 간혹 경상도 말인데 정말 듣기 좋다고 느끼는 경우는 모두 북부 경북 사람 말씨다. 이를테면 KBS 제1FM '즐거운 한마당'에서 한동안 최종민 교수(안동)가 보여준 친숙함, MBC 라디오 칼럼에서 홍사덕 의원(순흥)이 보여준 명쾌함, 역사학자 조동걸(趙東杰) 교수(영양)·문학평론가 임헌영(任軒永) 선생(의성)의 강의를 들으면 느끼는 당당함, 김도현 전 문화체육부 차관(안동)의 말씨에 서린 넉넉함 등이 모두가 니껴형 말씨의 고운 모습이다. 언젠가 영양에서 길을 묻는데 "그리 가믄 머얼데이"라고 말한 아저씨의 평고평의 여운 있는 말씨가 답사에서 돌아오도록 내내 내 귓가에 기쁘게 남아 있었다.


## 신라탑의 출발점, 탑리 오층석탑

요즘 대구에서 북부 경북 순롓길을 떠난다면 새로 개통된 중앙고속도로를 이용하여 남안동인터체인지로 들어가 조탑동 오층전탑을 첫 기착지로 삼거나 서안동인터체인지까지 가서 봉정사나 하회로 곧장 들어가는 코스를 취하는 것이 정석일 것이다. 그러나 답사는 역시 옛길로 갈수록 깊은 맛을 느끼게 된다. 여행이란 되돌아갈 것을 잊고 떠날 때 제맛이듯이 답사는 들를 곳마다 다 들르며 느긋이 다닐 때 정서적으로 부자가 된 기분이다. 그래서 북부 경북 순례의 첫 기착지는 아무래도 탑리 오층석탑이 제격이다. 의성군 금성면 탑리 중심부에 자리잡고 있는 이 오층석탑은 우리나라 석탑의 역사에서 빼놓을 수 없는 확고한 위치를 차지

한다. 우현 고유섭 선생은 우리나라 석탑의 시원 양식은 익산 미륵사탑, 부여 정림사탑 이외엔 탑리 오층석탑밖에 없음을 지적하면서 이 탑의 중요성을 강조했는데, 김원용 선생은 이를 다음과 같이 간명하게 정리하여 설명했다.

> 7세기 전반기에 분황사의 모전석탑을 만들어낸 신라는 7세기 중엽에 와서 백제인들이 먼저 시작한 것처럼 화강석을 써서 목탑·전탑 혼합식이라 할 수 있는 신라 석탑의 초기 형식을 구현하는 데 성공하였다. 경북 의성군 금성면 탑리 소재 오층석탑은 (…) 기단의 형식, 몸돌, 지붕돌의 형식 등이 소위 신라 석탑 형식에로의 방향과 청사진을 만들어놓아 (…) 모든 신라 석탑의 출발점이 되고 있다.(김원용·안휘준 『신판 한국미술사』, 서울대학교출판부 1993)

탑리 오층석탑은 그런 기념비적 유물이다. 그렇다고 그것이 양식 이동의 과도기에 나타난 하나의 징후에 머무는 것은 결코 아니다. 탑리 오층석탑은 그 자체로 하나의 조형 의지와 미감을 갖추고 있다. 정림사 오층석탑을 방불케 하는 늘씬한 상승감과 튼실한 기단이 지닌 안정감이 함께 살아나 있으며 기둥돌에는 배흘림이 표현되고 기둥머리엔 받침돌이 들어 있는데 문틀 또한 겹틀로 잘 표현되어 있어서 건축물이 지니는 세부미가 하나씩 읽힌다. 더욱이 이 탑은 높은 토축 위에 세워져 있어서 푸른 하늘을 배경으로 오롯하게 서 있는 그 기상이 더욱 당당하게 느껴진다.

의성군 금성면은 이 탑으로 인하여 문화사·미술사뿐만 아니라 지방사적으로도 큰 이름을 얻었는데, 그 이름이 너무 큰 바람에 오히려 금성이라는 이름이 가려져, 시외버스 행선지 표시조차 '탑리(금성)'로 되어 있다. 또 금성면 봉황재에서 부산대 지질학과 김항목 교수가 발견한 공룡

의 화석은 '울트라사우루스 탑리엔시스', 우리말 이름으로 '탑리 한외룡'
이라는 이름이 붙여졌다. 이런 경우를 잡아먹혔다고 해야 하나 기특하다
고 해야 하나.

1990년대 초까지만 해도 이 탑은 금성면사무소 한쪽에 애물단지도 아
닌 천덕구니로 팽개쳐져 있는 것으로 비쳐 퍽 민망스럽고 안타까웠는데,
지금은 면사무소가 이사 가고 제법 널찍한 공간에 우뚝 솟아 있어 여간
보기 좋은 것이 아니다. 그러나 우리가 답사 가면 항시 만나는 그 '망할
놈의' 철책을 이중으로 높이 쳐놓고 출입문 열쇠는 면사무소 자리에 들
어앉은 향토예비군 의성군 금성연대에서 관리하고 있다. 그래서 답사 때
면 나는 항시 미인계를 써서 큰 불편 없이 자물쇠를 열고 들어가보곤 하
는데 남들도 그렇게 무난히 들어가보는지 잘 모르겠다.

오층탑은 바로 학교 담과 붙어 있다. 평소에 나는 그저 금성초등학교
겠거니 생각했는데 간석기반과 왔을 때 석탑 둔덕에서 내려다보니 운동
장에 중학교 여학생만 가득했다. 이런 면소재지에도 여학교가 따로 있나
신기한 생각이 들어 학교 이름을 물어보려고 "얘들아, 얘들아" 하고 큰
소리로 불러도 학생들은 들은 척도 하지 않는다. 할 수 없이 안동 출신
회원에게 본토 발음으로 불러서 물어보라고 하니까 그들끼리는 금세 대
화가 오갔다.

"엉이여! 보자! 뭔 학교니껴?"
"여중이래요."
"뭔 여중이니껴? 의성여중인껴, 금성여중이니껴?"
"탑리여중이래요."

| **의성 탑리 오층석탑** |  목탑과 전탑의 혼합 형식으로 만들어진 이 탑은 이후 신라 석탑의 청사진이 되었다.

나중에 알고 보니 탑리여중 저쪽으로는 금성여자상업고등학교가 또 있었다. 참으로 예외적인 일이었지만 보기에도 듣기에도 여간 좋은 것이 아니었다. 나는 그때 그 학교가 장수하길 속으로 간절히 빌었다.

## 빙계계곡 빙산사 오층석탑

미술사만의 얘기가 아니겠지만 미술사에 국한해 말할지라도 하나의 전형은 유행을 낳고, 하나의 명작은 아류를 낳는다. 석탑의 경우 불국사 석가탑이라는 삼층석탑의 전형은 이후 통일신라 석탑의 유행을 낳았다. 이에 반해 정림사 오층석탑이라는 명작은 장하리 오층석탑이라는 모방작을 낳았다. 사리탑은 더 심해서 연곡사 사리탑에 대한 현각선사탑, 태안사 혜철스님탑에 대한 광자스님탑 등이 그 예다. 그런데 아류가 갖는 필연적인 속성은 형태상의 힘은 약해지고 긴장미가 떨어진다는 점이다. 그 대신 아류는 장식이 발달하거나 변형을 가하거나 또는 장소를 색다르게 이용하는 것으로 그 부족한 미감을 대신한다. 의성 탑리 오층석탑이라는 명작은 그곳으로부터 20리 떨어진 그윽한 골짜기 빙계계곡에 빙산사(氷山寺)터 오층석탑이라는 모방작을 낳았다. 간석기반 답사 때고 미술사학과 답사 때고 버스로는 갈 수 없는 곳이어서 여기를 들르지 못한 것은 참으로 유감이었다.

의성에서 가장 경관이 수려한 경승지로 누군가가 경북8승(慶北八勝)의 하나로 꼽은 바도 있는 빙계계곡은 느릿하고 밋밋한 이곳 산세에서는 전혀 예기치 못한 깎아지른 절벽이 그림 같은 병풍을 이루는 절경이다. 계곡도 크고 깊어 갈지자로 몇 굽이의 곡류(曲流)를 이루며 흐른다. 거기에는 『세종실록』 지리지에도 언급되어 있는 빙혈(氷穴)과 풍혈(風

| **빙산사터 오층석탑** | 의성 탑리 오층석탑을 본받았지만 생략이 많고 약간 둔중한 느낌이 있다. 그러나 빙계계곡의 봉우리들과 어울려 아늑하고 경쾌한 맛을 준다.

穴)이 있어서 일찍부터 명승지로 이름을 얻게 됐다. 계곡 한쪽 언덕에 큰 바위가 있는데 아래쪽 구멍인 빙혈은 한여름에 얼음이 얼고 위쪽 구멍인 풍혈은 한겨울에 더운 바람이 나온다는 오묘한 곳이다. 바로 이 빙혈과 풍혈 곁 평평한 곳에 빙산사 오층석탑이 아름답게 서 있다. 탑리 오층석탑과 무엇이 다른지 서툰 눈에는 잡히지 않는다. 더욱이 전문가들의 해설에 의하면 탑리 오층석탑의 아류로 그것에 비해 미감이 떨어진다고 적혀 있건만 막상 여기에 와서 보면 오히려 빙산사 오층석탑이 멋지다는 생각조차 갖게 된다. 그 이유는 다름 아닌 주위 환경 때문이다.

탑 자체를 놓고 보면 탑리 탑보다 규모도 작고 고유섭 선생의 지적대로 기단과 기둥의 경영이 매우 편습적(便習的)이며, 몸돌의 모서리기둥에 생략이 많고 둔중한 표현도 없지 않다. 그러나 빙계계곡의 수려한 봉우리들이 가까이에서 받쳐줌으로써 이 탑은 온화하고 늠름하고 경쾌해 보이는 것이다.

어쩌다 늦가을 이곳에 들르면 마을 사람들은 모두 가을걷이하러 일터로 나가고 개 짖는 소리마저 끊어진 빙계리 서원동의 빙산사터에는 낮은 적막이 감돈다. 붉게 물들어 바닥에 누운 고운 낙엽이 뉘라서 치울 이 없어 두툼한 카펫을 이루고, 스치는 바람에 삐라처럼 떨어지는 작고 노란 느티나무 낙엽에 휘감기면 차마 그곳을 떠나지 못한다. 그 아름답고 스산한 정취에 취하여 나는 세 차례나 늦가을 빙산사터 오층석탑 앞을 서성였건만 지금도 만추의 안동을 가려면 먼저 여기를 들를 생각을 버리지 않고 있다.


## 농협 직원의 특산물 자랑

탑리에서 다시 의성 쪽을 향하면 넓은 분지가 제법 시원스럽게 펼쳐진다. 마침 간석기반 답사회원 중에는 농협에 근무하는 조재일이라는 맘씨 고운 회원이 있어 마이크를 넘겨주며 의성 특산물을 좀 소개하라고 했더니 생각 밖으로 유창했다.


"의성은 경상북도의 최고 중앙에 있어 의성 북쪽을 북부 경북이라고 할 수 있겠습니다. 의성의 특산품으로는 마늘, 작약, 감을 들 수 있습니다. 의성 마늘은 누구나 알지만 군내에서도 마늘의 품질이 특히 좋은 곳은 사곡면 일대라는 것을 다른 지역 사람들은 잘 모릅니다. 방금 우리가 다녀온 탑리 오층석탑이 있는 금성면과 사곡면 경계 지역엔 금성산이 있는데 금성산은 남한에서 유일하게 화산 분화구가 남아 있으며 화산재가 토양을 형성한 사곡면 마늘에는 벌레가 없고 거기다 안동댐 조성 이후 경북에서 가장 추운 곳이 되어 한지형 마늘의 대표적 생산지가 되었습니다. 보통 의성 마늘로 통하는 사곡 마늘은 향기가 높고, 매운맛이 강하고, 즙액이 많아서 주부들에게 인기가 높습니다."

조재일 씨의 힘 있고 조리 있는 설명에 간석기반 회원들은 넋을 잃고 쥐 죽은 듯이 경청하고 있었다. 모처럼 의성과 농협을 동시에 홍보할 기회를 얻었다는 듯 조재일 씨는 쉼 없이 이야기를 이어갔다.

"사곡에서 본래 유명한 것은 감이었습니다. 지금은 거의 잊혀가고 생산량도 많지 않은 사곡시(枾)는 옛날엔 진상품이었습니다. 사곡시에는 씨가 하나도 없고, 첫서리가 내리기 전 배꼽이 붉어질 때 따서 비닐봉지에 밀봉한 뒤 장독에 넣어 땅에 묻었다가 12월 말쯤에 먹으면 단감하고는 비교할 수 없는 단맛과 개운한 맛이 있습니다. 이런 사곡시도 다른 곳에 심으면 씨가 생겨 멀리 퍼지지 못하는데 요즘엔 돈이 되지 않는다는 이유로 산수유에 밀려 재배 면적이 줄어 이러다 언젠가는 토종 사곡시가 멸종될까 걱정입니다.

여러분들, 토산품을 아끼고 애용하셔야 합니다. 수입 농산물보다 비싸다고 생각하지 마십시오. 수입 화장품은 파리에서 2천 원 하는 걸 대구에서 2만 원에 사면서도 좋으니까 좋다고 하시지요, 우리 토산품은 정말 좋은 겁니다. 내 몸에 좋고, 우리 땅에 좋고, 나라에 좋고, 농민에게 좋은데 몇 푼 더 비싼 게 문젭니까. 다시 본론으로 돌아와서 의성은 한국에서 작약이 제일 많이 재배되는 곳입니다. 꽃 피는 5월이면 의성 땅 곳곳에 작약꽃이 환하게 핍니다. 작약꽃의 다른 이름이 함박꽃이죠. 함박꽃이 탐스럽게 활짝 피면 정말 함박웃음만큼 복스러워 보입니다."

조재일 씨가 인사하고 돌아가 자리에 앉을 때까지 탄성과 박수가 그치지 않았다. 그리고 기쁨과 놀라움에 겨워 모두가 함박웃음을 지었고 이럴 때면 능교형에서만 나오는 특유의 감탄사가 연발했다. "굉장하다! 굉장해!"

## 망호리 소호헌의 이모저모

우리를 태운 버스가 제법 번화한 의성 읍내를 관통하여 계속 북쪽으로 달리기를 어느만큼 하였을 때 차창 밖으로 '고운사 10km'라는 샛길 안내표지판을 누구나 볼 수 있었다. 그러나 버스는 마치 그것을 못 본 체하기라도 하려는 듯 쏜살같이 그 앞을 스치며 지나갔고 단촌면소재지를 지나 안동 쪽으로 사뭇 달리니, 가늘고 예쁘기가 눈썹 같다고 해서 미천(眉川)이라고 하고 또는 깊이 파였다고 해서 골천이라고도 부르는 실개천이 바짝 따라붙는다. 골천은 여기부터 물이 붇기 시작해서 무릉쯤 다다르면 제법 큰 내가 되고 이윽고는 낙동강으로 흘러든다. 의성군과 안동시의 경계선상을 넘으면 우리는 곧 오른쪽으로 고색창연한 기와집이 늘어선 양반 마을을 만나게 된다. 여기는 망호리(望湖里), 한산 이씨·대구 서씨·영양 남씨의 동성(同姓) 마을이 있다. 예서부터가 옳게 안동답사다.

안동 사람들은 이곳을 망호리라고 부르지 않고 그냥 소호(蘇湖)라고 하는데 그것은 안망실(安望室)과 소호를 통합하면서 만든 망호리는 아직 익숙지 않기도 하거니와 소호헌(蘇湖軒)이 하도 유명해서 그렇게 입에 붙은 것이다.

길가에 바짝 붙어 있는 소호헌은 옛날엔 앞내를 바라보는 것이었겠건만 지금은 꼭 한데로 나앉은 것 같아 좀 민망스럽기도 하고 미안하기도

| 소호헌 | 사랑채와 누정의 기능을 복합시킨 낭만적인 건축으로 구조와 건축적 기교가 뛰어나 보물로 지정되었다.

한데 낮은 돌기와담이 옹위하듯 둘러쳐진 한쪽 모서리에 높직한 누마루로 번듯하게 올라앉은 소호헌에는 보물 제475호라는 명예에 값하는 기품이 서려 있다.

소호헌은 여러 면에서 개인 주택으로는 호사로운 구조를 갖춘 별당 서실(書室)이다. 여덟 칸 마루와 두 칸 온돌방을 고무래 정(丁) 자로 연결하여 형태상에서 힘과 권위와 화려함이 드러나는데 여덟 칸 마루 중 여섯 칸은 마루방으로 만들어 복합의 띠살창문으로 감아싸고, 두 칸 마루는 누마루로 빼내어 온돌방의 툇마루와 연결시켰다. 그 변화도 변화이지만 기능적인 실용미가 더욱 돋보인다. 게다가 누마루는 높은 돌기둥 주춧돌에 받쳐져 있고 그 아래에 원래 연못이 있었으니 아름다운 정자, 편안한 사랑채와 조용한 독서실을 겸했던 이 소호헌은 권위적이면서 서정적이며, 고전적 기품에 낭만적 운치가 함께하는 안동의 명소가 되었던 것이다.

소호헌은 본래 안동 법흥동 임청각(臨淸閣)의 고성 이씨 이명(李洺)이 그의 다섯째아들 이고(李股)를 분가시키며 지어준 집인데 이고에겐 아들이 없어 그의 외동딸에게 장가온 서해(徐嶰)가 이 집 주인이 되었다. 그리고 서해의 아들인 약봉(藥峯) 서성(徐渻, 1558~1631)은 과거에 급제하여 판중추부사에 이르고 사후엔 영의정에 추증되며 충숙공이라는 시호를 받았다. 이후 대구 서씨는 크게 번창하여 이 집안은 4대에 걸쳐 대과 5인에 정승 3인을 낳은 명문이 되었다. 더욱이 안동의 대부분 문중이 정치적으로는 남인 계열이 되어 집권층으로부터 멀어질 수밖에 없었지만 소호의 대구 서씨는 봉화 법전의 진주 강씨, 예안 외내의 광산 김씨와 더불어 북부 경북의 드문 노론 계열인지라 벼슬하는 자손이 많았던 것이다.

소호헌 안쪽의 안망실에는 영양 남씨 송곡파(松谷派)인 둔재(屯齋) 남창년(南昌年, 1463~?)의 후손들이 집성촌을 이루고 있는데, 남씨 영모사(永慕祠)에는 임란 때 의병을 일으킨 청천(晴川) 남태별(南太別, 1568~1635) 위패를 모시고 봄가을로 향사를 지내고 있다.

그런가 하면 소호헌 건너편에는 목은 이색의 후손들이 살고 있는 한산 이씨 동성 마을이 있다. 개천 하나를 두고 노론과 남인 마을로 갈라서 있다. 이 마을은 안망실로 들어가는 남쪽편 산자락에 있어서 양지마라고 부르는데 영조 때 대산(大山) 이상정(李象靖, 1711~81)이라는 큰 학자가 나와 안동의 명문으로 확고한 위치를 차지하고 있다. 소호의 한산 이씨 입향조(入鄕祖)는 목은의 10대손인 수은(睡隱) 이홍조(李弘祚)로 광해군 때 정국이 혼탁한 것을 보고는 외가인 안동으로 내려와 이곳에 정착하게 되었다. 그는 본래 전북 함열 태생이지만 어머니가 서애(西厓) 류성룡(柳成龍)의 따님인지라 여덟 살 때 어머니 따라 하회에 가서 외할아버지인 서애에게 글을 배웠다. 그러니까 소호의 대구 서씨는 처가인 고성 이씨로부터 떨어져나온 것이고, 한산 이씨는 하회 류씨와 연을 맺으면서 자리잡게 된 것이다. 이것을 우리는 혼반(婚班)이라고 하는데, 안동의 양반들이 양반의 체통과 품격을 유지하는 데 아주 중요한, 어떤 면에서는 가장 중요한 형식이었다. 그러니까 한동네에서 세 집안이 내세우는 자랑과 긍지가 다르다. 하나는 벼슬, 하나는 의병, 하나는 학문이다. 그리고 앞으로 보면 알겠지만 안동 지역에선 벼슬보다 학문, 학문보다 지조를 더 높이 치는 경향이 있다. 이것이 여타 지역과 안동이 다른 점이다.

이런 식으로 안동의 반촌 하나씩을 답사한다는 것은 정말로 세월 모르고서야 할 일이니 안동 문화권의 답사가 무궁무진함은 이제 더 이상 말하지 않아도 알 것이다.

## 사과밭 속의 조탑동 오층전탑

소호를 지나면 우리는 금세 일직면 다운타운과 만나게 되고 여기서 남안동톨게이트 진입로로 들어서면 조탑동 오층전탑에 다다르게 된다.

남안동톨게이트는 일직면 조탑동에 위치하여 들어가고 나오는 나들목길이 마침 조탑동 오층전탑을 가운데 두고 원을 그리게끔 되었다. 이것이 잘된 것인지 잘못된 것인지 얼른 판단이 가지 않는데 그나마도 이 보물 제57호, 통일신라시대 전탑이 있어서 길을 비켜간다고 옆으로 낸 것이 이 길이란다.

본래 조탑동 오층전탑이 있던 이 일대는 낮은 산자락이 느슨하게 감아싼 참으로 아늑하고 오붓한 터였다. 그래서 절집이 여기에 자리잡았고, 세월이 흘러 폐사지가 된 다음에는 사과밭이 되어 여기에 답사 오면 답사객들이 탑보다 먼저 좋아한 것이 사과 과수원이었다. 새 길이 뚫려 그 아늑한 맛은 사라졌지만 사과 과수원은 그대로 남아 있어 그 아쉬운 마음에 큰 위안이 된다.

| **조탑동 오층전탑** | 이 오층전탑은 전탑의 고장 안동의 상징이다. 전탑을 만드는 일이 얼마나 거했으면 동네 이름조차 조탑동이 되었을까.

　조탑동 오층전탑은 '전탑의 고장' 안동의 한 상징이다. 시내 안동역전에 있는 동부동의 오층전탑, 임청각 옆에 있는 법흥동의 칠층전탑과 함께 이 지역의 고집스러운 '전통 고수의 전통'을 유감없이 보여준다.

　통일신라시대에 전국이 화강암 삼층석탑을 취하고 전탑이나 모전석탑은 버렸을 때 이 니껴형 북부 경북에서는 오히려 전탑을 발전시켜 우리나라 탑파의 역사에서 별도의 한 장(章)을 만들게 했으니 그 고집으로 문화의 다양성이 확보되었다는 것은 오늘날 지방 문화의 창달에 큰 시사점을 던져준다.

　조탑동 오층전탑은 무수히 많은 벽돌로 쌓아올려졌다. 아마도 탑을 만들기 위해 벽돌을 구우면서 이 동네 이름조차 조탑동이 됐을 성싶다.

| **조탑동 오층전탑의 인왕상** | 해학적으로 표현된 인왕상에서는 조선 후기 장승 못지않은 변형과 파격의 아름다움이 느껴진다.

그것이 퇴락하여 무너진 것을 다시 쌓는 과정에서 옛 모습이 많이 변하게 되었는데 그중 가장 아쉬운 것은 옛 전돌은 예쁘고 섬세한 당초무늬가 돋을새김으로 새겨져 있는데, 보수용 전돌은 민짜로 했으니 이 전탑의 이미지는 완전히 바뀐 것이나 마찬가지다.

조탑동 오층전탑에서 가장 매력적인 부분은 1층 몸돌의 감실을 지키고 있는 두 분의 인왕상 모습이다. 법계(法界)를 수호하는 경호실장급의 이 신상(神像) 두 분은 무서운 퉁방울눈에 태권도의 공격과 방어 자세를 취하고 있는데 공격하는 분은 입을 벌리고 방어하는 분은 입을 다문 것으로 표현하고 있다. 이것을 이른바 아상(啊像)과 우상(吽像)이라고 하는데, 우리가 석굴암에서도 보았고 경주 분황사탑에서도 본 바 있는 도

상이다. 그런데 조탑동 오층전탑의 인왕상은 무섭지도 위엄스럽지도 않
고 오히려 귀엽기 짝이 없다. 사람을 겁주거나 놀라게 하기는커녕 꿀밤
한 대 먹이지도 못할 애기주먹이다.

그 변형과 파격의 아름다움은 조선 후기 장승보다도 더하다. 나는 이
파격미가 어떻게 가능했는가를 곰곰이 생각해보았다. 그것은 아마도 지
역적 특성을 고수하는 자세로 인하여 중앙의 통제와 권위로부터 훨씬
자유로울 수 있었던 조형 의지의 자율성에서 나온 것이리라.

### 『몽실 언니』의 권정생 아저씨

조탑동은 또 조탑동대로 깊은 마을의 역사가 있다. 조탑동 오층전탑
바로 옆에는 유허각 하나가 있는데 여기엔 일직 손씨의 시조인 손홍량
(孫洪亮, 1287~1379)의 비가 모셔져 있다. 손홍량은 홍건적의 난을 평정
할 때 큰 공을 세웠는데 공민왕이 그를 평해 '일직(一直)한 사람'이라는
칭찬과 함께 지팡이와 초상을 하사하여 그 말이 일직면, 일직 손씨에 붙
게 됐다.

오층전탑 과수원 앞에는 철탑 종루가 있는 오래된 교회가 하나 있다.
여기는 일직교회로 『몽실 언니』(창비 1984)를 쓴 동화 작가 권정생(權正
生) 선생의 옛 직장이었다.

권정생 선생은 이 교회 종지기 아저씨로 새벽 4시와 저녁 6시에 무쇠
종을 쳐왔다. 그러다 1983년 그 '망할 놈의' 전자 차임벨이 나오는 바람
에 이 종지기 아저씨는 실직하고 말았다. 졸지에 직장을 잃은 권정생 아
저씨는 교회 뒤편 대문도 없는 일곱 평 초가삼간에서 글쓰기와 텃밭일
로 조용히 세월을 살고 계셨다.

동화 작가로서 권정생의 인간상과 작가상을 가장 멋있게 그려낸 글은

| 권정생 선생 | 『몽실 언니』의 고 권정생 선생은 삶과 표정이 그의 동화 속 인물처럼 티 없이 맑고 선하기만 했다. 영남대 시절 김윤수 선생과 함께 조탑동을 답사할 때 권선생 댁에서 찍은 사진이다.

국민일보 손수호 기자가 『책을 만나러 가는 길』(열화당 1996)에 쓴 「아, 권정생」이다. 나는 이 글을 읽고 나서야 저 『몽실 언니』가 지닌 뜻을 더욱 절절히 새길 수 있었다.

권정생 선생은 1936년 일본 도쿄에서 태어나 해방의 감격을 안고 귀국하여 부산에서 재봉틀 상회 점원으로 일해왔는데 그러던 1955년 어느 날, 그는 갑자기 숨이 가빠 자전거로 언덕을 오르지 못했고 그때 자신이 늑막염에 폐결핵을 앓고 있다는 것을 알게 됐다. 그는 안동으로 돌아와 신앙생활로 투병하였다. 그러면서 한편으로는 거지 생활까지 하면서 가난과도 싸워야 했던 그는 결국 부고환결핵이라는 몹쓸 병마저 얻게 됐고 절망 끝에 죽을 자리까지 보아둔다. 그러나 끝내 스스로를 극복하여 그는 죽음을 미루어두고 종지기를 하면서 동화 작가로 나서게 됐다.

1973년 『조선일보』 신춘문예에 「무명 저고리와 엄마」가 당선된 이래 그는 "환상만이 지배하던 우리 아동문학계"에 빛나는 감성과 생생한 현실을 어린이들에게 되돌려주는 건강한 동화를 선사했다. "지순한 동심을 통해 가난한 백성이 겪는 불행의 원인과 그것을 잉태시킨 사회구조의 모순을 예리하게 짚어낸 한국 아동문학의 신기원" 『몽실 언니』는 그렇게 탄생한 것이다.

1975년 그가 제1회 한국아동문학상 수상 작가로 상을 타게 되어 이오덕(李五德) 선생 손에 이끌려 서울에 올 때 그는 "무릎이 벌쭉하게 나와 종아리가 다 드러난 검은 바지에 검은 고무신을 신고 있었다"고 했는데 우리가 찾아갔을 그때도 권정생 선생은 그 바지에 그 고무신을 하고 변함없이 담담하게 조탑동에 살고 계셨다. 권정생 아저씨야말로 한결같이 꼿꼿한 분, 일직한 분이다.


## 안동역 한쪽의 오층전탑

조탑동에서 안동 시내까지는 빨라도 30분은 걸리니 같은 안동이라도 외진 외곽임을 알 수 있다. 여기서 시작되는 안동답사는 크게 두 갈래로 갈린다. 하회마을과 봉정사 쪽 답사라면 다시 고속도로로 해서 서안동으로 들어가야 하고 도산서원, 안동댐, 임하댐 지역으로 가려면 시내로 들어가야 한다. 시간에 따라, 일정에 따라 조절할 수밖에 없겠지만 가장 바람직한 코스는 시내로 들어가 안동역전의 오층전탑과 법흥동 칠층전탑을 보고 나서 안동댐 민속경관지로 가서 점심을 드는 것이다.

대부분의 지방 도시들이 그러하듯 안동 역시 역을 중심으로 도시가 팽창했다. 그리고 역 앞엔 우리가 흔히 잘못 말하는 '역전앞' 광장이 있다. 안동역전 광장 서쪽 구석엔 보물 제56호로 지정된 동부동 오층전탑이 있다. 여기는 옛날 법림사(法林寺)가 있던 자리로 지금은 당간지주와

| **동부동 오층전탑** | 안동역 한쪽 천덕구니처럼 처박혀 있지만 통일신라시대에 전탑의 전통을 견지했던 안동의 저력이 엿보인다.

함께 이 전탑이 하나 남아 있어 니껴형 전탑의 고장을 장식하고 있다.

동부동 오층전탑은 비록 상륜부는 잃었지만 몸체는 완형을 갖추어 벽돌의 텍스처(texture)를 최대한 강조하고 1층부터 5층까지 급격히 체감하여 날카로운 상승감을 유도하고 있다. 그리고 각층마다 화강석으로 감실을 만들고 2층 감실엔 조탑동 탑처럼 인왕상을 화려하게 새겨놓아 변화를 보여주며, 지붕엔 각층마다 기와를 얹어 목조건축을 모방했다는 취지를 확연히 보여준다.

그런데 참말로 유감스럽게도 안동 사람도, 안동역에 내린 방문객 그 누구도 눈앞의 이 명작을 1초도 보지 못하고 지나간다. 이유는 역전 광장 서쪽으로 들어앉은 어마어마하게 큰 안동 관광 안내판이 이 탑을 가로막고 있기 때문이다. 그러니까 관광 안내판이 관광의 명소를 가린 셈이니 이런 아이러니가 어디 있을까? 만약 역전 광장을 이 탑까지 연결한다면 대한에 유례가 없는 역전공원이 될 것이 틀림없을 것을.

지난번 답사 때 회원들을 이끌고 주르르 탑 쪽으로 몰려가니 무슨 구경이나 난 줄 알고 따라오는 할머니가 한 분 있었다. 그런데 이 탑 1층 탑신부 감실엔 또 어느 귀신이 불장난을 했는지 그을음이 가득 엉겨 있었다. 말도 나오지 않을 정도로 한심해서 넋을 잃고 보고 있는데 따라온 할머니가 나를 보고 묻는 것이 더욱 걸작이었다.

"언제부터 예 이런 굴뚝이 있었니껴?"


## 천 년을 두고 우뚝한 칠층전탑

안동은 일명 영가(永嘉)라고 한다. 영가란 오래도록 아름답다는 뜻쯤 되는데 그 글자 속에는 아름다운 두 줄기 물길이라는 뜻이 서려 있다. 즉 길 영(永) 자를 파자(破字)하면 두 이(二) 자와 물 수(水) 자로 나뉜다. 이는 봉화 청량산에서 흘러오는 낙동강과 영양 일월산에서 먼 길을 흘러오는 반변천이 안동에 와서 만나기 때문에 얻은 이름이다. 뜻도 좋고 이름도 예쁘며 속뜻은 더욱 재미있다. 안동 시내 남쪽 낙동강가에는 영호루(映湖樓)가 있다. 지금은 새로 지어 별 감동이 없지만 그 옛날에는 밀양 영남루, 진주 촉석루와 함께 영남 3대 누각의 하나였다.

안동 시내 동쪽을 감싸고 있는 낙동강 강둑으로는 일제 때 중앙선 철

| 고성 이씨 종택과 법흥동 칠층전탑 전경 | 우리나라에서 가장 키가 큰 이 벽돌탑은 앞으로는 철둑, 뒤로는 양반집을 두고 있다. 그런 열악한 환경 속에서도 천 년을 두고 건재한 이 탑은 옛 건축의 튼실한 시공을 묵언으로 증언해준다.

길이 놓였는데 그 철둑은 법흥동 칠층전탑을 아슬아슬하게 비켜가고, 낙동강을 유유히 내다보는 전망 좋은 산자락에 자리잡은 고성 이씨 종택과 임청각 군자정은 철길로 인하여 행랑채를 잃어버렸고 지금도 기차가 지나갈 때마다 지축이 흔들리는 진동과 소음을 감당하고 있으니 그 열악한 환경에서 나라의 국보와 보물이 시달리고 있는 것이 안쓰럽기 짝이 없다.

　법흥동 칠층전탑은 어떤 책에는 신세동 칠층전탑으로 되어 있어서 나는 항시 그것이 의문이었다. 그러다 서수용(徐守鏞) 편저『안동의 문화재』(영남사 1995)를 보니 그것은 지정할 때 윗동네 이름을 잘못 알고 쓴 것으로 법흥동이 맞다는 것이다. 통일신라시대에는 이 자리에 법흥사(法興寺)라는 큰 절이 있었지만 조선시대 폐불 정책 때 안동부(安東府) 내의

절들을 강제로 철폐하여 폐사가 되고, 무너뜨리기조차 겁나는 이 거대한 칠층전탑은 이러지도 저러지도 못한 채 방치해두었는데 그것이 결국은 오늘날 안동의 한 상징탑이 된 것이다.

법흥동 칠층전탑은 높이 17.2미터로 현존하는 우리나라 탑 중 가장 키가 큰 탑일 뿐만 아니라 그 장대한 스케일에 걸맞게 웅혼한 기상을 유감없이 보여준다. 층마다 지붕돌엔 기와가 얹혀 있어서 7층이라는 당시로서는 최고층 빌딩의 이미지를 한껏 발휘했는데 지금도 2층, 3층 지붕엔 기와들이 남아 있다. 뿐만 아니라 야문 화강암으로 구축한 기단부에는 팔부중상이 멋지게 조각되어 있다.

그러나 우리나라 국보 중에서 이 탑만큼 시달림과 수모와 푸대접을 받고 있는 것은 없다. 절은 양반이 빼앗아갔고, 강변의 빼어난 경치는 철둑과 안동댐이 막아버렸는데 곱게 쌓은 기단부는 20세기 인간들이 시멘트를 거의 맹목적으로 처발라 볼썽사납기 그지없게 되었다. 어떻게 시멘트를 그렇게 바를 생각을 해냈을까. 한심함을 넘어 신기함조차 느껴진다.

그러나 법흥동 칠층전탑은 안동인들의 저력을 상징하듯 오늘도 꿋꿋하다. 코앞에서 벌어진 철둑공사를 어떻게 견뎌냈고 시시각각으로 지나는 기차의 진동을 어떻게 이겨내며 천 년을 두고 저렇게 우뚝 서 있을 수 있는지 장하기도 하고 신비롭기도 하며, 삼풍백화점, 성수대교 붕괴의 치욕을 더욱 치욕스럽게 느끼게 하는 거룩한 문화유산이기도 하다.

| **법흥동 칠층전탑** | 전탑의 2층, 3층 지붕에는 아직도 기와들이 남아 있다. 뿐만 아니라 야문 화강암으로 구축한 기단부에는 팔부중상이 멋지게 조각되어 있다.

## 임청각 군자정, 고성 이씨 종택

법흥동 임청각은 우리나라에 현존하는 살림집 중에서 가장 큰 규모로 철도 부설 때 50여 칸의 행랑채와 부속 건물을 철거당하고도 이런 규모를 보여주는 99칸 집이었다.

이 집은 김봉렬(金奉烈) 교수의 말대로 "우선 규모에 놀라고 다양한 기능이 체계적으로 조합된 공간 조직에 놀라게 된다"(『한국의 건축』, 공간사 1985). 쓸 용(用) 자형으로 반듯하게 구성된 이 양반집은 살림채, 사당, 별당(군자정)으로 구분되고 살림채는 또 안채, 사랑채, 행랑채로 나누어져 있는데 이 복잡한 구성과 기능을 유기적으로 연결하는 마당의 운용이 탁월하여 다른 대갓집에서 느끼던 숨 막힐 듯한 답답함이 없다.

이 집에는 크고 작은 다섯 개의 마당이 있다. 안마당(중정), 사랑채 마당, 행랑채 마당, 대문 진입 마당 그리고 헛간 마당 등이다. 그런데 이 마당들은 각기 자기 기능에 알맞은 크기를 가졌을 뿐만 아니라 레벨을 몇 단으로 나누어서 대문 진입 마당과 사랑채 마당 사이에는 2.5미터 정도 높이의 차이가 난다. 이로 인해 임청각은 외용상의 권위를 포기하지 않으면서 한옥의 온화한 정취도 함께 살려내는 데 성공했다. 같은 대갓집이면서도 경주 안강 양동마을의 여강 이씨 향단(香壇)이 사랑채, 안채, 행랑채를 한 몸체로 엮어서 여백의 묘를 살리지 못한 것을 생각할 때 임청각의 마당 운용은 더욱 돋보이는 것이다.

여기는 고성 이씨의 동성 마을이었다. 세종 때 좌의정을 지낸 이원(李原)의 여섯째아들인 이증(李增)이 이곳 풍광에 매료되어 여기에 자리잡음으로써 입향조가 되었고, 이증의 셋째아들로 중종 때 형조좌랑을 지낸 이명이 임청각, 군자정을 지으니 보통 임청각이라고 하면 이명을 지칭하는 것이다.

| **군자정** | 군자정은 임청각의 별당채로 고무래 정(丁) 자 평면을 이루는 건물이 화려하지만, 낮은 담으로 둘러싸인 작고 아담한 앞마당은 안온한 분위기를 연출해준다.

　고성 이씨의 입향조 형제·조카들은 모두 대단한 학자로 무오·갑자 사화에 절개를 지켜 명문으로 기틀을 다졌다. 이후에도 많은 인물이 나와 안동 양반 사회에서 도산서원 원장과 함께 최고의 명예직으로 삼고 있는 안동좌수(座首)를 이 집안에서 가장 많이 배출했다는 것이 가문의 큰 명예며, 금세기 초 상해 임시정부의 초대 국무령을 지낸 석주(石洲) 이상룡(李相龍)이 임청각 출신이라는 것은 비단 고성 이씨의 자랑이 아니라 안동의 자존심으로 칭송된다.

　임청각, 군자정에 오면 나는 항시 두 가지 사실에 놀라워하고 또 고마워한다. 하나는 이 집을 항시 개방하고 있는 너그러움이다. 살림집이 자기를 노출한다는 것이 얼마나 힘든 일인데 그것도 사시장철 밤낮없이 답사객이 다녀갈 수 있게 한다는 친절성은 고마움을 넘어 놀라움을 느끼게 한다. 또 하나는 나라에서 지원해주는 것이 따로 있을 리 만무한데도 이 엄청난 대갓집을 유지하며 생생히 보존·관리하고 있는 정성이 어디에서 나오는 것인가라는 의문 아닌 놀라움이다. 어떤 희생을 치르더라도 종가만은 끝끝내 유지하려는 안동 양반들의 지극한 정성만이 그것을 가능케 했던 것이다.

양반의 삶은 흔히 봉제사(奉祭祀), 접빈객(接賓客)으로 그 특징을 요약하기도 한다. 제사를 받드는 그 정성이 이 거대한 종택을 유지케 하고 손님을 기꺼이 맞는 전통이 이 집을 항시 개방하는 너그러움으로 발전했던 것이다. 그렇게 함으로써 이 집안에 무엇이 득이 되었느냐고 묻는 사람이 있을지도 모르는데, 득실을 따져서는 할 수 없는 일을 지금 안동분들이 하고 있다는 사실이 중요한 것이다. 이런 질문에 대한 대답은 논리적 설명보다도 상징과 은유의 어법이 훨씬 편할 것 같다. 안동이 어떤 곳인가를 노래한 시로는 임동면 박실 태생의 류안진(柳岸津)이 쓴 「안동」(『누이』, 세계사 1997)보다 좋은 것이 없다. 그게 안동이다.

> 어제의 햇볕으로 오늘이 익는
> 여기는 안동
> 과거로서 현재를 대접하는 곳
> (…)
>
> 옛 진실에 너무 집착하느라
> 새 진실에는 낭패하기 일쑤긴 하지만
> 불편한 옛것들도 편하게 섬겨가며
> 차말로 저마다 제 몫을 하는 곳
>
> 눈비도 글 읽듯이 내려오시며

바람도 한 수(首) 읊어 지나가시고

동네개들 덩달아 댓귀(對句) 받듯 짖는 소리

아직도 안동이라

마지막 자존심 왜 아니겠는가.


　이런 정신적인 것의 이야기가 안동의 문화유산마다 어려 있어 '들을 안동이지 볼 안동이 아니다'라는 말이 있다. 이는 어느 정도는 사실이고, 어느 정도는 겸손이며, 어느 정도는 변명이다. 그게 안동이다.

1997. 2. / 2011. 5.

* 2007년 지병으로 작고한 권정생 선생은 유산과 인세를 남북한과 분쟁 지역 어린이들을 돕는 데 쓰라는 유언을 남겼다.

* 조탑동 오층전탑을 둘러싸고 있던 사과나무 과수원은 탑 주변이 정비되면서 없어졌다.

# 니, 간고등어 머어봤나

안동 민속경관지 / 제비원 석불 / 봉정사 / 영산암 / 검제 학봉 종가 /
병호시비 / 경북선 교각 / 풍산들판

## 건진국시와 헛제삿밥

여행이건 답사건 집을 떠난 사람에게 가장 큰 어려움은 어디 가서 잘
것인가이고 그다음 문제는 무얼 먹는가이다. 그러나 기왕지사 맛있는 향
토식을 맛보고자 한다면 그것은 문제가 아니라 때론 큰 기대가 된다. 그
런데 경상도 음식이 짜고 맛없다는 사실은 경상도 사람만 모르고 전국
이 다 아는지라 경상도 답사에서는 애당초 기대할 것이 없는데 그래도
능교형보다는 니껴형 음식이 맛깔스러운 데가 있고 같은 니껴형 중에서
도 안동에는 향토식이 따로 있어서 그것이 이 지역 답사의 한차례 먹을
거리가 된다.

법흥동 임청각에서 굴다리로 철둑을 빠져나오면 바로 눈앞엔 안동댐
보조댐이 나타나고 댐 건너편 산자락으로는 민속박물관과 민속경관지

가 한눈에 들어온다. 안동댐으로 수몰될 운명에 있던 건물 중 예안의 선성현(宣城縣) 객사(客舍), 월영대(月映臺), 석빙고 같은 준수한 건물들을 옮겨놓았고 까치구멍집, 도투마리집, 통나무집 같은 안동 지방의 민가들도 옮겨와 야외 건축박물관을 만들면서 바로 그 민가에서 안동의 향토음식을 팔고 있다. '죽은 집'이 아니라 '산 집'으로 그렇게 이용되고 있는 것이 여간 슬기로운 게 아니다. 그래서 나는 안동답사 때면 항시 여기에 와서 헛제삿밥이든 건진국시든 안동의 향토식을 한 그릇 들고 간다. 그렇게 해야 외지의 답사객들은 안동의 살내음을 점점 진하게 느낄 수 있는 것이다.

건진국시는 '건진 국수'의 사투리로 밀가루와 콩가루를 거의 같은 비율로 섞어 반죽해서 푹 삶았다가 국수가 물 위에 뜨면 건져서 찬물에 헹구어 식혀낸다. 그래서 건진국수라고 한다. 찬물에 받아낸 국수는 은어

달인 국물에 말고 그 위에 애호박을 썰어서 기름에 볶은 꾸미를 얹은 다음, 다시 실고추와 파, 지단을 채로 썰어 고명으로 얹는다. 그 담박한 맛은 그야말로 양반 음식이라 자랑할 만하다. 특히 안동 국수는 조밥 한 공기와 상추쌈이 함께 나오므로 매끈한 국숫발과 거친 조가 서로 맛을 돋우며 국수만 먹으면 배가 쉬 꺼져 허한 것을 보완해준다. 그래서 안동 사람들은 타 지역 국수를 먹고 나면 항시 서운타고 말하곤 한다.

헛제삿밥도 별미 중 별미이다. 본래 제사 지낸 다음 음복하던 제삿밥을 그대로 밤참으로 애용하여왔는데 요즘은 헛제삿밥이라 하여 별미 음식으로 정착하게 되었다. 제사도 지내지 않고 먹는 제삿밥이라고 해서 헛제삿밥이라고 하는 것이다. 헛제삿밥은 일종의 패스트푸드여서 사람마다 찬이 따로 나오는데 나물이 큰 반찬인지라 콩나물, 숙주, 도라지, 무나물 무침 등이 철 따라 서너 가지씩 나온다. 산적으로는 쇠고기, 상어, 문어가 오르며 탕국으로는 무(안동에서는 무꾸라고 한다)를 네모나게 썰어넣고 끓인 쇠고깃국이 나온다. 그런데 안동 헛제삿밥은 탕국이 사람마다 나오지 않고 상에 하나만 나와 시원스레 들이마실 수 없으니 나는 항시 그게 서운하다.

헛제삿밥에는 간고등어가 성냥갑 반만 하게 썰려 나오는데 이것이 또한 안동의 별미다. 본래 특산품이란 생산지에서 만들어내는 것이지만 반대로 소비지가 역창출하는 예외도 있다. 간고등어가 바로 그런 대표적인 예다. 간고등어는 생산지는 별로 중요하지도 따지지도 않지만 안동에 와야 많고, 또 안동시장에 와야 제맛 나는 것을 구할 수 있다. 그 이유는 다음과 같다.

안동은 내륙 중의 내륙인지라 뱃길이 닿지 않아 냉동 시설이 없던 옛날에는 생선을 구할 길이 없었다. 그래서 고등어에 굵은 왕소금을 잔뜩 뿌려 절여서 가져와야 상하지 않을 수 있었으니 그렇게 만든 자반고등어는 짜도 보통 짠 게 아니다. 그래도 이 간고등어는 안동 사람들의 밑반찬으로 애용되어 반의반 토막을 썰어놓고 온 식구가 밥을 다 먹기도 한다. 전라도 음식으로 치면 밥맛 돋우는 젓갈 구실도 하는 셈이다. 그 간고등어 중에서도 뱃자반이라고 해서 배에서 금방 잡은 성성한 놈을 곧장 소금에 절인 것은 진짜 별미이다(대구에서는 이를 제자리간이라고 한다). 지금도 안동장에서는 장바구니에 뱃자반 간고등어를 한 손 사가지고 걸음도 상쾌하게 돌아가는 할머니를 얼마든지 볼 수 있다. 한 손이란 보통 두 마리인 줄로 아는데 정확히 말해서 큰 것 하나에 작은 것 하나로 한 손에 꽉 쥘 수 있는 양을 말한다. 그래서 어려서부터 여기에 입맛을 길들인 안동 사람은 간고등어가 없으면 서운해하며 안동에만 틀어박혀 산 아이들은 생선은 고등어 외엔 없는 줄로 알고 자란다. 그런 사람을 안동 답답이 또는 갑갑이라고 한다.

경상대 지리학과에 있었던 김덕현 교수는 나하고는 대학 때부터 친구인데, 의성 김씨 학봉 김성일의 직손으로 안동병중(안동사범 병설중학)을 나온 전형적인 안동인으로 나는 그에게 안동을 참 많이 배웠다. 그리고 그의 중형(仲兄) 되는 김도현 형을 통하여 안동인의 기질을 많이 느낄 수 있었다. 체통을 아는 그 당당함과 대인다운 너그러움 그리고 절대로 기가 죽지 않는 기개가 그의 안동인다운 미덕이다.

그런데 언젠가 도현이 형과 여럿이 전라도 음식 잘하는 집에 가서 저녁 한 끼를 환상적으로 먹은 적이 있다. 식사 후 다른 사람들은 벽에 기대 두 다리를 뻗고 담배 피우며 먹은 음식마다 짚어가면서 젓갈도 맛있고, 전도 잘 부쳤고, 회도 좋았고, 꼬막도 간이 잘 먹었고 하며 되새김하듯 칭찬을 아끼지 않았다. 그러나 도현이 형만은 아무 말 없이 가만히 듣고만 있더니 이윽고 나를 부르면서 큰 소리로 묻는 것이었다.

"준아! 니, 간고등어 머어봤나?"

이것이 안동인의 자존심이다. 여기서 간고등어의 악센트는 '간'에 있지 않고 '고'에 있다. 니껴형은 평고평이니까.

## 팔도 성주의 본향, 제비원

안동 지역의 답사는 동서남북으로 넓게 열려 있어서 이 모두를 한 번에 연결하는 순회 코스를 짠다는 것은 불가능하다. 최소한 2박 3일은 가져야 북부 경북을 순례할 수 있는데 하회 지역, 도산서원 지역, 임하 임동 지역 등으로 권역을 나누어 살피는 것이 경제적이고 효율적이다. 그런 중 안동의 역사와 답사의 리듬을 고려할 때 우리가 가장 먼저 찾아가야 하는 코스는 제비원 석불을 보고 서후(西後)로 가서 봉정사(鳳停寺)를 답사하는 것이다.

안동 시내에서 영주로 가는 5번 국도를 타고 북쪽으로 15리쯤 가면 느릿한 고갯마루 너머 오른쪽 산기슭 암벽에 새겨진 커다란 마애불을 길에서도 훤하게 바라볼 수 있다. 이 불상은 '안동 이천동(泥川洞) 석불상'(보물 제115호)이라는 공식 명칭을 갖고 있지만, 조선시대에 제비원이라는 역원(驛院, 요즘의 여관)이 있던 자리여서 흔히 제비원 석불로 통한다. 요즘엔 그 독한 안동 제비원 소주로 이름이 낯설지 않게 되었지만 원래 제비원의 이미지는 소주보다는 단연코 이 석불에 있다고 해야 할 것이다.

멀리서 바라보면 큰 바위에 몸체를 표현하고 그 위에 얼굴을 조각하여 얹어놓은 것으로 보이지만, 예불드리는 바로 앞으로 다가가면 이 불상은 두 개의 큰 바위 사이에 기도드리는 공간을 설정해놓고 있음을 알게 된다. 이는 신령스러운 바위를 신령스러운 부처님으로 전환시킨 것이

리라. 그래서 그런지 이 불상에는 자비롭고, 원만하고, 근엄한 절대자가 아니라 주술성조차 느껴지는 샤먼의 전통이 살아 있다. 어떤 때 보면 옛 제비원 주막에 계셨을 주모의 얼굴 같기도 하고, 어떤 때 보면 산신 사당을 지키는 무녀 같기도 하다. 이를 미술사적으로 풀이하면 파격적이고 도전적이며 지방적 성격을 강조한 전형적인 고려 불상인 것이다. 그런데 최근에 고쳐 쓴 문화재 안내판에는 이렇게 설명되어 있다.

긴 눈과 두터운 입술 등의 얼굴에는 잔잔한 미소가 흐르고 있어 고려시대에 조성된 괴체화(塊體化)된 불상에서 느껴지던 미련스러움이 보이지 않는다.

한동안 안내문에는 느낌은 적지 않고 복잡한 구조만 설명해놓더니 요즘에는 글 쓰는 사람의 주관적 인상을 서슴없이 표현하면서 '미련스럽다'는 파격한 단어까지 공식적으로 사용하고 있다. 혹자는 이런 것이 유아무개 답사기의 악영향이라고도 한다. 요컨대 제비원 석불은 고려시대의 여타 매너리즘 경향의 불상과는 달리 파격적이라 할 정도로 확실한 자기 이미지를 갖고 있는 것이다.

바로 이 점 때문에 제비원 석불은 많고 많은 전설을 갖게 됐다. 임재해(林在海) 교수가 「성주의 본향, 제비원의 노래와 전설」(『한국 민속과 전통의 세계』, 지식산업사 1991)에서 조사·발표한 것을 보면, 불심 많은 착한 연이(燕伊) 아가씨의 화신이라는 설화에서 이 석불을 모신 절 이름이 연미사(燕尾寺)로 되었다는 얘기, 임진왜란 때 이여송이 우리 산천의 지맥을 끊

---

| **제비원 석불** | 제비원 고갯마루 겹겹의 바위를 이용해 조성한 고려시대 석불이다. 파격적이고 개성적인 고려 불상의 좋은 본보기인데 「성주풀이」에서 무당의 본향을 여기로 지목한 것이 아주 흥미롭다.

고 다닐 때 이 불상의 목을 잘랐다는 설 등등이 주저리주저리 얽혀 있다. 그중 가장 중요한 사실 하나는 우리나라 무가(巫歌) 중 「성주풀이」라고 해서 성주님께 치성드리는 성주굿 노래에서 어느 지역이든 성주의 본향(本鄕)을 따지는 대목에서는 모두가 이 제비원 석불을 지목하고 있다는 사실이다.

성주님 본향이 어디메냐/경상도 안동 땅/제비원이 본일러라/제비원의 솔씨 받아 (…)

그래서 안동은 불교문화, 양반 문화의 본향임과 동시에 민속 문화의 본향이라고도 말하고 있는 것이다.


## 안동 언어생활의 전통성

제비원에서 조금 더 내리막길을 타고 내려가다보면 우리는 이내 봉정사로 들어가는 저전동(苧田洞)에 닿게 된다. 저전동은 지금도 할머니·할아버지들은 '모시밭'이라고 짧고 빠르게 발음하는 예쁜 이름의 옛 마을이다. 말이 나왔으니 말인데, 안동은 언어생활에서도 전통 고수의 집념을 보여준다. 저전(苧田)을 모시밭이라고 하듯 천전(川前)보다 내앞, 수곡(水谷)·박곡(朴谷)보다 무실·박실, 온혜(溫惠)보다 더운골 등이 입에 익숙하다. 언젠가 와룡면 일대를 누비고 다니는데 윗골, 고누골, 음지마, 양지마, 가장실, 가느실, 밤실, 짓실, 대밭골, 택골, 도장골, 잣골, 오리실, 건너나별, 고불고개 등 듣기만 하여도 향토적 서정이 물씬 일어나는 동네 이름을 보면서 얼마나 기뻤는지 모른다. 얼핏 생각하기에 안동 양반들은 한자어를 많이 썼을 것 같은데 이처럼 한글 이름을 많이 보유하고 있는 것은 한글이고 한자고 한번 접수한 것은 무조건 끝까지 지키고 보는 전통 고수의 저력 때문인 것이다. 그래서 안동 사람들은 일상 속에서는 순한글을 많이 쓰다가 품위와 권위를 찾을 때는 한자어를 많이 쓰는 독특함이 있는 것이다. 예를 들어 평소에는 '더운골 할배' '건네 아재' 하고 친숙하게 말하다가도 저전 장질(長姪), 춘양 삼종숙(三從叔, 9촌 아저씨) 하면서 힘주어 말하기도 한다.

안동에는 요즘도 손자를 교육시키면서 "니 그라믄 인(人) 안 된다"며 '사람 안 된다'는 말을 끝까지 안 쓰는 할배가 있다. 또 한번은 어느 종갓집에 가서 이 구석 저 구석 사진 좀 찍을 요량으로 연줄을 대서 종손을 찾아뵙고 인사를 드릴 때 큰절까지 하여 소기의 목적을 달성한 적이 있었다. 그뒤 소개해준 분께 답사 잘했노라고 감사의 전화를 드렸더니 오히려 그쪽에서 내 덕에 종손에게 좋은 인사를 받았다고 고마워했다. 그래서 종손이 뭐라고 칭찬하더냐고 했더니 "그 유교수 작인이더구먼" 하더라는 것이다. 사람 됨(作人)을 그렇게 한자어로 굳이 만들어 쓰는 것이다. 경상도 사투리로 혼났다를 '씨껍했다'고 하는데 이 말의 유래가 식겁(食怯), 즉 겁먹었다는 말이니 분명 안동에서 만들어 퍼뜨린 것 같다.

이래저래 안동에는 한자어를 둘러싼 많은 일화가 있다. 임재해의 『이바구세상』(한울 1994)에는 이런 얘기가 나온다. 한 총각이 강제로 선도 보지 않고 결혼을 하게 됐는데 여자가 반촌 출신이 아니라 민촌(民村) 출신인지라 영 맘에도 안 들고 깔보게 되어 첫날밤 신방에서 색시를 멋지게 골려주려고 한자로 운(韻)을 던져 대구(對句)를 읊어 제시하지 못하면 면박을 줄 속셈으로 "청포대하자신노(靑袍帶下紫腎怒)"라 했다는 것이다. 풀이하여 '푸른 도포 허리띠 아래에서 붉은 신이 노했도다'. 그런데 색시는 뜻밖에도 이를 척 받아서 화답하는데 "홍상과중백합소(紅裳袴中白蛤笑)", 즉 '붉은 치마 고쟁이 속에서 흰 조개가 웃는다'라고 했다는 것이다. 세상에 많은 대구가 있지만 이처럼 절묘한 것은 드물다. 영남대 한문교육과의 김 혈조 교수는 교양한문 시간에 한시를 고리타분하게 여기는 학생들에게 는 이 대구를 가르쳐주면 약발을 잘 받는다고 한다.

## 모시밭에서 봉정사 가는 길

모시밭마을 입구에는 안동 어디서나 볼 수 있듯이 네모난 돌기둥에 빨간 글씨로 '김태사묘(金太師廟) 입구'라고 쓰여 있는 푯말과 함께 '천 등산(天燈山) 봉정사(鳳停寺)'라는 안내판도 보인다.

여기에서 봉정사로 가는 길은 1980년대에는 비포장 농로였어서, 이 길 로 버스가 들어가자면 퍽이나 고생스러웠다. 그때 관광버스 기사에게 나 는 엄청스레 욕을 먹었다. 그래서 답사는 완전히 망쳐버렸고 다시는 낯모 르는 기사의 버스는 빌리는 일이 없게 됐으며 나의 답사를 깊이 이해해주 시는 대한여행사 마종영 기사님과만 다니게 됐다. 마기사님처럼 직업의 식이 투철한 분을 보면, 우리나라가 어떤 때는 곧 무너질 것 같지만 용케 도 버티는 것은 바로 저런 분이 각 분야의 기층을 이루고 있기 때문이라 고 생각하고 그것이 국력이라고 믿게 된다. 아무튼 마기사님과 일정이 맞 지 않으면 나는 답사 일자를 변경할지언정 다른 버스는 타지 않았다.

봉정사로 들어가는 그 흉악한 흙길이 이제는 아스팔트로 깔끔히 포 장되어 있지만 그래도 농로는 여전히 농로인지라 낮은 산비탈 아랫자락 을 알뜰히 살려낸 논과 밭을 양옆에 끼고 구불구불 넘어가니 말하지 않 아도 봉정사가 예사롭지 않은 깊은 산사임을 절로 알게 된다. 80년대까 지만 해도 봉정사 입구 주차장 주위에는 아무것도 없었다. 그저 저 건너 솔밭 아래 주인 떠난 폐가들이 드문드문 보일 뿐이었다. 그러다 1992년 인가 컨테이너하우스 구멍가게가 생겨 그런대로 귀엽고 편했는데 작년

(1996년)엔 드디어 번듯한 식당이 들어섰으니 이 조용한 명소에 일어날 불길한 변화가 불안하기만 하다.

주차장에서 강파른 언덕, 잔솔밭을 가볍게 두어 굽이 넘어가자면 왼쪽 계곡 안쪽으로는 퇴계가 여기서 공부한 것을 기념하여 지은 창암정사(蒼巖精舍)와 명옥대(鳴玉臺)라는 그럴듯한 정자가 있지만 지금은 봉정사가 목표인지라 거기에 발길이 닿을 여유가 없다. 여기서 다시 한 굽이 넘어서면 안쪽 주차장과 함께 새로 세운 일주문이 봉정사에 다 왔음을 알려준다.

일주문을 넘어서면 산길 좌우로는 해묵은 고목들이 높이 치솟아 하늘을 가리는데 그 나무가 굴참나무라는 사실이 차라리 놀랍다. 우리는 보통 야산에 즐비한 작은 참나무만 보아와서 참나무가 이렇게 크게 자랄 수 있다는 생각을 좀처럼 하지 못한다. 그러나 숯 중에는 참나무숯이 최고이고, 철도 침목처럼 강하면서도 탄력이 있어야 하는 것에는 참나무를 썼던 것을 생각하면 참나무가 왜 수많은 나무 중에서 '진목(眞木)'이란 뜻의 참나무라는 이름을 차지했는지 알 수 있게 된다. '숲과문화' 동인들을 따라 서울 종묘를 답사했을 때 종묘 숲의 70퍼센트가 참나무인 것을 알았고 참나무의 참모습과 참가치도 그때 들어 배워서 알았다. 그러고 나서 봉정사에 다시 왔을 때 나는 여기도 참나무 숲길이 있음을 비로소 알게 됐으니 사람이 알고 보는 것과 모르고 지나치는 것이 얼마나 큰 차이인가를 새삼 깨닫게 됐다.

참나무 숲길을 벗어나면 갑자기 하늘이 넓게 열리며 산속의 분지가 나타나고 저 앞쪽 멀리로는 돌축대, 돌담을 끼고 늠름히 서 있는 봉정사 만세루가 아련히 들어온다. 어찌 보면 만세루가 오히려 은행나무, 감나무 사이로 어리어리 비치는 우리를 물끄러미 쳐다보고 있는 듯한 착각이 일어나고 우리는 그 만세루 눈길에 이끌리어 거기를 향해 한 걸음 한

| **봉정사 가는 길** | 절집의 분위기는 편안하면서도 엄정함이 있고 규율이 있으면서도 자연스러움이 있어 더욱 매력을 느끼게 된다.

걸음 옮기게 된다.

만추의 안동, 참나무 갈색 낙엽이 단색조로 차분히 누렇게 물들고 있을 때면 노랗게 물든 은행잎에 햇살이 부서지며 밝은 광채를 발하고 누구라 따갈 이 없는 늙은 감나무에 홍시가 빠알갛게 익어 그 가을빛은 더할 수 없는 아름다움을 자랑한다. 그것은 비췻빛 고려청자 매병에 백학이 상감되어 있는 것만도 황홀한데 그 학 머리에 붉은빛 진사(辰砂)로 점을 찍어 단정학(丹頂鶴)을 새겨놓은 것만큼이나 눈과 마음을 상큼하게 열어준다.

지금은 진입로의 잡목을 많이 쳐내어 옛날처럼 보일 듯 보이지 않으면서 우리를 그쪽으로 신비롭게 유도하는 감칠맛이 적어졌지만 그래도 봉정사의 저력은 여전히 살아 있다.

| 봉정사 전경 | 봉황이 머무는 듯한 자리앉음새라고 하더니 봉정사의 가람배치는 아주 결이 곱다.

### 최고(最古)의 건물, 봉정사 극락전

봉정사가 세상에 이름 높은 것은 현존하는 목조건물 중 가장 오래된 집인 극락전(국보 제15호)이 있기 때문이다. 이로 인하여 안동은 절집에 있어서도 목조건축의 보고(寶庫)라고 당당히 말하는 바이니 차제에 어찌해서 최고의 건물인가 그 논증을 정밀히 살펴보고자 한다.

현재 창건 연대를 확실히 알고 있는 가장 나이 많은 집은 예산의 수덕사 대웅전이다. 수덕사 대웅전에서는 1934년 해체공사 때 1308년에 창건되었다는 기록을 발견했다. 그렇다고 이 집이 가장 오랜 건축이라고는 말할 수 없다. 부석사 무량수전은 1916년 해체 중수 때 묵서명(墨書銘)이 발견되었는데 이에 따르면 1376년에 중건한 것으로 되어 있다. 그러니 창건은 이보다 100년 이상 앞선 것으로 추정된다. 그래서 한동안 부석사

무량수전이 최고의 목조건물로 지목되기도 했다.

그런데 1972년 9월, 봉정사 극락전을 중수하기 위해 완전 해체했을 때 중도리에 홈을 파고 '기록이 들어 있는 곳'이라는 뜻으로 '기문장처(記文藏處)'라고 표시한 게 있어서 열어보았더니 정말로 상량문이 거기에 들어 있었다. 이 상량문은 이렇게 시작된다.

안동부 서쪽 30리쯤 천등산 산기슭에 절이 있어 봉정사라 일컬으니, 절이 앉은 지세가 마치 봉황이 머물고 있는 듯하여 이와 같은 이름으로 부르게 됐다. 이 절은 옛날 능인대덕(能仁大德)이 신라 때 창건하고 (…) 이후 원감(圓鑑), 안충(安忠) 등 여러 스님들에 의해 여섯 차례나 중수되었으나 지붕이 새고 초석이 허물어져 1363년(공민왕 12년, 至正 23)에 용수사(龍壽寺)의 대선사 축담(竺曇)이 와서 중수했는데 다시 지붕이 허술해져서 수리하였다.

이 상량문은 1625년에 기와 수리공사를 하면서 써둔 것인데 여기서도 창건 시기는 밝히지 않고 있지만 부석사 무량수전보다 13년 앞선 1363년에 중수한 사실만은 명확히 알려주고 있다. 그러나 봉정사 극락전이 부석사 무량수전보다 13년 앞서 중수했다는 사실만으로 지금 최고(最古)의 건물로 지목되고 있는 것은 아니다. 여기서 13년이라는 수치는 거의 무의미한 것이며, 그 주된 논거는 건축양식상 고식(古式)으로 판단되는 점이 많기 때문이다.

봉정사 극락전은 흔히 고구려식 건축으로 통한다. 그것은 고구려 고분벽화에는 기둥과 공포(栱包) 그림이 나오는데 그것과 합치되는 결구방식을 보여주고 있으며, 또 기둥과 기둥 사이에서 옆으로 가로지른 창방 위에 올라앉은 나무받침이 역시 고구려 벽화에서 보이는 복화반(覆花

盤, 즉 꽃잎을 엎어놓은 모양)을 하고 있고, 사용한 자[尺]가 고구려자였으며 무엇보다도 간결하면서도 강건한 인상을 주는 건물의 느낌이 그러하다는 것이다. 그리고 미술사가들은 고려 초에 삼국시대 문화에 대한 일종의 복고 풍조가 석탑, 불상 등 각 장르에 넓게 퍼져 있었음을 상기하면서 그런 시대적 분위기에서 나온 고식으로 이해하고 있다.

## 봉정사 극락전의 아름다움

봉정사 극락전의 이 간결하면서도 강한 아름다움은 내부에서 더 잘 보여준다. 곱게 다듬은 기둥들이 모두 유려한 곡선의 배흘림을 하고 있는데 낱낱 부재와 연등천장이 남김없이 다 드러나면서 뻗고 걸치고 얽힌 결구들이 이 집의 견고성을 과시하듯 단단히 엮여 있다. 그리고 곳곳에 화려한 복화반 받침이 끼어 있어 가벼운 리듬과 변화를 일으킨다.

이 집의 또 다른 매력은 지붕이 높지 않고 낮게 내려앉아 안정감을 줄 뿐만 아니라 아주 야무진 맛을 풍긴다는 점이다. 그것은 이 건물의 측면 관에도 잘 나타나 있지만 무엇보다도 내부에서 정확히 관찰된다. 이 집은 9량집으로 되어 있으면서도 9량집 건물이라면 가운데에 들어앉아야 할 네 개의 높은 기둥[高柱] 중 앞쪽 두 개를 생략했다. 그래서 내부 공간이 아주 넓고 시원해 보인다. 그러나 앞쪽 고주가 생략된 만큼 대들보는 뒤쪽 고주로 직접 연결하지 않으면 안 된다. 그 높이에 차이가 있으므로 이것을 어떤 식으로든 처리하지 않으면 안 되는 가구(架構)상의 문제가 생기는데 그것을 아주 슬기롭고 멋있게 해결했다.

앞의 평주에서 고주로 대들보가 걸리는데 이 대들보를 다듬은 방식이 흔히 보는 살림집 것과는 다르다. 청자의 매병처럼 보의 어깨를

| 봉정사 극락전 | 현존하는 목조건축 중 가장 나이가 많은 건물로 단순하면서 힘 있는 것이 고식의 요체라 한다.

넓게 잡고 차츰 내려오면서 훑쳐서 홀쭉하게 하고 굽에 이르러서는 직선으로 다듬었다. 그래서 항량(缸樑)이라고도 부르는데 이 항아리 보는 주심포계(柱心包系)의 구성에서만 볼 수 있는 특색이며, 이것은 12세기의 보 형태로 여겨진다.(신영훈 감수『한국의 미 13: 사원건축』, 계간미술 1983, 217면)

### 봉정사의 정연한 가람배치

봉정사에는 극락전 말고도 국가지정문화재로 대웅전(보물 제55호), 화엄강당(보물 제448호), 고금당(古今堂, 보물 제449호)이 있으니 낱낱 건물의 가치와 중요성은 강조하지 않아도 알 수 있을 것이다. 그러나 봉정사가 봉정사일 수 있는 것은 낱낱 건물 자체보다도 그 건물을 유기적으로 포

| **봉정사 내부** | 고려시대 목조건축은 내부의 결구들이 아주 간명하게 드러나 청신한 멋을 느끼게 한다.

치한 가람배치의 슬기로움에 있다.

봉정사는 결코 큰 절이 아니다. 그러나 봉정사는 정연한 건물 배치로 우리나라에서 가장 단정하고 고풍스러운 아름다움을 보여주는 산사가 되었다. 봉정사는 불국사처럼 대웅전과 극락전이라는 두 개의 주전(主殿)을 갖고 있고 각각의 전각이 독자적인 분위기를 장악하고 있어서 이 두 공간의 병렬적 배치가 봉정사에 다양성과 활기를 부여한다.

봉정사의 절집 진입로는 만세루인 덕휘루(德輝樓) 아래로 난 돌계단으로 되어 있다. 정성을 다해 가지런히 쌓았으면서도 천연의 멋을 다치지 않았다. 돌계단을 밟고 만세루를 향하면 품에 안을 듯 압도하는 누각에 몸을 맡기고 싶어진다. 그리고 우리는 반드시 누마루 아래로 난 돌계단을 따라 고개를 숙이고서야 안마당으로 들어서게 되니 성역에 들어가는 겸손을 저절로 보이게 되는 것이다.

봉정사 대웅전 앞마당은 전형적인 산지중정형(山地中庭形)으로 남북으로는 대웅전과 만세루, 동서로는 선방인 화엄강당과 승방인 무량해회(無量海會)가 포치하고 있다. 그런데 이 앞마당에는 석탑이나 석등 같은 일체의 장식물이 없고 반듯한 축대에 반듯한 돌계단이라는 정면성이 강조되어 있다. 수평면에서도 대웅전을 슬쩍 올렸다는 기분이 들 뿐 평면감이 강하게 느껴진다. 그 단순성과 표정의 절제로 우리는 어디에서도 볼 수 없는 말간 느낌의 절마당을 맛보게 된다.

이에 반하여 바로 곁에 있는 극락전의 앞마당은 중정에 귀여운 삼층석탑이 자리잡고 극락전 돌계단 양옆으로는 화단이 있어서 정겨운 공간이 연출되고 그 앞으로는 거칠 것 없이 시원한 전망이 열려 있어서 대웅전 앞마당 같은 엄숙과 위압이 없다. 이 대조적인 두 공간의 병존이 우리로 하여금 봉정사의 가람배치에 경탄을 금하지 못하게 하는 것이며 우리나라 산사의 대표적인 아름다움을 보여준다는 찬사를 보내게 하는 것이다.

봉정사에는 다른 볼거리도 많다. 특히 봉정사 대웅전은 단청과 불화로도 이름 높다. 이처럼 고색창연한 아름다움을 지켜주고 있는 것만도 고마운데 얼마 전에는 후불탱화 뒤에 고려시대에 제작된 후불벽화가 숨어 있듯 남아 있는 것이 발견되었으니, 그것이 보수되어 세상에 제 모습을 드러낼 때면 봉정사는 세인의 입에 회자되고 탐방객의 발길이 더욱 바빠질 것이 틀림없다(그 후 현존 최고最古의 벽화로 인정되어 보물 제1614호로 지정됨).

그러나 그런 아름다운 축제는 먼 훗날의 얘기이고 지금 우리가 봉정사에 와서 만나는 기가 막힌 20세기 유물(?)은 저 붉은 소방서 색깔의 소방 도구들이다. 나라의 보물이 많은지라 봉정사 안에는 자그마치 예닐곱 개의 소방 세트가 장기판 병졸처럼 구석구석을 차지하고 있으니 그것은 차라리 절묘한 현대 설치미술가의 작품 같다고나 할 일인가.

## 마당을 알아야 한옥이 보인다

봉정사 답사는 요사채 뒤쪽 산자락에 자리잡은 영산암(靈山庵)까지 다녀와야 제맛을 알게 된다. 영산암은 영화 「달마가 동쪽으로 간 까닭은」을 촬영한 곳으로 유명한 암자인데 거기가 참선방인지라 누가 일러주는 일도 없어 그냥 지나쳐버리는 이들이 많아 안타깝다. 영산암은 안에 들어가지 않고 낮은 돌담 너머로 안마당을 구경하는 것만으로도 즐겁고 뜻깊은 답사가 될 수 있다.

영산암은 낡고 낡은 누마루인 우화루(雨花樓) 밑으로 대문이 나 있고 안에 들어서면 서너 채의 승방이 분방하게 배치되어 있다. 안마당은 굴곡과 표정이 많아서 조금 전 우리가 본 봉정사 대웅전이나 극락전과는 전혀 다른 느낌을 갖게 된다. 일부러 가산(假山)을 만들고 거기에 괴석(怪石)과 굽은 소나무를 심고 여름꽃도 갖가지, 관상수도 갖가지다. 툇마루도 있고 누마루도 있고 넓은 정자마루도 있으며 뒤뜰로 이어지는 숨은 공간도 많다. 뭔가 부산스럽고 분주하면서 그런 가운데 질서와 묘미를 찾으려고 한 흔적이 역연하다.

나는 이렇게 감정의 표정을 많이 담은 마당은 본 적이 없다. 그렇다고 이것이 요사스럽거나 번잡스럽게 느껴지지 않으니 그것이 참으로 신기할 뿐이다. 봉정사에서 기도처인 대웅전, 극락전의 앞마당은 정연한데, 수도처인 영산암 앞마당은 일상의 편안함이 깃들어 있는 것이다.

그러고 보니 봉정사에 와서 우리는 서로 성격이 다른 세 개의 마당을 보았다. 대웅전 앞의 엄숙한 마당, 극락전 앞의 정겨운 마당, 영산암의 감정 표현이 강하게 나타난 복잡한 마당. 마당을 눈여겨볼 줄 알 때 비로소 한옥을 제대로 보았다고 말할 수 있을 정도로 우리 건축의 에센스는 마당에 있다. 이 점에 대해서는 건축가 승효상(承孝相)이 「내 마음속의 문

| **영산암** | 봉정사 큰절 바로 위에 있는 이 암자는 그 마당이 복잡하면서 다양한 분위기를 갖고 있어 건축학적으로 주목받고 있다.

화유산 셋」이라는 문화 칼럼(『중앙일보』 1997. 2. 16)에서 아주 핵심을 잡아 논한 것이 있다.

  우리의 전통 음악에서는 음과 음의 사이, 전통 회화에서는 여백을 더욱 소중하게 여겼던 것처럼 전통 건축에서는 건물 자체가 아니라 방과 방 사이, 건물과 건물 사이가 더욱 중요한 공간이었다. 즉 단일 건물보다는 집합으로서의 건축적 조화가 우선이었던 까닭에 그 집합의 중심에 놓이는 비워진 공간인 마당은 우리 건축의 가장 기본적 요소이며 개념이 된다. 이 마당은, 서양인들이 집과 대립적 요소로 사용한 정원과도 다르며 관상의 대상으로 이용되는 일본의 정원과는 차원을 달리한다. (…)

| **우화루 현판** | 우화(雨花)는 부처님이 설법할 때 꽃비가 내렸다는 얘기에서 나온 것이다.

서양인의 눈에는 그냥 남겨진 이 비움의 공간은 집의 생명을 길게 하여 가족공동체를 확인시키고 사회공동체를 공고히 하여 우리의 주체를 이루게 하는 우리의 고유한 건축 언어이며 귀중한 정신적 문화 유산인 것이다.

마당은 이처럼 건물들을 유기적으로 연결하면서 또 유기적으로 분할하고 건물의 성격과 표정에 결정적 역할을 한다. 그것을 지금 우리는 봉정사에 와서 확연히 보고 있는데, 앞으로 북부 경북 순롓길에서는 더 많은 종류의 마당을 보게 될 것이다.

### 안동의 삼태사 묘소

봉정사에서 나와 우리의 다음 목적지인 하회의 병산서원으로 향하면 모시밭으로 나갈 것 없이 서후에서 검제(금계)를 지나 풍산으로 들어가면 된다. 서후로 가다보면 길에는 '장태사묘(張太師廟) 입구'가 있고 또 검제 다가서는 '권태사묘(權太師廟) 입구'도 나온다. 그러니까 이 안쪽은 바로 '안동 삼태사의 묘'가 모두 모여 있는 안동 역사의 진원지인 것이다.

안동의 옛 이름은 고창(古昌)이었다. 후삼국 때 왕건과 견훤은 서로 신라를 쟁탈하려고 그 외곽을 둘러싼 진주, 상주, 고창(안동)을 연결하는 전선에서 치열하게 대결을 벌였다. 그런데 이 팽팽한 대결이 왕건 쪽의 승리로 기울게 된 결정적인 전투가 930년에 벌어진 고창 전투였다. 당시 왕건은 앞서 공산(公山)전투에서 신숭겸(申崇謙) 장군을 잃는 등 참패를 당하고 구사일생으로 고창 북쪽으로 도망해 왔는데, 다행히도 이 지방 토호인 권행(權幸), 김선평(金宣平), 장길(張吉) 등이 향군을 이끌고 도와 대승리를 거두게 되었다.

여기서 왕건은 통일의 기틀을 마련하게 되었고, 후삼국 통일 후 '동쪽을 안정시켰다(安於大東)'는 뜻으로 이 고장 이름을 안동이라 지어주고는 3인의 호족에게 각각 태사 벼슬을 주어 그들이 곧 안동 권씨, 안동 장씨, 안동 김씨의 시조가 되었다. 이 세 분의 묘소가 모두 이 서후 안쪽에 있고 시조묘의 묘비와 사당과 재사(齋舍)가 갖추어 있어서 집안마다 시제 때는 보통 700명에서 1천 명이 모인다. 그때는 각지에서 올라온 관광버스 40, 50대가 길가에 쭉 늘어서 있으니 그런 장관이 없다. 그것은 안동의 저력이기도 하다.

### 검제, 의성 김씨 학봉 종택

서후면사무소를 지나면 오른쪽 산자락 능동(陵洞)골로는 '권태사묘'로 가는 이정표가 서 있고, 또 어느만큼 가다보면 길 왼쪽으로 번듯한 반촌에 번듯한 반가(班家)가 한눈에 들어온다. 길가의 빗돌엔 '검제(금계)'라고 쓰여 있는데 여기엔 학봉(鶴峯) 김성일(金誠一, 1538~93)을 불천위로 모시는 의성 김씨 검제 종가가 있다. 검제의 학봉 종택에 많은 고문서가 있어서 일괄 유물로 56종 261점을 보물 제905호로, 17종 242점을 보

| **의성 김씨 검제 종가** | 의성 김씨 종택으로 안동의 명문임을 자랑하는 권위와 품위가 보인다. 안동 지방 종가의 전형적인 모습이다.

물 제906호로 지정하여 이것이 지금 운장각(雲章閣)에 보관·진열되어 있으니 그 때문에 관심 있는 자의 또 한차례 답사처가 된다.

특히 의성 김씨 검제 종가는 보종(輔宗)을 잘하는 것으로 안동에서도 이름 높은데, 1987년 김혈조 교수가 이 댁을 답사했을 때는 종손 이하 어른들은 누런 두루마기로 정장을 하고 맞이하며 동네 친척 아낙들이 총동원되어 80명 밥을 해주는데 그것은 고마움을 넘어서 큰 볼거리였다고 한다. 찾아온 손님을 절대로 홀대하지 않는 접빈객의 전통과 종갓집 보필 가풍이 그런 귀찮은 일을 마다치 않게 했던 것이다.

한번은 내가 이 댁에 들렀을 때 안채 대청 서까래 못에 굴비가 두 마리 걸려 있는 것을 보았다. 나는 혹시 자린고비들이 밥 먹으면서 쳐다보았다는 게 저런 모양 아닐까 하고 실없이 웃었는데, 나중에 이 집 후손인 김도현 형께 물어보았더니 정반대의 뜻이 있는 것이었다. 그 굴비는 언제든지 손님을 맞이할 자세로 매달아놓은 것이며, 저것이 상할 때가 되어도 손님이 오지 않으면 그것을 내려 집안 식구끼리 먹고 그 대신 새로 굴비를 사다가 미지의 손님을 위하여 매단다는 것이다. 그것이 안동 양반의 체질화된 접빈객의 자세인 것이다.

지금 우리는 여기를 들를 시간상의 여유가 없어 그냥 지나칠 수밖에 없다. 그러나 우리는 여기서 학봉 김성일이 누구인가를 확실히 알아야 한다. 이는 안동을 이해하기 위해 기존의 상식을 재점검해야만 하는 몇 가지 필수 사항 중 하나이다.

우리가 역사에서 배운 바로 학봉은 임진왜란 직전에 일본에 부사(副使)로 갔을 때 "반드시 전쟁이 있을 것(必有兵禍)"이라고 보고한 정사(正使) 황윤길(黃允吉)과는 반대로 "그러한 정세를 보지 못했다(不見如許情形)"라고 잘못 말한 장본인이다. 그래서 간혹 방송 사극에서는 학봉이 당리당략의 좁은 소견으로 나라를 전쟁으로 몰아넣은 역사의 죄인으로 묘사되고 있다. 그러나 안동에 오면 학봉을 찾고 칭송하는 일을 자주 보게 되며 의성 김씨 문중은 학봉의 이런 이미지를 바로잡기 위해 『학봉 김성일과 항일 구국운동』이라는 소책자도 펴낸 바 있다.

훗날 서애 류성룡이 『징비록(懲毖錄)』에서 밝혔듯이 학봉이 그때 불침론을 주장한 것은 정사 황윤길이 동래에 도착하자마자 곧 전쟁이 날 것처럼 말하여 민심을 뒤흔드는 것을 진정시키기 위해서였다는 것이며, 이것이 훗날의 변명이라면 어떤 역사가의 말대로 일본에 가서 정사라는 자가 겁먹고 당황하는 모습을 못마땅해하며 조선 사신으로서 당당한 모습을 보여주고자 했던바, 그 기개를 앞세운 나머지 현실을 잘못 읽었던 것이다. 아무튼 학봉은 일본에 사신으로 가서는 당당했고 국내에 와서는 오판을 말했다. 임진왜란이 일어나자 학봉은 자신의 과오에 사죄하듯 초유사(招諭使)로 종군해서 전국에 격문을 띄워 의병을 모집하고 관찰사로서 노심초사하다가 결국 진주성이 함락되기 얼마 전 성중(城中)에서 전사하고 만다.

이처럼 학봉은 우리가 단편적으로 알고 있는 그런 속 좁은 서생이 아니었다. 학봉이 안동에서 특히 존경받고 이름 높은 이유는 퇴계의 수제자로 학문이 깊었고 그를 따르는 제자가 많았다는 사실에 있다. 학봉은 서애와 함께 퇴계의 오른팔, 왼팔을 다투는 위치에 있었고, 바로 그 힘겨루기로 끝끝내 해결을 보지 못한 병호시비(屛虎是非)를 몇백 년 두고 계속하게 되었던 것이다. 이 병호시비는 안동을 이해하기 위한 또 하나의 필수적인 예비지식이기도 하다.

## 병호시비, 3차의 공방전

병호시비는 류성룡의 병산서원(屛山書院)과 김성일의 호계서원(虎溪書院) 간의 두 분 사후 라이벌 대결을 말하는 것이다. 퇴계(退溪) 이황(李滉)의 양대 제자라 할 두 분을 비교해보면 나이는 학봉이 네 살 위였으나 벼슬은 서애가 영의정을 지낸 데 비해 학봉은 경상도관찰사에 머물렀다. 서애 쪽은 벼슬이 높은 만큼 관(官)으로 진출하는 이가 많았으나 학봉 쪽은 학문에 힘쓰는 이가 많아 영남 유림은 오히려 학봉 쪽이 강했다. 퇴계 선생은 처음 학봉을 보았을 때 "나는 이런 아이는 일찍이 보지 못했다(吾目中未見其此)"고 극찬을 했는데, 서애를 보고 나서는 "하늘이 내린 아이(天之所出者)"라고 했다. 둘은 이래저래 쌍벽의 수재였는데 결국은 두 분 사후에 제자들 간에 라이벌 대결이 벌어진 것이었다.

시비의 발단은 1620년 퇴계를 모신 호계서원(당시 이름은 여강서원廬江書院)에 수제자 두 분을 함께 모시기로 결정을 보았는데 누구를 왼쪽(상위)에 모시느냐로 시비가 일어난 것이다. 학봉 쪽은 장유유서로 하자고 했고 서애 쪽은 관작(官爵)으로 해야 한다고 했다. 그래서 당시 상주에 은거 중인 영남학파의 장로 격인 정경세(鄭經世, 1563~1633)에게 결정해달라고 한 결과 그가 서애 쪽에 가까웠던 까닭이었던지 서애를 왼쪽에 모시라는 판결을 내렸다. 이 시비는 결국 이렇게 끝났다.

병호시비의 2차전은 1805년 영남 유림에서 서울 문묘(文廟)에 서애, 학봉 및 한강(寒岡) 정구(鄭逑, 1543~1620), 여헌(旅軒) 장현광(張顯光, 1554~1637) 네 분을 종사(從祀)케 해달라는 청원을 올리기로 합의를 보고 네 명의 자손들이 서울에 모여 소장(疏章)을 쓰는데, 네 분의 이름 중 누구를 먼저 쓰느냐는 문제였다. 그런데 한강과 여헌은 벼슬을 별로 중요시하지 않은 분이었기 때문에 나이순으로써 학봉, 서애, 한강, 여헌 순으로 쓰기로 한 것이다. 그러나 서애 쪽에서 이에 승복하지 않고 서열이 잘못됐다고 독자적으로 상소를 올리니 조정에서는 둘 다 기각해버렸다. 한강, 여헌 쪽 입장에서는 억울하고 한심하기 짝이 없는 일이었다. 고래 싸움에 새우 등 터진다더니 그런 유만부동도 없었다.

그래서 이 사건은 여기서 끝나지 않고 3차 시비로 들어가게 된다. 학봉, 서애의 알력으로 다 된 문묘종사를 망친 한강, 여헌의 사림들이 대구 이강서원(伊江書院)에 모여 독자적으로 상소할 것을 결정하고 영남 유림에 통보했다. 그러자 이 통문을 받은 안동의 유림은 서애, 학봉 양 파의 다툼을 중지하고 한강, 여헌 양 파를 규탄하는 통문을 띄우기로 결정하고 그 통문은 전주 류씨 류회문(柳晦文)이 작성하기로 했는데, 그가 학봉 학통이어서 그랬는지 글을 쓰면서 두 선생의 순서를 학봉, 서애로 했다는 것이다. 이에 서애파들은 호계서원과 결별하고 이후는 병산서원에 따로 모이게 되니 안동의 유림은 학봉의 호계서원(사실은 3위 모두 모셔져 있음)과 서애의 병산서원으로 갈라서게 되었다.

이 자존심과 체면 싸움은 의성 김씨와 풍산 류씨의 다툼이 아니라 학봉학통과 서애학통의 알력이기 때문에 안동 유림 전체가 이 시비에 말려들고 만 것이다. 아마도 안동 양반들의 엄청스러운 고집을 말하라고 하면 이 병호시비처럼 좋은 예가 없으며, 그런 병통은 오늘의 안동인에게도 어느 정도는 전통으로 남아 있는 것 같다. 그래서 안동 갑갑이, 안동 답답이라는 말 이외에 안동 외고집, 안동 ×고집이라는 말도 생겨난 것이다.

미학·미술사학과 답사 때 한 학생이 이 병호시비에 대하여 조사해온 바를 병산서원 만대루에서 이야기체로 쭉 발표하는데, 죄다 재미있어하면서 끝내 해결 못 볼 일이라고 닭싸움 구경하듯 하니 김윤수(金潤洙) 선생이 한 말씀 하신다.

"어느 집안이든 우리 쪽이 양보하겠다고 한마디만 하면 역사 속에서 영원한 승자가 되겠건만 그런 현명한 말 한마디가 얼마나 힘들다는 것을 또 이 병호시비의 역사가 말해주는구먼. 허, 허."

### 폐허로 남아 있는 경북선의 교각

검제는 학봉 종택 말고도 갑자사화 때 명현이라 꼽히는 용재(慵齋) 이종준(李宗準)의 고향으로 유명하고, 또 안동 장씨의 본거지로 경당(敬堂) 장흥효(張興孝)의 후예들이 동성 마을을 이루고 있다는 것을 알고는 있으나 나의 답사가 거기까지 미친 적은 없다. 이쯤에 오면 나는 항시 서둘러 우리가 하룻밤을 묵을 하회로 향하면서 조바심을 내며 해지기 전에 거기에 다다를 수 있는가 시간을 계산해보곤 한다. 답사는 항시 이렇게 하는 일 없이 바쁘다.

검제마을을 지나면 우리는 저 아래로 안동과 예천을 잇는 34번 국도

| **경북선의 교각** | 멀쩡한 철길을 일제는 쇠붙이를 공출할 때 뜯어가고, 일제강점기 상처를 증언하듯 교각만 이렇게 남았다.

를 자동차들이 느릿하게 달리는 것을 볼 수 있다. 지금(1997년 집필 당시) 한창 공사 중이긴 하지만 아직은 편도 1차선의 좁고 굽은 길이어서 좀처럼 속력을 못 낸다. 이쯤 되면 우리의 찻길은 작은 실개천을 곁에 끼고 달리며, 냇가로는 해묵은 갯버들이 늘어서서 이 유서 깊은 마을의 연륜을 대변해준다. 그런데 송야천(松夜川)이라고 불리는 이 냇가에는 개천을 가로지른 다리 곁으로 굵직한 콘크리트 교각이 일정한 간격으로 늘어서 있어서 어떤 사람은 지금 철도공사를 하는 것 아닌가 생각하기도 한다.

그러나 이것은 철도공사가 아니라 옛날에 철도가 놓였던 것을 뜯어낸 기막힌 사연의 폐허인 것이다. 일제시대에는 김천에서 영주까지 철도를 놓고 이것을 경북선이라고 불렀다. 그런데 태평양전쟁이 일어나자 전쟁물자를 공출하여 쇠붙이란 쇠붙이는 절집의 부처님, 민가의 놋요강까지 모두 빼앗아갈 때 그들은 마침내 전쟁에 큰 소용이 닿지 않을 것 같은 경

| **풍산들판** | 안동 사람들이 '세계에서 가장 넓은 들판'으로 생각한다는 풍산들판은 언제 어느 때 보아도 풍요의 감정으로 가득하다.

북선 철길을 뜯어가버린 것이다. 쇠붙이를 공출한다고 철도를 뜯어갔다니! 참으로 믿기 어려운 거짓말 같은 사실이다.

해방이 되고, 한국전쟁이 지나고 전쟁의 상처를 복구하기 시작할 때 경북선 철길도 새로 놓게 되었으나 그때는 예천에서 안동을 거치지 않고 곧장 영주로 연결해버렸으니, 다시는 저 교각 위로 철길이 놓이는 일 없게 되고 송야천을 건너뛰는 철다리 교각만 저렇게 덩그러니 폐허로 남게 되었다(지금은 철거됨).

### 풍산들판을 지나면서

이제 차머리를 하회에 두고 34번 국도를 어느 정도 달리다보면 풍산읍이 나오고 풍산읍 상리(上里) 어귀의 체화정(棣華亭)부터 또다시 반촌

| **체화정** | 풍산들판 한쪽 산자락에 있는 예안 이씨의 체화정은 정자 겸 서재로 꾸며진 아주 참한 건물이다.

의 행렬이 이어진다. 그러나 벌써 우리는 안동에 와서 그런 고가(古家)의 예스러운 풍광을 너무 많이 보아 그것이 차라리 일반사가 되어 더 흥미로울 것도 없고 그저 양반 마을이 참 많기도 많다는 찬탄만 나올 뿐이다.

체화정은 예안 이씨 이민적(李敏迪, 1663~1744)이 지은 것으로, 그의 조카 이한오(李漢伍)가 노모를 모시고 효도한 곳이고, 훗날 순조가 효자 정려(旌閭)를 내린 명소이다. 체화란 산앵두나무의 꽃으로『시경』에서 형제의 두터운 우애를 비유적으로 노래하였다.

체화정은 삼신산을 모신 아담한 연못가에 세워진 잘생긴 누각으로 구들을 놓은 온돌방을 한 칸 들여 정자 겸 서재로 꾸며졌다. 특히 이 방의 창살문은 그 구성과 무늬가 매우 기발하고 아름답기로 유명한데 방문 바로 위에는 담락재(湛樂齋)라는 현판이 걸려 있다. 이 현판은 안동 바로 곁인 안기에서 찰방을 지낸 단원 김홍도가 1786년 나이 42세 때 3년간

**| 체화정 창살 |** 밖에서 볼 때 체화정 창살은 복잡한 구성 같았는데, 안에서 내다본 창살무늬는 이처럼 환상적인 분위기를 연출하고 있다.

의 임기를 마치고 돌아가면서 여기서 즐거운 한때를 가졌던 것을 기념하며 이별의 징표로 써준 것이다.

1992년 겨울, 나는 안동대 임재해 교수의 안내로 이곳 체화정을 찾아 담락재 현판을 처음 보고는 마치 단원의 모습을 본 듯한 반가움을 금치 못하였다. 그뒤 영남대 제자들과 다시 찾아와 정성 들여 탁본한 것이 지금도 내 서재에 걸려 있다. 그래서 체화정 앞을 지날 때면 오래도록 거기에 눈길을 두곤 한다.

풍산읍을 한쪽에 밀어두고 외곽으로 차고 나가는 새 길로 들어서면 우리는 갑자기 넓은 들판과 마주하게 된다. 여기가 풍산들, 북부 경북에서 가장 큰 곡창지대로 안동 농업생산력의 반 이상을 감당하고 있는 곳이다. 본래 경북 지방은 호남과 달리 평야가 발달하지 않아서 커봤자 500만 평(16.5제곱킬로미터)을 넘지 못하는 큰 들판 정도이다. 그나마도 의

| 담락재 | 단원 김홍도가 안기찰방을 떠나면서 써준 현판이다. 임재해 교수의 안내로 여기를 찾아와 단원의 현판을 본 순간 당신을 만난 듯한 깊은 감회가 있었다.

성 안계들, 경주 안강들, 경산 압량들, 상주 상주들 등 너덧밖에 없으니 풍산들이 크긴 큰 것이다.

실제로 안동 양반들이 중소지주로 행세할 수 있던 경제적 토대의 반 이상이 여기에 달려 있기도 했다. 활모양으로 굽은 풍산들판을 끼고 돌면서 각 집안마다 혹은 몇천 석, 혹은 몇백 석을 수확해갔던 것이다.

풍산읍 우렁골의 선성 이씨, 오미동(五美洞)의 풍산 김씨, 소산(素山)의 안동 김씨, 하회의 풍산 류씨, 풍산 가곡(佳谷)의 안동 권씨 등등이 모두 풍산들판 언저리를 돌면서 동성 마을을 이루고 있다. 그 연륜 있는 세거지(世居地)는 우리가 소호리, 법흥동, 검제에서 보았듯이 모두 내로라 하는 조상에 번듯한 목조건축으로 한차례의 답사처가 되는데, 그것을 다 둘러본다는 것은 현실적으로 물리적으로 불가능하다.

그 대신 우리는 이 넓고 풍요로운 풍산들판을 하염없이 바라보는 것으로 우리의 여정(旅情)을 달랠 뿐이다. 사실 우리가 답삿길에 이처럼 넓은 들판을 오래도록 음미할 기회는 별로 없다. 막 모내기를 한 들판의 연둣빛 광채, 녹음과 함께 푸른 여름 들판, 바람결에 파도를 이루는 가을날의 황금 들판, 추수가 끝난 늦가을 들판의 황량함, 그리고 눈 덮인 겨울날의 하얀 들판, 어느 계절 어느 때고 들판이 아름답게 보이지 않을 때가 없다. 그리고 들에서 일하는 농부들의 몸동작이 하나의 점경(點景)으로 들어올 때도 그것이 계절마다 움직임이 다르다는 것을 나는 풍산들에서 보고 알았다.

봄이면 곳곳에서 서성이는 움직임이 제각기 분주하고, 여름이면 여기저기서 반듯하게 줄지어 움직이고, 가을이면 군데군데 무리 지어 있는데 움직임은 느리다. 그리고 겨울이면 들판엔 집채만 한 낟가리들이 처처에 열지어 있을 뿐, 인적은 찾아볼 수 없게 된다. 모든 게 정겹고 아름답고 풍요롭다. 그래서 나는 '풍산(豐山)'이라는 이름이 혹시 풍요로움이 산같이 크다는 뜻에서 나온 것이나 아닌지 혼자 생각해보았다. 그렇지 않고서야 산도 없는 이 들판에 왜 뫼 산 자를 붙였겠는가.

풍산들이 유난히 넓고 풍요롭게 느껴지는 것은 풍산을 거쳐 하회로 들어가는 찻길이 풍산들의 가장자리를 타고 돌기 때문에 그 넓이의 최대치를 보게 되는 것도 한 이유이지만, 또 다른 큰 이유는 북부 경북 순렛길은 산등성, 분지뿐이라는 그 상대성에서 나온 것이기도 하다.

그래서 안동에만 틀어박혀 어린 시절을 보낸 안동 갑갑이는 '이 세계에서 가장 넓은 들판은 풍산들'이라고 생각하며, 나중에 커서 김제 만경의 지평선이 가물거리는 장대한 외배미들을 보면서도 '안동에 가면 풍산들은 이보다 더 크다'고 엉뚱한 고집을 부리며 어려서 상상 속에 키워온 이미지를 좀처럼 바꾸지 않는다.

안동 사람들은 이처럼 자존심이 강하고 자기중심적 사고도 강하다.

그래서 안동에 앉아서 남쪽을 내려다보면서 영천, 경주, 대구 등 능교형 사람들을 '하도(下道) 사람'이라고 하기도 한다. 또 줄곧 안동에서만 자란 한 학생이 서울로 유학 가서 남대문시장을 구경하고는 안동에 돌아와서 "할배요, 세상에 안동장보다 더 큰 시장이 있데예" 했다는 것이다. 그게 바로 안동의 자존심인 것이다. 그게 안동 사람이고, 그게 안동의 풍산들이다.

1997. 3. / 2011. 5.

# 형님, 음복까지는 제사요!

하회마을 / 병산서원 / 소산 삼구정 / 오천 군자리 / 탁청정 /
불천위제사

## 하회마을 예찬

관광 안동의 명소로 가장 널리 알려진 곳은 하회마을이다. 실제로 하회의 풍산 류씨 동성 마을은 우리나라에서 가장 잘 보존된 민속촌이다. 나라에서 민속마을을 중요민속자료로 지정한 것이 적지 않아 아산의 외암 민속마을, 순천의 낙안읍성 민속마을, 경주의 양동 민속마을, 고성의 왕곡 민속마을, 제주의 성읍 민속마을 등이 나름대로 특징과 명성을 얻고 있지만 그 규모와 내용의 다양성 그리고 수려한 풍광에서 하회를 당할 곳은 없다. 너무 잘한다고 한 것이 그만 민속의 원형보다 관광용으로 변질됐다는 비난을 받을지언정 최고임엔 틀림없다.

하회는 이중환(李重煥)의 『택리지』에 나오는 유명한 가거처(可居處)로 일찍부터 명성을 얻고 있었다.

바닷가에 사는 것은 강가에 사는 것만 못하고 강가에 사는 것은 시냇가에 사는 것〔溪居〕만 못하다. 대체로 시냇가의 삶은 반드시 큰 고개〔嶺〕에서 멀지 않아야 한다. 그래야 평시건 난시(亂時)건 오래 살 수 있다. 그런 계거처로는 영남의 도산과 하회가 제일이다.

『택리지』가 보증한 하회는 풍산들판의 꽃뫼〔花山〕를 꽃내〔花川, 즉 낙동강〕가 오메가(Ω) 자를 쓰듯 반 바퀴를 휘돌아나가므로 '물돌이동〔河回洞〕'이라고도 하는데, 풍수상으로는 태극형 또는 연화부수형(蓮花浮水形)이라고 한다. 그래서 큰 인물이 많이 나왔고 평온을 유지해왔다는 것이다. 서애 류성룡과 그의 형인 겸암(謙庵) 류운룡(柳雲龍)에 의해 가문이 크게 일어난 이 풍산 류씨의 하회마을에는 지금 서애 종택인 충효당(忠孝堂)과 겸암 종택인 양진당(養眞堂)이 보물로 지정되어 있고 북촌댁, 남촌댁, 빈연정사(賓淵精舍), 원지정사(遠志精舍) 등 중요민속자료로 지정된 목조건축이 많고 많아 전통 한옥의 특징과 아름다움을 살피는 데 여기만큼 좋은 볼거리를 제공하는 곳도 없다.

더욱이 하회는 예스러운 분위기를 지키기 위하여 전깃줄을 모두 지하로 묻어놓아 돌담을 끼고 도는 고샅길을 걷노라면 은연중 조선시대 정취가 느껴지는 고격(古格)이 일어난다. 물 위에 떠 있는 연꽃 형상이라더니 강 쪽으로 비스듬히 내려뻗은 밭고랑에는 장다리, 배추, 콩, 옥수수 같은 밭작물과 키 큰 해바라기, 코스모스, 달리아 같은 들꽃들이 뒤섞이면서 답사객의 산책길을 자꾸만 먼 곳까지 이끌어낸다.

마을을 한 바퀴 돌다보면 우리의 발길은 자연히 강변의 송림으로 향하게 된다. 이 솔밭은 방풍을 위한 인공조림이라고도 하고 또 어떤 이는 마을 풍수의 비보책(裨補策)이라고도 하는데 흔히는 동수(洞藪), 이곳

| **하회마을 전경** | 하회마을을 휘감고 도는 물돌이동의 꽃내는 단 한 번도 큰물이 넘치는 일이 없었다고 하니 참으로 연화부수형이라 하겠다.

말로는 그냥 '쑤'라고 부른다. 내 친구 김덕현은 「전통 촌락의 동수에 관한 연구」라는 글에서 결과적으로 동수는 그 마을의 품위를 유지하기 위한 조림이었다는 주장을 폈는데, 그의 글을 읽고 보니 하회의 풍산 류씨마을뿐만 아니라 내앞의 의성 김씨, 무실의 전주 류씨, 주실의 한양 조씨 마을 입구에는 이런 쑤가 참으로 기품 있게 형성되어 있다는 것을 새삼 깨달을 수 있었다. 그래서 각 문중은 이 쑤 지키는 것을 조상님 사당 모시는 것 못지않은 끔찍스러운 정성으로 하였으니 하회 솔밭의 장함도 거저 이루어진 것이 아님을 알겠다.

하회답사는 그냥 스쳐가는 답사로는 너무 아쉽고 안타깝다. '가장 큰 민박집'이든 '가장 좋은 민박집'이든 한옥에 민박하여 뜨뜻한 구들장, 시원한 구들장에서 하룻밤을 지내보고, 하회탈춤 강습소에서 춤추는 것도

| 하회마을 | 우리나라에서 옛 모습이 가장 잘 남아 있는 조선시대 양반 마을이다.

구경하고, 무엇보다도 꽃내 건너 옥연정사(玉淵精舍)에 가서 낮잠도 자보고, 아슬아슬한 부용대(芙蓉臺) 벼랑에 올라 꽃뫼 아래 납작하게 들어앉은 물돌이동의 자리매김새를 바라보면서 수려한 풍광과 예스러운 분위기가 연출하는 포근한 아름다움과 그 아름다움에 힘과 권위를 더해주는 쑤의 의미까지 살필 때 우리는 비로소 하회를 보았다고 말할 수 있을 것이다.

낙동강이 해마다 한 차례는 큰 물난리를 일으켰지만 강으로 둘러싸인 강마을인 하회로는 을축년(1925) 대홍수 때를 제외하곤 단 한 번도 강물이 범람한 일이 없었으니 굽어서 휘돌아가는 물은 넘치는 법이 없다는 사실이 신비로울 뿐이다.

하회는 이처럼 우리 선조들이 슬기롭게 자연을 선택하고, 이용하고, 다스리고, 즐기던 모습을 생생하게 보여주니 조선의 미학을 이해하고 연

| **양진당** | 한옥의 품위를 여실히 보여주는 조선시대 대표적인 양반 가옥으로 높은 격조와 품위가 느껴진다. 지붕 너머로 부용대가 보인다.

구하는 하나의 사례가 되고도 남음이 있다. 그러나 그런 하회를 여름방학에 갔다가는 큰 실망을 하고 되돌아가게 된다. 수용 능력이 얼마 될 리없는 옛 마을에 피서객들이 모여들 때면 답사객은 딴 곳으로 피해가는 수밖에 없다. 게다가 모처럼 옛 분위기를 맛보러 갔다가 상업화된 민속마을에서 추악한 20세기 저질 문화나 만나게 되면 그 실망이 말할 수 없이 크기 때문에 나는 또 가을날의 하회마을을 권하게 된다.

### 병산서원으로 가는 길

하회의 답사적 가치는 어떤 면에서는 하회마을보다도 꽃뫼 뒤편 병산서원(屏山書院)이 더 크다고 할 수 있다. 병산서원은 1572년 서애 류성룡이 풍산 읍내에 있던 풍산 류씨 교육기관인 풍악서당(豊岳書堂)을 이곳

| **병산에서 내려다본 병산서원 전경** | 밖에서 본 병산서원은 여느 서원 건축과 큰 차이를 못 느끼는 평범한 서원으로 보인다. 그러나 내부에서 보면 사정이 달라진다.

병산으로 옮겨 지은 것이다. 이후 1613년에는 정경세를 비롯한 서애의 제자들이 류성룡을 모신 존덕사(尊德祠)를 지었고, 1629년에는 서애의 셋째아들인 수암 류진을 배향했으며 1863년엔 병산서원이라는 사액을 받았다. 그리고 1868년 대원군의 서원 철폐 때도 건재한 조선시대 5대 서원의 하나이다.

병산서원은 그런 인문적·역사적 의의 말고 미술사적으로 말한다 해도 우리나라에서 가장 아름다운 서원 건축으로 한국건축사의 백미이다. 그것은 건축 그 자체로도 최고이고, 자연환경과 어울림에서도 최고이며, 생생하게 보존되고 있는 유물의 건강 상태에서도 최고이고, 거기에 다다르는 진입로의 아름다움에서도 최고이다.

병산서원은 하회 입구에서 마을로 가는 길을 버리고 왼쪽으로 낙동강을 따라 10리 남짓 걸어가면 나온다. 지금도 시골 버스, 경운기나 다니는 비포장 흙길이어서 그것이 병산서원 보존의 큰 비결이었는데, 슬프게도 이 비책 아닌 비책은 곧 무너지게 되어 있다. 그것이 이 글을 쓰는 순간에도 안타깝기 그지없다.

병산서원 답삿길에 나는 항시 이 10릿길을 걸어다녔다. 다리가 아프고 피곤하면 고갯마루까지만 타고 가서는 거기부터 5릿길이라도 걸었다. 병산서원은 반드시 걸어갈 때 병산서원에 간 뜻과 건축적·원림적(園林的) 사고가 맞아떨어진다. 그곳에 이르는 길은 절집 입구의 진입로와 같아서 만약 선암사, 송광사, 해인사, 내소사를 자동차를 타고 곧장 들어갔을 때 그 마음이 어떠할까를 생각해본다면 왜 걸어야 하는가에 대한 답이 저절로 구해질 것이다.

병산서원 가는 길은 사뭇 왼쪽으로 낙동강과 풍산들을 두고 걷게 된다. 오른쪽 산비탈은 사과 과수원 아니면 콩밭이어서 시골의 정취를 더해만 준다. 여름이면 볕 가릴 가로수조차 없는 높은 고개를 넘을 때 진땀이 흐르지만 낙동강 푸른 물에 흰빛 갈매기가 훨훨 날아가는 것을 보면 더운 줄도, 다리 아픈 줄도 모르고 유유히 걸으면서 이 좋은 길을 자동차 타고 후딱 들어간 인생들이 왠지 불쌍케만 생각되는 측은지심도 일어난다.

1994년 일인가보다. 동양철학을 전공하는 소장학자들의 모임이 병산서원에서 열리는데 기왕이면 답사를 겸하자는 여론이 일어 한림대 이광호(李光虎), 서울대 허남진(許南進) 교수가 나를 초청하는 바람에 나는 친구 따라 강남 가듯 여기에 또 오게 됐다. 그때 길이 서울부터 크게 막혀 어둔 녘에야 풍산에 도착했는데, 아무리 일정이 바빠도 이 길은 걸어야 한다는 나의 주장으로 이 '천진한 동양철학자'들은 죄 없이 다리품을 팔게 됐다. 그런 중에도 인재와 귀신은 따로 있어서 다섯인가 여섯인가의 '노련한 동양철학자'는 문명의 이기는 이용하는 게 문명인이라며 차

| **병산서원 복례문** | 병산서원 바깥 출입문인 외삼문은 아주 단아하고 조촐한 모습이다.

를 타고 먼저 가버렸다. 먼저 간 자의 흙먼지를 뒤집어쓰고 일없이 걷는 동안 '천진한 동양철학자'들은 뭔가 나에게 속은 듯한 느낌을 갖는지, 아니면 어디 속는 셈 치고 따라보자는 것인지 시무룩이 발끝만 보고 걷고 있었다. 나는 그때 침묵의 무게가 얼마나 부담스러웠는지 모른다. 그러길 어느만큼 하다가 마침내 고갯마루에 올라 낙동강을 저 아래 발치로 내려다보게 되자 누가 먼저 질렀는지 "우아ㅡ" 하는 탄성이 일어났고, 그 탄성은 데모꾼들 복창처럼 하늘을 덮었다. 침묵은 그렇게 깨졌고 운동화 코끝만 보며 떨구었던 고개는 먼 데 병산과 풍산들을 번갈아보며 분주히 움직인다. 누군가는 정지용의 「향수」를 콧노래로 부르고 있었다. 그러고는 우리가 걸었는지 말았는지 발에 아무런 느낌도 없이 줄곧 낙동강을 내려다보면서 비탈을 내려와 솔밭과 마주한 병산서원에 당도하니 먼저 온 대여섯 명이 더욱 불쌍해 보였다. 걸어온 자는 활기찬 목소리로 그

걸어온 기쁨을 얘기하는데 타고 온 자는 힘없이 부러운 눈초리로 그 즐
거움을 말하는 입만 쳐다본다. 그것만으로도 타고 온 자는 벌써 후회스
럽고 억울한데 누군가가 놀린다.

"타고 온 자가 문명인이냐, 걸어온 자가 문명인이냐?"

이에 더 이상 못 참겠던지 타고 먼저 온 한 '노련한 동양철학자'가 느
긋하게 답한다.

"편하게 타고 오면서도 걷는 맛까지 다 느낀 자가 문명인이다."

## 서원 건축의 기본 구조

그리하여 병산서원에 당도하면 몇 채의 민가와 민박집 그리고 병산서
원 고사(庫舍)가 먼저 우리를 맞이하고 주차장에 들어서면 왼쪽으로는
유유히 흐르는 낙동강과 모래밭, 그 앞으로는 잘생긴 강변의 솔밭이 포
진하고, 그 오른쪽으로 병산서원이 아늑하게 자리잡고 있다. 외견상으로
병산서원은 장해 보일 것도, 거해 보일 것도, 아름답게 보일 것도 없다.
그저 외삼문(外三門)을 가운데 두고 기와돌담이 반듯하게 돌려 있는 여
느 서원과 다를 바 없다. 본래 서원의 구조는 매우 간명하게 되어 있다.

1543년, 주세붕(周世鵬)이 세운 소수서원을 기폭제로 하여 전국으로
퍼져나간 서원은 그 구조가 거의 공식화되었을 정도로 아주 정형적이
다. 크게 선현을 제사 지내는 사당과 교육을 실시하는 강당 그리고 원
생(院生)들이 숙식하는 기숙사로 이루어진다. 이외에 부속 건물로 문집
의 원판을 수장하는 장판고(藏板庫), 제사를 준비하는 전사청(典祀廳) 그

| **서원 대청마루에서 내다본 전경** | 마루에 앉아 앞을 내다보면 동재·서재가 좌우로 늘어서고 정면에는 만대루가 병산을 배경으로 늠름히 자리하고 있음을 볼 수 있다. 건축은 이처럼 사용자 입장에서 볼 때 제멋을 찾을 수 있다.

리고 휴식과 강학의 복합 공간으로서 누각(樓閣)과 어느 건물에나 당연히 있을 뒷간이 있으며, 서원을 관리하고 식사를 준비하는 관리소인 고사는 별채로 구성된다. 건물의 배치 방법은 성균관 문묘나 각 고을의 향교와 비슷하여 남북 일직선의 축선상에 외삼문, 누각, 강당, 내삼문(內三門), 사당을 일직선으로 세우고 강당 앞마당 좌우로 동재(東齋)와 서재(西齋), 강당 뒤뜰에 전사청과 장판고를 두며 기와돌담을 낮고 반듯하게 두른다. 사당과 강당은 구별하여 내삼문 좌우로 담장을 쳐서 일반의 출입을 막는다. 강학 공간은 선비정신에 입각하여 검소하고 단아하게 처리하여 단청도 금하고 공포에 장식을 가하지도 않는다. 그러나 사당은 권위를 위해 단청도 하고 태극문양을 그려넣기도 한다.

이런 단순한 구조에 무슨 변화가 크게 있을 것 같지도 않고, 그 멋이 대개 비슷할 것 같으나 그게 그렇지 않다. 어디가 달라도 다르며, 공간 분할의 크기가 약간만 차이 나도 이미지상에는 엄청난 변화를 가져온다.

## 병산서원의 공간 운영

병산서원 또한 그런 전형적인 서원 배치에서 조금도 벗어나 있지 않다. 그러나 병산서원은 주변의 경관을 배경으로 하여 자리잡은 것이 아니라 이 빼어난 강산의 경관을 적극적으로 끌어안으며 배치했다는 점에서 건축적·원림적 사고의 탁월성을 보여준다.

병산서원이 낙동강 백사장과 병산을 마주하고 있다고 해서 그것이 곧 병산서원의 정원이 되는 것은 물론 아니다. 이를 건축적으로 끌어들이는 건축적 장치를 해야 이 자연 공간이 건축 공간으로 전환되는 것인데 그 역할을 충실히 수행하고 있는 것이 만대루(晚對樓)이다. 병산서원의 낱낱 건물은 이 만대루를 향하여 포진하고 있다고 해도 과언이 아닐 정도로 여기에 중심이 두어져 있다.

서원에 출입하는 동선을 따라가보면 만대루의 위상은 더욱 분명해진다. 외삼문을 열고 만대루 아래로 난 계단을 따라 서원 안마당으로 들어서면 좌우로 시위하듯 서 있는 동재, 서재를 옆에 두고 돌계단을 올라 강당 마루에 이르게 된다.

강당 누마루에 올라앉으면 양옆으로는 한 단 아래로 동재와 서재가 지붕머리까지 드러내면서 시립하듯 다소곳이 자리하고 있다. 동재는 일신재(日新齋), 서재는 직방재(直方齋)라 하여 답사객들은 어디서 들어본 듯한 말인데 그 뜻을 알 듯 모를 듯하여 고개를 갸우뚱하곤 한다. 한번은 어떤 스님이 내게 와서 "직방이라니? 직방(바로) 알려준다는 뜻인가요?"

라며 농을 섞어 묻는 바람에 모두들 한바탕 웃은 적이 있다.

일신이란 『대학』의 "구일신 일일신 우일신(苟日新 日日新 又日新)"에서 나온 것으로 "진실로 날로 새롭겠거든 날로 날로 새롭게 하고 또 날로 새롭게 하라"라는 뜻이다. 직방이란 『주역』「곤괘」의 "경이직내(敬而直內) 의 이방외(義以方外)"에서 나온 말로 "공경하는 마음으로 내면(마음)을 곧게 하고, 올바름으로 외면(행동)을 가지런히 한다"에서 나온 것이다. 학생들은 모름지기 이 두 경구를 조석으로 간직하여 올바르고 새로워져야 함을 강조한 것이었다.

강당에서 고개를 들어 앞을 내다보면 홀연히 만대루 넓은 마루 너머로 백사장이 아련히 들어오는데 그 너머 병산의 그림자를 다 받아낸 낙동강이 초록빛을 띠며 긴 띠를 두르듯 흐르는 것이 눈에 들어온다. 순간 마음 같아선 당장 만대루로 달려가서 더 시원한 조망을 보고 싶어진다. 만대루에서의 조망, 그것이 병산서원 자리잡음의 핵심인 것이다.

만대루에 중심을 두는 건물 배치는 건물의 레벨 선정에서도 완연히 나타난다. 병산서원이 올라앉은 뒷산은 화산(花山)이다. 이 화산의 낮은 구릉을 타고 외삼문에서 만대루, 만대루에서 강당, 강당에서 내삼문, 내삼문에서 존덕사로 레벨이 올라간다. 하지만 단조로운 기하학적 수치의 증폭으로 이루어지는 것이 아니다. 이 공간 운영을 자세히 따져보면, 사당은 위로 추켜올리듯 모셨는데, 만대루 누마루는 앞마당에서 볼 때는 위쪽으로, 그러나 강당에서 볼 때는 한참 내려보게 레벨이 잡힌 것이다. 사당은 상주 상용 공간이 아니고 일종의 권위와 상징 공간이니 다소 과장된 모습을 취했지만 만대루는 정반대로 봄부터 가을까지 상용하는 공간이므로 그 기능을 최대치로 살려낸 것이다.

나는 병산서원에 오면 대부분의 시간을 이 만대루에서 보내면서 만대루의 슬기로움에 감탄한다. 그리고 이 공간의 슬기로움이 어디에서 나왔

| 만대루 | 병산서원 건축의 핵심은 만대루이다. 200명을 수용하고도 남음이 있는 이 시원한 누마루는 낙동강과 병산의 풍광을 건축적으로 끌어안는 구실을 한다.

는가를 생각해본 적이 있다. 나는 만대루의 성공은 병산서원의 중정(中庭)이 갖는 마당의 기능을 이 누마루가 차출함으로써 건물 전체에서 핵심적 위치로 부각된 점에 있다는 결론에 도달했다.

실제로 병산서원처럼 마당의 기능이 약하고 누마루의 기능이 강화된 예를 찾아보기 힘들다. 병산서원에 들어가 강당마루에서 보건, 동재 서재의 툇마루 앞에서 보건, 마당으로 떨어진 시선은 곧바로 농구공 튀듯 '원 바운드로 튀어 만대루에 골인'한다. 나는 병산서원의 구조를 이런 각도에서 세밀하게 분석해볼 필요가 있다고 지금도 믿고 있다.

이제 병산서원을 우리나라 내로라하는 다른 서원과 비교해보면, 소수서원과 도산서원은 그 구조가 복잡하여 명쾌하지 못하며, 회재(晦齋) 이언적(李彦迪)의 안강 옥산서원은 계류(溪流)에 앉은 자리는 빼어나나 서

| **만대루 나무계단** | 만대루로 오르는 계단은 통나무를 깎아 만든 비스듬한 사다리로 기능도 좋고 멋도 만점이다.

원의 터가 좁아 공간 운영에 활기가 없고, 남명(南冥) 조식(曺植)의 덕천
서원은 지리산 덕천강의 깊고 호쾌한 기상이 서렸지만 건물 배치 간격
이 넓어 허전한 데가 있으며, 한훤당(寒暄堂) 김굉필(金宏弼)의 현풍 도
동서원은 공간 배치와 스케일은 탁월하나 누마루의 건축적 운용이 병산
서원에 미치지 못한다는 흠이 있다.

　이에 비하여 병산서원은 주변의 경관과 건물이 만대루를 통하여 흔연
히 하나가 되는 조화와 통일이 구현된 것이니 이 모든 점을 감안하여 병
산서원이 한국 서원 건축의 최고봉이라고 주장하는 것이다.

### 병산서원에서의 하룻밤

　병산서원에는 마스터플랜뿐만 아니라 디테일에서도 감탄을 자아내는

아름다움이 있다. 우선 만대루로 오르는 두 개의 통나무계단은 그 자체가 감동적이다. 그런 통나무계단은 세계에 다시는 없을 것이다. 병산서원의 외삼문 돌담 모서리에 있는 2인용 뒷간은 '뒷간 연구가'이기도 한 민속학자 김광언(金光彦) 교수가 보증하는바 최고의 명작 뒷간이다. 깔끔하고 단정한 면 분할과 갸름한 타원형의 밑창은 뛰어난 기하학적 구성이다. 나의 찬사를 듣고 뒷간을 열심히 살핀 대구 예술마당 솔 답사회 간석기반의 한 나이 드신 여성회원이 혼잣말로 "특히 남성이 좋아하게 생겼구면" 하고 우스갯소리를 했다가 곁에 내가 있으니까 얼굴이 빨개지며 줄행랑을 놓았다. 듣고 나서 보니 그런 말이 나올 만도 했다.

그러나 병산서원 뒷간의 묘미는 울 밖에 있는 머슴 뒷간과 비교할 때 더욱 절묘해진다. 서원관리소 격인 고사 앞마당 텃밭 한쪽 곁에는 달팽이 울타리로 하늘이 열린 야외용 뒷간이 있는데 사용자는 틀림없이 머슴이었을 것인지라 우리는 '머슴 뒷간'이라고 부른다. 이 머슴 뒷간은 그 자체도 운치가 있지만 이 안쪽 양반네들 뒷간과 잘 대비되고 있어서 그것이 더욱 재미있게 다가온다.

그리고 병산서원의 아름다움은 별채로 앉혀 있는 전사청 건물과 아늑한 울타리에서도 또 발견되며, 여름날 이 전사청 안팎에 피어나는 늙은 목백일홍꽃은 화려하다 못해 장엄하기 그지없다.

이처럼 병산서원의 아름다움에 대한 예찬은 끝도 없는데 나는 병산서원이 어느 서원도 따를 수 없이 깨끗하고 건강하게 보존되어 있음을 또 말하지 않을 수 없다. 해마다 여름이면 여기에서 건축 학교가 열리는데 만대루 넓은 누각에는 200여 명이 앉아 수강하는데도 오히려 공간에 남음이 있다. 강당의 마루는 상기도 마른걸레질 쳐서 윤기를 잃지 않았고, 동재와 서재 그리고 원장실은 추운 날이면 장작불을 때어 흙벽이 바스러지는 일이 없다. 그 싱싱한 보존의 비결은 서원을 지금도 사람이 기거

| 뒷간 | 병산서원 돌담 모서리에 있는 이 뒷간은 그 내부가 아주 슬기롭고 깔끔하게 되어 있다.

| 머슴 뒷간 | 서원 바깥 텃밭 한쪽에 있는 이 야외용 달팽이 모양의 뒷간은 '머슴 뒷간'이라는 애칭을 갖고 있다.

하는 양 조석으로 쓸고 닦고 여름이면 문을 활짝 열어주고 겨울이면 군불을 때어주는 것이며, 그렇게 방문객들의 체온이 나무마루와 토벽에 서려 병산서원은 이제껏 옛 모습을 지켜오고 있다. 그런 데에는 무엇보다도 지극정성으로 고사를 지키는 류시석 아저씨의 노고를 빼놓을 수 없다. 서애의 후손으로 풍산 류씨에 인물 많음은 세상이 다 알지만 문화유산 보호에 있어 시 자 석 자 아저씨 같은 분은 병산서원만큼이나 세상에 다시 없는 귀한 분이다.

서원집에 민박하면 아저씨는 밤늦도록 만대루에 앉아 달을 희롱하는 것을 허락해주시고, 강변에 나가 모닥불 피우도록 장작을 마련해주시기도 한다. 강변의 모닥불 놀이는 듣기만 하여도 그 낭만적 정취를 능히 상상할 수 있을 것이다. 잘 마른 장작이 불꽃을 튀며 달아오를 때 불길 너머 반대쪽에 있는 사람들을 보면 얼굴이 발갛게 상기되어 모조리 미인으로 보인다. 상기된 얼굴은 무조건 미인으로 보인다는 생물학적 원리 때문에 모닥불에서 짝짓기가 잘 이루어지는 것인지도 모른다.

그런데 타오르는 불꽃을 보면 그 빛깔은 노란색인데 우리에겐 이상하게도 불꽃은 빨간색으로 각인되어 있고 불자동차 색도 그렇다. 참 이상스러운 일이다. 그러나 불꽃은 노란색이다. 답사를 다니면서 이런 모닥불을 심심치 않게 피워보면서 나는 장작의 성격을 조금은 알게 됐다. 그중 신기한 것은 자작나무 장작은 휘발성이 강해서 파드득 소리를 내며 강하게 피어오르고, 사과나무 장작은 불꽃이 파랗고 예쁘기 그지없음을 알게 된 것이다. 간석기반 답사 때 모닥불이 시들해질 즈음, 나는 미리 준비한 사과나무 가지를 불속에 던졌다. 그날따라 사과나무 가지는 불꽃을 둥글게 만들면서 사파이어빛보다 더 푸른 광채를 발했다. 누군가가 그 불꽃의 아름다움을 얘기했을 때 주위 사람들은 모두 뒤질세라 감탄사를 발하며 화답했다. 무슨 나무냐고 묻기에 내가 사과나무임을 말하자 가만히 듣고 있던 예술마당 솔 답사회 회장인 영남정형외과 정재명 원장이 빙그레 웃고만 있는 것이 보였다. 왜 웃느냐고 물으니 정회장은 새로 지은 병원의 벽난로에 대구, 경산 사과 과수원에서 가지치기로 수거한 사과나무 장작만 쓰고 있다는 것이다. 그러니 나는 한전 앞에서 촛불 자랑한 격이었다. 세상엔 그런 식으로 상수(上手) 위에 또 상수가 있는 법이다.

모닥불이 다 꺼지고 우리들이 잠자리에 들려 할 때 회원들은 모래를 끼얹어 끄려고 했다. 나는 큰 몸동작으로 팔을 저으며 그러지 못하게 말렸다. 내일 아침엔 서원 아저씨가 치우러 나올 것이니 그냥 가라고 했다. 이튿날 아침 아저씨는 삼태기에 재를 쓸어담아 지게에 지고 와서는 머슴 뒷간에 두엄으로 뿌려놓았다. 열 번이면 열 번을 꼭 그렇게 하시는 것이었다.

## 소산의 안동 김씨

병산서원에서 꿈같은 하룻밤을 자고 아침나절 서둘러 떠날 때면 모두들 무언가 서운해서 얼른 자리를 뜨지 못한다. 그럴 때면 비라도 쏟아져 버스도 없고 걸을 수도 없기를 은근히 바라게 된다. 영남대 대학원 미학·미술사학과 답사 때는 정말로 큰비가 쏟아져 우리는 다른 일정을 지우고 만대루에서 큰대자로 누워 한나절을 보내고 말았는데 모두들 그 비의 고마움을 여태껏 얘기하고 있다.

이제 우리는 하회를 떠나 다시 안동으로 가서 도산서원과 청량산을 답사해야 한다. 그러자면 우리는 또다시 풍산들 가장자리를 타고 돌면서 안동 사람이 자랑하는 '세계에서 가장 넓은 들판'을 감상하게 된다. 그런데 하회에서 얼마 안 되는 거리에 왼쪽으로 거하게 들어앉은 반촌을 만나게 되면 모두들 그쪽으로 시선이 쏠린다. 어제저녁엔 어둔 녘에 들어오는 바람에 잘 보이지 않았던 것이다. 여기는 소산(素山), 그 유명한 안

| **도산서원 가는 길** | 안동에서 예안을 거쳐 도산서원으로 가는 길은 사뭇 낙동강 강줄기를 따라 나 있다.

동 김씨의 동성 취락이다. 소산마을 안쪽에는 청원루(淸遠樓), 안동 김씨 종택인 양소당(養素堂)과 선(先)안동 김씨 종택인 삼소재(三素齋)가 있고, 길가로 보이는 늠름한 정자는 삼구정(三龜亭)이다. 지금 우리는 지나치고 있지만 소산은 미상불 한차례 답사처가 아닐 수 없다. 그러나 여기서 답사객들에게 정말로 중요한 것은, 안동을 올바로 인식하기 위한 또 다른 기본 지식의 하나로서 안동 김씨의 내력을 올바로 아는 일이다.

안동 양반이라고 하면 많은 사람들이 부지불식간에 조선 말기에 세도정치를 주도한 안동 김씨의 후예로 생각하면서 심하게는 나라를 망친 세도가의 후손으로 못마땅해하기도 한다. 특히 신세대들은 따로 설명하기 전에는 당연히 그런 줄로 알며, 나 역시 1980년대까지만 해도 그렇게만 알고 다녔다. 그러나 그건 정말로 오해다. 세도정치를 한 안동 김씨는 본관이 이곳 소산일 뿐 실제로는 서울 장동(壯洞)에 살고 있던 '장동 김씨'였다. 안동 양반들은 오히려 그런 세도정치의 피해자들이었다.

안동 김씨는 선(先)안동과 후(後)안동이 시조가 다르다. 선안동 김씨는 신라 경순왕의 넷째아들의 둘째아들인 숙승(叔承)을 시조로 하고 고려 때 장수인 김방경(金方慶)을 중시조로 하며 인조 대 김자점(金自點), 독립지사 김구(金九) 등이 이 집안 출신이다.

후안동 김씨는 삼태사 중 하나인 김선평(金宣平)의 후예로 그의 9대손 되는 김삼근(金三近)이 비안(比安) 현감에서 물러나면서 이곳 소산(시미마을)에 정착하여 입향조가 되니 그 후손을 비안공파라 한다. 비안공은 두 아들을 두었는데 맏아들 계권(係權)은 한성부판관을, 둘째 계행(係行)은 대사성을 지냈다. 둘째아들 김계행은 무오사화 때 부당함을 상소하고는 소산으로 낙향하고 이후 길안 묵계(默溪)로 옮겨 그의 후손들은 거기에 칩거하게 된다. 안동답사의 비장처(秘藏處)라 할 길안면의 묵계서원, 묵계 종택, 만휴정(晩休亭)이 모두 그분의 유적이다.

그러나 맏이 김계권은 출셋길로 나아가 다섯 아들 중 막내인 영수(永壽)가 영천군수를 지냈고, 김영수의 아들 3형제 중 맏이인 영(瑛)과 둘째인 번(璠)이 모두 문과에 올라 이때부터 중앙에 진출하며 명문의 토대를 쌓는데, 특히 둘째 김번의 후손들은 서울 장동의 청풍계(淸風溪, 청운동)에 세거(世居)하게 된다. 이후 장동파는 크게 번성하여 청음(淸陰) 김상헌(金尙憲)의 자손 중에는 왕비가 셋, 임금의 사위가 둘, 정승이 15명, 판서가 51명, 관찰사가 46명, 시호(諡號) 받은 이가 49명이 되는 영광과 권세를 누린다. 이들이 세도정치의 주역인 안동 김씨 집안이다. 이에 반하여 맏이 김영의 후손은 소산으로 낙향하여 조용히 살아왔다. 그리고 '텃밭을 지키면서 고고하게 세거해왔다'는 것을 오히려 자랑으로 삼고 있다.

결국 세도정치의 안동 김씨와 안동 양반은 그 입지와 삶의 방식이 오히려 정반대였음을 알 수 있다.

그러나 서울 장동파는 소산을 본향으로 잊지 않았다. 김상헌이 병자호란 때 항복 문서를 찢고 단식으로 척화(斥和)를 주장하다 여의치 않자 이곳으로 내려와 칩거하면서 '청나라를 멀리한다'는 뜻으로 청원루라 이름 짓고 심양으로 끌려갈 때까지 여기 살았다.(『소산동의 연원』, 안동김씨소산종회 1986) 그런 내력을 가진 청원루가 지금 소산마을 한쪽에 오롯이 서 있는 것이 차창 너머 실루엣으로 스쳐가고 있는 것이다.


## 예안길

안동 시내에서 북쪽으로 뻗은 길은 두 갈래다. 북서편 길은 제비원 너머 영주로 가는 5번 국도로 이 길은 예고개에서 봉화로 갈라지며, 북동편 길은 흔히 도산서원 가는 길로 통하는 35번 국도로 이곳 사람들은 예안 가는 길, 줄여서 예안길이라고 한다. 안동 시내에서 예안길로 들어서기 위해서는 안막재라는 고개를 넘어야 하는데 안막재는 예안 쪽으로는 느릿한 경사면을 이루지만 안동 쪽으로는 제법 가팔라서 머리핀 모양으로 급하게 굽은 길을 몇 굽이 돌아야 고갯마루에 오를 수 있다.

안동 시내를 빠져나와 안막재를 오르자면 고갯마루 못 미처 오른쪽 길섶에는 박정희 대통령이 쓴 '퇴계로'라는 글씨를 새긴 큰 빗돌이 늠름하게 서 있는 것을 볼 수 있다. 또한 거기에는 참으로 예외적으로 모두 다섯 개의 새마을 깃발이 밤이나 낮이나 내려지지 않은 채 펄럭이며 분명 녹색이었을 깃발의 색이 회색이 되도록 지금도 그렇게 나부끼고 있다. 안상학 시인은 「안동의 국도를 따라서」(『향토문화의 사랑방, 안동』 1996년 7·8월호)라는 기행문을 쓰면서 이것이 "내릴 수 없는 깃발인지 내리지 않는 깃발인지 아니면 내려서는 안 될 깃발인지 모르겠다"고 했는데 내가 보기엔 내릴 사람 잃어버린 깃발인 것 같다.

안막재 내리막은 적당한 기울기에 적당한 곡선으로 경쾌하게 달리면서 방금 전까지 안막동 고층아파트 숲을 지나면서 답답하게 느끼던 우리의 숨통을 시원스레 열어준다. 그리고 고갯길이 숨을 고르는 지점에 다다르면 중앙선 철길과 마주하게 되고 굴다리로 철길을 벗어나면 여기부터는 와룡면. 퇴계로는 가수내라는 개울과 나란히 달리고, 전원의 정취를 한껏 느낄 수 있다.

이곳 와룡면은 고지대 평지로 작은 계곡이 발달하여 논이 많고, 와룡 쌀이라면 안동장에서 알아주었는데 지금 와룡 땅을 지나면서 만나는 것은 논보다도 포도밭이 더 많다. 그런 현상이 환경 보존 차원에서는 싫고 식량 안보 차원에서는 불안하지만 현실은 벌써 그렇게 진도가 많이 나간 것을 이제 어떻게 할 것인가. 답답하고 막막한 생각이 들 때가 많다.


## 깔끔한 오천 군자리 문화재단지

와룡면소재지를 거쳐 감애리를 지나면 이내 오른쪽 산자락에 잘생긴 기와집들이 제법 장대하게 펼쳐져 있는 것을 볼 수 있다. 여기는 와룡면 오천동(烏川洞), 속칭 오천 군자리(君子里) 문화재단지다. 본래 안동 예안면 오천동, 이곳 말로 외내에 있던 광산 김씨 예안파의 중요 건물들이 안동댐으로 수몰되게 되자 1974년 이곳으로 집단 이주하여 하나의 건축 문화재단지를 이룬 것이다.

그래서 어떤 사람들은 이곳을 인위적인 공간으로 치부하며 별로 눈여겨보지 않는다. 그러나 나는 북부 경북 순례에서 한옥의 아름다움을 면밀히 관찰할 수 있는 지역으로 가장 좋은 곳은 오히려 여기라고 생각한다. 오천 군자리는 분명 죽은 공간이다. 그러나 여기에 옮겨진 열한 채의

| 군자리 전경 | 예안 외내에서 모두 열한 채의 한옥을 옮겨 형성된 이 광산 김씨 한옥 마을은 마치 멋쟁이 한옥 모델 하우스 같은 분위기조차 풍긴다.

한옥 중 일곱 채의 사랑채는 마치 고가(古家) 모델하우스 같기도 하고, 멋쟁이 사랑채 경연장 같기도 하다. 거기에는 두 칸짜리 작은 방에 툇마루를 돌린 아담한 집이 있는가 하면, 여덟 칸 마루에 여덟 칸 방을 앉힌 대갓집도 있고, 큰 제청(祭廳)을 동반한 종갓집 가옥도 있다. 집집마다 저마다의 특징과 표정이 있고, 취하는 바 아름다움의 뜻이 제각기 다르니 그 미묘한 차이를 읽어내면 한옥의 아름다움을 재발견하게 된다.

광산 김씨의 예안 입향조는 농수(聾叟) 김효로(金孝盧, 1455~1534)다. 그는 벼슬에 뜻을 두지 않고 학행에 열중하여 퇴계 선생이 그의 덕을 칭송하는 묘갈명(墓碣銘)을 지을 정도로 향리에서 명망이 높았다고 한다. 그리고 그의 아들 연(緣)과 수(綏)는 중종 때 명신으로 이름을 얻었고, 이들의 자손들이 번창하여 명문으로 우뚝 서게 되었으며, 진보 이씨, 봉화 금씨, 안동 권씨 등과 통혼함으로써 영남 사림의 한 일가를 이루게 되었다. 지금 오천 군자리에 있는 집들은 모두 입향조에서 시작하여 그의 증손자들에 이르는 분들이 지은 사랑채와 정자들로, 이런 예는 참으로 드문 것이다.

특히 건물을 이전하는 과정에서 엄청난 발견이 있었다. 대종택을 해체하다 대들보와 지붕 사이의 빈 공간에서 입향조의 증조부부터 대대손손에 이르기까지 500년에 걸친 고문서가 고스란히 나온 것이다. 여기에는 교지(敎旨), 호구단자(戶口單子), 토지 문서, 분재기(分財記), 혼서(婚書) 등 고문서 2천 점과 고서(古書) 2,500여 권이 들어 있었다. 나라에서는 이 고문서를 보물 제1018호로 지정하였고 그 유물은 지금 단지 내 숭원각(崇遠閣)에 보존되어 있다.

### 사랑채 고가 품평회

오천 군자리 문화재단지에는 후조당(後彫堂), 대종택 사랑채, 읍청정(挹淸亭), 설월당(雪月堂), 탁청정(濯淸亭), 낙운정(洛雲亭), 침락정(枕洛亭) 등 일곱 채의 사랑채와 정자가 있다. 또 군자리에는 여러 사랑채 이외에 재사와 사당(祠堂)이 있으니 여기부터 답사를 시작하게 된다. 이 사당은 단칸 맞배지붕으로 구조가 조선 초기 궤방집인 것이 큰 특색이다. 즉 옆으로 지른 방(枋)나무가 기둥을 사뭇 뚫고 삐져나가 있다. 이 사당을 기준으로 해서 저 아래로는 재사(주사廚舍라고도 함. 지방문화재 제27호)가 있고 옆으로는 별당으로 후조당이 있는데 제사를 지내기 위해 일부러 만든 제청이다. 이런 제청이 멋지게 구현된 것은 의성 김씨 내앞 대종가가 알려져 있는데 이 후조당 또한 그에 못지않은 품위와 기능을 갖고 있다. 개인 주택이면서 공적인 공간을 확보한 독특한 성격을 갖고 있는 것

382

이다. 제사를 지낼 때는 물론이고 문중의 대소사를 이 제청에 모여 문을 열고 논의하는데, 그렇게 함으로써 그만큼 사당의 조상이 내려다보는 감시하에서 일을 처리한다는 엄숙함과 권위가 서리게 되는 것이다.

우리나라의 한옥이 현대 주택으로 발전하는 과정에서 왜 우리는 이 후조당 같은 건물을 좀 더 면밀히 분석하고 여기에 착안하지 못했던가 하는 아쉬운 마음 달랠 길 없다. 후조당은 정면 네 칸, 측면 두 칸의 고무래 정(丁) 자형 평면 건물로, 잡석기단에 네모기둥을 세운 것, 기둥머리에 모를 죽여 팔각으로 돌리면서 단순성을 살린 것, 사방으로 툇마루를 돌린 것, 한 칸 방을 가마 모양으로 딸려 붙인 것 등등이 여간 멋진 것이 아니다. 그리고 후조당 현판은 퇴계 친필이다.

후조당 옆에 바짝 붙어 있는 긴 일자집은 대종택의 사랑채로 본채는 안동 시내로 옮기고 사랑채만이 여기에 세워졌다. 대종택 사랑채답게 위풍당당한 집으로 대문부터 웅장하다. 건물 앞쪽 기둥들은 모두 두 자 반짜리 돌기둥 위에 세워졌으며 나무는 춘양목으로 그 목리(木理)가 환상적이다. 두 칸 마루 좌우로 큰 방(두 칸 반)과 작은 방(한 칸 반)을 거느리고 닭다리 모양을 닮았다는 계자각(鷄子脚) 헌난(軒欄)을 둘렀다. 스케일 있고, 당당하고, 힘 있는 것을 좋아하는 사람은 대개 이 건물을 으뜸으로 꼽는다.

대종택 사랑채 옆으로는 읍청정이 있는데 이 집은 김부필(金富弼)의 아우인 김부의(金富儀, 1525~82)가 지은 것으로 구조에 변화가 많다. 즉 정자 양쪽으로 두 칸 반짜리 온돌방 둘이 있고 가운데 마루는 전툇마루를 세 칸으로 넓힌 다음 마루 둘레에는 헌난을 둘렀다. 단순한 듯 변화의 여지가 많은 이 집은 화려 취미가 약간 반영되어 있다. 이곳으로 옮기면서 뜰아래로 연못을 만들었는데 그 연못 모양새가 우리나라 지도 형상을 하고는 휴전선 언저리에 담장을 걸친 것이 어찌 보면 대단히 애국적인 발상이고 어찌 보면 뽕짝기가 완연하다. 그러나 외내 시절에는 그런 것은 없었다.

대종택 아래쪽에는 설월당 김부륜(金富倫)의 정자가 있다. 설월당은 읍청정과는 반대로 아담한 크기로 축소하여 조용한 취향의 사람들은 이 설월당 툇마루에 오래 앉아 있는다.

오천 군자리 문화재단지는 크게 두 구역으로 나누어 유물 전시관인 숭원각으로 가는 길을 사이에 두고 왼쪽을 후조당 구역이라고 한다면 오른쪽은 탁청정 구역이라고 할 만하다. 탁청정 김수(金綏, 1491~1552)는 성품이 호탕하고 의협심도 강하며 사람을 좋아하여 항시 손님이 들끓었다고 하는데, 그런 성품 때문인지 그가 지은 탁청정(중요민속자료 제226호)은 영남 지방의 개인 정자로는 그 구조가 가장 우아하다는 평을 받아왔다. 정면 일곱 칸, 측면 두 칸의 팔작지붕에 두 칸은 방으로, 네 칸은 대청마루로 나누었다. 대청은 높은 주초(柱礎) 위에 세워 누마루의 위용을 강조했고, 누마루 둘레에는 난간을 두르고, 온돌방 측면에는 평(平)난간을 둘렀다. 그리고 정자 앞에는 방형 연못을 파서 그 운치를 더했다. 여기에다 탁청정 현판은 한석봉 글씨이고 퇴계 이황, 농암(聾巖) 이현보(李賢輔, 1467~1555) 등 명유(名儒)들의 시판(詩板)이 걸려 있어 그 권위와 품위를 더해준다. 탁청정 마루는 40명이 둘러앉아도 너끈하니 그 공간의 크기를 짐작할 수 있을 것이며, 낭만적 풍류를 즐기는 사람은 여기에 많은 점수를 준다.

탁청정 아래로는 탁청정의 아들인 김부인(金富仁, 1512~84)이 세운 낙운정이 있고, 낙운정 아래엔 근시재(近始齋) 김해(金垓, 1555~93)의 아들인 매원(梅園) 김광계(金光繼, 1580~1646)가 세운 침락정이 있는데 두 집이 모두 아담하고 소탈한 가운데 앙증맞도록 짜임새가 있어서 규모 큰 건물 못지않은 인기를 얻고 있다. 특히 낙운정은 ㄷ자로 두른 난간이 정

| **침락정 입구의 일각문** | 세상엔 이렇게 작은 문도 있다. 몸을 한껏 굽혀야 출입이 가능한데 그로 인해 어떤 거만한 사람도 고개 숙이지 않고는 출입하지 못한다.

겹고, 침락정은 동서로 마주 세운 출입문이 반월형으로 어찌나 맵시가 어여쁜지 여기에 와서 이 예쁜 작은 문에서 사진 찍지 않는 사람은 거의 없을 것이다.

### 불천위제사의 뜻

외내 광산 김씨의 사당은 입향조인 김효로와 그의 증손자로 양관 대제학을 지내고 임란 때 의병장을 지내 가문을 한층 빛낸 근시재 김해의 부조위(不祧位)를 모신 곳이다. 부조위란 불천위(不遷位)라고 해서, 본래 제사는 고조할아버지까지 4대 봉사를 하고 4대가 지나면 조묘제(祧墓祭)를 지내고 더 이상 제사 지내지 않게 되어 있으나 나라에 큰 공이 있거나 학덕이 높은 분에 대해서는 국가에서 영원토록 위패를 '옮기

지 않고〔不遷〕' 모시는 것을 허락했는데 그것을 이름이다. 따라서 불천
위를 모신다는 것은 그 가문의 영광이며 권위인 것이다. 예를 들어 온혜
리의 퇴계 종택에서는 퇴계 이황, 퇴계 태실(胎室)로 알려진 노송정(老松
亭) 댁에서는 퇴계의 조부인 이계양(李繼陽), 하회마을 양진당에서는 겸
암 류운룡, 충효당에서는 서애 류성룡, 임하 내앞의 의성 김씨 종택에서
는 청계(靑溪) 김진(金璡), 서후 검제의 의성 김씨 종택에서는 학봉 김성
일, 봉화 닭실 안동 권씨 종택에서는 충재(沖齋) 권벌(權橃) 등이 불천위
제로 모셔지고 있다. 그리고 이런 불천위를 모신 집안의 봉사손(奉祀孫)
을 종손(宗孫)이라고 한다. 이에 반해 그렇지 못한 집의 봉사손은 주손
(主孫)이라 한다. 이러한 불천위는 반드시 국가〔禮曹〕에서 일종의 라이
선스를 발급하듯 허가를 내려주었는데, 나중에는 도에서 인정하는 도천
(道遷), 서원에서 인정한 원천(院遷) 등으로 인플레 현상이 일어나고 조
선 말기로 가면 그것을 문중이 결정했다고 해서 문천(門遷) 또는 사조(私
祧)라고 하는 것까지 생겨났다. 이렇게 사사로이 불천위를 모시니 그 질
서와 권위가 문란해질 수밖에 없었다. 지금 내가 어느 집 불천위는 국천
(國遷)이고 어느 집 불천위는 도천이고 사조라고 가려낼 능력도 연구도
없지만 설사 안다고 해도 무슨 경을 치려고 발설할 수 있겠는가. 이런 식
으로 앞을 다투어 불천위를 모신 것은 안동에 양반 문화가 깊이 뿌리내
리게 되는 결정적 계기가 되었으니 이것이 또 안동을 이해하는 필수 지
식의 하나인 것이다. 그런 중 광산 김씨 예안파는 양대 불천위를 모셨으
니 영광 중 영광이라 할 만하다.

　사실 안동 문화를 이해하는 데 제사의 실체를 모르면 아무것도 안 된
다. 이 군자리 단지 안에만도 제사를 위한 공간이 세 채나 차지하고 있는
데 이런 비중만 보아도 알 수 있듯이 양반의 기본은 봉제사에 있었던 것
이다. 그런데 이 제사의 의의와 분위기를 신세대들은 잘 모른다. 그렇다

고 해서 그것을 르포 또는 소설로 극명하게 그려낸 것도 마땅치 않다. 윤학준의 『나의 양반문화 탐방기』(길안사 1995)가 그래도 제일 잘 설명해주었다고 할 것인데, 미야지마 히로시(宮島博史)가 쓴 『양반』(노영구 옮김, 강 1996)을 보면 양반의 개념을 봉제사, 접빈객으로 서두는 잘 풀어갔지만 결국 이 외국인은 제사의 실체 같은 디테일에 이르러서는 그 깊은 뜻을 다는 이해하지 못한 듯 결론이 용두사미가 된 감이 없지 않다.

## 끔찍한 정성, 제사의 의미

종갓집에서는 1년에 최소한 열두 번의 제사를 지내게 된다. 추석과 설의 차례(茶禮)가 두 번, 불천위 할아버지·고조할아버지·증조할아버지·할아버지·아버지 모두 다섯분의 내외분 기제사가 합해서 열 번이다. 거기다 재취를 얻은 조상이 있으면 할머니 제사가 한 번 더 있게 되고, 복잡하게 양자로 들어온 과정이 있으면 또 군제사가 붙게 된다.

그래서 요즘 종갓집에서는 종부 며느리 맞이하기가 보통 어려운 것이 아니다. 어느 집 종손 아들은 마흔이 다 되도록 혼사를 못 이루었는데, 그것은 완전히 제사 때문이었다고 한다. 그런 중 어느 집 종손은 이 제사 문제를 크게 부각하지 않고 며느리를 얻었더니 그 며느리는 끝내 제사의 힘겨움을 이기지 못해 교회에 나가버려 제사를 거부하는 사태가 벌어지기도 했단다. 그래서 어느 종가는 종부 며느릿감을 맞을 때면 교회에 안 나가기로 다짐받는 것을 기본으로 하고 있단다.

안동 사람들이 조상을 받들고, 종가를 보필하면서 집안의 전통을 지키려는 태도는 끔찍스러울 정도다. 각 집안 불천위제 때는 보통 200명이 참가했는데 요즘은 줄어서 50명, 그래도 적어도 30명 이상이 온단다. 어느 집안이라고 거명까지 할 수야 없지만 결국 자손은 피폐해 파락호(破

落戶)만 남겼으면서 종갓집만 버젓이 남아 있는 경우도 보게 된다. 이 지극정성을 이해하지 못하는 사람은 안동 문화를 옳게 볼 수 없다.

제사를 지내는 것은 조상을 공경하고 받드는 행위지만 이 제사라는 형식은 공동체 의식, 혈연 친족적 유대 의식을 강화하는 최상의 제도이다. 또 평소에는 할 수 없던 말도 조상님 앞에서는 가능해지기도 하니 언로의 한쪽이 열려 있는 것이 제사다. 그리고 제사라는 형식이 치러지는 과정에서 자연스럽게 집안과 사회적 지위의 획득이 확인되고 불충한 자에 대한 경고성 주의도 내려지게 된다. 이제 그 비근한 예를 몇 개 들어본다.

종갓집 제사가 1년이면 열두 번이 넘는데도 항시 문제가 되는 것은 제상의 진설(陳設) 위치다. 그러나 그것은 사실 규정의 문제가 아니라 누구의 권위가 센가에서 나오는 힘겨루기인 경우가 많다. 예를 들어 봉화 아재가 근래에 돈을 많이 벌어서 종갓집 보필, 즉 보종도 잘하고 있다고 하자. 그런데 어느 날 봉화 아재가 제상을 진설하는 데 와서 "할배, 전에는 식혜가 포 왼쪽에 있었던 것 같은데" 하고 한마디 던지면 진설하던 할배가 어느 놈이 건방지게 헛소리하나 휙 돌아보는데 봉화 아재라. 가만히 생각해보니 봉화 아재의 말을 존중해줄 만도 하다고 생각이 들면 그만 "아, 그랬던가. 우리가 너무 자주 지내다보니 무심코 그랬나보이" 하고 포와 식혜를 바꾸어놓는다. 그렇게 되면 그때부터 진설 위치가 바뀌고 마는 것이다.

그런데 요즘 봉화 아재가 돈 좀 벌었다고 종갓집만 생각하고 집안 어른을 우습게 보는 꼴이 아니꼽기 짝이 없다고 생각하는 어른이 있어서 이 녀석 언제고 한번 보자 하고 벼르고 있던 참인데, 그 봉화 아재가 "할배, 전에는 식혜가 포 왼쪽에 있었던 것 같은데"라는 말을 하게 되면 그 말이 떨어지자마자 벼락 치듯 "거참! 제상 앞에서 버릇없이!" 하고 소리친다. 그러면 봉화 아재는 찔끔 저만치 물러서면서 멋쩍게 뒤통수만 긁적거린다. 그러

| **불천위제사** | 불천위제사가 있을 때면 문중분들이 많이 모여 많게는 300명 이상이 참가하곤 했다.

면서 속으로 '아, 나는 아직 안 되는구나' 하고 반성하게 된다.

또 제사 때 잔을 모두 올리고 첨잔하는 유식(侑食) 절차까지 끝난 뒤 제관이 모두 엎드려 기다리는 것을 부복(俯伏)이라 하는데, 부복 때 언제 일어나는가는 그때그때마다 나이와 항렬과 학덕과 사회적 지위, 종가에 대한 봉사 등을 고려하여 묵시적으로 따르게 되는 좌장이 있어서 그분이 유도한다. 그래서 부복 때 모두 엎드려 그쪽으로 촉각을 곤두세워 이를테면 춘양 할배가 일어나는 기적만 살피게 된다. 그런데 어느 날 서울서 관리를 오래 하며 중앙에서 과장까지 지내고 정년퇴직하여 지난봄에 낙향한 무실의 과장 할배가 홀연히 큰기침을 하면서 일어나는 것이렷다. 이것은 큰 도전이다. 이때 사람들이 평소 춘양 할배가 격식만 많이 따지고 위압적인 것이 불만이었는데 잘됐다고 생각하면 과장 할배를 따라 모두 일어나버린다. 그렇게 되면 춘양 할배는 혼자서 오랫동안 부복하다가 마침내 비장하게 일어나 "흐음, 흐음" 하며 쓸쓸히 두루마기 뒤를 매만지고 다시는 부복을 이끌어가지 않는다. 이제 주도권은 과장 할배한테로 넘어가게 되는 것이다. 그러나 평소에 그 과장 할배가 국장도 못 한 주제에 중앙에서 관리를 지냈다고 큰 위세를 떨며 고향 사람들을 무시하는 기색이 있어서 좀 안 좋게 생각해온 바가 있었다면 과장 할배가 부복 때 먼저 일어나도 모두 엎드린 채 시선만 그쪽에 주고 어떻게 하나 보면서 꼼짝도 않는다. 그렇게 되면 먼저 일어났던 과장 할배는 '이크!' 하면서 얼른 다시 부복하고 다시는 먼저 일어나는 일이 없게 된다.

제사 때 종손은 항렬이나 나이에 관계없이 모든 권위를 부여받는다. 종손은 선출이 아니라 혈통으로 이어간다는 정신은 나라의 왕 세습과 같은 성격이다. 그래서 제상 앞에서 어떤 일이 일어나도 종손은 조상 앞에서 죄인으로서 무릎 꿇고 고개 숙이고 향을 피울 따름인 것이다. 제상의 진설 문제나 부복에서 언제 일어나느냐 같은 국부적인 일에 개입하는 일이 없다. 그런 데 개입해서는 종손의 체통이 서지 않는다. 그런데 제사에서 종손보다 더 권위 있는 것은 죽은 조상이다. 그래서 평소에 아우는 절대로 형에게 대들지 못하지만 조상 앞에서, 즉 제사 때는 조상의 이름으로 형을 꾸짖을 수도 있는 것이다. 이것은 궁중에서 원임대신(原任大臣) 회의 때 왕 앞에서는 정3품이 정1품을 반박하고 나설 수 있는 것과 같은 원리이다.

예를 들어 형님에 대하여 불만이 많지만 어쩔 수 없이 속으로만 앓고 있던 차에 형님이 제사가 끝나자마자 두루마기를 벗어던지고는 양말까지 벗어 둘둘 말아 어디론가 처박아두려고 번쩍 들었는데 아우가 앞에 나타나 "형님! 음복까지는 제사요!" 하고 준엄하게 한마디 한다. 그러면 형님은 뜻밖의 일격에 당황하여 말을 더듬으면서 "어, 어, 내 너무 더워서 그랬네"라며 말았던 양말을 다시 펴서 신고 정좌를 하면서 속으로 '내가 저 녀석한테 그동안 뭘 서운하게 했나'를 곰곰이 생각해보게 된다. 그러나 그 형님이 평소에 아우라는 놈이 요즘 시건방져진 것이 꼭 형한테 대들려고 하는 기색이 있는 것을 눈치채서 한껏 경계하고 있는데 "형님! 음복까지는 제사요!"라고 나오면 형님은 지체 없이 아우의 얼굴을 노려보면서 "머시라! 음복은 음복이고, 제사는 제사지!"라고 소리치고 아우는 찔끔해서 뒤꽁무니를 빼고 만다. 그러니까 본래 정답은 없는 것이다. 사달이 험악해져서 형과 아우가 양말 벗은 것을 갖고 서로가 잘했다 못했다를 다투게 되면 이때 크나배(큰아버지, 조부祖父. 안동에서는 할아버지를 큰아버지라고 한다) 또는 마다배(맏아버지, 백부伯父)가 나서서 "아니다, 음복까진 제사다"라고 유권해석을 내리고 그것으로 마무리된다. 만약 그 권위에 도전하면 그때는 문중에서 손가락질을 받게 되니 다툼은 거기서 끝난다.

그러나 이 게임은 여기서 끝나지 않는다. 제사가 끝나면 어른들은 제청에 둘러앉아 제삿밥을 기다리며 이런저런 얘기를 나눈다. 이때 아까 제상에서 일어났던 이벤트 내지 해프닝이 또 다른 상수에 의해 제기된다. 이를테면 봉화 아재 말대로 식혜와 포가 옮겨진 다음이라면 "봉화 아재, 식혜 그쪽에 놓는 게 확실하긴 확실한 기요?" 하면서 슬며시 웃음을 지어 보낸다. 또 과장 할배가 부복 때 일찍 일어난 것에 표를 던져주고도 "과장 할배, 서울 사시더니 빨라졌심더" 하면서 '내 알지만 봐줬다'는 암시를 침을 놓듯 찔러놓는다. 이것은 몇 년 뒤에 다시 제상의 이벤트로 나타날 것의 예고이기도 하다. 그래서 제사를 지내면 누가 똑똑한가를 바로 알 수 있다고 해서 제사를 현서(賢序)라고도 했다는 것이다.

이것이 남자들 사이뿐만 아니라 여인들 사이에도 그대로 일어난다. 제사 음식 준비하는데 한여름에 뜨거운 화덕에서 부침개를 부치는 것이 누구인가는 나이, 재산, 남편의 항렬과 사회적 지위, 종가와의 촌수, 그

집 아들이 어느 대학 다니는가까지가 종합적으로 계산되어 결정된다. 무엇으로 보나 몸으로 때워야 할 처지에 있는 집 여자가 땀을 흘리고 그 일을 한다. 그러나 겨울이 되면 화로 앞의 일은 높은 집 차지가 되고 아랫것을 자처하는 여인이 찬물을 길으러 간다. 또 아이들은 자기들 나름대로의 계산에 의해 광에 가서 제상을 날라야 하는 것인지, 눈물을 흘리면서 향불을 피워야 하는지, 할아버지 지방 쓰는 옆에서 먹을 가는지, 지방 소화는 누구 차례인지를 안다.

제사가 끝나면 제상을 물리고 나서 제사 음식을 인척들에게 나누는데, 이 일은 종갓집 며느리가 집행한다. 종부(宗婦)는 멀리서 "건네(물 건너)집은 애가 많으니라" 하며 그 집에 더 주라는 식으로 감독한다. 본래 제상에 생고기를 안 쓰는 이유는 조상을 위해서라기보다 나누어 먹게 하기 위한 뜻이 더 큰 것이었다. 냉장고가 없던 시절인지라 요리한 고기는 나눌 수밖에 없는 것이다. 그러나 어느 종가는 생고기를 제상에 올린다. 이는 종가에 무지하게 큰 권한을 주는 것이다.


## 조상과의 만남

이처럼 제사는 가문의 결속과 질서를 세우는 중요한 형식으로 작용한다. 그러니까 제사는 죽은 조상을 통한 산 자손들의 만남이라는 속뜻이 서려 있는 것이다.

그러나 제사의 기본은 조상에의 경의에 있다. 특히 불천위 조상에 대한 긍지는 기독교인이 예수님 모시듯, 절집에서 부처님 모시듯 거의 절대적이다. 그것은 그 조상을 구심점으로 해서 집안이 결속한다는 뜻도 있지만 그 조상을 공경함으로써 자신을 항시 반성하면서 조상에게 부끄러운 일을 해서는 안 된다는 다짐의 계기도 되는 것이다. 그것은 인류의 실현에서 매우 중요한 각성제이기도 하다.

안동 사람들이 자기 조상에 대한 긍지가 얼마나 강한가는 1987년 고향문화사에서 펴낸 『안동지』에서 안동 명사들의 글 끝에 붙인 출신 약력을 보면 알 수 있다. 나 같으면 '1949년 서울 태생' 하고 말 것을 이들은 그렇게 안 한다.

'풍산금속 회장 류찬우 씨는 1923년 안동군 풍천면 하회동에서 서애 류성룡 선생의 12대손으로 출생 (…)' 하고 시작한다. 이건 아주 짧은 표현이다.

'전 포항공대 학장 고(故) 김호길 박사는 1933년 안동군 임동면 지례동에서 의성 김씨 청계공파의 14대손 부친 김용대, 모친 여강인 이귀복 슬하 4남 4녀 중 3남으로 출생 (…)' 하고 적었다. 이건 보통 길이다.

'공보처 장관을 지낸 류혁인 씨는 1931년, 전주 류씨 삼괴정파로 박실이라 불리는 안동군 임동면 박곡동에서 불천위인 9대조 용와 류승현에 이어 8대조 노애 류도원, 7대조 호곡 류범휴, 6대조 수정재 류정문, 조 모암 류동걸, 부 일야 류세희(배 의성 김씨)로 이어지는 유림의 후예 (…)'라고 했다. 이게 제일 길다.

이런 식으로 조상을 확실히 하면서 그 굴레 속에 자신을 맡긴다는 것은 속박이 아니라 힘이 되는 경우가 많은 것이다.

내가 대학 입시 치르기 위하여 시험장에 갔을 때 지금은 복개된 대학천변 학교 담장에 각 고등학교의 격려 플래카드에 '화이팅! ○○고!' '대구의 자존심, ○○고' '왔다. 보았다. 붙었다. ○○고!' 등이 경쟁적으로 붙어 있는 것을 보고 나는 명문의 전통이 얼마나 무서운 힘을 갖는가를 알았다. 그런 중 속칭 '미라보다리'라고 불리던 작은 다리 양옆 목버짐나무(플라타너스) 높은 가지에 길게 걸려 있는 경기고의 격려 플래카드는 나머지 모두를 압도하고도 남는 권위가 있었다. 그 플래카드 정 가운데엔 다

이아몬드 형상의 경기고 배지를 그려놓고 '명예로운 전통에 의무를 다하자'라고 쓰여 있었다. 그때 나는 저것이 오만이 아니라면 저런 전통은 위대한 것이라고 생각했다. 그처럼 자부심과 함께 의무를 느끼게 하는 전통은 삶의 큰 위안이자 힘이 될 것이 분명하다.

김도현 형이 15대 총선 때 국회의원에 출마하여 낙선하였을 때 나는 아는 처지에 좀 보탬이 못 됐던 것을 퍽 미안스럽게 생각하면서도 연락도 한 번 못 하고 있었는데 우연히 인사동에서 만나게 되어 멋쩍게 인사를 드렸다. 그런데 그 겸연쩍어하는 인사를 참으로 편하게 받아들여 고맙고 놀라웠다.

"형님, 제가 뭐 주제넘게 위로를 드려도 될지 모르겠네요. 또 기회가 있겠죠."
"뭐, 괜찮아요. 나는 크게 실망하지 않아요. 우리 조상이 그랬어요, 내가 무엇이 안 되었음을 안타까워하지 말고 내가 무엇이 되었을 때 그것에 대한 준비가 없음을 걱정하라고. 하, 하, 하."

나는 순간 그 말을 꼭 기억해두고 싶어 다시 물었더니 "뭐, 뭐, 내가 잘아나, 한문으로 그렇게 말했겠지"라며 안동인답게 수줍어하면서 말꼬리를 돌리는 것이 더욱 멋있었다. 안동 사람들이 조상을 극진히 섬겨 무엇이 잘됐느냐고 되물을 때 내가 대답할 수 있는 얘기는 그런 것이었다.

1997. 3. / 2011. 5.

# 저 매화나무 물 줘라

예안 / 도산서원 / 이퇴계 청문회 / 퇴계 종택 / 퇴계 묘소

## 사라진 예안길과 도산서원 진입로

오천 군자리 문화재단지에서 다시 큰길로 나와 도산서원을 향하여 산자락 두어 굽이를 넘어가면 차창 오른쪽 저 멀리로 산상의 호수 안동호가 유연히 떠오른다. 겹겹이 싸인 산봉우리를 헤치며 호수는 자꾸만 넓게 퍼져나가니 어디가 끝이고 어디가 처음인지 가늠치 못하는데 산 그림자까지 다 받아낸 호수의 빛깔은 푸르다 못해 진초록 쑥빛이 된다.

연 3년(1999년 집필 당시로부터) 가뭄으로 호수는 자꾸 마르고 낮은 곳은 벌써부터 바닥을 내놓은 채 차오를 줄 모르고 있으니 농촌 사정을 잘 모르는 도시 답사객 눈에도 안타깝기 그지없다. 물기마저 사라진 진흙바닥은 처참하게 터져나가 매짓덩이 갈라지듯 덩이째 잘려 뒹구는데, 한 가닥 굵은 선이 내리쬐는 햇살을 가볍게 반사하며 호수의 심연으로 빨려드는 것

이 선명히 들어온다. 그것이 수몰되기 전 도산서원으로 가던 옛길이다.

저 길이 인도하는 가장 낮은 곳에 있던 옛 마을 예안은 송두리째 물에 잠기고, 불안스러울 정도로 높은 교각에 떠받쳐 있는 좁고 긴 다리가 질러지고 이름하여 '예안교'라고 한다. 예안교를 지나 또 산자락 한 굽이를 넘으면 이번에는 산상의 마을인 양 국도변 아래쪽 가파른 산비탈을 타고 낮은 집들이 다닥다닥 붙어 있는 제법 큰 동네가 나타나 초행길 답사객들은 눈이 휘둥그레진다. 어이해서 이런 궁벽진 곳에 이렇게 큰 마을이 있는가 싶은데 예안초등학교 팻말이 있는 것을 보고 '아! 여기가 그 역사의 마을 예안인가보다' 하고 지레짐작하게 된다. 또 그렇게 알고 간 사람이 하나둘이 아닐 것이다. 그러나 여기는 예안이 아니다. 행정구역상으로는 도산면 서부리, 예안장터 사람들이 집단으로 이주해서 형성한 새 마을이다. 어차피 새 집터, 새 마을터를 잡는데 어쩌자고 이렇게 숨막힐 듯 갑갑한 공간에 모여든 것인가? 이주민 단지를 이렇게 만든 사람이나 그렇게 옮겨앉은 사람이나 다 사정이 있었겠지만 그 피치 못할 가장 큰 사정은 아마도 물에 잠긴 고향을 먼발치에라도 두고 살고 싶은 욕구와 그래도 낯익은 산천에 사는 것이 낯선 곳으로 가는 것보다 위안이 될 것 같은, 인간으로서 거의 본능적인 반응이었으리라 생각해보게 된다.

서부리에서 도산서원까지는 아직도 10릿길이 남아 있다. 산등성이로 올라탄 찻길은 위에서 아래로, 왼쪽에서 오른쪽으로, 오른쪽에서 왼쪽으로 물결 굽이치듯 돌고 또 돌아가니 앞뒤 사정 모르는 사람들은 퇴계가 사람 안 다니는 깊은 산골을 찾아 도산서당을 세운 줄로 알며 또 그것을 칭송하기도 한다. 그러나 그것은 큰 오해다. 옛길로 말할 것 같으면 저 아래 낙동강을 따라 난 들판길로, 평화롭고 온정이 가득한 길이었다.

서부리에서 고개 하나를 넘어서면 오른편 아래쪽 산비탈에 기와지붕이 반듯반듯하게 포치되어 있는 고옥(古屋)을 차창 밖으로 내다볼 수 있

| 겸재 정선의 「계상정거도(溪上靜居圖)」 | 현행 1천 원권 지폐에 들어 있는 이 그림은 옛 도산서원의 그윽한 분위기를 잘 전해준다.

다. 이 건물은 예안향교로 지금 우리는 위에서 내려다보면서 저지대에 있구나 생각하지만 사실은 저 아랫마을을 굽어보는 산자락 고지대에 세운 것이었으니 그 입지 환경의 변화를 더 말하지 않아도 알 일이다.

### 부내의 농암 유적들

서부리 다음 마을은 분천(汾川), 여기 말로 부내라고 한다. 청량산을 지나면서 큰 내를 이룬 낙동강이 도산서원 앞에 이르러는 유유히 흐르다가 부내의 큰 벼랑을 만나서는 정면으로 들이받아 장한 물보라를 일으키면서 직각으로 휘어가니 흰 분말을 일으킨다고 분천이라고 한 것이다.

부내의 옛 마을에는 퇴계가 존경해 마지않던 고향 선배로 그가 세상

을 떠났을 때 만사(挽詞)와 행장(行狀)을 지어 바친 농암 이현보의 유적
들이 남아 있었다. 농암은 부내 절벽에 물 부딪는 소리가 하도 시끄러워
서 그 바위를 차라리 '귀머거리 바위'라고 해서 '농암'이라고 이름 짓고
그것을 자신의 호로 삼았는데, 지금은 안동호가 모조리 삼켜버려 다시는
농암엔 진짜로 물 부딪는 소리가 나지 않는 벙어리 바위로 되었고, 분천
엔 물거품이 일어나는 일도 없게 됐다. 그것도 예언이라면 예언인 것이
다. 농암은 여기서 그의 유명한 「어부가(漁夫歌)」를 지어 조선시대 강호
(江湖)문학의 서장을 열었으니 어찌 가볍게 생각할 곳이겠는가.

부내에 있던 농암의 별당인 애일당(愛日堂)은 서쪽 영지산 기슭으로
옮겨졌고, 영천 이씨 종택인 긍구당(肯構堂)과 농암을 모신 분강서원(汾
江書院)은 산 너머 온혜리 온혜온천 가는 길에 이건되었으며, 지금 부내
에는 도산서원으로 꺾어드는 진입로 한쪽에 농암 시비가 세워져 옛 자
취를 말없이 증언할 따름이다.

부내 농암 시비에서 도산서원까지는 잠깐이다. 그러나 옛길을 호수에
묻어두고 산자락 높은 곳을 휘몰아치듯 돌아가니 길은 좁고 굴곡은 심
하여 차 속 답사객은 차가 흔드는 대로 몇 차례 좌우로 쏠릴 수밖에 없
다. 그리고 제법 넓은 주차장에 도착하면 여기서부터 도산서원 답사가
시작된다.

그러나 이것은 도산서원 답사에서 내가 항시 느끼는 불만이며 도산
서원을 해설하는 어려움의 시작이다. 퇴계가 여기에 도산서원을 잡았던
뜻은 지금 우리가 찾아가는 길의 정서와 너무도 다르다. 나는 도산서원
은 건축적으로 성공한 집이라고 생각하지 않는다. 비록 도산서원 전교당
(典教堂)과 '도산서원 상덕사 부 정문 급 사주토병(陶山書院尙德祠附正門
及四周土屛)'이라는 기막히게 긴 이름의 건물이 보물로 지정되어 있지만
나는 거기에서 어떤 보물적 가치를 읽어낸 적이 없다. 거기엔 나의 불찰

이나 실수도 있겠지만 지금의 도산서원 환경에서 그 건물을 보고 감동한 분이 있다면 그분의 눈을 차라리 보물로 지정하는 게 옳을 정도로 변질되어 있는 탓이다.


## 도산서당에서 도산서원으로 되기까지

퇴계가 처음 도산 남쪽에 서당터를 잡은 것은 57세 때인 1557년이었다. 그러나 이 터가 마음에 차지 않아서 지금 자리로 새로 옮기게 됐고, 5년간의 공사 끝에 61세 되는 1561년에 완공을 보게 됐다. 이때 지은 집은 선생의 공부방인 도산서당과 학생들의 기숙사인 농운정사(隴雲精舍), 두 채뿐이었다. 그러다 학생들이 늘어나면서 기숙사 시설이 부족하던 차에 제자 지헌(芝軒) 정사성(鄭士誠, 1545~1607)이 입학할 때 그의 아버지가 기숙사 별관으로 역락서재(亦樂書齋)를 지어주었다. 그래서 역락서재를 어떤 분은 우스갯소리로 기부금 입학의 전통적인 사례라고 하는데, 이는 입학을 전제로 한 기여가 아니라 입학 후 기증이었으니 조건 없는 순수 도네이션(donation)이었다.

퇴계 생전의 도산서당 시절 건물은 여기에다 나중에 하고직사(下庫直舍)라고 불리는 관리 주사(廚舍)가 덧붙여진 것이 전부였다. 지금 도산서원에서 아래채에 해당하는 이 건물들이 위쪽 서원 건물들과는 달리 검소하고 조촐하고 조용한 분위기를 띠고 있는 것은 이런 연유에서다. 그래서 어떤 분은 도산서원은 퇴계가 지은 서당 시절이 진짜 건축다운 건축이었다고 주장하기도 한다.

그러나 세월은 그렇게 흐르지 않았다. 1570년, 퇴계가 세상을 떠나고 3년상이 지나자 제자들은 당연히 선생을 모실 사당과 선생의 학문을 이어받을 서원을 짓기로 결정하였고, 그것은 도산서당의 위쪽 산을 깎

| **도산서원 전경** | 도산서원은 퇴계 당년에 지은 서당과 사후 4년 만에 지은 서원으로 구성되어 조선시대 서원 중 가장 복잡한 구조를 보여준다.

아 세우기로 하였다. 그래서 사후 4년 뒤인 1574년에 착공하여 이듬해인 1575년에 낙성을 보았다. 그래서 서당 위쪽으로 진도문(進道門), 전교당, 동재, 서재라는 강학 공간과 내삼문, 전사청, 상덕사라는 제사 공간 그리고 상고직사(上庫直舍)라고 부르는 서원 관리소와 인쇄원판을 보관하는 장판각(藏板閣) 등 부속 건물을 갖추어 전형적인 서원을 세우게 되었다.

서원 영역은 아래쪽 서당 영역과는 달리 기둥이 곧고 집의 형태가 의젓하며 사당에는 단청까지 칠하여 그 존엄성을 더하고 있다. 그러나 그 모든 것이 퇴계라는 대학자의 권위를 너무 받드는 듯한 과장과 엄숙성으로 일관해 이 서원을 무겁게 만들었다는 평도 없지 않으니, 높이 올라앉은 전교당 앞마당의 공간을 볼 때 더욱 그런 생각을 갖게 된다.

## 도산서원 건축의 변질 과정

그러나 도산서원 건축에서 정말 건축적으로 문제가 생긴 것은 후대의 증축과 보수 과정에서였다. 무엇보다 동서 두 채의 광명실(光明室)이 그렇다. 서책을 보관·열람하는 도서실인 이 광명실은 전교당 마당의 축대 바깥쪽에 누각으로 내어 지은 건물인데 전하는 바에 의하면 19세기에 동광명실을 먼저 지었고, 1930년에 서광명실이 증축되었다고 한다. 이것이 도산서원 입면(立面) 계획을 여지없이 파괴했다.

병산서원으로 치면 만대루 같은 누각이 있어서 산과 강과 들의 경치를 여기에 다 모을 수 있는 전망을 가진 자리인데, 그 탁 트인 공간에 두 채의 서고를 만들어 갑갑하게 만들고 만 것이다. 지금도 도산서원을 답사할 때면 나는 이 광명실을 누마루로 생각하고, 동광명실 쪽마루 복도에 올라가서 멀리 낙동강을 바라보면서 고요한 아름다움의 옛 도산서당 시절을 생각해보곤 한다.

광명실 때문에 집을 버려놓았다고 주장하는 내가 도산서원 건축의 참맛을 오히려 광명실 쪽마루에서 찾고 있다는 것은 아이러니다. 그러나 이런 예는 세상에 아주 많다. 파리에 에펠탑이라는 철근 괴물이 올라가는 것을 보고 모파상은 이렇게 말했다고 한다. "저 파리의 추악한 건물을 보지 않으려면 우리가 에펠탑에 올라가는 수밖에 없다."

그리고 '위대한 20세기'에 들어와 도산서원은 1969년 '도산서원 성역화사업'으로 대대적인 보수공사가 시행됨으로써 상처와 변질을 맞게 된다. 변질이란 진입로가 서쪽 기슭 천광운영대(天光雲影臺) 쪽으로 뚫림으로써 도산서원 진입 계획 전체가 일그러져버린 점이다. 즉 정문은 어디인지도 알지 못한 채 곁문으로 들어갔다가 곁문으로 나오는 형상이 되고 만 것이다. 더욱이 마사토를 깔아 넓게 낸 진입로는 많은 관람 인원

| **도산서원 현판** | 서원의 핵심 공간인 전교당에 걸려 있는 도산서원 현판은 한석봉의 글씨로 선조가 내려준 것이다.

을 배려한 올바른 선택이었다고 하더라도 낙동강과 안동호를 시원하게 바라볼 수 있는 강변 쪽 비탈에 일본식 정원수 가꾸기로 향나무를 빽빽이 심어 시야를 막은 것은 도저히 이해할 수가 없다.

상처란 지금 도산서원 앞마당을 무려 5미터 이상 높이로 흙을 북돋아 평평하게 만들어놓은 점이다. 그래서 서원 앞마당의 은행나무, 벚나무, 갯버들 등이 몸체 줄기는 땅에 묻히고 가지들이 지표에 떠 있어 나무마다 기이한 모양이 됐다. 벚나무는 한 그루가 마치 네 그루로 보이고, 갯버들은 그 용틀임한 가지가 본 줄기 늘어진 것으로 착각게 하고 있는 것이다.

그러니까 낙동강을 유유히 따라 걸어오다가 서원 입구 곡구암(谷口巖)에 와서는 돌계단을 차곡차곡 밟고 천연대(天淵臺) 옆으로 올라 해묵은 갯버들의 호위를 받으며 서원 문에 당도하던 그 그윽한 정취와 분위기를 우리는 다시는 회복할 수 없게 된 것이다.

게다가 유물관의 신축으로 도산서원은 관람객의 관람 동선이 뒤엉키게 되었고 이로 인하여 유물관 위에 있는 상고직사나, 곁에 있는 하고직사 그리고 농운정사까지 건물들 간의 유기적인 연결이 무너진 것이다. 가뜩이나 비좁은 공간에, 더욱이 유물 보존에 문제가 많은 음습하고 어두운 곳에 유물관을 지은 당시의 안목이 차라리 원망스럽기만 하다.

그리고 1969년의 정화작업에서 결정적으로 실수한 것은 기와돌담이다. 지금 도산서원에서 서당 영역은 돌흙담으로 소담한 분위기를 유지하고 있지만, 서원 사방으로는 번듯한 기와돌담이 높게 둘러 있어서 결과적으로 돌담이 건축을 압도하는 주객전도가 일어나고 만 것이다. 특히 서당과 서원 영역 바깥쪽인 산비탈에 경복궁 돌담 같은 장한 담장을 두르니 여기가 과연 도산서당이고 도산서원인가 의아스럽기도 하다. 이 점은 이른바 도산서원 성역화사업 이전 사진을 보면 더욱 선명하게 드러나니 우리 시대 문화의 허구성을 보는 것만 같아 볼 때마다 안타까움을 느끼게 된다. 한마디로 1969년 도산서원 성역화사업은 속된 관광화사업이 되고 만 것이다.


## 도산서당의 원모습

그러면 퇴계가 지은 도산서당의 건축정신은 무엇이었을까? 어떤 건축적 의도에서 위치가 설정되고, 건물이 지어지고, 정원이 만들어지고, 원

림이 경영되었던 것인가? 이에 대해서는 다름 아닌 퇴계 자신이 쓴 「도산잡영 병기(陶山雜詠幷記)」, 풀이하여 '도산에서 이것저것 읊은 시에 붙인 글'에서 자세히 살필 수 있다.

처음에 내가 퇴계 계상(溪上)에 자리를 잡고 시내 옆에 두어 칸 집을 얽어짓고 책을 간직하고 옹졸한 성품을 기르는 처소로 삼으려 했는데, 벌써 세 번이나 그 자리를 옮겼으나 번번이 비바람에 허물어졌다. 그리고 그 시내 위는 너무 한적하여 가슴을 넓히기에 적당하지 않았기 때문에 다시 옮기기로 작정하고 도산 남쪽에 땅을 얻었던 것이다.

거기에는 조그마한 골이 있는데 앞으로는 강과 들이 내다보이고 깊숙하고 아늑하면서도 멀리 트였으며 산기슭과 바위들은 선명하며 돌우물은 물맛이 달고 차서 이른바 (『주역』에서 말한바) 비둔(肥遯)할 곳으

로 적당하였다. 어떤 농부가 그 안에서 밭을
일구고 사는 것을 내가 샀다.

이렇게 해서 구한 것이 지금의 도산서당이
다. 이 글만 보아도 퇴계가 궁벽하고 외진 곳
을 싫어하고 밝은 기상이 감도는 진짜 '좋은
터'를 얼마나 갖고 싶어했나를 잘 알 수 있다.
이렇게 터를 잡은 퇴계가 도산서당 건물을 짓
는 과정에 대해서는 퇴계의 제자인 금난수(琴
蘭秀, 1530~1604)가 지은 「도산서당 영건기사
(營建記事)」에 자세히 밝혀져 있다.

| 도산서당 현판 | 언제 누가 쓴
글씨인지 모르지만 서당과 잘 어울
리는 조촐한 현판이다.

　그리하여 중 법련(法蓮)에게 그 일을 맡
아보라고 청하였는데 준공이 되기 전인
1558년 7월에 선생은 나라의 부름(대사성)을 받아 서울로 올라가시면
서 건물의 설계도 「옥사도자(屋舍圖子)」 한 부를 벗 이문량(李文樑)에
게 주면서 법련에게 시켜 일을 마무리하게 하였다. 그러나 법련이 갑
자기 죽고 정일(淨一)이란 중이 계속 일을 맡아 집을 세우게 되었다.

이렇게 완성된 건물은 도산서당과 기숙사인 농운정사 두 채였다. 서
당 건물은 부엌, 방, 마루가 각각 하나씩 있는 세 칸 집이다. 이 최소 단위
의 세 칸 집은 '초가삼간'이라는 말이 있듯이 자족(自足)의 상징이며 겸
손의 발현인데 초가가 아닌 기와삼간을 금난수는 '양지바른 터 세 칸 집'
이라는 뜻으로 '양용삼간(陽用三間)'이라고 했다. 퇴계 연구가인 권오봉
(權五鳳) 교수의 해설에 의하면 퇴계의 외할머니의 외가댁이 부내에 있

었는데 거기서 본 집을 본뜬 것이란다. 외할머니의 외가댁 집이었단다.

　그러나 도산서당 건물은 현재 세 칸이 아니라 부엌 쪽으로 반 칸, 마루 쪽으로 한 칸을 내어 지었다. 마루 쪽 증축은 성글게 짠 평상을 붙박이로 붙이듯 이어놓았고 지붕은 경사가 급하게 매여달렸으며, 부엌 쪽은 역시 정주간을 넓힐 뜻으로 반 칸을 내어 지으면서 모자챙 같은 지붕을 얹었다. 살평상은 한강 정구가 안동부사로 있을 때 기증한 것이고, 골방은 완락재(玩樂齋)의 부엌에 붙은 작은 온돌로 수직(守直)하는 중의 거실이다. 거기엔 70년대까지 볼 수 있었던 서울 중류 가정집의 식모방만 한 것이 달려 있다. 그래서 이 집은 증축 부분을 빼고 볼 때 비로소 조촐한 아름다움이 나타난다. 퇴계는 이 세 칸 집에 자족하며 방과 마루에 완락재, 암서헌(巖棲軒)이라는 이름을 붙었다.

　서당과 함께 준공을 본 기숙사 건물은 여덟 칸으로 방과 마루에 시습재(時習齋), 지숙료(止宿寮), 관란헌(觀瀾軒)이라 이름 붙였는데 모두 합해서 농운정사라는 현판을 달았다. 그런데 이 집은 공(工) 자형으로 일반 건축에서는 아주 꺼리는 형식으로 되어 있다. 공 자형 집은 우선 뒷방 쪽의 채광이 큰 문제이며, 그 의미가 공격한다는 뜻이 있어서 기피했던 것이다. 그런데 퇴계는 오히려 공 자형 집은 기숙사 건물로는 적합하며 공 자에는 공부(工夫)한다는 뜻도 있으니 생각하기 나름이라는 듯이 이 집을 고집하였다. 그것은 공사 감독을 부탁했던 이문량에게 보낸 편지에 아주 자세히 나와 있다.

　이번 집의 제도(製圖)는 당을 반드시 정남향으로 해서 예(禮)를 행하기 편하도록 하고 재(齋)는 반드시 서쪽에 두고 뒤뜰과 마주하도록 하여 아늑한 정취가 있도록 할 것이며 그 나머지 방, 실, 부엌, 곳집, 문, 마당, 창호 모두 의미를 내포하고 있는 것이니 구조가 바뀌지나 않을까 염려됩니다. (…) 이렇게 하면 뜻이 너무 작아 뒷박처럼 좁아질 것입니다. 그러나 이 두 칸은 비록 지붕이 아주 낮지만 짧은 처마를 사용하기 때문에 빛을 받아들일 수 있으니 뜰이 좁은들 무슨 지장이 있겠습니까. (…) 당과 재를 (동시에) 이용할 때는 (등불은) 모두 뜰 양쪽으로 향하게 하지 말고 부엌등만 밝게 하면 될 듯싶은데……

퇴계가 건축에 얼마나 세심한 관심을 표현했는가는 이 편지 한 통만으로도 알 수 있으며, 그가 종래의 관행을 부수고 가운데 부엌이 있는 도투마리 집을 응용하여 공자형 집을 지을 수 있었던 것도 이런 식견과 높은 안목이 있어서 가능했던 것이다. 이 건축에 어린 퇴계의 정신은 얼마나 숭고하게 느껴지는가.

### 도산서당의 정원과 원림

제1회 퇴계학술상 수상자이며 『퇴계평전』(지식산업사 1987)의 저자인 고(故) 정순목(丁淳睦) 교수가 「도산서원의 연혁」(『도산서원 실측 조사보고서』, 영남대학교 민족문화연구소 1991)에서 그 사례를 예시하면서 단호히 말했듯이 "퇴계는 여느 학자와 달리 건축적 관심이 컸던 분"이다. 터 하나를 잡는 데도 서너 번을 옮겼고, 집을 지을 때도 설계도를 그려 그대로 짓게 했으며, 손수 정원을 만들고 원림을 경영하면서 이름을 짓고 의미를 부여했다. 사실 퇴계가 정원을 어떻게 경영했는가에는 그의 취미와 성품뿐만 아니라 그의 사상과 자연관이 그대로 나타나 있기도 하다. 그는 「도산잡영 병기」에서 또 이렇게 말했다.

서당 동쪽 구석에 조그만 못을 파고 거기에 연꽃을 심어 정우당(淨

友塘)이라 하고, 또 동쪽에 몽천(蒙泉)이라는 샘을 만들고 샘 위의 산기슭을 파서 추녀와 맞대고 평평하게 쌓아 단(壇)을 만들고는 그 위에 매화, 대나무, 소나무, 국화를 심어 절우사(節友社)라 불렀다. 서당 앞 출입하는 곳을 막아서 사립문을 만들고 이름을 유정문(幽貞門)이라고 하였다.

여기까지는 모두 인공을 가한 조원(造苑)으로 서당 주위로 사철 꽃을 보면서 자연과 계절을 느끼며 살기 위한 배려였고, 그 자취는 지금도 그대로 남아 있어 그것이 도산서원 답사에서 한차례 볼거리가 되고 있다.

그러나 도산서당의 정원은 여기에 머무는 것이 아니다. 우리나라 전통 정원에는 원림이라는 개념이 있는데 이는 집 안에 자연의 모습을 인공으로 만드는 정원과는 정반대로 자연 속에 집이 들어가고 정자와 대(臺)를 설치하여 자연 전체를 정원으로 받아들이는 생각이다. 퇴계는 도산서당에서 당연히 이런 원림을 경영하였고 또 이 원림을 위하여 도산서당을 이 자리에 잡았던 것이다. 퇴계는 이에 대하여 다음과 같이 말하였다.

문밖의 오솔길은 시내를 따라 내려가서 마을 어귀에 이르면 양쪽 산기슭이 마주 대하여 있다. 그 동쪽 기슭에 바위를 부수고 터를 쌓으면 조그만 정자를 지을 만한데 힘이 모자라서 만들지 못하고 다만 그 자리만 남겨두었다. 마치 산문(山門)과 같아 그 이름을 곡구암이라 하였다.

여기서 동쪽으로 몇 걸음 나가면 산기슭이 끊어지고 탁영담(濯纓潭)에 이르는데 그 위에는 큰 돌이 마치 깎아세운 듯 서서 여러 층으로 포개진 것이 10여 길은 될 것이다. 그 위를 쌓아 대를 만들고, 우거진 소나무는 해를 가리고 위로 하늘에는 새가 날고 아래로 물에는 물고기가 뛰며 좌우로 취병산(翠屛山)이 물에 비친 그림자가 흔들리어 강산의 훌륭한 경치를 다 볼 수 있으니 이름하여 천연대라 한다. 저 서쪽 기슭 역시 이를 본떠서 대를 쌓고 이름하여 천광운영이라 하였으니 그 훌륭한 경치는 천연대 못지않다. 반타석(盤陀石)은 탁영담 가운데 있다. 그 모양이 평평하여 배를 매어두고 술잔을 서로 전할 만하며 큰 홍수를 만나면 물속에 들어갔다가 물이 빠지고 물결이 맑은 뒤에야 비로소 드러난다.

지금도 도산서원에 가면 우리는 이 모든 원림을 볼 수 있다. 그래서 그것이 도산서원 답사에서 한차례의 산책 코스가 되고 있다. 다만 반타석만이 수몰하여 다시는 세상에 모습을 드러내지 않을 뿐이다.

그러면 퇴계가 이런 정원과 원림을 경영한 마음은 어떤 것일까? 선생은 여기에 사는 뜻을 이렇게 술회하셨다.

나는 항상 오래 병으로 시달려 괴로워했기 때문에 비록 산에서 살더라도 마음을 다해 책을 읽지 못한다. 깊은 시름에 빠졌다가도 숨을 고르게 하여 때로 몸이 가뿐하고 마음이 상쾌해지면 우주를 굽어보고 우러러본다. 그러다 느끼는 바가 생기면 책을 덮고 지팡이 짚고 뜰마당에 나가 연못을 구경하고 절우사를 찾기도 하고 밭을 돌면서 약초를 심기도 하고 숲을 헤치며 꽃을 따기도 한다. 또 혹은 돌에 앉아 샘물 구경도 하고 대에 올라 구름을 보며 여울에서 고기를 구경하고 배에서 갈매기와 친하면서 마음대로 시름없이 노닐다가 좋은 경치를 만나면 흥취가 절로 일어 한껏 즐기다가 집으로 돌아오면 고요한 방 안에 쌓인 책이 가득하다.

나는 도산서원에 오면 퇴계가 이런 마음으로 명아주를 다듬어 만든 청려장(靑藜杖)을 짚고 유유히 거닐었을 모습을 머릿속에 그려보면서 절우사로 천연대로 옮겨다니며 선생의 자취를 더듬어본다.


## 현대 도산서원의 진풍경 둘

요즈음 도산서원엔 퇴계 선생 당년엔 없던 두 개의 진풍경이 있다. 모두가 영광과 상처를 함께 지닌 것으로 혹자는 영광을, 혹자는 상처를 먼저 생각한다.

하나는 도산서원 앞마당에 당도하면 제일 먼저 우리의 눈을 끄는 것으로 호수가 된 낙동강 한가운데 섬으로 솟아 있는 시사단(詩社壇)이다. 수몰되기 전 여기는 백사장과 솔밭이 시원스레 펼쳐진 강변이었다. 그러던 1792년 3월, 정조는 규장각 대신인 이만수(李晩秀)를 보내 도산서원에 치제(致祭)하고 별과(別科)를 보게 했는데 응시자가 너무 많아 서원에서는 볼 수 없어 과장(科場)을 강변으로 옮기고 시험문제는 소나무 가지에 걸어놓고는 시험을 보니 답안지 제출자만도 3,632명이었다는 것이다. 이를 봉해서 서울로 가져와 채점하여 일곱 명을 뽑아 시상하고, 이때 왕이 전하는 말씀〔傳敎〕과 제문(祭文)은 전교당에 게시하고 그때의 일을 기념하여 단을 쌓고 기념비를 세우니 그것이 시사단이다. 비문은 유명한 재상 번암(樊巖) 채제공(蔡濟恭)이 지은 것이다. 이 유래 깊고 자랑스러운 시사단이 물에 잠길 처지에 놓이게 되자 1976년 높이 10미터, 반경 10미터의 둥근 축대를 쌓아 그 위로 올린 것이다. 이리하여 축대 위의 시사단은 안동호의 물이 빠지면 축대 바닥까지 다 보이고 물이 차면 축대 가슴께까지 출렁거리니 옛날 서당 시절에 있었다던 반타석이 변신한 듯 우리의 시선을 사뭇 거기에 붙잡아둔다. 그것은 상처는 상처로되 영광

어린 상처이다.

또 하나는 도산서원 정문을 들어서면서 우리가 제일 먼저 마주하게 되는 키 큰 금송(金松)이다. 이 금송은 도산서원 성역화사업 입안자였던 고(故) 박정희 대통령이 청와대 집무실 앞에 심어 아끼던 금송으로 1970년 12월 8일 도산서원 경내를 빛내기 위해 손수 옮겨심은 것이다. 그 금송이 초겨울에 심었는데도 저렇게 건강하게 자라는 것은 박대통령의 원력이 크심인지 퇴계 선생의 신통력이 작용한 것인지 알지 못하겠는데, 소나무·전나무는 집의 울 앞에는 안 심는다는 조상의 뜻을 거스른 것이 그 또한 무슨 뜻인지 알지 못하겠다. 날이 갈수록 무럭무럭 자라는 활엽속성수 금송은 이제 도산서원 건축의 공간 분할을 변형시켜 사립문 너머 어리어리 비치는 서당 마루를 가로막고 있는 것이다. 이것은 영광은 영광이로되 상처로 박힌 영광이다.

## 안내원이 말하는 퇴계의 일생

그러나 도산서원의 답사는 무엇보다도 퇴계 선생의 삶과 사상을 기리는 마음이 있을 때 그 참뜻이 있다. 그것이 아니라면 건물도 풍광도 다 변한 이곳에서 우리가 새겨갈 것은 아무것도 없기 때문이다. 사실 도산서원 유물관이 제 기능을 하려면 주차장 한쪽 넓은 터에 지어놓고 거기에서 퇴계의 생애와 사상을 도표와 사진과 유물과 비디오로 설명해주고, 도산서원의 옛 모습을 겸재(謙齋) 정선(鄭敾), 표암(豹庵) 강세황(姜世晃)의 그림과 옛 사진으로 보여주고, 그런 연후에 여유롭게 서당과 서원, 정원과 원림을 두루 살피게 해주어야 한다. 그렇게 할 때에야 우리는 거기서 퇴계와 도산서원을 답사하는 제대로 된 안내를 받을 수 있다.

솔직히 말해서 우리가 퇴계, 퇴계 하지만 퇴계에 대하여 알고 있는 바가 무엇이 있는가. 생각하자니 한심하고 부끄럽고 억울하기도 하다. 고등교육을 받고도 퇴계라고 하면 조선시대의 성리학자, 조금 더 입시적(入試的) 지식을 익힌 사람이라면 이기론자(理氣論者)·주리파(主理派) 정도를 말할 뿐이다. 그외에 내가 정확히 알고 있는 것은 지금 우리가 사용하고 있는 1천 원짜리 지폐에 그 얼굴이 나온다는 사실뿐이다. 이런 상식으로는 도산서원을 답사할 수 없고 또 이런 천박한 상식을 넘어서고자 도산서원을 찾아가는 것이기도 하다.

도산서원 매표소에는 '안내를 원하는 방문객에게는 해설을 해드립니다'라는 친절한 안내문이 붙어 있다. 그래서 항시 도산서원에서는 유물관에서 혹은 전교당 마루에서, 도산서당 살평상에서 핸드마이크를 쥐고 열심히 해설하고 열심히 경청하는 흐뭇한 광경을 대할 수 있다. 그럴 때면 나는 청중 곁에 슬쩍 끼어 귀동냥을 하기도 했고, 학생들과 함께 갔을 때는 전교당 대청에서 특별 주문으로 길게 듣고 가기도 했다. 안내원들의 해설의 유창함도 있었지만 모든 공부엔 장소성이라는 것이 있어서 집 책상에서는 퇴계의 삶과 사상이 읽히지 않던 것이 도산서원 마루에서는 귀로 들어도 잊히지 않는다. 마치 집에서는 뉴욕 지도를 아무리 봐도 모르지만 뉴욕에 가서 뉴욕 지도를 보면 한눈에 잡히는 것과 같다고나 할까. 도산서원 안내원의, 녹음테이프처럼 풀어가는 퇴계의 일생은 이러하다.

퇴계 선생은 1501년 예안 온계리에서 태어났다. 태어난 지 일곱 달 만에 아버지를 여의어 홀어머니 밑에서 자랐다. 타고나기를 학문을 좋아하여 선친의 책을 밤낮으로 읽었는데, 젊은 나이로 과부가 된 어머니의 '아비 없는 자식 소리 듣지 않게 예의 바르고 열심히 공부하라'는 가르침을 깊이 새겼다.

자라면서 12세 때는 숙부에게 『논어』를 배웠고, 소년 시절부터 시를 잘 지었으며, 스무 살에는 벌써 『주역』을 홀로 탐구했다. 이때 건강을 해쳐 소화불량으로 평생 고생하고 채식만 했다.

스물한 살에 결혼하고, 스물셋에는 서울로 올라가 과거를 공부했는데 과거에 세 번이나 떨어져 크게 자책하다가 이때 『심경(心經)』이라는 책을 읽고 크게 깨친 바가 있었다. 결국 스물일곱에 진사시에 합격했고, 서른세 살에 문과에 합격하여 외교문서를 다루는 승문원 관리가 되어 비로소 벼슬길에 나서게 됐다. 과거 공부에 열중하는 동안 가정에는 부인이 둘째아들을 낳고 산후 조리를 잘 못해 세상을 떠났고 전처 사후 3년 뒤 재혼을 하는 변고가 있었다.

이후 퇴계는 관리로서 출셋길을 걸어 42세 때는 암행어사가 되고 43세엔 성균관대사성에 이른다. 그사이 모친상을 당해 고향에 잠시 돌아온 적도 있었지만 평탄한 길이었다. 그러나 퇴계는 날이 갈수록 고향으로 돌아와 학문에만 전념하고 싶어했다.

사표가 수리되지 않아서 불려가 관직에 머무르기를 5년 정도 더 하는 동안 무고로 관직이 박탈됐다가 복직되기도 하고 둘째부인마저 세상을 떠나는 아픔을 겪었다. 46세 때는 고향 시냇가에 양진암(養眞庵)을 짓고 성리학 연구에 전념한다. 이때 토계(兎溪)를 퇴계로 고치고 퇴거(退居)의 뜻을 다졌다. 그러나 48세에 단양군수로 발령받아 다시 나갔고, 이어 풍기군수가 되며 이때 조정으로부터 백운동서원의 지원금을 받아내는 데 성공하여 소수서원이라는 사액을 받고 지방 교육기관으로서 서원 제도를 확립하는 데 결정적인 공을 세웠다. 그리고 군수직을 사직하고 50세에는 고향으로 돌아와 한서암(寒棲庵)을 짓고 제자들을 가르치기 시작했다. 57세에 도산서당을 짓기 시작하여 61세 때 완공했다. 이에 덕망 높은 학자로 전국에 알려져 각지에서 우수한 학생들이 찾아와 가르침을 받았다. 제자인 고봉(高峰) 기대승(奇大升)과 8년간 논쟁한 사단칠정론(四端七情論)은 퇴계의 학문과 사상을 단적으로 보여주는 것이다. 그러나 거듭되는 조정의 부름을 단호히 뿌리치지 못해 공조판서, 예조판서를 거쳐 69세에 우찬성이 될 때까지 부임과 사퇴를 거듭했고 물러나서는 도산서당에서 학문의 탐구와 교육에 힘썼다. 그리고 1570년, 70세로 고향에서 세상을 떠났다.

그는 성리학자로서, 뛰어난 이론가로서 『주자서절요(朱子書節要)』『송계원명이학통록(宋季元明理學通錄)』『심경후론(心經後論)』『성학십도(聖學十圖)』 등을 지었고, 교육자로서 서애·학봉·월천·한강 같은 직접 제자와 율곡(栗谷) 이이(李珥) 같은 간접 제자를 무려 360명이나 배출했으며, 빼어난 시인으로서 「도산십이곡(陶山十二曲)」「매화음주시(梅花飮酒詩)」 등 2천여 수를 남겼다.

## 퇴계의 허상과 실상

그러나 이런 행적으로써 퇴계를 알았다고 말할 사람은 없을 것이다. 기왕에 나와 있는 퇴계의 전기는 이상은(李相殷)의 『퇴계의 생애와 학문』(서문당 1973)과 정비석의 『퇴계 소전(小傳)』(퇴계학연구원 1978)이 가장 일반적인 것인데, 내용이 어렵고 한결같이 위대한 분이라는 설명이 넘쳐서 어떤 점이 위대한 것인지는 잘 나타나 있지 않다. 나는 모든 인식이라는 것이 객관성을 잃어버리면 진실조차 파묻혀버린다는 사실을 굳게 믿고 있다. 그래서 사랑하고 존경하는 대상일수록 객관적으로 설명하고 묘사할 수 있어야 한다고 믿는다. 나는 퇴계에 관한 글을 읽으면서, 또는 도산서원을 답사하면서 거의 맹목적인 퇴계 광신도들의 얘기를 들으면서 고소를 금치 못한 것이 한두 번이 아니다.

대표적인 예를 둘만 들어본다. 『퇴계전서』에는 「언행록(言行錄)」이라고 하여 문인(門人)들이 퇴계 선생의 일거수일투족을 증언한 것이 실려 있다. 거기에는 인간 퇴계의 참모습과 스승으로서의 자세가 아주 생생히 묘사되어 있다. 그중에는 "도(道)란 가까이 있으나 사람들이 스스로 살피지 못한다. 어찌 일상생활 밖에 다른 도가 별도로 있겠으냐"(김명일金明一 증언) 같은 도학자적 면모부터 "밥상에는 가지, 무, 미역 등 세 가지뿐이었다" 등 일상의 모습도 기록되어 있다. 그런 중 나를 놀라게 한 것은 이덕홍(李德弘)의 『계산기선록(溪山記善錄)』에 나오는 다음의 기록이다.

> 퇴계 선생은 뒷간에 갈 때는 반드시 새벽이나 저녁, 음식을 입에 대기 전에 갔다. (정순목 『퇴계평전』, 지식산업사 1988)

참으로 놀라운 일이다. 사람이 얼마나 위대하면 뒷간에 두 번 간 것,

그것도 비정상적인 일을 그렇게 당당하게 문자로 남겨놓은 것인가.

또 한번은 도산서원 전교당에서 안내자의 해설을 듣고 있는데 퇴계가 과거 시험에 떨어진 대목을 설명하는 것을 듣고 놀라움과 웃음을 금치 못했다.

"퇴계 선생은 과거 같은 출세보다 오직 학문을 닦는 데만 열중했습니다. 그래서 과거 시험을 보러 가서 세 번이나 떨어졌습니다. 왜냐하면 과거 시험 같은 것은 우습게 생각했으니까요."

청중은 그렇게 농락당하고 있었다. 과거를 우습게 생각한 인생이면 과거를 보러 가지 말았어야 할 것 아닌가. 이 점에 대하여 어느 책, 누구도 제대로 설명한 구절이 없다. 그 모순을 다 알면서도 그것을 얘기하자면 인간상이 구차해지니까 두루뭉수리로 넘어가는 것이다.

그런데 퇴계 종택의 종손 아드님인 이근필 온혜초등학교 교장선생님은 이 문제를 아주 명쾌히 대답해주시고, 또 퇴계의 삶을 누구보다 객관적으로 얘기하려고 노력해서 나는 그게 놀라웠다.

"퇴계 선생이 왜 공부하다 말고 과거 보러 성균관에 입학했나요?"
"아, 그거요. 과거를 보러 가지 않으면 군대를 가야 했거든."
"그래요? 그러면 병역기피인가요?"
"아니지, 병역면제지."

사실 이쯤 대답할 줄 알 때 우리는 퇴계를 말할 자격도 있고 들을 만도 하다는 생각이 든다.

### 퇴계 청문회 1─ 처복과 주량

이런 식으로 퇴계에 대해서 책에는 안 나오지만 그 방면 전문가에게 물으면 쉽게 풀리는 것이 많다. 그래서 여기저기서 문학·사상·역사 등 각 분야 전문가들에게 퇴계에 관해 물은 일종의 청문회 기록을 그대로 옮겨놓겠다. 아마도 독자들은 여기서 퇴계의 실상에 쉽게 접근할 수 있게 될 것이다.

1996년 봄, 한글세대에게 동양 고전을 번역·보급하는 대구의 동양고전연구소(이사장 조호철)의 도산서원 답사 때는 퇴계 시와 서간을 편년으로 재구성한 퇴계 행적 고증의 일인자라 할 권오봉 교수가 안내했다. 그때 권교수에게 퇴계의 처복(妻福)을 물으니 대답이 명쾌했다.

"퇴계는 처복이 있다고도 하고 없다고도 하던데 어떤 게 맞나요?"

"많기도 하고 적기도 했어요. 첫째부인인 허씨 집안은 부자였는데 외동딸로 친정 재산을 모두 상속받고 일찍 죽는 바람에 모두 퇴계 차지가 되어서 의령, 영주에 산재한 재산이 영남대 국사학과 이수건(李樹建) 교수가 조사한 바에 의하면 1,700석을 했대요. 그래서 아들 채(寀)가 의령에 가서 농감(農監)한 얘기도 나와요. 그게 퇴계가 공부하는 데 큰 밑천이 됐지."

"둘째부인은요?"

"가일 권씨를 재취로 맞아들였는데 이분이 문제라. 요즘으로 치면 사이코였나봐요. 퇴계 문중에서도 이 권씨 부인은 바보 할매로 통해요. 그래도 그분을 데리고 서울 가서 벼슬살이할 정도로 퇴계는 무던했던 모양이에요."

영남대 중문과의 이장우(李章佑) 교수는 퇴계의 시 2천 수를 모두 번역할 뜻을 세워 첫째 권으로 『퇴계시 풀이』(중문출판사 1996) 한 권을 이미 펴낸 바 있는데, 이교수는 영해 재령 이씨 집안 후손으로 그의 형수가 퇴계 종택의 종녀(宗女)이니 퇴계 종가와 사돈이 된다. 내가 학교 식당에서 이교수에게 심심파로 퇴계의 주량(酒量)에 대해 물으니 역시 대답이 명쾌했다.

"이선생님, 퇴계는 술을 좀 했나요?"

"『언행록』에 나오기를 선생은 술을 마셔도 취하도록 마시지 않고 약간 거나하면 그만두었다고 했어요. 그래도 도연명의 음주 시 20수에 모두 화답한 걸 보면 술을 많이는 안 자셔도 즐기기는 꽤 즐긴 모양이에요. 거기에 멋있는 시가 있지. 열여덟번째 시가 좋아요. '주중유묘리(酒中有妙理)이나 미필인인득(未必人人得)이라.' 즉 술 속에 오묘한 이치 있으나, 사람마다 다 깨닫는 것은 아니라네. 유선생도 퇴계 시를 좋아하시나요?"

"저는 첫 구절만 좋아해요."

"그건 왜?"

"퇴계 시 첫 구절은 언제나 서정적으로 시작하지만 마지막 구절은 꼭 공경하라, 공부해라로 끝나거든요. 그렇죠? 그 음주 시 끝이 어떻게 돼요?"

"'임풍환괴묵(臨風還愧默)이라.' 바람 맞으니 또한 부끄러워 묵묵히 있네."

"그것 보세요."

## 퇴계 청문회 2 – 사상사적 위치

교과서적 지식에 의하면 퇴계는 이기이원론(理氣二元論)의 성리학자로 되어 있다. 그러나 이기이원론은 송나라 주자(朱子)의 대표적인 이론이다. 그러면 퇴계 사상의 아이덴티티는 어디에 있는 것인가?

퇴계학연구원장과 국제퇴계학회 회장을 맡으신 성균관대학교 동양철학과의 상허(尙虛) 안병주(安炳周) 교수(1998년 정년퇴임)는 나의 논문 지도교수이시다. 내가 80년대에 수업을 들을 때 동양사상사에서 퇴계의 위치에 대한 선생님의 설명은 정말로 인상적이었다. 그때 상허 선생의 열강이 지금도 내 귓가에 쟁쟁하다.

"유학의 역사는 한마디로 이론 보완의 역사입니다. 유학은 공맹시대에 도덕규범이라는 당위적 가치 문제로 출발했습니다. 그러나 사물의 존재 방식을 파악하는 인식 논리에 대해서는 따로 준비된 것이 없었죠. 이에 반해 노장(老莊)의 도가(道家)와 불교의 선학(禪學)은 웅대한 논리로 이에 접근하고 있었습니다. 이 점에서 유학은 콤플렉스를 갖지 않을 수 없었지요.

그러나 유학자들은 이 이단(異端)의 사상을 수용하면서 발전을 이루어갔습니다. 도가·불가적 사유를 유가적 사변 전개의 데이터로 활용하기 시작했습니다. 그래서 유학은 겉은 유가이지만 속은 도가라는 말이 나올 정도였습니다. 그러나 사자 배 속에 들어간 토끼는 더 이상 토끼가 아닙니다.

북송의 유학자들이 『주역』의 태극 논리로 존재론, 인식론을 펴기 시작했는데 존재론의 핵심은 이기론(理氣論)과 성정론(性情論)이었습니다. 이것을 주자가 그야말로 집대성하면서 성리학이 성립되었던 것입니다. 그러니까 주자가 선대 학자들의 이론을 보완해서 이룩한 것이 성리학이죠.

이를테면 정이천(程伊川)은 마음(心)의 문제에서 심즉성(心卽性)이고 성즉리(性卽理)라고 말하면서도 심즉리(心卽理)라고는 하지 못했습니다. 마음이 곧 본성이고, 본성이 곧 근본 이치라면 당연히 마음도 곧 근본 이치가 되어야 함에도 불구하고 현실적으로 마음은 선(善)으로도 나타나고 악(惡)으로도 나타나니까 마음이 곧 이(理)라고 말 못한 것이죠. 이것을 주자는 기(氣)의 작용으로 해석하여 이기이원론으로 풀었던 것입니다. 그러나 주자는 이와 기가 어떻게 상호작용을 하는지에 대해서는 설명이 없었습니다. 이 이론을 보완한 것이 퇴계의 이기호발설(理氣互發說) 사단칠정론(四端七情論)입니다. 이렇게 해서 퇴계는 유학의 이론 보완의 역사에 동참하게 되었고 여기에서 동양사상사에서 퇴계의 위치를 가늠하게 됩니다."

그렇다면 퇴계가 왜 퇴계인지 알 만하지 않은가. 사단칠정론이란 인성론에서 인간의 본성에서 우러나오는 네 가지 마음씨, 즉 인의예지(仁義禮智)와 인간의 일곱 가지 감정, 즉 희로애락애오욕(喜怒哀樂愛惡慾)이 어떻게 일어나느냐를 설명한 것인데, 퇴계는 주자 이래의 학설에 따라 사단은 이가 발한 것이고, 칠정은 기가 발한 것이라고 했다. 그런데 그의 제자 고봉 기대승이 여기에 문제 제기를 하여 장장 8년간의 왕복 서한으로 이루어진 논쟁 끝에 퇴계는 자기 설을 수정하여 "사단은 이가 발현하여 기가 거기에 따르는 것이요(理發氣隨之), 칠정은 기가 발현하고 이가 거기에 올라타는 것(氣發理乘之)"이라고 결론지었다.

이 논리의 심오함을 나는 아직 다 따라잡지 못하지만, 하버드대 옌칭연구소장을 지낸 두웨이밍(杜維明)의 「주희의 이 철학에 대한 퇴계의 독창적 해석」(『퇴계학보』 35집, 1982)이라는 글을 통해 다음과 같이 말한 것으로 어림짐작할 수 있다.

퇴계로 하여금 주희의 철학을 해명하고 재정립하는 데 있어서, 다시 말해서 참으로 독창적인 해설을 펴는 데 있어서 그 방향을 결정하게끔 한 중요한 요인은 사단과 칠정에 관한 기고봉과의 유명한 토론으로 전개된 그의 체계적인 탐구이다. 퇴계가 고봉의 사려 깊은 연구를 받아들여 (자신의 학설을 정정한 것은) 중국의 선유(先儒)들에 있어서는 거의 볼 수 없었던 특징적 전개였다. 1175년 아호사에서 있었던 주희와 육상산(陸象山) 사이의 역사적 토론조차도 퇴계·고봉 간에 오간 서신과는 문답의 질로 보나 두 사람 사이의 진지하면서도 개방적인 마음 자세의 교환으로 볼 때 거의 비교가 불가능한 것이다.

그런데 나는 퇴계와 고봉의 8년간 논쟁은 그 논쟁의 결과보다도 그 논쟁 방식과 태도에서 더 많은 것을 배운다. 무려 26세 연하의 제자와 논쟁을 하면서 제자의 지적에 의거해 학설을 수정하는 퇴계의 자세는 정말로 위대한 것이다. 논쟁을 하다보면 감정도 격해지고 자기 논리에 집착하게도 되는 법인데 퇴계는 그런 모습을 보여주지 않았다. 퇴계의 편지 중에는 이런 대목이 나온다.

어찌 성현의 말을 자기의 의견과 동일한 것은 취하고, 동일하지 아니한 것은 억지로 동일하게 만들고, 어떤 것은 배척하여 그르다고 여길 수 있겠습니까. 이것은 천만 불가한 것입니다. 비록 당시에는 온 천하 사람이 다 나와도 그 시비를 겨루지 못하게 할 수도 있습니다. 그러나 천만세(千萬世) 뒤에 어떤 성현이 나와서 나의 흠을 지적하며, 나의 숨은 병폐를 간파하는 이가 없다고 누가 알겠습니까. 그래서 군자는 뜻을 겸손하게 가지고 한때에 한 사람을 이기기 위하여 감히 쾌를 구하지 못하는 것입니다.

한마디로 말해서 기고봉이 자기 논리만 앞세우는 것을 보고 '너 자꾸 네 머리만 믿고 까불래'라는 뜻으로 쓴 것이었다. 참으로 퇴계는 논쟁에 서는 일인자였던 것 같다. 특히 퇴계 문장의 참맛은 서간체에 있다는 세평이 있듯이 그의 편지는 진지하면서도 호소력이 뛰어나다.

### 퇴계 청문회 3 — 퇴계의 발병과 학문 발전

한림대 철학과의 이광호 교수(현 연세대 명예교수)는 내 친구이자 퇴계의 방손(傍孫)으로 「도학적 문제의식의 전개를 통해서 본 퇴계의 생애」(『동양학』 22집, 단국대 동양학연구소 1992)라는 아주 흥미롭고 뛰어난 논문을 발표한 적이 있다. 나는 그에게 퇴계의 병부터 물었다.

"퇴계 선생이 왜 그렇게 몸이 아파 골골했냐?"
"공부를 급히 하다가 체했어. 밥 먹고 체한 것은 약이 있지만, 공부하다 체하면 약도 없나봐. 퇴계가 19세 때 『성리대전(性理大全)』을 처음 빌려보았는데 전 30책 중 첫 책과 마지막 책만 보게 된 거야. 첫 책에는 주렴계(周濂溪)의 태극도설이 실려 있고 마지막 책에는 정이천 같은 도학자의 시가 실려 있는데 이걸 보고 나니까 『주역』의 원리만 알면 우주와 인생의 모든 문제가 당장 다 풀릴 것 같았던 모양이야. 그래서 20세부터 침식을 잊고 『주역』을 공부하다가 얻힌 거지. 이때부터 평생을 고생하는 병에 걸렸어요. 옛날에 왕양명(王陽明)이 주자의 격물치지(格物致知)를 잘못 이해하여 뜰 앞의 대나무를 바라보고 도통하려고 했다가 나중엔 대나무만 보면 병이 일어나서 '성인은 종자가 따로 있나보다'라고 탄식했다는데, 퇴계는 작대기만 보면 『주역』의 괘가 생각나서 소화가 안 됐대요. 그래도 포기하지 않고 자기를 다스려갔지."

"그래서 어떻게 풀어갔나?"

"성균관에 과거 시험 준비하러 갔다가 『심경』이라는 책을 황진사─이름은 몰라─에게 빌려보고는 비로소 심학(心學)의 연원을 알았다는 거야. 그래서 『심경』을 신주처럼 받들면서 부모처럼 공경했대. 문제의식을 확실히 잡은 거지."

"그다음엔?"

"그다음엔 벼슬하느라고 정신없었어요. 집안에 일도 많았고. 그러다가 43세에 임금 명으로 『주자전서』를 인쇄하게 되는데 그걸 교정보게 되었어요. 이게 큰 행운이었고 여기서부터 앞이 보이기 시작했다는 거야. 그래서 퇴계의 주요 논저를 말하라고 하면 『심경후론』과 『주자서절요』를 꼭 들게 되지."

"그래서 도가 텄나?"

"아니지, 이제 앞이 보였다고 했잖아. 그래서 공부만 하고 싶어 죽겠는데 벼슬이 자꾸 주어지니 스스로 안타까웠지. 그래서 도산으로 갔다가 또 불려나왔다가 하기를 반복했지."

"퇴계가 사직서 많이 쓴 것은 기네스북에 종목이 없어서 못 올랐다더니 그게 그거군."

"최곤지는 몰라도 스무 번이 넘어."

"그래서 언제부터 자기 목소리를 내었나?"

"퇴계는 53세 이전엔 논문 발표를 안했어. 자넨 책을 너무 일찍 썼어. 퇴계는 53세에 『천명도설후서(天命圖說後敍)』를 쓴 게 처음이지."

"그래서 그가 도달한 인식의 경지는 어떤 것이 되었나?"

"한마디로 도(道)와 이(理)가 하나가 되는 경지지. 자신의 마음과 태극이 일치하는 거야. 그래서 이렇게 말했어. '진실은 오래도록 쌓고 오래도록 노력하면 저절로 마음이 진리와 더불어 서로 함양되어 자신도 모르는 사이에 융합함을 얻게 된다'고. 그게 퇴계야."

## 퇴계 청문회 4 - 한국지성사에서의 위치

전공이라는 것이 좀 애매한 데가 있어서 내 전공은 조선 후기 회화사라고 믿고 있지만 남이 보기엔 미술사 전체가 내 전공으로 비칠 때도 있다. 그래서 내 친구들은 미술사에 관계되는 사항이면 백제건 고려건 무조건 나한테 묻곤 한다. 역사학을 전공하는 안병욱 교수의 제일 친한 친구가 누구인지 나는 모르지만, 나하고 제일 친한 친구는 안병욱 교수다. 그의 전공은 조선 후기 사회사쯤 되지만 역사에 관한 나의 어떤 질문에도 그는 핵심을 꼭 집어주는 탁견이 있다. 그러나 워낙 신중하고 꼼꼼하고 따지는 게 많고 질겨서 그 소견을 끌어내는 데는 좀 시간이 걸린다.

"병욱이, 퇴계는 어떤 분이었나?"

"어떤 분이라니? 그걸 내가 아나. 광호한테 물어봐."

"물어봤는데, 광호는 철학자잖아. 그는 퇴계를 무슨 도통한 학자처럼 얘기하던데."

"그러면 그런 줄 알지 나한테 묻는 건 뭐야?"

"퇴계가 개인사적으로 학문을 닦든 도가 트든 나하고는 상관없는 일이지만, 그가 한국지성사에서 차지하는 위치가 있을 거 아냐. 그걸 역사학에선 어떻게 보는지 그건 내게도 중요한 의미가 있거든."

"그게 자네에게 어떻게 의미가 닿는가?"

"어차피 한 시대는 그 시대 지성의 방향이 있는데 그것을 가늠하는 하나의 데이터베이스로서 말야."

"그렇다면 누구나 하는 얘기 있잖아. 학문을 위인지학(爲人之學)에서 위기지학(爲己之學)으로 전환시켰다는 거. 그러니까 출세하려고 고시 공부하는 것이 아니라 자기 인격의 완성을 위해서 공부한다는 것, 그것이 진실로 퇴계가 조선시대 지성사에 끼친 큰 공로라고 하겠지."

"그건 나도 아는 것이고, 요컨대 퇴계가 인식한 성리학이 앞시대 선비들의 그것과 어떤 차이가 있나?"

"그런 각도에서 한 질문이라면 이렇게 답할 수 있겠지. 조선시대의 주도적인 이데올로기는 성리학이었다는 것은 누구나 알고 있지. 그러나 조선 초 사대부들은 성리학이 무엇인가보다도 그런 세계관으로 새로운 국가를 건설한다는 데 마음을 쓰고 있었어요. 마치 우리 현대사회가 서구화, 민주주의, 모더니즘을 정확히 알고 그것을 추구한 것이 아니라 그렇게 하는 것이 시대의 흐름이라고 인정한 것처럼 말야.

그런데 그렇게 하기를 한 100년 하다보니 자신이 몸담고 있는 사회 제도와 인식 태도 등에 대해 근본적인 물음을 제기하게 됐는데 퇴계에 이르러 비로소 성리학이 무엇인지를 완벽하게 이해하게 된 것이지. 마치 우리가 요즘 와서는 서구화, 민주주의, 모더니즘이 무엇인지도 완벽하게 파악하고 그 이론의 모순까지 읽어내어 보완하려 하는 것과 같은 것이지. 한마디로 퇴계는 성리학 TOEIC 시험에서 만점을 맞을 수 있는 실력을 가졌다고 할 수 있지."

### 퇴계 청문회 5 ─ 퇴계 · 율곡 비교론

퇴계의 사상과 학문은 으레 율곡 이이와 비교하여 얘기되곤 한다. 그러나 두 분을 비교한다는 것은 매우 미묘한 논쟁거리로 심지어는 어린애처럼 '누가 더 세냐'는 근수 비교까지 낳는다. 이런 질문을 나는 도산서원 답사에서 심심치 않게 받는다. 그럴 땐 내가 증인이 된다.

"퇴계와 율곡은 어떻게 달라요?"
"내가 알 게 뭔가. 나는 퇴계가 율곡보다 나이가 많다는 것하고, 퇴계는 1천 원짜리에, 율곡은 5천 원짜리에 나온다는 것밖엔 몰라요."
"그러면 율곡이 더 높고 센 거네요."
"꼭 그렇지가 않아요."

이 점에 대하여 안동의 한 퇴계학통의 서생이 한국은행에 항의성 질문을 했다고 한다. 이 난처한 질문에 대하여 은행 측에서는 기막히게 피해갔다고 한다. "더 훌륭한 분을 더 많은 사람이 자주 뵈어야 하기 때문에 퇴계 선생을 1천 원권에 모셨습니다."

퇴계와 율곡을 비교할 때는 퇴계가 이기이원론의 주리론(主理論)을 편 데 비해 율곡은 이기일원론의 주기론(主氣論)을 폈다는 것을 큰 차이로 꼽는다. 우선 퇴계 쪽에선 율곡은 퇴계보다 35년 아래로 일찍이 퇴계를 찾아와 가르침을 받고 갔으니 퇴계의 제자일 뿐이라고 한다. 이에 대해 율곡 측에선 퇴계의 학문을 더욱 진일보하게 완성한 것은 오히려 율곡이니 율곡은 퇴계를 딛고 더 높은 곳으로 올라갔다고 한다. 그러나 영남의 퇴계학파들은 이런 논리는 천부당만부당하다는 것이다. 성리학은 퇴계에서 완성되었으니 율곡은 퇴계라는 호수에서 갈라져나간 한 줄기

갈래에 불과하다면서 '퇴계는 퇴계고 나머지는 나머지'라며 퇴계와 율곡의 비교는 '베드로와 바울'의 비교가 아니라 '예수와 바울'의 비교 같은 것이란다. 이에 대하여 율곡학파는 또 조금도 지지 않고 퇴계의 이론은 주자의 이기이원론을 보완한 정도의 것이지만 율곡의 이기일원론은 중국에도 없는 조선 성리학의 완성이라고 주장하는 것이다. 그러면서 영남학파들이 퇴계 모시는 것 못지않게 극진하게 모신다.

예를 들어, 제상의 진설 순서가 각 지역마다 차이가 있지만 홍동백서(紅東白西)와 조율이시(棗栗梨柿)만은 전국 어디나 공통이다. 빨간 것은 동쪽, 하얀 것은 서쪽, 대추·밤·배·감 순서이다. 그런데 기호학파의 어느 집안에서는 조율이시를 율조이시로 바꾸어 실시한다. 율곡이니까 밤이 먼저라는 것이다. 이런 현상은 퇴계가 하루 뒷간에 두 번 갔다는 것 못지 않은 절대적 신봉의 결과이다.

그러나 내가 아는 것은 퇴계는 결코 영남의 퇴계가 아니고 율곡은 결코 기호의 율곡이 아니다. 조선의 퇴계이고 조선의 율곡인 것이다. 대한의 퇴계와 율곡이며, 세계의 퇴계와 율곡인 것이다. 일찍이 박세채(朴世采)가 말했듯이 "성리학에 깊이 침잠한 것은 퇴계였고, 경세제용(經世濟用)의 학을 담당한 것은 율곡이었다". 이론적 지성의 퇴계와 실천적 지성의 율곡이다. 나는 우리 지성사에서 이 두 분을 모두 갖고 있다는 것이 큰 자랑이자 복이라고 생각한다.

한 시대 지식인으로 살아가면서 때로는 이론에 침잠하여 사리를 가늠해야 할 때도 있지만, 실천에 매진하여 힘 있게 추진하는 지성이 필요한 때도 있는 것이다. 그것은 한 개인 속에서도 수없이 반복되는 현상일 수 있다. 80년대의 실천적 지성이 90년대에 와서 이론적 지성으로 자신을 추스르는 것을 보면서 나는 퇴계와 율곡 둘을 모두 간직할지언정 어느 한 손을 들지는 않는다.

## 청량산과 퇴계의 묘소

퇴계 선생의 족적을 찾는 답사가 아니라도 도산서원 답사는 청량산으로 이어갈 만하다. 청량산은 작지만 크고, 아담하지만 웅장한 기상이 있는 영남의 명산이다. 청량산 육육봉의 계곡물을 다 받아내어 제법 장한 물살을 이룬 낙동강이 산자락 낮은 곳을 타고 유유히 흐르는 자태에는 차라리 장중한 교향악의 울림이 있다. 사정이 허락지 않아 내청량사에서 외청량사로 잇는 등반과 퇴계가 공부하던 청량정사(淸涼精舍)까지는 답사치 못한다 할지라도 낙동강 물줄기를 따라 올라가며 청량산의 청량한 기상을 대하는 것은 북부 경북 순례의 한 클라이맥스이다. 특히나 5월 초, 연둣빛 신록이 산들바람에 가볍게 흔들리는 여린 자태를 낙동강 푸른 물이 남김없이 받아내어 천지가 초록 물결로 가득할 때 이 길은 우리나라에서 가장 환상적인 드라이브 코스가 된다. 그때만은 늦가을보다도 늦봄의 안동이 더 곱다. 평생을 관광버스 기사로 살아온 우리 답사회의 마종영 기사님이 우리나라에서 가장 아름다운 길로 꼽고 있는 곳이다.

그러나 도산서원의 답사가 퇴계 이황 선생의 답사로 이어지게 되면 우리는 퇴계 태실, 퇴계 종택, 퇴계 묘소로 그의 족적을 따라 답사하며 선생에 대한 사모의 정을 키우게 된다. 퇴계 태실은 도산서원에서 온혜리로 나아가면 온혜초등학교 안쪽에 있다. 퇴계 종택은 여기서 더 올라가다 토계로 들어가야 되는데 도산서원에서 보자면 산 너머에 있는 셈이다.

퇴계 태실이고 퇴계 종택이고 우리가 거기서 건축적으로 크게 살필 것이 따로 있는 것은 아니다. 그러나 퇴계 태실은 본래 퇴계 할아버지 되시는 이계양(李繼陽)의 고택으로 보통 노송정 종택이라고 하고, 퇴계 종택은 또 퇴계의 종택으로 각각 불천위를 모시는 종갓집으로 종손 되는 분의 가족이 이 유서 깊은 집을 지키고 계신다. 사정이 허락되어 그분들

| **퇴계 종택** | 퇴계 선생의 불천위를 모시는 종택으로 13대손에 의해 20세기 초에 신축된 건물이다.

의 허락을 얻고 종택 마루에 앉아 종손 아니면 '젊은 종손(종손의 아드님을
그렇게 부른다)'되는 분께 퇴계 선생 얘기를 들으면 우리는 위대한 가문을
지킨다는 것의 힘겨움을 전통의 무게와 함께 체감할 수 있게 된다. 나는
두 종택에 소리소문 없이 네 번씩 들렀고, 두 번씩 '젊은 종손'되는 분의
존경과 온정이 가득 든 퇴계 선생 얘기를 들었다.

퇴계 종택의 답사는 당연히 퇴계의 묘소, 나아가서 그의 후손인 이육
사(李陸史) 생가가 있는 원촌리까지 이어지게 된다. 한번은 답사회에서
이름을 밝히지 말아달라는 퇴계 연구가를 모시고 묘소를 참배 아닌 답
사했는데 그때 한 장난기 많은 착한 회원이 짓궂은 질문을 했다.

"퇴계 선생은 무슨 로맨스나 스캔들은 없었나요?"

"왜요, 단양의 기생 두향(杜香)이하고 연애한 것은 유명하잖아요. 정비석의 「명기열전」에 나오는 두향이 얘기가 반은 사실이죠."

"왜 반만 사실인가요?"

"반은 그야말로 소설이니까."

단양군수 퇴계를 사모하다 수절한 관기(官妓) 두향이의 무덤은 본래 단양 강선대(降仙臺) 기슭에 있었는데, 강선대가 충주호로 수몰되는 바람에 지금은 옥순봉과 마주하는 제비봉 산기슭에 이장되어 '두향지묘(杜香之墓)'라는 묘비가 세워져 있고, 해마다 퇴계 묘소의 시월 시묘가 끝나면 제사 소임을 맡은 분은 여기를 찾아와 제사를 지내는 것이라고 고(故) 정순목 교수는 『퇴계평전』에서 증언하였다.

장난기 많은 착한 회원이 또 퇴계 연구가를 물고 늘어진다.

"이런 질문 드려도 돼요?"

"뭔데? 괜찮아."

"낮 퇴계와 밤 퇴계가 달랐다면서요?"

"그런 속전이 있기는 있지."

퇴계 연구가는 당혹해할 줄 알았으나 오히려 덤덤히 답하고는 화제를
돌렸다.

"자네, 퇴계 선생의 '매화음(梅花吟)'이라는 걸 들어봤나?"

"아뇨."

"퇴계의 가슴이 얼마나 뜨거웠는가를 알고 싶으면 퇴계의 매화에
관한 시를 읽어봐요. 「도산 달밤에 매화를 읊다」라는 시가 있지. '밤기
운 차가워라 창을 기대 앉았자니/두둥실 밝은 달이 매화가지에 오르
누나/수다스레 가는 바람 불러오지 않더라도/맑은 향기 저절로 동산
에 가득한걸.' 퇴계의 가장 큰 사랑은 매화였을 거야. 낮 퇴계와 밤 퇴
계가 다르다는 얘기는 퇴계 선생이 엄격하고 멋없는 도학자 같지만
사실은 대단히 인간적인 분이었고 섬세한 감정의 소유자였다는 말이
그렇게 나온 것일 거야. 퇴계의 섬세한 인간적 면모는 무엇보다도 임
종에 잘 나타나 있지."

"어떻게 돌아가셨는데요?"

"1570년 12월 8일에 세상을 떠나셨는데 나흘 전에 조카에게 유서
를 받아쓰게 하면서 비석은 조그만 돌 앞면에다 '퇴도만은진성이공지
묘(退陶晚隱眞城李公之墓)'라고만 쓰고 자신이 지은 명문(銘文)을 새길
것이며, 기고봉 같은 사람이 비문을 쓰면 장황하고 없는 것도 만들어

낼 수 있으니 그냥 간단히 쓰라고 했지. 그리고 하루 전날에는 제자 이
덕홍에게 '책은 네가 맡아 관리하라'고 했어요. 그리고 당일 아침 '저
매화나무 물 줘라' 하셨고, 내내 아무 말 없다가 저녁에 일으켜 앉으니
앉은 채로 서거하셨지."

결국 '저 매화나무 물 줘라' 그것이 선생 최후의 말씀이었다. 지금도
퇴계 선생 묘소에는 조촐한 비석에 '퇴도만은진성이공지묘'라고 써넣고
그 옆에 선생 스스로 찬한 명문(退溪自銘)이 이렇게 새겨져 있다.

| | |
|---|---|
| 生而大癡 | 나면서 어리석고 |
| 壯而多疾 | 자라서는 병도 많아 |
| 中何嗜學 | 중간에 어찌하다 학문을 즐겼는데 |
| 晚何叨爵 | 만년에는 어찌하여 벼슬을 받았던고! |
| 學求愈邈 | 학문은 구할수록 더욱 멀어지고 |
| 爵辭愈嬰 | 벼슬은 마다해도 더욱더 주어졌네 |
| 進行之跆 | 나가서는 넘어지고 |
| 退藏之貞 | 물러서서는 곧게 감추니 |
| 深慙國恩 | 나라 은혜 부끄럽고 |
| 亶畏聖言 | 성현 말씀 두렵구나 |
| 有山嶷嶷 | 산은 높고 또 높으며 |
| 有水源源 | 물은 깊고 또 깊어라 |
| (…) | |
| 乘化歸盡 | 조화 타고 돌아가니 |
| 復何求兮 | 무얼 다시 구하랴 |

1997. 4. / 2011. 5.

# 지례보다야 많겠지

태사묘 / 의성 김씨 내앞 종가 / 무실, 박실, 지례 / 진보 /
봉감 모전석탑 / 서석지 / 주실마을

안동에 답사 와서 잠잘 곳이란 하회마을 민박, 지례(知禮)예술촌, 아니
면 시내 여관밖에 없다. 기왕에 한옥 맛을 즐길 요량이라면 하회 병산서
원 서원집에서 하룻밤을 묵은 다음에 지례예술촌에 가서 자면 좋겠지만
가는 길이 험하고 험해서 하룻밤 묵자고 거기까지 가기는 좀 억울하다.
그래서 비록 운치는 없지만 시내 안동문화회관에서 하루를 이용하는 것
외에는 대안이 없다. 이것은 관광 안동의 큰 문제이기도 하다.

안동문화회관은 본래 가톨릭회관인데 나 같은 무신론자도 재워주고
먹여준다. 그렇다고 누구나 다 받아주는 것이 아니라 나름대로 심사를
하는데 현관 접수대에는 "부부가 아닌 남녀의 같은 방 투숙은 거절합니
다"라는 팻말이 놓여 있다.

안동문화회관에서 묵게 되면 좀 썰렁하지만 시내 복판인데도 시끄럽

지 않고, 무엇보다도 아침 산책으로 중구동의 태사묘, 역전 동부동의 오층전탑, 법흥동의 임청각·군자정·칠층전탑을 두루 다녀올 수 있어서 답사 일정 운용에도 유리하다.


## 안동 시내 태사묘

태사묘는 중종 때(1541) 안동부사 김광철(金光轍)이 건립한 것으로 여러 차례 중수를 거듭하다 한국전쟁 때 불탄 것을 1952년, 전쟁이 끝나자마자 우선적으로 복원한 것이다. 묘당과 재실이 격식과 규모를 갖추었고, 보물각엔 보물 제451호로 지정된 삼태사 유물도 전시되어 있으며, 또 차전놀이에 쓰던 동체도 보관되어 있다. 그러나 몇 차례 가봤지만 보물각이 열려 있는 것을 보지 못했고 또 건물 자체도 큰 매력도 관심도 없지만, 안마당이건 뒤뜨락이건 툇마루건 정겹지 않은 것이 없어서 혹은 점심때 혹은 저녁나절에 혹은 아침 산책으로 곧잘 들렀다.

태사묘에서 내가 가장 깊은 정을 주는 곳은 안쪽의 작은 사당 안묘당(安廟堂)이다. 대갓집으로 치면 뒷간 자리에 뒷간만 하고, 절집으로 치면 산신각·칠성각 자리에 또 그만한 크기이다. 그러니까 대접을 해준 것으로 되 옳게 해주지는 않은 곳이거나, 옳게는 아니어도 대접은 해준 곳이다.

안묘당에 모셔져 있는 위패는 분명 순흥 안씨인데 이게 누구의 위패냐에 대해서는 두 가지 설이 있다. 하나는 삼태사가 왕건을 도와 견훤과 싸운 고창전투 때 술 잘 빚는 안중구(安中嫗) 또는 안구(安嫗)라는 할머니가 고삼(苦蔘)으로 술을 빚어 적장에게 먹여 취하게 한 것이 결정적인 공이어서 그 안구 할머니를 모신 것이란다.

그리고 또 하나의 설은 임진왜란 때 삼태사의 위패를—임하댐 수몰 때 은행나무를 제자리에서 번쩍 들어올려 심어 화제가 된—길안 용계

434

리 어드메에 숨겨 무사히 피신시켰다가 다시 모셔온 안씨 성을 가진 묘지기의 위패를 모신 것이란다. 듣고 보니 어느 것이 정설인가는 확인할 길 없지만 내 생각엔 서민들의 선행이 흔히 지배층의 논리로 차출되거나 둔갑해버리는 설화의 숙명적 변질 과정을 보여주는 것이다. 어느 설화가 진짜든 50여 칸 태사묘에 있는 두 칸짜리 안묘당은 안동 양반의 위세에도 끝까지 붙들고 늘어진 서민의 저력, 민속의 힘을 당당히 보여준다.

겨울 한철 빼고는 태사묘 동재, 서재는 언제나 노인장들이 햇볕과 한담을 즐기는 경로당 판이 되는데, 어쩌다 눈인사를 올리고 툇마루에 걸터앉으면 여지없이 통과의례를 치러야 한다.

"어디서 왔니껴?"
"서울입니다."
"성씨는?"
"은진 송씨입니다."
"으음……"

이쯤 되면 노인은 여기서 대화를 칼같이 끊는다. 송가면 송가지 송씨도 가당치 않은데, 저자는 필시 노론 송시열의 후손일 것이라고 판단하고는 딱 외면해버리는 것이다. 그리고 한참 있다가는 곁에 있는 나에게 묻는다.

"겐 어디서 왔니껴?"
"대구서 왔십더."
"성씨는?"
"유가입니다."

이쯤 되면 대답할 줄 아는구나 싶은지 말씨도 자못 느리고 준엄하게 문어체를 섞어 쓴다.

"관향(貫鄕)은 어디로 쓰시는지?"
"기계(杞溪)입니다."
"기계 유씨라…… 으음, 으음…… 내 이종아우의 작은며느리가 기계 유씨요."

친족의 먼 촌은 물론 처갓집, 외갓집, 고모집의 사돈집을 다 헤아려본 끝인지라 좀 시간이 걸린 것이며, '본관이 어디냐'라는 식으로 묻지 않고 그렇게 길게 말하는 것은 이름이 뭐냐고 묻지 않고 '함자는 어떻게 쓰시는지?'와 같은 문맥에 있는 것이다. 그러나 고향이 안동이라면 대화는 숨 가쁘게 진행된다.

"관향은?"
"전주입니다."
"그러면 무실 사오, 박실 사오?"
"한들(大坪)에 있습니다."
"조선(祖先)의 당호(堂號)는?"
"수졸당입니다."
"그러면, 류길동과 어찌 되오?"
"저의 재종고모부의 맏사위 됩니다."
"아, 그라요. 그 사람이 우리 삼종질(三從姪, 9촌 조카)이라."

웬만한 사람은 알아듣지도 못하고 그렇게 먼 촌도 촌수인가 싶지만 말하기 따라서는 가깝다면 가깝게 느껴지는 것이다. 이런 골치 아픈 족보 때문에 이런 얘기가 있다. 어느 산모퉁이 양지바른 무덤에서 한 젊은이가 하도 서럽게 울고 있어 지나가던 사람이 도대체 누구 무덤이기에 그렇게 슬피 울고 있느냐고 했더니 젊은이는 훌쩍이며 이렇게 대답하더라는 것이다.

"이 무덤의 아버지가 우리 아버지 장인이랍니다." "그러면 이 무덤이 도대체 누구의 무덤이란 말인가?" 정답은 놀랍게도 젊은이의 어머니가 된다.

### 종가 건축의 대표작, 내앞 종가

이제 아침 산보를 마치고 안동문화회관에서 경상도 백반으로 가볍게 한 끼를 때우고 안동을 떠나게 되니 이번 답사 땐 안동에서 꽤 오래 머물렀다는 생각이 든다. 그래도 우리는 안동의 반의반도 살피지 못한 것이며, 이제 일정에 따라 반변천을 거슬러가는 또 다른 환상의 드라이브를 위해 안동을 떠날 뿐이다.

우리의 버스가 법흥교를 성큼 올라서니 차창 왼쪽으로는 영남산(暎南山) 자락에 장하게 자리잡은 임청각이 환하게 들어오고 답사해본 대로 눈길을 짚어가니 고성 이씨 종택 앞 법흥동 칠층전탑이 전통의 금자탑으로 우뚝 서서 떠나는 우리 쪽을 향해 침묵의 미소를 보내는 것만 같다. 그럴 때면 서울서 내려오는 통일호 기차가 바퀴마다 콧바람을 날리며 전탑과 고가를 가로막고 우리의 버스가 느린 포물선을 그리는 법흥교 다리를 사뿐히 내려오면서 시야에서 사라진다. 이제 드디어 안동 시내를 벗어난 것이다. 법흥교를 지나 용상동 아파트 단지를 빠져나오면 곧 왼

| 의성 김씨 내앞 대종택 | 한옥의 기능이 다양하게 분활된 대표적인 종가 건축이다. 집주인과 외부 방문객의 출입 동선이 분리된 특이한 구조이다.

쪽으로 새로 단장한 안동향교가 보이고, 또 조금 지나면 왼편으로는 산
자락을 높이 올라타고 자리잡은 안동대학교가 나오는데 이를 뒤로 제치
고 계속 반변천을 줄기차게 따라가면 마침내 임하댐 조절 보조댐이 나
온다. 강 건너편으로는 수몰 전 송림이 섬으로 된 진풍경과 함께 이내 천
전동(川前洞), 여기 말로 내앞에 다다르게 된다. 내앞은『택리지』에서 뛰
어난 가거처로 지목한 계거(溪居)의 명당으로 의성 김씨 대종가와 소종
가를 비롯한 의성 김씨들의 큰 동성 마을이다.

　의성 김씨는, 집현전 학사였던 휴계(休溪) 김한계(金漢啓)가 수양대군
의 왕위 찬탈을 보고는 안동으로 내려온 뒤 그의 아들인 망계(望溪) 김만
근(金萬謹)이 임하에 살던 오씨 집안으로 장가가면서 이곳에 정착하게
됐다. 그후 그의 손자인 청계(靑溪) 김진(金璡)의 아들 5형제가 모두 과

거에 급제하여 오자등과댁(五子登科宅)이라는 영광을 안으며 집안을 크게 일으켰다. 내앞 대종가는 바로 청계공을 불천위로 모시는 곳이며, 그의 작은아들인 학봉 김성일은 겸제로 분가했고, 소종가는 청계공의 손자로 임란 때 의병을 일으킨 운천(雲川) 김용(金涌)의 종가다. 이 내앞의 의성 김씨는 만주서 독립 투쟁한 일송(一松) 김동삼(金東三)을 비롯하여 수많은 인재를 배출하여 안동에서 명문 중의 명문임을 자랑한다. 특히나 이 집안 출신 여인들은 다른 문중에 널리 퍼져 시집의 번창에 큰 몫을 하여 내앞의 의성 김씨와 연줄이 닿지 않는 안동의 대성(大姓)이 없을 정도다. 열녀도 많이 나왔고, 큰 학자의 어머니도 많이 나왔다.

의성 김씨 내앞 소종택은 사랑채가 돌출한 ㅁ자 집으로 규모가 당당하고 체제는 단정하다. 그러니까 전형적인 반가(班家)인데 다만 제사 공간 확보로 안채가 약간 발달했다는 것이 특징이라면 특징이다.

이에 반해 내앞 대종택은 보물 제450호로 지정될 정도로 건물이 오래되고 또 달리 유례를 찾아보기 힘든 웅장한 규모와 복잡한 공간 운영을 보여주고 있다. 그래서 건축가들에게는 한옥의 다양한 공간 변용의 예를 연구하는 데 가장 좋은 모델로 지목되고 있다. 집 정면으로는 행랑채가 한일자로 길게 뻗어 있고, 그 안쪽에 ㅁ자형 안채와 별당의 사랑채가 뒷마당으로 빠지는 문을 사이에 두고 떨어져 있는데, 사랑채는 긴 복도로 행랑채와 연결되어 뱀 사(巳) 자형 평면을 그리고 있다. 게다가 사랑채에는 넓은 제청이 붙어 있어서 그 공간의 운영이 아주 다양하고 공적인 성격을 띠고 있다. 또 안채를 보면 대청마루가 3단으로 단을 이루고 부엌 위로는 2층을 달아매어 그 위용이 당당하다. 전하는 바로는 학봉 김성일이 명나라 사행길에 북경의 상류 주택 도본(圖本)을 그려다가 완성하였기에 일반 한옥과 다른 점이 많다고도 하고, 또 전하기로는 학봉이 독창적으로 구상했다고 하기도 한다. 그것이 어디까지가 사실인지 모르지만

| 내앞 대종택 대청마루 | 이 집 대청마루는 3단으로 나뉘어 각기 자기 기능을 갖고 있다.

이 집에서 중요한 것은 사랑채가 주인의 거처라는 사유 공간적 성격보다도 제청이라는 공유 공간적 성격이 훨씬 크게 부각되어 있는 점이다. 그래서 이 집은 여느 민가와 달리 표정이 많고 또 다양하며 드나드는 사람의 동선이 복잡한 듯 엄연히 구별되는 질서를 갖고 있다. 이런 것을 건축적으로 구현한다는 것은 결코 쉬운 일이 아닐 것이니 학봉은 조선시대의 뛰어난 건축가의 한 분으로 지목해도 좋을 것이다.

### 안동 양반은 누구인가

내앞에 오면 답사객들은 안동의 양반 문화 전통이 얼마나 강한가를 실감하면서 신세대 말로 '이게 장난이 아니구나' 싶어지고, 안동의 양반은 누구이며 또 무엇인가 그리고 왜 이렇게 끈질긴 전통 고수의 풍조가

| 내앞 대종택의 진입 공간 | 사랑채와 안채를 이어주는 샛공간도 아주 편하면서 기능적이다.

남아 있는가를 물어보게 된다.

이제까지 여러 동성 마을에서 살펴보았듯이 안동 양반에는 몇 가지 공통점이 있다. 첫째 입향조는 대개 세조 찬탈 또는 무오·갑자 사화 때 수절(守節)하여 낙향한 분이라는 점, 둘째 문중의 중흥조는 본인이나 그 자제가 문과에 올라 가문을 빛낸 분이라는 점, 셋째 문중에 퇴계의 문하생으로 석학이 된 분이 있는 집안, 넷째 임진왜란때 의병을 일으킨 분이 있는 집안 등 네 가지 유형을 다 갖추었거나 최소한 하나를 갖고 있어야 안동에서 양반 반열에 든다.

그리고 17세기로 들어서서 정국이 노론 전권시대로 들어가면 안동의 퇴계학파 남인 계열은 출세의 길이 끊어지면서 오직 학문만으로 자신들의 위세를 유지할 수밖에 없게 되는 한편, 이른바 혼인을 잘 치름으로써 반가의 품격을 유지하게 된다. 그러나 벼슬로 나가는 사람이 없게 되니

가산은 점점 줄어들 수밖에 없어 나중에는 벼슬도 돈도 없이 이름만 양반으로 남는 집안이 많아졌다. 그렇게 되면서 명색만 남은 양반은 양반의 규범을 경직될 정도로 지키지 않을 수 없게 됐다. 왜냐하면 벼슬도 돈도 있는 양반은 양반의 규범과 체통에서 어느 정도 벗어난 행동을 해도 누가 그를 양반이 아니라고 얕잡아보는 일도 없으며 다시 양반으로 복귀할 여지도 많았던 것이다.

그러나 가난하고 벼슬 없는 안동 양반은 달랐다. 그들은 한번 양반의 룰을 어기면 다시는 복귀할 근거가 없었으니 죽으나 사나 그 규범을 고지식하게 지키는 수밖에 없었다. 그렇다고 내놓고 이렇게 말할 수 없는 일이니 그들 나름대로 명분을 강화하게 되었다. 그래서 안동의 양반들은 벼슬보다도 학문과 인격의 완성이 더 중요하다는 학자적 긍지, 선비의 높은 도덕률로 양반의 체통을 지켜왔던 것이다. 자식으로 하여금 그것을 고수케 가르쳤고, 문중이 이를 감시했다. 이것이 개화기를 거쳐 오늘에 이르기까지 계속되고 있는 것이다.

이런 경직된 사고는 시대의 조류 속에서 스스로를 자멸케 하기 마련이다. 그러나 안동 양반들이 세상에 대고 다시 큰소리칠 수 있었던 것은 그들이 일제시대에 항일 의병과 애국계몽운동, 독립운동을 적극 벌였다는 사실에 있다. 조동걸 교수가 「안동 유림의 항일운동」에서 소상히 밝힌 대로 안동 출신 항일 의병에는 권세연(權世淵), 김도화(金道和), 김흥락(金興洛), 곽종석(郭鍾錫), 강육(姜堉) 등이 있었으며, 협동학교를 설립하면서 애국계몽운동을 일으킨 법흥동의 석주 이상룡, 내앞의 일송 김동삼, 무실의 동산(東山) 류인식(柳寅植)이 혹은 상해로 혹은 만주로 건너가 독립운동을 벌였고, 일본 궁성에 폭탄을 투척한 오미동의 풍산 김씨 김지섭(金祉燮) 열사와 항일 시인 진성 이씨 이육사를 비롯하여 일일이 다 열거하지 못한다. 이것이 안동 양반의 자랑이자 자부심인 것이다. 나라가 어려울 때 몸 바쳐 나라를 도운 사람들에게 물질적 보상보다 더 크게 돌아가는 것은 자긍(自肯)이며, 그런 긍지에서 안동 양반은 당당하고 떳떳할 수 있었던 것이다.

이런 특수한 역사적 성격으로 인하여 안동 양반들은 지금도 문중이나 마을을 자랑할 때면 어느 회사 사장이나 정계, 관계의 벼슬보다도 박사, 교수를 먼저 내세우고 문필가를 손꼽고 그다음엔 고시 패스를 꼽곤 한다.

그러나 안동 양반들이 요즘에는 옛날만큼 큰소리를 못 치고 있다. 그 이유 중 하나는 자유당 시절부터 3공, 5공, 6공에 이르기까지 독재 정권에 대항한 안동의 민주인사 내지 재야인사를 갖고 있지 못하기 때문이다. 나라가 어려울 때 몸 바쳐 나라를 도와온 안동의 전통을 이어가지 못한 대가이기도 하다.


## 무실, 박실, 지례를 지나며

내앞을 떠나 다시 34번 국도를 타고 반변천을 따라 영양 쪽으로 방향을 잡으면 이내 임하댐 전망대로 가는 길이 나온다. 이를 무시하고 계속 동으로 달리면 차가 고갯마루를 올라타는 순간부터 오른쪽으로 장대한 산상의 호수 임하호가 따라붙는다.

임하호는 안동호와 함께 북부 경북의 양대 인공 호수로 낙동강 수위 조절에 큰 몫을 하고 있다지만 임하면·임동면·길안면 일대의 유서 깊은 옛 마을 몇십 몇백을 수몰시켰는지 헤아리기조차 힘들며, 미처 옮겨가지 못한 한옥이 또 몇백 몇천이 물에 잠겼는지 제대로 아는 이도 없다. 수몰 전, 반변천을 따라가는 이 국도를 가자면 둥근 산 아래 고가가 즐비한 동네들이 이어지고 이어져 정겹고 푸근하고 예스럽고 향수가 절로 일어나던 것이 이제는 산봉우리 목젖까지 물이 올라 인적은 그림자도 찾아볼

| **무실마을 입구** |  수몰로 인해 현재 위치로 옮겨진 전주 류씨 무실 종택을 비롯한 이 마을은 쓸쓸함을 전해주지만 종택의 권위와 역사만은 당당히 보여주고 있다.

수 없이 "아! 우리나라에도 스위스 같은 호반의 정취가 있구나" 하는 실없는 감탄사 소리나 듣게 됐다. 가면 갈수록 호수는 넓어지고 끝도 없이 길게만 뻗어가다가 이윽고 호수가 큰 강처럼 보이는 지점에 이르면 강건너 높고 긴 다리가 가로질러 이쪽과 저쪽을 하나로 이어준다. 이 다리는 수곡교, 다리 너머는 수곡(水谷), 여기 말로 무실이다.

임하호가 반변천이던 시절엔 200미터 아래쪽에 있던 마을이 무실인데 여기 살던 전주 류씨들은 뿔뿔이 흩어지고 차마 고향을 떠날 수 없는 전주 류씨 무실 종택을 비롯하여 무실 정려각(旌閭閣), 기양서당(岐陽書堂), 수애당(水涯堂) 같은 국가지정문화재 한옥들만이 새 마을을 형성하여 이 다리 아래가 그 유서 깊은 무실이었음을 쓸쓸히 말해주고 있을 뿐이다.

임동교 다리는 보기에도 아슬아슬하게 놓여 있고 큰 차는 지나가지 못하게 막아놓아 버스로 무실에 가자면 저 아래 가랫재 못 미처까지 가서 비포장길로 족히 10킬로미터를 돌아야 한다. 무실과 항시 따라붙어 얘기되는 박곡(朴谷), 여기 말로 박실까지는 또 새로 난 비포장 산길로 가야 하며 박실 너머 지례는 거기서 또 험한 길로 더듬어가야 하니 사정 모르고 이 길로 들어선 사람은 오도 가도, 빼도 박도 못 하고 후회에 후회만 해야 한다. 그런 험악한 조건 속에서도 낡은 옛집을 옮겨 눌러앉아 살고 있는 고집은 또 어떤 고집들인가.

무실과 박실에는 전주 류씨 동성 마을이 있었다. 입향조는 류성(柳城)으로 그는 학봉과 처남매부지간이었는데 처가인 내앞 가까이 자리잡고 살았으나 불행히도 나이 서른을 못 채우고 세상을 떠났고, 학봉의 누님인 그의 처는 남편상을 당하자 손수 삭발하고 3년 시묘(侍墓)살이한 뒤 단식으로 자결했다. 그 열녀비가 무실 정려각이다. 그러나 그의 후손 중에는 석학이 많이 나와 퇴계의 정맥을 이었다는 정재(定齋) 류치명(柳致明), 임란 때 의병장을 지낸 기봉(岐峰) 류복기(柳復起) 등이 이 집안의 상징적 인물이 되었고, 근래에는 도산서원 원장을 지낸 류정기 박사, 시인 류안진, 언론인 출신 정치인 류혁인, 건축가 류춘수 등이 박실 태생으로 그 간판격 인물로 꼽힌다. 그러나 박실 류씨들은 거의 다 선산 해평으로 집단 이주하고 지금은 몇 채 남지 않았다.

박실 너머에는 지례예술촌이 있어서 요즘은 그 이름으로 더 많이 알려져 있지만 예술촌의 현 위치는 박곡동이며, 원래는 200미터 아래쪽 강변마을 이름이 지례였다. 지례의 입향조는 의성 김씨 지촌(芝村) 김방걸(金邦杰, 1623~96)이다. 그는 청계 김진의 현손(玄孫)으로 문과에 올라 대사성을 지냈으나 병자호란이 일어나자 낙향하여 '나는 이제 말 않겠다'며 문 닫고 들어앉고는 그 방 이름을 '묵언재(默言齋)'라고 짓는 기개를 보였다. 그리고 지산서당(芝山書堂)을 지어 후학을 가르쳤는데, 그 후손들이 공부를 잘해서 그 전통이 오늘에까지 이어져 박사가 열몇, 교수가 열몇, 고시 합격이 거의 열 하면서 전국에서 최고임을 자랑하며 돌아가신 김호길(金浩吉) 박사, 그의 아우 한동대 김영길(金泳吉) 총장, 시인 김종길(金宗吉) 등 함자를 쭉 늘어놓는다. 한때는 지례초등학교가 전국에서 서울대 입학률이 가장 높았다는 것이 지금까지 전설적인 큰 자랑으로 얘기되고 있다.

그런 유서 깊은 마을이 물에 잠긴다는 것도 세월의 아이러니인데, 지례의 전통과 고향을 지키겠다며 이 마을 출신 시인인 김원길(金源吉)이 지촌 종택, 지산서당을 비롯하여 건물 20여 동을 옮겨놓고 창작을 위해 조용한 곳을 찾는 예술인들의 아틀리에로 제공하는 뜻을 세웠다. 그것이 지례예술촌이다.


## 고향이란 무엇인가

수곡교 옆 임동주유소에 버스를 세워놓고 다리 건너 무실 새 마을로 가니 아직도 집들은 제자리가 잡히지 않은 듯 어설프기만 한데, 임하호 깊은 물은 무섭게 차올라 있다. 바라보자니 왠지 나도 모르게 모든 것을 다 빼앗기고 보상이라고 받은 것이 꼭 교통사고 보험금처럼 허망할 뿐이라는 느낌이 들었다. 그러니 고향을 남달리 사랑했던 무실, 박실, 지례 사람들의 마음이 어떠했겠는가. 세계적인 물리학자로 포항공대의 신화를 창조한 김호길 박사가 생전에 쓴 「나의 어린시절」(『안동지』, 고향문화사 1987)이라는 글에는 고향이란 무엇인가를 말해주는 실향민의 마음이 애잔하게 남아 있다.

나의 제2의 고향(고모집에 가서 도산초등학교를 다녔다)인 도산은 안동댐으로 인하여 수몰지구로 되었다. 그리고 도산 가기 전 내가 자란 제1의 고향 지례도 머지않아 임하댐으로 수몰될 것이란다. 외국 체류 시 꿈만 꾸면 나타나는 고향이었는데…… 지난 구정 때 지례에 갔을 때 가친, 중형, 장질 등과 수몰 후 우리 집의 이전 문제를 논의했지만 집을 어디에 옮긴들 고향 산천과 함께 옮기지 못하니 무슨 의의가 있는지 알지 못했으며 앞산 뒷산에 계신 조선(祖先) 분묘는 어떻게 참배를 할 것인지……

고향을 통해서 고국이 생각되고 애국 비슷한 것으로 연결이 되었었는데 실향인의 마지막 생애는 어디에 뿌리를 박아야 할 것인가?

애당초 고향다운 고향이 없는 서울 사람인 나에게도 어려서 뛰놀던 뒷골목이 고향이 되어 어쩌다 꿈에라도 보면 반가운데 아름다운 산천에 고향을 둔 자의 마음은 얼마나 행복한 인생인가. 파리에 가서 끝내 조국으로부터 버림당하여 망명객이 된 고암(顧菴) 이응노(李應魯) 화백은 "지금도 붓만 잡으면 먼저 떠오르는 것은 고향 땅 예산(사실은 홍성)의 월봉산이다"라고 고백하였다. 또 곡성 동리산 태안사 스님의 아들인 시인 조태일(趙泰一) 형은 만해문학상 시상식에서 수상 소감을 말하면서 한 첫마디가 "나는 살아가면서 슬프거나 어렵거나 판단이 가지 않을 때면 언제나 내 고향 동리산을 생각하면서 마음을 가다듬었는데 어제 기쁜 소식을 들으면서 먼저 떠오른 것도 고향이었다"고 했다.

그런 고향을 갖고 있는 사람은 국가가 자신을 위해 아무것도 해준 것이 없고 혹독한 피해만 주었다고 생각하다가도 그 잊을 수 없는 고향에 대한 그리움과 온정에 사무칠 때면 나라를 미워할 수도 없게 되며, 나라가 어려운 지경에 놓였을 때는 그 고향을 지키기 위해서라도 나라의 부름에 앞서 나서게 되니 그것이 애국심이고 또 애향심인 것이다. 그러니까 고향을 사랑하는 마음은 나라를 사랑하는 마음과 둘이 될 수 없는 것이다.

## 진보, 청송보호감호소를 바라보며

수곡교에서 다시 동쪽으로 임하호를 따라 차머리를 돌리면 옛날 임동 면사무소 소재지 위로 넘어가는 임동교 큰 다리를 건너게 된다. 그리고 우리는 가랫재라는 큰 고개를 넘어가게 되는데 여기부터가 청송군 진보 면, 진성 이씨의 본향이다.

진보로 들어서면 우리는 시가지로 들어설 것 없이 외곽도로를 타고 영양 입암(立巖)으로 빠지게 되는데, 그러자면 큰 산 아래 기대어 형성된 진보를 끼고 돌아야 한다. 가랫재라는 큰 고개를 넘어온 탓인지 진보들 판은 꽤나 넓어 보이는데 무슨 선입견이 있어서가 아니라 여기는 평지 가 아닌 고원지대라는 인상을 쉽게 받게 된다. 그래서 진보들판은 더욱 야성미가 넘친다는 생각도 갖게 된다.

그런데 진보를 받쳐주는 큰 산에는 무슨 산성 같은 설치물이 산허리 를 감싸고 돌아간다. 나는 처음엔 그것이 그저 진보산성이겠거니 생각 하고 별 마음 쓴 바 없었는데 나중에 알고 보니 그게 바로 한국의 빠삐용 감옥, 청송보호감호소라는 것이다. 세상에 퇴계 선생의 도산서당 앞마 을은 안동호수가 삼키더니 퇴계 선생의 본관지는 감호소가 누르고 있는 것이다.

간석기반 답사 때 이 앞을 지나면서 우리는 열성 회원인 박은수 변호 사에게 마이크를 넘기며 저 20세기 유적에 대한 해설을 부탁했다.


"1980년, 5공 권력은 사회보호법을 제정하여 누범의 전과자로 재범 의 위험성이 있는 자는 사회로부터 격리하는 보안처분을 할 수 있게 했습니다. 유사한 죄로 2회 이상 실형을 받고 형기 합계가 3년 이상인 자가 또 유사한 죄를 범하게 되면 형기 만료 후 7년 또는 10년의 감호

처분을 받게 한 것입니다. 이것은 재판에 의해서가 아니라 무조건 집행하도록 강제 규정되어 있어서 나도 판사 시절엔 아무런 판단 없이 꼭두각시처럼 7년, 10년 감호처분을 내려야 했던 아픈 경험이 있습니다. 그 감호 대상자를 수용하는 시설이 청송보호감호소인 것입니다.

이 행형 제도는 범죄에 대한 제재가 너무 가혹하다는 비판을 받아 87년 6월항쟁 이후엔 5년 내지 7년으로 바뀌었고 검사와 판사에게 '재범의 위험성' 판단에 재량의 여지를 주고 있으나 과거 관행에 따라 기계적으로 보호감호 처분을 받고 있는 현실입니다. 그러니까 수형자의 인권 같은 것은 옹호되지 못하고 있는 겁니다.

더욱이 청송보호감호소는 교도소와는 비교도 안 될 정도로 규율이 엄하다고 합니다. 말 그대로 생지옥이라고도 합니다. 그러나 거기서 일어난 비인간적인 일에 대하여는 알려진 바가 없습니다. 그래서 일부에서는 내부의 대강이라도 공개돼야 한다고 주장하고 있습니다. 그런 슬픈 얘기의 비참한 곳입니다."

박변호사의 얘기가 끝날 때까지 회원들은 거기에서 시선을 놓지 않았고 차 안에는 오랫동안 침묵이 낮게 고여 있었다.


## 영양의 국보, 봉감 모전석탑

진보에서 북쪽으로 올라가면 영양, 남쪽으로 내려가면 청송, 동쪽으로 곧장 가면 영덕이다. 얼마 전만 하더라도 이 지역에 대하여 우리가 들어볼 기회는 거의 없었고, 기껏해야 청송엔 주왕산이 있고 영양은 고추가 특산물인지라 해마다 고추아가씨를 뽑는다는 귀여운 소식이나 들어왔다. 그런데 요즘은 매스컴에 각종 기행 프로가 많이 생기면서 자주 등장

| 봉감 모전석탑 | 영양 봉감의 모전석탑은 탑도 탑이지만 주변 자연과의 어울림이 대단히 매력적이다.

하고 있다. 오염되지 않은 강 반변천, 음택의 명당이 있다는 일월산(日月山), 소설 『객주』의 작가 김주영(金周榮)의 고향인 청송, 이문열(李文烈)의 고향인 영양 석보 문학기행…… 내가 본 것만 해도 네 가지이다. 그런데 영양의 국보인 봉감(鳳甘) 모전석탑은 명색이 국보 제187호인데도 공중파 방송은 고사하고 도록에서조차 제대로 주목받아본 일이 없다. 심지어 미술사, 건축사 전공자들에게도 잘 알려지지 않았다. 여기를 찾아가는 동안 이정표라고는 산해리마을 입구 표지석 밑에 작게 괄호 치고 써놓은 것뿐이니 국보는 국보로되 국보 대접 못 받는 것으로 봉감 모전석탑만 한 것이 없을 성싶다.

입암에서 흘러내려오는 반변천이 절벽을 타고 반달 모양으로 흘러가는 자리에 우뚝 서 있는 봉감 모전석탑은 분황사 모전석탑과 똑같은 아이디어로 쌓아올린 이형탑이다. 전탑의 고장에서 전탑의 전통을 변형하여 이어간 것이라고 생각하면 영양 땅이 안동 문화권에 속하면서도 한편으로는 영양의 독자성을 지니고 있다는 뜻이 비치는 것도 같다.

봉감 모전석탑은 그 자체의 건축적 조형미도 조형미이지만 주변 환경과의 어울림이 탁월하여 앞으로 영양이 관광지로 알려질 때 별격의 답사처로 주목받을 것이라고 믿어 의심치 않는다. 강 건너 절벽이 시루떡결같이 수평으로 썰린 듯 보이는데, 이 봉감의 모전석탑이 철추를 내리듯 수직으로 곧게 뻗어 우뚝하니 그 힘차고 장중함이 더욱 당당하다. 절벽도 석탑도 석질이 모두 퇴적암으로 검은 기, 붉은 기를 띠고 있는데 어딘지 우수의 빛깔이고 고독의 표정이라는 생각이 든다. 그래서 폐사지 석탑의 처연함이 진하게 다가온다.

봉감리마을엔 날로 폐가가 늘어 이젠 몇 채 남지도 않아 언제나 한적하고 밭에는 봄이면 산수유, 여름이면 담배, 가을이면 고추가 제철을 구가하며 봉감리 모전석탑의 배경을 바꾸어준다. 그럴 때면 그 곱고 연한 배경의 빛깔로 폐사지 석탑은 더욱 아련하게 느껴진다. 이런 생각을 늘 해온 것을 간석기반 회원들에게 사설 늘어놓듯 설명하고 있는데 지질학을 전공했다는 자칭 백조—여자 백수건달—가 나의 해설을 보완한다.

"능교형 지역에는 화강암이 많은데 니껴형으로 오니까 퇴적암이 많네요. 화강암은 열정과 젊음과 화려함을 상징한다면 퇴적암은 인고의 시간을 견디어낸 지고지순의 사랑 같은 것이니 안동의 고가, 영양의 모전석탑 모두 다 퇴적암과 정서를 같이한다고 하겠네요."

백조의 말이 떨어졌을 때 우리는 큰 박수와 함께 경상도식으로 "굉장하다, 굉장해"를 연발했는데, 그 이후로 답사 다닐 때면 백조 같은 지질

| 서석지 대문 |  서석지 대문은 길에서 방향을 틀어 작은 문으로 들어오게 되어 있다.

학 전공자가 곁에 없는 것이 항시 아쉽게 느껴졌다.

## 한국 정원의 백미, 서석지

입암에서 청기(靑杞)로 가는 길을 따라 얼마를 가다보면 반변천 상에 불쑥 솟은 선바위, 입암(立岩)이 나오고 거기서 조금 더 들어가면 연당리 작은 마을이 나온다. 여기는 동래 정씨 동성 마을로 진흙돌담이 집집마다 둘러쳐져 있는 예스러운 동네이며, 그 한쪽 켠에 서석지(瑞石池)가 자리잡고 있다.

서석지는 이 마을 입향조인 석문(石門) 정영방(鄭榮邦, 1577~1650)이 조성한 정원으로 조선시대 민가의 연당(蓮塘)정원으로 으뜸이라 할 만한 명작이다. 정영방은 예천에서 태어나 정경세에게 학문을 배워 퇴계학

| 서석지 | 우리나라의 대표적인 정원 중 하나로 손꼽히는 서석지는 마당 대신 네모난 연못을 가운데 두고 있으며, 서재는 소담하고 누마루는 딜럭스한 분위기로 꾸몄다.

통을 이어받았는데 진사에 합격했으나 벼슬에 나가지 않고 광해군 때는 낙향하여 청기천변 자양산(紫陽山) 기슭에 살다가 병자호란이 일어나자 아예 이곳에 은둔하고자 자리잡고 1636년경엔 서석지를 축조한 것으로 알려져 있다. 그가 이곳으로 오게 된 계기는 처가가 무실의 전주 류씨인지라 거기에 출입하면서 보아둔 자리라는 것이다.

서석지는 서재인 주일재(主一齋)와 정자인 경재(敬齋)를 ㄱ자로 배치하고 두 건물 앞마당에 해당하는 공간을 큰 연못으로 축조한 정원이다. 그런데 이 정원의 설립 과정을 보면 그 순서가 반대여서 정영방은 19개의 서석(瑞石)과 서석 사이에서 솟아나는 샘물로 연못에 물을 댈 요량으로 사방에 호안석축을 4자에서 5자 반으로 쌓아올려 방형 연당을 만들고 동쪽으로는 작은 서재인 주일재와 단칸 마루인 서하헌(棲霞軒)을 소담하게 앉힌 대신, 북쪽으로는 남향하여 여섯 칸 대청에 넓은 툇마루를 붙인 경재를 지었다. 그리하여 주인의 사적인 공간은 아주 작고, 손님 맞고 글 가르치는 공적인 공간은 딜럭스하게 만든 것이다. 이런 극명한 대비를 통해 서재는 더욱 겸허의 아름다움이 돋보이는데 봉화 닭실의 권충재에도 이와 똑같은 정서가 나타나 있음을 상기해둘 필요가 있다. 어떤 면에서는 그것이 조선 건축의 한 정신이었던 것이다.

서석지에는 건축적 기교가 많이 구사되어 있다. 우선 연못이 그냥 사각형으로 된 것이 아니라 주일재 앞에 사우단(四友壇)을 내어 쌓아서 여기에 송·죽·매·국을 심었다. 그래서 주일재 툇마루에 앉으면 이 사우단이 앞의 시야를 막아주면서 공간을 아늑히 감싸준다. 그리고 이 사우단으로 인하여 연당의 평면은 요철을 갖게 됐다. 즉 단조로움을 피할 수 있게 된 것이다.

이 정원의 두번째 기교는 대문을 동향으로 앉힌 것이 아니라 동향으로 끌어들여 남향으로 냄으로써 진입 공간이 한 번 꺾인 다음 연당에 들어오게 한 점이다. 이런 대문 설정으로 서석지는 안팎으로 감칠맛 나는 공간을 확보하게 되었고, 그 대문이 비켜간 모서리 공간에 큰 은행나무를 심어서 모든 조원의 기준을 여기에 두었다. 그리고 연못의 연꽃과 울밑의 국화가 정원 원예의 대종을 이룬다.

이와 같이 자연을 그대로 끌어안으면서 인공을 가하고 또 그렇게 가한 인공을 자연스럽게 풀어주면서 조화를 꾀한 정원 설계는 우리나라 민간 정원의 백미라 해도 과언이 아닐 천연의 아름다움을 보여준다.

특히 서석지는 연당리의 고풍스러운 마을 분위기 때문에 더욱 빛난다. 대부분의 다른 동성 마을은 내앞처럼 멋진 고건축이 있어도 마을이 받쳐주지 못하거나, 주실처럼 마을 분위기는 있지만 명작의 건축이 없어 아쉬운데 서석지는 연당리의 흙담 고샅이 받쳐주고 있는 것이다. 간석기반 답사 때 서석지에 다다르니 동네 어른이 나와서 친절하게 모든 것을 설명해주시고는 동네를 함께 돌면서 마을 자랑을 늘어놓으셨다. 이 동네 부자가 누구이고 누가 관직에 올랐고가 중요한 게 아니라 안동과 마찬가지로 공부 많이 했다는 것이 큰 자랑인데 박사가 네 명이고 일류대 출신이 여덟 명이나 된다는 것이다. 그러면서 집집마다 가리키면서 이 집은 천안의 무슨 대학 교수 집이고 이 집은 무슨 연구소 연구원 집이고 하며 설명을 하신다. 그러다 끝집에 와서는 뭔가 머뭇거리더니 한 말씀 하신다.

"이 집 주인은 박사는 아니어도 책을 지은 저자라."
"무슨 책인가요?"
"『단기완성 새 국사』."


## 일원의 문향, 주실마을

서석지에서 나와 영양읍으로 달리는 길은 더욱 맑고 맑은 반변천을 거슬러 올라가는 길이다. 지나다보면 '오일도(吳一島) 시비'도 있고 '문향(文鄕) 영양'이라고 쓴 빗돌도 보이며, 또 들판 한가운데로는 현2동 삼층석탑이 보인다. 그 모두가 영양의 역사를 자랑하는 것인데 막상 영양읍내는 크게 볼 것이 없다.

영양읍을 지나 봉화 쪽으로 어느만큼 가다보면 경상도 산골이 아니라 강원도 산골처럼 경사가 가파르고 산이 가까이 다가서는데 일월면(日月面)이라는 멋진 이름이 나와, '아! 여기가 일월산이 있는 곳인가보다' 생각하게 되고 또 어느만큼 가다보면 갑자기 차창 오른쪽으로 산자락 아래 번듯한 반촌이 나와 답사객을 놀라게 한다. 여기가 시인 조지훈(趙芝薰)의 고향으로 알려진 주곡(注谷), 속칭 주실마을로 한양 조씨 집성촌이다.

| 주실마을 전경 | 한양 조씨 집성 마을로 대단한 내력과 대단한 자부심을 갖고 있다.

　　주실마을로 말할 것 같으면 한 마을에서 인물 많이 나오기로 여기만
한 곳이 없을 정도이다. 동(東) 자 돌림만 해도 고(故) 조동탁(지훈, 고려
대), 조동걸(국민대 역사학), 조동일(서울대 국문학), 조동원(성균관대 역사학), 조
동택(경북대 미생물학), 조동욱(대구대), 조동성(인하대 공학) 등을 꼽으며, 조성
환(안동전문대학장, 기계공학), 조성하(고려대 경제학), 조석연(평택대 행정학), 조석
경(평택대 컴퓨터공학), 조석준(경남대 국문학), 조형석(과기대 산업공학) 등을 하염
없이 손꼽으며, 내가 근무했던 영남대학교에만도 정년하셨지만 조봉기(물
리학), 고(故) 조대봉(교육학), 조화석(기계공학) 등이 이곳 주실 출신이다.
　　1994년 공군참모총장으로 헬기 사고로 타계한 조근해 대장도 여기 출
신이고, 고려병원 원장을 지낸 조운해 박사도 여기 출신이니 또 내가 미
처 알지 못하는 인물이 어디 하나둘이겠는가. 이 캄캄한 산골, 고추밭에

알려진 것이 없는 영양 산골에 이런 문향이 있다는 것이 신기하다 못해 고맙다는 생각도 든다.

영양 주곡의 입향조는 조전(趙佺)이다. 본래 한양에 뿌리를 둔 이 집안은 조광조(趙光祖) 파동이 일어나는 기묘사화 때부터 이리저리 피해 다녔는데, 조전이 이곳에 들어온 것이 1630년 무렵이라고 하며 그분의 증손 되는 조덕순(趙德純), 조덕린(趙德隣)이 모두 대과에 오름으로써 명문의 기틀을 다졌다. 그러나 조덕린이 영조 때 사약을 받아 비운에 세상을 떠나고 역적 마을이 된 주곡에서는 출셋길이 막혀 자연히 학문에만 힘을 쓰는 문흥(文興)이 일어났다. 그래서 조덕린은 가문의 추앙을 받아 옥천 종택에서 불천위로 모신다.

이런 주곡마을이 역사의 흐름 속에 용틀임하는 것은 1899년 단발령을 자발적으로 먼저 받아들인 것에서 시작한다. 조병희(趙秉禧)가 독립협회 무렵 서울의 개화 바람을 보면서 고향의 청년들을 서울로 데리고 와서 신문명을 접하게 하고 개화시켰는데, 이 개화 청년들의 다음 세대는 도쿄, 베이징, 서울로 유학을 가게 된다. 이런 개화운동의 센터가 마을의 월록서당(月麓書堂)이었다. 1910년대에 종손의 과부를 재가시켰으니 그 개화 바람을 알 만한데, 마을 한복판에 교회가 앉은 것도 그런 분위기를 말해준다.

이 무렵 조지훈의 증조부 되는 조승기(趙承基)는 의병장을 하였으니 주실에서 구시대의 마지막 인물이라 할 것인데, 조지훈의 아버지 조헌영(趙憲泳)은 신간회 도쿄지회장을 맡아 1928년에는 신간회운동의 일환으로 영양 주곡을 양력과세로 바꾸는 파격적인 단안을 내린다. 그런가 하면 주실은 마을 전체가 창씨개명을 거부했다. 그러니 이 마을의 전통과 기개와 문흥을 알고도 남음이 있다. 또 1930년대에 주곡에는 '꽃탑회'라는 문화패가 있어서 회지도 만들며 나름대로 활동하였는데, 조지훈의 형인 조동진(趙東振)이 그중 인물이었고 주실에 처가가 있는 오일도가 여기에 합세했다. 그러나 조동진은 스무 살에 이 뽑고 술 먹는 바람에 세상을 떠나고 오일도는 그의 유작을 모아 『세림시집(世林詩集)』을 냈으며 조동진의 시는 결국 아우 조지훈에 의해 계승되었다. 내가 남의 동네 이력을 이렇게 소상히 밝히는 뜻은 아무리 궁벽진 곳이어도 전통과 의지와 열정은 새로운 신화를 만들어낼 수도 있다는 시범을 여기서 현실감 있게 느끼기 때문이다.

한번은 연줄을 대서 영양군의회 부의장이신 조동시 어른의 안내로 주실마을을 두루 살폈는데, 마을 찾아오는 손님이라고 일부러 감주를 담가 40여 명을 대접하는 것을 보고 역시 양반의 상징은 접빈객이라는 것을 새삼 느꼈다. 주실마을을 나오면서 아무리 양택이 밝기로서니 이렇게 많

은 인재가 나올 수 있는가 싶어 신기해하면서 동네 어른과 인사를 하고 또 동네 얘기를 들으려고 동네 칭찬을 먼저 해올리니 이 어른이 기분 좋으면서도 겸양의 뜻으로 부끄러워하며 하는 대답이 퍽 인상적이었다.

"할아버지, 한 동네에서 이렇게 인재 많이 나오기는 전국에서 최고 아닐까요?"
"뭐, 전국에서 제일이랄 거야 있겠소마는, 좀 마안치."
"지례가 전국에서 최고라는데 제가 보기엔 주실이 더 많은걸요?"
"암, 지례보다야 많겠지. 지례야 몇 되나."

그러나 주실마을은 유감스럽게도 한국전쟁 때 오래된 집들은 불타고 지금은 몇 채만 남아 옛 마을의 명색만 유지하고 있고, 대부분의 집들이 안동 양반들처럼 죽으나 사나 끼고 앉아 갈고닦는 정성과 애착은 보이지 않아 때로는 황폐하고 때로는 스산해 보였다. 인재들이 다 잘되어 서울로 가니까 마을은 또 그렇게 될 수밖에 없었는지도 모른다. 그래서 '들을 주실이지 볼 주실이 아니다'라는 말도 나왔고, 멀리서 보는 것이 아름다울 뿐 자세히 건물을 살필 동네는 못 되었다. 그 대신 마을 어귀 '쑤〔洞藪〕' 솔밭에는 건축가인 조지훈의 조카가 설계한 견실한 구조미의 조지훈 시비가 있으니 답사객들은 모름지기 이곳에 내려 주실의 저력을 새기며 쉬어갈 일이다. 조지훈 시비에는 그의 제자인 고려대 홍일식(洪一植) 총장이 쓴 비문과 그의 명작 「빛을 찾아가는 길」이 새겨져 있다.

> 돌부리 가시밭에 다친 발길이
> 아물어 꽃잎에 스치는 날은
> 푸나무에 열리는 과일을 따며
> 춤과 노래도 가꾸어보자.
>
> 빛을 찾아가는 길의 나의 노래는
> 슬픈 구름 걷어가는 바람이 되라.

## 봉화로 가는 길

반변천을 따라 일월산 턱밑까지 찾아온 나의 북부 경북 답삿길은 이제 꿈의 마을 같은 봉화로 향하고 있다. 주실에서 가곡을 지나면 곧 청기면 산골을 지나게 된다. 청기는 1970년대 유신 말기의 미스터리 같은 오원춘 사건의 오원춘 씨 고향이다. 지금도 그분은 이곳 청기에서 농투성이로 살고 있다지만 독재 권력이 그에게 준 상처를 어떻게 삭여가셨는

460

| **청량산과 낙동강** | 봉화에서 도산을 가로질러가는 낙동강 상류는 맑은 기상과 웅장한 멋이 넘쳐 이 길을 가노라면 눈과 마음이 시원하게 열린다.

지 같은 시대를 살았던 사람으로 죄스러운 마음이 일어날 때도 있다.

청기면을 지나면 봉화군 재산면, 재산면 지나면 명호면, 차는 사뭇 청량산 동북쪽 자락을 굽이굽이 돌아간다. 첩첩산중은 산중이로되 험하다는 생각도, 외지다는 생각도 들지 않아 편안한 정취가 살아나고 가을이면 경상도 말로 '천지삐까리 고추'인지라 그것이 볼거리라면 큰 볼거리다. 그리고 명호에 다 가서 우리는 다시 낙동강과 만나게 된다. 청량산 서쪽 자락을 타고 흐르면서 도산서원 앞을 지나 안동호로 흘러드는 낙동강 상류다.

여기서 오른쪽으로 향하면 봉화군 춘양과 봉성으로 들어가게 된다. 그러나 지금 나의 답사기는 거기까지 미치지 못한다. 나는 지금 봉화를 쓸 수 없다. 그것은 시간이 없어서도 아니고 지면이 모자라서도 아니다.

모르는 사람은 봉화를 첩첩산중의 태백산 아래 땅으로 자연산 송이,

춘양의 춘양목, 토종 대추와 복수박 정도만 생각할 것이다. 그러나 아는 사람은 우리의 양반 문화 전통이 안동 못지않게 강하게 남아 있음을 먼저 말하는 역사와 문화와 전통의 고장이다. 봉화에 가면 봉성면의 향교, 법전의 진주 강씨 마을, 오록의 풍산 김씨 마을, 닭실의 안동 권씨 마을, 해저의 의성 김씨 마을, 황전의 안동 김씨 마을, 북지리의 봉화 금씨 마을이 우리가 안동의 옛 마을 답사하듯 두루 살필 명소들이다. 봉화엔 불천위 종가가 일곱이나 되며, 전국에서 한글 마을 이름이 가장 많이 남아 있는 전통성을 갖고 있다. 그리고 실제로 지금 봉화의 대부분 땅이 옛날엔 안동부에 속해 있었던 것이다.

더욱이 안동에 비할 때 봉화는 별로 알려진 바가 없어서 외지인의 상처를 받지 않고 옛 이끼까지 곱게 간직하고 있는 그야말로 살아 있는 민속촌이다. 그래서 봉화를 진짜 사랑하는 사람은 봉화의 전통 마을이 세상에 알려지지 않기를 바라며 나 같은 이의 답사기를 오히려 두려워하고, 미워한다. 실제로 나는 그런 이유로 혼자서는 이 마을 저 마을을 잘도 둘러봤지만 답사객을 데리고 간 곳은 닭실 권충재와 석천정사(石泉精舍), 그리고 북지리의 마애불밖에 없다. 그래서 나는 지금 봉화 답사기를 포기하는 것이다.

이제 나는 봉화로 가는 길을 버리고 낙동강을 따라 다시 청량산으로 향하여 안동으로 들어간다. 옛날엔 퇴계가 청량산이 세상에 알려질까 두려웠다고 하더니 나는 지금 차라리 그 청량산으로 갈지언정 봉화엔 가지 못하는 것이다. 나는 시심(詩心)이 모자라 내 마음을 노래하지 못하지만 퇴계가 청량산을 사랑하여 부른 노래에 나의 마음을 얹어본다.

청량산 육육봉(六六峯)을 아는 이 나와 백구(白鷗)
백구야 날 속이랴마는 못 믿을손 도화(桃花)로다

도화야 물 따라 가지 마라, 어부가 알까 하노라

1997. 5. / 2011. 5.

청도 운문사와

문경 봉암사

# 저 푸른 소나무에 박힌 상처는

동곡의 선암서원 / 대천리 수몰 마을 / 운문사 입구 솔밭

## 소설가 이문구의 평생 소원

나는 개인적으로는 소설가 이문구 선생을 잘 모른다. 그러나 그분의 『관촌수필』(문학과지성사 1977)에 보이는 질박한 뚝심은 늘 선망의 대상으로 되어왔다. 하루는 민예총에서 신경림 선생을 만나 바둑을 세 판 두고 나서 내가 진 댓가로 술 한잔을 대접해올리며 이런저런 얘기를 하던 중 화제가 이문구 선생으로 돌았다.

"자네는 이문구 잘 모르지?"
"인사만 드린 적 있죠. 겉도 속도 황소 같은 분이더군요."
"황소 같구말구. 그래두 문구는 허허로운 데가 있어요. 자네 그 사람 평생 소원이 뭔지 아나? 못 들어봤어? 그 사람 고향이 충남 대천이잖

아. 대천에 가서 농사일이나 하면서 사는 거래."

"그게 뭐가 허허로워요."

"그다음이 중요하지. 여름에 농사짓다가 대청에 드러누워 늘어지게 낮잠 자는데 황석영이나 송기원이 같은 문단 후배들이 찾아오면 반갑게 맞이해서 참외 하나씩 깎아주면서 '그래, 너희들 어떻게 지내니? 석영아 너 아직도 소설이라는 거 쓰냐? 기원아 너 아직도 문학이라는 거 하냐?' 이 소리 한번 해보는 게 평생 소원이래, 어때?"

나는 그때 그렇게 멋있는 평생 소원을 갖고 산다는 사실 자체가 부러웠다. 그래서 나도 그런 소원을 하나 갖고 싶었다. 이루어지든 않든 내가 그렇게 마음먹고 그런 삶에 마음 한쪽을 두고 산다는 것은 좋은 일이라고 생각했다. 그리하여 드디어 나도 소원을 하나 갖게 되었다. 늙어서 정년퇴직하고 나면 청도 운문사 앞 감나뭇집을 사서 여관이나 하면서 사는 것이다. 그리하여 답사객이 찾아오면 얘기나 해주고, 남들이 "요새 그 사람 뭐 해?"라면 그 누가 있어 "어디 절집 아래서 여관 한다지"라고 대답해준다면, 그런 말년을 갖는다면 괜찮겠다 싶었다.

## 운문사의 아름다움 다섯

그것이 벌써 10년 다 돼가는 얘기가 됐다(1994년 집필 당시로부터). 내가 그때 왜 운문사 근처를 생각하게 되었는지를 곰곰이 따져보니 금방 다섯 가지가 꼽힌다.

첫째는 거기에 비구니 승가대학이 있어서 사미니계를 받은 250여 명의 비구니 학인 스님이 항시 있다는 사실이다. 나는 앳된 비구니를 바라볼 때면 왠지 모르게 눈도 마음도 어질게 됨을 느낀다. 세상 사람들이 나를 비웃어 여색을 탐하는 사람이라고 비방해도 나는 이것이 내 진심임을 속일 수 없다. 대학 선생을 하면서 나는 학생들이 가장 예쁘게 보일 때는 1학년 2학기 첫 강의에서 보이는 얼굴이라는 사실을 알았다. 1학년 1학기 때 모습은 촐망촐망한 눈빛이 어질지만 어딘지 어리둥절하는 불안이 보이고, 2학년이 되면 슬슬 꾀가 나서 어진 빛이 가시기 시작하고, 3학년이 되면 이제 알 것 다 알아서 사람이 질기게 되어가고, 4학년 2학기가 되면 아쉬움과 후회로움의 애잔한 눈빛으로 변하는 리듬이 느껴진다. 그래서 1학년 2학기 때, 아직은 선량하고 앳되면서도 뭔가 해볼 의욕으로 빛나는 눈빛이 가장 아름답게 느껴지는 것이다.

운문사 승가대학 비구니 학인 스님들은 사미니계를 받고 2년 남짓 되어 입학하였으니 스님으로 살아가는 일생에서 1학년 2학기에 해당되는바 나는 그들을 마주하고, 멀리서 바라보는 것만으로도 마음의 눈을 닦는다.

둘째는 장엄한 새벽 예불이 있기 때문이다. 어느 절인들 새벽 예불이 없겠는가마는 250여 명의 낭랑한 목소리가 무반주 여성합창으로 금당 안에 가득할 때 우리는 장엄하고 숭고한 음악이 무엇인가를 실수 없이 배울 수 있다. 그것을 아침저녁으로 그것도 생음악으로 들을 수 있다는 것은 여간 큰 기쁨이 아닐 수 없다.

셋째는 운문사 입구의 솔밭이다. 운문사로 들어가는 진입로 1킬로미터 남짓한 길 양옆의 늠름하면서도 아리따운 조선소나무의 자태는 그것을 보며 걷고 있다는 것만으로도 행복을 느끼게 해준다. 운문사 소나무는 연륜도 높고 줄기가 시원스럽게 뻗어올라갔을 뿐만 아니라 냇가의 습기를 머금은 때문인지 항시 붉은빛을 발하고 있다.

넷째는 운문사의 평온한 자리매김이다. 운문산, 가지산 연맥으로 이어진 태백산맥의 끝자락, 이곳 사람들이 영남 알프스라고 부르는 높고 깊은 산속에 자리잡았음에도 운문사는 넓은 평지 사찰로 되어 있으니 그

안온한 분위기는 다른 예를 찾아볼 수 없다. 문경 봉암사가 열두 판 화판으로 둘러쳐 있다고 하나 그것은 꽃이 다 피어 늘어질 때의 모습이고, 운문사는 연꽃이 소담하게 피어오르면서 꽃봉오리 화판이 아직 안으로 감싸인 자태이며 바로 그 화심에 해당하는 자리에 절집이 있는 것이다. 그래서 비구보다 비구니 사찰이 적격인지도 모른다. 한겨울 눈이 쌓였을 때 저 위쪽 암자, 사리암이나 내원암에서 내려다보면 운문사가 가장 운문사답게 보인다.

다섯째는 내 존경에 존경을 더해 마지않는 일연스님, 답사기를 쓸 때면 가장 먼저 찾아보는 그분의 『삼국유사』가 여기서 쓰였다는 사실이다. 『삼국유사』가 발간된 곳은 인각사(麟角寺)였지만 그분이 집필한 것은 이곳 운문사 주지 시절이었다고 생각되니 내가 죽기 전에 꼭 증언하고 싶은 『20세기 한국유사』의 집필 의지를 다지는 신표로 나는 운문사를 생각했던 것이다. 그 점에서 나의 소원은 허허로운 경지가 아니었다.

그런데 이것도 향심(向心)의 덕이었을까, 아니면 말이 씨가 되었을까. 내가 영남대 교수가 되어 학교 근처에 숙소를 마련한 곳은 뜻밖에 경산 오거리에서 운문사 쪽 방향을 가리키는 임대아파트로 되었으니 내 소원에 반은 다가갔다는 생각이다. 나의 숙소에서 운문사까지는 차로 45분, 이제는 운문사에 지기(知己)를 얻어 절집 객실에서 묵어간 것도 서너 번, 학인 스님 상대로 특강을 한 것도 두 차례 되었으니 어느 답사처보다도 내가 자신 있게 안내할 수 있는 곳으로 되었다.

## 양노의 자운영 강의

청도 운문사는 겨울이 가장 아름답다. 그러나 운문사로 가는 길은 여름날이 더욱 아름답다. 어디에서 들어오든 길가 여름꽃들이 마치도 환영객들이 도열하여 축하의 손짓을 보내는 듯한 축복의 여정이 되기 때문이다. 나는 이 꽃들의 환영을 받으면서 시골길을 달릴 때가 가장 행복한 여로라고 생각하고 있다.

답사를 가든, 수학여행을 가든 우리의 마음과 눈을 가장 즐겁게 해주는 것은 자연 그 자체다. 장엄한 산, 시원한 바다, 유장한 강줄기, 그 사이를 비집고 뻗은 길…… 그것이 국보급 문화재를 보는 것보다 더욱 감동을 준다. 그중에서도 철 따라 바뀌는 꽃과 나무는 우리의 정서를 더없이 맑게 표백시켜준다. 그 꽃을 보고도 아름다움을 감지하지 못하는 서정의 여백이 없다면 국보도 보물도 그저 돌덩이, 나뭇조각으로만 보일 것이다.

몇 해 전 여름 답사가 충청도 청양으로 잡혔을 때 내 친구 안양노가 자기 고향으로 간다고 두 아들을 데리고 따라왔다. 양노는 전공이 정치학인지라 문화재와는 거리가 먼 친구였는데, 1박 2일 답사 중 회원들이 병아리처럼 안양노 뒤만 따라다니는 괴이한 일이 벌어졌다. 그는 뛰어난 들꽃 선생이었던 것이다. 버스에서 내려 길을 걸으면서 길가의 풀과 나무 이름을 알려달라는 회원들의 주문이 쇄도하는 바람에 나중에 그는 아예 미리부터 요건 박달나무, 요건 갯버들, 요건 모르겠고, 요건 은사시나무…… 하면서 그 나무의 생리까지 설명하면서 다녔다.

그러다 정산삼거리 한쪽 논 가운데 있는 보물 제18호 구층석탑을 보러 가는데 보랏빛 작은 꽃이 줄지어 있는 아리따운 정경이 나타났다. 여지없이 한 열성 회원이 양노에게 달려와 이게 뭐냐고 묻는다. 그러자 양노는 꽃 앞에 주저앉아 꽃송이를 매만지면서 느러터지게 설명한다.

"이게 자운영이여. 이쁘지이. 근데 이게 그냥 자라난 들풀이 아니여. 역부러 씨를 뿌려 이렇게 심어놓은 것이지이. 초가을에 논에다 자운영 씨를 줄줄 뿌리면 초여름에 이렇게 꽃이 피거든. 그때는 한창 모내기할 때가 된단 말이여. 그 무렵에 이걸 뒤집어버리는 것이여. 풀이니까 잠깐이면 썩거든. 농부들은 이렇게 해서 땅을 기름지게 하는 것이여. 이런 건 시굴서 자란 애들은 다 아는 것이여."

그러나 서울 애들이 그걸 어떻게 알 것인가. 옛날에는 낫 놓고 기역 자도 모른다고 했지만 지금은 기역 자 쓰면서 낫을 모르는 세상이 되었는걸. 양노의 자운영 강의 때문에 보물 제18호 답사는 차질이 생기고 말았지만 탑이야 책을 찾아보면 나오지만 자운영 얘기를 어디 가서 들어볼 것이겠는가. 이후 답사객 중에는 김태정의 『우리꽃 백가지』(현암사 1990)를 필수 책으로 들고 다니는 회원도 생겼다. 이 얼마나 아름다운 정경이고 또 안타까운 현실인가.

| **정산 구층석탑 입구 자운영** | 청양군 정산면소재지 논두렁에 외로이 서 있는 구층석탑 주변엔 자운영꽃이 떼판으로 피어난다.

    1993년 8월 1일, 나는 작곡가 이건용 교수와 함께 청도 운문사로 가면서 길가에 피어 있는 여름꽃을 보며 나의 답사회원들을 머릿속에 떠올리고는 혼잣말로 양노처럼 주워섬겼다. 이건 달맞이꽃, 이건 접시꽃, 저건 해당화.

    길가엔 땡볕에서 싱싱하게 자라난 호박이 야산을 타고 낮은 포복을 하면서 넉넉한 잎새로 탐스러운 노란 꽃을 내밀고서는 호박벌을 부른다. 멀리 밭둑으로는 보랏빛 메꽃이 덩굴을 뻗으면서 밝은 햇살에 반짝거리는 모습이 아른거린다. 논두렁 밭두렁에 잘 피는 메꽃은 언뜻 나팔꽃 같지만 나팔꽃이 메꽃과에 속한다니 그 원조인 셈이다. 민요 「길쌈노래」 중에 나오는 그 메꽃이다.

메꽃같이 예쁜 이내 딸년
시집살이 삼 년 만에
미나리꽃이 다 되었네
미나리꽃이 다 되었네

　나는 메꽃보다도 호박꽃을 좋아한다. 좁은 집 마당에 호박을 심어놓고 그 꽃이 보고 싶어 여름을 기다린다. 그런 탐스러운 호박꽃을 왜 못생긴 여자에 빗대어 순호박이라고 하며 멸시했는지 아직껏 이해하지 못한다. 그래서 나는 호박꽃을 능멸하는 자를 능멸하며 강요배가 그린 그림 「호박꽃」을 좋아하여 그 그림 사진을 책꽂이에 붙여놓고 보고 있다. 그러나 호박꽃의 순정, 그 질박함과 건강함과 순진함과 풍요로움의 감정을 다 담아낸 호박꽃 찬가는 아직 보지 못했다. 그것은 이문구 같은 시인이 없기 때문일 것이다.


## 동곡의 선암서원

　운문사로 들어가는 길은 여러 갈래다. 태백산맥의 끝자락이 마지막으로 요동을 치면서 이룬 영남 알프스의 저 육중한 산덩이가 운문산 북쪽 기슭에 자리잡고 있으니 운문사 너머 남쪽은 밀양이고, 동쪽은 울산 석남사, 서쪽은 청도 읍내, 북쪽은 경산시 압량벌로 연결된다.

　고속도로가 생기기 전에는 청도에서 곰티재를 넘어 동곡(東谷)에서 꺾어들어오는 것이 정코스라고 하겠지만, 지금은 경부고속도로 경산인터체인지에서 자인을 거쳐 동곡으로 들어오는 길이 제일 빠르다. 대구에서 운문사로 간다면 청도로 갈 것 없이 경산 시내로 들어와 영남대학교를 왼쪽에 두고 남산면을 거쳐 동곡으로 빠지는 길을 취하면 된다. 그러

| 선암서원 | 선암서원 한쪽 켠으로는 보리밭, 호박밭, 콩밭 등이 맞닿아 있어 옛 서원의 풍취가 은은히 살아난다.

니까 합천 해인사가 사실상은 고령 해인사로 되듯, 청도 운문사는 경산 운문사인 셈이다.

어느 길을 택하든 동곡은 운문사 초입이 된다. 동곡은 청도군 금천(錦川)면의 다운타운으로 운문산에서 흘러내린 운문천과 단석산에서 발원한 동곡천이 합류하여 동창천(東倉川)을 이루며 제법 큰 내가 되어 들판을 휘감고 돌아가면서 만든 강마을이다. 그래서 비단 같은 냇물이라는 마을 이름을 얻었다.

금천면 동곡의 동창천가에는 아름다운 경관을 갖춘 선암서원(仙巖書院)이 옛 모습 그대로 남아 있다. 선암서원은 삼족당(三足堂) 김대유(金大有)와 소요당(逍遙堂) 박하담(朴河淡)을 모신 서원으로 선조 원년(1568)에 매전면 동산동 운수정(雲樹亭)에 세운 것을 선조 10년(1577)에 이곳으로 옮겼다고 한다.

| 선암서원 소요대 |  동창천이 맴돌아 나아가는 한쪽에 자리잡은 선암서원 주위는 보기에도 시원한 강변 풍경이 전개되고 있다.

　임진왜란 때는 이곳 동곡에서 의병이 크게 일어나 천성만호(天城萬戶) 박경선(朴慶宣)이 선암서원 맞은편에 있는 어성산(御城山)전투에서 봉황애 절벽으로 왜장을 안고 떨어져 순국한 추모비가 서 있다. 게다가 정조 때 서학(西學)으로 이름 높은 이가환(李家煥)이 찬한 "임란 창의 청도 14의사 합전(壬亂倡義淸道十四義士合傳)"이 비석으로 세워져 있어 이 예사롭지 않은 구국의 뜻을 선비의 지조와 함께 새겨보게 된다.

　선암서원 아래로는 소요대 높은 바위 아래로 동창천이 유유히 맴돌아 간다. 한여름이면 누구든 미역이라도 감고 싶은 충동이 일어나는데 강가로 내려가는 길목에 청도군수의 '위험' 경고판에 "작년 익사자 12명"이라는 고지 사항이 굵은 글씨로 쓰여 있다. 물이 맴돌아가는 소용돌이 현상에 수심이 4~8미터나 되는 데다 수심 2미터로 내려가려면 수온이 섭씨 4도로 내려가는 바람에 익사자가 많이 생긴다는 것이다.

476

나는 어차피 헤엄을 못 치기 때문에 굳게 닫힌 서원을 한 바퀴 도는 소요로 소요대의 정취를 만끽한다. 준수한 소나무가 강변을 따라 오솔길을 안내하고 서원 뒤쪽으로는 각이 지듯 꺾인 운문산 줄기가 마냥 듬직하고 시원스러운데, 밭에는 초여름이면 보리가 누렇게 익고, 한여름이면 호박꽃이 장관으로 피어나는 싱그러움을 보여준다. 오가는 길손의 손을 타서 남은 것이 있을까보냐마는 산딸기 덩굴이 발목에 와닿으며 양지바른 곳으로는 엉겅퀴, 메꽃이 제철에 피어난다.

서원에 들어앉아 남쪽을 내다보면 낮고 부드러운 능선 너머로 각이지고 검푸른 영남 알프스가 그림처럼 펼쳐진다. 뜰에는 해묵은 배롱나무 한 쌍이 한여름이면 붉은 꽃을 탐스럽게 피워내는데, 뒤뜰엔 오죽이 싱싱하게 자라고 있다.

선암서원은 이처럼 조용한 강변의 정취가 아늑하여 간혹 대학원생을 데리고 여기에 와서 야외 수업을 하는 나의 서원이기도 하다. 영남대 내 연구실에서 여기까지는 자동차로 30분 거리다. 그러던 선암서원이 작년 (1993)부터는 담장 보수공사를 하더니 문을 굳게 잠그는 바람에 서서히 귀신 나올 집으로 변해간다.

우리나라의 옛 마을에는 서원이 있고, 산속엔 절집이 있다. 절집은 아무리 허름해도 온정이 느껴지는데 서원은 아무리 번듯해도 황량감과 황폐감만 감돈다. 그 이유는 단 한 가지 사실, 사람이 살고 안 살고의 차이이다. 선암서원 대문이 열려 있을 때 촌로들이 거기에 와서 나무토막을 베고 누워 정담을 나눌 때는 지나가다가도 들러보고 싶은 집이었다. 그러나 이제는 문 열고 들어가라고 해도 무서운 집이 되고 말았다.

동곡에서 점심을 먹을 때면 가정식 백반을 경상도치고는 제법 정성스레 차리는 '육동댁 금동식당'에 가거나 '강남반점'의 짜장면을 먹는다. 강남반점은 운문사 비구니 학인 스님들의 단골집으로 고기를 넣지 않은

| 운문면 대천리 수몰지구의 옛 모습 | 평온한 강마을 너머 멀리 산허리에 운문사로 가는 새 길이 보인다.

스님용 짜장면을 시켜야 더 맛있다.


### 운문댐 앞에 서서

동곡에서 경주 방향으로 고개 하나를 넘으면 방지마을이 나오고 곧게 뻗은 길이 작은 고개를 넘으면 갑자기 깔끔한 시골 속의 도회가 나타난다. 여기가 신대천(新大川)마을로 운문면사무소 소재지이다.

속 모르는 외지인은 신대천에 와서 집들이 한결같이 깔끔하고 도로 폭이 널찍한 것을 보고 근대화된 마을이라고 좋아할지 모른다. 그러나 여기는 슬픔의 마을이고, 집집마다 피어오른 한숨으로 가득 찬 아픔의 현장이다. 보아라, 넓은 길에 인기척 드문 이 영화 촬영 세트 같은 마을

| 운문댐의 너른 호수 | 면사무소가 있던 마을 전체가 물에 잠기면서 호수를 이루고 있지만 호수의 심연에 서린 아픔은 지워지질 않는다.

에 어디 생기라는 것이 있는가.

신대천에서 마주 보이는 육중한 운문댐이 생기는 바람에 댐 너머에 있던 면사무소 소재지인 대천리 사람들을 집단으로 이주시켜놓은 마을이다. 그래서 신대천이다.

신대천에서 오른쪽으로 산고개 한 굽이를 돌아오르면 고갯마루에서 장대한 운문댐을 조망할 수 있다. 금년(1994)부터 담수를 시작하여 날이면 날마다 물이 불어나는데 3년 뒤 담수가 끝나는 날이면 산 하나가 섬으로 둥둥 뜨게 되어 있다. 운문댐은 대구 사람들의 식수원이 된다. 나는 운문댐이 세워지기 전, 저 호수 한가운데 옴팍하게 자리잡고 있던 아름다운 시골 마을 대천리를 잊지 못한다. 대천리마을로 들어서 긴 다리를 건널 때 나는 운문사가 멀지 않음을 알곤 했다. 댐이 만들어지고 마을 사람들이 떠나기 시작하고 집들이 철거되는 전 과정과 시시각각의 변화를 보아왔다.

우리는 수몰지구 사람들이 겪는 아픔을 다는 모른다. 나라의 큰살림과 산업화를 위하여 댐 건설이 불가피하다는 것을 모르는 바 아니며, 조상 대대로 물려받은 농토를 잃고 정든 고향 땅이 물에 잠긴다는 감상 때문에 댐 건설을 반대하는 것도 아니다. 댐을 만들되, 수몰지구 사람들이 이전처럼 평온히 살 수 있는 최대의 보상을 해주어야 하고, 그럴 수 있을 때 댐을 만들어야 한다는 것이다.

정부는 토지 보상을 다 해주었다고 주장할 것이다. 만약 그런 말을 쉽게 하는 자가 있다면 저 철거민이 당신의 부모라고 해도 그렇게 말하겠느냐고 되묻고 싶다. 그들이 받은 토지 보상금으로 그들은 전과 같은 농지를 살 수 없다. 토지의 정부 고시가와 실거래가의 차이 같은 것이다.

고향을 쫓겨난 이들이 할 수 있는 일이란, 연고도 없는 낯선 동네를 찾아가서 다시 농사짓는 일, 도회로 나아가 막노동 품을 파는 일, 신대천으로 이주하여 가겟방 하나 내보는 일, 그 이상의 선택은 없다.

오직 한 가지 이유, 운문면 대천리에서 태어났고 거기서 살았다는 이유 하나로 이들은 졸지에 캄캄한 바다에 던져진 조각배이고, 사막에 떨어진 씨앗 같은 미물이 되고 말았다는 데 아픔과 슬픔이 있는 것이다.

대천리 사람들의 집단 강제 이주는 1991년 가을부터 시작되었다. 그리하여 그해 가을 운문초등학교에서 열린 최후의 운동회는 생이별의 마지막 잔치로 치러졌다. 그러나 이들은 눈물 잔치를 벌인 것이 아니었다. 법 없이도 살 수 있는 이 진국이들은 운동회날 원 없이 뛰놀고 원 없이 춤추면서 서러운 인생은 팔자소관으로 돌리고 웃음을 잃지 않은 생의 달관자들이었다. 그들을 보고 있는 내 눈시울만이 공연히 붉어졌을 뿐이다. 이제 와 생각하니 그분들은 어쩌면 울고 싶어도 울 눈물마저 말랐던

| 대천리 상가의 철거 모습 | 철거라는 붉은 스프레이 글씨와 철거 날짜가 적혀 있다.

것인지도 모른다.

1992년 봄부터 잔인한 불도저는 대천리 마을 건물과 집들을 허물기 시작했다. 모든 담벽에는 붉은 스프레이로 철거, 철거, 철거…… 철거가 휘날리는 초서체로 쓰였다. 그 철거 글씨가 미처 닿지 않은 벽에는 철자법 하나 맞지 않는 대천리 사람의 흐느끼는 호소와 분노의 외침도 적혀 있었다.

"운문댐 만들지 마시오"
"흐물면 붕알 까분다"

철거작업이 한창 진행되던 1992년 봄, 나는 나의 학생들을 데리고 여기에 왔다. 야외 수업을 위해서가 아니라 현실 학습을 위해서였다. 그리고 여기서 보고 느낀 것을 눈물로 그려 제출하라는 과제를 내주고, 눈물이 나오지 않은 자는 아예 과제물을 내지 말라고 했다.

학생들과 철거된 마을을 휘돌아보니 그 모든 정경이 괴팍한 것을 좋아하는 전위예술가들의 난폭한 작품 같았다. 어쩌면 크리스토(Christo)나 시걸(George Segal) 같은 금세기 최고의 아방가르드 작가도 상상치 못할 설치예술이라는 생각도 들었다. 하기야 현실을 뛰어넘은 예술은 없다. 그 모두가 현실의 모방일 뿐이며 현실은 항상 예술가, 정치가, 학자를 앞질러 지나갔다.

달걀귀신이라도 나올 것 같은 을씨년스러운 운문초등학교 교실 한쪽 깨진 유리창 너머로는 활이 부러진 이순신 장군의 동상이 보였다. 마을 위쪽 언덕에 자리잡았던 교회당에는 구멍 난 천장에서 떨어지는 물이 바닥의 비닐장판을 때리면서 처절한 음악을 연주한다. 제법 큰 집 뒤켠에는 죽은 고양이를 파먹는 구더기 수천 마리가 악머구리 끓듯 득시글거리고 있다. 초가는 허물어지고 뼈대만 앙상히 남은 어느 가난했던 집 장독에는 터진 소금독을 철사로 동여매어 쓰던 손잡이 깨진 오지독 하나만 남아 있고 알뜰하게 이사했다. 그 아랫집은 다시는 농사를 짓지 않을 작정이었던지 낫, 호미, 쇠스랑 등의 농기구를 그대로 놓아두고 떠났다.

대천리 장터 네거리로 나오니 미처 철수하지 못한 아주머니와 신대천으로 이주한 아주머니가 손을 맞잡고 얘기를 나누고 있다. 검게 탄 얼굴에 근심이 가득하건만 억지로 웃음지으며 "복 많이 받으래이" 하며 손 흔들고 헤어지던 그 아낙의 모습이 선하게 떠오른다.

수몰지 답사는 미술사 답사가 아니라 인류학·사회학 답사라 할 수 있다. 나는 우리 학교 문화인류학과의 박현수 교수와 함께 폐가의 모습을 사진으로 마음으로 담으며 돌아다녔다.

미술사를 전공하는 내 눈에는 함석물받이 오리의 모습, 버리고 간 둥근 경상도 장독, 부서진 액자 속의 밀레의 「만종」 모사화, 운문초등학교 2학년 1반의 옛날 책상과 걸상…… 그런 것이었다. 인류학자 박현수 교수에게는 새마을회관의 옛날 외상 장부, 교회당에서 주운 특별연봇돈 내역서, 어느 집 건넌방의 도배지 무늬와 메모 낙서, 운문초등학교 1963년도 졸업 앨범…… 그런 것이었다.

우리는 수거한 폐품들을 무슨 전리품처럼 모아두고 저마다의 감회 속에 담배를 꼬나물었다. 그때 저쪽 문명중학교 교정에서는 스승의 날 행사를 연습하는 브라스밴드의 음악이 텅 빈 대천리마을 하늘에 장송곡 가락처럼 길게 퍼졌다. 말수 적은 현수 형(나는 그렇게 부른다)이 입을 열었다.

"야―, 저 소리를 어떻게 사진으로 담아가는 방법은 없나."

그리고 해가 바뀐 지난여름 이건용 교수와 이곳을 지날 때 대천리에는 아무도 살지 않았다. 운문천을 가로지르던 긴 돌다리 하나만 보일 뿐 쑥대만이 무성하게 자라 어디가 집터였고 어디가 학교였고 어디가 교회였는지 눈에 잡히지 않는다. 운문댐은 완성되어 거대한 장벽으로 둘러쳐 있고, 저수지 관제탑도 높게 올라서 있다. 대천리 옛 마을에는 적막만이 가득하고 담수를 알지 못하는 감나무, 복숭아나무들은 여전히 탐스러운 실과를 주렁주렁 맺고 있었다. 천지공사를 알 턱이 없는 호박꽃, 메꽃들이 미치고 서럽도록 아름답게 피어 있었다.


## 무너진 여관집 주인의 꿈

대천리 수몰지구 너른 호수를 저 아래로 내려다보며 새로 닦은 포장길을 따라 운문사를 향하여 계곡을 타고 오르면 이내 냇가 쪽으로 집들이 길게 늘어선 제법 큰 마을이 나온다. 여기가 문명리(文明里), 그 윗마을이 신원리(新院里)이다. 운문댐 수몰에서 간신히 목숨을 건진 마을이니 언젠가 담수가 끝나고 나면 여기는 필시 매운탕집 동네가 될 것만 같다.

문명리, 신원리에 사는 어린이들은 문명초등학교에 다닌다. 문명초등 학교는 역사가 깊다. 본래 이곳은 가마솥 공장으로 유명했다. 캄캄한 시 골이지만 일제시대에 마을 사람들의 교육열이 높아 이 학교를 세웠다고 하니 그것 자체가 뿌듯한 역사의 자랑이다.

개인적으로 나의 은사이신 김윤수 선생이 이 문명초등학교 출신이어 서 운문사로 올 때마다 고개를 그쪽으로 돌리고 시선을 놓지 않는다. 김 윤수 선생은 본래 청하가 고향인데 교편을 잡고 있던 선친께서 문명초 등학교로 전보되는 바람에 아우들과 이 학교를 다녔고 운문사 앞에서 어린 시절을 보내다 해방을 맞았다고 한다.

운문사 입구 신원리에는 아직 이렇다 할 여관이 없다. 오직 삼보여인 숙(옛 부산여인숙)이 있어 답사 때마다 여기에 묵어가는데 이 여인숙의 운 치는 여느 관광지 여관과 비길 바가 아니다. ㄷ자 낡은 기와집으로 툇마 루에 걸터앉으면 마당을 중심으로 좋은 회식 장소가 된다. 여인숙 앞뒤 좌우가 죄다 논밭으로 둘려 있는데, 찻길에서 여관 대문으로 이르는 길 좌우도 논이다. 어느 가을날 벼이삭이 고개 숙일 때 한 답사객이 여관으 로 들어서면서 그 벼이삭을 매만지며 꽃밭의 고운 화초 같다는 말을 자 신도 모르게 내뱉는 소리를 들었다. 그래서 나는 간접화법으로 욕을 했 다. "농사꾼 할아버지가 그 소리를 들었으면 다리몽둥이 분질러놓았을 거요."

그런데 주인아주머니는 이제 허물고 좋게 새로 지을 것이란다. 당신 네들처럼 이상한 사람들이나 와서 여관 운치가 좋다고 하지, 다른 관광객들은 목욕탕이 떨어져 있다느니, 방음이 안 된다느니 하면서 딴 데를 찾는다는 것이다. 그러면 운치도 살리고 방음 시설, 목욕 시설을 갖추는 것은 불가능할까. 그런 시범을 보일 수 있는 건축이 이 땅엔 정녕 불가능한 것인가.

내가 그리는 여관집은 그런 것이다. 그러나 나의 운문사 앞 여관 계획은 실현이 불가능해졌다. 운문댐으로 이곳 땅값이 하늘 높이 솟아버린 것이다. 어딘가 고즈넉한 절집 가까이로 마음을 돌려야 할 모양이다.


## 저 푸른 소나무에 박힌 상처는

운문사에 당도하는 그 시각이 몇시든 여장을 풀고 곧장 운문사로 들어가는 것이 나의 운문사행 답사의 정코스다. 해묵은 노송들이 시원스레 뻗어올라 소나무 터널이 높이 치켜든 우산처럼 드리워진 솔밭 사이를 여유롭게 걷는다. 저 청정한 솔바람 소리에 실려오는 낮은 소리를 들으며 무작정 걷는 순간 나는 법열(法悅)에 든 스님보다도 더 큰 행복을 느낀다. 냇물이 흐르는 소리든, 풀벌레 우는 소리든, 바람에 스치는 마른 갈대 몸 뒤척이는 소리든, 눈보라 속에 산죽이 춤추는 소리든, 아니면 운문사 비구니의 염불 소리든 굵은 줄기마다 붉은빛을 머금은 소나무들은 하늘로 치솟고 소리는 낮게 가라앉는다.

운문사 솔밭은 우리나라에서 첫째는 아닐지 몰라도 둘째는 갈 장관 중의 장관이다. 서산 안면도의 해송밭, 경주 남산 삼릉계의 송림, 풍기 소수서원의 진입로 솔밭, 봉화군 춘양의 춘양목…… 내 아직 백두산의 홍송을 보지 못하여 그 상좌를 남겨놓았지만 남한 땅에 이만한 솔밭은 드물 것 같다.

운문(雲門)이라! 그 내력은 운문선사에서 따온 것이지만, 문자 그대로

운문사는 구름 대문을 젖히고 들어오듯 안개가 짙게 내려앉는다. 그리하여 소나무 줄기가 습기를 머금어 더욱 불그스레 피어오를 때 운문사 소나무들은 환상적인 아름다움을 연출한다. 마치 늘씬한 각선미의 여인들이 물구나무서기를 하고 있는 듯하다. 나는 운문사 소나무의 각선미가 하도 인상 깊이 박혀 이화여대 앞 어느 란제리 가게 진열장에 도전적으로 배치된 스타킹 마네킹 다리를 보면서 운문사 소나무를 연상한 적도 있다.

아리따운 자태로 말하든, 늘씬한 각선미로 말하든, 늠름한 기상으로 말하든, 연륜의 근수로 말하든, 운문사 소나무는 가장 아름다운 조선의 소나무이며 조선의 힘과 자랑을 가장 극명하게 상징한다. 뿐만 아니라 운문사 소나무는 조선의 아픔과 저력, 끈질긴 생명력까지 유감없이 보여주고 있다.

운문사의 노송들은 그 밑동이 마치 대검에 찍히고 도끼로 파인 듯한 큰 흠집을 갖고 있다. 이것은 일제 말기 '대동아전쟁' 때 송진을 공출하기 위해 송진 받아낸 자국이다. 그들은 석유 대용을 위해 이 송진으로 송탄유(松炭油)를 만들어 자동차를 운전할 정도로 발악하였다. 우리 어머니가 시집오기 전에 매일 한 일이라곤 온갖 공출에 시달리며 칡뿌리, 송진 캐러 다닌 것이었단다.

그러나 보라! 조선의 소나무는 그래도 죽지 않고 여기 이렇게 사철 푸르게 살아있지 않은가. 웬만한 소나무는 그 칼부림, 도끼날에 생명을 다했을 것이련만 조선의 소나무는 그 아픔의 상처를 드러내놓고도 아리따운 자태로 늠름히 살아 있지 않은가. 저 푸른 소나무에 박힌 상처는 우리

| **운문사 입구의 솔밭** | 아리따운 노송이 늘어선 운문사 솔밭의 소나무들은 일제 때 송진을 공출한다고 밑동이 파이고 마는 모진 상처를 입고도 이처럼 늠름한 모습을 잃지 않았다.

가 극복해낸 역사적 시련의 상처일 뿐이다. 아무리 모진 시련도 우리는 그렇게 꿋꿋이 이겨왔다.

나는 운문사 소나무 숲길을 걸으면서 우리 민족의 끈질긴 생명력을 그렇게 읽는다. 운문면 대천리 검붉은 피부의 아낙들이 캄캄한 현실 속에서도 웃음 지으며 서로를 축수하는 그 아픔의 아름다움까지도 여기서 읽는다.

1994. 7. / 2011. 5.

# 운문사 사적기와 운문적의 내력

가슬갑사 / 이목소 / 운문적 / 일연스님 / 비구니 승가대학

하나의 유적을 답사할 때면 그곳의 내력을 알고 모름에 따라 유물의 성격뿐만 아니라 그 의의를 느끼는 데 엄청난 차이가 난다. 특히 운문사처럼 현재 남아 있는 유물이 중요하거나 주목되는 것이 아니라 거기에 서린 분위기를 잡아내야 하는 경우 싫든 좋든 자초지종을 일별할 필요가 있다. 그러나 어디에도 답사객에게 그런 편의를 제공하는 안내서는 보이지 않는다. 그리하여 나는 나의 답사기로서는 아주 예외적인 글을 하나 쓰게 되었다. 이 딱딱한 내용의 「운문사 사적기와 운문적의 내력」은 독자를 위해서가 아니라 답사객을 위한 예비 정보의 글이니 독자는 건너뛰고, 답사객은 운문사에 갈 때 한번 읽어주기를 바란다.

| **운문사의 겨울** | 눈 덮인 운문사의 전경은 그 자체가 성속을 떠난 평온이라는 인상을 갖고 있다.

### 대작갑사와 가슬갑사

운문사의 내력은 무엇보다도 운문사 주지였던 일연스님이 쓴 『삼국유사』의 「원광서학(圓光西學)」과 「보양이목(寶壤梨木)」에 자세히 나와 있다. 또 숙종 44년(1718) 채헌(彩軒)이라는 스님이 쓴 『호거산운문사사적기』가 있어 그 자초지종을 알 수 있는데, 간혹 앞뒤의 말이 맞지 않는 것이 있고 또 정치사적 변고는 감추어버렸기 때문에 불가불 나의 재해석과 재구성이 따르지 않을 수 없다.

사적기에 의하면 신라 진흥왕 18년(557)에 한 도승이 지금 운문사 5리 못 미쳐 있는 금수동(金水洞)계곡에 들어와 작은 암자를 짓고 3년 동안 수도하더니 홀연히 득도하여 도우(道友) 10여 명과 산세의 혈맥을 검색하고 다섯 개의 갑사(五岬寺)를 짓기 시작하여 7년 만에 완성하였다고 한다.

오갑사는 현재의 운문사인 대작갑사(大鵲岬寺)를 중심으로 하여 동쪽 9천 보(步) 지점에 가슬갑사(嘉瑟岬寺), 남쪽 7리에 천문갑사(天門岬寺), 서쪽 10리에 대비갑사(大悲岬寺), 북쪽 8리에 소보갑사(所寶岬寺)였다(사방의 갑사들은 오늘날 모두 폐사되고 서쪽 대비갑사만 대비사로 개명하여 남아 있는데, 동곡 선암서원 맞은편 산중턱에 있다).

오갑사의 첫번째 중창자는 원광(圓光)법사였다. 일연스님은 『삼국유사』의 제5권 「의해(義解)」편에서 첫머리에 원광법사를 논하면서 「원광서학」에 대하여 이례적으로 상세히 기록하였는데, 이는 아마도 자신이 글을 쓰고 있던 바로 그 자리의 일인지라 이처럼 세심한 배려를 가했던 모양이다.

일연스님에 의하건대 원광법사는 진평왕 22년(600)에 귀국하여 경주 황룡사에 있다가 대작갑사에 와서 3년간 머문 뒤 가슬갑사로 옮겨갔다. 원광법사는 바로 이 가슬갑사에서 화랑 귀산과 추항에게 저 유명한 「세속오계」를 내려주었다.

운문사 입구 신원리에서 가지산 석남사로 넘어가는 험악한 고개가 한창 포장공사 중이어서 지금쯤은(1994년 6월) 거의 완공됐을 법도 한데 그 고개를 운문령이라고 하고 「대동여지도」에서는 가슬치(加瑟峙)라고 한 바, 가슬갑사는 계곡을 따라 5킬로미터쯤 들어가면 나오는 신계리마을 동쪽 문복산(文福山) 기슭의 속칭 '절티껌'으로 추정되며 지금도 주춧돌 10여 개가 밭고랑에 머리를 내밀고 있다. 신계리에서 가슬갑사 폐사지를 오르는 길은 왕복 두 시간의 산행길이다.


**보양국사의 중창**

가슬갑사 이후 통일신라 250년간은 오갑사의 사정이 전혀 알려지지

| **운문사 경내** | 운문사 경내는 삼층석탑 쌍탑이 절마당의 중심으로 되어 천 년 고찰의 분위기를 잃지 않고 있다.

않은 채 어느 때인가 이름도 방대한 오갑사는 폐사가 되고 후삼국 전란 중에 운문사는 다시 역사 속에 부상한다.

운문사의 두번째 중창자는 보양국사였다. 보양이 당나라에 유학하고 돌아와 주석한 곳은 밀양(密陽, 당시 推火)의 봉성사(奉聖寺)였다. 왕건이 동정(東征)을 하여 청도의 경계까지 쳐들어갔는데 산적 무리들이 견성 (犬城, 伊西山城)에 들어가 거만을 부리며 항복하지 않았다. 왕건은 산 아래로 내려와 보양스님에게 방책을 물으니 스님은 이렇게 묘책을 가르쳐 주었다.

"대저 개라는 짐승은 밤을 지키지 낮을 지키지 않으며, 앞을 지키지 뒤를 지키지 않습니다. 그러니 낮에 그 뒤쪽(북쪽)을 치시오."

바로 그 보양스님이 전설적으로 운문사를 중창한다. 보양이 당나라에서 귀국할 때 바다를 건너는 중 해룡이 그를 용궁에 청하여 금라가사(金羅袈裟) 한 벌을 주고 그의 아들 이목(璃目)에게 스님을 모시고 가 작갑(鵲岬)에 절을 창건하라고 했다.

보양이 폐사를 일으키려고 산 북쪽에 올라가 살펴보니 뜰에 오층황탑(黃塔)이 보였다. 그래서 뜰로 내려왔는데 황탑은 자취 없이 사라진다. 보양이 다시 산으로 올라가 탑이 있던 자리를 내려다보니 까치들이 땅을 쪼고 있었다. 이때 보양은 '작갑'이 곧 '까치곳'이라는 사실이 생각났다. 다시 내려와 까치가 있던 곳을 파보니 무수한 전돌이 나오는데 그것으로 탑을 쌓으니 한 장도 남음이 없었다. 이리하여 보양은 여기에 절을 짓고 작갑사라 하였으며, 얼마 후 왕건은 후삼국을 통일하였는데 보양스님이 작갑사를 세웠다는 말을 듣고 오갑의 밭 500결을 절에 부치게 하고 태조 20년(937) 운문선사(雲門禪寺)라고 사액하였다.


## 이목소의 전설

왕건이 운문이라고 이름 지어 내린 것은 당나라 때의 고승 운문문언(雲門文偃, ?~949)을 가리키는 것이다. 유명한 「운문어록」의 운문스님을 기리는 뜻이다. 운문스님은 대단한 호승(豪僧)이었다. "만약에 석가모니가 내 앞에서 다시 한번 천상천하유아독존이라는 오만을 부린다면 다리몽둥이를 분질러놓겠다"고 호언할 정도였다.

지금 운문사에는 보양이 다시 쌓았다는 전탑은 남아 있지 않다. 그러나 운문사 작갑전에는 사천왕상이 네 개의 돌기둥에 정교하게 조각된 석주가 남아 있어 이것이 보물 제318호로 지정되어 있다. 이 사천왕 석주는 추측건대 전탑의 일층 탑신부에 설치되었던 것으로 믿어 의심치 않는다. 지금 안동 지방에 많이 남아 있는 전탑 중 특히 조탑동의 오층전탑 구조에서 사천왕의 위치와 비교하면 바로 알 수 있는 것으로 보양이 '오층황탑'이라고 한 것은 전탑의 상륜부가 금색으로 단청되었던 것을 말하는 것이 된다.

이처럼 신비한 전설의 소유자인 보양의 이적(異跡)은 여기에 머물지 않고 이목소의 전설로 이어진다. 그것이 『삼국유사』에는 다음과 같이 전해진다.

이목(璃目)은 절 곁의 작은 못에 살면서 법화(法化)에 게으르지 않았는데 어느 해에 날이 몹시 가물어 채소들이 모두 말라 죽으므로 보양은 이목에게 부탁하여 비를 내리게 하니 흡족히 해갈되었다. 그런데 천제께서 하늘의 일을 무단으로 가로챈 이목을 죽이라고 천사를 내려보냈다. 이목은 보양에게 달려와 구원을 요청하였다. 보양은 이목을 마루 아래 숨겨두었는데 이내 천사가 뜰에 내려와 이목을 내놓으라고 하였다. 보양은 손가락으로 뜰 앞의 배나무를 가리키며 이목(梨木)이라고 하였다. 이에 천사는 배나무에 벼락을 내리치고 다시 하늘로 올라갔다. 이 때문에 배나무는 거의 죽어가게 되었는데 이목이 어루만지매 다시 청정해졌다. 그 나무가 근년에 다시 넘어졌다. 어떤 사람이 그 나무로 빗장을 만들어 선법당과 식당에 설치했다. 그 자루에는 명(銘)이 새겨져 있다.

혹자는 이런 전설을 유치한 문학성이라고 비웃을지 모른다. 그러나 큰스님 보양과 샤머니즘 속의 영물(靈物)이 이렇게 행복하게 만나고, 서로를 도와가며 이목이라는 동음이어를 재미있게 풀어가면서 생명이 있을 리 없는 한 계곡의 움푹 파인 못에 이목소(璃目沼)라는 이름을 부여케

한 것이다. 비록 작은 정서이지만 인간의 마음을 촉촉이 적셔주는 것을 가볍게 생각할 일이 아닌 것이다. 지금 운문사 극락교 아래에 있는 이목소는 냇돌이 구르고 굴러 소의 자취를 잃어간다. 10년 전만 하여도 짙은 초록색을 발하는 깊은 못이었다. 운문사 학인 스님들은 밤낮으로 이목소 앞에서 세수를 한다. 한겨울에도 새벽 3시면 어김없이 이목소 개울로 나와 얼음을 깨고 낯을 씻는다. 조석으로 몸을 같이하는 이 개울에 그런 전설이 있고 없음에는 정서적 차이가 크게 나는 것이다. 그냥 세수터라 했을 그 자리가 이목소로 된 것이다.

## 원응국사의 3차 중창

고려왕조의 창립 과정에서 군사적으로 한몫을 한 운문사는 왕건의 입장에서는 은혜의 사찰이며 치국에서 본다면 지방을 다스리는 한 거점으로서의 중요성 때문에 밭 5백 결을 내려주었으니 운문사의 사세(寺勢)는 그것만으로도 알 만한 일이다. 5백 결이라는 수치가 얼마나 큰가는 『세종실록』 지리지에서 청도군의 간전(墾田)이 모두 3,932결이라고 했으니 그것의 8분의 1에 해당한다는 사실만으로도 어림짐작할 수 있을 것이다.

이러한 청도 운문사를 세번째로 중창한 것은 원응(圓應)국사 이학일(李學一, 1052~1144)이었다. 학일스님은 전북 부안군 보안면 출신으로 승과에 합격한 후 송나라에 유학하고 돌아와 선사, 대선사의 승계를 밟아 인종 즉위년(1122)에 왕사(王師)로 책봉되었다. 그의 법맥은 가지산파였으니 오늘날까지도 운문사는 그 법통을 그렇게 이어받는 것이다. 왕사가 된 지 3년 후 학일스님은 운문사로 가고자 했으나 왕의 윤허를 얻지 못하다가 4년 후인 인종 7년(1129)에 결국 운문사로 돌아오게 되었으니 운문사는 이제 왕사가 주석하는 절집으로 부상하게 되었다. 이때 나라에

| 사천왕 돌기둥(부분) | 작갑전에 모셔져 있는 사천왕 석주는 원래 벽돌탑의 돌기둥으로 사용된 것이 아닌가 생각되며, 하대신라 릴리프 조각의 대표적 유물이다.

서는 "신수리, 신원리, 이원리의 2백 결과 국노비(國奴婢) 5백 명을 운문사에 획급(劃給)하여 만세토록 향화(香火)를 받들게 하였다"고 한다. 운문사의 사세는 여기서 절정을 이루게 된다.

지금 운문사에는 원응국사비(보물 제316호)가 남아 있어 그 내력이 소상한데, 비문은 윤관 장군의 넷째아들로 당대의 문사였던 윤언이(尹彦頤)가 짓고, 글씨는 고려왕조 최고의 명필이었던 탄연(坦然)이 썼으니 그 금석적 가치는 막중한 것이다.

이리하여 운문사의 새벽 예불에서 마지막에 이 절집을 세워주신 큰스님께 '지심귀명례(至心歸命禮)'로 절을 올릴 때 이 절을 창건한 세 스님의 존명을 부른다.

"차사창건(此寺創建) 삼대법사(三大法師) 원광법사, 보양국사, 원응국사 지심귀명례"

『운문사사적기』에 의하면 원응국사가 운문사에 주석하면서 가람의 위용을 갖추어 사찰 경내 사방에 장생표주(長生標柱)를 설치하고 전결노비비(田結奴婢碑)까지 세우니 "나라의 5백 선찰(禪刹) 중 제2의 선찰"이 되었다고 한다. 때는 고려 인종 7년, 1129년이었으니 바로 이 시절이 운문사의 전성기였으며, 고려왕조가 개국 이래 끊임없이 추구해온 중앙 문신 귀족의 문화가 활짝 꽃피는 문화적 전성기이기도 하였다.

그러나 운문사의 영광은 여기에서 끝을 맺는다. 원응국사 이후 반세기가 지나자 무신정권하에서 민란과 노비 반란이 전국에서 일어날 때 청도와 경주 지역에서도 신라부흥운동과 김사미란(金沙彌亂)이 크게 일어났다. 여기에서 운문사는 역사 속에 다시 부상하게 되는데 이때는 운문사가 아니라 운문적(雲門賊)으로 등장한다.

**운문의 김사미와 초전의 효심**

12세기 말, 무신정권하에서 일어난 농민과 천민의 항쟁은 고려 역사에서 별도의 장을 만들어 설명할 정도로 대대적인 것이었다. 1176년 공주 명학소의 망이·망소이의 천민 항쟁으로 시작된 일련의 항쟁 가운데 1193년 명종 23년에 경상도에서 일어난 농민 항쟁은 전에 없던 대규모였다. 그것이 『고려사』 명종 23년 7월조에 다음과 같이 기록되어 있다.

남적(南賊)이 봉기하였다. 그중 극심한 자는 운문에 거점을 둔 김사미와 초전(草田, 현 밀양)에 거점을 둔 효심(孝心)이다. 이들은 떠돌아 다니는 자(流亡民)들을 불러모아 주현(州縣)을 공격하였다.

여기에서 운문은 당시 지명이 아니었으니 운문산이나 운문사를 지칭하는 것이 분명한데 김사미라는 지칭이 과연 개인의 이름인가에 대하여는 의문이 제기될 만하여 최근에는 운문사에 있던 김씨 성의 사미승으로 보는 견해가 유력하게 대두되었다.

운문의 김사미와 초전의 효심이 연합 전선을 편 이 농민 항쟁은 지방관, 토호, 사원의 수탈에 대한 반발을 넘어서 경상도 일대를 장악하면서 중앙정부와 대결하고 나섰다는 점에서 그 역사적 의의를 더하는 것이었다. 더욱이 이 농민군들은 무신정권의 내부 알력을 교묘히 이용하여 관군의 대대적인 토벌을 피하면서 세력을 확장하여 한때는 강릉의 농민군까지 합세하여 예천까지 밀고 올라갔다.

그러나 정부의 대공세에 승산이 없다고 판단한 김사미는 이듬해 2월, 개경에 사람을 보내어 편안히 살 수만 있게 해준다면 항복하겠다는 뜻을 비치었다. 이에 왕은 죄를 묻지 않겠다며 심부름꾼을 돌려보내고 병마사에게 위무토록 지시하였다. 이리하여 김사미는 안심하고 항복하였으나 병마사는 김사미를 즉시 죽여버리고 잔여 농민군의 소탕에 나섰다. 정부의 기만책에 분노한 농민군들은 운문산으로 숨어들었으며, 험악한 산세를 배경으로 하여 다시 완강하게 버티었다.

나라에서는 이들을 운문적이라고 하였다.

## 신라부흥운동과 운문적의 최후

나는 겨울날의 운문사를 좋아하였다. 눈 덮인 운문사의 전경은 그 자체가 성속을 떠난 평온이라는 인상을 갖고 있다. 그래서 나는 입버릇처럼 겨울날의 운문사를 말하곤 하였는데 나의 지기에게 운문사에 살면서 언제가 제일 좋더냐고 물으니 지체 없이 봄을 말한다.

"사리암 오르는 길을 따라 운문산 학소대 쪽으로 가면 산비탈마다 낙엽송이 즐비하거든요. 이른봄 낙엽송에 연둣빛 새순이 아련하게 피어오르면 얼마나 곱고 예쁜지 몰라요. 새 생명에 대한 예찬이 절로 나와요."

운문산의 그런 봄과 겨울이 열 번이나 바뀌도록 운문적이 된 농민들은 세상 밖으로 나오지 못했다. 운문산을 떠나는 자가 생기기는커녕 오히려 산으로 들어오는 유망민이 더욱 불어났다. 그것은 『고려사』 신종 3년(1200) 4월조에 나오는 다음과 같은 기사가 말해준다.

밀성(密城, 밀양)의 관노(官奴) 50여 명이 관의 은그릇을 훔쳐 운문적에 투항하였다.

고려가요 「청산별곡」의 '청산에 살어리랏다'라는 처연한 가사가 이 시절 유망민들의 처지를 읊은 것으로 알려져 있다.

그렇게 불어난 운문군을 조직한 사람은 패좌(孛佐)였다. 패좌가 이끄는 운문산 농민군은 1203년 경주에서 신라부흥운동이 일어났을 때 반정부 연합군의 일원으로 산에서 내려왔다. 그러나 신라부흥군의 대장 이비(利備)가 정부군 사령관의 꼬임으로 생포되고, 패좌는 측근 부장에게 살

해되면서 운문산 농민군은 제대로 싸워보지도 못하고 허망하게 무너지고 말았다.

그러나 지난 10여 년간 정부의 기만적 회유책에 속아왔던 농민들인지라 투항하지 않고 끝까지 운문산으로 들어와 버틴 농민군도 있었다. 이들은 최소한 이듬해 봄까지 운문산 속에서 정부 토벌군을 피해 몸을 숨겼던 것만은 분명하다.

그것은 무신정권이 수립되자 여기에 적극 동조하여 토벌군에 자원, 종군하면서 병마녹사(兵馬錄事)를 지내던 이규보(李奎報)가 친구에게 보낸 다음과 같은 편지 구절에 잘 나타나 있다.

관군은 이달 모일(某日) 동경(東京, 경주)을 떠나 운문산에 들어가 주둔하였는데 초적(草賊)이 또한 조용하여 군중(軍中)에는 별일이 없습니다. 다만 소나무 아래 새로 돋아난 버섯을 따서 불에 구워 먹는 맛이 매우 좋습니다.

죽이고 죽어가는 판에 버섯이 맛있었단다. 운문사 본채를 감싸안은 남쪽 담장 너머에는 울창한 솔밭이 있다. 운문사 학인 스님들이 울력으로 재배하고 있는 표고버섯밭이다. 솔밭을 걸으면서 그 옛날 일들을 생각하며 스스로 야릇한 심사에 젖어 죄 없는 잔돌멩이를 걷어차고 있는데 나의 지기가 점심공양이 준비되었다고 사람을 보냈다. 점심 식탁에는 표고버섯이 싱싱하게 무쳐져 있었다. 그러나 나는 그 표고를 먹지 않았다.

### 일연스님의 『삼국유사』 집필처

김사미와 패좌와 운문산 농민군의 봉기 때 운문사가 누구의 손에 장악

되었는지, 그 피해가 어떠했는지에 대하여는 아무 기록도 남아 있지 않다.

다만 농민 항쟁이 끝나고 몽골의 침입을 받아 간섭기로 들어가는 1277년 72세의 일연스님이 운문사 주지로 임명된 것만은 알 수 있다. 이미 대선사의 승계를 제수받은 일연스님은 강화도 선월사, 영일 오어사, 비슬산 인홍사의 주지를 거쳐 충렬왕의 명으로 운문사에 주석하게 되었다. 5년간의 운문사 주지 시절 일연스님은 민족의 위대한 문화유산 『삼국유사』를 집필하셨다.

1282년, 일연스님은 다시 충렬왕의 부름으로 개경 광명사로 올라가 국존(國尊)에 책봉되고 잠시 고향 경산(慶山, 당시 章山)에 내려와 90 노령의 모친을 봉양하다 노모가 타계한 후 군위 인각사에서 84세의 일기로 세상을 떠나셨다. 지금 인각사에는 스님의 사리탑과 깨진 비가 남아 있는데 일연스님의 행적비는 스님의 문인으로 당시 운문사 주지였던 법진(法珍)스님이 찬하여 운문사 동쪽에 세웠다.

채헌이 지은 『운문사사적기』는 원응국사 이후의 역사는 기록하지 않고 다만 "4비(碑) 5갑(岬) 5탑(塔) 4굴(窟)이 있었는데 파괴되었다"고만 하였다. 5갑은 5갑사를 말하고, 4비는 신도비(神道碑)·사액비(賜額碑)·행적비(行跡碑)·위답노비비(位畓奴婢碑)이다. 그중 노비비는 절집의 노비들이 신분 해방을 부르짖으며 일어날 때 그 봉기의 상징으로 때려부순 것일지니 그것이 콩가루가 되도록 박살 난 사정을 이해 못 할 바 아니다. 또 사액비도 왕건이 운문사라는 이름을 내리면서 절의 토지와 노비를 획급한 내용까지 적혀 있었을 것이니 그 운명을 노비비와 함께했을 것도 같다. 그런데 원응국사의 신도비는 오늘날까지 건재하건만, 행적비는 틀림없이 일연선사 행적비이겠건만 어찌하여 그것이 파괴되었는지 안타깝기 짝이 없다. 전하는 말로는 임진왜란 때 파괴되었다고 하니 그 전란의 피해가 더욱 원망스럽다.

## 운문사의 희생과 비구니 승가대학

임진왜란으로 병화를 입은 운문사를 다시 일으켜세운 이는 설송(雪松)대사(1676~1750)였다. 지금 원응국사비 곁에 있는 설송대사비를 보면 영조 30년(1754)에 세워진 것인데 글은 영의정 이천보(李天輔)가 짓고, 글씨는 형조판서 이정보(李鼎輔)가 쓰고, 전액(篆額)은 승정원 도승지 이익보(李益輔) 삼형제가 써서 이채로운데 이들은 월사 이정구의 현손들이었다.

설송대사 이후 운문사의 내력을 기록한 사적기로는 1913년에 운문사의 서기 문성희(文性熙)가 지은 것이 있다. 이 1913년의 사적기는 아주 묘한 것이어서 글의 내용과 형식이 종래에 우리가 보아온 그런 것이 아니다. 글을 지은 사람이 대덕화상(大德和尙)도 아니고 문명(文名)을 얻은 사람도 아니고 한낱 절집 서기의 글이며, 글씨와 글의 구성이 여지없는 '면서기체'로 되어 있다.

일제는 1905년 을사조약 이후 식민지 통치를 위해 대대적이고 체계적이며 치밀한 토지조사사업을 벌인다. 요컨대 식민지 재산 파악이었다. 그때 절집의 역사와 재산 보고서를 각 사찰마다 제출케 한바 그때의 문서인 것이 틀림없다. 그래서 서기가 쓴 공문서 형식으로 된 것인데 일제는 교활하게도, 아니면 원대하게도, 목적은 재산 파악이면서도 그 역사까지 기술케 했던 것이다.

이 면서기 아닌 절집 서기의 기록을 통해 우리는 운문사의 재산 상태와 함께 몇 가지 역사의 단편도 확인할 수 있다. 절 산의 면적이 622만여 평으로 기록되어 있을 정도로 운문사는 건재해 있었다.

8·15해방이 되고 한국전쟁을 지나 비구·대처가 대립하여 불교정화운동이 일어난 직후인 1958년 운문사에는 비구니 전문 강원이 개설되었

| 학인 스님들의 감자 캐기 | 운문사에는 비구니 승가대학이 있어서 항시 사미니계를 받은 250여 명의 비구니 학인 스님이 있다. 스님들은 노동과 예불로 하루 일과를 보낸다.

다. 그리고 1977년 명성(明星)스님이 10대 주지로 취임하면서 운문사의 면모를 일신시키면서 승가대학으로 4년제 정규 과정을 갖추고 학인 스님 250여 명이 항시 공부하고 수도하는 현대판 승과 도량으로 되었다.

학인 스님은 사미니계를 받은 분으로 시험에 응시하여 들어오게 된다. 학제는 대학과 마찬가지로 4학년까지 되어 있지만 승가대학 내에서는 학년으로 부르지 않고 1학년은 치문(緇門)반, 2학년은 사집(四集)반, 3학년은 사교(四敎)반, 4학년은 대교(大敎)반이라고 부른다. 그리고 학인 스님들은 졸업할 무렵 비구니계를 받아 나가게 된다.

나의 지기, 그분은 승가대학의 교수 스님이다.

1994. 7. / 2011. 5.

# 연꽃이 피거든 남매지로 오시소

새벽 예불 / 벚나무 돌담길 / 운문사의 보물들 / 목우정 / 남매지

## 음악이 있는 기행

청도 운문사가 보존하고 있는 최고의 문화유산은 새벽 예불이다. 사람들은 기행이나 답사라고 하면 아름다운 경승지나 이름 높은 유물을 찾아가는 것으로 생각하며 시각적 이미지의 유형문화재만을 염두에 두곤 한다. 그러나 운문사의 답사는 반드시 새벽 예불을 관람하거나 참배하는 음악이 있는 기행으로 엮어져야 제빛을 발하게 된다. 그것이 힘들다면 저녁 예불이라도 보았을 때 운문사를 답사했다고 말할 수 있다. 그런 의미에서 운문사 답사는 미술사 답사가 아니라 음악이 있는 기행이다.

운문사의 새벽 예불은 불교방송국에서 비디오테이프로 제작·보급하고 있는 것이 있고, 통도사 스님들의 예불을 카세트테이프에 담은 「천년의 소리」도 나왔고, 김영동이 송광사 스님들의 예불에 대금 소리를 곁들

여 만든 「명상음악 선」도 벌써 전부터 보급되었으니 오늘날에는 그 가치를 인식하고 있는 분들이 많으리라 믿는다.

그러나 1980년대만 하여도 나는 새벽 예불의 음악성을 알지 못했고, 그처럼 장중한 것이라고는 상상조차 못했다. 김성공 스님의 염불 「부모은중경」이나 월봉스님의 「회심곡」 정도를 불교음악으로서 감상하고 즐겼을 따름이었다. 그리고 염불에 얽힌 에피소드 하나를 곧잘 재담으로 늘어놓곤 했다.

## 염불도 못 하는 음치 얘기

내가 다닌 서울대 문리대 60년대 후반 학번의 학우들 중에는 유난히 음치가 많았다. 70학번 이후에는 오히려 명창이 많아서 60년대 음치의 진면목을 볼 수 없게 되었는데 나는 그 이유를 기독교 신자의 급속한 증가와 무관치 않다고 생각하고 있다. 어려서부터 예배당에서 노래 부른 아이들은 음치가 되지 않는다.

아무튼 내 친구들은 모두가 무종교였으며 음치 중에서도 상음치들이어서 유인태, 서중석, 김형관, 김경노, 안병욱, 안양노 등은 서로가 음치협회회장이라고 자부하고 나중에는 창작가협회로 개칭하였다. 그 음치 중 가장 세련된 음치는 안양노였다. 그는 음치의 특징과 미덕을 끝까지 지켜오고 있다.

그 특징과 미덕이란 첫째로 노래를 시키면 결코 사양하지 않는 점, 둘째로 곡목을 항시 길고 어렵고 멋있는 것만 부르는 점, 셋째는 가사만은 정확하게 전달하는 점, 넷째는 좋은 노래를 만나면 부단히 연습하여 새 곡을 준비하는 점 등이다.

1973년 10월 2일의 일이다. 유신헌법이 시행되어 독재의 칼날이 서슬

푸른 잔인하고 캄캄한 시절에 양노는 나병식, 정문화 등 후배들과 유신헌법 철폐를 외치는 기습 시위를 벌였다. 그것은 유신헌법 공포 이후 처음 일어난 시위였다. 그들의 용기에 재야와 야당이 모두 놀랐고, 더욱 놀란 것은 정보부와 경찰들이어서 전국에 지명수배령을 내렸다. 그것이 사찰 당국의 '설악산 작전'이었다. 양노는 용케도 삼엄한 경계를 뚫고 빠져나가 전라도 광주 시내에 있던 향림선원에 행자로 들어갔다.

절집 생활이 시작되면서 양노는 아침과 저녁 예불에 참례하고, 목탁을 두드리며 열심히 염불을 외면서 충실한 행자로 몸을 숨겼는데 그때 가장 큰 고통이 목탁 치면서 박자를 못 맞춘다고 주지스님께 꾸지람 들은 것이었다고 한다. 그런데 매일 예불을 드리다보니 그것이 기막히게 멋있는 음악인 것을 뒤늦게 알게 되어 때마다 큰 소리로 따라하였다는 것이다. 그러던 어느 날 주지스님이 양노를 조용히 불러 이렇게 말하더라는 것이다.

"자네 우리끼리 예불드릴 때는 큰 소리로 해도 되지만, 칠석날이나 사십구재 지낼 때 대중들이 모이면 자네는 염불하지 말고 절만 열심히 하게. 박자가 틀려 염불에 김이 빠지고 우리 절의 권위와 품위가 살아나질 않아요."

그래서 양노는 훗날 염불도 못 하는 경지의 음치로 창작가협회의 상좌를 누리게 되었다. 결국 양노는 몇 달 뒤 긴급조치 1호가 발동하게 되자 다시 반대 투쟁을 벌이려고 속세로 나왔다가 긴급조치 4호, 민청학련 사건의 주모자로 무기징역을 선고받고 스님으로서가 아니라 죄수로서 머리를 깎고 영등포교도소에서 수번 1번을 달고서 불교신도방에서 복역하였다.

### 전통음악의 원형질

1984년 어느 가을날, 내가 청승맞게 혼자서 곧잘 답사 다닐 때, 해인사 앞 깊숙한 곳의 지금 여관촌과는 사뭇 다른 한 허름한 여인숙 툇마루에 앉아 도망간 잠을 다시 붙잡으려고 하릴없이 별이나 세고 있는데 옆방에서 노부부가 벌써 행장을 꾸리고 나서기에 새벽부터 어디를 가시냐고 물었더니 예불 간다는 것이었다. 부끄러운 얘기지만 그때 나는 새벽 예불이라는 말을 처음 들었다. 그리고 노부부를 따라 난생처음 새벽 예불을 구경할 수 있었다. 그리고 그 장중한 음악에 취하여 나에게 찾아온 감동의 의미를 묻고 또 물으며 되새겨보았다. 나는 새벽 예불이 장엄하다는 송광사·통도사·운문사를 답사하면서 그 감동을 키워왔고, 그것의 미학적 의미를 끌어안고 지내게 되었다. 그중에서도 가장 뛰어난 새벽 예불은 운문사의 그것이라는 내 나름의 소견도 갖게 되었다.

그때나 지금이나 절집의 새벽 예불이 보여주는 장엄함은 가톨릭의 「그레고리안 찬트」와 비견되는 것이다. 결코 다성음이 아니라 단성음으로 최소한의 변화를 구사할 따름이지만 바로 그로 인하여 웅장함을 지닐 수 있고, 변화의 가능성을 안으로 끌어넣을 수 있는 것이었다. 제인 해리슨(Jane Harrison)이 『고대예술과 제의』(*Ancient Art and Ritual*)에서 누누이 강조한바 제의적 성격에 나타나는 단순성의 의미인 것이다.

치장이 많고 변화가 다채로우면 예술적으로 더욱 성공할 것 같지만, 그런 예술은 수천만 가지의 치장과 변화의 하나일 뿐이며, 단순성을 제고하면 오히려 수많은 치장과 변화를 내포할 수 있다는 역설적 논증이 이렇게 가능한 것이다.

그렇다면 알 만한 일이다. 서양미술사학의 할아버지 격인 빙켈만이 『고대예술사』(*Geschichte der Kunst des Altertums*)에서 그리스의 예술정신을 단 한마디로 요약하여 "고귀한 단순과 조용한 위대"라고 말한 것은, 단순하다는 것이야말로 고귀한 감정을 일으키며 위대함은 조용히 드러난다는 사실을 설파한 것이다. 더욱이 빙켈만은 치장과 변화가 요란한 로코코시대의 말기에 살았으니 동시대의 경박한 문화 풍토에 대한 경종의 의미로 "고귀한 단순과 조용한 위대"를 더욱 강조했으리라.

새벽 예불을 들으면서 나는—불가에 계신 분들은 섭섭하게 생각할지 모르지만—그것의 신앙적 성격보다도 단순한 것의 멋과 힘을 더욱더 확고히 믿게 되었다. 나만이 그런 것도 아니고 한국인이기 때문에 그런 것도 아니다. 미국의 미술평론가인 엘리너 하트니(Eleanor Heartney)가 한국을 방문했을 때 해인사의 새벽 예불을 듣더니 그녀는 자신도 모르게 '오, 마이 갓'이라는 감탄을 발했다. 남의 나라 신전에 와서 자기 나라 신을 부를 정도로 감동적인 음악이다.

나는 새벽 예불은 곧 우리네 전통음악의 원형질이라는 생각도 갖게 되었다. 위대한 우리의 음악인 종묘제례악은 하나의 음악적 형식을 갖춘 완벽한 작품이다. 산조와 가곡의 멋스러움, 육자배기나 정선아리랑의 흐드러진 아름다움 역시 원형질에서 뽑아낸 위대한 창작이다. 새벽 예불 이외에 또 다른 전통음악의 원형질이 있다면 진도씻김굿에서 박병천 할아버지의 「구음」과 이완순 아주머니의 「진혼곡」 정도가 있다는 생각을 해보게 된다. 새벽 예불과 씻김굿은 비슷한 성격이면서도 완연히 다른 줄기를 갖고 있으니 모름지기 우리 시대의 음악이 여기에 젖줄을 대고 나아갈 때 우리는 완벽한 우리 시대의 한 작품을 기대해도 좋을 것이라는 생각을 갖고 있다. 카를 오르프가 「그레고리안 찬트」를 모티프로 하여 「카르미나 부라나」 같은 명곡을 만들어내듯이 새벽 예불에 기초한 김영동의 「명상음악 선」, 박범훈 작곡의 「아제아제」 같은 우리 시대 음악이 있음을 모르는 바 아니지만 아직도 우리가 새벽 예불에 의지할 바는 무한한 크기로 남아 있다는 생각이다.


## 장중한 종교음악, 새벽 예불

나는 음악에 대하여 무엇을 논할 수 있을 정도의 음악미학을 공부하거나 연구한 바가 없다. 새벽 예불에 대한 나의 감상과 인상 내지는 소견도 한 관객 입장 이상의 것이 못 된다.

그러나 이 답사기를 쓰면서 나는 이처럼 영역 밖의 얘기도 서슴없이 말하게 되었다. 왜냐하면 지금 내가 쓰고 있는 것은 남의 답사기가 아니라 '나의' 답사기이기 때문이며, 음악을 꼭 음악인만이 말하라는 법은 없다고 생각하기 때문이다. 그래도 불안한 구석이 있어서 나는 내 소견을 검증받기 위하여 내가 좋아하는 작곡가 이건용 교수를 모시고 '음악이 있는 기행'의 해설자로 1993년 9월 6일 청도 운문사에 갔다.

마침 이건용 교수는 운문사의 새벽 예불을 직접 들은 적이 없었고, 이튿날 저녁에는 대구문화회관 음악당에서 자신의 작곡이 연주될 것이기에 겸사겸사 맞아떨어졌다.

운문사의 나의 지기에게 새벽 예불에 참례하지만 뒤에 앉아서 절하지 않고 음악으로 음미함을 용서받고 우리는 저 장중한 운문사의 새벽 예불을 열심인 관객으로 감상하였다.

새벽 예불은 도량석으로부터 시작된다. 예불 30분 전에 요사채와 법당 주위를 돌면서 목탁을 두드리며 독송하는 도량석은 새벽 예불의 서주, 판소리로 치면 다스름에 해당한다. 그리고 250여 명의 비구니들이 법당 안에 정연히 늘어서서 의식과 함께 행하는 새벽 예불은 곧 무반주 여성합창이다. 도량석을 독송한 스님은 새벽 예불에서 도창(導唱)이 되어, 합창이 일어나면 감추어지고 합창이 가라앉으면 다시 일어나는 변주

| 운문사 스님들의 하루 |  운문사 학승들의 여러 장면들이다. 새벽 예불, 경전 수업, 이목소 냇물에서 세수, 울력(벼
베기) 모습이다.

의 핵심이 된다.

　나는 새벽 예불 때 올리는 염불의 내용을 잘 모르며 또 성심껏 알려고
노력하지도 않았다. 마치 「그레고리안 찬트」의 가사를 모르면서도 그 음
악은 즐겨 듣듯이.

　오직 한 가지

　지심귀명례(至心歸命禮), 지극한 마음으로 귀의한다는 '가사'가 일곱
번 '후렴'처럼 반복되면서 새벽 예불은 가사와 곡조에 일정한 규율을 지
닌다는 것만은 알고 있다. 합장과 절의 자세가 반복되기 때문에 엎드려
고개 숙여 '지심귀명례'를 들을 때 소리는 낮게 내려앉고 다시 합장의 자

세로 들어서면 고음(高音)이 된다.

새벽 예불은 합창단과 예불 의식이 분리된 것이 아니라 일체가 되어 있다는 점에서 의식과 음악의 미분리라는 원형질적 성격이 더 간직되어 있다. 신중단을 향하여 마하반야바라밀다심경을 암송하는 것으로 예불은 끝나고 스님들은 5분간 참선의 묵상에 잠긴다.

이교수와 나는 스님들에 앞서 법당 밖으로 먼저 나왔다.

"어때요, 장엄하죠? 다른 절집 예불과 다르죠."

"그래요. 처연한 분위기가 서린 비장미가 있는 것 같네요. 남성합창이 아무래도 더 장중하겠지만 이런 비장미는 적지요."

## 이건용 교수의 음악사 강의

나의 지기가 각별히 배려하여 따뜻한 차 대접을 받고, 냇가 손님방에서 개평 잠을 두 시간 자고, 아침공양을 대접받은 다음, 사찰 경내를 두루 답사하여 일반인 출입 금지의 강의실, 학생회관, 극락교 너머 죽림헌, 목우정까지 다녀온 후 우리는 대구로 향하였다. 배기통이 녹슬어 떨어져나가는 바람에 오토바이 엔진 소리만큼 시끄러운 나의 달구지 안에서 나는 나의 목적, 새벽 예불과 음악에 관한 그의 코멘트를 유도했다.

"새벽 예불은 우리가 물려받은 전통음악의 원형질이라고 해도 되겠죠?"

"그렇죠. 언제부터 내려온 것인지 확인할 수 없지만 대중적 동의와 검증 속에 저런 모습으로 고착되었겠죠. 내 생각엔 그대로 악보로 옮기는 작업을 하면 좋을 것 같네요."

"혹시, 새벽 예불을 원형질로 하여 우리 음악을 만들어낼 수 있다고 주장하면 기독교인이나 현대음악가들의 빈축을 사지 않을까요?"

"그게 무슨 상관 있어요. 엄연한 우리의 역사고 우리의 유산인데. 나야말로 목사의 아들이고 현대음악 전공자인데 나조차도 그런 식으로는 생각하지 않아요. 「그레고리안 찬트」 이후 종교음악이 변화하는 양상이 곧 서양음악사입니다. 그 과정은 이강숙 선생의 『음악의 이해』(민음사 1985)에 명쾌하게 설명되어 있어요. 꼭 읽어봐요."

이렇게 대답하고, 이렇게 생각의 폭이 넓기 때문에 나는 이건용 교수를 좋아한다. 그리고 그는 상당히 정확하고 친절한 분이기에 내친김에 서양음악사의 큰 줄거리를 음악 전문용어 없이 설명해줄 것을 요구했다. 그랬더니 역시 내가 알아들을 수 있는 비유와 상징으로 이렇게 엮어갔다.

"375년 게르만 민족의 대이동 이후 유럽 사회가 재편되면서 기독교는 백성을 보호하고 나서서 그 위치가 아주 커지죠. 그래서 각 지역마다 교회 의식과 음악이 생깁니다. 800년 전후하여 그레고리 교황은 이것을 통일시킬 필요를 느껴 모든 지역이 받아갈 수 있는 찬트를 만들어내죠. 그것이 「그레고리안 찬트」입니다. 이렇게 만들어진 형식은 변화없이 몇백 년 사용됩니다.

그러다 1100년 무렵 아르스 안티크시대, 미술에서 로마네스크시대에 오면 「그레고리안 찬트」의 음을 '펴는 작업'을 해요. 음을 안정시키는 작업이었죠. 음이 안정되어야 종적·횡적으로 펼쳐질 수 있는 것이니까요. 그리고 여기에 이런저런 장치를 '쌓기 시작'합니다. 그 쌓기작업이 완성되는 것은 1300년경, 아르스 노바, 미술에서 고딕시대입니다. 그리고 1450년경 르네상스시대가 되면 그 작업이 절정에 도달합니다. 안정된 형식을 갖추었다는 것이죠. 형식이 안정되니까 이제는 거기에 공감을 일으키는, 즉 감정을 흔드는 작업이 들어갑니다. 그것이 곧 17세기 바흐의 바로크시대입니다. 감정을 흔들려고 하니까 강조와 과장이 일어나게 되죠. 그러고는 독일 교회음악의 한 줄기와 독일 지방의 세속음악이 모차르트에 와서 행복하게 만나게 됩니다."

이건용 교수의 강의를 들으면서 나는 그의 이야기를 우리 문화의 창조에 대입해보고 번안해보려고 애썼다. 그렇지 그렇고말고. 역사의 흐름이 말해주듯이 원형질을 다지고 펴야지. 그래야 단단한 기초 위에 쌓을 수 있는 것이지. 민족적 형식이라는 폼(form)이 형성되어야 그것을 기초로 한 강조와 변주가 가능한 것이지. 그런데 지금 우리 시대는 다지는 작업이나 다듬는 작업은 외면하고 죄다 쌓으려고 하거나 변주하려고 하니까 뒤죽박죽이 되고 있는 것이지. 그렇다면 알겠다. 지금 우리 시대 사람들이 문화유산의 전통을 계승하는 방향이 무엇인지를.


**운문사 벚나무 돌담길**

운문사에는 미술사적 의의를 지닌 큰 볼거리가 없다. 오직 분위기 그것뿐이다. 그러나 운문사 솔밭의 행렬이 끝나고 낮은 기와돌담이 한쪽으로 길게 뻗은 벚꽃나무 가로수길로 접어들면 그것만으로도 운문사에 온 것을 후회하지 않는다. 벚꽃이 피고 꽃잎이 날릴 때를 맞추어 온다는 것은 나처럼 '운문사 동네'에 사는 사람이나 가능할 일이다. 그러나 사계절의 어느 때이고 이 길은 당신을 황홀하게 맞아줄 것이며 특히나 눈 쌓인 겨울날이라면 아예 이곳에 머물며 살고 싶어질 것이다.

나는 낮은 기와돌담길이 갖고 있는 위력을 곳곳에서 보았다. 담양 소

| **운문사의 돌기와 담장과 벚꽃** | 길 가는 사람이 뒤꿈치만 들어도 훤히 들여다보이는 낮은 돌담이 절집의 분위기를 아늑하게 감싸주고 있다. 돌담 양쪽의 벚꽃이 필 때 이 길은 분홍빛으로 물든다.

쇄원에서, 부안 내소사에서, 순천 선암사에서, 그중에서도 운문사 돌담 길은 담장 안쪽으로 노목의 벚나무가 들어차 있어서 벚나무 줄기의 굽은 곡선이 직선 기와지붕과 어울리는 조화의 묘를 한껏 드러내어 더욱 가슴 치는 감동의 산책길로 됐다.

경내의 삼층석탑, 석등, 사천왕 석주들은 모두가 보물로 지정된 당당한 유물들이지만 어쩌면 일반인은 이 분위기에 압도되어 모두가 시시해 보일 것이다.

### 운문사 스케치 리포트

나는 학생들이 답사 다니는 습관을 갖게 하기 위하여 미술대 학생이건 미학·미술사학과 학생이건 운문사를 다녀오게 한다. 때로는 과제물로 스

| 운문사 쌍탑 중 서탑 |　전형적인 9세기, 하대신라의 삼층석탑으로 기단부에
팔부중상이 돋을새김되어 있다.

케치나 답사기를 제출케도 한다. 1993년엔 회화과 4학년 회화특강을 맡으
면서 역시 과제를 주었더니 학생들의 눈은 아주 정직하고 정확하였다.

　압도적으로 많은 것은 운문사 입구의 솔숲이었고, 그다음은 벚나무
돌담길이었다.

　한 학생은 대웅보전 분합문짝 정 가운데 있는 꽃무늬창살을 화폭에
오버랩했고, 한 학생은 수미단 한쪽 편에 있는 도깨비 얼굴 암수 한 쌍
을 대비시켜 작품을 만들었다. 그리고 한 학생은 무슨 수를 내어 들어갔

는지 일반인 출입 금지 구역인 금당 앞에 있는 석등(보물 제193호)을 사실적으로 그려왔다. 이들은 모두 모범적이고 충실한 나의 생도들이었다.

작갑전에 모셔져 있는 사천왕 석주(보물 제318호)를 정확하게 스케치한 학생에게 석조여래좌상(보물 제317호)은 왜 안 그렸느냐고 했더니 별 느낌이 없었단다. 실제로 이 석불은 석고로 화장이 심하게 되어 그 원상이 지금은 잘 나타나 있지 않다. 또 한 학생은 한 쌍의 삼층석탑(보물 제678호) 기단부의 팔부중상만 스케치하고

| 금당 앞 석등 | 통일신라 전성기 양식을 충실히 반영한 엄정한 기품이 살아 있는 명품이다.

탑 자체는 그리지 않아 그 이유를 물으니 탑에서 어떤 이미지를 못 느꼈다고 한다. 나 역시 이 쌍탑은 크기에 비해 너무 둔중하여 날렵한 것도 장중한 것도 아닌 일종의 매너리즘 양식이라고 생각해왔다. 이처럼 나의 학생들은 '보물'이라는 위압적인 팻말로부터 자유로웠다니 얼마나 반가운가.

사람들은 운문사의 명물로 400년 수령의 장대한 처진소나무, 일명 반송(盤松, 천연기념물 제180호)을 꼽는데 그것을 그린 학생도 없었다. 그래서 수업 시간에 물어보았더니 한 괴짜 학생이 "신기하긴 합니다마는 좋은 줄은 모르겠던데예"라고 대답했다. 그래서 내가 그 처진소나무는 봄가을로 막걸리 열두 말을 받아 마신다고 했더니 그 괴짜는 "여승이 소나무에 술 주는 것은 그릴 만하겠네예"라고 맞받아넘겨 함께 웃었다.

금당 앞 석등을 그린 학생은 내게 손을 들고 질문을 했다.

"샌님여! 대웅보전 앞 석등은 영 이상하데예. 한 쌍으로 되었는데

헌것하고 새것하고 섞어서 헌 받침에 새 몸체, 새 받침에 헌 몸체를 붙여서 두 개 다 짝짝이가 됐어예. 영 파이데예. 와 그리 됐능교?"

"이 녀석아, 그걸 운문사 스님한테 묻지 왜 내게 묻냐."

아마도 쌍탑의 배치와 맞춘다고 새것을 하나 더 세우면서 새것이 어색하지 않게 보이려고 했던 것 같다. 그러나 그것은 운문사의 큰 실수였다. 본래 석등은 하나만 모시는 것이 불가의 불문율이다. 아무리 절마당이 커도 석등은 하나만 모시도록 되어 있다. 그것은 불문율이 아니라 『시등공덕경(施燈功德經)』에 "가난한 자가 참된 마음으로 바친 하나의 등은 부자가 바친 만 개의 등보다도 존대한 공덕이 있다"는 구절에 근거를 둔 것이다.

같은 답사라도 이론을 공부하는 학생은 실기생과 보는 것도 다르고 묻는 것도 달랐다. 한 미술사학과 학생은 큰 발견이나 한 양으로 이렇게 물어왔다.

"샌님여, 운문사 대웅보전에 모셔진 불상은 비로자나불 맞지예?"

"그렇지. 지권인(智拳印)을 하고 있으니 비로자나불이지."

"그란데 와 대웅보전이라 캅니까? 대웅보전은 석가모니 모셔진다고 안 했습니까?"

"그러니까 우습지. 조선 후기 들어서면 중들이 계율보다 참선을 중시한다고 불가의 율법을 등한시했어요. 그 바람에 저렇게 잘못된 것이 많아요. 굳이 해석하자면 본래는 석가모니 집인데 비로자나불이 전세 살고 있는 것이라고나 해야 될까보다."

## 앳된 비구니의 청순성

학생들이 비록 과제물로 그려내지는 않았지만 글로 쓴 보고서에는 새벽 예불, 저녁 예불이 가장 감동적이었고 그 때문에 또 가보고 싶다는 내용이 상당히 많았고, 한 학생은 대비로 마당 쓸다가 자판기에서 커피 빼어 마시는 비구니 모습이 아주 인상 깊었다고 했다. 그러면서 보고서 끝에 "선생님, 비구니 스님들과 미팅 한번 주선해주세요. 실례"라고 적었다.

그런 마음은 나도 마찬가지다. 나는 미팅이 아니라 비구니 250여 명을 앞에 두고 강의하면 얼마나 황홀할까 혼자 생각해왔는데 93년 봄 진짜로 특강을 하게 되었다. 내가 요청받은 강연 제목은 조선 후기 회화였다. 그러나 나는 굳이 고려 불화를 고집했다. 그 이유는 스님들에게 불화를 가르쳐주고 싶은 마음이 하나이고, 또 하나는 한 번 더 가고 싶어서 기왕 요청한 것은 '굳은자'로 남겨둘 속셈이었다.

| 커피 자판기에 모인 학인 스님들 | 수도자의 길을 걸
으면서도 어쩌다 속인과 똑같은 모습을 보여줄 때 비구
니의 모습이 더욱 아름답게 느껴진다.

파르라니 깎은 머리에 검고 맑
은 눈동자가 일제히 나를 향하고
목탁 소리에 맞추어 인사를 올릴
때 나는 그 형식에 압도되어 얼마
간은 떨었다. 그러나 슬라이드를
돌리면서 슬슬 유머를 넣어 강의
를 풀어가니 비구니들의 모습도
마치 학교의 수업 시간처럼 한눈
에 들어온다.

진지한 비구니, 새침한 비구니,
장난기가 덕지덕지한 비구니, 속
눈썹이 유난히 긴 비구니, 조는
비구니, 자세가 불안한 비구니,
느긋한 표정으로 선생 채점하고 있는 비구니, 그런가 하면 바라보는 것
만으로도 마음이 편안해지는 밝은 인상의 비구니…… 우피 골드버그가
영화 「시스터 액트」에서 수녀원의 틀에 얽매인 개성을 찾아내는 얘기들
이 저절로 떠올랐다.

사람들은 아직도 비구니라면 '사연 있는 여자'가 머리를 깎은 것으로
생각하는 편견을 많이 갖고 있다. 그러나 현대 여성으로서 비구니는 그
렇지 않다는 것이 나의 생각이다. 구도의 길을 걷기 위해 스스로 선택한
비구니의 삶은 차라리 강인한 것이며, 소녀 시절 처녀적 청순함을 그대
로 간직한 채 새벽 3시에 일어나 꽉 짜인 일과를 보내는 모습은 외경스
러운 것으로 비친다. 그러나 앳된 비구니는 역시 순정이 넘쳐흐른다. 운
문사 안채의 한쪽 외벽에는 학인 스님들의 세면도구가 꽂혀 있는데 그
컵의 색깔과 생김새가 역시 속일 수 없는 여자의 모습이다.

| 학인 스님들의 양치 도구함 | 저마다 색다른 물컵을 준비하여 놓은 것에 비구니의 여성스러움이 숨김없이 드러난다.

    운문사에서 내가 항시 궁금하게 생각한 것은 250여 명이 일제히 들어간 법당 밖 댓돌에는 하얀 남자고무신 250여 켤레가 가지런히 벗어져 있는데 예불이 끝나면 귀신같이 자기 신발을 찾아 신는 것이었다. 무슨 비결이 있는가 살펴보니 신발마다 비표(秘標)가 새겨져 있는데 그것이 또 볼만하였다. ○ ? △ ∴ 禪 思 Ａ Ω ∞…… 그리고 꽃 한 송이를 그린 것도 있어 즐거운 마음으로 샅샅이 살펴보았다. 혹 하트를 그린 것이 있을까 유심히 찾아보았지만 그건 없었다.

    운문사 계곡에는 야생 달맞이꽃이 흐드러지게 핀다. 그런 어느 여름날 밤 비구니 몇이서 손전등을 달맞이꽃에 비추고 있었다. 나는 처음에는 그것이 무얼 하는 것인지 몰랐다. 나의 지기에게 물으니 흐린 날 달이 뜨지 않을 때 꽃봉오리에 전등을 비추면 달이 뜬 줄 알고 꽃봉오리가 벌어지면서 '톡' 소리를 낸다는 것이다.

겨울에 운문사를 가면 만세루에 가득 널린 메주와 무말랭이가 장관이다. 어쩌면 그것을 말리고 메주를 빚는 비구니의 모습이 더욱 가슴 저미는 그 어떤 감정을 촉발했을 것 같다. 시인 이동순은 바로 그런 때 운문사를 답사했던 모양이다.

> 운문사 비구니들이
> 모두 한자리에 둘러앉아
> 메주를 빚고 있다
> 입동 무렵
> 콩더미에선 더운 김이 피어오르고
> 비구니들은 그저
> 묵묵히 메줏덩이만 빚는다
> 살아온 날들의 덧없었던 내용처럼
> 모두 똑같은 메주를
> 툇마루에 가즈런히 널어 말리는
> 어린 비구니
> 초겨울 운문사 햇살은
> 그녀의 두 볼을 발그레 물들이고
> 서산 낙조로 저물었다

―「운문사」 전문

## 연꽃이 피거든 남매지로 오시소

이목소가 내려다보이는 극락교를 건너면 새로 지은 죽림헌(竹林軒)과 목우정(牧牛亭)이 나온다. 거기에서 운문산을 바라보면 그 산세가 그렇

| **고무신의 비표** | 고무신 코에 자신만의 비표를 해놓은 데에도 수도의 어려움과 즐거움이 동시에 읽힌다.

게 듬직스러울 수가 없다.

　운문사 주지이고 승가대학 학장이신 명성스님은 김천 직지사 조실인 관응(觀應)스님의 따님인데, 관응스님이 따님의 절에 와 여기에 오르니 마치 어미소가 웅크리고 앉은 채로 고개를 돌려 송아지를 보고 있는 형상을 하고 있는지라 집자리를 잡아주신 거란다. 부녀의 정은 그렇게 죽림헌에 남아 있고 유식학(唯識學)의 법통은 그런 돌봄 속에 권위를 물려주고 있다.

　나는 50명이 둘러앉아 야외 수업도 할 수 있는 목우정 난간에 기대어 운문사 답사를 마무리하였다. 정자 아래 수련이 아주 곱게 피어 있다. 흰색, 분홍색, 빨간색, 노란색. 그러나 수련의 건강 상태가 좋아 보이지 않는다. 그것을 안쓰러워하는 내 표정을 읽었는지 나의 지기가 하소연을 한다.

"영남대 가정대 앞에 있는 거울못에서 옮겨왔는데 거기처럼 장하게 피질 못해요. 물이 차가워서 그런가요?"

"아닐 겁니다. 수렁이 너무 맑아서 그래요. 물이 더 깊이 고여야 하는데 흐르는 물살이 너무 빨라요."

"선생님은 어떻게 연꽃도 아세요?"

"남매지 영감님께 배웠죠."

나의 경산 숙소는 남매지 옆에 있다. 창밖으로 보이는 남매지가 아름답고, 여기는 일연스님이 태어난 곳이며, 학교 너머는 원효대사가 태어난 곳이고, 남매지는 요석공주와 원효대사가 데이트하던 곳이라는—비록 조작된 것이지만—전설이 있기에 행복한 마음으로 정한 자리다.

하루는 저녁에 남매지로 산보를 갔더니 연밥을 따는 할아버지가 일을 끝내고 옷을 털고 계셨다. 멀리서 볼 때의 남매지와는 달리 지저분하기 짝이 없는 그야말로 수렁이었다.

"할아버지, 물이 이렇게 더러운데도 꽃이 피네요."

"뭔 말을. 연꽃은 진흙창 썩은 물이 아니면 자라딜 않아. 그 찌꺼기가 썩어야 양분을 빨아먹고 쑥쑥 안 크냥가."

"더러워야 더 잘 큰다고요?"

"하믄, 하지만 물이 썩는다고 꽃이 자라는 게 아니어. 저쪽 좀 봐. 물이 졸졸 흐르지. 저렇게 맑은 물이 살살 흘러야 그게 생명수가 되어 꽃이 자라는 거야. 수렁은 찌꺼기가 폭 썩고 한쪽에선 맑은 물이 살살 흘러야제."

나는 할아버지의 연꽃 강의를 듣고 이 오묘한 자연의 생리가 내 인생

| **삼천지 연꽃** | 수렁에서 피는 연꽃의 생리에서 나는 우리 시대에 피어날 문화의 가능성을 읽어본다.

에, 우리 역사에 시사해주는 바를 새기고 또 새겨보았다. 그리하여 나는 한국미술사 강의의 맨 마지막 슬라이드를 항시 남매지의 연꽃으로 삼고 있다.

나는 이 수렁보다 더 지저분한 20세기 우리 문화도 꽃이 필 수 있다는 희망을 갖게 된 것이다. 지금 우리네 삶 속에는 온갖 찌꺼기가 다 있다. 봉건 잔재, 식민지 잔재, 군사 문화 잔재, 만신창이가 된 동서 문제, 남북 문제, 제국주의 소비문화 찌꺼기, 온갖 쓰레기의 집하장 같은 곳이다. 그래서 때로는 20세기 한국의 문화도 꽃이 필 수 있을지 의문스럽기만 했다. 그러나 나는 이제 당당히 말한다. 연꽃을 보라고. 우리에게는 갑오농민전쟁에서 3·1운동, 독립군 항쟁, 4·19혁명, 6월혁명으로 이어지는 생명수가 흐르고 있지 않은가. 그러면 기어이 피어날 것이라고.

나는 목우정에서 일어서며 승가대학 교수 스님으로 격에 맞지 않게 지객(知客) 스님이 되어 나를 맞이해준 지기에게 그간의 호의에 감사했다.

"스님, 우리나라에서 연꽃이 가장 장하게 피는 곳이 어딘지 아세요?"

"전주의 덕진공원은 정말 크고 멋있던데요."

"나는 장엄하게 피는 곳을 물었는데."

"어디가 장엄해요?"

"경산의 삼천지(三千池)입니다. 7월 말, 8월 초가 되면 3천 평 크기 연못이 연잎과 연꽃으로 꽉 메워집니다. 영남대 공대 옆에 있어서 학생들이 공대못이라고 부르죠. 바로 남매지에서 길 하나 건너 있어요."

나의 얘기를 들으며 스님은 머릿속으로 그 연꽃 핀 광경을 상상하는 것 같았다.

"스님, 연꽃이 피거든 남매지로 오시이소."

나의 지기, 그분의 법명은 진광(眞光)이다.

1994. 7. / 2011. 5.

* 이 글이 쓰인 직후 남매지는 경산시청 부지로 확정되어 이미 그 반 이상이 매립되는 바람에 더 이상 옛날의 연꽃을 볼 수 없게 되었다. 나는 마땅히 글 제목과 내용을 정정해야 할 필요를 느꼈지만 지난날의 향수로 남겨두기로 하였다. 그 대신 남매지 가까이에는 까치못, 갑제못, 진못 등 연꽃이 장하게 피어나는 연못들이 즐비함을 알려드리는 것으로 미진함을 대신한다.

# 별들은 하늘나라로 되돌아가고

희양산 / 봉암사 / 지증대사 사리탑과 비

## 촬영 금지와 출입 금지

답사를 다니면서 나는 어디를 가든 특별한 연줄이나 알음알이 없이 여느 여행자와 마찬가지로 입장료를 열심히 내면서 다닌다. 특출 나게 전문가라고 내세울 형편도 아니었지만 유별난 혜택을 받는다는 것이 겸연쩍기도 했고 그렇게 한들 내 마음이 편한 것도 아니기 때문이다. 내가 대접받아서 될 일이라면 만인이 똑같이 누릴 수 있는 대접이어야 한다는 생각을 나는 지금도 버리지 않고 있다. 이런 식의 오기 아닌 오기 때문에 나는 그동안 무수한 불편과 수모와 억울함을 당해야만 했다. 답사처 어디를 가든 따라붙는 저 일방적인 통보의 붉은색 표지판, 촬영 금지와 출입 금지 때문이었다. 관계자를 찾아가 양해를 구하면 뜻밖의 호의를 받는 경우가 없는 것은 아니었지만 대개는 싸늘한 문전박대가 일쑤였다. 동사무소나 경찰서에 가서도 느끼는 일이지만 대개 장사꾼 아닌 다음에는 사람을 많이 대하는 사람일수록 사람을 인격으로 대하지 않고 건수로 처리하는 습성이 있다.

1989년이던가 경주 안강의 옥산서원에 있는 회재(晦齋) 이언적(李彦迪)의 서재였던 독락당에 들렀는데 그 후손이라는 분이 자물쇠로 잠가놓고는 출입을 금지하는 것이었다. 군청 문화재과나 유림의 허락을 받아오라는 것이었다. 내가 여기에 온 것이 예닐곱 번 되지만 이런 일이 없었고 오늘은 일요일이며 지금 같이 온 답사객이 역사교사모임이라고 사정했지만 그는 끝내 문을 열어주지 않았다. 나는 그때 땅속의 회재 선생이 불쌍하게 느껴졌다.

한동안 국립중앙박물관을 비롯한 대부분의 미술관들이 전시장에서 촬영을 금지하였고, 우리는 그것을 당연한 것으로 받아들였다. 그러나 세계의 모든 유수한 미술관들은 일찍부터 플래시를 사용하지 않는 한 얼마든지 촬영하는 것을 허락해왔다. 나는 외국에 나갔을 때 이 점이 퍽 신기하게 생각됐다. 하도 많은 금지를 당하고 살아온지라 개방되었다는 것이 차라리 이상스러웠던 것이다. 마치 요즘 서울에서 차가 안 막히고 잘 빠지면 이상스러운 것처럼. 뉴욕 메트로폴리탄뮤지엄 관계자를 만났을 때 촬영 허가에 대한 그들의 아이디어를 물었더니, 플래시를 사용하면 자외선이 유물 보존에 나쁘고 또 다른 관객을 방해하므로 금지하는 것이며, 상업적으로 이용할 사진은 어차피 특수 조명을 해야 하니까 일반 관객이 찍어가는 사진은 박물관 홍보에도 좋다는 것이었다.

모든 문화재의 소유자는 그것의 재산권과 관리 의무가 있을 뿐이며, 그것의 인문적 가치를 공유할 권한은 만인에게 있다는 생각이 보편화될 때 우리는 문화적으로 민주화의 길에 다가설 수 있을 것이다.

1983년 가을 어느 날, 나는 저 유명한 지증(智證)대사의 비와 사리탑을 보기 위하여 문경 봉암사(鳳巖寺)를 찾아갔다. 문경에서 가은을 거쳐 봉암사까지 가는 저 엄청난 비포장길은 시외버스도 두 시간 남짓 걸리는 캄캄한 산골이었다. 아침에 서울을 떠나 저녁나절에 당도해보니, 아뿔싸! 봉암사는 1982년부터 80여 명의 납자가 결제와 산철 없이 정진하는 청정도량으로 되었기 때문에 일반인 출입이 군대보다 더 엄하게 통제되고 있다는 것이었다. 비록 불자는 아니지만 나는 이 숭고한 뜻을 모르는 바 아니었다.

그래도 뜻이 있으면 길이 있으리라 믿고 경비 아저씨에게 갖은 엄살과 애교와 궁상을 번갈아 떨며 애원하며 달라붙었더니 자신은 권한이 없고 저기 오는 스님에게 말해보라는 것이었다. 나는 지옥에 가서 부처님이라도 만난 듯한 기쁨과 희망으로 사정을 말했다. 그러나 그 스님은 내 말을 대충 듣고는 절집은 부처님 모신 곳이지 미술사의 대상이 아니라고 자기식의 논리로 훈계만 하고는 나를 떠밀듯 내몰았다. 최소한 안됐다는 표정이라도 지어줄 줄로 알았던 내가 잘못이었을까.

답사를 다니면서 내가 크게 배운 것은 참는 것이다. 이럴 때는 싸우는 것보다 참는 것이 낫다는 것을 경험으로 체득했던 것이다. 그러나 겉으로는 참지만 속으로 치미는 울화까지 참을 정도로 인격이 수양되지 못하여 여관 한 채 없는 원북마을에서 막차를 타고 나오면서 나는 그 중이 가엾다고 생각하면서 나의 허망을 달랬다. 사실 내가 좀 더 인품을 갖추려면 "인연이 닿지 않아서"라고 생각하며 마음을 풀었어야 했을 것이다.


## 무너진 환상의 절집 봉암사

그리하여 봉암사는 나에게 꿈속의 절집으로 언제나 남아 있었다. 천하의 대문장가 최치원이 지증대사의 비를 쓰면서 묘사한 봉암사의 모습

| **봉암사 전경** | 봉암사는 열두 판 꽃송이의 화심에 앉은 모습으로 지증대사는 절이 서지 않으면 도적의 소굴이 될
것이라며 이 절을 세웠다.

은 나의 상상 속 환상의 절집이 되었고 그래서 나는 그 인연을 찾으려고
기회 있을 때면 봉암사 타령을 노래하듯 했다. 극작가 안종관 형이 명진
스님이 거기 있어서 몇 번 가보았는데 정말 좋다고 하였으나 명진스님
은 이미 서울로 올라가 개운사에서 대승불교승가회를 맡고 있었고, 신륵
사 원경스님께 사정을 말했더니 음력 칠월 하순에 보름간 해제 기간이
있으니 그때 같이 가자고 했으나 양력으로 살다보니 그 날짜를 맞추지
못하고 또 몇 년이 흘렀다.

　1990년 늦겨울 어느 날, 정말로 인연이 닿으려고 해서인지 문화유산
답사회의 한 열성 회원이 봉암사에서 큰 선방을 짓는데 상량식이 있어
초대받았으니 같이 가자는 것이었다. 그리하여 열 일을 제쳐두고 따라가
서 10년의 한을 풀 수 있게 되었다. 환상 속의 절집 봉암사! 그러나 내가
정말로 행복할 요량이었다면 그때 봉암사에 가지 말았어야 했다. 프랑크

**| 봉암사 선방 상량식 |** 나는 봉암사 선방 상량식에 참석함으로써 이 금지된 성역에 처음 발을 디뎌보고 그 탁월한 자리앉음새에 놀라움을 금치 못했다.

푸르트학파의 사회학자 아도르노(Theodor Adorno, 1903~69)는 음악에 대단한 소양이 있어서 『음악사회학』이라는 저서를 남긴 일도 있는데 그가 평소에 말하기를 "베토벤의 교향곡은 어느 심포니가 연주하는 것보다도 악보를 읽으면서 내가 머릿속에서 그려내는 것이 더욱 아름답다"고 했다니, 나에게 있어서 봉암사야말로 글 속의 봉암사라야 아름답다.

봉암사에 다녀온 후 나는 국립중앙박물관 미술부장 강우방 선생을 만날 일이 있어서 얘기 끝에 봉암사에 다녀왔다고 했더니, 강선생님 하시는 말씀이 "그게 절이야? 다 망가졌어, 나는 다시는 안 갈 거야"라고 한탄어린 푸념을 계속하셨다. 이것은 보통 문제가 아니다. 우리나라의 모든 절집들이 80년대부터 90년대에 이르는 동안 모두 이렇게 망가졌고, 망가져가는 중이다. 그 원인은 돈 때문이다. 불경기에도 현찰 장사 되는 곳은 교회와 절밖에 없다더니 요즘 절집으로 쏟아져들어오는 돈과 엄청난 중창불사(重創佛事)는 한적한 산사에 으리으리한 법당을 짓는 일이 예사로 벌어지게 하고 있다. 지역적 특성은 고려하지 않고 크고 화려해야 발전된 것이라는 생각, 세속에서 전라북도 진안 마이산 산골 동네에도 고층아파트가 생기는 일, 이런 것이 모든 절집을 파괴하고 봉암사를 오늘의 저 모양 저 꼴로 만들고 만 것이다.

그러나 답사객들이여, 그렇게 실망하지 않아도 된다. 어차피 나나 당신들은 그 옛날의 봉암사를 보지 못했으니까. 나는 봉암사가 1년에 한 번, 사월 초파일 부처님오신날만은 축제의 현장으로 일반인들의 출입을 허용한다는 사실을 1991년에 처음 알고는 바로 그해 한국문화유산답사회 제7차 답사로 다시 다녀왔는데, 한 답사회원의 표현을 빌리건대 경관이 맑고 빼어나면서도 마음의 평온을 안겨다주는 가장 넉넉한 기품의 절집이다. 그리고 올봄(1993) 부처님오신날 나는 또다시 봉암사에 갈 거다.

## 최치원이 쓴 지증대사 비문

봉암사를 창건한 분은 신라 말기의 큰스님 지증대사였다. 지증대사의 일대기와 봉암사의 유래는 최치원이 지은 지증대사 비문에 소상하게 실려 있고 그 비석은 천 년이 지난 오늘날에도 거의 모든 글자를 다 읽어볼 수 있을 정도로 온전하게 남아 있는데, 서예가 여초 김응현 선생의 표현을 빌리면 "남한에 남아 있는 금석문 중에서 최고봉"이다. 이 비문의 맨 끝에는 "분황사 스님 혜강이 83세에 쓰고 새겼다(芬皇寺 釋慧江 書幷刻字 歲八十三)"고 했으니 글씨에 대하여 문외한인 사람이라도 그 노스님의 공력을 상상해보는 것만으로도 뭉클한 감동을 받게 된다. 비문의 정식 명칭은 '유당 신라국 고봉암사 교시 지증대사 적조지탑비명(有唐 新羅國 故鳳巖寺 教諡 智證大師 寂照之塔碑銘)'이다.

최치원의 지증대사 비문으로 말할 것 같으면 성주사 낭혜화상비, 쌍계사 진감국사비, 경주 숭복사비 등과 함께 이른바 최치원의 사산비명(四山碑銘) 중 하나로서 특히 이 지증대사비에는 신라시대 선종이 유래하는 과정을 말하면서 지증대사의 위치를 가늠하고 있기 때문에, 하대신라의 선종을 연구하고 설명하는 논문에 이 글이 빠져 있다면 그 글은 보나마나 엉터리일 것이다. 이우성 선생의 「신라시대의 왕토(王土)사상과 공전(公田)」이라는 논문은 곧 이 지증대사 비문의 고찰이었으니 이 글의 역사적 가치는 알고도 남음이 있다.

그런 중에 나는 비록 번역본이 옆에 있어야 원문을 이해하는 턱없는 한문 실력이지만, 천하의 대문장가 최치원의 글맛이 이 비문보다 더 잘 나타난 것이 없다고 생각하고 있다. 글의 구성은 도도한 강물의 흐름처럼 막힘이 없고 이미지의 구사는 그 스케일이 클 뿐 아니라 비유와 비약이 능란하여 낭만적 과장을 엿보게도 하지만 그것이 감상에 근거한 것이 아니라 진중한 사물의 성찰과 세계에 대한 인식에 기초한 것인지라 그 흐름, 그 무게, 그 감성의 번뜩임이 나로 하여금 몇 번이고 무릎을 치게 하고, 잠시 넋 놓고 허공을 바라보며 음미하게 한다. 그래서 내 상상의 봉암사는 최치원의 문장력 때문에 더욱더 꿈속의 절집처럼 각인되었는지도 모른다.

## 지증대사비의 시대적 배경

최치원이 쓴 지증대사 적조탑비의 글머리는 우리나라에 불교가 전파되는 과정을 유장하게 풀어가는 것으로 서서히 시작한다. 그리고 이야기가 9세기에 들어서면 도의선사가 당나라에 유학하여 선종을 배워 전파하는 대목부터 목청이 높아진다. 도의의 설법을 경주의 귀족들이 마귀의

| 지증대사 적조탑비 | 최치원이 지은 글을 83세의 분황사 스님 혜강이 쓰고 새긴 것으로 남한에 있는 금석문 중 최고봉으로 손꼽힌다. 지금은 보호각 안에 갇혀 있다.

소리라고 비웃게 되자 그는 "동해의 동쪽을 버리고 북산의 북쪽"(설악산 진전사)에 은둔하였다며 이후 선종의 전파 과정을 설명하는데 그 내용은 바로 훗날 구산선문(九山禪門)이라고 지목되는바, 남원 지리산의 홍척, 곡성 동리산 태안사의 혜철, 강릉 굴산사의 범일, 보령 성주사의 무염 등을 일일이 열거해간다. 이런 선종 사상의 정치·사회적 의미는 「하늘 아래 끝동네」에서 이미 말한 바와 같이 진보성을 띠는 것이었다.

그런데 구산선문의 개창조들은 거의 다 당나라에서 유학한 귀환승들

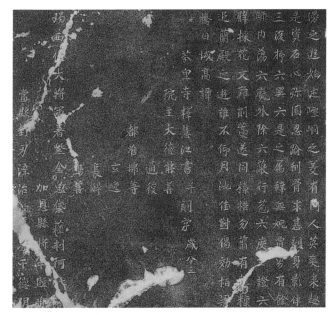

| 지증대사 적조탑 탁본(부분) | 지증대사 비문은 최치원의 문장도 명문이지만 분황사 혜강스님이 쓰고 새겼는데 이때 나이 83세라고 적혀 있어 그 공력을 다시 한번 새기게 한다.

이었다. 이 새롭고 진보적이고 혁명적이기까지 한 신사상을 배우고 익히는 데는 그 원산지인 당나라 유학이 필수적이었는지도 모른다. 마치 1950, 60년대의 인문·사회과학자로서 해외를 경험하지 않고 서구의 모더니즘을 받아들인다는 것은 왠지 지적 불안을 가져올 수도 있었던 형상 같은 것이다. 새로운 서구의 사조가 우리 현대사를 휩쓸고 가듯이 하대신라의 도당(渡唐) 유학 귀환승의 사상은 9세기 사회의 청신제 역할을 했던 모양이다. 그것을 최치원은 다음과 같이 묘사했다.

(이들 도당 귀환승은) 진리의 샘이 되어 저 넉넉한 덕은 중생에게 아버지가 되고, 높은 깨침은 임금의 스승 된 사람들이었으니 옛말에 이른 바 이름을 피해 달아나도 이름이 나를 따른 분들이었다. 그리하여 그 가르침은 중생 세계에 덮였고 자취는 승탑과 비석에 전해졌다.

이리하여 점점 "좋은 형제가 생기고 자손이 풍성하게 되어" 온 나라에서 이 신사상을 접할 수 있게 되었으니 이제는 굳이 당나라에 유학하지 않아도 당당한 선사가 배출될 수 있는 기틀이 생겼다는 것이다. 마치 1980년대 이후에는 지식인들이 굳이 외국 유학을 할 필요가 없다는 각성이 일어난 것과 같은 분위기의 성숙이다. 그것은 외래문화를 배척하는 것이 아니라 주체적으로 수용할 만한 문화능력이 배양되었음을 말해주는 문화적 성숙을 의미하는 것이다. 이를 최치원은 다음과 같은 비유로 설명하였다.

별도로 지게문을 나가지 않고 들창을 내다보지 않고도 대도(大道)를 보았으며, 산에 오르지 않고 바다에 들어가지 않고도 최상의 보배로움을 얻음이 있었으며, 저 언덕에 가지 않아도 이르렀고 이 나라를 엄하게 하지 않았어도 다스려졌으니 그 누구와도 비정하기 어려운 그분이 지증대사다.

이어 최치원은 지증의 법맥을 얘기하는데, 선종이 처음으로 신라에 소개된 것은 도의선사보다도 150년 전인 7세기 중엽에 법랑(法郎)스님이 중국 선종의 제4대조인 도신(道信)에게 전수받았으나, 당시로서는 크게 선풍을 일으킬 문화적 성숙이 없어서 지리산 단속사의 신행(神行)에서 준범, 혜은 스님으로 명맥만을 유지해오다가 드디어는 고손제자 되는 지증대사에 와서 큰 빛을 발하게 된 것이었다. 그래서 봉암사의 선풍(禪 風)은 구산선문 중 해외파의 남종선이 아닌 국내파의 북종선 전통을 지 닌 것이었다. 이게 어디 보통 중요한 일일까보냐.

## 지증대사의 일대기

지증대사(824~82)의 이름은 도헌(道憲)이고 자는 지선(智詵)이며, 지 증은 그가 세상을 떠나자 임금이 존경과 애도의 뜻으로 내린 시호다. 속 성은 김씨로 경주 사람이었는데 키가 8척에 기골이 장대하고 말소리가 크고 맑아 "참으로 위엄 있으면서 사납지 않은 분"이었다고 한다.

최치원은 스님의 일대기를 쓰면서 그분의 일생에 있던 기이한 자취와 신비한 얘기는 이루 다 붓으로 기록할 수 없다며 여섯 가지 기이한 일과 여섯 가지 올바른 일(六異六是)로 추려서 적어나갔다. 나는 이것을 독자 를 위하여 다시 일대기로 정리하여 엮어가고자 한다.

어머니가 잉태할 때 큰스님을 낳을 태몽이 있었는데 400일이 지나도 출산하지 못하더니 사월 초파일에 비로소 태어났다. 아기는 태어난 지 며칠이 지나도록 젖을 먹지 않고 목이 쉬도록 울기만 했는데, 어느 도인 이 "어미가 매운 것과 비린 것을 먹지 말아야 한다"고 일러주어 탈 없이 기를 수 있었다.

9세 때 아버지를 여의고 중이 되겠다고 했으나 어머니가 어리다고 허 락하지 않았다. 그러자 지증은 석가모니도 부모 말을 듣지 않고 성벽을 넘어갔다며 영주 부석사에 가서 중이 되었다. 그후 몇 년이 지났을 때 집 나간 아들을 그리워하다가 어머니가 큰 병을 얻게 되었다는 소식을 듣 고는 집으로 돌아와 간병을 열심히 하니 어머니는 부처님께 내 병을 고

| **지증대사 사리탑** | 비록 지붕돌 한쪽이 깨졌지만 장중한 형태와 섬세한 조각으로 9세기 석조 예술의 난숙성을 보여준다.

**| 지증대사 사리탑 기단부 공양상 |** 깊게 새긴 돋을새김의 정교한 조각 솜씨는 가벼운 장식성이 아니라 치밀한 성실성을 느끼게 해준다.

쳐주면 아들을 당신께 보내겠다는 치유 서원을 내어 어미는 병이 낫고 자식은 다시 중이 됐다. 그 모든 설화가 지증이 예사로운 인물이 아님을 말해주는 것이었다.

17세(840)에 부석사 경의율사에게서 구족계를 받고 나중에는 혜은스님에게서 선종의 교리를 배우니 이는 법랑의 5대 제자 되는 셈이었다. 이후 운수행각으로 명성을 쌓아가는데 지증은 고행(苦行)을 몸으로 실천하여 비단옷과 솜옷을 입지 않고 가죽신을 신지 않으며, 노끈과 가는 실도 반드시 삼과 닥나무실을 사용했다고 한다. 남을 가르치기보다도 스스로 깨치기를 더 좋아하였으나 어느 날 산길에서 돌연히 나무꾼이 나타나 "먼저 깨친 사람이 나중 사람에게 배운 것을 나누어주는 데 인색해서는 안 된다"고 꾸지람하고 사라진 뒤부터 계람산 수석사(水石寺)에서 법회를 여니 찾아오는 대중이 갈대밭, 대밭처럼 빽빽하였다.

지증의 명성이 이처럼 높아지자 경문왕은 정중한 편지를 내어 서라벌 근처 아름다운 곳에 절집을 지어 모시고 싶다면서 "새가 자유로이 나무를 고르듯 훌륭한 거동을 아끼지 말아주십시오"라며 간청하였다. 그러나 지증은 이 영광된 부름을 거부하면서 "진흙 속에 편히 있게 하여 나를 예쁜 강물에 들뜨게 하지 마십시오"라는 답을 보냈다. 이후 지증의 명성은 더욱 온 나라에 가득하게 되었다.

41세(864) 때는 과부가 된 단의장 옹주가 자신의 봉읍〔邑司〕에 있는 현계산(賢溪山) 안락사(安樂寺)에 주석을 부탁하자 이를 받아들이고, 44세(867) 때는 단월옹주가 농장과 노비 문서를 절을 위해 바치자 이를 받아들였으며 훗날 헌강왕은 이 재산 증여를 공식으로 인정하였다.


## 봉암사의 창건 과정

이처럼 덕망 높은 스님으로 세상의 존경을 한몸에 받고 있는 지증에게 하루는 문경에 사는 심충(沈忠)이라는 사람이 찾아와서 "제가 농사짓고 남은 땅이 희양산(曦陽山) 한복판 봉암용곡(鳳巖龍谷)에 있는데 주위 경관이 기이하여 사람의 눈을 끄니 선찰(禪刹)을 세우기 바랍니다"라고 하였다. 지증은 심충의 부탁이 하도 간곡하고 또 완강한지라 그를 따라 희양산으로 향했다.

희양산(998미터)은 문경새재에서 속리산 쪽으로 흐르는 소백산맥의 줄기에 우뚝 솟은 기이하고 신령스러운 암봉이다. 오늘날에도 일 없인 발길이 닿지 않는 오지 중의 오지로 희양산 북쪽은 충북 괴산군 연풍이 되고, 남쪽은 문경군 가은읍이 된다. 가은읍에서 봉암사 쪽으로 꺾어들어서면 제법 시원스러운 들판 저 멀리로 희양산 연봉이 신령스럽게 비친다. 북한산 백운대 인수봉과 진안 마이산을 합쳐놓은 것처럼 불쑥 솟은 봉우리가 기이하기 짝이 없다. 최치원의 표현으로는 "갑옷을 입은 무사가 말을 타고 앞으로 나오는 형상"이라고 했다.

지증이 나무꾼이 다니는 길을 따라 지팡이를 짚고 희양산 한복판 계곡으로 들어가 지세를 살피니 "산은 사방에 병풍처럼 둘러쳐져 있으니 마치 봉황의 날개가 구름을 치며 올라가는 듯하고, 계곡물은 백 겹으로 띠처럼 되었으니 용의 허리가 돌에 엎드려 있는 듯하였다." 이에 지증은 탄식하여 말하기를 "여기는 스님의 거처가 되지 않으면 도적의 소굴이 될 것이다"라고 했다.

이리하여 881년, 대사는 불사를 일으켜 봉암사를 건립하였다. 이때 지증은 법당 건물의 처마를 날카롭게 치켜올려 거친 지세를 누르고, 철불상 두 구를 주조하여 봉안했다. 절이 완성되자 헌강왕은 관리를 내려보내 절의 강역을 구획하여 장승(長栍)을 표시케 하고 절 이름을 봉암사라고 지어 내렸다.

지증이 봉암사에서 포교를 시작하자 산(山)백성으로 도적떼(野寇)가 된 자들의 항거가 심했으나 수년 만에 감화시켰으니 이것은 마산(魔山)의 기세를 누른 지증의 공력 덕이라고 최치원은 말했다.


**이것이 이것이니 그 나머지는……**

지증이 다시 현계산 안락사로 돌아왔을 때 나라에서는 왕이 바뀌어 헌강왕이 등극하면서 "나쁜 풍속을 일소하고 진리로써 마른 땅이 적셔지기를 희망한다"며 지증대사에게 정중한 초대의 편지를 보냈다. 지증대사는 처음엔 별로 응할 뜻이 없었으나 "좋은 인연은 온 세상이 같이 기뻐하고, 먼지구덩이는 온 나라가 같이 걱정해야 한다"는 구절에 감동되어 서라벌 월지궁(月池宮, 안압지)으로 향하여 산에서 내려오니 '거마(車

馬)가 베 날듯이' 길에서 맞이했다. 대사가 궁궐에 도착했을 때 월지궁의 정경은 아주 평온하였다. 최치원의 표현을 빌리면,

때는 담쟁이덩굴에 바람이 불지 않고, 빈청(賓廳) 뜰에는 바야흐로 밤이 다가오는데, 때마침 달그림자[金波]가 연못 복판에 단정히 임하였다.

대사는 고개 숙여 조용히 이 정경을 바라보더니 왕에게 하는 말이 "이 것이 이것이니 그 나머지는 할 말이 없습니다"라고 했다. 즉 저 평온한 정경, 그런 마음, 그런 자세, 그런 세상살이면 된다는 뜻이었다. 임금은 염화시중의 미소 같은 이심전심으로 이 말을 알아듣고 크게 기뻐하며 마침내 스님께 절을 올리고 망언사(忘言師)로 삼았다.

얼핏 듣기에 정신 나간 사람들의 행실 같아 보인다. 큰스님이라고 모셨는데 고작 한다는 말이 "이것이 이것이니 그 나머지는 할 말이 없다"고 하고, 왕이란 자는 그걸 듣고 크게 기뻐했다고 하니 우리로서는 납득하기 어려운 부분이 많다. 그러나 옛사람들은 우리 시대와는 달라서 이런 계시적 접촉 반응을 통해 열 권 책의 분량보다도 더 큰 마음의 양식을 찾았으니, 이를 함부로 비과학적이라고 가벼이 볼 일이 아닌 것이다. 망언사, 즉 '말하지 않는 선생님'으로 모셨다고 한 것은 아무 말씀을 하지 않으셔도 곁에 있는 것만으로도 든든한 가르침을 얻을 수 있는 선생님으로 모셨다는 뜻이 아닌가.

헌강왕은 계속 스님을 곁에 모시고 싶었으나 "토끼를 기다리는 사람에게는 나무줄기를 떠나게 하고, 물고기를 탐내는 사람에게는 그물 만드는 법을 배우게 하였으니" 스님은 이제 또 도를 닦기 위해 산으로 돌아가야 한다는 것이었다. 아쉬움을 금치 못한 헌강왕은 여러 신하에게 전송

을 명하고 눈얼음이 길을 막으므로 벽려나무로 만든 가마를 하사하였다.

그러나 스님은 평소 멀고 가까움, 험하고 평탄함을 가린 일 없고, 사람의 일을 말이나 소로써 그 노고를 대신한 일이 없었으니 그것을 타고 갈리가 없었다. 스님은 심부름 온 신하에게 말하기를 "세속의 똑똑한 사람도 가마를 사용하지 않는 일이거늘 하물며 삭발한 스님으로서 타겠는가. 그러나 왕의 명령이 여기에 이르렀으니 빈 가마로 가다가 병자가 생기면 도와주는 도구로 삼자"고 했다.

그리하여 빈 가마를 앞세우고 가는데 얼마 가지 못하여 다른 사람 아닌 지증이 발병이 나서 지팡이를 짚고도 일어설 수 없게 되었다. 그리하여 지증은 할 수 없이 병자로서 그 가마를 타고 현계산 안락사로 되돌아올 수 있었다. 안락사로 돌아온 지증대사는 이듬해인 882년(헌강왕 8년) 12월 18일 드디어 세상을 떠나게 되었으니 세수 59세, 법랍 43년이었다.


## 별들은 하늘나라로 되돌아가고

이 고매한 스님 지증대사의 입적 모습은 어떤 것이었을까? 큰스님의 최후는 언제나 큰스님다웠다.

해인사 조실 자운스님은 열반에 드는 날 저녁에 4행시를 지었는데 맨 끝 구절은 "서쪽에서 해가 뜬다(西方日出)"였다. 서산대사는 운명 직전에 당신의 초상화를 가져와서는 "80년 전에는 네가 나이더니, 80년 후에는 내가 너로구나"라고 적고는 입적하셨다. 또 수덕사 만공스님은 저녁공양 후 거울을 보면서 "만공, 자네는 나와 함께 70여 년 동고동락했지. 그동안 수고했네"라고 말하고 떠났고, 인조 때 걸출한 스님 진묵대사는 제자들을 불러놓고 "얘들아, 내 곧 떠날 것이니 물을 것 있으면 빨리 다 물어나보아라" 하고는 한두 마디 대답하더니 앉은 채로 열반했다고 한다.

단재 신채호의 수필 중 비뚤어진 험악한 세상에서는 차라리 이단을 택하리라는 내용의 글이 있는데, 청주의 어느 스님이 제자들을 보고 "얘들아, 앉아서 죽었다는 사람 보았느냐?"고 물으니 "예, 있습니다"고 답하자 "그러면 서서 죽은 사람도 있느냐?"고 묻고 "들어보진 못했으나 있을 법은 합니다"고 대답했다고 한다. 그러자 스님은 "거꾸로 서서 죽을 수도 있겠구나?" 하였더니 제자들은 "그건 불가능할 것입니다"라고 답하자 그 스님은 그 자리에서 물구나무서기를 하고는 죽어버렸다고 한다. 모두가 죽음을 알아차린 분들의 이야기들이다.

세속에도 그런 분들이 적지 않다. 나의 학부 때 은사 학보(學步) 김정록(金正祿) 선생은 당신 운명 일주일 전에 파주 광탄에 가서 묏자리를 준비해놓고, 운명 이틀 전에는 생전의 강의록을 모두 불태우면서 "내 연구를 후세에 남기기 부끄럽다"고 했다고 한다.

그러나 지증대사의 죽음은 이런 예감도 기발함도 아니다. 평온과 안락 그 자체였다. 세속에서 편안한 죽음은 고통 없이 잠자다 떠나는 것이라고 한다. 내 친구 어머니는 노인학교에 가서 재미있게 강의 듣다가 눈을 감았으니 주위에서 모두 복 받은 운명이라고 했는데, 내 친구 아버지는 친구들을 불러 고스톱 치다가 광 팔아 선불 받고 잠시 쉬는 사이에 운명했으니 세상엔 함부로 최고라는 말을 쓸 게 못 된다.

지증대사는 저녁공양을 마치고 제자들과 앉아서 도란도란 얘기하던 중 가부좌를 튼 채로 돌아가셨다. 그런 분이 바로 지증이었다. 최치원은 지증대사 적조비를 쓰면서 이 대목에 이르러 마땅히 감탄사를 붙이는 탄식의 애가를 불렀다. 무어라고 했을까? 인도의 네루가 죽었을 때 사람들은 "아시아의 큰 별이 떨어졌다"는 표현을 명언이라고들 했는데 천하의 대문장가 최치원은 그 정도로 만족하지 못했다.

오호라!

별들은 하늘나라로 되돌아가고 달은 큰 바다로 빠졌다.

嗚呼 星廻上天 月落大海

그 높은 덕으로 온 세상을 밝게 비춰주던 스님이 세상을 떠나니 하늘에는 아무것도 보이지 않는 캄캄한 암흑 같았다는 뜻이리라. 이런 장대한 이미지 구사가 나올 때 최치원의 글은 제격이다.

스님이 돌아가신 이틀 후 현계산에 임시 빈소를 차리고, 1주년이 되었을 때 드디어 희양산 봉암사로 모시어 장사 지냈다. 헌강왕은 사람과 제물을 보내 스님의 입적을 애도하였고, 시호를 지증, 사리탑 이름을 적조(寂照)라 내렸다.

옛 비문 형식에는 명(銘)이란 것이 있다. 비문 끝에 부기하여 그분의 삶을 기리는 시구로 쓰이는 것이다. 글쓴이가 명을 썼으면 존경의 뜻이 있는 것이고 없으면 그저 부탁에 응한 것이었다. 그러니 최치원이 지증대사에게 바치는 명문이 없을 수 없는데 그 또한 장문인지라 나는 그중 지증대사가 해외 유학파가 아니고 국내파라는 부분을 강조한 뜻깊은 구절만을 인용하면서 지증대사 일대기를 여기서 마무리하고자 한다.

다북쑥은 삼대에 의지하매

능히 스스로 곧았으며

구슬을 옷 안에서 찾았으니

옆으로 구함이 없었다.

1993. 2. / 2011. 5.

# 술이 익어갈 때는

정진대사 사리탑과 비 / 마애보살상 / 야유암

## 절이란 마음을 내리는 것

꿈에도 그리던 봉암사 절집에 들어갈 수 있다는 소식에 서둘러 답사
채비를 하는데 집사람이 넌지시 물어왔다.

"이번에는 어디를 가슈?"
" 10년 전에 갔다가 낭패 본 봉암사에 내일 선방 상량식이 있대."
"성심이 있어 인연이 닿았나보구려."

나의 집사람은 독실한 불자(佛子)이다. 남편인 나도 잘은 모르지만 한
때는 금강경 윤독회에도 열심히 나갔고, 봉은사 구역법회의 법륜보살을
맡아 일한 적도 있다. 부부 사이지만 우리는 인생의 공유(公有)와 분유

(分有)를 명백히 한다는 묵시적 원칙이 있어서 서로의 신앙을 간섭하지 않는다. 그녀의 신앙은 불교이고, 나의 믿음은 한국미술사이기 때문에 나는 그녀의 회사(廻寺)를 막지 않으며 그녀는 나의 답삿길을 막지 않는다. 1년이면 두세 달을 나가 자도 끄떡없던 데에는 이런 비결이 있었던 것이다. 그리고 우리는 서로의 신앙과 믿음을 강요하지 않았는데 집사람이 반칙을 하고 나왔다.

"당신, 절에 가면 부처님께 절이라도 한번 해보구려."

"내가 미치기 전에야 돌덩이, 쇳덩이 앞에 엎어져 빌겠어. 그런다고 소원 성취 되는 것도 아닌데."

"절이라는 것이 소원 성취 해달라고 비는 것인 줄 아세요?"

"그러면, 망하게 해달라고 빈담?"

"그런 게 아녜요."

"그러면 뭐야."

"절이란 돌덩이, 쇳덩이 앞에서도 무릎을 꿇을 수 있다는 자기의 겸손을 보여주는 것이에요."

함께 살아가면서 대개는 내 주장이 이기는데 가끔은 이렇게 결정타를 맞는 것이 나의 가정생활이다.

하심(下心)! 마음을 내린다는 것! 그것은 불자들이 말하고 행동하는 아름다운 모습이며, 가히 본받을 만한 것이었다.


### 그런 건 책에 다 나와요

상량식에 참가한 뒤 나를 안내한 분이 기왕이면 주지스님을 만나뵙고 다음 답사 때 편의를 부탁하는 것이 어떻겠느냐고 하여 나는 내 생전 처음으로 주지스님 방에 들어가게 되었다. 안내자의 얘기가 스님 뵈면 절을 해야 되는데 할 수 있겠느냐고 묻는 것이었다. 나는 선선히 그러마고 답했고 주지스님에게 차마 삼배는 할 수 없고 일배에 반배만 올리고 방석에 앉았다.

주지스님은 내가 봉암사에 오게 된 내력을 듣더니 요다음에는 사월 초파일에 회원들과 함께 오면 연락 없어도 되고 절밥도 먹을 수 있다면서 『봉암사 안내기』라는 작은 책자 하나를 선물로 주었다.

받은 자리에서 대충 훑어보는데 부실하기 짝이 없는 안내서였다. "도량 안에서는 정숙해야 합니다"라는 글로 시작되는 초등학생 취급하는 듯한 경고는 그렇다 치고 지증대사의 일대기나 유물의 해설은 고작해서 한두 마디로 그만이다.

지증대사비를 모신 비각 앞에는 문화재관리국에서 비문을 한글로 축역해 동판에 새겨놓은 간결한 일대기가 세워져 있다. 그 글은 금석학의 태두인 청명(靑溟) 임창순(任昌淳) 선생이 번역한 것으로 문장도 유려하다. 그것만이라도 이 봉암사 안내기에 전재해놓았으면 오죽이나 좋았으랴마는 그런 성심이 없었던 모양이다.

나는 봉암사의 이런 아둔함이 하도 측은하게 생각되어 주지스님에게 다음번에 안내책 만들면 그 글을 꼭 실으라고 충고 아닌 부탁의 말씀을 드렸다. 그랬더니 주지스님 대답이 걸작이었다.

"그런 건 중요한 게 아녜요. 여긴 참선도량이기 때문에 스님들이 도 닦는 것이 중요해요. 그런 글 읽고 싶은 사람은 다른 책을 보면 다 나와요."

이런 대답에 내가 더 이상 할 말이 없었다. 서둘러 주지실을 나와 댓돌 위의 신을 질질 끌고 뜰로 내려와 신발끈을 묶다보니 억울한 마음이 일어났다. 여편네 꼬임에 넘어가 부처 아닌 중한테까지 절을 했는데 절값으로 받은 말이 고작해서 자기 조상에 대한 철저한 무관심이었다.

한국 불교에서 최고 가는 청정도량이라는 봉암사가 이럴진대 한국 불교의 현황이 어떤 것인지 미루어 짐작할 만한 일이 아닌가. 스님들이여! 당신들이 어떻게 해서 이 땅의 절집에서 살 수 있게 되었는가를 한 번만 생각해보라. 자아를 발견하고, 자기를 확립하지 못한 상태에서 해낼 수 있는 일은 아무것도 없는 법이다.

봉암사 경내를 둘러보고 절집을 떠날 때 나는 천 년을 두고 우뚝한 지증대사비와 열두 판 꽃잎처럼 감싸안은 희양산 연봉이 파란 하늘을 향해 손짓하는 아름다운 모습을 보면서 언젠가 기회가 오면 당신들을 대신해서 내가 저 비문과 산세를 말하면서 봉암사의 안내기를 써주리라 마음먹었다. 결국 이 글은 그때 나 스스로와의 약속을 지킨 것이다.


**경륜의 지식인에게 보내는 경의**

지증대사는 그 일대기에서 엿보이듯 원효나 의상 또는 훗날의 지눌 같은 위대한 불교사상가는 아니었다. 그저 스님으로서 한세상을 성실하게 살아갔던 분이니 그분의 사상이라고 별도로 내세울 것은 없는 분이다.

그러나 자신의 의지로 결정한 출가, 나무꾼의 꾸짖음에서 깨달은 바가 있어 자신의 지식을 대중과 나누어 쓰는 자세, 왕의 부름에 쉽게 응하지 않는 고고한 기품, 봉암사를 창건하는 과정, 가마를 타고 가지 않는 어짊. 그리고 평온한 죽음에 이르기까지 한 스님으로서, 또는 한 지식인으로서 지증의 삶에서 우리가 느끼고 배울 바가 얼마나 많던가.

인간의 영원한 스승은 위대한 사상에 있는 것이 아니라 인간 그 자체에 있다. 뛰어난 사상 체계 속에서 얻는 것보다도 주어진 현실 속에서 부단히 자기를 실현하는 인간적 노력 속에서 우리는 더 많은, 더욱 생생한 인생의 철리와 인간적 가치를 배우게 된다. 그것은 스님의 세계나 속세나 마찬가지인 것이다.

언제부터인지 우리 시대의 지적 풍토에서 역사 속의 인물에 대한 관심은 대개 한 시대의 사상가, 그것도 그 인물이 아니라 사상 자체에 초점이 맞추어지는 경향이 있다. 그리하여 우리는 한 시대를 성실하게 살아갔던 인간에 대하여는 야박할 정도로 관심을 보이지 않고 있다.

그리고 실천적 지식인상을 찾을 때면 으레 변혁의 계절에 굳센 의지로 살아갔던 인물에 국한될 뿐 세상을 풍요롭게 가꾸어간 경륜의 지식인에게는 관심이 없었다. 지난 몇십 년간 군사독재의 '개발독재' 상황에서 우리는 그 억압을 뚫고 나아가야 하는 세월의 간고함 때문에 경륜의 지식인에게 함부로 경의를 보내지 못했다. 제도권 속에서 경륜을 편 지식인상을 부각한다는 것은 곧 어용적 행태로 오해받거나 이용당할 소지가 많았던 것이다.

이로 인하여 우리는 커다란 인간적 덕성을 바탕으로 하여 대범하고 슬기로운 인생을 살았던 황희, 이원익, 유척기, 채제공 같은 명정승의 삶 속에 배어 있는 훈훈하고 윤기 있는 삶의 정서를 배울 기회를 갖지 못했다. 나는 지증대사를 그런 경륜의 지식인상으로서 이해하며 존경을 보내고 있는 것이다.

## 불타는 봉암사

지증대사가 세상을 떠난 것은 882년, 헌강왕 8년 12월이었고, 이듬해 봉암사에서 다비하여 사리탑을 세웠다. 지증의 법통은 제자인 양부(楊孚, ?~917)에게 전해졌다. 그리고 3년 뒤 헌강왕은 최치원에게 대사의 비문을 지으라고 명하였는데, 원고 청탁을 받은 최치원은 그 자료를 찾는 어려움과 방대한 자료를 소화하기 힘든 '무능과 게으름'으로 무려 8년이 지나서 탈고했는데, 그때는 헌강왕은 이미 죽고 진성여왕 6년인 892년이었다. 그리고 이 비가 세워진 것은 다시 33년이 지난 924년이었다.

무엇 때문에 이렇게 늦어졌을까. 이 비석의 돌이 저 멀리 남해바다에서 캐온 대리석이었다고 하니 요즘처럼 일 떨어진다고 후딱 해치우는 것이 아니었다고 해도 너무 긴 세월이었다. 그것은, 지증대사 임종 후 신라 사회는 이내 후삼국시대라는 일대 혼란기로 들어갔기 때문이었다. 견훤이 전라도 광주에서 반기를 든 것은 바로 최치원이 비문을 완성한 892년이었던 것이다. 그러니 비문이 늦게 세워진 것보다도 그런 시국의 혼란 속에서도 이런 대역사(大役事)가 이루어졌다는 사실에서 당시 봉암사의 위세를 엿볼 수도 있다.

그러나 지증대사의 비가 세워진 지 5년도 못 되어 봉암사는 불바다가 되고 일찍이 지증대사가 절이 아니면 도적의 소굴이 될 거라 한 예언대로 도적의 소굴이 되고 만다.

세상의 질서가 무너져 나라에 싸움판이 벌어질 때면 문경새재는 언제나 전략의 요충지였고 치열한 전장이 되었으니 새재의 우익에 위치하여 병사의 주둔지, 군량미의 비축장으로 안성맞춤인 봉암사가 몸 성할 리 없었던 것이다. 임진왜란 때도 그랬고 한국전쟁 때도 그랬듯이 후삼국시대에도 마찬가지였던 것이다.

『삼국사기』에 견훤이 가은 땅을 공격했다가 실패하고 돌아간 것은 929년 10월이라고 기록되어 있다. 그러나 이때 전투 상황이 어떠했는지에 대하여 더 이상의 기록은 없다. 다만 문경 가은 땅의 전설에 의하면 그때 경순왕이 봉암사로 피란왔었다는 것이다. 희양산 중턱의 성골(城谷)이라는 성터가 바로 경순왕의 피란처로 지금도 그 성터에는 수백 명이 들어가는 굴이 있다고 한다. 또 봉암사 원북마을의 동네 이름에는 경순왕이 견훤의 난을 피해 왔을 때 아침을 먹은 곳을 아침배미〔朝夜味〕, 저녁을 먹은 곳을 한배미〔一夜味〕라고 하며, 난을 피하여 돌아갈 때 백성과 원님이 환송하던 곳을 배행정(拜行亭)이라고 하는데 여기는 바로 봉암사 초입이다.

이 와중에서 언제 봉암사가 누구의 손에 의해 불타게 됐는지는 확실치 않다. 다만 그로부터 6년 뒤인 935년, 봉암사를 다시 크게 일으키는 정진(靜眞)대사 긍양(兢讓, 878~956)이 봉암사에 당도했을 때 모습이 그의 비석인 '정진대사 원오(圓悟)탑비'에 이렇게 쓰여 있다.

대사가 봉암사에 이르러 희양산 산세를 둘러보니 천층만첩의 깎아지른 벼랑들이 보였다. 때는 도적들이 불 지르며 다니던 시절인지라 계곡의 모습은 의구해도 절집의 틀과 스님의 거처는 태반이 무너져내리고 가시덤불 쑥대만 무성하였다. 오로지 우뚝 솟아 보이는 것은 비석을 지고 있는 돌거북이와 그 비석에 새겨져 있는 지증대사의 덕이며, 도금한 불상이 신령스러운 빛을 비추고 있는 것이었다.

### 견훤의 고향 땅 가은

여러 정황을 볼 때 봉암사를 황폐화시킨 장본인은 견훤이었던 것 같다. 그러나 아이러니컬하게도 견훤의 고향은 바로 이곳 가은땅이다. 가은읍 갈동의 아차마을이 그가 태어난 곳이며 농암면 궁기(宮基)마을은 그가 후백제의 왕이 되기 전에 살던 곳으로, 이곳 사람들은 견훤궁지라고 부른다.

우리가 알고 있는 견훤이라는 인간상은 대개 김부식의 『삼국사기』에 나오는 열전에 근거를 둔 것으로 그는 횡포한 인간으로 묘사되면서 왕건의 자비스러움에 대비되어 있다. 그러나 김부식의 견훤상에는 자못 악의적인 구석이 많다. 칼을 쥔 자, 붓을 쥔 자의 일방적 폭력은 그렇게 나타나곤 하는 것이다.

어쩌면 견훤은 난세에 태어난 걸출한 인물이었는지도 모른다. 그러기에 이 첩첩산골 출신으로 이미 민심을 잃어버린 나라에 대항하여 반기를 들고 한때 그 힘은 어느 호족보다 강성하여 경애왕을 죽이고 경순왕을 세울 정도였다. 덕이 모자란 것이었는지, 시운이 맞지 않았던 것인지 끝내는 자식에게 유폐되는 비극적 최후를 맞았지만 그가 역사 속에서 무슨 큰 잘못을 저질렀는지 별로 잡히는 것이 없다. 그저 패자였을 뿐이다.

가은 땅에는 견훤에 관한 전설이 많이 전해지고 있다. 탄생 설화에서 용맹에 이르는 이 전설들은 처음에는 난세의 영웅을 기리는 얘기들이었던 것 같다. 그러나 그 전설들도 견훤을 비하하기 위하여 어떤 식으로든 왜곡되어 있다.


아차동의 한 부유한 가정에 규중처녀가 있었는데 밤이면 가만히 처녀방에 이목이 수려한 초립동이 나타나서 처녀와 같이 정담을 나누고 동침하다가 새벽이 되면 흔적이 없이 사라졌다. 밤마다 이렇게 나타나기를 무릇 수개월간 그치지 않더니 마침내 처녀는 잉태하여 배가 부르게 되자 부모에게 실토하였다. 그 말을 듣고 부모는 깜짝 놀라서 딸에게 말하기를, 그 사나이가 오거든 평상시와 같이 잠을 자다가 그 사나이 모르게 옷소매에 바늘로 실을 꿰어매라고 하고 밤에 가만히 엿보니, 과연 이목이 수려한 초립동이었다. 새벽에 초립동이 사라진 후 실을 따라서 찾아가보니 금하굴로 들어가는 것이었다. 굴속에 들

어가보니 커다란 지렁이〔大蚯蚓〕의 몸에 실이 감기어 있었다. 그후로는 초립동이 나타나지 않고 10개월이 지난 후에 처녀는 옥동자를 순산하였으니 그가 견훤이라고 한다. (『문경군지』에서)

　그게 왜 큰 지렁이였겠는가. 전설이 되려면 그것은 용이거나 최소한 큰 뱀이어야 한다.
　또 궁기마을 입구의 층암절벽에는 마암(馬岩)이라는 곳이 있는데 그 전설은 이렇게 꾸며져 있다.

　견훤이 후백제 왕이 되기 전 궁기에서 살고 있었다. 하루는 용추변 마암을 소요하고 있는데 갑자기 오색 안개가 자욱하면서 마암 쪽에서 말 우는 소리가 들린다. 견훤은 이상히 여기고 마암 위로 올라가니 표활하게 생긴 용마가 주인을 맞이하는 듯 반가워하므로 한 손으로 말머리를 쓰다듬으면서 나는 장차 후백제왕국을 세울 몸인데 하늘이 왕업을 돕기 위해 용마를 보내셨구나 하면서 말에게 말하듯 훈계하니 용마는 힝힝거리며 좋아하는 기색이다. 견훤은 표연히 말등에 올라 채찍을 가하니 말은 주홍 같은 입을 벌리면서 질주한다. 견훤은 회심의 미소를 지으며 용마의 걸음이 빠른가 화살이 빠른가 시험해보자 하면서 적지산으로 화살을 쏘고 말을 몰아 적지산에 이르니 화살은 어디에 떨어졌는지 알 수 없다. 견훤은 대로하여 이것이 무슨 용마냐고 하면서 칼로 용마의 목을 베어버리자 삐옹 하는 소리가 나며 화살이 땅에 떨어진다. 이에 견훤은 자신의 경솔함을 후회하면서 "세월의 불리함이여, 장차 어찌할거나(時不利兮 將次奈何)"라고 하여 탄식했다고 한다. (같은 책에서)

나는 지금 견훤의 인간상을 올바로 복원해보고자 이런 얘기를 하고 있는 것이 아니다. 나는 그럴 능력도 그럴 성심도 없다. 다만 역사 속에선 승자의 일방적인 왜곡에 패자는 속절없이 당하고 어린 백성들은 승자의 일방적 선전에 속아넘어가 패자의 입장은 전혀 전달되지 않는다는 점을 말하고 있을 뿐이다. 간혹 승자가 역사 속에서 정사(正史)라는 이름 아래 허구를 치장할 때 패자는 야사(野史) 속에서 위대한 전설을 남기는 일도 있지만 견훤은 불행히도 그런 인물이 아니었고 최소한의 인간적 동정은 고사하고 기왕의 전설적 영웅담조차 패자의 필연적 운명처럼 말해지고 있음이 어찌 생각하면 무섭고, 어찌 생각하면 가혹하다는 생각이 드는 것이다.

## 봉암사의 흥망성쇠와 승탑들

935년, 폐허가 된 봉암사를 다시 일으켜 세운 정진대사 긍양은 정치적 수완이 대단한 스님이었다. 고려 초의 문장가였던 이몽유(李夢遊)가 찬한 그의 비문에는 대사의 행장이 아주 상세하다.

충청도 공주에서 태어나 처음에는 유학(儒學)을 공부하다가 한계를 느껴 20세에는 계룡산 보원정사에서 중이 되고, 이듬해에는 서혈원(西穴院) 양부선사의 제자가 되니, 양부는 지증대사의 제자였으므로 훗날 그가 봉암사로 오게 되는 계기를 여기서 맺었던 것이다.

23세 되는 900년 중국에 유학하여 24년 후인 924년에 귀국하여 스승 양부선사가 주석하던 강주(康州, 오늘날 진주晉州) 백엄사(伯嚴寺)에 있다가 935년 봉암사로 오게 되었다.

그의 명성이 어떻게 퍼지게 되었는지는 자세히 알 수 없으나 경애왕은 그에게 봉종(奉宗)대사라는 별호를 올리며 초빙하였다. 왕건이 후삼국을 통일하자 부르지 않았는데도 스스로 찾아와 불교 정책을 자문하고 (936), 혜종이 즉위하자 경하의 편지를 보내고(943), 정종이 즉위하자 초대를 받으며(945), 광종이 즉위하자 왕사(王師)가 되어 사라선원(舍那禪院)에 머물게 되었으며, 956년 79세의 천수를 다하고 세상을 떠나니 그는 후삼국 혼란기에 다섯 임금의 귀의를 받은 영광의 스님이었다.

스님의 죽음에 광종은 시호를 정진, 사리탑 이름을 원오라 내리면서 그 비문은 이몽유가 짓고 글씨는 한림원박사를 지낸 당대의 명필 장단열(張端說)이 쓰게 했다. 그 정진대사 원오탑과 탑비는 지금도 봉암사 동쪽 언덕 비선골에 남아 있다.

이런 능력 있는 정진대사였기에 봉암사의 중창은 거대한 것이어서 「봉암사지」에 의하면 법당이 10채, 승당이 16채, 행랑·누각이 14채, 부속

| **정진대사 원오탑** | 지증대사 적조탑을 흉내 낸 것이어서 매너리즘에 빠져 장중함은 없지만 언덕 위 전망 좋은 곳에 자리잡고 있어서 답사객에게 시원한 눈맛을 제공한다.

건물이 10여 채, 산내 암자가 9채였다고 한다. 이때가 사실상 봉암사의 전성기였던 것이다. 뿐만 아니라 봉암사는 여주 고달원, 양주 도봉원과 함께 광종의 직지(直指)를 받은 고려 삼원(三院)의 하나가 되었던 것이다.

그러나 봉암사의 영광은 거기에서 끝나고 만다. 「봉암사지」에는 보조국사 지눌이 여기에서 도를 닦았다고 하지만 확인되는 것은 아니며, 확실한 것은 함허(涵虛, 1376~1433)선사가 조선왕조 세종 13년(1431)에 중수하였다는 것이니 이 말을 역으로 해석하면 벌써 전, 어쩌면 몽골란 때 황폐화되어버린 것인지도 모른다. 봉암사 동쪽 기슭에는 '함허당 득통지탑(得通之塔)'이라는 탑명이 쓰여 있는 아담한 팔각당 사리탑이 남아 있다. 득통은 그의 아호였다.

조선시대에 들어와 세상의 주도적 이데올로기가 성리학으로 대체되니 심심산골에 있는 구산선문 사찰들은 거의 폐사가 되기에 이르지만 봉암사는 지세의 힘이 있었는지 그 명맥만은 유지된다. 그러나 임진왜란때 봉암사는 다시 전소되고 문경 지방에서 일어난 의병들의 거처가 되었다고 한다.

임란 이후 조선 불교가 새로운 중흥기를 맞게 되자 봉암사에는 다시 환적(幻寂, 1603~90)선사 같은 큰스님이 주석하게 된다. 함허당 득통지탑 곁에는 그와 비슷한 형식으로 환적당 지경지탑(智鏡之塔)이 남아 있다. 지경은 스님의 어릴 때 이름이었다.

이후 봉암사는 현종 15년(1674), 이른바 갑인년 화재로 거의 다 소실된 것을 신화(信和, 1665~1737)화상이 중건하였고, 상봉(霜峰, 1621~1707)선사가 이곳에 주석하여 경전에 주석을 달고 목판본을 찍어내기도 하였는데 계미년(1703) 화재로 모두 타버리고 만다. 봉암사 일주문 옆 계곡 위쪽에는 당대의 명필인 백하(白下) 윤순(尹淳)이 쓴 상봉스님의 비석이 절반으로 동강 난 채 남아 있어 환적당 사리탑 곁에 있는 석종형(石鐘形) 승탑이 아마도 이분의 사리탑일 것이라고 생각되는데, 그 모습이 너무 초라하여 당시 봉암사의 어쩔 수 없었던 사세를 말해준다.

이후 봉암사의 내력은 알 길이 없다. 다만 구한말에 다시 의병의 본거지가 되어 전투 속에 일주문과 극락전만 남고 모두 불타버렸다고 한다. 일제시대를 지나 봉암사가 다시 한국불교사에 부상하게 되는 것은 8·15해방 직후 만신창이가 된 한국 불교의 자체 정화를 위하여 뜻있는 중견 스님들이 일종의 참선 결사를 단행하면서였다. 그때는 스님들이 참선으로 스스로의 마음을 닦는 일을 게을리하던 시절이었기에 이에 대한 자정운동을 벌였던 것이다. 그때의 스님이 봉암사 조실 서암(西庵), 불국사 조실 월산(月山), 해인사 조실 자운(慈雲), 조계종 종정 성철(性徹), 그리고 연장자로서 청담(靑潭) 등이었으니 이 참선 결사가 현대불교사에 끼친 영향은 지대한 것이었다.

1955년 봉암사 대웅전이 다시 중건되고, 1982년부터는 서암스님의 주도 아래 옛 구산선문의 참선도량으로서 전통을 부활하여 일반인 출입을 통제하기에 이른 것이다.


**봉암사의 보물 다섯 점**

폐허와 중창을 이렇게 반복한 봉암사이기에 지금 남아 있는 유적이란 모두 석조물일 뿐이며, 목조건축은 18세기에 지은 극락전 한 채뿐이다. 지증대사가 창건 당시 주조했다는 철불 2구, 그것은 정진대사도 보았다는 것인데, 『봉암사 안내기』 끝에는 이렇게 적혀 있다.

1구는 땅속에 묻혀 있다는 전설이 전해져오고 있다. 근간에는 금색전에 있던 반파된 불상을 생각이 부족한 스님들에 의해 고물로 처리한 애석한 일이 있었다.

봉암사 석조 유물 중 나라에서 보물로 지정한 것이 다섯 개 있는데 그것은 삼층석탑(제169호), 지증대사 적조탑과 비(제137, 제138호), 정진대사

| 봉암사 삼층석탑 | 지증대사가 봉암사를 창건할 때 세운 것으로 전형적인 9세기 삼층석탑이다. 아담한 형태미와 날렵한 상륜부가 돋보인다.

원오탑과 비(제171, 제172호)이다.

삼층석탑은 지증대사의 봉암사 창건 당시 유물로 추정되는데, 전체 높이 6.3미터의 아담한 명작이다. 9세기 지방 사찰의 대부분의 경우와 마찬가지로 불국사 석가탑을 모본으로 하여 그것을 경쾌한 모습으로 다듬으면서 지붕돌의 곡선미를 살려낸 것이다. 특히 이 삼층석탑은 기단부가 훤칠하게 커서 늘씬한 미인을 연상케 하는데 그 난리통에도 상륜부가 온전하게 남아 있어서 유물로서 큰 가치를 지니고 있다.

지증대사 적조탑은 하대신라의 대표적인 승탑들과 마찬가지로 규모가 장중하고 돋을새김의 조각이 힘차고 아름답다. 특히 기단부의 공양상과 비파연주상은 그것 자체가 완숙한 평면 회화미를 보여주며, 팔각당의 자물쇠 새김은 단순하면서도 기품과 힘이 넘쳐흐른다. 그러나 지붕돌 반쪽이 파손되어 그 원형을 잃어버렸고 지금은 어두운 보호각 속에 갇혀 있어서 보는 이로 하여금 안타깝고 답답하게 한다.

이에 비하여 정진대사 원오탑은 절 바깥 언덕배기에 있고 상태도 온전하여 그 주변 경관과 함께 시원스러운 유물과의 만남이 보장되어 있다. 승탑의 형태도 지증대사의 그것을 그대로 본받았으니 그 안정감과 기품은 나라의 보물에 값할 만한 것이다. 그래서 내가 답사를 인솔할 때면 여기에 많은 시간을 할애하곤 한다. 그러나 조형미를 따질 때 이것은 지증대사의 그것에 감히 견줄 상대가 못 된다. 느낌을 근수로 잴 수 있다면 아마도 반도 안 될 것이다. 만고불변의 진리인바, 창조적인 것과 모방한 것과는 그런 차이가 있는 것이다.

지증대사의 비문은 혜강스님이 쓰고, 정진대사의 비는 장단열이 썼음은 이미 말한 바와 같은데 그 글씨에 대한 후대의 평은 한번 들어볼 만하다.

오세창의 『근역서화징』을 보면, 글씨에 관해서 "서청(書鯖)"과 "동국

금석평(東國金石評)"이라는 인용문이 계속 나오는데, 이 두 글은 누가 쓴 것이며 원문이 어떻게 되어 있는지 아직껏 알 수 없지만 그 정곡을 찌르는 단 한마디씩의 평이 서예사 내지 서예비평의 귀감이 될 만한 것이다.

지증대사비의 혜강 글씨는 『서청』에서 "글자와 획이 단정하면서 굳세다(端健)"라고 하였고, 정진대사비의 장단열 글씨는 『동국금석평』에 "안진경체로 쓰였는데 고졸하다"라고 하였다. 이런 식의 비평은 간단한 것이 아니라 차라리 고차원의 논평이다. 본래 최고의 평이란 쉽고, 짧고, 간단하게 정곡을 찌르는 것이다.


## 지증대사의 건축적 안목과 고뇌

사람들은 국보나 보물이라는 명칭 때문에 문화유산의 가치와 멋을 그런 데에서만 찾는 경향이 있다. 그러나 봉암사에서 진실로 우리에게 감동을 주는 것은 절집의 자리앉음새이다. 경내 어디에서 보아도 우뚝 솟은 희양산 준봉들이 봉암사를 호위하듯 감싸고 있다. 깊은 산속에 이처럼 넓은 분지가 있다는 것이 차라리 이상할 정도이다.

봉암사에 처음 당도하여 넋을 잃고 먼 데 산봉우리를 보고 또 보고 있자니 낙성식에 온 한 '아지매 보살'이 넋 빠진 나를 넋을 잃고 보다가 "좋체예, 우리 할배가 카던데예, 봉암사는 열두 판 연꽃봉오리에 뺑하니 둘러 있다 캅디더. 그라고 절집은 꽃봉오리 화심이라 카던데예. 좋체예"라고 말하고는 잠시 아는 척한 것이 좀 쑥스럽게 생각됐던지 얼른 등을 돌리고는 종종걸음으로 돌계단을 내려갔다.

나는 속으로 그 집 할배 문자속이 최치원과는 다른 면이 있다고 생각했다. 사실 최치원 글에는 저처럼 사랑스럽게 안기는 맛이 없다. 그의 웅혼한 이미지 구사는 때로는 너무 현란하여 허공에 떠돌고 읽는 이의 가

습속으로 파드는 감정이입이 이루어지지 않을 때가 많다.

나는 이 아름다운 자리를 택하여 절집을 앉힌 지증대사의 안목에 깊은 경의를 표한다. 사실 건축에서 가장 중요한 것은 위치 설정, 이른바 로케이션이다. 부석사 무량수전과 병산서원 만대루가 건축적 아름다움으로 칭송받고 있는 것의 반은 자리앉음새에 있다. 우리나라 산사들이 그 산에서 가장 좋은 자리에 위치하고 있음은 개창조들의 땅을 보는 건축적 안목이 얼마나 높았던가를 실물로 말해주는 것이다.

그러나 좋은 자리를 잡았다고 해서 그것이 건축적으로 성공한다는 보장은 없다. 여기에서 건축적으로 더욱 중요한 것은 자연과 인공의 행복한 조화이다. 조용한 산세에는 소박하게, 화려한 산세에는 다채롭게, 호방한 산세에는 기세 좋게 건물을 세운 것이 우리 산사 건축의 미학이다.

| 대웅전 기단석의 낙숫물받이 | 추녀의 물에 땅이 패는 것을 방지하기 위해 별도로 설치한 고급스러운 장치이다.

전국 각 산사의 건축이 비슷한 것 같지만 자연과의 어울림은 모두가 저마다의 여건에 따라 이런 원칙이 지켜졌다.

봉암사를 창건한 지증대사도 이 점에 대한 심각한 건축적 고민이 있었다. 최치원이 지증대사비에서 증언한 바에 의하면 대사가 봉암사를 짓고 보니 산세에 눌려 사찰의 위용이 보이지 않는 것이 고민이었다고 한다. 그리하여 대사께서는 다음과 같은 건축적 조치를 내렸으니 이는 지증대사가 생전에 행한 여섯 가지 옳은 일 중 네번째 사항이라고 했다.

기와추녀를 사각추 모양으로 치켜올려 그 지세를 누르고, 철불 2구를 주조하여 이를 호위케 하였다.

起瓦簷四注以厭之, 鑄鐵像二軀以衛之

다시 말해서 날카롭고 공격적인 네모뿔〔四注〕 형식의 기와처마로 지세를 눌렀고 불상도 석불이나 목불이 아니라 철불로 주조하여 절집의 권위를 다졌다는 것이다. 우리나라 전통 건축이 자연과의 적합성에서 이처럼 적극적이었다는 사실을 지증대사의 봉암사는 웅변해주었던 것이다.

지증대사 당시의 절집 모습을 우리는 알 수 없지만 다른 절집에서는 볼 수 없는 두 개의 석조물이 이 절의 디테일이 얼마나 뛰어났던가를 증언해주고 있다. 하나는 대웅전 앞마당에 있는 한 쌍의 노주석(爐柱石)이다. 정료석(庭燎石) 또는 순한글로 불우리라고 하는 이 돌받침은 야간에 행사가 있을 때 관솔불을 피워 그 위에 얹어 마당을 밝히던 곳이다. 이런 불우리를 봉암사처럼 옛 모습 그대로 지니고 있는 곳은 흔치 않다. 평범한 구성으로 그 형태도 단순하지만 둥근 받침돌이 위로 오므라드는 긴장된 맛과 그 위에 얹힌 판석의 듬직스러움이 한 시대의 멋스러움을 유감없이 보여준다.

그리고 법당의 돌축대 아래에 있는 긴 석조 물받이통이다. 지붕의 낙숫물이 마당을 파놓는 것을 방지하기 위해 이처럼 아름답고 기능적인 물받침 홈통을 설치했으니 그 건물은 또 얼마나 멋스러운 것이었겠는가. 생각하면 할수록 지증대사의 안목에 감탄하게 되고, 겉으로는 드러나지 않으나 실제로는 자연과 인공의 조화를 위한 깊은 성찰과 고뇌가 담긴 우리 전통 건축의 미학에 높은 자부심을 갖게 된다.


### 봉암계곡의 불적(佛跡)들

봉암사 경내를 벗어나 계곡을 따라 희양산 산속으로 1킬로미터쯤 가

---

| **마애보살입상** | 귀엽고 친숙한 인상의 이 고려시대 마애불은 월악산 미륵리 석불과 비슷한 지방 양식이 나타나 있다.

| **야유암** | 봉암사 입구 너럭바위 한쪽 면에 새겨져 있는 이 글씨는 '밤에 노는 바위'라는 뜻에 걸맞게 풍류가 넘쳐흐른다.

노라면 백운대(白雲臺)라고 불리는 널따란 암반이 나온다. 겨울이면 암반 위가 얼음으로 덮이고 해빙이 되면 항시 손발을 담그기에도 미안스러울 정도로 맑은 냇물이 넓은 바위를 넘고 넘으면서 장중한 계류의 교향악을 연주한다. 조금 가다보면 암반 위쪽으로 집채만 한 바위에 귀엽게 생긴 보살상이 돋을새김으로 새겨져 있어서 이 백운계곡은 더욱 성스러워 보인다. 전하는 말로는 환적선사가 평소에 발원기도하던 원불(願佛)이라고 하는데 그 조각의 됨됨이를 보면 고려시대 말의 솜씨이며 문경새재 너머 월악산 미륵리에 있는 석불과 통하는 지역적 양식으로 친숙한 인상이 그 특징이다. 마애불 아래쪽 암반은 그 아래 또 암반인지라 어느 곳은 자갈로 두드리면 통통 하고 목탁 소리를 낸다. 이 자리는 이미 움푹하게 파여 있는데 그 모든 것이 자연과의 어울림이니 봉암사의 명소 중 명소가 될 만한 곳이다.

마애불 한쪽에는 호쾌한 필치로 '백운대(白雲臺)'라고 새겨놓은 것이 있다. 이것을 사람들은 최치원 글씨라고 한다. 그러나 그것은 근거 없는 거짓말이고 글씨체로 보아 조선 후기 어느 선비의 솜씨임이 틀림없다.

봉암사 입구 원북마을 버스 종점이 있는 계곡에는 버스 대여섯 대가 주차할 수 있는 너럭바위가 있어서 그 위에 평상을 놓고 촌로들이 쉬고 있는 모습을 볼 수 있다. 이 너럭바위 아래쪽 단면에는 문짝만 한 글자로 '야유암(夜遊岩)'이라고 새겨놓은 굳센 필치의 각자가 있고, 그 위로는 다 뭉개졌지만 '취적대(取適臺)'라는 글자가 새겨져 있다. 또 개울 건너 마을 쪽으로 가면 '고산유수 명월청풍(高山流水 明月淸風)'이라는 단정한 해서체의 각자도 있다. 그리고 이것이 모두 최치원 글씨라고 전한다. 그러나 이 역시 지증대사비의 최치원이 와전 내지 과장되어 생긴 말이며 모두 조선 후기 선비들의 글씨다. 이런 각자(刻字)들은 조선시대 봉암계곡의 주인공은 수도하는 스님이 아니라 풍류를 즐기던 문인 묵객들이었음을 말해주는 것이다.

그중에서 나는 야유암, '밤에 노는 바위'라는 그 말의 풍류와 호쾌한 글씨체가 맘에 들어 전지 두 장을 붙이고 탁본을 하는데 갑자기 영감님들이 몰려와 자신들은 경주 최씨로 최치원유적보호회 사람이라며 탁본을 못 하게 하였다. 이 또한 싸워서 될 일이 아니라 그날은 포기하고 그 다음번에 가서 탁본을 하여 내 연구실에 한동안 걸어놓았는데, 농담 잘하는 친구가 와서 하는 말이 내 연구실 지하에 있는 룸살롱에 납품하면 좋겠다고 하면서 혼잣말로 "하기사 이런 풍류를 알면 20세기가 아니지"라고, 내가 항시 하는 말을 흉내 내며 눈웃음을 보냈다.

## 술이 익어갈 때는

봉암사가 일반인 출입을 금지하고 참선의 도량으로 된 것을 나는 속으로 경하해 마지않는다. 한때 정부에서 속리산국립공원을 확장하여 희양산 일대를 편입시키려고 했을 때 봉암사의 반발과 저항으로 그것을 저지한 것을 아름다운 일로 생각하고 있다.

잘은 모르지만 참선의 터전은 그런 청정도량이라야 제 몫을 다할 것이라고 믿는다. 참선에 대한 나의 생각은 『육조단경』이나 『마조어록』 같은 선종의 고전이나 성철스님의 『백일선문』 같은 지침서를 읽어 아는 것이 아니라 답사회원 중 술을 빚는 여인에게서 계시로 얻은 것이 있다.

'가양주 9단'이라고 할 이분이 한번은 매실주를 가져와 저녁 회식에 선사했는데 그 향기로움에 취한 회원들은 너도나도 비결을 배우고자 하였다. 이 과묵한 가양주 9단은 느린 어조로 이렇게 설명해갔다.

여름에 매실을 따서 체에 밭쳐 물로 서너 번 행군다. 이때 손으로 비비면 매실의 본성이 다치므로 단지 물로 먼지나 농약을 씻어내야 한다. 그 것을 술과 6:4의 비율로 하여 오지독에 넣고 잘 봉한 다음 땅속에 묻으면 제일 좋고, 그러지 못하면 지하실 같은 어두운 곳에 놓는다. 3개월이 지나면 오지독에서 매실은 건져내고 다시 오지독을 어두운 곳에 두었다가 1년이고 3년이고 시간이 지난 다음 꺼내 마시면 되는데 그 기간은 오랠수록 좋다. 왜냐하면 술이 숙성하는 것은 매실을 건진 다음부터이기 때문이다. 그리고 우리가 지금 마신 것은 5년이 지난 것이었다고 했다.

가양주 9단은 다시 회원들에게 복분자술·사과술·마늘술 등을 차례로 설명한 다음 질문을 받게 되었다. 한 회원이 왜 술독을 두는 곳이 어두운 곳이어야 하냐고 물었다. 술 담그는 집에 가보면 유리병에 넣어서 장식장 위에 쭉 늘어놓곤 하는데 어떤 근거로 어두운 곳을 강조하느냐고 따진 것이다.

그러자 이 조용한 가양주 9단은 느린 어조로, 그러나 단호한 자세로 반드시 어두운 곳이어야 한다면서 그 이유를 이렇게 대답하였다.

"술은 자기가 변해가는 모습을 남에게 보여주고 싶어하지 않아요."

그것은 술의 숙성 원리이자 학문의 숙성 원리이기도 하며 참선의 원리로 삼을 만한 것이었다.

1993. 3. / 2011. 5.

달성 도동서원과
창녕 관룡사

# 도(道)가 마침내 동쪽으로 오기까지

시각장애인 답사 / 김굉필 / 도동서원 석축 / 김굉필나무와 수월루 /
석단의 조각들 / 사당 안 벽화 / 점필재와 한훤당

## 시각장애인의 답사

내가 영남대를 떠나기 3, 4년 전이니 1999년쯤의 일이다. 어느 날 대학
원생 한 명이 찾아와 자못 긴장하며 말을 꺼냈다.

"쌤(선생님), 꼭 들어주셔야 할 일이 생겼어예."

"뭔데?"

"대구광역시 시각장애인협회 회장이예, 쌤 모시고 회원들과 문화유
산답사를 가고 싶다 하지 않능교. 하무(하면서) 내케 쌤이 꼭 인솔해주
도록 부탁해달라고 했심더."

시각장애인들이 답사를 간다!? 이 상상을 초월하는 말을 듣고 나는 잠

시 할 말을 잃었다. 그러자 학생은 말을 이어갔다.

"쌤, 그 회장님이 쌤을 직접 만나 부탁하러 온다고 했어예."

"알았다. 그러면 이렇게 하자. 내일모레 내가 대구문화회관에서 '도
자기를 보는 눈'이라는 강연이 있잖니? 회장님께 우선 그 강의를 들어
보시라고 전해줘. 그리고 강연 끝난 다음에 상의하자고."

그리하여 이틀 뒤 저녁 7시에 시작된 나의 대구문화회관 강연에 시각
장애인협회장이 회원 네 명과 함께 참석했다. 강의를 끝내고 회장 일행
과 수인사를 나눈 뒤 내가 먼저 말을 꺼냈다.

"뜻밖에 이렇게 만나뵙게 돼서 놀랍고 감사합니다. 이럴 줄 알았으
면 슬라이드 없이 말로만 강연했을 텐데 이미 예고가 나가 있어 어쩔
수 없었습니다."

"아닙니다. 아주 잘 들었습니다. 워낙 관심이 많은 분야여서 재미있
게 듣고 도움이 많이 되었습니다. 우리를 위해 답사를 한번 인솔해주
십시오."

"예, 기꺼이 해드리겠습니다. 답사 일정은 제게 맡겨주십시오."

나는 시각장애인에 대해 남다른 경험이 있다. 내가 서울 청운국민학
교에 입학한 것은 1955년이었다. 우리 학교는 한국전쟁 때 폭격을 맞아
2학년과 3학년은 바로 옆, 신교동에 있는 맹아학교 뒷동산 천막 교실에
서 가마니를 깔고 배웠다. 2년간 맹아학교 옆문을 통해 등교했기 때문에
나는 그들의 모습에 아주 익숙해 있었다.

그때 시각장애인들은 풍금 연주와 노래를 아주 잘했고, 가을운동회

때는 시각장애인과 청각장애인이 짝이 되어 달리기하는 것을 아주 재미있게 보았고, 바늘귀에 굵은 실 끼우기, '오자미'라고 불리는 작은 모래주머니를 그물에 던져넣기 등을 우리보다 월등히 잘하는 것을 보고 신기해한 적이 있다.

그들은 그들 나름대로 인식하는 감각이 따로 있다는 것을 그때 알았다. 그리고 아주 훗날 맹인 가수 이용복 씨가 텔레비전에 나와 1972년 서울시민회관에서 열린 MBC 10대가수 청백전 때 일어난 화재에서 어떻게 무사히 살아 나왔는가 이야기하는 것을 들은 적이 있다. 그는 당시 신인 가수상을 수상하여 무대 위에 가수들이 쭉 늘어설 때 맨 끝에 서 있었다고 한다. 한창 시상식이 벌어지고 있는데 자신의 머리 위로 무슨 섬광 같은 것이 번쩍이며 지나가더라는 것이다. 그래서 도우미를 불러 지금 무슨 일이 벌어지고 있느냐고 물으니 아무 일도 없다고 했다. 그래서 "아니다. 지금 큰일이 벌어지고 있으니 빨리 나가자"며 도우미의 손을 잡고 무대 뒤로 빠져나와 한껏 달렸다고 한다.

긴 복도를 다 빠져나와 로비에 다다랐을 때 안에서 "불이야!" 소리가 터져나왔고, 황급히 회관 밖으로 뛰쳐나가니 사람들이 모여들며 "불났대"라고 웅성거리면서 자신을 알아보고는 "이용복이 걸어나오는 것 보니 사람은 안 죽겠구먼" 하더라는 것이다. 그날 화재로 사망한 사람이 53명이었다. 이처럼 시각장애인의 인지능력에는 시각을 대신하는 다른 무엇이 있다는 것을 나는 잘 알고 있었다.


### 도동서원 답사 일정 짜기

나는 이들 시각장애인을 위한 최상의 답사 일정을 짜기 위해 고심에 고심을 더했다. 평소 답사 일정을 짤 때면 사찰·서원·고가(古家)를 고루 둘러보고 점심은 그곳 향토 음식으로 하려고 노력한다. 대구에서 당일 답사라면 경주도 좋고 안동도 좋다.

경주로 가면 불국사·양동 민속마을·옥산서원을 둘러보고 쌈밥을 먹으면 되고, 안동으로 가면 봉정사·하회마을·병산서원을 보고 헛제삿밥을 먹으면 된다. 그러나 여기에는 시각장애인을 위한 특별한 메뉴는 없는 셈이다. 시각이 아니라 촉각과 청각에 의한 답사를 기획하면서 고민 끝에 내가 도달한 결론은 도동서원(道東書院)으로 가는 것이었다.

달성군 현풍면에 있는 도동서원은 한훤당(寒暄堂) 김굉필(金宏弼, 1454~1504) 선생을 모신 조선 5대 서원 중 하나인데, 서원의 돌계단, 돌 축대마다 재미있고 정겨운 돌조각이 있어 이를 손으로 만지면서 감상할 수 있다는 사실에 착안한 것이다.

그리고 해인사로 가서 복제품이지만 팔만대장경 목판을 손으로 만져 보고 범종 소리를 비롯한 사물(四物) 소리와 저녁 예불을 듣고 향토 음식은 현풍할매곰탕으로 하면 거의 환상적인 프로그램이 될 것이라는 자신감이 생겼다.

이렇게 답사 일정을 확정하고 보니 시각장애인이 문화유산을 답사한다는 사실 자체가 우리 사회에 장애우에 대한 인식을 새롭게 하는 좋은 본보기가 될 수 있겠다는 생각이 들었다. 나는 대구에서 가깝게 지내던 박은수(전 장애인복지재단 이사장) 변호사와 상의했다. 박변호사는 매우 기뻐하면서 이번 답사를 텔레비전 특집 프로그램으로 만들어보자고 했다.

이에 우리는 한 방송국과 접촉해 다음 해 봄에 제작해 4월 20일 장애인의 날에 방영하기로 대충 협의했다. 그러나 막상 이듬해 봄이 되니 나와 약속했던 담당자는 본사로 올라가버리고 새 담당자 하는 말이 지역 네트워크는 자체 제작 프로그램이 몇 안 되는데 올해 계획은 이미 다 짜여 있어 불가능하다고 했다.

허망하고 미안한 일이었다. 그래도 우리는 포기하지 않고 다른 방송사를 찾아가 똑같은 제안을 해 적당한 시기에 특집 프로그램으로 하자는 답을 받았다. 그러나 방송국으로부터는 좀처럼 연락이 오지 않았고, 차일피일 미루어지다가 그사이 나는 대구를 떠나 서울로 학교를 옮기게 되면서 답사는 불발되었다. 이것은 내 마음속의 지울 수 없는 빚이 되어 언젠가 기회가 되면 꼭 갚겠노라고 마음먹었지만 그쪽 회장단도 바뀌고 나는 공직에 나가게 되어 이루지 못했다. 그 대신 만일 내가 다시 답사기를 쓰게 되면 반드시 '도동서원'편을 시각장애인들에게 바치는 글로 시작하겠다고 마음먹었다.

그래서 2009년 10월 23일, 내 책을 펴낸 창비에서 '답사기 시즌 2' 집필 시작을 기념 내지 다짐하는 답사를 마련했을 때 나는 도동서원을 택했고, 내려가는 버스 안에서 이 미완의 답사 인솔에 대해 긴 이야기를 들려주었다. 이에 모두 감동적이라고 입을 모았고, 동행한 황지우 시인은 포기하기 아까운 기획이라며 지금이라도 다시 추진해보라고 부추겼다.


### 도학의 대종, 한훤당 김굉필

도동서원은 현재 행정구역상 대구광역시 달성군 구지면 도동리로 되어 있지만, 옛날로 치면 경상우도의 우뚝한 유림(儒林)의 고장 현풍(玄風)에 있다. 도동서원은 도산·옥산·병산·소수 서원과 함께 조선 5대 서원 중 하나로 손꼽히며, 그 권위와 명성은 한훤당 김굉필로부터 나온다.

역사책에 나오는 김굉필의 인간상은 무오사화 때 점필재(佔畢齋) 김종직(金宗直, 1431~92)의 제자라는 이유로 유배 가고 갑자사화 때 사사(賜死)당한 사림파의 문인으로 되어 있다. 틀린 말은 아니지만 역사 서술이란 간혹 이렇게 가벼운 데가 있다. 예로부터 훌륭한 유학자를 일컬어

| 다람재에서 본 도동서원 전경 | 도동서원으로 들어가는 다람재 고갯마루에 오르면 유유히 흘러가는 낙동강과 유서 깊은 도동서원이 한눈에 그림처럼 들어온다.

거유(巨儒)·굉유(宏儒)라고 표현하는데, 이것으로도 김굉필을 말했다고
할 수 없다.

동양화에서 달을 그릴 때는 달을 그리는 것이 아니라 그 주위의 달무
리를 그려 달이 드러나게 하는 공염법(空染法)이 있는데, 한훤당의 주위
인물을 보면 점필재 김종직이 그의 스승이고, 벗으로는 일두(一蠹) 정여
창(鄭汝昌), 김일손(金馹孫), 추강(秋江) 남효온(南孝溫), 임계(林溪) 유호
인(兪好仁)이 있고, 제자로는 정암(靜庵) 조광조(趙光祖)를 비롯하여 이
장곤(李長坤), 성세창(成世昌), 김안국(金安國) 등이 있으니 일세의 거공
명유(鉅公名儒)들이 망라된다.

한훤당 김굉필을 한마디로 말하라면 "근세도학지종(近世道學之宗)"이
라고 칭송한 퇴계의 말 그대로 우리나라 도학(道學)의 대종(大宗)이다.

그리하여 중종 때부터 근 50년간의 논의를 거쳐 광해군 2년(1610)에 문묘(文廟)에서 제향(祭享)할 유학자로 동국오현(東國五賢)이 결정될 때 한훤당은 오현 중에서도 수현(首賢)이 되어 그 순서가 한훤당 김굉필, 일두 정여창, 정암 조광조, 회재 이언적, 퇴계 이황의 순이었다. 그것이 한훤당 김굉필의 도동서원이 갖는 역사적·사상사적 위상이다.

### 몸으로 실천한 도학

김굉필은 단종 2년(1454), 어모장군(御侮將軍) 김뉴(金紐)의 아들로 서울 정동에서 태어났다. 자는 대유(大猷)다. 본관은 황해도 서흥(瑞興)이지만 예조참의를 지낸 증조부가 현풍 곽씨와 결혼해 처가인 현풍으로 내려오면서부터 현풍인이 되었고, 할아버지가 개국공신인 조반(趙胖)의 사위가 되어 서울 정동에 살게 되어 정동에서 태어난 것이다.

그의 집안은 상당한 재력을 갖춘 중소지주였던 것으로 알려져 있다. 어렸을 때 그는 호방하고 거리낌이 없어 잘못된 것을 보면 그 자리에서 바로잡아야 해, 저잣거리에서 나쁜 놈을 메친 일도 있었다고 한다. 19세에 순천 박씨와 결혼해 합천군 야로(冶爐)현에 있는 처갓집 개울 건너편에 서재를 짓고 한훤당이라는 당호를 붙이고 지내다 뒤에 현풍으로 돌아와서는 지금 도동서원 뒷산인 대니산(戴尼山) 아래에 살았다.

이 시절 한훤당은 서울의 본가, 야로의 처가, 성주 가천(伽川)의 처외가 등지를 오가며 선비들과 사귀고 학문에 힘썼다. 성종 7년(1476) 봄, 20세의 한훤당은 함양군수로 있는 점필재 김종직을 찾아가 그의 문인이 되었다. 그때 점필재는 한훤당이 지은 「독소학(讀小學)」이라는 시에 "소학 책 속에서 어제까지의 잘못을 깨달았네(小學書中悟昨非)"라는 구절이 있는 것을 보고 "성인이 될 수 있는 근기(根基)가 있다"며 찬탄했다고 한다.

이후 그는 오로지『소학(小學)』만 공부했고, 소학의 가르침대로 살고
자 했다. 10년 동안『소학』만 읽고 다른 책은 보지 않았으며 스스로 '소
학동자'라고 했다.『소학』은 일상생활에서 실천해야 할 윤리를 말한 교
과서다. 내용인즉 가정 예절에서부터 부모를 사랑하고[愛親], 어른을 공
경하고[敬長], 임금에 충성하고[忠君], 스승을 높이고[隆師], 벗과 친하
는[親友] 길 등이다.

이 지루하고 평범한 일상의 몸가짐을 가르치는『소학』만 10년간 읽고
다른 책으로 나아가지 않았다는 것은 불가(佛家)로 치면 학승이 아니라
수도승의 자세였다. 이렇게 해서 얻은 그의 도력(道力)은 주위로부터 자
연히 존경받게 되었다.

성리학이 고려 말 우리나라에 들어온 이래 조선왕조의 주도적 이데올
로기가 되면서, 유학자들은 출세를 위한 학문으로 익히는 풍조가 나타
나고 문장도 이른바 사장(詞章)으로 흘러 아름답게 꾸미기에 힘쓰는 경
향이 생겼다. 말하자면 성리학은 의리지학(義理之學)이고 한 인간으로서
완성을 위한 위기지학(爲己之學)이라는 근본 철학, 즉 도학으로 나아가
지 못하고 있을 때 한훤당이 나타난 것이다.

나이 26세 되던 성종 11년(1480) 생원시에 합격해 성균관에 들어가고, 성
종 25년(1494) 학문에 밝고 지조가 굳다는 이유로 유일지사(遺逸之士)로 천
거되어 남부참봉(南部參奉)에 제수되었다. 이어 여러 낮은 관직을 거쳐 연
산군 4년(1498) 무오사화가 일어나기 직전에는 형조좌랑까지 올랐다.

김종직의「조의제문(弔義帝文)」에서 유발된 무오사화 때 한훤당은 오
직 김종직의 제자라는 이유만으로 같은 도당(徒黨)이라는 혐의를 받고
곤장 80대에 원방부처(遠方付處)라는 유배형을 받고 평안북도 희천(熙
川)으로 귀양 갔다. 그때 한훤당의 나이 45세였다. 여기서 한훤당은 운명
적으로 조광조를 만났다. 당시 조광조는 열일곱 살로 찰방(察訪)인 아버

지를 따라 평안북도 어천(魚川)에 가 있었는데, 인근에 한훤당이 유배 왔다는 것을 듣고 찾아가 사제의 연을 맺게 된 것이었다.

47세 되던 해 한훤당은 전라도 순천으로 이배(移配)되어 북문 밖에서 조용히 지냈다. 그러던 중 연산군 10년(1504) 갑자사화가 일어나면서 무오사화 관련자들에게 죄를 추가하여 사사당한다. 7년간의 귀양살이 끝에 죽음으로 생을 마감한 것이다. 향년 51세였다. 묘는 현풍 선영 가까이에 모셨다.

선생의 저술은 무오사화 때 이미 후환이 두려워 모두 불살라버렸고 친지간에 오간 글조차 소장을 꺼렸기 때문에 집안에 내려오는 『경현록(景賢錄)』에 전하는 10여 수의 시와 네댓 편의 문(文)이 전부이다. 그 때문에 그의 도학을 문헌으로 알아볼 길이 없다.

그러나 사후 문묘종사 등 사림의 논의가 있을 때마다 그의 도학에 대해서는 거의 이론이 없는 칭송으로 가득하여 남들이 말하는 한훤당에 관한 글을 모아 편집한 『국역 경현집』(한훤당기념사업회 1970)이 900쪽에 달한다. 한훤당은 역시 몸으로 도학을 세운 분이라 할 것이다.

## 도동서원의 내력

한훤당은 그렇게 허망하게 세상을 떠났지만 중종 2년(1507)에 신원(伸寃)되어 도승지로 증직받고, 선조 8년(1575)에는 다시 영의정에 증직되고 문경공(文敬公)이라는 시호가 내려졌다. 그리고 광해군 2년(1610) 문묘에 동국오현의 수현으로 배향되었으니 생전에 받지 못한 대우를 사후에 더없는 영광으로 받은 셈이다.

16세기 중반 곳곳에 서원이 세워지기 시작할 때 퇴계 이황과 한훤당의 외증손이자 예학에 밝았던 한강(寒岡) 정구(鄭逑, 1543~1620)가 나서

서 선조 2년(1568) 현풍현 비슬산 기슭에 한훤당을 모시는 쌍계서원(雙溪書院)을 세웠다. 그러나 임진왜란 때 불타 없어져 선조 37년(1604) 지금의 자리에 사당을 지어 위패를 봉안하고, 이듬해 강당과 서원 일곽을 완공하였다.

선조는 이 서원에 도동서원이라는 사액을 내려주었다. '도동(道東)'이란 그 뜻은 "도가 동쪽으로 왔다"는 의미로, 도학이 한훤당으로부터 시작되었음을 기리는 이름이었다. 도동서원은 1865년 흥선대원군이 전국에 47개 서원·사당만 남기고 모두 철폐할 때도 훼철(毁撤)되지 않아 조선 5대 서원의 하나로 손꼽힌다.

도동서원은 낙동강이 내려다보이는 대니산 밑에 있다. 본래 이 산은 태리산(台離山) 또는 제산(梯山)이라고 불렸는데 한훤당 선생이 이 산 아래 들어와 살게 되면서 사람들이 대니산으로 바꾸어 부르게 되었다. 대(戴)는 머리에 인다는 뜻이고, 니(尼)는 공니(孔尼)를 뜻하니 공자님을 머리에 이고 있는 것처럼 높이 받드는 산이라는 의미가 된다. 공자는 머리가 '짱구'여서 공구(孔丘)라고도 했고, 니구산(尼丘山)에서 태어났다고 해서 '공니'라고도 불렸다.

도동서원 가는 길은 병산서원 가는 길 못지않게 아름답다. 현풍에서 대니산 넘어 도동서원으로 가자면 다람쥐처럼 보인다는 다람재가 제법 높고 험하여 나는 걸어서 간 적은 없다. 그 대신 고갯마루에서 반드시 차를 멈추고 도동서원을 조망하고 간다. 그곳에서 보면 도동서원과 도동리 옛 마을을 품에 안고 먼 산자락 사이로 돌아가는 낙동강가의 그림 같은 강마을 풍광이 펼쳐진다. 요새는 여기에 한훤당의 시비도 세워놓고 정자도 지어 오가는 이가 이 아름다운 풍광을 즐기게 했는데, 건축가 민현식 교수가 그 풍광을 그리며 얼마 전 여기를 다녀와서는 4대강사업으로 경관이 다 바뀌었다고 한숨을 내쉬었다.

| **김굉필나무** | 한훤당 김굉필의 외손자인 한강 정구가 도동서원을 세우면서 심은 수령 400여 년의 은행나무가 이 서원의 연륜을 증언하고 있다.

## 수월루 누각의 문제

도동서원 앞에 당도하면 사람들은 우선 김굉필나무라고 이름 지은 은행나무의 늠름한 자태에 입이 벌어진다. 외증손 정구가 이 자리에 도동서원을 세울 때 심은 것으로 수령이 400년 이상 된다. 내가 시각장애인들과 여기를 답사했다면 그들로 하여금 몇 아름 되는지 둘러보게 할 생각이었다. 아마 다섯 명이 손을 잡아야 했을 것이다. 낙엽이 질 때면 이 앞마당에 온통 은행잎이 깔려 답사객들은 그 노란 카펫 위를 거니느라고 좀처럼 서원 안으로 들어갈 줄을 모르곤 한다.

도동서원은 가파른 비탈에 자리잡아 앞마당부터 사당까지 계속 석축으로 이어진다. 막돌허튼층쌓기로 폭과 높이를 달리하며 전개해 올라간다. 시각장애인들과 함께 오면 알려주려고 세어두었는데 무려 18단이나 된다. 이처럼 자연의 형질을 변형시키지 않고 각 레벨을 살리면서 건물을 배치한 것이 도동서원 건축의 큰 자랑이고 특징이다. 그런데 도동서원 건축의 이런 특징이 우리 눈에 잘 들어오지 않는다. 그것은 서원 안쪽을 가로막고 버티듯 서 있는 수월루(水月樓) 때문이다.

본래 1605년 창건 당시에는 이 수월루가 없었다. 그랬던 것을 철종 6년(1855)에 증축한 것이다. 많은 건축가들이 이 수월루는 불필요한 건축적 과장이라며 도동서원에 맞지 않을 뿐 아니라 도동서원 건축의 높은 격조에 큰 손상을 주었다고 불만을 말하곤 한다.

본래 도동서원의 대문은 매우 작은 환주문(喚主門)으로, 머리를 숙이지 않으면 갓 쓴 이의 갓이 닿을 정도로 낮다. 그리고 강당인 중정당(中正堂)은 아주 높직한 석축 위에 올라앉아 마루에 앉으면 환주문을 눈 아래에 두고 은행나무 너머 낙동강을 멀리 내려다보는 조망을 갖게 되어 있었다. 그런데 그렇게 펼쳐지는 시야가 이 수월루로 인하여 막혀버린 것이다. 철종 때 증축한 분들은 "서원의 제도에 맞으려면 누각이 있어야 한다"는 생각과 "서원 출입하기 가파르고 갑갑하다"는 이유로 수월루를 세웠다는 것이다. 과연 그래야 했을까?

도동서원은 북향집이다. 남향을 버리고 북향을 택한 것은 낙동강을 유유히 바라보는 전망을 갖기 위함이었다. 남에게 보여주는 외관보다도 내가 사용하는 내관을 중시했던 것이다. 그래서 강당의 왼편이 서쪽, 오른편이 동쪽으로 된다. 그러나 도동서원은 서쪽에 있는 거인재(居仁齋)를 동재, 동쪽에 있는 거의재(居義齋)를 서재라고 한다. 향이 아니라 뜻이 더 중요하다는 것이다. 이것이 도동서원 자리매김의 깊은 뜻이다.

| **수월루** | 후대에 증축한 수월루는 서원의 모습을 더욱 장엄하기 위한 뜻이었지만 이로 인해 서원에서 낙동강을 내다보는 시야는 답답하게 막혀버리고 말았다.

### 도동서원 건축의 디테일

도동서원의 건축 평면은 여느 서원과 다를 것이 없다. 높직이 올라앉은 중정당을 중심으로 안마당 아래쪽으로 동재와 서재 두 기숙사를 두고 뒤편 위쪽으로는 사당을 모셨다. 이는 우리나라 서원 전체에 해당하는 보편적 건축 형태다. 그러나 이제부터 살펴보는 낱낱 디테일은 정말 도동서원만의 특징이고 자랑이며 내가 시각장애인의 답사처로 이곳을 생각한 이유이기도 하다.

우선 강당 기둥머리마다 흰 한지를 돌린 것은 이 사당에 모신 분은 문묘에 배향된 위대한 분이라는 것을 멀리서도 알아보게 한 것이다. 환주문을 보면 문지방이 있을 자리에 꽃봉오리 돌부리가 있어 여닫이문을 고정시키는 역할을 한다. 지붕은 사모지붕에 오지로 구운 절병통이 예쁘

| 환주문 | 주인을 부르는 문이라는 뜻의 환주문은 아주 작고 아담하다. 그래서 서원에 그윽한 분위기가 살아난다.

게 얹혀 있다. 환주문에서 중정당으로 가는 안마당에는 가지런히 돌길이 깔려 있고, 중정당 석축 앞에 낮게 단을 쌓았는데, 이 돌길과 석단이 만나는 자리에 고개를 내민 돌거북이 조각되어 있다. 이 돌거북은 위에서 보면 꼭 올빼미 같지만 바짝 쪼그리고 앉아 정면으로 보면 이빨이 옆으로 나온 영락없는 거북인 것을 알 수 있다. 도동서원에는 이런 돌장식 조각이 곳곳에 설치되어 있다.

중정당으로 오르는 석축에는 두 개의 돌계단이 좌우로 비껴 있는데 디딤돌이 7단이나 될 정도로 높다. 이 석축은 마당의 얼굴이기 때문에 막돌허튼층쌓기가 아니라 반듯한 돌을 차곡차곡 이 맞추어 가지런히 쌓았는데 돌의 크기도 제각기 다르고, 빛깔도 연한 쑥색, 연한 가짓빛, 연한 분홍빛 등 여러가지 연한 색이 은은히 퍼져 있어 아름다운 조각보를 보

| **중정당** | 높직한 석축 위에 올라앉은 중정당 건물은 정중한 분위기가 서려 있는데 기둥머리에 흰 종이를 돌려 멀리에서도 이 서원은 문묘 배향 선비를 모신 서원임을 알려주고 있다.

는 듯하다.

석축이 머릿돌을 받치고 있는 자리에는 여의주를 문 네 마리의 용머리가 실감나게 조각되어 앞으로 돌출해 있다. 이 용머리 조각은 근래 어느 문화재 절도범이 뽑아간 것을 다행히 되찾게 되어 원본은 따로 보관하고 세 마리는 복제품으로 대신하여 오직 한 마리만 원래 그대로의 모습을 보여준다.

이렇게 정성스러운 치장을 하고도 모자람이 있었는지 석축에는 다시 세호(細虎)라고 불리는 다람쥐 모양의 조각을 양쪽에 배치했다. 이것도 '비대칭의 대칭' 원리에 의하여 한 마리는 올라가고, 한 마리는 내려가는 형상이다. 그리고 그 곁에는 꽃 한 송이씩이 배치되어 있다.

우리나라 건축에서 이처럼 곳곳에 조각을 가하여 아름다운 공간을 연

| **도동서원 석축** |  도동서원 석축은 여느 서원과 달리 높은 조형성을 갖고 있다. 갖가지 색깔의 돌을 가지런하게 이어붙였고 조각도 다양하다.

출한 곳은 도동서원 외에는 창덕궁에나 가야 있다. 왜 도동서원에는 이처럼 많은 조각이 새겨 있을까? 돌축대가 18단이나 되고 보니 이 지루하고 딱딱한 돌길에 조각을 새겨 시각적 긴장을 풀어주려던 것 아닐까?

도동서원은 조각뿐만 아니라 기와돌담도 매우 아름답다. 나라에서 중정당을 보물 제350호로 지정할 때 돌담까지 포함시켰을 정도다. 자연석 석축으로 기초를 삼고 그 위에 황토 한 겹, 암키와 한 줄을 반복하며 가지런히 쌓고 기와지붕을 얹었다. 그리고 중간중간에 수막새로 별무늬를 넣었다.

도동서원은 멋뿐 아니라 기능에서도 다른 서원보다 뛰어나다. 제사 지내는 데 필요한 구조물을 빠짐없이 갖춘 것이다. 사당 옆 담장에 사각형으로 뚫린 빈 공간이 있는데, 이는 제사가 끝난 다음 제문을 태우는 차(次)라는 것이다.

| 도동서원 석축조각 디테일 | 석축에는 용머리, 거북이머리, 오르내리는 거북이 등 갖가지 형상이 조각되어 보는이로 하여금 절로 웃음과 함께 기쁜 마음을 갖게 한다.

그리고 중정당 서쪽 마당에는 사각 돌기둥에 네모난 판석을 얹은 것이 있는데, 이것은 생단(牲壇)이라고 해서 제관들이 직접 제사에 쓰일 생(牲, 소·양·염소 같은 고기)이 적합한지 아닌지 검사하는 단이다. 이들 시설물은 기능도 기능이지만 서원 건축의 일종의 액세서리 같은 장식 효과가 있다.

그 점에서는 중정당 바로 앞에 세워져 있는 정요대(庭燎臺)가 압권이다. 긴 돌기둥 위에 네모난 판석을 얹은 정요대는 일종의 조명 시설로, 제사 때 이 판석 위에 관솔이나 기름통을 올려놓고 불을 밝힌다. 이처럼 아기자기한 디테일을 갖고 있는 서원은 도동서원밖에 없다.

### 사당 안의 벽화

서원에서 사당은 좀처럼 열어놓지 않는다. 그래서 나는 그동안 도동

| **차와 생단** | 서원 뒤편에는 제사가 끝난 다음 제문을 소각하는 시설인 '차(次)'와 제사에 쓰일 음식이 적합한가를 검사하는 '생단(牲壇)'이 설치되어 있다.

서원에 여러 번 갔어도 사당 안은 들어가보지 못했다. 그런데 2009년 대학원 미술사 세미나에서 한 학생이 조선 전기의 회화에 관해 발표하면서 직접 보지는 못했지만 도동서원 사당 안에 벽화 두 점이 있다고 했다. 나는 문화재청에 연락해 사당 안에 들어가는 것을 허락받았다.

사당 안에 들어가보니 진짜 좌우 양쪽 벽면에 큼직한 수묵화가 그려져 있었다. 두 벽화 모두 회벽에 먹으로 그린 것으로 필치가 아주 차분하고 무엇보다도 문기(文氣)가 있고 격조도 높다. 나만 그렇게 생각한 것이 아니었다. 벽화를 반듯하게 찍으려고 의자를 빌려 높이 올라가 앵글을 잡는데, 내 뒤에서 함께 간 백낙청 선생과 강만길 선생이 이구동성으로 "야, 이 벽화는 참 운치 있다"고 감탄하는 소리가 들렸다.

왼쪽의 벽화는 달빛 아래 낚싯배를 드리운 강변 풍경이고, 오른쪽 벽화는 흐드러진 소나무 가지 사이로 둥근 달이 걸린 그림으로 모두 여백이 넓고 필치는 단정하다. 화풍으로 말할 것 같으면 서원이 세워진 선조 연간의 산수화풍이다.

두 그림 모두 먹바탕에 흰 글씨로 화제(畵題)를 써놓았는데, 읽어보니 하나는 '설로장송(雪露長松, 눈과 이슬 속의 키 큰 소나무)'이고, 또 하나는 '강심월일주(江心月一舟, 강 속에는 달과 한 조각의 배)'다. 그림과 화제가 일치하고 필치도 단정한 가운데 고아한 분위기가 있어 면밀한 학술조사를 위해 다시 와야겠다는 마음을 먹었고, 돌아와서는 세미나 때 발표한 학생에게 연구 과제로 내주었다.

## 남명 조식이 증언한 한훤당 소장 안견 그림

한훤당은 그림에 일가견이 있던 분이었다. 오세창(吳世昌, 1864~1953)의 『근역서화징(槿域書畵徵)』을 보면 『동국문헌(東國文獻)』 「화가편(畵家篇)」에 한훤당은 "그림을 잘 그렸다(善畵)"는 기록이 있다. 또 그의 스승인 점필재 김종직 또한 "그림과 글씨에 능했다"는 기록이 같은 책 「필원편(筆苑篇)」과 「화가편」에 나온다고 했다. 그런 중 한훤당이 「몽유도원도」의 안견(安堅)이 그린 그림을 10폭이나 소장했었다는 증언이 있어 주목된다.

이 증언은 다른 이가 아닌 남명(南冥) 조식(曺植, 1501~72) 선생의 문집에 나오기 때문에 더더욱 주목된다. 조식의 『남명집』에는 「한훤당 그림병풍에 부친 발문(寒暄堂畵屛跋)」이라는 글이 있다. 한훤당 그림병풍이

| 사당 안 벽화 「설로장송」 | 사당 안에는 두 폭의 벽화가 그려 있는데 그중 흐드러진 멋의 소나무와 달을 그린 그림에는 '설로장송'이라는 화제가 새겨져 있다.

란 한훤당이 소장하고 있던 그림병풍에 대한 이야기인데, 이 그림의 내력은 글 뒷부분에 소개되어 있다. 그 대략을 인용해보면 다음과 같다.

　　한훤당 선생께서 집 안에 소장해두셨던 옛 그림이 이리저리 굴러다녀 주인의 소유가 되지 못한 지 거의 백 년이었다가 이번에 다시 주인 소장으로 되었다. (…) 선생께서 불행함을 당하실 때 나라에서 그 집을 몰수하니 집 안의 재산이 쓸린 듯 다 없어져 해진 빗자루 하나 남지 않았으나, 다만 이 한 물건만이 도화서(圖畵署)에 소장되었다. (…) 그런데 어느 해인지는 알지 못하지만 민가로 훌쩍 새어나간 뒤 아무도 간 곳을 알지 못했다. 지난 경오년(1570)에 주상(선조)께서 우연히 "김굉필의 유적(遺跡)을 볼 수 있는가"라고 물으시니, 승지 이충작(李忠綽)이 "신이 한 민가에서 김굉필이 소장하던 화병첩(畵屛帖)을 본 적이 있습

| 벽화 「강심월일주」 | 사당 또 한쪽 벽면에는 달이 뜬 강변 풍경과 작은 배를 그리고 '강 속엔 달과 배 한 척이 있다'는 화제를 써넣었다.

니다"라고 하였다.

이에 초계현감을 지낸 한훤당 선생의 손자인 김립(金立)이 이충작에게 자세히 물어보았더니 "일찍이 현감 오언의의 집에서 본 적이 있다"고 하였다. 오언의의 손자인 오운(吳澐)이 그의 처가에서 얻었다는 것이다.

마침내 오운이 이를 새 비단으로 다시 표구하여 (한훤당의 손자인) 김립에게 돌려주니 (…) 김립이 나이가 여든에 가까우면서도 이 일 때문에 지리산으로 나를 찾아와 그 전말을 기록해주기를 청하여 (…) 이렇게 기록해둔다. 때는 1571년 7월 11일이다.

전후 사정을 들어보면 믿지 않을 수 없는 증언인데 남명은 이 그림병풍을 본 소감을 아주 상세히 소개하면서 이 그림을 그린 화가가 다름 아닌 안견이라고 해서 놀라지 않을 수 없다.

　채색이 아련한 빛을 머금어 완전한 것이 마치 어제 표구한 듯하다. 열 폭 짧은 병풍에 「검푸른 회나무와 늙은 소나무(蒼檜老松)」「푸른 나무와 파릇한 버들(碧樹青楊)」「고목과 대숲(古木叢篁)」「거문고와 학(琴鶴)」「소(牛)」「양(羊)」「낚싯배와 달(垂綸玩月)」「구름 덮인 산의 초가집(雲山草屋)」「백 리 장강(百里長河)」「천 길 폭포(千尺懸瀑)」 등이 보인다. (…) 선생께서 마주 보고 누워 있을 때나 눈길을 주고 감흥을 일으키실 적에 어떤 생각을 하셨을까 상상해보니 (…) 상쾌한 바람 같은 선생의 영혼이 흐릿하게 그림 속에 남아 있고, 사모하는 마음 사이에 예전의 모습이 오히려 보이는 듯하다. (…) 이 그림은 안견이 그린 것이다.

　이때 남명은 이 화첩은 너무도 중요한 것이니 집에 두지 말고 서원(당시는 쌍계서원)에 두는 것이 좋겠다고 충고했다. 아마도 한훤당의 손자는 필시 그렇게 했을 것으로 추정되는데 불행히도 쌍계서원은 임진왜란 때 불탔으니 그때 소실되었을 가능성이 크다. 그래서 한훤당 소장 안견의 그림병풍은 미술사에서는 '기록상의 명화'로만 기억되고 있을 뿐이다.
　지금 내가 혹시 하고 기대해본 것은 이 벽화가 한훤당이 소장했던 안견의 그림 중에 있는 것을 벽화로 그린 것일 수도 있겠다는 생각이었다. 그 점을 염두에 두고 살펴보니 「강심월일주」 벽화는 안견의 「낚싯배와 달」과 같은 것일 수 있지만 「설로장송」 벽화에 맞는 화제는 안 보인다. 이쯤에서 이 벽화 이야기는 줄이고 학술조사 후 말하는 것이 옳을 것 같다.

## 한훤당과 점필재의 결별

이번 답사에는 한문학자인 송재소 성균관대 명예교수가 함께하여 도동서원으로 내려가는 버스 안에서 영남 사림에 대해 여러 유익한 이야기를 전해들을 수 있었다. 송재소 선생은 한훤당의 벗이었던 추강 남효온이 『사우명행록(師友明行錄)』에서 기록으로 남긴 한훤당과 점필재의 결별 사건을 소개해주었다.

점필재가 이조참판이 되었으나 조정에 건의하는 일이 없자 김굉필이 시를 지어 올렸다. "도(道)란 겨울에 갖옷을 입고 여름에는 얼음을 마시는 것입니다. 날이 개면 나다니고 장마가 지면 멈추는 것을 어찌 완전히 잘할 수야 있겠습니까? 난초도 세속을 따르면 마침내 변하고 말 것이니, 소는 밭을 갈고 말은 사람이 타는 것이라 한들 누가 믿겠습니까(誰信牛耕馬可乘)?"

이에 점필재 선생은 그 운(韻)을 따라 화답하기를 "분수 밖에 벼슬이 높은 지위에 이르렀건만, 임금을 바르게 하고 세속을 구제하는 일이야 내가 어떻게 해낼 수 있으랴. 후배들이 못났다고 조롱하는 것 받아들일 수 있으나 권세에 구구하게 편승하고 싶지는 않다네(勢利區區不足乘)"라고 하였으니, 이것은 점필재가 한훤당을 덜 좋게 생각한 것이다. 이로부터 점필재와 갈라졌다(貳於畢齋).

요지인즉, 한훤당은 점필재가 도학자다운 꼿꼿함을 보여주지 못했다는 것이고, 점필재는 내가 그러긴 했어도 세속에 편승한 것은 아니었다는 얘기며, 한훤당은 스승의 그런 처신을 용납하지 못하여 갈라섰다는 것이다.

송재소 선생은 이 결별 사건을 어떻게 받아들여야 할 것인가에 대해서는 예로부터 여러 견해가 있었다고 했다. 기본적으로 한훤당은 철저히 도학으로 나아갈 수 있었지만, 점필재는 사정이 좀 달랐다는 것이다. 점필재는 사림파의 힘을 키워야 하는 위치에 있었기 때문에 싫어도 훈구파의 권신 한명회(韓明澮)의 압구정에 부치는 찬시(讚詩)도 지을 수밖에 없는 사정이 있었던 것이다.

한훤당의 눈에는 이것이 거슬려 이런 시를 지어 비판하고, 종국에는 갈라서게 된 것으로 이해할 수 있다는 말씀이었다. 그리고 두 분이 갈라섰다는 '이어필재(貳於畢齋)'에 대해서는 퇴계와 남명 같은 이들이 나름대로 해석한 것이 있으니 나에게 도동서원 답사기에서는 독자들에게 거기까지 소개해주면 좋을 것 같다고 권유하셨다.

송재소 선생의 권유대로 조사해보니 후대 학자들이 이 문제를 본 요체는 스승과 갈라선 한훤당의 처신을 어떻게 볼 것인지에 있었다. 사실 한훤당이 스승과 결별했다는 것은 당시로서는 충격적인 윤리적 배반이다. 그가 그렇게 열심히 읽었다는 『소학』의 윤리 강령에 '융사(隆師)'라고 하지 않았던가?

그 점에서 한훤당은 비판받아 마땅하다. 그런데 퇴계와 남명은 한훤당을 두둔했다. 퇴계는 학문상의 이유로 갈라설 수밖에 없었다고 했다.

스승과 제자 사이라 할지라도 지향하는 바가 조금이라도 다르면 갈라질 수 있는 것이다. 점필재 선생은 (⋯) 그 뜻이 항상 문장을 위주로 하였으며, 학문을 강구하는 면에 종사한 것은 별로 볼 수가 없다. (그러나) 한훤당은 (⋯) 마음을 오로지 옛사람의 의리를 힘써 행한 것은 분명하니 (⋯) 추강(남효온)의 말에 심히 놀라거나 이상하게 여기지 않았다.

남명은 학문의 문제가 아니라 처신의 문제로 보면서 한훤당을 지지했다.

점필재의 행동은 뒷세상에 비난받지 않을 수 없었으니 만일 한훤당이 점필재와 갈라지지 않았더라면 또 뒷날의 비난을 면치 못했을 것이다. 이것이 실상 선생이 갈라서지 않을 수 없는 처지였다.

진보라는 이념을 갖고 어려운 시절을 힘겹게 살아본 사람이라면, 이 이야기의 행간에 서린 의미를 가볍게 보고 지나치기 힘들 것이다. 우리 현대사에서 벌어졌고 지금도 벌어지고 있는 원칙론과 현실론 사이의 괴리, 후배들의 선배에 대한 가혹한 비판의 모습을 그대로 반영하는 것으로 새겨들을 수 있다. 그래서 송재소 선생의 이야기가 전개될 때 함께한 답사객들은 모두 숙연한 분위기에서 경청했던 것이다.

## 에필로그

도동서원 답사를 마치고 일행과 함께 숙소인 가야산관광호텔에 들어선 것은 저녁 7시였다. 방 열쇠를 받아 엘리베이터를 타러 가던 중 나는 깜짝 놀라고 말았다. 엘리베이터 앞에 이날 온 단체 이름이 붙어 있는데, 우리 일행인 '창비' 바로 밑에 '대구광역시 시각장애인협회'라고 적혀 있는 것 아닌가?

여태껏 이분들과 지키지 못한 약속에 사죄하는 마음으로 답사를 하였는데, 바로 이 시점에 그 협회 사람들과 같은 숙소에 묵게 되었으니 이는 또 무슨 인연인가? 프런트 데스크로 가서 직원들에게 내 신분을 밝히고 대구 시각장애인협회 분들이 언제 들어오느냐고 물으니 저녁 8시 30분으로 예정되어 있다고 한다.

| 가야산관광호텔 숙객 명단 | 내가 미안한 마음을 떨치지 못한 '대구 시각장애인협회'가 같은 날 숙박한다는 안내판이 숙소에 붙어 있어 놀라운 마음으로 인연이라는 것을 다시 한번 새기게 되었다.

나는 회장님과 통화할 일이 있으니 그분들이 오면 전화를 연결해달라고 부탁했다. 그리고 호텔 아래쪽에 있는 향토 식당에서 저녁을 먹고 있는데 드디어 전화가 걸려왔다. 나는 협회장에게 10년 전에 있었던 일을 말씀드리면 대충은 알고 있을 줄 알았는데, 하도 오래된 일인지라 새 회장님은 금시초문인 것 같았고, "10년 전 회장이면 누구일까······"라며 말끝을 길게 맺었다.

그래서 내가 직접 찾아뵙고 말씀드리겠다고 하였더니 저녁에는 바로 회의가 있고 내일은 내일대로 일정이 있다는 것이었다. 전화를 끊고 조용히 생각해보았다. 이 기막힌 인연을 다시 살려 그분들과 도동서원을 함께 답사하는 방법을 모색했다. 그런데 곁에 있던 유인태가 충고한다.

"홍준아, 너는 그렇게 마음 쓴 것으로 네 몫을 다한 거다. 거기도 협회이기 때문에 생각이 여러 가지일 수 있어요. 당시 회장은 답사기 붐도 있고 해서 그런 행사를 기획해 회원들에게 서비스할 마음을 가졌던 것이지만, 10년이 지난 지금에도 그 분위기가 있다는 보장은 없지. 내 생각에는 그쪽에서 다시 부탁이 오기 전에 네가 먼저 나서서 답사를 하자는 말은 안 했으면 좋겠다. 참고로 해."

할 말 다 해놓고 마지막에 "참고로 해"라고 하는 것은 예나 지금이나 변함없는 인태의 특징이다. 나는 친구의 이 우정 어린 충고를 그대로 받아들이기로 했다. 그러나 그 미련이 완전히 사라지지는 않았다.

그런데 이튿날 아침, 떠날 채비를 하고 호텔 로비로 나오는데 마침 시각장애인들도 자신들의 버스에 오르기 시작하는 것이었다. 나는 혹시 그 회장님을 만날 수 있을까 유심히 살펴보았다. 그러나 그 회장님은 체격이 아주 좋았다는 기억이 날 뿐 얼굴 모습은 명확히 그려지지 않았다. 그렇다고 그 회장님이 나를 알아볼 수 있는 것도 아니었다. 그래도 대구에서 온 시각장애인들이 모두 버스에 오를 때까지 나는 시선을 놓을 수 없었다. 이윽고 그들을 태운 버스가 떠나 뒷모습마저 사라진 뒤에야 나는 인연이 있으면 언젠가 다시 연락이 오겠지라고 위안하며 내가 오기만을 기다리고 있는 일행들을 향해 서둘러 발길을 옮겼다.

2009. 10.

# 비화가야 옛 고을의 유서 깊은 유산들

비화가야의 교동 고분군 / 진흥왕척경비 / 술정리 동삼층석탑 /
화왕산성 / 창녕 조씨 득성 설화지 / 화왕산 억새밭 / 관룡사 /
용선대 / 하병수 가옥 / 유리 고인돌

**불뫼 아래 꽃핀 제2의 경주**

특별한 연고가 없는 사람에게 창녕은 그저 스쳐지나가는 곳일 수 있다. 대구와 마산을 잇는 구마고속도로가 창녕 땅에 이르면 들판은 낙동강 줄기를 따라 점점 넓게 펼쳐지고, 건너편 화왕산 긴 자락은 점점 꼬리를 낮추며 길게 뻗어간다. 그래서 이곳을 지날 때면 거기에 내려 쉬어가고 싶은 마음보다 마냥 달리고 싶은 충동을 느끼게 된다. 창녕의 들판에는 그런 기상이 어려 있다. 내가 처음 경남 쪽으로 답사를 할 때면 창녕은 고령, 달성, 합천과 연계하여 지나가는 길에 들렀을 뿐 창녕 자체만을 두루 답사하지 않았다. 그러나 해가 갈수록 답사에서 창녕의 비중은 커졌고 나중에는 서부 경남에 가는 길이면 창녕 관룡사 아래에 잠자리를 잡고 반드시 묵어가게 되었다.

답사가 아니라도 창녕에는 알게 모르게 머무를 계기가 많다. 온천으로 유명한 부곡하와이도 창녕이고, 람사르총회가 열린 우포늪도 창녕이며, 영산줄다리기도 창녕이고, 억새밭으로 유명한 화왕산도 창녕이다. 거기에다 창녕에는 뛰어난 문화유산이 의외로 많다.

내가 문화유산답사회 제자들과 『답사여행의 길잡이』(돌베개)를 펴낼 때 말뚝총무인 김효형(도서출판 눌와 대표)과 필자인 박종분이 경남편의 편집 계획서를 갖고 와 처음 하는 말이 "창녕에 웬 문화유산이 그렇게 많아요? 국보·보물·사적만 해도 20개나 돼요. 페이지 배정부터 달리해야겠어요"라는 것이었다. 그리고 몇 달 뒤 그들이 만들어온 원고를 펴보니 경남편 제1장을 창녕으로 삼고, 그 제목을 '불뫼 아래 꽃핀 제2의 경주'라고 했다. 이것은 결코 과장이 아니다. 우선 창녕이 보유한 문화재를 열거해보면 아마도 놀라고 말 것이다.

창녕은 경남의 곡창지대이다. 그래서 농사가 본격적으로 시작되는 청동기시대 이래로 많은 유적이 남아 있다. 그중 남쪽 장마면에 있는 '유리 고인돌'(창녕지석묘, 지방기념물 제2호)은 우리나라 남방식 고인돌 중 가장 잘생겼다고 해도 별 이론이 없을 명품이다. 삼한시대에는 변한의 불사국(不斯國)이 여기에 자리잡았고 가야시대에는 비화가야(非火伽倻)가 고대국가로 성장하고 있었다. 창녕에는 이 시기를 증언하는 고분이 면 단위마다 퍼져 있다. 읍내 교동과, 송현동 고분군(사적 제514호), 퇴천리의 거울내 고분군, 계성면 사리 고분군, 영산면 죽사리 고분군, 부곡면 거문리 고분군. 그중 교동 고분군은 6가야 전체의 대표적 고분군 중 하나다.

비화가야가 멸망하고 신라로 편입되는 과정을 증명하는 문화유산으로, 의무교육을 받은 사람이면 누구나 알고 있는 진흥왕척경비(국보 제33호)가 창녕에 있어 여기 오면 누구나 먼저 찾고 싶어한다. 통일신라시대로 들어서면 창녕은 나라의 중심부에 위치하면서 정치·경제적으로 중요한 고을이 되었다. 유적으로는 읍내에 술정리 동삼층석탑(국보 제34호)과 서삼층석탑(보물 제520호)이 길 양쪽으로 갈라서 있고, 군청 가까이에는 810년에 인양사(仁陽寺)라는 절에 탑과 금당을 세우고 만든 탑금당치성문기비(보물 제227호)라는 독특한 비석도 있다.

창녕의 진산(鎭山)으로 정상의 억새밭이 유명한 화왕산에는 화왕산성(사적 제64호), 목마산성(사적 제65호), 용선대 석조여래좌상(보물 제295호)이 있다. 또 창녕 조씨(曺氏)의 득성 설화지(得姓說話地)도 있다. 이 모두가 통일신라 유적이다. 그래서 창녕은 제2의 경주라는 표현이 가능한 것이다.

화왕산에는 관룡사라는 명찰이 있다. 관룡사는 자리매김 자체로 아름다운 산사인데 석조여래좌상(보물 제519호), 대웅전(보물 제212호), 약사전(보물 제146호), 목조석가여래삼불좌상 및 대좌(보물 제1730호), 대웅전 관음보살벽화(보물 제1816호)가 모두 나라의 보물로 지정되어 있다. 고려·조선시대로 들어와서도 창녕은 경남의 대표적 고을의 하나였다. 창녕 남쪽 영산면은 왕년에 영산현 현청이 있던 곳으로 여기에는 생활 유적이 많이 남아 있다. 정월대보름에 열리는 영산줄다리기는 중요무형문화재 제26호로 지정돼 있고, 화왕산에서 흘러내리는 남천을 가로지르는 만년교(보물 제564호)라는 동네 개울다리는 정조 4년(1780)에 처음 쌓은 것으로 옛 고을의 풍취가 흥건히 배어 있는 매우 튼튼한 무지개돌다리다.

오늘날 창녕은 조촐한 군이지만 일찍부터 역사공원을 조성해 만옥정 공원에는 진흥왕척경비와 함께 창녕 객사(경남유형문화재 제231호), 흥선대원군의 척화비, 폐사지에서 옮겨온 석탑 등이 있다. 읍내를 돌다보면 창녕 석빙고(보물 제310호)도 있고, 우리나라에서 가장 오래된 초가집인 창녕 술정리 하씨 초가 하병수 가옥(중요민속문화재 제10호)은 250년 넘는 연륜을 자랑한다.

창녕에 가보면 재미있게 생긴 돌장승이 마치 아이콘처럼 서 있는 것을 볼 수 있다. 조선시대의 대표적인 장승 중 하나인 관룡사 초입의 돌장승이다. 이것이 창녕의 문화유산이고, 창녕의 옛 모습이다.

## 비화가야의 교동 고분군

창녕에 문화유산이 이처럼 많고도 많지만 나의 창녕답사는 무조건 '교동 고분군'에서 시작한다. 그래야만 창녕에 온 것 같다. 창녕 읍내 바로 북쪽 교동에는 화왕산 자락을 타고 오르는 약 200기의 가야시대 고분이 무리지어 있다. 이 교동 고분군은 창녕에서 밀양으로 가는 24번 국도에 의해 동서로 갈라져 시내 쪽인 서편에 70여 기, 산자락에 잇닿은 동편에 80여 기가 있고, 남쪽의 목마산 아래 약 20기(원래는 80여 기)의 송현동 고분군과 연결된다. 이들 고분은 5~6세기에 축조된 비화가야 지배층의 무덤이다.

가야는 자신들의 역사를 기록으로 남긴 것이 없다. 다른 나라의 기록에서 어쩌다 가야에 대해 언급한 사항 말고는 오직 유물로만 그 실체를 말할 수 있을 뿐인데, 『고려본기(高麗本記)』에 5가야 중 하나로 손꼽은 비화가야가 바로 여기를 말하는 것이다. '비화'는 '빛들' 또는 '빛이 좋은 들'이라는 뜻으로 비사벌이라고도 부른다. 비스듬한 기울기를 갖고 있는 비사벌은 과연 빛이 좋은 들이다.

교동 고분군은 한마디로 역사가 연출한 대지의 설치미술이다. 문화재 안내판에서는 이들 고분이 '앞트기식 돌방무덤(橫穴式石室墳)'이니 봉토 언저리에 호석(護石)을 둘렀느니 하며 고고학적 사항을 자세하게 나열하지만, 답사객들이 정작 감동받는 것은 둥근 봉분들이 어깨를 맞대듯 연이어 펼쳐져 보이는 환상적 풍광이다.

교동 고분군은 아무런 내력을 모르고 보아도 그 자체로 신비롭고 아

| 교동과 송현동 고분군(사적 제514호) | 창녕 읍내 바로 북쪽 교동에는 화왕산 자락을 타고 오르는 약 200기의 가야시대 고분이 무리지어 있다. 이는 한마디로 역사가 연출한 대지의 설치미술이다. 둥근 봉분들이 어깨를 맞대듯 연이어 펼쳐져 보이는 풍광은 가히 환상적이다.

름답고 사랑스럽다. 그러나 이곳이 잃어버린 왕국 비화가야의 유적임을 떠올리면 그 아름다움이 애잔한 서정으로 바뀌면서 마치 눈망울이 젖은 미인의 애틋한 얼굴 같기도 하고, 수능시험 잘못 본 딸아들 둔 엄마의 수심 어린 얼굴처럼 쓸쓸한 분위기가 느껴지기도 한다. 국립가야문화재연구소에서 복원해 화제가 됐던 1500년 전 가야 소녀는 바로 이곳 송현동 제15호분에서 출토된 인골(人骨)을 컴퓨터로 재구성한 것이다. 그 가야의 미소녀 모습에 어린 우수의 빛깔 같은 것이다. 그래서 여기에 오면 김지하 시인이 「옛 가야에서 띄우는 겨울편지」에서 읊었던 시구가 떠오른다.

햇빛
외로운가

무덤 속의 사람아……

특히 9월 말부터 10월 초 석양 무렵에 여기에 오면 저무는 햇살이 조용히 내려앉으며 옛 고을 창녕 읍내가 더더욱 고즈넉해 보인다. 교동 고분군 한쪽에서 아무렇게나 자란 억새가 불어오는 바람에 온몸을 내맡기며 은회색 밝은 빛을 남김없이 쏟아낸다. 세 겹, 네 겹, 다섯 겹으로 펼쳐지는 봉분이 연출하는 그 곡선을 혹자는 대지의 젖무덤이라고 표현하고, 혹자는 길게 엎드려 누운 여인의 육체를 연상시킨다고 했다. 그렇다고 해서 그들이 여기서 애욕의 감정을 느낄 리는 없다. 오히려 어머니의 따스한 품에 안기듯 포근한 감정을 말하는 것이리라.

교동 고분군에 가보면 여기저기에 사람들이 퍼져서 혹은 길게 앉아 있고, 혹은 느긋이 거닐고, 혹은 천방지축으로 뛰어다닌다. 대개 두 다리 뻗고 앉아 먼 데를 내다보는 사람들은 중년의 인생이다. 굴러가는 가랑잎만 보고도 웃음을 터뜨리는 젊은이들은 둘씩 다섯씩 짝짓고 무리 지어 봉분이 이루어낸 곡선을 따라 맴돌고 또 맴돈다. 그리고 아직 천지공사(天地公事)의 힘들고 괴로운 일을 몰라도 되는 어린아이들은 이리저리 날뛰면서 봉분 옆으로 나왔다간 봉분 뒤로 숨듯이 사라진다. 그럴 때면 거의 반드시 알개(얄미운 개구쟁이)가 하나 나타나 무덤 위로 살짝 올라가 이쪽을 내려다보고는 부리나케 고개를 감추곤 한다.

삼국시대는 많은 고분군을 남겼다. 다 같은 죽음의 공간이건만 이것 또한 삼국의 일반적 정서 표현과 다르지 않다. 만주 지안(集安)에 있는 고구려 돌무지무덤에는 굳센 기상이 넘쳐흐른다. 부여 능산리의 백제 고분에는 단아한 아름다움이 있고, 경주 대릉원의 신라 고분에는 화려함이 있다. 이에 비해 고령 지산동의 대가야 고분군, 김해 대성동 봉황산의 금관가야 고분군, 함안 말이산의 아라가야 고분군, 그리고 이곳 창녕 교동

| 금관 | 가야의 금관은 신라의 금관과 달리 아담한 느낌을 준다. 지배층의 위세가 그만큼 약했다는 의미도 있지만 조형미는 결코 뒤지지 않는 공예 기술을 보여준다.

의 비화가야 고분군에서는 뭐랄까 아련한 그리움의 감정이 일어난다. 감성의 환기란 서정의 밑바탕을 이룬다. 그런 감성의 함양과 서정의 발현을 위해 나는 창녕에 오면 답사객들과 함께 이곳부터 찾는다.

### 도쿄박물관 오구라전시실

교동 고분군 앞에는 창녕박물관이 있어 이 고분에 대한 역사적·고고학적 설명과 아울러 출토 유물을 전시하고 있다. 그러나 진열된 유물 중 깨진 질그릇을 제외하고는 거의 다 복제품이다. 그럴 수밖에 없는 사연이 있다.

이 아름다운 교동 고분군은 불행하게도 20세기 들어 두 차례의 돌이킬 수 없는 비극적 상처를 입었다. 하나는 밀양으로 넘어가는 24번 국도가 하필이면 이 고분군을 가로질러버린 우리 시대의 상처다. 참으로 고약하게도 우리나라 고대 고분들은 근대화 과정에서 치명적 상처를 입었다. 경주 시내 한복판의 봉황대가 있는 신라 고분군은 가운데 길을 내어 동서로 갈라놓고는 동네 이름마저 노동동(路東洞)·노서동(路西洞)이라고 우악스럽게 명명해놓았다. '왕릉의 능선'이라고 불리는 고령 지산동 대가야 고분군은 88고속도로가 아랫자락을 치고 나갔다. 그리고 이 창녕 교동 고분군도 한가운데로 길이 난 것이다.

그러나 이보다 더한 것은 일제강점기에 당한 치명상이다. 일제강점기 초기에 총독부박물관의 촉탁(囑託)으로 있던 야쓰이 세이치(谷井濟一)는 이곳에서 9개의 고분을 2년에 걸쳐 발굴했다. 그러고는 출토 유물을 마차 20대와 화차(貨車) 2대에 싣고 갔다고 1917년 총독부에서 발간한 『고적조사보고』에 기록돼 있다.

그러나 이들 유물이 박물관에는 한 점도 전하는 것 없이 대부분 일본으로 건너가버렸다. 교동 고분군에서 가장 규모가 큰 7호분과 송현동 89호, 91호분에서는 금동관, 굽은옥(곡옥曲玉), 각종 마구(馬具) 등이 대량으로 발굴된 것으로 알려져 있다. 이들 유물은 지금 일본 도쿄박물관 오구라(小倉)기증실에 전시돼 있다. 나는 그 시말을 알고 있는 입장에서 전후 과정을 여기에 상세히 증언해두고자 한다.

오구라 다케노스케(小倉武之助)는 이치다 지로(市田次郎)와 함께 일제강점기에 우리 문화재를 가장 많이 수집하고, 가장 많이 반출해간 사람이다. 이들은 대구에 살면서 신라와 가야고분 도굴품을 많이 수집했다. 오구라는 33세 되던 1903년 조선경부철도주식회사에 입사하면서 한반도에 들어와 41세 되던 1911년에 대구전기주식회사(통칭 남선전기)를 설립해 사장이 되었고, 65세 되던 1935년에는 다른 회사들을 합병한 조선

| **금동관모** | 가야의 관모를 그대로 재현한 것으로 생각되는 금동관모로 투각 기법이 아주 능숙하고 형태미가 뛰어나다.

| **금동신발** | 금관이 발견될 때는 금목걸이, 금동허리띠, 금동신발이 하나의 세트로 나타나곤 한다. 아마도 천으로 염한 위에 씌웠을 것으로 추정되고 있다.

합동전기주식회사의 사장이 되었다.

그가 우리 문화재를 본격적으로 수집하기 시작한 것은 남선전기 사장으로 재력을 갖춘 1921년께다. 8·15해방이 되자 그는 이들 수집품을 모두 갖고 일본으로 돌아갔다. 그가 가져가지 못한 문화재는 그의 대구 저택 정원에 있던 통일신라시대의 빼어난 승탑 2점(보물 제135호, 제258호)이었다. 이 승탑들은 지금 경북대박물관 옥외전시장에 있다.

1958년, 88세이던 오구라는 한반도에서 가져간 우리 문화재를 위한 재단법인 '오구라컬렉션보존회'를 설립하고 1964년 94세로 죽을 때까지 이사장 자리에 있었다. 1965년 한일협정 때 이 오구라컬렉션의 반환 문제가 제기되었다. 그러나 일본 정부는 약탈이 아니라 오구라 개인이 구입한 사유재산이라는 이유로 반환을 거부했고, 당시 우리 정부도 이를 강력히 요구하지 않았다. 1981년 오구라컬렉션보존회는 이 문화재들을

| 굵은고리 귀걸이(왼쪽) 동근고리긴칼(부분, 오른쪽) | 신라든 가야든 굵은고리 귀걸이는 아주 드문 편인데 창녕 고분에서 이처럼 아름다운 한 쌍이 나왔다는 사실에 고고학적 의미가 적지 않다. 동근고리긴칼은 삼국시대에 지배층의 권위를 상징하는 유물로 특히 가야 고분에서도 많이 출토된다. 창녕 고분에서 출토된 이 동근고리긴칼은 고리 안에 봉황이 조각된 것으로 유명하다.

도쿄국립박물관에 모두 기증하고 해산했다. 오구라컬렉션은 1,110건으로 양과 질 모두가 엄청나다. 이 가운데는 이미 일본의 중요문화재(우리나라의 보물에 해당)로 지정된 것이 8점, 중요미술품이 31점에 이른다(일본은 외국 유물도 국가가 문화재로 지정한다).

　도쿄박물관은 1982년 오구라컬렉션 전시회를 가졌는데, 그 도록에는 "한반도 미술품·고고 자료의 일대(一大) 컬렉션"이라는 찬사의 글로 가득하다. 오구라는 기증의 말에서 자신의 수집품이 고대사를 밝히는 데 도움이 되고자 했다고 말하면서 미안한 마음의 표시는 어디에도 하지 않았다. 오구라의 법적인 잘못을 따지는 것은 별도로 해두더라도, 학술적 입장에서 그가 크게 잘못한 것은 장물아비였다는 사실을 숨기기 위해 구입 경위와 출토 장소에 대해 끝내 입을 다물었다는 점이다.

| **진흥왕척경비** | 가로세로 175센티미터에 두께 30센티미터 되는 둥글넓적한 자연석에 글자도 잘 보이지 않지만 역사의 증언이라는 그 상징성 때문에 창녕에 오면 꼭 찾아보고 싶어진다.

오구라컬렉션은 너무나 중요해 국내에서 두 차례에 걸쳐 『해외한국문화재도록』으로 발간된 바 있는데, 이 도록이나 도쿄박물관 전시실에서는 그나마 알려져 있던 출토지조차 모호하게 기록하고 있다.

그러나 1982년 도쿄박물관에서 펴낸 전시 도록에 의하면 금동관·금동새날개모양관식·금팔찌·금동신발·둥근고리긴칼〔環頭大刀〕 등 8점에 대해서는 '전(傳) 경상남도 창녕 출토'라고 명확히 기록돼 있다. 이것이 오구라컬렉션의 시말이며 교동 고분군의 비극이다.

### 진흥왕척경비

창녕에 왔으면 궁금해서라도 꼭 보고 싶은 것이 진흥왕척경비일 것이다. 그래서 우리의 답사 일정은 대개 읍내에서 점심을 하고 산책 삼

| **진흥왕척경비 비문 탁본** | 신라의 몇 안 되는 금석
문으로 진흥왕의 영토 개척 사업을 증언해주고 있다.

아 진흥왕비가 있는 만옥정공원으로 가게 된다. 사실 가봤자 가로세로 175센티미터에 두께 30센티미터 되는 둥글넓적한 자연석에 글자도 잘 보이지 않아 별 감흥은 없을 비석이다. 그러나 "오늘 신문 볼 것 없다"고 말하는 사람은 오늘 신문을 본 사람이 하는 말이다.

실제로 진흥왕비는 역사의 증언이라는 그 상징성에 의미가 있지, 아름다움이나 멋을 보여주는 것이 아니다. 우리가 학교에서 배우기로는 진흥왕이 영토를 넓히고 그 위업을 기념하기 위해 북한산·마운령·황초령·창녕 네 곳에 순수비(巡狩碑)를 세웠다고 했다. 그러나 막상 창녕에 오면 진흥왕순수비라고 하지 않고 진흥왕척경비(拓境碑)라고 쓰여 있는 것을 보면서 다소 의아해하곤 한다.

거기에는 나름의 이유가 있다. 이상하게도 『삼국사기』에는 진흥왕순수비에 대한 기록이 나오지 않는다. 순수비란 진흥왕비 비문 속에 들어 있는 '순수관경(巡狩管境)'이라는 말에서 따온 것이다. 그러나 창녕비에는 순수관경이라는 표현이 없고 영토를 개척한 사실과 이때의 일을 기록해놓아 척경비라고 부르게 된 것이다.

총 27행에 행마다 많게는 27자, 적게는 18자를 써내려갔는데 총 643자의 글자 가운데 현재 400자 정도만 판독됐다. 다행히 첫 행에 신사년(진흥왕 22년, 561년) 2월 1일 세웠다는 것이 명확히 나타나 있고 비문의 첫머리는 "내 어려서 나라를 이어받아 나랏일을 보필하는 준재들에게 맡겼는데(寡人幼年承基政委輔弼俊智)……"로 시작한다. 진흥왕이 일곱 살에 왕위에 올랐다는 것과 일치하는 대목이다. 이때 진흥왕은 나이 29세가 된다. 그리고 비문의 내용은 진흥왕이 42명의 신하를 거느리고 새로 점령한 창녕 지방을 돌아보았다는 내용과 함께 이때 수행한 이들의 관등과 이름이 모두 새겨져 있다.

본래 이 비는 이 자리에 있지 않았고 읍내에서 그리 멀지 않은 화왕산 기슭에 있었다. 1914년에 소풍 온 초등학생이 글자가 새겨져 있는 이 자연석을 발견해 신고했는데 마침 창녕의 고적을 조사하러 나온 도리 류조(鳥居龍藏)라는 인류학자가 신라시대 비석이라는 사실을 확인함으로써 세상에 알려지게 되었고 금석학자들의 비문 해석으로 진흥왕척경비임이 밝혀졌다.

그리고 10년 뒤인 1924년 지금 자리로 옮겨놓았다. 당시에는 방치된 문화재를 보호한다는 뜻이었던 모양인데 결국 진흥왕척경비는 장소의 역사성을 잃었다는 점에서 큰 아쉬움이 있다. 나는 문화재청장이 되고 한참 뒤에야 이 사실을 알게 되어 원상복구하는 작업을 제대로 추진하지 못했다. 그것이 못내 아쉬움으로 남는다.

### 통일신라 3대 삼층석탑의 하나

창녕읍은 읍내치고는 넓은 편이고 곳곳에 문화재가 즐비하여 이를 다 답사한다는 것은 일정상 무리가 따른다. 그래서 대개는 술정리 동삼층석탑을 들러보는 것으로 만족한다. 읍내 외곽, 농산물 집하장에는 또 다른 통일신라 삼층석탑이 남아 있어 삼층석탑 앞에 각기 동·서 자가 붙어 있다.

이 탑은 진흥왕척경비와 함께 일찍이 국보로 지정된 창녕의 자랑이

| 술정리 동삼층석탑 | 국보 제34호로 지정될 정도로 일찍부터 높이 평가받았다. 그러나 상륜부를 잃어 정연한 비례감이 주는 아름다운 조화미를 만끽할 수 없다는 것이 마냥 아쉽다.

다. 통일신라 석탑의 전개 양상은 삼층석탑이라는 전형의 창조와 변천 과정이라고 요약할 수 있다. 미술사학과에 입학한 학생들이 한국미술사를 배우고 현장답사를 하면서 가장 놀라는 것은 석탑이 그렇게 중요하

고 또 그렇게 아름다울 수 없다는 사실이다.

학생들에게 가르칠 때는 기억을 위해 강조하는 방법이 있다. 그냥 가장 아름다운 탑의 하나라고 하면 건성으로 넘어가기 십상이다. 이럴 땐 고등학교 입시 교육 방식이 약발을 잘 받는다. 갈항사 동삼층석탑(758), 불국사 석가탑(775)과 함께 우리나라 3대 삼층석탑의 하나라고 하면 금방 기억하고 시험에 나올 것 같아 단단히 외워둔다.

학생들은 숫자에 약하고 숫자에 긴장한다. "통일신라 고전미의 3요소란" 하고 잠시 뜸을 주고 "1. 비례, 2. 균형, 3. 조화"라고 말하면 바로 받아적는다. 그러나 별로 긴장하지는 않는다. 이럴 땐 또 영어로 "proportion, symetry, harmony"라고 유식하게 말하면 긴장한다.

술정리 동삼층석탑은 이런 고전 건축의 3요소가 갈항사탑, 석가탑과 거의 똑같이 다음과 같은 다섯 가지 특징으로 나타나 있다.

1. 이성기단(二成基檀), 삼층탑신(三層塔身), 비스듬한 지붕돌의 5단 층급 받침으로 이루어진다.
2. 1·2·3층 탑신과 지붕돌 폭의 비례는 4:3:2다.
3. 윗기단의 길이와 탑 몸체의 높이는 황금비례다(A:B=B:A+B).
4. 아랫기단 폭을 한 변으로 하는 정삼각형을 그리면 꼭짓점은 1층 탑신 끝에 닿는다.
5. 각층 지붕돌 처마 끝과 상륜부(相輪部) 끝을 이으면 일직선이 된다.

그래서 이 탑은 국보가 되고도 남음이 있고 그것도 국보 제34호로 지정될 정도로 일찍부터 높이 평가받아온 것이다. 그러나 이 탑은 상륜부를 잃어 아름다운 조화미를 만끽할 수 없다는 것이 마냥 아쉽다. 경주 감은사탑처럼 상륜부 끝선을 알려주는 쇠꼬챙이만이라도 꽂아주면 조화미가 완벽하게 나타날 것이다. 문화재청장 시절 이것을 검토해보았으나 쇠꼬챙이가 하나 꽂는 것도 쉽지 않아 온갖 과정을 다 거치면서 시간을 끌다가 이루지 못하고 물러났다.

다만 이 탑을 볼 때마다 미안했던 문제 하나는 해결했다. 이 탑은 일찍부터 국보로 지정만 되었지 사실상 오랫동안 국보 대접을 받지 못했다. 골목길을 돌고 돌아 동네에 처박힌 형상이어서 관리도 소홀하고 아이들 놀이터도 되고 심지어 동네 사람들이 이부자리를 걸어 말리는 일도 있었다. 비구니 스님(법명 혜일)이 스스로 국보 지킴이를 자원해 이를 돌보면서 다소 나아졌다지만 워낙 주위 환경이 나빠 좋아진 태가 나지 않았다. 그래서 문화재청에서 창녕군에 주변 대지를 매입해 정비할 수 있게 조치했다.

청장에서 물러난 뒤 과연 생각대로 잘되었나 확인차 가보았는데 어찌나 잘 정비되었는지 가는 길을 잃을 정도였다. 큰길가 멀리서도 탑이 훤하게 보였다. 탑 앞쪽으로는 개울이 시원스럽게 흐르고 있었다.

언젠가 가보니 동네 사람들도 기분 좋았는지 개울 한쪽에 컨테이너 박스 하나를 관리소로 삼고 있었다. 그리고 그 옆에는 어린애 머리만 한 크기의 글씨로 '국보 제34호 관리사무소'라고 쓴 플래카드가 '웅장하게' 걸려 있었다.

## 화왕산성

창녕 읍내의 유적들을 다 돌아보는 데는 제법 시간이 많이 걸린다. 그렇게 공부하듯 다니면 답사가 재미없어질 수도 있다. 그래서 서랍 속에 맛있는 것을 두고 온 어린애가 학교 파하자마자 집으로 달려가듯 화왕산 관룡사로 향한다.

| **화왕산성** | 화왕산성은 말안장 같다고 마안형이라고 부르기도 한다. 성벽 안팎은 똑같이 네모난 자연석과 다듬은 돌을 사용하여 사다리꼴 형태로 쌓아올렸다. 동서로 성문을 두었으나 서문은 자취도 없고 동문만 형태를 유지하고 있다.

관룡사 답사는 여느 산사와 달리 등산을 동반한다. 최소한 용선대 불상까지는 다녀와야 하는데 그것만으로도 왕복 한 시간이고 내친김에 화왕산 정상까지 다녀오려면 또 두세 시간이 필요하다.

화왕산(757미터)은 창녕의 진산(鎭山)으로 '불뫼'라고 불렸다. 이 산이 화산이었는지는 확실히 알 수 없으나 정상은 제주도 기생화산인 오름처럼 움푹 파인 고원을 이루고 있다. 마주 보는 두 봉우리가 바깥쪽은 깎아지른 벼랑이면서 안쪽은 삼태기 모양으로 평퍼짐하게 퍼져나갔는데 여기에 둘레 약 2.7킬로미터의 산성을 쌓은 것이 화왕산성이다.

우리나라 산성이 대체로 산봉우리를 감싸는 테뫼식이거나 골짜기를 끼고 있는 포곡식인데 화왕산성은 그도 저도 아니어서 말안장 같다고 마안형(馬鞍形)이라고 부르기도 한다. 성벽 안팎은 똑같이 네모난 자연석과 다듬은 돌을 사용하여 사다리꼴 형태로 쌓아올렸다. 동서로 성문을 두었으나 서문은 자취도 없고 동문만 형태를 유지하고 있다.

성을 쌓은 것이 언제부터인지는 확실치 않지만 전설로는 비화가야 시절로 올라가고 기록으로는 조선 태종 10년(1410) 경상도·전라도에 중요한 산성을 수축했다는 실록의 기록에 화왕산성이 나온다. 그리고 『세종실록』 지리지에는 아주 구체적으로 기록되어 있다.

화왕산 석성은 둘레가 1,127보(步)이고 그 안에 샘이 아홉, 못이 셋 있으며 또 군창(軍倉)도 있다.

전란에 대비해 쌓은 산성은 50년, 100년이 가도 한 번도 사용하는 일이 없을 수 있다. 그래서인지 성종 때 편찬된 『동국여지승람』에서는 "화왕산 고성은 석축 산성으로 둘레가 5,983척(尺)이나 지금은 폐성되었다"고 했다. 그러나 임진왜란 때 강화 교섭이 한창 진행되는 동안 전쟁은 소강상태였고 가토 기요마사의 일본군이 동래·울산·거제 등 해안에 장기 주둔하다가 1597년 다시 쳐들어온 정유재란 때 화왕산성은 중요한 역할을 하게 된다. 당시 경상좌도방어사로 있던 홍의장군 곽재우(郭再祐)는 밀양·영산·창녕·현풍 네 고을의 군사를 거느리고 화왕산성을 수축하고 왜군을 기다렸다가 대파했다. 일본과의 전투에서 산성이 유리함을 그렇게 보여준 곳이다.

그뒤로 화왕산성은 다시는 산성으로 사용된 일 없고 지금은 아홉 개의 샘도 사라지고 무너진 석성의 잔편만 남았지만 역사의 유적이 되어 답사객과 등산객을 불러들이고 있다. 화왕산 정상에는 아직도 억새밭 가운데 못 셋이 남아 있다. 그중에는 '창녕 조씨 득성 설화지(得姓說話池)'가 있는데 여기엔 1897년에 세운 비도 있다.

| **창녕 조씨 득성 설화지** | 화왕산성 정상에는 창녕 조씨가 성을 얻게 되었다는 설화의 현장에 기념비가 세워져 있다.

## 창녕 조씨와 창녕 성씨

답사 때 나는 설화는 잘 소개하지 않는다. 그러나 창녕에 오면 누구나 창녕 조(曺)씨와 창녕 성(成)씨에 대해 궁금해하여 아는 대로 얘기하곤 한다. 신라 진평왕 때 한림학사 이광옥의 딸 예향이가 병을 고치기 위해 화왕산 정상의 못에서 목욕을 하였는데 그 후 태기가 있었다. 그리고 '그 아이는 용의 아들로 겨드랑이 밑에 조(曺) 자가 있을 것이다'라는 내용 의 꿈을 꾸었다고 한다. 아이를 낳아보니 과연 그러했고 왕이 이 소문을 듣고 직접 불러서 확인한 후 성을 조씨, 이름을 계룡(繼龍)이라 부르게 했으며 훗날 진평왕의 사위로 창녕부원군(昌寧府院君)에 봉했다. 이분이 바로 창녕 조씨의 시조이다. 이 득성 설화는 조선 영조 때 제작된 『여지 도서(輿地圖書)』 '창녕조'와 『창녕조시대동보』에 나온다.

그런데 창녕 조씨와 창녕 성씨는 성이 달라도 동본이어서 동성동본과 마찬가지로 결혼이 힘들다는 속설이 의외로 널리 퍼져 있다. 내 주변에는 유난히 창녕 조씨와 창녕 성씨 친구와 지인이 많은데 그들조차 이렇게 알고 있다. 그러나 이는 근거가 없다.

중국의 조(曹)씨는 주나라 문왕의 열두째아들의 후손으로 우리 창녕 조씨의 조(曺)와 글자가 다르다. 또 중국의 성(成)씨는 주 문왕의 일곱째 아들 후손으로 백제의 성충이 이들과 어떻게 연관되는지는 알 수 없고 창녕 성씨는 신라 때 성인보(成仁輔)가 창녕에서 호장을 지내며 그 자손들이 대대로 살아 본관으로 삼은 것으로 시조의 묘소는 창녕군 대지면 맥산에 있다. 다만 예전부터 양가가 본이 같아 형제처럼 지냈기에 서로 혼인을 시키지 말자는 약속을 했기 때문에 이런 속설이 퍼졌을 뿐이다.

그들끼리 결혼을 하든 말든 그것은 내가 상관할 바 아니지만 창녕에 오면 창녕 성씨, 창녕 조씨 친구와 지인을 한 번쯤 더 떠올리게 되고 내가 신세 진 분은 더더욱 생각난다.

오영수의 「한탄강」이라는 소설을 보면 '그녀'가 그 도시에 있다는 사실 하나 때문에 그 도시는 여느 도시와 다르게 내 가슴에 다가온다는 내용이 나온다. 창녕에 오면 창녕 성씨와 창녕 조씨 당사자만이 감회가 있는 것이 아니라 그 친구와 지인의 얼굴이 새삼 떠오르는 것은 당연한 일이 아닌가.

창녕 조씨 지인 중에는 2007년에 작고한 미술애호가인 청관재(青冠齋) 조재진이 있다. 이분은 타고난 애호가였다. 1980년대 민중미술운동을 할 때 김용태 형과 나는 그림마당 민을 운영했는데 정말 힘이 들었다. 그때 제지 회사를 경영하는 중소기업인인 조재진 사장은 매주 수요일 오후면 인사동 전람회를 두루 구경하고 그림마당 민에 와서 젊은 작가의 그림을 사주곤 하셨다. 그때 얼마나 큰 도움이 되었는지 모른다. 조사장은 타계하기 직전 가나화랑에서 '청관재소장 민중미술전'을 열었다.

뜻하지 않게 일찍 세상을 떠나면서 이 소장품은 모두 국립현대미술관으로 들어가게 되었다. 그리고 조사장은 내가 명예관장으로 양구 박수근미술관을 건립할 때 가격 높기로 유명한 그의 유화가 한 점도 없는 것을 알고 「빈 수레」라는 명화를 기증해주셨다. 그러니 내가 어찌 생각나지 않겠는가.

창녕 성씨 중에는 피잣집을 하던 성신제가 있는데, 서로 '웬수'라고 부르는 바둑 친구이다. 내가 백수이면서 5층 건물 옥탑방에 공부방(연구실)을 마련하고 효형이와 문화유산답사회를 운영할 때 그와 내기바둑을 해서 사무실을 운영한 사실을 내 친구들은 다 알고 있다. 그러다 내 책이 베스트셀러가 된 뒤에는 오히려 내가 많이 잃었다. 그때 나의 어려운 사정을 알고 짐짓 져주었던 것을 나중에야 깨달았다.


## 화왕산 억새밭

나는 답삿길에 산행을 잘 하지 않는다. 등산을 하게 되면 답사 시간이 줄어들기 때문이다. 그러나 화왕산만은 자주 오르는 편이다. 거기에 화왕산성이 있기 때문이라기보다 산길이 편하고 진달래와 억새가 아름답고 거기서 산 아래 들판을 내다보는 전망이 통쾌하기 때문이다.

한번은 진달래 피는 봄철 사람들이 가장 많이 이용하는 최단거리 등산 코스를 따라가보았다. 자하골에서 창녕여중 앞을 지나 목마산성을 거쳐 화왕산성으로 올라가는데 경사가 급해 꽤나 힘들었지만 영롱한 햇살에 빛나는 그 진달래의 아름다움이 지금도 잊히지 않는다.

그러나 내가 즐겨 화왕산성에 오르는 길은 관룡사까지 차로 올라가 거기서 용선대를 거쳐 정상으로 가는 코스다. 그 길은 사뭇 발아래로 펼쳐지는 일망무제의 경관이 통쾌하기 때문이다.

| 화왕산 억새밭 | 화왕산성에 다다르면 정상의 드넓은 억새밭이 우리를 매료시킨다. 5만여 평 산상에 핀 억새밭의 풍광이라고 하면 굳이 내가 묘사하지 않아도 능히 상상이 가지 않겠는가. 분명 억새인데 화왕산 갈대로 더 많이 알려졌다.

    어느 길로 오르든 화왕산성에 다다르면 정상의 드넓은 억새밭이 우리를 매료시킨다. 5만여 평 산상에 핀 억새밭의 풍광이라고 하면 굳이 내가 묘사하지 않아도 능히 상상이 가지 않겠는가. 그런데 여기에 오면 사람들은 이것이 갈대냐 억새냐를 놓고 설전을 벌이기도 한다. 눈에 보이는 것은 분명 억새인데 창녕군에서 가을이면 개최하는 축제 이름이 '화왕산 갈대제'이기 때문이다. 실제로 억새와 갈대는 비슷하여 구별이 쉽지 않다.

    9월 하순에서 10월 초가 되면 전국 각지에서 많은 갈대제와 억새 축제가 열린다. 억새 축제를 보면 강원도 정선군 남면 무릉리 민둥산에서 열리는 억새꽃축제가 유명하다. 해발 1,119미터 민둥산은 이름 그대로 산 전체가 둥그스름하게 끝없이 펼쳐진 광야와 같은 느낌인 20만 평가량이 억새꽃으로 덮여 장관을 이룬다.

밀양 표충사가 있는 영남 알프스의 재약산(1,108미터) 해발 800미터 지점에 이르면 125만 평이나 되는 사자평이라는 고원이 펼쳐진다. 이 사자평 억새밭은 워낙에 방대하여 한쪽 끝에서 다른 편 끝까지 가는 데 1시간 이상이 걸릴 정도다. 전라남도 장흥군 천관산에서 열리는 억새제는 그 풍광이 다도해와 함께 어우러져 가히 환상적이다.

갈대제로는 전라도 순천만에서 열리는 것과 지금은 없어졌지만 파주 출판단지가 있는 경기도 파주시 교하의 갈대 축제가 유명했다. 대체로 산에서 열리면 억새제, 습지에서 열리면 갈대제다. 실제로 두 식물의 식생이 그렇다.

### 갈대와 억새

억새와 갈대는 모두 볏과 식물로 외형이 비슷해 보이지만 자세히 살피면 전혀 달라 억새는 억새고 갈대는 갈대다. 억새꽃은 씨앗에 붙어 있는 털이 새하얀 은색으로 곱고 깨끗하다. 갈대의 씨앗에 붙어 있는 털은 고동색이고 부스스하고 지저분하다. 그러나 억새나 갈대의 꽃처럼 보이는 부분은 사실 꽃이 아니라 씨앗이다. 바람이 불면 멀리 잘 날아갈 수 있도록 복슬복슬한 털이 씨앗에 붙어 있는 것이란다. 옛 유행가 가사에 "아, 으악새 슬피 우니 가을인가요"는 곧 억새(으악새)가 바람에 휘날리는 모습을 시적으로 표현한 것이다.

억새는 잎이 줄기와 마디를 감싸고 자라므로 마디가 없는 것처럼 보이고 가장자리에 강하고 날카로운 톱니가 있어서 손을 베이기도 한다. 이에 비해 갈대의 줄기는 대마디처럼 마디가 잘 보인다. 그래서 갈대다. 쇠죽으로 끓여줄 수 있을 정도로 부드럽다. 억새의 키는 사람 키 정도로 1~2미터이지만 갈대 키는 훨씬 커서 2~3미터까지 자란다.

억새는 건조하고 척박한 곳에서 잘 자라기 때문에, 산이나 뭍에서 봤다면 대개 억새다. 갈대는 습한 곳에서 잘 자라므로, 냇가나 습지에서 봤다면 갈대일 가능성이 크다. 그런데 화왕산 억새밭에서 열리는 축제에 갈대제라는 이름이 붙은 데에는 사연이 있다. 사실 우리가 '갈대의 순정' '생각하는 갈대'라고 말하는 것은 대개 억새를 보고 하는 말이다. 억새 줄기는 가늘고 바람에 하늘하늘 날리지만 갈대는 줄기가 뻣뻣해서 바람에도 꿋꿋하게 잘 견딘다. 그러니까 '바람에 날리는 갈대처럼'은 사실은 '억새처럼'이 맞다. 그렇다고 '여자의 마음은 억새와 같이'라고 하면 그 서정이 잘 살아나지 않을 것이다. 1971년 창녕군에서 처음 화왕산 억새밭 축제를 열면서 사람들의 마음을 끌기 위해 갈대제라고 이름을 붙인 것이다.

그렇다고 근거가 없는 것은 아니었다. 축제가 시작되는 창녕 조씨 득성 설화지 부근은 산상의 습지이기 때문에 갈대가 일부 있기는 했다. 그것을 근거로 삼아 화왕산 갈대제가 되었는데 지금은 그 갈대들이 억새에 치여 하나도 남지 않았다. 빨리 이름을 바꾸어야 우리 답사회원들이 싸우는 일도 없을 것같다.

화왕산 억새밭에서는 2009년 2월 큰 사고가 있었다. 1995년 2월 24일 정월대보름부터 창녕군에서는 화왕산 억새 태우기 축제를 열었다. '큰불뫼'라는 이름의 화왕산(火旺山)에 걸맞은 축제를 만든 것이다. 실제로 그렇게 쥐불을 놓아야 억새가 더 강해지고 잘 자란다. 매해 개최되던 축제는 2000년부터 3년마다 열렸고 회를 거듭할수록 관광객이 많이 몰려왔다. 2009년 대보름에 열린 제6회 때는 3만 명이나 모였다고 한다.

그런데 그해 억새가 오랜 가뭄으로 바싹 말라 불길은 걷잡을 수 없이 거세지고 갑자기 방향을 바꾸어 불어닥친 돌풍으로 관광객과 현장 공무원 4명이 사망하고 64명이 화상을 입은 사건이 발생한 것이다. 피해가

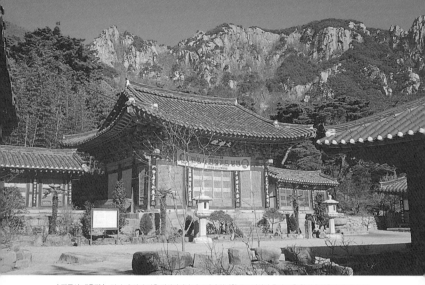

| 관룡사 대웅전 | 정면 세 칸의 작은 법당이지만 다포집의 화려한 공포장식과 추녀 끝을 한껏 추켜올린 팔작지붕의 날렵하면서도 화려한 맵시로 결코 작다는 느낌을 주지 않는다.

심했던 곳은 배바위 부근이었다. 여기는 사진 찍기에 가장 좋은 위치로 어느 때에도 불길이 오지 않아 사람들이 많이 몰렸는데 그날 예상 밖의 돌풍이 이쪽으로 불어닥친 것이었다. 이 사고로 창녕군은 영원히 억새 태우기 축제를 중단한다고 선언했다.

### 관룡사

화왕산이 명산으로 꼽히게 된 것은 관룡사(觀龍寺)라는 명찰이 있기 때문이다. 관룡사는 관룡산 중턱에서도 훨씬 더 올라가 정상을 눈앞에 둔 위치에 자리잡고 있다. 절까지 오르는 길이 사뭇 구절양장의 오르막 길인지라 10여 년 전만 해도 접근하기 힘들었다. 길이 있기는 했지만 포장도 엉성한 외길이어서 어쩌다 반대편에서 오는 차와 마주치면 비켜갈

곳을 찾지 못해 진땀을 빼곤 했다. 그러나 이제는 절 입구에 넓은 주차장까지 생겼다.

관룡사는 산중의 분지가 아니라 산비탈의 경사면을 경영하여 건물을 배치해 경내는 좁아 보인다. 그 대신 관룡사에서 위로 올려다보는 경관은 장엄하고 아래로 내려다보는 경관은 너무도 통쾌하다.

태백산맥이 영남으로 흘러내려 군위·영천·대구의 팔공산을 빚어내고, 이것이 다시 남으로 뻗어내리면서 달성의 비슬산을 만든 다음 창녕 땅으로 들어와 낙동강을 곁에 두고 나란히 달리면서 다시 크게 솟구친 산이 바로 관룡산이다. 들판에서 솟아난 형상이어서 호쾌한 기상이 서려 있다. 화왕산 줄기는 용을 쓰듯 관룡산(740미터)·영취산(737미터)으로 굽이치며 일어나니 그 산세가 자못 힘차다. 특히 관룡산 연봉(連峯)들은 마치 용의 등줄기처럼 강한 굴곡을 이루며 뻗어나가 햇살에 빛날 때면 아름다움을 넘어 영적인 분위기조차 느끼게 한다. 그 관룡산 영봉(靈峯)들이 가장 신령스럽게 바라보이는 자리에 관룡사가 자리잡고 있다.

관룡사의 가람배치는 절 초입부터 다르다. 주차장에 당도하면 신우대가 울창해 산속의 깊이를 감추고 왼쪽으로는 찻길이, 오른쪽으로는 돌계단이 있어 이곳으로 느긋하게 오르면 홀연히 돌장승 한 쌍이 우리를 맞아주곤 했다. 그런데 얼마 전에 가보니 그 대밭을 밑동째 다 베어버려 돌장승이 주차장에서 훤히 다 보이고 고즈넉한 소로를 걷는 맛을 뿌리째 앗아갔다. 그러나 대나무의 생명력이 워낙 강해서 언젠가는 다시 옛 모습으로 돌아오리라 믿는다.

장승은 대부분 나무로 세워 수명이 짧아 옛 모습 그대로를 보기 어려운데, 남원 실상사와 나주 불회사, 그리고 관룡사는 돌장승을 세워 원형을 간직하고 있다.『벅수와 장승』(집문당 1990)이라는 불후의 명작을 남기신 고 김두하 선생은 돌장승 옆에 있는 풍화의 정도가 비슷한 당간지주

| 관룡사 장승 | 관룡사 초입에는 돌계단이 있어 느긋하게 오르면 홀연히 돌장승 한 쌍이 우리를 맞아주곤 했다. 그런데 얼마 전에 가보니 대밭을 밑동째 다 베어버려 돌장승이 주차장에서 훤히 다 보이고 고즈넉한 소로를 걷는 맛을 뿌리째 앗아갔다.

에서 영조 49년(1773)에 세웠다는 명문(銘文)을 찾아내 그때 세운 것으로 추정했다.

장승이 남녀로 쌍을 이루는 것은 어디나 공통이지만 장승의 모습을 어떻게 표현하는지는 절마다 달랐다. 남원 실상사 돌장승은 금강역사(金剛力士)를 닮아 인상이 사납다. 나주 불회사 돌장승은 할머니·할아버지 모습을 하고 있어 더없이 따뜻한 온정이 느껴진다. 그런데 이 관룡사 돌장승은 이도 저도 아니고 여자는 마치 수수깡 안경을 쓴 것 같은 모습에 아주 조순한 인상을 주고, 남자는 퉁방울눈에 입을 굳게 다물어 심통이 난 것 같다. 장승이라는 형식을 갖추기 위해 둘 다 벙거지를 쓰고 있고, 콧잔등에는 주름이 두 줄로 나 있으며, 두 송곳니가 입술 밖으로 삐져나와 있다. 그러나 무서울 것도 없고, 귀여울 것도 없다. 하나는 착하고, 하나는 화가 나 있다. 해석하자면 정직한 민중의 표정이다. 그래서 조선시

| **관룡사 남녀 돌장승** 관룡사 돌장승은, 여자는 마치 수수깡 안경을 쓴 것 같은 모습에 아주 조순한 인상을 주고, 남자는 퉁방울눈에 입을 굳게 다물어 심통이 난 것 같다. 하나는 착하고, 하나는 화가 난 모습으로 정직한 민중의 심성을 읽을 수 있다.

대 진짜 민중미술의 한 면모를 여기서 볼 수 있다.


### 관룡사의 가람배치

관룡사는 매우 가파른 산자락에 위치하여 절로 들어가는 진입로가 여느 절처럼 편하지 않다. 돌장승에서 절에 이르는 길은 사뭇 비탈길이다. 그러나 두어 굽이만 돌면 이내 가지런한 돌계단 위에 작은 돌문이 나오는데, 이것이 관룡사의 산문(山門)이다. 문이라고 해봐야 둥글넓적한 돌

| 관룡사 전경 | 관룡사는 산중의 분지가 아니라 산비탈의 경사면을 경영하여 건물을 배치해 경내는 좁아 보인다. 그 대신 관룡사에서 위로 올려다보는 경관은 장엄하고 아래로 내려다보는 경관은 너무도 통쾌하다.

을 양쪽으로 쌓아 기둥으로 삼고 그 위에 장대석(長臺石) 두 장을 얹은 뒤 기와지붕을 올린 매우 작은 문이다.

돌문 양옆으로는 허튼돌로 마구 쌓은 담장이 낮게 뻗어 있어 여기부터 관룡사의 경내임을 암시한다. 이처럼 관룡사는 일주문(一柱門)을 생략하고 지형에 맞춰 독특한 산문을 세운 것이다. 산문에서 천왕문(天王門)에 이르는 길도 여느 절과 다르다.

돌계단을 올라 산문 안으로 들어서면 낮은 돌담을 멀찍이 두고 길게 뻗어 있어 넉넉한 가운데 편안한 느낌을 받으며 경내로 들어간다. 돌장승에서 산문, 산문에서 천왕문에 이르는 이 진입로는 관룡사만의 멋이다.

천왕문으로 들어가 절마당에 당도하면 가지런한 축대 위에 레벨을 달리하고 크기를 달리한 너덧 채의 당우(堂宇)가 조용히 자리잡고 있다. 대웅전은 정면 세 칸의 작은 법당이지만 다포집의 화려한 공포장식과 추

| **관룡사 진입로 안쪽** | 돌계단을 올라 산문 안으로 들어서면 낮은 돌담을 멀찍이 두고 길게 뻗어 있어 넉넉한 가운데 편안한 느낌을 받으며 경내로 들어간다. 돌장승에서 산문, 산문에서 천왕문에 이르는 이 진입로는 관룡사만의 멋이다.

녀 끝을 한껏 추켜올린 팔작지붕의 날렵하면서도 화려한 맵시로 결코 작다는 느낌을 주지 않는다. 이에 반해 약사전(藥師殿)·산신각(山神閣) 등 부속 건물은 얌전한 건축으로 아주 조촐한 느낌을 준다. 그런데 이 건물들이 저 멀리 관룡산의 아홉 봉우리와 절묘하게 호응하고 있어 절이 작거나 좁다는 느낌이 전혀 없다.

10여 년 전 서울건축학교 사람들과 여기에 왔을 때 2011년 타계한 건축가 정기용은 칠성각 앞에 있는 샘에서 약수 한잔 시원히 들이켜고는 학생들에게 이렇게 설명했다.

관룡사는 산사 경영의 슬기가 돋보입니다. 평지 사찰은 격식에 따라 배치하면 그만이지만 여기는 그럴 만한 공간이 없기 때문에 건물을 앉히기 매우 어려웠을 겁니다. 요새 사람이 지으면 아마도 포클레

| **칠성각(위), 명부전(가운데), 산영각(아래)** | 관룡사의 가람배치는 지형과 지세에 따라 레벨을 달리하며 건물을 앉혀 아주 정겹게 다가온다.

인으로 반반히 평지로 만들어놓고 시작했을 텐데 옛 분들은 주어진 지형을 그대로 끌어안으면서 배치했어요. 저 작은 건물들을 보세요. 층층이 높이를 달리하면서 서로가 서로를 비켜앉아 건축적 리듬감이 있죠. 관룡사는 평면보다 입면의 배치가 탁월한 절집입니다. 건축이란 기본적으로 땅에 대한 컨트롤에서 시작하는 것이지만 우리 전통 건축은 이처럼 컨트롤하지 않은(uncontrolled) 것처럼 보이는 중요한 특징을 갖고 있어요.

그래서 관룡사는 속이 깊은 절집이라는 인상을 주는 것이다. 관룡사 대웅전은 『관룡사 사적기』에 숙종 38년(1712)에 중건됐다고 쓰여 있으나 1965년 대웅전 보수공사 때 상량문이 발견돼 태종 원년(1401)에 창건되었고 임진왜란 때 불타버려 영조 25년(1749)에 중창했다는 사실을 알 수 있게 되었다.


### 용선대의 조망

관룡사는 절집에서 정상 쪽으로 500미터 위쪽에 있는 용선대(龍船臺)라는 벼랑에 통일신라시대 석조여래좌상이 있기 때문에 더욱 매력적인 사찰이다. 용선대 석조여래좌상은 전체 높이 3.18미터로 대좌(臺座)와 불상으로 구성되는데, 불상은 근엄하고 대좌는 제법 화려하다. 근래에 좌대 중대석에 새겨진 명문을 발견해 8세기 초 석굴암 이전에 조성한 것으로 확인됐다.

절집에서 늦은 걸음으로 약 25분 거리에 있어 누구나 가벼운 산행을 겸하여 이곳까지 오른다. 어쩌면 이곳에 오르기 위해 관룡사에 들르는지도 모른다. 용선대는 용의 등줄기 같은 저 관룡산의 화강암 줄기가 산자락을 타고 내리다 문득 멈춘 절벽이기 때문에 마치 용 모양의 뱃머리 같다고 해서 붙은 이름이다. 실제로 용선대에 오르면 그 아래로 펼쳐지는 전망이 뱃머리에서 보듯 장쾌하다. 벼랑에 세워진 불상 앞에서 둘러보면 발아래로 관룡사가 둥지에 포근히 깃들인 것처럼 아늑해 보인다.

남쪽으로는 우리가 올라온 관룡산 계곡이 넓은 들판까지 길게 펼쳐지고, 불상 등 뒤로 올려다보면 화왕산 정상의 억새밭 민둥산이 느린 곡선을 그리며 한 굽이 돌아간다. 불상 앞은 바로 벼랑이어서 일찍이 예불드릴 수 있는 공간만 겨우 남겨놓고 긴 철봉으로 보호책을 쳐놓아 사람들은 철책에 기대어 불상을 바라보기도 하고 또는 철봉에 배를 의지하고 사방을 둘러보기도 한다.

그런데 몇 해 전 한 얄개가 불상 앞 철책에 두 팔을 걸치고는 영화 「타이타닉」에서 디카프리오가 뱃머리에서 두 팔로 날개를 펴는 장면을 연기해 보이는 것이었다. 용선대라 했으니 뱃머리에 해당하는 것일지니 그는 한번 폼 잡아볼 만도 했다. 이후 우리 학생들은 이 불상을 '타이타닉 부처님'이라고 부른다.

용선대 불상에서 정상 쪽으로 바라보면 바로 위쪽에 또 다른 벼랑이 하나 서 있는 것이 보인다. 이 벼랑을 우리 답사회원들은 '효대'라고 부른다. 총무인 '효형이가 올라가보는 대(臺)'라는 뜻이다. 그는 어디를 가나 유적이 가장 잘 보이는 자리를 찾아 그 유적이 갖는 장소성(site)을 살펴보고, 또 거기서 사진을 찍고는 한다.

그런 곳을 우리는 효대라고 불렀고, 전국 답사처에는 효대가 20여 곳 있다. 용선대 효대에서 석조여래좌상을 근경(近景)으로 삼고 화왕산 한

---

**| 타이타닉 부처님 |** 관룡사 절집에서 정상 쪽으로 500미터 위쪽에 있는 용선대라는 벼랑에 통일신라시대 석조여래좌상이 있다. 용선대라 했으니 뱃머리에 해당한다. 우리 학생들은 이 불상에 '타이타닉 부처님'이라는 애칭을 붙였다.

| **용선대 석조여래좌상** | 전체 높이 3.18미터로 대좌와 불상으로 구성되는데, 불상은 근엄하고 좌대는 제법 화려하다. 근래에 좌대 중대석에 새겨진 명문을 발견해 8세기 초 석굴암 이전에 조성한 것으로 확인됐다.

바퀴를 원경(遠景)으로 조망하면 여태껏 우리가 보았던 것은 예고편에 불과한 것이 된다. 이 신비롭고 성스럽고 장엄한 경관을 위해 무르팍으로 비비며 벼랑에 올라온 발품이 조금도 아깝지 않다. 대개 우리는 효대에서 서산으로 해가 넘어가 땅거미가 내릴 때가 되어야 다시 관룡사로 하산하곤 했다.

## 하병수 가옥

관룡사 입구 여관에서 하룻밤을 묵고 창녕을 떠날 때면 무언지 아쉬움이 남아 어디 한 곳 더 들르고 싶은 마음이 일어난다. 이럴 때면 다음 행선지가 어디인가에 따라 몇 가지 선택이 있다.

서쪽으로 향하게 되면 우포늪과 창녕 성씨 고택이 있는 아석헌(我石軒)을 들러보게 된다. 남쪽으로 향하면 영산의 만년교를 보고 가면 된다. 정조 때 처음 세워진 만년교는 그 자체로 아름다운 다리이지만 주변을 공원으로 조성해놓아 봄이면 다릿가에 아무렇게나 피어난 개나리와 겹벚꽃이 참 아름답다. 이름하여 '남산호국공원'이라 하고 옛 사또 선정비와 함께 3·1운동, 6·25전적비, 임진왜란 호국충혼탑 등 여러 비를 세워놓았다. 그중 '전제(全霽) 장군 충절사적비'라는 것이 유난히 크다. 동네 사람에게 그 연유를 물어보니 전두환 전 대통령 때 위선(爲先)사업으로 세운 것이라고 하여 모두들 재미있어한다.

그러나 문화유산답사회의 20여 년 답사 경험을 놓고 볼 때 사람들은 우리나라에서 가장 오래된 초가집인 술정리 하씨 초가(중요민속문화재 제10호), 일명 '하병수 가옥'을 가장 좋아했던 것 같다. 이 집은 250년의 연륜을 자랑하니 그것만으로도 호기심이 일어나는데 집 앞에 당도하면 이 댁 분들의 깔끔한 집 관리에 우리의 눈과 마음이 기쁘다. 『답사여행의 길잡이』 경남편 필자인 박종분은 그 감상을 이렇게 적었다.

집도 집이지만 하병수 가옥에서는 사람살이, 살림살이의 윤기가 느껴진다. 텃밭은 자그마하지만 고추, 가지, 상추 따위의 소소한 푸성귀가 싱싱하고 안주인의 맵짠 손길이 닿은 장독대는 언제 가보아도 반들거린다.

| **하병수 가옥** | 이 집은 250년의 연륜을 자랑하니 그것만으로도 호기심이 일어나는데 집 앞에 당도하면 이 댁 분들의 깔끔한 집 관리에 우리의 눈과 마음이 기쁘다.

처마 밑으로는 처마에 닿도록 가득한 장작더미가 가지런하고, 벽 위에는 줄에 꿴 치자, 묵은 석류가 걸려 있어 언제고 쓰일 날을 기다린다. 사랑채 마당부터 뒤꼍에 이르도록 크고 작은 빈터에는 갖은 꽃과 나무가 제 자랑에 여념이 없다. 국화, 수국, 맨드라미, 치자, 능소화, 동백, 앵두, 영산홍, 대추, 단풍, 석류, 무화과, 감, 은행, 대나무, 회나무, 포구나무……

한겨울만 아니라면 꽃철 잎철을 가리지 않고 아무 때든 몇 가지 꽃은 볼 수 있을 정도니 도대체 이 많은 꽃과 나무를 어찌 다 손보는 것일까? 하병수 가옥은 다시 찾고 싶은 집이 아니라 아무 욕심 없이 오래 머물러 살고 싶은 집이다.

이 아름다운 글을 쓴 답사회원 박종분은 내 주례하에 김효형 총무의 안사람이 되었다.


## 유리 고인돌

지난번 창녕답사 때 나는 이도 저도 아니고 장마면의 유리 고인돌로 향했다. 유리 고인돌은 내 경험상 우리나라 남방식 고인돌 중에서 가장 크고 가장 믿음직하게 생겼다. 여기에는 본래 7기가 있었다지만 다 없어지고 오직 한 기만 언덕바지에 빈 하늘을 배경으로 버티듯 서 있어 좀 외로워 보이긴 해도 오히려 홀로 우뚝한 데에서 장중한 기품이 느껴진다.

높이는 사람 키보다 훨씬 큰 2.5미터고 폭이 5미터가 넘으니 수치만으로도 장대함을 알 수 있을 것인데 생김새가 꼭 메줏덩이 같아서 아주 듬직하고 순박한 인상을 준다. 그냥 자연석을 올려놓은 것이 아니라 바둑판 발처럼 낮은 받침을 고였다. 그 받침돌로 인하여 설치조형물로서 고인돌의 의미가 진하게 다가온다. 그것이 바로 예술이다.

2009년 5월, 노무현 대통령이 서거하자 유족과 장의위원회에서 내게 고인의 비석과 안장 시설을 맡아달라고 의뢰해왔을 때 이 사안은 아주 복잡했다. 유언에는 화장하고 '아주 작은' 비석만 남겨달라고 했는데, 유족들은 산골(散骨)하지 않고 매장하겠다니 어떻게 해야 두 가지를 다 충족시킬 수 있을까 하는 고민이었다. 그때 내 머릿속에 떠오른 것이 이 유리 고인돌이었다. 전직 국가원수의 예를 갖추어 매장한 다음 봉분도 비석도 없이 저 메줏덩이 같은 고인돌 하나 얹어놓고 '대통령 노무현' 6자만 새기면 된다고 생각했다.

그러나 이렇게 생긴 자연석을 구하기 쉽지 않아 설계를 맡은 건축가 승효상은 메줏덩이처럼 생긴 고인돌 대신 둥글넓적 맷방석만 한 너럭바위로 대신했다.

| 유리 고인돌 | 높이는 사람 키보다 훨씬 큰 2.5미터고 폭이 5미터가 넘으니 수치만으로도 장대함을 알 수 있을 것인데 생김새가 꼭 메줏덩이 같아서 아주 듬직하고 순박한 인상을 준다.

 이런 연유로 나는 유리 고인돌에 대한 상념이 길게 남아 있어 창녕에 오면 늘 찾아와 보곤 하는데 아무리 보아도 고 노무현 대통령의 이미지와 잘 맞는다. 메줏덩이 같던 순박한 심성과 언덕바지에 외로이 우뚝 선 그 모습이 절로 고인의 이미지를 연상케 한다. 유리 고인돌이 거기 그렇게 서 있는 한 창녕은 내 마음에서 떠날 수 없을 것 같다.

2011. 3.

서부경남이야기

# 옛길과 옛 마을에 서린 끝 모를 얘기들

농월정 / 박지원 사적비 / 정여창 고택 / 학사루 / 함양상림 /
단성향교 / 단속사터

### 복날 청하는 편지

『언간독(諺簡牘)』이라는 조선시대 목판본은 한글로 편지 쓰는 법이 사
안에 따라 예문으로 제시된 책이다. 오죽했으면 한문도 아닌 한글로 편
지 쓰는 데도 책을 참고해야 했으며, 오죽 격식을 차렸기에 기별을 보내
면서도 예를 갖추어야 했던가. 그래야 했던 것이 봉건시대이며, 지배층
의 규범까지 좇느라고 피지배층이 겪어야 했던 어려움의 일단이 여기에
도 나타나 있다.

그러나 나는 이 책에서 오히려 서민 문화 내지 민중 문화가 지니는 커
다란 미덕을 내용과 형식 모든 측면에서 찾아보게 된다.

글씨체를 보면 나라에서 국민 교화용으로 발행한『훈민정음』『오륜행
실도』등의 한글 서체에서 느껴지는 규율과 권위 같은 것이 없다. 그렇

다고 흔히 민중 문화의 한 특징으로 상정되는 투박하고, 거칠고, 정돈이 잘 안 된 조악한 것도 아니다. 가지런하고 소박한 가운데 편안함과 사랑스러움이 넘쳐흐르는 얌전한 글씨체다. 마치 동백기름으로 머리를 매만지고 검정 치마에 하얀 무명 저고리를 입고 나들이 가는 조선의 아낙을 보는 듯한 맵시다. 이것이야말로 지배층 사대부 문화에서는 찾아볼 수 없는 서민 문화의 향기인 것이다. 나는 이 목판본을 일찍이 인사동 고서점에서 구한 뒤 요담에 내가 책을 쓰면 이 글씨를 집자하여 표지를 디자인할 생각을 하였다.『나의 문화유산답사기』제목 서체가 바로 이것이다.

또 그 내용을 볼 것 같으면 옛사람들이 편지 보내야 했던 경우가 오늘날과 비슷하면서도 그 분위기는 사뭇 달라서 사람 사는 정을 물씬 풍기고 있다. 묵은 세찬 편지, 아비가 집 나간 아들에게 하는 편지, 시삼촌댁에게 하는 편지, 생남(生男) 축하 편지, 남남끼리 하는 편지…… 그런가 하면 화류(花柳) 때 청하는 편지, 가을에 노자고(놀자고) 청하는 편지도 들어 있다. 그중에서 내가 아주 재미있게 읽은 편지는 '복날 청하는 편지'다.

배상(拜上)

복날 더위가 더욱 심하온데

형체(兄體) 어떠하오시니잇가. 제(弟)는 서증(暑症)으로 앓고 지내옵다가 요사이야 저으기 낫사오나 더위도 너무 괴롭사오이다.

마침 주효(酒肴)가 있삽기 통(通)하오니 산수 좋은 곳에 가 탁족(濯足)이나 하오면 어떠하리잇가. 옛글에 일렀으되 관(冠)을 벗어 돌벽에 걸고 이마를 드러내어 솔바람을 쐬인다 하얏사오니 이 아니 상쾌하니잇가. 자세히 기별하옵소서.

즉일(卽日) 제(弟) 아모 배(拜)

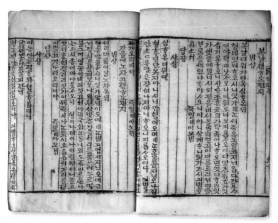

| 「연간독」 중 '복날 청하는 편지와 답장' 부분 | 글의 내용도 재미있지만 글씨체의 단정한 맛에서 서민 문화의 또 다른 미덕을 엿보게 된다.

탁족(濯足)이라! 옛사람들의 취미와 낭만에 익숙지 않은 분이라면 이 탁족이라는 말뜻, '발을 세탁한다'는 표현에 웃음이 절로 날 것이다. 그러나 옛사람들은 이 편지 쓰기 예문에도 한 전형으로 나올 만큼 탁족을 아주 즐겼으니 계(契)모임의 한 형식으로, 또는 오늘날에 야유회 가듯 등산 가듯 옛날에는 탁족회가 많이 열렸다.

### 「고사탁족도」와 「삼복탁족도」

본래 탁족이라는 말은 자못 준엄한 말로 시작되었다. 그것은 『맹자』에서 지식인(군자)이 시세(時勢)에 응하여 벼슬에 나아가기도 하고 물러설 줄도 아는 행장진퇴(行藏進退) 처신의 신중함을 경고하는 말이었다.

흐르는 물이 맑으면 나의 갓끈을 닦고　　滄浪之水淸兮 可以濯我纓

흐르는 물이 흐리면 나의 발을 씻는다　　滄浪之水濁兮 可以濯我足


이 탁영탁족(濯纓濯足)이라는 말은 굴원(屈原)이 「어부사(漁父辭)」에 한 구절로 끌어들이면서 하나의 고사성어로 되어 더욱 널리 쓰이게 되었다.

그러한 탁족을, 진(晉)나라 때 글을 잘 써서 "낙양의 종잇값을 올려놓았다"는 고사의 주인공인 좌사(左思)는 「영사시(詠史詩)」를 지으면서 세상사로부터 유연히 물러나 있는 탈속(脫俗)의 자세로 표현하였다.


천 길 벼랑에서 옷을 털고　　振衣千仞崗

만 리로 흐르는 물에 발을 씻는다　　濯足萬里流


이리하여 냇가에서 발 씻고 있는 처사의 모습을 그린 「고사탁족도(高士濯足圖)」는 문인화의 한 소재가 되어 훗날 『개자원화보(芥子園畵譜)』 같은 화본에 정형으로 제시되어 있다. 16세기, 조선왕조 선조 때 화가인 학림정(鶴林正) 이경윤(李慶胤)의 「고사탁족도」는 그 대표적인 예로 고고한 선비의 세계가 아취 있게 표현되어 있다.

그러나 그 탁족의 풍류가 어디 배운 사람, 있는 사람들의 전유물일 수 있겠는가. 못 배우고 없는 이라고 "산수 좋은 곳에 가 탁족이나 하자"고 청하지 않을 수 있겠는가. 그리하여 '복날 청하는 편지'의 탁족은 시세를 가늠하는 것도, 탈속을 기리는 것도 아닌 야유회이고 바캉스일 따름이다. 그렇게 하는 것이 서민들의 정서에 맞는 일이다.

조선 후기에 들어와 속화(俗畵)가 유행하게 되었을 때, 비록 그림 속에 낙관(落款)이 들어 있지 않아 화가를 알 수 없는 작품이지만 「삼복탁족

| **이경윤 「고사탁족도」** | 냇물에 발을 담그고 있는 선비를 그린 이 「고사탁족도」는 탈속한 처사의 삶을 형상화한 조선 중기 회화사의 명작이다.

도(三伏濯足圖)」라는 것이 한 폭 전해지고 있어 그러한 탁족의 분위기를 여실히 살필 수 있다. 여기서는 고고한 기품 대신 질펀한 물놀이의 흥거움이 강조되어 있다. 세쌍둥이솥에 끓이고 있는 것은 분명 보신탕일 것이며, 탁족의 경지는 발을 닦는 것을 넘어서 'ㄱ받침을 ㅈ받침으로 바꾸는 차원'으로 들어갔다. 이쯤 되면 탁족은 체모와 격식과 규범으로부터 홀연히 벗어나는 감성적 해방의 즐거움으로 나아가는 것이 아닐까. 그러니까 탁족, 거기에는 이성의 긴장도 있을 수 있고 감성의 해방도 따를 수

| **작자 미상 「삼복탁족도」(부분)** | 사대부의 고귀함이 아니라 세속적인 물놀이를 그린 조선 후기의 속화로 그림 오른쪽으로는 세 여인이 목욕하는 누드화가 그려져 있다.

있는 유효한 레포츠의 하나였던 것이다.

답사를 다니면서 나는 정말로 탁족을 즐겼다. 옛사람의 풍류를 흉내 내기 위함이 아니라 냇가에 앉아 양말을 벗고 냇물에 발을 담근다는 것 자체가 그렇게 즐거울 수가 없다. 그 한가로움과 마음 편함 때문에 나의 답사행은 곧 탁족행이기도 했다.

나의 경험에 의하건대, 그 탁족의 행복을 누린 가장 환상적인 아름다움의 계곡은 함양 화림동의 농월정(弄月亭)과 산청 지리산의 대원사계곡이다. 구천동계곡은 무주리조트가 생겨 망가졌고, 동해(묵호) 두타산 무릉계곡은 시멘트 공장 지대를 관통해야 하는 역겨움이 있고, 울진 불영계곡은 벼랑 위쪽으로 달리는 자동차가 어지러워 감히 농월정이나 지리산 대원사계곡에 견줄 수 없을 것이다. 이제 나는 남한 땅 최고의 탁족처라고 말해도 지나침이 없을 지리산 동남쪽, 함양·산청으로 먼 여행길을 독자 여러분과 함께 떠나고자 한다.

## 차창 밖으로 스치는 간판들

오늘날에는 대전-통영간 고속도로가 개통되어 교통이 여간 편리한 것이 아니지만 얼마 전까지만 해도 서울에서 지리산 동남쪽으로 들어가는 길은 정말로 머나먼 여로였다. 서울에서 가자면 경부고속도로 김천에서 거창으로 빠져 안의로 들어가는 길과 호남고속도로 전주에서 남원으로 내려가 함양으로 들어가는 길이 가장 빠른 길이었다. 그러나 나는 전주에서 진안으로 들어가 육십령고개를 넘어 안의계곡에 이르는 옛길을 택했다. 그래야 지루한 여로를 낭만의 여로로 바꿀 수 있고 화림동의 농월정으로 곧장 들어갈 수 있었기 때문이다.

호남고속도로로 내려와 전주 시내를 관통할 때까지는 아직 답사의 흥이 일어나지 않는다. 그러다 전주에서 진안 쪽으로 차머리를 돌리면 이내 시골맛이 나오며 차창 밖 풍광이 여심(旅心)을 돋운다. 논밭에 자라는 작물로 계절을 읽어보고, 낮게 내려앉은 집들이 옹기종기 모여 있는 마을을 보면서 아직도 남아 있을 농가의 온정을 살 속까지 밀어넣어보게 된다.

그러나 날이면 날마다 늘어나는 것이 먹고 마시고 놀고 자는 가게와 여관들인지라 전원의 풍광보다 먼저 들어오는 것이 상점 간판들이다. 그것을 무시해버리고 창밖의 표정을 바라볼 재간이 없는데 이 길을 가다 보면 참으로 기발한 이름의 시골닭집이 나온다. 허름한 집에 허름한 글씨로 입간판을 세워놓고는 상호 왈, '켄터키 촌닭집'이다. 아— 어찌하여 시골닭, 토종닭의 상징성을 켄터키가 가져갔는가! 이 이름에 서린 오묘한 문화사적 의의를 후대 사람들이 어찌 알고 이해할 것인가.

전주에서 진안을 거쳐 장계에 이르도록 우리는 차창 밖으로 온갖 '가든'을 지나치게 된다. 화심가든, 소양가든, 장수가든…… 이제 사전을 만들 때는 가든(garden)의 낱말 풀이를 ① 정원 ② 숯불갈빗집으로 적어넣지 않으면 안 되게끔 되었다.

역마살이 고산자(古山子) 김정호(金正浩) 버금가게 팔자 속에 배었는지 팔도를 내 집 마당처럼 돌아다니다보니 나는 참으로 기발한 간판을 많이 보았다. 성남에서 이천 쪽으로 뻗은 산업도로를 가다가 갈현터널을 지나면 '베드로횟집'이 나온다. 그렇지! 베드로는 어부 출신이었고 이 길은 천주교 성지순례 코스이라는 생각을 하고 혼자 웃은 적도 있다.

그런가 하면 울산대학교 앞에는 '풍월장(風月莊)'이라는 보신탕집이 있다. 그 연원은 당구삼년폐풍월(堂狗三年吠風月), '서당개 3년에 풍월로 짖는다'에서 나왔다고 하니 대학가의 보신탕집으로는 제격이 아닐 수 없다.

지금 우리는 간판을 사용가치의 측면에서만 보고 말지만 이것은 아주 중요한 문화인류학적 유물들인 것이다. 그것은 우리 시대의 문화상을 아주 정직하게 반영하는 이 시대의 얼굴이기도 한 것이다. 따라서 그것을 면밀하게 읽어내는 것은 답사의 또 다른 배움이고 즐거움이다.

### 무진장을 지나며

전주에서 진안으로 넘어가는 모래재는 사뭇 험하다. 들리는 말로는 사고도 잦다고 한다. 고개가 험한지라 산마루에 오를 때 아래로 내려다

| 마이산 원경 | 강정골재를 넘어서면 마이산의 쌍봉이 홀연히 솟아올라 답사객의 마음을 놀랍고도 기쁘게 해준다.

보는 기분은 비록 한순간이지만 등반할 때의 호쾌함도 갖게 한다. 눈앞에 다가오는 것이 바느질하듯 이어가는 산자락뿐이니 이제 우리는 탁족처를 찾아 머나먼 여행길에 들어선 기분을 온전히 가질 수 있다.

모래재를 내려가는 길이 어느만치 뻗어가다가 강정골재를 넘어서면 홀연히 마이산의 기이한 봉우리가 나타난다. 그 신비로운 형상을 한번 본다는 것, 그리고 20세기 설치미술의 최고 명작이라고 할 탑사(塔寺)의 공력을 구경하는 것은 그것 자체로 여행의 별격(別格)이 될 수 있다. 나는 지금도 어느 가을날의 환상적인 마이산 답사를 생생히 기억하고 있는데, 다녀온 사람들의 얘기로는 겨울날의 눈 덮인 마이산이 더욱 신비롭다고 한다.

그러나 나는 겨울날의 마이산 답사를 두 번이나 실패했다. 기껏 일정을 잡아놓고는 눈이 무진장 오는 바람에 모래재의 찻길이 끊겨 코스를 변경하고 말았던 것이다. 덕유산 서남쪽 산골 마을인 무주·진안·장수 3개 군을 줄여서 무진장이라고 부르는데, 이처럼 무진장에는 눈이 무진 장 온다.

내가 잊지 못할 무진장의 또 다른 추억은 1972년 11월 유신헌법 찬반 국민투표 때의 일이다. 사상 유례없는 투표율과 유례없는 지지율을 얻 어내기 위해 대리투표, 유령투표 등 유례없는 관권 부정선거가 자행됐 던 이 선거에서 군부대는 반쪽 가리고 ○표만 찍는 공개투표를 시행하 여 거의 100퍼센트 투표율에 99퍼센트 지지율을 보여주었으니 알 만한 일이 아닌가. 이때 그래도 용기 있게 반대에 찍은 내 친구 윤수는 명령불 복종이라고 영창 15일을 살았다. 그리하여 전국 91.9퍼센트 투표에 찬성 91.5퍼센트를 기록했다. 바로 그 선거에서 무진장은 전국에서 가장 높은 투표율을 보여주었는데 투표율이 자그마치 103퍼센트였다. 그야말로 무 진장 쏟아져나온 것이다. 그 캄캄했던 시절의 캄캄한 시골 동네 얘기가 이제는 캄캄한 옛이야기로 전설이 되어 들려온다.

서울에서 아침에 떠나면 전주나 진안쯤에서 점심을 먹게 된다. 전주 백반, 전주비빔밥, 전주콩나물국밥 등 향토의 진미가 진을 치고 있으니 걱정은커녕 거기에 모주 한잔을 곁들이는 즐거움이 기다린다. 그런데 전 주 사람들은 소양과 화심의 순두부를 별미로 치고 있어서 마이산 가는 길 에는 대형 순두부 공장과 식당이 즐비하다. 답사회원들과 단체로 갈 때면 어쩔 수 없이 여기서 잔칫상 받듯이 한 그릇 먹고 가지만 단출한 여행일 때면 마이산을 지나 오천(梧川)초등학교 입구에 있는 재래식 순두붓집에 들러 간다. 그래야 드럼통에 두부를 끓이는 할머니의 능숙한 손놀림도 구 경하면서 무진장 사람들의 순박한 살내음에 다가설 수 있기 때문이다.

오천 순두붓집에서 다시 길을 잡아 가다가 장수로 빠지는 길을 버리 고 장계(長溪)마을을 곧장 지르면 임진왜란 때의 의기 주논개(朱論介,

?~1593) 출생지로 들어가는 푯말이 보인다. 초행길 답사객은 진주의 논개가 이곳 출신이라는 사실에 다소 당황하곤 한다. 장수 사람 논개가 진주에 가서 의로운 희생을 한 것은, 3·15부정선거 때 남원의 김주열(金朱烈, 1943~60)이 마산에 가서 뜻깊은 희생을 당한 것과 사정이 비슷하여 그 또한 묘한 인연이라는 생각이 든다.

대가야의 영역이 한때는 남원까지 뻗은 적이 있어 이 지역에서는 가야 도기와 같은 형식의 질그릇이 많이 출토되고 있는 것을 보면 문화권으로 볼 때 영남과 호남의 교차점이라는 역사성도 있지만 교통이 나쁘고 왕래가 드문 시절에도 영호남은 지금처럼 지방색을 드러내지 않았던 증좌가 여기에도 있는 것이다.


## 화림동계곡의 정자들

장계에서 함양으로 들어가자면 육십령고개를 넘어야 한다. 육십령고개는 남덕유산 아랫자락을 타고 넘는 길로 고갯마루에서 전라북도와 경상남도의 경계를 이룬다.

육십령고개는 예순 굽이라는 거창한 이름을 지녔지만 경사가 가파르지도 않고 험하지도 않다. 장계마을에서 고갯길이 빤히 올려다보이는데 그 고갯길의 생김새는 산비탈을 느슨하게 타고 오르는 뱀의 형상을 그리고 있다. 어느만큼 고개를 올라 아래쪽 장계마을을 내려다보면 안온한 촌락 풍경이 그림처럼 펼쳐진다. 우리가 관념 속에서 그리는 살기 좋고 인심 좋은 옛 마을의 전형이다. 아직도 우리의 향촌이 겉으로나마 저렇게 살아 있다는 사실에 나는 항시 감사와 행복을 느끼며 한편으로는 저 풍광이 언제 '가든'과 '파크'로 무너지지나 않을까 걱정되는 불안의 감정이 같이 일어나곤 한다.

| **육십령고개에서 내려다본 장계마을** | 비스듬한 경사의 육십령고개를 타고 오르다보면 아름다운 산간 마을 장계가 그림처럼 펼쳐진다.

육십령고개를 넘으면 우리는 이내 금천계곡, 속칭 안의계곡을 곁에 두고 줄곧 비탈길을 내려가게 된다. 계곡의 천연스러운 아름다움은 이 찻길이 생기면서 반은 죽어버렸고, 대전–진주간 고속도로가 곧바로 이 계곡을 타고 내리면서 지금의 이 풍광은 먼 옛날의 얘기로 되고 말았지만, 그래도 안의계곡의 수려한 자태가 저력을 발하고 있다.

덕유산에서 발원한 계류가 흙모래를 다 쓸어내고 골격 큰 화강암바위를 넘으면서 곳곳에 못을 이루고, 어쩌다 너럭바위를 만나면 미끄러지듯 흘러내려 아름다운 풍광을 곳곳에 빚어놓았다. 그 계곡이 절정을 이루는 곳을 화림동(花林洞)이라 하며, 예부터 팔담팔정(八潭八亭)의 승경을 자랑해왔다.

지금 화림동의 여덟 정자를 다는 헤아리지 못하지만 거연정(居然亭),

군자정(君子亭), 동호정(東湖亭), 농월정(弄月亭)처럼 아무런 예비지식 없이 무심히 가던 사람도 잠시나마 쉬어가고 싶은 충동을 일으킬 준수한 정자가 계곡 양쪽으로 곳곳에 자리잡고 있다. 어느 경우든 정자의 모습은 감추어진 그윽한 곳이 아니라 훤히 들여다보이는 반듯한 자리에 어찌 보면 나를 보라는 듯 우리를 정면으로 대하고 있다. 여기에서 나는 호남이 아닌 영남의 정자 문화가 지닌 독특한 성격을 읽어보게 된다.

『영남누대지(嶺南樓臺誌)』에 실린 영남의 누각과 정자는 책으로 한 권이 될 정도로 헤아릴 수 없이 많다. 『함양군지』에 소개된 정자와 누대는 근 150개소가 된다. 그 누대에는 저마다 사대부의 풍류와 은일(隱逸)의 뜻이 서려 있다. 거연정은 중추부사를 지낸 전시숙(全時叔)이 소요하던 곳을 후손 전재학이 추모의 염으로 세웠고, 동호정은 동호 장만리(章萬里)의 후손이 역시 추모하여 세웠고, 군자정은 정여창(鄭汝昌)이 일찍이 찾은 곳이라고 해서 사인(士人) 전세걸(全世杰)이 세웠고, 농월정은 관찰사와 예조참판을 지내고 임란 때 의병을 일으켰던 지족당(知足堂) 박명부(朴明榑)가 노닐던 곳에 후손들이 세운 것이란다.

영남의 정자들이 이처럼 계곡과 강변의 경승지를 찾아 세운 것이 많다는 사실은, 호남의 정자들이 삶의 근거지에서 멀지 않은 곳, 일종의 전원생활 현장에 세운 것이 많다는 것과 큰 차이를 보여준다. 말하자면 놀이문화로서 정자와 생활문화로서 정자의 차이가 된다. 때문에 호남의 정자는 자연과 혼연히 일치하는 조화로움과 아늑함을 보여주는데, 영남의 정자는 자연을 지배하고 경영하는 모습을 띠고 있다.

1993년 봄, 건축가 민현식·승효상이 종합건축사무소 '이로재(履露齋)' 창립을 기념하는 정여창 고택 답사에 초청하여 함께 이 길을 가면서 나는 민현식 씨로부터 아주 유익한 깨침을 받을 수 있었다.

| **거연정** | 전시숙이라는 문인이 소요하던 곳에 후손이 세운 정자로, 계곡 가운데 우뚝 솟은 바위 위에 정자를 세운 드라마틱한 배치로 행인의 시선과 발목을 잡는다.

"영남의 정자들은 위치 설정에서 다소 드라마틱한 배치를 보여주고 있어요."

바로 그것이다. 극적인 효과. 거연정이 구름다리 너머 바위 위에 올라앉은 것도 그렇고, 농월정을 계곡 건너편 저쪽으로 바짝 밀어붙여 세운 것도 그렇다.

지금 화림동의 4대 정자는 모두 입장료를 받고 있다. 나는 돈도 돈이지만 시간을 절약하기 위해 항시 그중에서 가장 스케일이 크고 준수하게 생긴 농월정에서만 탁족을 즐기고 나머지 정자들은 차창 밖으로 보는 것으로 만족하였다.

농월정은 월연암(月淵岩)이라고 부르는 방대한 너럭바위 전체를 조망하는 자리에 세워져 있다. 월연암에 농월정이라면 못에 비친 달을 정자에서 희롱한다는 뜻이 되니 그 이름만으로도 풍광을 짐작할 수 있지 않은가. 실제로 주변의 승경은 자못 호쾌하고 바위를 타고 흘러내리는 물살은 제법 빠르며 그 소리 또한 시원스럽다. 여름철 물이 깊어지면 바지를 걷어붙여도 정자 쪽으로 건너가지 못한다. 가을 단풍이 계곡물에 잠기며 오색이 어른거릴 때도 멋있지만 한겨울 얼음장 위로 흰 눈이 수북이 쌓여 있을 때는 여지없는 한 폭의 수묵산수화로 된다.

월연암 곳곳에는 바위가 움푹한 웅덩이를 이룬 곳이 많다. 영남대 한문교육과의 김혈조 교수는 학생들을 데리고 이곳에 답사할 때면 안의마을 양조장에서 막걸리 한 말을 받아다 여기에 쏟아붓고는 봄이면 진달래 꽃잎을, 가을이면 들국화 꽃잎이나 솔잎을 띄워놓고 한 바가지씩 퍼서 마시게 하며 놀이판을 벌인단다.

농월정 정자는 이층누각에 바람막이 작은방을 가운데 두고 삼면으로 난간을 돌린 제법한 규모다. 입장료를 받건만 관리가 부실하여, 신 벗고 오르지 못하게끔 되었으나 탐승객마다 신을 신고 오르는 바람에 점점 남루하고 볼품없는 몰골로 되고 말았다. 그나마도 얼마 전엔 누군가의 방화로 완전히 소실되어 다시 새 건물로 복원한 아픈 내력을 갖고 있다. 그러나 누마루에서 오른쪽 바위를 내려다보면 웅혼하고 유려한 글씨체로 '지족당장구지소(知足堂杖屨之所)'라는 글씨를 깊게 새겨놓아 이 농월정의 뜻을 새삼 새겨보게 된다. '장구'란 지팡이와 신을 뜻하는 것으로 산책을 의미한다. 풀이하자면 지족당이 산책하던 곳으로 된다. 농월정 난간에 기대어 화림동 계류 소리를 들으며 한가한 시간을 가질 때면, 언젠가 나도 보름달 뜰 때 여기에 올라 달을 희롱하며 놀아보리라는 마음을 갖게 되는데 내겐 그런 한가한 시간이 오지도 않았고, 올 것 같지도 않다.

| **농월정** | '달빛이 비치는 바위못'이라는 뜻의 월연암 위에 정자를 세우고 그 이름은 '달을 희롱한다'는 뜻의 '농월정'이라고 했으니 그 낭만적 분위기를 알 만도 하다. 현재 농월정은 안타깝게도 화재로 소실되었다.

## 농월정의 행락객

농월정으로 답삿길을 떠날 때면 나는 차 안에서 농월정의 아름다움을 실컷 설명해놓고는 반드시 "그러나 여러분은 오늘 농월정의 탁족을 즐길 수 없을지도 모릅니다"라는 경고성 단서를 붙인다. 그 경고는 이 답사기에도 그대로 적용된다.

농월정은 대단한 행락 관광지다. 겨울을 제외하고 봄·여름·가을로 사람들이 북적거린다. 특히 봄가을로는 관광버스 한 대 빌려 차 안에서부터 흔들며 춤추는 놀이패들로 난장판이 된다. 이들은 농월정이 아니라 농월정 주차장이 목적지여서 스피커를 버스에서 밖으로 빼내어놓고는 최대 음량으로 온갖 뽕짝을 다 동원하여 틀며 혼신의 힘으로 춤을 추는 천박하고 저질스러운 놀이패들이다. 이 봄놀이·단풍놀이 춤꾼들은 항시 나의 답삿길에 따라붙는다. 그것을 피해가는 슬기가 사실은 답사의 중요한 노하우가 된다. 신문 보도에 따르면 94년 6월부터는 이런 행락 질서 위반자에게 무거운 벌금을 때린다고 했으니 조금은 안심이 되기는 한다.

그러나 나는 이 놀이패들을 경멸하거나 미워하지 않는다. 나는 이들이 왜 이렇게 흔들지 않으면 안 되는지를 이해할 수 있었기 때문이다. 그 문리를 터득한 곳은 바로 이 농월정 주차장 화장실 앞에서였다.

농월정 화장실은 남녀 구분의 표시가 암호 같은 도안이 아니라 자못 도전적인 신사 숙녀 얼굴로 그려져 있다. 그 화장실을 쳐다보고 있자니 용무를 마치고

| **지족당장구지소** | 지족당이 산책하던 곳이라는 뜻으로 새긴 각자(刻字)는 매우 힘차면서도 정연하고 깊이 새겨져 있어 그것이 하나의 문화유산으로 되었다.

나오는 여자들의 폼이 제각각이다. 도회적 세련미에 넘치는 젊은 여인들은 손도 씻고 머리매무시도 다 고치고 나오는 것이 화장실 나오는 것인지 회사 정문 나오는 것인지 구별이 안 갈 정도다. 그러나 놀이패 아주머니, 할머니들은 옷을 다 입고 나오는 분이 없다. 나오면서 연신 허리춤의 지퍼를 올리고, 윗옷을 쑤셔넣고, 허리띠를 졸라매며 종종걸음으로 걷는다. 이것은 제주도 관광지, 불국사, 고속도로 휴게소에서도 똑같이 볼 수 있다. 그것 자체가 공중도덕에 어긋난다고 할 수 있다. 그러나 그것은 그분들이 농사를 지으면서 생긴 습관일 따름이다. 뒷간에서 허리춤 매만질 시간도 없이 살아가고 있는 그분들인 것이다.

내가 지금 그분들을 이해한다는 뜻은 대부분 농촌에서 농사짓는 아주머니, 아저씨, 할머니, 할아버지인지라 배운 것이 모자라 저렇게 공중도

덕을 무시한다고 측은하게 생각하는 것이 아니다. 다만 나는 지금 그들이 저런 놀이 문화를 가질 수밖에 없음을 이해하고 있는 것이다.

그분들은 젊은것들이란 다 떠난 빈 마을을 지키고 있는 마지막 농군들이다. 그분들은 1년에 한 번 또는 두 번, 본격적인 농사철이 아닌 때를 골라 어느 시인의 표현대로 '우라질 것' 신나게 한번 놀아보자며 스트레스를 풀고 있는 것이다. 그분들은 이날 이때를 위해 매달 곗돈으로 5천원, 1만 원씩을 부어왔다. 그들로서는 오직 흔들고 춤추며 소리 지르고 노래하는 만큼 본전을 뽑는 것이다. 이 금싸라기 같은 시간에 어찌 휴식이 있을 수 있겠는가.

공중도덕을 찾는 사람들은 모두 이렇게 하지 않고도 점잖게, 신나게, 질탕하게 놀 수 있는 돈과 시간과 장소적 편의가 있는 사람들이다. 사실 점잖은 사람들이 남의 눈 안 띄는 곳에서 벌이는 저질스러움에 비하면 이분들이 도덕적으로 훨씬 선하다. 이 순박한 촌로들에게 저질의 카바레 문화를 가르쳐준 것은 도대체 누구였던가. 다 그 점잖은 사람들이다.

나의 이런 항변에 대하여 어떤 분은 아무리 좋게 이해하려 해도 볼꼴 사나운 것은 틀림없는 사실 아니냐고 반문할지도 모르겠다. 물론 그렇다. 그러나 이 행태를 고치려면 상류사회의 문화부터 고치지 않으면 안된다고 생각한다. 그러니까 이 농월정 놀이패에게 보낼 경멸의 뜻은 우리 시대 문화 행태와 구조 전체에 대한 반성으로 되돌려야 마땅하다는 것이 나의 주장이다.

지금 전 세계에서 문명국으로 자처하는 나라를 보면 모두 중세 봉건국가에서 근대 시민국가로 전환하는 과정에서 봉건시대의 세련된 고급 문화를 근대의 시민 문화로 계승하는 과정을 겪었다. 서양 중세 음악이 르네상스의 모테토, 바로크의 바흐를 거쳐 베토벤, 드뷔시로 자연스럽게 이어지는 모습을 역력히 볼 수 있다. 미술도 마찬가지고 문학도 그렇다. 그러나 우리는 근대화 과정에서 그 중요한 작업을 하지 못했다. 조선 시대의 세련된 사대부 문화가 근대적·시민적·대중적 지평에서 확대·개편·수정되는 계기를 갖지 못했고, 봉건사회 해체기에 일어났던 서민 문화의 새로운 생명력을 발전시키는 노력도 해보지 못했다. 『언간독』의 글씨 같은 서체를 아직도 만들어내지 못하고 있다. 그때에 남긴 숙제가 한 세기 반이 지난 지금에도 숙제로 남아 있는 것이다. 놀이 문화도 마찬가지였다.

모든 것이 근대화·서구화의 위세에 밀린 것이다. 또 그렇게 열심히 서구의 뒤를 좇아갔기에 이만큼 사는 나라가 되었다. 그러나 서구 문화가 들어올 때는 세련된 고급문화만 들어온 것이 아니라 저질 문화도 따라 들어왔다. 그것이 한국적으로, 향촌 사회적으로 변질된 것이 저 놀이패의 춤 문화다.

농월정 난간에 기대어 주차장 쪽 나무 그늘에서 무리 지어 거의 죽을 힘을 다하여 연신 흔들어대는 아주머니와 아저씨를 보면서 우리 시대의 세련된 놀이 문화 행태란 어떤 것인가를 생각해보았지만, 내 재간으로는 그 실마리도 잡아낼 수 없음이 안타까울 따름이었다. 고작 생각해낸 것은 '탁족'과 '답사'뿐이었다.


## 안의마을을 돌아보며

안의(安義)는 아주 아담한 시골 마을이다. 그러나 조선시대에는 현감이 다스리던 현(縣)이었다. 본래 이름은 안음(安陰)이었는데, 영조 43년 (1767) 인근 산음현(山陰縣)에서 일곱 살 난 여자아이가 아기를 낳는 괴이한 일이 벌어지자 영조가 그쪽에 음기(陰氣)가 너무 세어 그렇다며 산음을 산청(山淸)으로 개명하면서 안음도 안의가 되었다.

화림동에서 흘러내린 계류가 안의에 이르러서는 금천(錦川)이라는 호

칭에 어울리게 마을을 곱게 감싸고 돌아간다. 옛 마을인지라 향교도 있고 마을 한복판에는 광풍루(光風樓)라는 제법 큰 누대가 건재하여 거기에 오르면 천변의 풍광을 한눈에 내려다볼 수 있다.

금천 저쪽은 고목이 된 갯버들이 병풍처럼 줄지어 있다. 마을 밖에서 볼 때는 고목으로 감싸인 모습이 예쁘다고 생각했는데 마을 안에서 바라보니 포근하다는 인상을 말하게 된다.

안의는 70년대 말, 소읍 가꾸기사업에서 전국 3위를 할 정도로 규격화되어버리긴 했지만 그래도 묵은 동네 안마을을 두루 둘러보는 것은 답사의 큰 재미고 멋이다. 답사회원과 떼거리를 지어 도는 것은 미안한 생각이 들어 답사 때면 안의초등학교 입구에 차를 세워놓고는 각자 알아서 마을을 돌아보고 한 시간 뒤에 학교로 모이는 방법을 취한다.

뿔뿔이 풀어놓은 답사회원들은 얼마 뒤 약속이나 한 듯이 천변으로 모여든다. 뚝방 위에 서서 개울 건너 갯버들을 바라보는 것이 제일 즐거웠던 모양이다. 그리고 이들은 이내 뚝방 아래로 빨래터가 있음을 발견하고는 모두들 거기로 내려간다. 뚝방을 만들면서 널찍한 빨래판돌 대여섯을 시멘트로 반듯하게 줄지어 고정시켰는데, 재미있는 것은 빨래판이 아래위 2단으로 설치된 것이다. 물이 빠지면 아랫단, 물이 차오르면 윗단에서 빨래하게끔 되어 있다. 이제 냇물은 오염되어 다시는 빨래 나오는 아낙도 보이지 않으니 박수근(朴壽根, 1914~65)의 「빨래터」가 김홍도의 풍속화처럼 옛 그림으로 다가온다. 이것도 점점 지나간 시절의 유적으로 되어가고 있는 것이다.


## 부잣집, 삼둘이네

지리산의 동남쪽, 함양·산청을 지나다보면 차창 밖으로 비치는 마을마다 고래등 같은 기와집들이 무척 많이 눈에 띈다. 이 점은 거창이나 함안 쪽을 가도 마찬가지여서 조선시대부터 영남에 부자가 많았고 영남 사림파의 맥이 셌다는 것을 실감케 된다. 그런데 안의에는 그런 대갓집이 보이질 않는다. 오직 하나, 안의초등학교 가까이 중요민속자료 제207호로 지정된 '허삼둘(許三乭) 가옥'이 있다.

이 '삼둘이네 집'은 오늘날 사람도 살지 않고 폐가나 매한가지로 퇴락해버려 담장은 무너지고 사랑채 마당은 동네 사람 채마밭이 되고 말았지만 가옥 구조가 아주 특이하다. 솟을대문은 유난히 높고, 사랑채는 행랑채, 곳간과 연결되어 선비가 공부한다는 문기(文氣)가 보이질 않는다. 오히려 ㄱ자 팔작집으로 된 안채가 더 큰 비중을 차지하여 우리가 알고 있는 전통 한옥과 구조도 다르고 분위기도 다르다.

나는 이 '삼둘이네 집'과 산청의 남사마을 고가(古家)를 보고 나서 아주 흥미 있는 사실 하나를 발견하게 되었다. 우리는 전통 한옥의 고가를 보면 당연히 양반집으로 생각하고 그 가옥 구조를 양반 사대부 문화와 연결시켜 말하고 있다. 그러나 '삼둘이네 집'은 양반집이 아니라 그저 부잣집이었다. 말하자면 신흥 부르주아의 집인 것이다. 1862년의 농민전쟁, 속칭 임술민란 때 그 처신이 주목되는 요호부민(饒戶富民)의 저택이었던 것이다. 그래서 이 요호부민의 집들을 보면 당시 지배층인 사대부의 문화를 본받아 양반 가옥의 형태를 띠면서도 한편으로는 부자티를 내며 곳곳을 변형시켰던 것이다. 그 한 예가 솟을대문이 쓸데없이 높고 큰 것인데, 이 점은 오늘날에도 집장수 집들은 한결같이 대문을 거하게 만드는 것과 똑같은 발상인 것이다.

그런 중에도 '삼둘이네 집' 안채는 공간 배치가 야릇하다. 부엌을 ㄱ자의 정모서리에 붙여놓았다. 내 눈에는 그것이 기발하다는 생각만 들 뿐 잘된 것인지 못된 것인지 얼른 판단이 서지도 않고 그 이유도 잘 잡히지 않았다. 그러나 건축가의 눈에는 그것이 단박에 들어오나보다. 함께 간 승효상 씨 설명에 따르면 기품이고 체통이고 다 무시해버린 여성 생활 위주의 공간 포치란다.

그렇다면 이 집이 '허삼둘 가옥'으로 불리는 이유도 알겠다. 문화재 안내문에 따르면 이 집은 1918년에 윤대흥(尹大興)이라는 사람이 진양(晉陽) 갑부 허씨 문중에 장가들어 부인 허삼둘과 함께 지은 집이란다. 이집을 통례에 따라 남자의 이름으로 지칭하지 않고 여자 주인 삼둘이를 내세운 것은 삼둘이가 실세였고, 그의 건축적 주장이 그렇게 반영됐다는 해석이 가능해진다. 여권을 주장하는 사람들에게는 신나는 얘기가 아닐 수 없다.

그러나 나는 폐가가 되어 을씨년스러운 황량감이 감도는 이 '삼둘이네 집'에서는 차라리 한때의 부귀가 얼마나 허망한가를 실감 있게 읽게

| 허삼둘 가옥 안채 | ㄱ자 한옥으로 전통 가옥의 근대적 변형이 곳곳에 가해졌다. 몇 해 전 알 수 없는 방화로 소실되었다.

되며, 한편으로는 중요민속자료라는 지정문화재 정책의 허점을 뼈저리게 실감할 뿐이다. 옛집에 대한 보존과 보호는 가장 중요한 것이 거기에 사람이 살게끔 하는 것이다. 사람이 살지 않는 집은 곧 죽은 집이 되고 마는 법이다. 안동의 하회마을, 경주 양동 민속마을의 그 좋은 집들을 흉가로 만들어놓은 이유도 사람이 편히 살지 못하게 됨에 있는 것이었다. 답사를 다니면서 지정문화재 가옥을 볼 때면 사람의 체온과 체취를 그리워하는 그 애처로운 모습이 양로원에 버려진 노인네를 보는 것보다도 안쓰러웠다. 때로는 허가받을 수만 있다면 나라도 걸레질 치고 군불을 때주고 싶었다. 그리하여 이제 나는 옛집을 볼 때마다 입버릇처럼 하는 말이 하나 생겼다.

| **허삼둘 가옥의 부엌문** | 전형적인 ㄱ자 팔작집인데 정모서리에 배치한
출입구가 자못 이채롭다.

"집이란 사람이 살고 있을 때만 살아 있다. 사람이 떠나면 집은 곧
죽는다."

### 안의초등학교 교정에서

나의 지리산 동남쪽 답삿길에 굳이 안의마을을 들러야 했던 이유는
안의초등학교 때문이었다. 여기는 옛날 안의현의 동헌(東軒)이 있던 자
리다. 우리나라의 초등학교는 그 출발부터 기구한 팔자를 지니고 있다.
일제가 지금의 면 단위마다 소학교를 세우면서 그 위치를 옛날 현청(縣

廳)이 있던 자리를 택하였다. 신시가지에 일본인 관리가 통치하는 면사무소를 세우면서 조선왕조의 정통성을 죽이고 한편으로는 자신들의 신식 문명을 내세우는 양면 효과를 노렸던 것이다. 그리하여 답사와 연관해서 본다면 1894년 농민전쟁 때 조병갑이 혼난 고부현청은 고부초등학교, 수안보에서 이화령고개를 넘어가면서 내려다보이는 연풍, 단원 김홍도가 3년간 근무했던 연풍현청엔 연풍초등학교, 그리고 연암 박지원이 5년간 근무했던 안의현청에는 안의초등학교가 들어서 있게 된 것이다.

안의현감을 지낸 역대 선생들의 면면을 내가 제대로 알 턱이 없다. 그런 중 이곳 함양 출신으로 무오사화 때 유배를 당한 거유(巨儒) 정여창이 이곳에 부임하여 그때 선화루(宣化樓)를 크게 고쳐짓고 광풍루라고 했던 일, 한국회화사에서 속화(俗畵) 장르를 확립한 선비화가 조영석(趙榮祏)이 여기에 근무하던 중 영조가 어서 올라와서 세조의 초상화를 새로 그리는 데 붓을 잡으라고 명했건만 그것은 환쟁이가 할 일이지 나의 일이 아니라며 거절했던 일만은 확실하게 기억하고 있다.

그러나 그것은 답사의 큰 이유가 아니었고 연암(燕巖) 박지원(朴趾源, 1737~1805)이 55세 되는 1792년부터 5년간 그의 첫 외직(外職)으로 이곳 안의현감을 지냈다는 사실 때문이다. 연암의 글 중에는 안의 시절에 쓰인 기문(記文)이 상당수 있을 뿐만 아니라, 현재로서 연암을 기릴 수 있는 사적지는 여기밖에 없다.

연암의 사적지가 하고많은 연고 중에서 안의초등학교 자리로 될 수밖에 없는 것은 연암의 개인사적 사정과 분단의 비극 때문이다. 당신의 생가는 서울 반송방(盤松坊) 야동(冶洞), 지금 서대문 부근이었다. 그 집이 남아 있을 리 없으니 서울 사람의 고향 상실이라는 억울함과 아픔이 있다. 진짜 그분을 기릴 곳은 홍국영의 세도가 한창일 때 황해도 금천(金川)의 연암협(燕巖峽)으로 은거하여 그 아호가 여기에서 연유했으니 연암이 제격이다. 그러나 분단으로 갈 수 없는 땅이 되었기에 안의는 차선에 차선책으로 그분의 사적지가 되었고, 지금 안의초등학교 교정 화단한쪽에는 이우성 선생이 찬한 연암 사적비가 세워져 있다. 그러나 당신이 기거했던 옛집은 헐려 학교가 되고 오직 해묵은 배롱나무와 향나무두어 그루만이 연암 당년의 모습을 알려준다.

### 연암의 시「시골집」

연암의「양반전」「호질」「허생전」같은 소설은 우리들이 대충 알고 있다. 그러나 연암의 시에 대하여는 좀처럼 들어볼 기회가 없다. 나 또한 북한에서 출간한 『박지원작품집』한글 번역본을 손에 쥐기 전에는 그 시의 분위기를 체감할 수 없었다. 한글 번역과 원문을 대조하며 연암의 시를 읽어가는데「시골집〔田家〕」이라는 시에 이르러서는 그 정경 묘사가 얼마나 눅진하고 소담스러우면서 아름답고 그립던지, 학생들과 야외 스케치 나갈 때면 이 시를 복사해 나눠주곤 하였다.

| | |
|---|---|
| 할아범 새를 보러 밭둑에 앉았건만 | 老翁守雀坐南陂 |
| 개꼬리 같은 조이삭엔 참새가 달려 있네 | 粟拖狗尾黃雀垂 |
| 맏아들 둘째아들 들일로 다 나가고 | 長男中男皆出田 |
| 온종일 시골집은 사립문 닫혀 있네 | 田家盡日晝掩扉 |
| 소리개 병아리를 채려다 못 채가니 | 鳶蹴鷄兒攫不得 |
| 박꽃 핀 울 밑에서 뭇 닭이 울어대네 | 群鷄亂啼匏花籬 |
| 새댁이 함지 이고 꼿꼿이 내 건널 제 | 小婦戴棬疑渡溪 |
| 누렁개 발가숭이 아이 앞뒤로 좇아가네 | 赤子黃犬相追隨 |

나는 이 시를 읽을 때면 단원 김홍도의 풍속화와 산수화가 절로 생각
나고 그분이라면 이 시에 붙이는 그림 한 폭을 능히 그려냈으려니 생각
하곤 했다.


## 연암의 산문정신

연암 박지원이 한국문학사상 불후의 명저를 남긴 대문인으로 칭송되
는 바는 내남이 모두 알고 있다. 또 진정한 실학자로서 현실의 모순을 직
시했고, 북학파의 선봉이 되어 세계를 바라보는 인식을 새롭게 했음도
두루 알려져 있다. 한마디로 그는 당대의 대안목이었고 실천적 지식인
상의 모범이었다. 조선왕조의 문예 중흥기였던 정조시대의 문화적 성취
와 성숙도는 사상에서 다산 정약용, 문학에서 연암 박지원, 회화에서 단
원 김홍도, 경륜에서 번암 채제공 등으로 상징되는바, 한국인이라면 무
조건 연암을 존경하고 사랑하고 배워야 한다고 나는 믿고 있고, 그렇게
우기고 있다.

나는 연암의 소설보다도 산문을 좋아한다. 원래 한 시대의 빛나는 지
성은 어느 장르보다도 산문정신에 나타난다. 그 점에서 산문은 그 시대
문화의 척도이기도 하다. 연암의 산문은 높은 상징과 밑 모를 깊이의 은
유로 가득하다. 그 상징과 은유의 오묘함 때문에 『연암집』은 아직껏 한
글 완역본이 출간되지 못하고 있다. 연암의 글이야말로 독자에 따라 "아
는 만큼 느낄 뿐이다." 나는 당신의 수많은 명문 중에서 「환희기(幻戲記)」
를 아주 감명 깊게 읽었고, 아주 좋아하여 기회만 있으면 인용한다.


우리나라에 서화담(徐花潭) 선생이란 분이 있었습니다. 어느 날 외

출했다가 길에서 우는 사람을 만났더랍니다.

"너는 어째서 울고 있느냐?"

"나는 세 살 때 눈이 멀어 지금 40년이 되었습니다. 전일에는 어디를 갈 때는 발을 의지 삼아 보고, 잡을 때는 손을 의지해 보고, 음성을 듣고는 누군지 분별하니 귀를 의지해 보았고, 냄새를 맡고는 무슨 음식인지 살폈으니 코를 의지해 보았습니다. 사람들은 두 눈만 가지고 보지만 내 손과 발, 코와 귀가 눈 아닌 것이 없었답니다. 어찌 수족과 코·귀뿐이겠습니까? 시간이 이르고 늦음을 낮에는 피로한 정도로 보았고 사물들의 모습과 색깔을 밤에는 꿈으로 봅니다. 그래도 아무런 장애가 없이 의심되고 헷갈리는 것이 없었는데, 오늘 길을 오는 도중에 두 눈이 갑자기 밝아지고 백태가 낀 것이 절로 열려 천지가 확 트이고 산천이 어지럽게 널렸는데 만물이 눈을 막고 온갖 의심이 가슴에 차여 손·발·코·귀의 감각이 뒤집히고 섞여 모든 것이 정상을 잃게 되어 아득하니 집도 잊어버려 혼자 찾아갈 수 없습니다. 그래서 울고 있습니다."

"너는 네가 의지하던 손·발·코·귀에 물으면 그것이 응당 알 것 아닌가?"

"내 눈이 이미 밝아졌으니 그것을 어디에 사용하겠습니까?"

"네가 다시 눈을 감아라. 즉시 너의 집을 찾아갈 것이다."

이로 본다면 밝다는 것을 믿을 바가 못 됨이 이와 같습니다. 오늘 요술 구경을 본 것도 요술쟁이가 우리를 속인 것이 아니라 우리 스스로가 제 자신을 속인 것이외다. (김혈조 「연암 박지원의 사유양식과 산문문학」에서 번역문 인용)

나는 연암의 「환희기」 같은 산문을 읽을 때면 왜 우리는 감수성 예민한 학창 시절에 교과서에서 이런 명문을 배우지 못했던가 원망스럽기까지 하다. 그런 참된 국어 교육이 없었던 것과 이 시대에 '켄터키 촌닭집'

같은 황당한 상호가 등장하는 것이 무관치 않으리라.

연암의 정신은 스스로 부르짖은 단 한마디의 말, 법고창신(法古創新)으로 요약된다. 옛것을 법으로 삼으면서 새것을 창출하라.

지금 우리는 세계 질서의 정치적·경제적 변화에 당혹스러워하고 있다. 소련과 동구 사회주의 국가의 변화, 우루과이라운드의 타결, 세계화의 요구…… 이 정신없는 상황에서 우리가 갈 길을 연암 선생은 이 「환희기」에서 제시하고 있는 듯하다. 내 귓가에는 당신의 준엄한 말씀이 쟁쟁히 들려온다.

"그렇다면, 다시 눈을 감고 가시오!"

### 함양·산청의 유적들

답사를 자주 다니고 답사기 같은 글도 쓰니까 사람들은 나에게 "안 가본 데가 없겠네요"라는 말을 곧잘 한다. 그러나 천만의 말씀이다. 남한의 시군(市郡)은 대충 다 거쳐갔다. 그러나 전국 1,500개 읍면(邑面)으로 따지면 반도 밟아보지 못한 것 같다.

지리산변의 오지인 함양의 1읍 10면, 산청의 1읍 10면 중에서는 3분의 2가 미답처다. 그만큼 우리 땅은 깊다. 넓지는 않아도 깊다. 지리산의 자랑이 높이에 있지 않고 깊이에 있는 것처럼. 그러니 함양과 산청의 답사를 고작해서 3박 4일로 잡아놓고는 그곳의 모든 유적을 섭렵할 생각을 갖는다는 것은 우리 땅의 넓이만 생각하고 깊이를 생각지 않은 발상이며 국토에 대한 능멸에 해당한다.

지금 우리가 가고 있는 지리산 동남쪽 답삿길이란 육십령고개, 안의, 함양, 산청, 단성, 덕산, 대원사에 이르는 큰 줄기를 따라가는 길이다. 그

줄기에는 늙은 감나무 가지보다도 더 무성한 답사의 지류가 뻗어 있다. 한차례의 답사란 그저 한두 가지의 감을 따는 것 이상이 될 수 없다.

함양과 산청에는 가야시대 이래로 무수한 유적이 널려 있다. 산청 어서리의 가야 고분군과 구형왕릉으로 전해지는 네모난 돌무지무덤은 예사롭지 않았던 이 땅의 연륜을 말해준다.

깊은 산속에 자리잡은 삼국시대 이래의 불교 유적은 그 태반이 폐허가 되었지만 폐사지의 무너진 석탑과 이름 잃은 사리탑이 그 옛날을 오늘도 지켜주며, 천 년 이상의 역사를 갖고 있는 절집들이 아직도 몇몇은 건재하다. 지리산 칠선계곡을 타고 내려오는 마천·휴천 일대에는 영원사터, 무주암터, 안국암터, 두류암터, 엄천사터 등이 즐비하여 목장승으로 유명한 마천 벽송사(碧松寺)와 덕전리 실덕마을의 거대한 마애불(보물 제375호)은 그것만으로도 훌륭한 하루 답사가 된다.

산청의 지리산 대원사, 법계사, 내원사야 익히 보고 들어 알겠지만 율곡사의 대웅전(보물 제374호), 도전리의 마애불(지방유형문화재 제209호) 쪽으로는 발길이 잘 닿지 않는다.

함양 승안사(昇安寺)터에는 삼층석탑(보물 제294호)과 석조여래좌상이 남아 있고, 정여창의 묘소도 있어 꼭 가볼 마음을 먹은 지 오래건만 나는 올(1994년) 봄 답사 때도 지나치고 말았다.

고려시대 이래로 함양과 산청은 많은 인재를 배출했다. 그 인재의 후손과 제자들은 영남 사림파의 한 맥을 형성했다. 고려시대 문익점(文益漸)은 산청 출신으로 그분의 묘소와 목화 시배지가 유적지로 정비되어 있다. 현대 불교의 고승인 성철스님의 생가도 있다.

함양은 조선시대에 좌안동(左安東) 우함양(右咸陽)이라 하여 학문과 문벌의 자부심이 대단했다. 조선 성종 때 명신인 유호인(俞好仁), 문묘 배향자(配享者)의 한 분인 정여창이 함양 분이었다. 그리고 퇴계와 더불어 한

시대 사상적 지주였던 남명(南冥) 조식(曺植)은 산청 덕산에 자리잡았다.

대대로 이어온 양반과 지방의 토호들이 마을마다 뿌리를 내려 유서 깊은 마을이 한둘이 아닌데 정여창 고택이 있는 함양의 개평마을과 산청 단성의 남사마을은 그 취락 구조와 고가 자체가 한국건축사의 중요한 유적인 것이다.

큰 선비가 많이 나오고 양반이 많았으므로, 서원이 거짓말처럼 즐비하다. 함양의 남계서원(藍溪書院), 청계(淸溪)서원, 송호(松湖)서원······ 산청의 서계(西溪)서원, 도천(道川)서원, 배산(培山)서원, 덕천(德川)서원······ 이미 빈터로 변한 서원은 이루 다 열거하지 못한다.

이 많은 유적을 우리가 무슨 수로 3박 4일 일정에 일별이라도 하겠는가. 어차피 우리가 답사 여행객일진대 그것을 다 볼 이유야 있겠는가. 잘 익은 감만 따먹어도 물릴 판인걸.

지금 나의 답삿길은 그중 대표적인 고가로 정여창 고택, 대표적인 폐사지로 단속사터, 대표적인 서원으로 덕천서원, 대표적인 절집으로 대원사를 향하여 공격하듯 달리고 있는 것이다.


### 정여창 고택에서의 하룻밤

안의에서 함양으로 내려가는 길은 포장공사가 말끔히 끝났다. 90년대 초만 해도 키 큰 미루나무가 외줄로 달리는 신작로 흙길이어서 일부러 지나갔던 그때의 추억을 되살리려 창밖을 두리번거리니 새 길을 반듯하게 내면서 간간이 저쪽으로 밀려난 신작로 잔편이 미루나무 그늘 아래 길게 누워 있다.

차는 산허리를 넘고 들판을 가로지르며 달린다. 달리는 차창 밖으로는 마을과 마을들이 영화 속 장면처럼 오버랩된다.

내가 본 바에 의하면 영남의 들판은 호남의 그것과 사뭇 다르다. 호남의 산등성은 여리고 안온한데 영남의 능선들은 힘차고 각이 있다. 그래서 호남의 들판은 넓어도 아늑하게 감싸주는 포근한 맛이 있지만, 영남의 들판은 좁아도 호쾌한 분위기가 서려 있다. 그래서일까, 호남의 마을에서는 거기에 주저앉게 하는 눅진한 맛이 있는데, 영남의 마을에선 어디론가 산굽이 너머 달려가고 싶은 기상이 일어난다.

정여창 고택은 안의와 함양 사이, 지곡(池谷)면 개평(介坪)리에 있다. 지곡면사무소가 있는 마을 어디쯤에 차를 세워놓고 개울을 따라 동쪽으로 사뭇 올라가면 거기가 개평마을이다.

개평마을은 그 생김새가 댓잎 네 개가 붙어 있는 개(介) 자 형상이라고 해서 생긴 이름이라고 한다. 댓잎 한 줄기는 마을이 되고 한 줄기는 방풍 언덕으로 되어 언덕마루마다 노송이 줄을 이은 것이 퍽이나 운치 있고 격조가 높아 보였다.

개평마을은 상당히 크다. 현재도 100호가 넘는다고 한다. 집집이 돌담으로 어깨를 맞대고 어쩌다 끊어지면 탱자나무 울타리가 이어간다. 작은 집 몇 채를 지나면 번듯하게 생긴 큰 집이 나오고, 마을 안쪽 골목길들은 아직도 예스러움을 그대로 유지하고 있다.

물어 물어 정여창 고택에 이르기까지 나는 그에 필적할 만한 저택 두 집을 들어갔다. 이렇게 많은 양반 가옥이 밀집하여 있을 줄은 미처 모르고 큰 기와집이면 바로 그 집이려니 했던 것이다. 아직도 이런 마을이 건재하다는 것이 신기하고 고마웠다.

정여창 고택은 여느 양반 가옥과 마찬가지로 솟을대문, 사랑채, 안채, 아래채, 별당, 가묘, 곳간 등으로 구성되었다.

대문에서 바로 들여다보이는 사랑채는 ㄱ자 팔작집으로 돌축대가 높직하고 추녀는 활주를 받쳤을 만큼 날개를 펴서 더없이 시원스러운데

| **정여창 고택** | 높직이 올라앉은 사랑채에는 양반 가옥의 품위와 권위가 한껏 살아 있다.

툇마루 한쪽 편을 약간 올려앉혀 누대의 난간처럼 감싸안았다. 거기에 올라앉아 난간에 기대어 마당을 내다보았다. 누마루는 석가산(石假山)과 마주 붙어 마치 원림(園林)에라도 들어선 기분이다. 그것이 아마도 이 집 치원(治園)의 뜻이리라.

사랑채 옆으로 난 일각문(一角門)을 통해 안채로 들어서니 앞마당이 직사각형으로 길게 뻗어 아래채와 사랑채로 연결된다. 보통은 네모반듯한데 이 집은 그렇지 않았다. 사랑채 뒤쪽으로 툇마루를 붙여 안팎으로 분리된 공간을 다시 하나로 묶어놓았다. 그러한 공간 배치가 이 집의 온화한 가풍을 느끼게 해준다. 영남의 양반 가옥들은 안동이나 경주에서 흔히 보이듯 폐쇄 공간을 즐겨 구사했는데 이 집은 철저한 개방 공간으로 분할되고 경영되어 집이 밝고 명랑하다. 공간 개방에 따라 약간은 약화됐던 이 집의 권위와 체통은 높은 솟을대문에 5개의 효자·충신 정려패(牌)를 걸어놓은 것으로 충분히 보강되었다.

나는 이 유서 깊은 명가(名家)에서 하룻밤을 묵어가는 영광과 은혜를 입으면서 전통 한옥의 품격을 몸으로 느껴볼 수 있었다. 따지고 보면 특이한 구조나 공간 배치가 없는 셈인데도 정여창 고택은 정연한 기품으로 가득했다. 나는 처음에는 그 고상한 분위기와 인간적 체취가 어디에서 나오는 줄 몰랐다. 그저 화단을 가꾸고, 마당을 쓸고, 마루에 물걸레 치고 살아가는 종가댁 며느님의 살림때가 배어 있어 그런 줄로만 알았다. 안의에서 황량감 도는 삼둘이네 집을 보았기에 더 그렇게 느꼈던 것인지도 모른다.

이로재 팀과 답사를 마치고 돌아오는 길에 버스 안에서 각자 답사 소견을 발표하는 시간을 가졌다. 그때 승효상 씨는 직원들에게 이런 충고를 했다.

"고건축을 답사하고 나서는 그 집의 평면을 그려보십시오. 입면은 사진 찍은 것으로 알 수 있고 기억도 될 것입니다마는 평면은 자신이 본 만큼만 그릴 수 있을 겁니다."

역시 프로의 세계는 뭔가 달랐다. 나는 그의 충고대로 정여창 고택의 평면을 그려보았다. 평면으로 파악하고 보니 이 집은 거짓말처럼 가옥 배치가 간단명료했다. 집의 바닥 평면이 언덕을 올라탄 지형인지라 레벨의 차이가 심한 입지 조건이었는데도 반듯하게 자리잡고 있는 것이었다. 그제야 나는 사랑채의 축대를 높이 쌓아 안채, 아래채와 수평을 맞추었다는 사실도 알게 되었다. 요사스러운 변화나 번잡스러운 치장이 없는 명료한 구성, 그것은 채색장식화가 아닌 담백한 수묵담채의 문인화 같은 멋이다.

남사마을의 요호부민 집들이 고대광실 같은 부티는 있어도 정여창 고택 같은 품격이 없었던 까닭도 알게 되었다. 그런 의미에서 정여창 고택은 양반 가옥의 한 고전이었고 고전은 항시 고전으로서 무게와 품위가 있음도 확인할 수 있었다.

정여창 고택은 지금 경상남도 지정문화재로 되었고 그 유물 명칭은 '정병호 가옥'으로 되어 있다. 그의 후손인 지정 당시의 건물주 이름으로 붙인 것이다. 이것은 약간 문제가 있다.

경주 안강의 유명한 민속마을인 양동에는 중요민속자료 제23호로 지정된 '손동만 가옥'이 있다. 건축가 이일훈 씨는 이 집의 유래를 알아보고자 인명사전에서 손동만을 찾았으나 나오질 않아, 그 댁에 갔을 때 툇마루에 앉아 계신 주인어른께 정중히 여쭈었단다.

"저, 이 댁의 동 자 만 자 어른은 벼슬을 어디까지 했나요?"
"와 그라요?"
"댁이 하도 유명해 어떤 분의 집인지 내력을 알고 싶어 그럽니다."
"그래요? 나요, 내가 손동만이외다."

건물을 문화재로 지정할 때 등기상 소유주 이름으로 명칭을 붙인 것이다. 그러나저러나 정여창 고택의 건물주 정병호 씨는 이미 타계하셨다. 이제 그 이름을 당국에선 무어라 붙일지는 두고 볼 일이다(현재는 정여창 고택으로 명칭이 변경되었다. 손동만 가옥도 양동 서백당으로 명칭이 변경되었다).


## 함양의 상림과 학사루

나는 함양·산청 사람들은 복 받은 인생인 줄로 안다. 듣기에 따라선 한가한 소리라고 비웃을 수도 있고, 빨치산 난리 때 애꿎은 인생들이 얼마나 희생됐는지 아느냐고 따진다면 내 말을 취소할 수도 있다. 그러나 장대한 산, 지리산을 곁에 두고 위천수(渭川水), 경호강(鏡湖江)의 맑은 물을 품에 안고 사는 천혜의 복이 외지 사람 입장에서 얼마나 부러운지 그곳 사람들은 다는 모를 것이다. 나 같은 불쌍한 서울 사람은 그런 부러움을 얼마든지 말할 자격이 있다.

답사는 여행인지라 모든 일정이 풍광 수려한 곳으로 목적지를 삼는다. 그러나 함양·산청 사람들은 그곳이 모두 옆마을인 것이다. 차 안에서 함양 읍내를 내다보면서 나는 마이크를 잡았다.

"우리의 일정상 읍내로 들어가지 못합니다마는 요다음에 함양에 올 기회가 있으면 상림(上林)공원에 한번 가보십시오. 6만 5천 평(약 21만 제곱미터)의 대지에 100여 종의 활엽수가 장관을 이루는 인공림입니다. 신라 진성여왕 때 최치원이 함양태수로 와서 조림한 곳입니다. 당시는 함양을 천령(天嶺)이라고 했고 상림을 대관림(大官林)이라 했습니다. 최치원은 지리산 북쪽 계류가 흘러든 위천이 마을을 관류하기 때문에 홍수의 위험이 있음을 알고 둑을 쌓아 물길을 돌리며 대대적으로 인공 조림케 하였습니다. 그것이 천 년 전 얘기이니 이 상림은 당연히 천연기념물(제154호)로 지정되었죠."

십리장제(十里長堤)에 녹음벽수(綠陰碧水)로 장관을 이루던 대관림은 세월이 지나면서 숲속까지 집들이 들어서며 상림과 하림으로 나누어졌는데 여기에 3천 평 규모의 공설 운동장이 들어서는 바람에 원상은 회복할 길이 없게 되었다. 그래도 상림의 저력은 한여름에 유감없이 보여준다.

"그리고 읍내에서 식사할 일 있으시면 장터에서 시골 밥상 한번 받아보고 산책 삼아 군청 앞에 있는 학사루(學士樓)에 들러보십시오. 학사루는 본래 최치원이 처음 세운 것으로 대대로 중수되어 함양 관아 (함양초등학교) 자리에 있었던 것인데 1978년엔가 옮겨놓은 것이랍니다. 건물이야 그저 규모 큰 누대이지만 이것이 저 유명한 무오사화 때 유자광이 김종직을 부관참시하는 꼬투리가 되었던 누대입니다.

무오사화는 훈구파의 유자광이 신진 사림의 김일손·김굉필·정여창 등을 대대적으로 제거한 사건인데, 그 발단은 김일손이 쓴 『성종실록』의 사초(史草)에 김종직이 세조의 찬탈을 은유적으로 비방한 「조의제문(弔義帝文)」이 실린 것을 유자광이 훈구 대신과 연산군에게 일러바치며 시작됐지요.

그런데 유자광의 김종직에 대한 원한은 일찍부터 있었답니다. 서얼출신으로 이시애난 때 종군하여 출셋길을 달린 유자광은 남이 장군을 무고하여 죽게 하는 대단한 모사꾼이었답니다. 김종직이 함양군수로 부임해 학사루에 오르니 유자광의 시가 현판으로 붙어 있는지라 "유자광이 어떤 놈인데"라며 당장 떼어 불질러버렸답니다. 이 사실을 안 유자광은 부르르 떨며 사무치는 원한을 품게 되었답니다. 더욱 무서운 얘기는 그러면서도 유자광은 아직 김종직에게 대들 처지가 못 됨을 알고 오히려 가까운 척하고 김종직이 서거하자 그를 당나라의 대문장가이자 거유인 한유(韓愈)에 비기는 제문까지 지었답니다. 그래놓고는 무오사화 때 김일손을 고문하여 사건이 모두 김종직에게서 나온 것으로 몰아붙여 부관참시까지 한 것입니다.

그보다 더 무서운 얘기는, 훗날 김종직은 여러 서원의 배향자로 추앙받는 인물이 되었지만 유자광은 만년에 유배 가서 장님이 되어 죽었는데 유배객이지만 조정에서 자손이 가서 장례 지내는 것을 특별히 허락하였으나 큰아들은 여색에 빠져 가보지도 않았고 작은아들은 아

| **함양상림** | 천 년 전에 방수림으로 심은 1백여 종의 나무들이 그대로 천연기념물로 되었고 지금은 함양 사람들의 공원으로 사랑받고 있다.

프다고 평계 대고는 술만 마시고 장지인 적거지(謫居地)로 끝내 내려 가지 않았답니다.”

달리는 버스는 이미 함양을 벗어나 아름다운 경호강을 따라 산청 쪽으로 내려간다. 경호강 맑은 물은 지리산 산자락을 휘감고 돌면서 외지의 탑승객을 에스코트하듯 따라붙는다. 안의계곡에서 흘러내린 물이 함양으로 돌아나온 위천과 만나 이렇게 불어났다니 그것이 신기로운데, 이 강이 흘러 진주 남강으로 흘러든다니 그것이 또 그립다.

### 단성에 온 박규수

경호강 물줄기를 가로지르는 큰 다리가 나오면 거기는 하정(下丁) 원지마을, 여기서 곧장 가면 차로 20분 안에 진주에 닿는다. 그러나 우리는 오른쪽으로 꺾어 서쪽으로 향해야 단성을 거쳐 덕산에 닿는다.

하정에서 지리산으로 꺾어드는 길로 접어들면 이내 큰 마을이 나온다. 여기는 옛날 현청이 있던 단성(丹城)이다.

1862년 농민전쟁, 임술민란이라고도 하고 진주민란이라고도 불렸던 봉건사회 해체기의 엄청난 역사적 사건인 이 농민전쟁은 그해 2월 4일 이곳 단성에서 시작되었다. 세상엔 전적기념비가 수도 없이 세워졌다. 동학농민전쟁의 기념비도 전적지마다 세워졌다. 그러나 단성의 역사적 봉기를 기릴 자취는 아무 데도 없다. 오직 향교만 남아 있어 여기가 그 유명한 옛 마을인 것을 말해준다.

남아프리카공화국 만델라 대통령은 취임사에서 이렇게 말했다. "우리의 역사는 새로 시작되고 있습니다. 우리의 역사는 다시 쓰일 것입니다." 나는 그 말이 너무도 부러웠다. 그러한 역사적 안목을 갖춘 지도자가 우리 현대사에 등장할 그날을 기다려보며.

1862년의 농민 봉기의 경과와 그것의 역사적 의의는 책마다 자세하고 내가 그것을 설명할 처지는 못 된다. 그러나 나는 단성을 지날 때면 그때 안핵사(按覈使, 사건 실태를 파악하고 해결하기 위한 정부 고위 관리)로 내려온 박규수(朴珪壽, 1807~76)의 모습이 그려지곤 한다. 그는 사태의 추이를 면밀히 파악하여 조정에 보고하였다. 이 사건은 단순히 수령된 자의 통치 미숙에 있는 것이 아니라 '삼정(三政)의 문란'이라는 구조적 모순에 있음을 보고했다. 이 사태는 단순히 땔나무나 하는 사람들이 모여 일어난 것이 아니라 요호부민까지 참여하고 있음도 보고하였다. 조정에서는 박규수의 보고 내용이 민(民)의 입장만 대변한다고 처벌하라는 소리를 내는 관리도 있었다.

나라가 그런 위기를 맞았을 때 박규수 같은 지식인이 있었다는 사실,

또 그런 안목의 소유자를 안핵사로 임명했다는 사실에서 무너져가는 왕조의 마지막 저력 같은 것을 엿볼 수도 있었다. 1894년 농민전쟁 때 전라감사 김학진(金鶴鎭, 1838~?)이 보여준 모습도 민의 동향과 아픔을 이해한 성실한 관리의 표상이었다.

1980년 5월 18일, 광주에서 민중 봉기가 일어났을 때 안핵사로 내려보낸 인물은 국무총리 박충훈이었다. 정부는 과연 민중이 그의 말을 믿어주리라고 생각하고 한 조치였던가. 그는 광주에 들어가지도 못했다. 임술민란이 일어났을 때 조정에서는 누구를 안핵사로 보낼 것인가의 논의가 있었다. 이때 다른 사람은 가야 백성들이 들어주지도 않을 것이라며 오직 박규수 대감이라야 백성들이 믿어줄 것이라고 해서 현장으로 내려갔던 것이다.

박규수는 연암 박지원의 손자다. 그는 임술민란의 안핵사를 맡은 이후 경복궁 중수의 책임자였고, 1866년 셔먼호사건 때 평안감사를 지냈다. 그는 중국에 두 차례 다녀오면서 청나라의 양무운동(洋務運動)을 몸소 목격하고 개국과 개화에 확신을 지니고 있었다. 그러나 대원군 설득에 실패하자 사직하고는 가회동 사랑채에서 김옥균·유길준·박영효·김윤식 등 훗날 개화파의 선봉이 된 양반집 자제들에게 연암 사상과 개화사상을 가르쳤다. 결국 그는 운양호사건 이후 다시 나아가 병자수호조약(1876, 강화도조약)을 체결하는 당사자가 되었다. 그는 당대의 안목으로서 격변하는 시류를 정확하게 읽고 있었다. 더욱이 그는 항시 백성의 입장이라는 것을 염두에 두고 있었다. 셔먼호사건 이후 천주교도 박해 때 그는 백성이 천주교를 좇는 것은 위정자가 이들을 교화하지 못한 탓이니 처벌하지 말고 선도해야 한다며 평안도 관내에서는 단 한 명의 희생자도 내지 않았다. 이 사실만으로도 박규수의 경륜과 인품을 알아볼 수 있다.

박규수는 서화에 대한 안목 또한 일가를 이룬 분이었다. 그는 무덤덤

| **단성향교** | 지금은 말끔하게 단장되어 예스러움은 없어졌다. 1862년 농민전쟁의 현장을 되새길 그때의 유적은 이 향교뿐이다.

한 능호관 이인상 그림에 서린 문인화적 가치를 명확히 논증하였고, 추사체의 변천 과정을 일목요연하게 밝히면서 추사는 많은 고전을 터득한 연후에 개성을 갖게 된 것이니 후생 소년들은 함부로 추사체를 흉내 내지 말라고 경고하기도 했다. 하나의 안목은 다른 안목에도 그렇게 통한다. 나는 「박규수의 서화관과 서화비평」이라는 글을 청명 임창순 선생 팔순을 기념하는 『태동고전연구』 제10집(1993)에 기고하였다. 그 글을 쓰면서 나는 내 친구이자 역사학자로 1862년 농민전쟁에 관하여 일찍이 주목할 만한 논문을 발표한 안병욱 교수에게 박규수의 인간상을 물어 확인해보았다.

"병욱이! 박규수는 안목이 대단히 높은 분이었나봐?"
"이 사람! 그분 안목은 높은 것이 아니라 깊었어."

"자네는 안목은 높다고 말하지 깊다고 하지 않는 걸 모르나?"

"아닐세. 안목이 높은 것하고 깊은 것하고는 달라."

우리는 그날 그 문제로 일없이 오래 말싸움하다가 서로의 고집대로 주장하기로 하며 휴전하였다. 그리고 얼마 뒤 이이화 선생을 만났을 때 이 문제를 심판받아보게 되었다. 내가 먼저 물었다.

"이선생님, 박규수는 안목이 높았죠?"

"그럼 높고말고."

그러자 뒤이어 병욱이가 물었다.

"이선생님, 박규수는 안목이 깊었죠?"

"그럼 깊고말고. 근데, 그걸 왜 자꾸 물어?"

그래서 내가 다시 물었다.

"나는 높았다고 했는데, 병욱이는 자꾸 깊었다고 해요. 어느 것이 맞아요?"

이이화 선생은 이 기묘한 질문을 잠시 생각하더니 의외의 심판을 내렸다.

"박규수는 안목이 넓었어."

박규수처럼 높고 깊고 넓은 안목을 가지려면 어떻게 해야 하나. 옛 선비들은 어떤 자세로 공부했는가. 청명 선생은 태동고전연구소 개설 30주년(1993)을 맞은 회고와 전망에서 후학들에게 다음과 같이 충고했다.

"『중용(中庸)』의 저자는 학문하는 자세에 대해 다음과 같이 말했다. 널리 배우고, 세밀하게 의문점을 제기하고, 깊이 사색하고, 정확하게 판단하고, 힘 있게 실천하라(博學之 審問之 愼思之 明辨之 篤行之)."

1994. 7. / 2011. 5.

* 대전–통영간 고속도로가 개통된 이후에는 호남고속도로를 타지 않아도 되어 함양·산청 가는 여로가 전혀 달라졌다. 전에 비해 훨씬 편해지긴 했지만 전주에서 진안으로 들어가 육십령고개를 넘어 안의계곡으로 향했던 지난날의 여정이 그리워지기도 한다.

* 허삼둘 가옥은 2004년 방화로 추정되는 화재로 인해 사랑채와 안채 등이 불에 타는 안타까운 일이 있었다. 지금도 건물 곳곳에 불에 탄 흔적이 남아 있어 보는 이의 마음을 무겁게 한다.

* 『연암집』의 완역본은 신호열·김명호 교수의 번역으로 2005년 민족문화추진회에서 출간되었다.

# 산은 지리산

산천재 / 덕천사원 / 대원사 / 가랑잎초등학교 / 지리산

## 단속사의 어제와 오늘

단성을 지나 멀리 천왕봉을 내다보며 달리는 차창으로 고색이 완연한 묵은 동네가 보인다. 지리산 깊은 골에 이런 고래등 기와집들이 즐비하다는 것이 신비롭게 생각된다. 여기가 그 유명한 남사(南沙)마을이다.

40여 호의 기와집들이 부(富)의 과시를 경쟁적으로 집에 나타내어, 전통적인 양반 가옥이 19세기 들어와 요호부민의 저택에 이르러 어떻게 발전하고 과장되고 변형되었는가를 흥미롭게 살필 수 있는 건축학도의 필수 답사처이다.

남사마을을 차창 밖으로 비껴보며 산허리 한 굽이만 돌아서면 천왕봉을 앞에 두고 오른쪽에서 흘러내리는 계류와 만나게 된다. 그 계류를 따라 15리만 들어가면 단속사(斷俗寺)터에 닿게 된다.

꺾어드는 길목에는 호암교라는 허름한 다리가 있고, 다리 앞에는 입석리로 들어간다는 표지와 무엇 하는 곳인지는 모르지만 다물민족학교라는 푯말이 있어 길을 놓치지 않을 것이다.

계류를 따라 난 길을 서두를 것 없이 주위를 살피며 들어서면 계곡을 받쳐주는 산자락들이 듬직하기만 하다. 천왕봉에서 한 호흡 멈추었던 산세의 여맥들이 주체하지 못하는 듯 뻗어내리다가 여기에 이르러 급하게 끊어지는 형상이어서 산자락 스케일이 자못 크다. 그러면서도 계류가 이루어놓은 들판이 넓으니 지리산이 아니고서는 볼 수 없는 계곡이고, 단속사터가 아니고서는 볼 수 없는 시원스러운 계곡 속의 분지다.

계류를 따라 들어가다보면 고령토(高嶺土) 광산으로 드나드는 화물트럭들이 분주하고, 얼마를 지나면 마을이 나오며, 그 마을을 지나 어느 만치 들어가면 언덕 위에 솔밭과 그 너머 여남은 채 농가가 보인다. 그 솔밭과 농가 사이로는 부서진 당간지주와 쌍탑의 삼층석탑이 보이는데 여기가 단속사터다.

단속사가 언제 폐사되었는지는 모른다. 다만 김일손(金馹孫, 1464~98)이 정여창과 함께 천왕봉을 등반하고 쓴 『두류기행(頭流紀行)』을 보면 그들은 단속사도 들러 가면서 "절이 황폐하여 지금 중이 거처하지 않는 곳이 수백 칸이나 되고 동쪽 행랑에 석불 500구가 있는데 하나하나가 각기 형상이 달라서 기이하기만 했다"고 술회하였다.

단속사의 창건에 관하여는 『삼국유사』의 「신충괘관(信忠掛冠)」항에 두 가지 설을 모두 기록해둔 것이 있다. 하나는 763년 어진 선비 신충(信忠)이 두 친구와 지리산에 들어가 단속사를 세우고 중이 되었다는 것이며, 또 하나의 설은 748년에 직장(直長) 이순(李純 또는 李俊)이 작은 절을 중창하여 단속사라 하고 스스로 삭발하였다는 것인데, 일연스님도 어느 것인지 몰라 둘 다 적어놓는다고 했다.

| **단속사터** | 넓고 그윽한 맛을 동시에 갖춘 계곡 속의 분지에 자리잡은 단속사터에는 준수하게 생긴 쌍탑이 의연한 모습으로 그 옛날을 지키고 있다.

단속사에는 신충이 그린 경덕왕 초상이 있었다고도 하고, 솔거가 그린 유마상(維摩像)이 있었다고도 한다. 그러나 그 자취는 알 길이 없다.

단속사에는 또 두 개의 중요한 탑비가 있었다. 하나는 법랑(法郎)에 이어 선종을 익힌 신행(神行 또는 信行, 702?~779) 선사의 비이고, 하나는 고려시대 최고의 명필이었던 대감국사(大鑑國師) 탄연(坦然, 1070~1159)의 비인데, 부서져 박살이 난 것을 수습하여 신행의 비편은 동국대학교박물관, 탄연의 비편은 숙명여대박물관에 소장되어 있다. 그 모두 한국 금석문의 한 페이지를 장식하는 명필들이다. 신행선사는 통일신라시대에 북종선(北宗禪)을 전래한 신사상의 소유자였으니 단속사터는 한국불교사 내지 한국사상사의 기념비적인 유허인 것이다.

그러나 그 내력 깊은 절이 폐허가 되어 지금 남아 있는 것은 부러진 당간지주와 한 쌍의 삼층석탑(보물 제72, 73호)뿐이다. 단속사의 쌍탑은 아담한 크기에 정연한 비례 감각으로 더없이 상큼하고 아담하다. 지붕돌이 부드러운 곡선을 그리며 흘러내리다가 귀끝을 가볍게 올린 자태가 여간 맵시 있는 것이 아니다. 작아도 야무지게 만들어낸 이 솜씨는 결코 석가탑의 매너리즘이 아니라 그것의 계승이라고 해야 옳다. 지리산 이 깊은 산골짝에 와서 이렇게 어여쁜 탑을 본다는 것은 커다란 안복(眼福)이다.

쌍탑 뒤쪽 금당자리는 슬래브집들이 차지하고 그 뒤쪽 강당자리까지 농가가 들어찼으나, 만약에 나라에서 저 농가를 딴 곳으로 이전시키고 빈 주춧돌을 그대로 노출시킨 뒤 폐사의 자취를 그대로 남겨만 준다면 이곳은 지리산 동남쪽의 최고 가는 유적지가 되리라고 내 장담한다. 그러나 요사이 어느 중이 이 자리를 탐하여 농가와 홍정하고 있다는데, 그렇게 하여 화려방창한 새 절이 들어서는 날에는 단속사의 그윽한 맛도 끝장이 나고 말 것이다.


## 단속사 대밭에 누워

단속사의 명물로는 절 아래쪽 어딘가에 최치원이 썼다는 '광제암문(廣濟嵒門)' 각자(刻字)와 정당매(政堂梅)라고 불리는 매화나무들이 있다고 김일손이 증언하였는데, 나는 아직껏 그 각자를 성심으로 찾아보지 못했다. 정당매는 고려 말 강회백(姜淮伯)이 소년 시절에 단속사에서 공부하며 매화를 심었는데 그가 과거에 급제하여 벼슬이 정당문학(政堂文學)에 이르렀다고 해서 붙여진 이름이다. 쌍탑 뒤에 있는 이 매화나무 안내판을 보니 수령 605년으로 되어 있다. 그런데 600년 정도가 아니라 끝자리가 홀수로 딱 떨어진 605년이므로 그 연대 측정의 정확성 내지 성실성을 엿보게도 되지만, 어느 해 와서 보아도 항시 605년인지라 세상엔

| 정당매 | 수령 600년을 자랑하던 이 정당매는 몇 해 전부터 수세가 극히 약해졌다.

나이 안 먹는 법도 다 있다 싶어 우습고 재미있었다.

단속사터에 몇 차례 왔으면서도 최치원의 글씨를 찾아보지 못했던 이유는 대밭에 누워 하늘을 보는 낭만 때문이었다. 쌍탑에서 농가를 옆으로 돌아 강당자리 빈터에 서면 뒤편으로 울창한 왕죽이 빼곡히 들어앉은 대밭이 보인다. 밖에서 보면 그 안이 어두컴컴하지만 대밭으로 들어서면 하늘이 뚫려 있어 어둡지 않다. 대밭은 해묵은 댓잎이 낙엽으로 쌓여 촉감이 아련할 정도로 부드럽다.

거기에 만사를 제치고 큰대자로 누워 하늘을 쳐다보면 그것이 곧 단속(斷俗)이다. 청신한 수죽이 하늘을 찌를 듯 올라가서는 여린 바람에도 줄기 끝에 살랑거리며 흔들린다. 댓잎에 떨어진 햇살은 일점 광채를 발하고는 바람에 날려 바스러지듯 사라지는데 또 다른 햇살이 댓잎에 다가온다. 이미 내 마음은 세상사에 지친 내가 아니다. 죽은 듯 눈을 감았

| 단속사터 대밭 | 도회지 사람들로서는 이처럼 울창한 대밭 속에 들어가본다는 것이 어떤 유물을 보는 것보다도 큰 기쁨이 된다.

다가는 푸른 하늘로 손짓하는 대나무가 그리워서 다시 눈을 떠본다. 대 끝이 여전히 햇살 속에 흔들리는 것을 보고는 다시 눈을 감는다. 지리산 동남쪽 답삿길에 탁족하는 것보다도 나의 가슴을 씻어주는 것은 단속사 터 대밭 속의 오수(午睡)였다.

이로재 팀들과도 대밭에 누워 짧은 오수의 시간을 가졌다. 이때 올챙 이에서 갓 벗어난 엄지손톱만 한 청개구리 한 마리가 내 곁에 누워 있는 답사꾼 배 위로 올라앉아 두리번거리며 잃어버린 방향을 찾는다. 답사꾼 은 슬며시 일어나 예쁜 개구리 새끼와 장난치고 있다. 그때야 나는 모든 답사객에게 주의 줄 일을 잊어버렸던 것이 생각났다. 이제 와서는 어쩔 수 없이 당할 땐 당할지언정 이 대밭의 낭만을 만끽하기 위하여 가만있 을 수밖에 없었다. 그 경고란 "뱀이다, 뱀!"

## 유월의 지리산

나의 지리산 동남쪽 답삿길은 매번 유월의 어느 날이었다.

6월의 산천은 참으로 심심하고 밋밋하다. 4월의 화사함, 5월의 싱그러움, 가을날의 화려함, 겨울산의 장엄함⋯⋯ 그런 식으로 이어갈 마땅한 형용사가 유월의 산천에는 없다. 그저 푸르름뿐이다.

그러나 과연 그럴까? 최소한 6월의 지리산은 그렇지 않다. 어느 쪽으로 들어오든 지리산에 이르는 길은 산기슭마다 밤나무와 대나무로 가득하다.

6월이 되면 밤나무는 밤꽃이 피며, 대나무는 새순이 껍질을 벗고 묵은 줄기 위쪽으로 고개를 내민다. 밤꽃의 불투명한 연둣빛과 대나무 새순의 투명한 연둣빛은 초록의 산허리를 유연한 번지기로 우려놓는다. 산기슭 한쪽, 계곡 가까이 넓은 터를 일구어 가꾼 밭에는 보리가 익어가며 진초록을 발하고, 논에는 갓 모내기한 어린 벼들이 논물에 몸매를 비추며 연한 연둣빛으로 어른거린다. 어쩌다 한점 긴 바람이 스치며 영롱한 햇살이 다가와 연둣빛 물결에 가볍게 입 맞추고 지나갈 때 그 빛의 조화로움은 극치를 달린다. 그것이야말로 수묵화에서 단색조를 이용한 훈염법(暈染法)의 묘미를 시범적으로 보여주는 자연의 조화다.

그림을 그려본 사람은 알 것이다. 화폭에서 초록과 연둣빛 사용이 얼마나 어려운가를. 산천으로 나아가 들녘에 서서 바라보는 저 싱그러운 빛깔이 왜 화폭에서는 그리도 촌스럽고 어정뜬지 알 수 없다. 어디 그림뿐이던가. 초록색 양복 입은 사람 본 적 있는가.

초록은 오직 땅과 어울리고 하늘과 맞닿을 때만 생명을 갖는 빛깔이다. 그것은 자연의 빛깔이며 조물주만 구사할 수 있는 미묘한 변화의 원색인 것이다. 6월의 지리산은 그것을 남김없이 가르쳐준다.

## 덕산의 어제와 오늘

지리산 천왕봉에 오르려면 거림골, 중산리골, 대원사골 셋 중 하나를 택해야 하는데 어느 코스를 잡든 반드시 덕산(德山)을 거쳐야 한다.

덕산은 지리산으로 들어가는 마지막 큰 마을이다. 70년대 말만 해도 지리산행 버스는 여기가 종점이었으며, 시천(矢川)면의 중산리·내대리 사람과 인근 삼장(三壯)면 사람들은 약초와 곶감, 복조리 같은 것을 모두 덕산장에 집결시켜 도회지로 중개하였다. 말하자면 지리산 동남쪽 교통의 요충이었던 곳이다. 그것은 옛날로 올라갈수록 더욱 그러하였다.

1862년 2월 4일 단성에서 첫 봉화가 붙은 농민 항쟁, 이른바 임술민란은 3일 만인 2월 6일 진주로 번져갔다. 그러나 진주의 봉기가 단번에 일어나지 못하고 이론이 분분하자 주모자들은 초군을 중심으로 하여 이곳 덕산장시를 장악하고 그 힘을 몰아 진주로 향했던 것이니 덕산이 이 지역에서 어떤 지리적 역할을 했는지 쉽게 짐작할 수 있을 것이다.

또 이태의 『남부군』에서 가장 전투다운 전투를 보여주는 것이 시천면, 삼장면의 경찰대를 공격하는 것인바, 그 공격 목표가 바로 이 덕산이었던 것이다.

그러나 지금 지리산 등반객, 행락객들은 좀처럼 덕산에 머물지 않는다. 지리산이 국립공원으로 지정된 이후 여덟 곳의 집단시설지구를 설정하고 산촌 깊숙한 곳에 넓은 주차장과 숙박 시설을 유도하였으니, 중산리 집단시설지구나 평촌리 집단시설지구까지 곧장 달려가게 되었다. 그렇지만 나의 지리산 동남쪽 답삿길은 반드시 덕산에 있는 유일한 여관인 덕산장에서 하룻밤 묵는 것부터 시작한다. 그 이유는 바로 여기에 남명(南冥) 조식(曺植, 1501~72)의 서재였던 산천재(山天齋), 남명 선생의 묘소, 남명 선생을 모신 덕천서원(德川書院)이 있기 때문이다.

## 위대한 처사, 남명 조식

남명 선생은 퇴계 이황과 동갑으로 당대 도학(道學)의 쌍벽이었다. 누구의 학문이 더 깊고 누구의 인품이 더 고고했는가를 따지는 것은 이제 와서는 부질없는 일이며, 지금 우리가 여기서 남명 선생을 기리는 것은 그분이야말로 말의 진실된 의미에서 처사(處士)였다는 사실에 있다.

옛말에 이르기를 왕비를 배출한 집안보다도 대제학을 배출한 집안이 낫고, 대제학을 배출한 집안보다도 문묘 배향자를 낳은 집안이 낫고, 문묘 배향자를 배출한 집안보다도 처사를 배출한 집안이 낫다고 했다. 그런 처사였다.

퇴계는 평생에 처사가 되기를 원하여 죽을 때 영정에 벼슬 이름을 적지 말고 '처사'라고 써주기를 희망했다지만 그는 높은 벼슬을 두루 거쳤으니 처사 지망생이었을 뿐 처사는 아니었다. 오직 남명만이 진짜 처사였다.

남명은 1501년 경상우도 합천 삼가(三嘉)에서 태어났다. 아버지가 문과에 장원급제하자 서울로 올라가 살았다. 그는 과거 공부보다도 정통 유학과 제자백가, 노장사상을 두루 섭렵하면서 학문의 폭을 넓혔다.

그런 중 기묘사화가 일어나면서 작은아버지인 조언경이 조광조 일파로 몰려 죽고, 아버지도 파직되고 이내 세상을 떠나자 고향으로 내려와 버렸다. 그러고는 처가인 김해 탄동(炭洞)으로 옮겨 산해정(山海亭)을 짓고 학문에 열중하며 많은 제자를 길러내었다. 이리하여 30대 후반에는 "경상좌도에 퇴계가 있고 우도에 남명이 있다"는 찬사를 받았다.

남명의 학식과 명망이 높아지자 회재 이언적은 그를 왕에게 추천하여 헌릉참봉을 내려주었으나 남명은 나아가지 않았다. 또 퇴계의 추천으로 단성현감이 내려졌으나 역시 나아가지 않았다. 이이화의 『인물한국사』(한길사 1993)의 표현을 그대로 빌리면, "성운(成運) 같은 도학자와 교유하

| 산천재 | 덕천강변의 산천재는 아주 소박한 서재로 남명 선생의 인품을 보는 듯하다.

고 탁족하면서 지냈다."

회갑을 맞은 남명은 번잡한 김해를 떠나 지리산 천왕봉 아래 덕산에
자리잡고 산천재를 짓고서 오직 학문과 제자 양성에 전념하였다. 이때
그는 「덕산에 묻혀산다〔德山卜居〕」는 시를 다음과 같이 읊었다.


　　봄날 어디엔들 방초가 없으리요마는　　　　　　　春山底處無芳草
　　옥황상제가 사는 곳 가까이 있는 천왕봉만을 사랑했네
　　　　　　　　　　　　　　　　　　　　　　　　只愛天王近帝居
　　빈손으로 돌아왔으니 무엇을 먹고 살 것인가　　白手歸來何物食
　　흰 물줄기 십 리로 뻗었으니 마시고도 남음이 있네　銀河十里喫猶餘


이 칠언절구는 지금 산천재 네 기둥의 주련(柱聯)에 새겨져 있다. 그러

나 남명의 이러한 복거와 불출사(不出仕)는 결코 죽림칠현 같은 은일자의 모습도 아니고 공자의 제자 안회(顔回) 같은 고고함의 경지도 아니었다. 그는 결코 세상을 외면

| 산천재 현판 | 산천재에는 두개의 현판이 걸려 있는데 전서체로 쓴 것이 엄정하면서도 멋스럽다.

해버린 은둔자가 아니었다. 그가 세상에 나아가지 않음은 시세(時勢)가 탁족이나 하고 있음이 낫다고 판단되었기 때문이었다.

덕산에 복거한 지 5년 되었을 때 남명에게 다시 판관이라는 벼슬이 내려졌다. 5월에도 불렀고 8월에 또 불렀다. 때는 문정왕후가 명종을 대리청정하고 있을 때였다. 이에 남명은 한양으로 올라가 사정전(思政殿)에서 임금을 만나 치란(治亂)에 관한 의견과 학문의 도리를 표하고 "임금이 성년이 되었으니 친정을 해야지 아녀자에게 맡겨서는 안 됩니다"라는 말을 남기고는 덕산으로 돌아왔다. 그가 이때 문정왕후를 아녀자라고 한 것이 훗날 큰 문젯거리로 되었다. 그는 이처럼 강직하고 도전적인 면까지 있었다. 남명은 산천재에서 곽재우, 김우옹, 최영경, 정구, 정인홍 같은 뛰어난 제자를 배출하고 나이 72세에 세상을 떠났다. 그의 영정에는 처사라고 적혔다.

이러한 남명의 인간상은 벽초 홍명희의 『임꺽정』 곳곳에 삽화로 아주 잘 그려져 있으며, 훗날 율곡 선생은 "근래의 선비 중 끝까지 지조를 지키고 천 길 낭떠러지 같은 기상으로 세상을 내려다본 이로는 남명만 한 분이 없다"고 하였다.

| 덕천강 | 1985년 겨울 어느 날 덕천강이 얼었을 때 찍은 것으로, 지금은 강둑을 공사해 이러한 풍광을 볼 수 없다.

## 산천재 토벽의 벽화

지금 덕산에는, 정확히 시천면 사리(絲里) 덕천강가에는 남명의 서재였던 서너 칸짜리 산천재가 그대로 남아 있다. 세월의 빛바램 속에 산천재는 낡고 헐어 또다시 중수되어 오늘에 이르도록 그것이 남명 당년의 모습에서 과장되지 않았음을 나는 고맙게 생각하고 있다.

사람들은 이 산천재를 그저 허름한 옛집으로 생각하고 눈여겨보아주질 않는다. 답사객도, 여행객도, 미술사가도, 건축가도, 사진작가도. 그러나 산천재 툇마루에 앉아 위를 바라보면 거기에는 우리나라 어느 서원이나 서재에서 예를 볼 수 없는 벽화가 토벽에 그려져 있다. 오직 현풍의 도동서원에 그려진 산수화 벽화가 하나 더 있을 뿐이다. 그것이 어느 때 그려진 것인지 확인할 길 없지만, 필치를 보아하니 근래의 것은 물론 아니다.

남명의 삶과 사상에 걸맞은 그림이란 어떤 소재였을까? 느티나무 아

| **산천재 벽화** | 산천재 툇마루 윗벽에는 세 폭의 벽화가 그려져 있는데, 그중 경작도는 토벽공사를 하는 미장이 아저씨가 이와 같이 절묘하게 그림 부분을 살려놓았다.

래 공자님이었을까? 꽃그림이었을까? 아니다. 그는 처사이지 않는가.
정면에는 상산(商山)의 네 노인이 바둑을 두고 있고, 오른쪽으로는 소부
(巢夫)와 허유(許由)가 기산에서 복거할 때 관직에 나오라는 전갈을 듣
고는 귀 버렸다고 냇물에 귀 씻는 모습과 귀 씻은 더러운 물을 소에게 먹
일 수 없다고 끌고 올라가는 모습이 그려져 있다. 왼쪽에는 농부가 소를
몰아 밭을 갈고 있는 그림이다. 그래야 남명의 산천재답다.

　사람들이 거들떠보지 않은 탓이었을까. 벽화는 낡고 헐어 볼품이 사
라진다. 바둑 두는 그림은 다 낡아 형체를 알아보기 힘들고, 소부와 허유
그림은 바닥이 검게 되어 제맛을 잃어가는데, 농부와 소 그림은 어느 날
토벽이 떨어진 것을 미장이 아저씨가 양회로 덧바르면서 용케도 소 모
양만 살려내고 보수하였다.

　지리산 동남쪽을 답사할 때면 나는 언제나 제일 먼저 산천재의 이
벽화를 안부 묻듯 문안드리듯 찾아간다. 15년 전 처음 보았을 때나 올
(1993) 6월에 볼 때나 변함없기에 안도를 하고는 있지만 체온을 잃은 이
집에 곧 종말이 다가올 것 같은 불안은 좀처럼 사라지지 않는다.

남명 선생의 묘소는 산천재 맞은편 동산에 모셔져 있다. 느린 걸음이라도 10여 분이면 오를 수 있는 거리인지라, 나는 덕산에 묵은 아침이면 산책 삼아, 또 선생을 뵙고 싶어 산에 오른다. 묘소에 올라 목례를 올리고 뒤를 돌아보면 이수삼산(二水三山)의 명당임을 바로 알겠는데 계류가 너무 넓고 물살이 급한 것이 흠이다. 그래서였을까? 타계 후 영의정에 추증된 남명이었지만, 그를 어떻게 기릴 것이냐를 두고 참으로 말도 많고 일도 많았다. 삶의 겉치레와 허명을 싫어했던 남명에게 호화로운 장식을 하려고 했던 데서 벌어진 것이었으니 어쩌면 땅속의 남명이 노하셨던 모양이다. 남명 묘소 앞쪽에 깨어지고 엎어진 세 개의 비석이 그를 말해주고 있다. 내 여기서 이 쓰러진 비석들의 내력을 소상히 말할 여유가 없지만, 비문을 네 개씩이나 받아두는 제자와 후손의 잘못이 누대에 걸치면서 일어난 소설 같은 얘기라는 사실만 적어두고 지나가련다.

　산천재에서 걸어서 20분, 덕산장터를 지나 중산리 쪽으로 더 올라가면 물길이 세 갈래로 갈라지는데 대원사 쪽에서 흘러내린 계류를 가로지른 긴 다리를 건너면 바로 덕천서원이 된다. 그래서 이 동네 이름이 원리(院里)가 되었다.

　남명 선생이 타계하고 5년째 되는 1576년에 선생의 학업을 기리는 덕천서원이 세워지고, 1609년에는 사액서원으로 되었다. 지금 서원 뒤 사랑에는 남명과 그 제자 되는 최영경(崔永慶)을 모셨는데, 다른 서원에 비해 규모가 큰 것은 아니지만, 정연한 기품만은 여느 서원 못지않다. 그것은 아마도 건물 배치가 축선상에서 이루어진 엄격한 대칭성을 띠고 있기 때문이리라.

　덕천서원 대문과 마주한 덕천강변에는 남명 선생 생전부터 있어온 남루한 정자가 하나 서 있다. 이름하여 세심정(洗心亭)이다. 강가로 올라앉아 있기에 마음을 닦는 세심정이라 했을 것이니, 저 아래 강가의 너럭바위는 마땅히 탁족대(濯足臺)가 될 일이다.

## 연암이 증언한 남명

덕천서원 산천재를 답사하고 그분의 묘소까지 다녀왔으면서도 나는 남명의 사상이나 학문에 대하여는 단 한마디도 하지 않은 셈이다. 그것을 내 답사기의 한계라고 나 스스로 생각하고 있고 나의 능력상 그럴 수밖에 없는 일로 치부하고 있다. 그러나 내가 관심 있는 것은 남명의 학문과 사상이 아니라 그 인간이었다. 그래서 나는 그분의 일생만은 소략하게나마 그 족적을 그렸다. 그러면서 행간 속에 처사로서 재야에 머무르는 사람의 고고함과 존경스러움을 은근히 비치기도 하였다. 그러나 처사 남명 또한 인간으로서 긴장의 이완도 있었을 것이다. 그리고 낭만과 서정도 있었을 것이다. 처사는 또 처사다운 멋이 있었을 것이다. 나는 그 모습을 연암 박지원의 「해인사창수시서문」에서 볼 수 있었다.

옛날 남명이 고향으로 돌아가는 길에 보은서 사는 대곡(大谷) 성운(成運)을 찾았더니 마침 동주(東洲) 성제원(成悌元)이 그 고을 원님으로서 성운의 집에 와 있었더랍니다. 남명이 성제원과 초면이었으나 농담으로 "노형은 참으로 한 벼슬자리에 오래도 계시오그려"라고 한즉, 성제원은 성운을 가리키고 웃으면서 "이 늙은이에게 붙잡혀 그랬소만 금년 8월 보름날 내가 해인사에 가서 달이 떠오르는 것을 기다릴 것이니 노형이 그리로 오실 수 있겠소?"라고 말했습니다. 남명은 그러마고 대답했지요. 그 날짜가 되어 남명이 소를 타고 약속한 곳으로 가는 도중 큰비를 만나서 겨우 앞내를 건너 절문에 들어갔는데 성제원은 벌써 누다락에 올라가서 막 도롱이를 벗고 있더랍니다. 아! 그때 남

명이 처사의 몸이요, 성제원도 이미 벼슬자리를 떠났건만 밤새도록 두 분의 담화는 백성의 생활 문제였답니다. 이 절의 중들이 지금까지 옛이야기로 전해오고 있습니다.

초면이면서도 서로 사람을 알아보는 모습, 몇 달 뒤 약속을 하는 모습, 만나서 이야기하는 모습, 백성들의 생활을 걱정하는 마음. 거기에는 우리가 범접하지 못할 처사들만의 높은 도덕과 낭만이 서려 있다.

그 처사들이 세상에 보여주는 미덕과 가치는 무엇인가? 현실을 외면하는 것이 아니라 현실로부터 한 걸음 물러나 시세의 흐름을 읽어내는 학자의 자세를 동주(東洲) 이용희(李用熙) 선생은 『미래의 세계정치』(민음사 1994)라는 저서를 펴내면서 이렇게 말씀하셨다.

| **덕천서원** | 남명 조식 선생을 모신 서원으로, 끝내 벼슬에 나아가지 않고 재야를 지킨 선생의 뜻을 기리고 있다.

    정치가는 다 망해갈 때도 최상이라고 말하지만 학자는 가장 좋은 시절에도 의문을 제기하는 사람이다.

    남명의 일생을 보면서 나는 우리 시대엔 남명 같은 처사가 있는가 없는가, 있다면 누구인가, 혹은 남명 같은 위치를 차지하던 분이 출셋길로 빠지는 바람에 처사로서 영원히 존경받을 축복을 스스로 박차버린 분은 없었는가…… 그런 것을 생각했다. 그리고 재야의 그런 어른을 어른으로 모실 수 있는 문화풍토가 뿌리내릴 때 우리에겐 제2, 제3의 남명이 가까이 있게 된다는 생각도 해보았다. 그래서 나는 남명의 학문과 사상은 잘 모르지만 인간 남명은 무한히 존경하고 덕천서원 산천재를 지리산 동남쪽 답사의 숙박지로 삼았던 것이다.

## 대원사로 가는 길

덕천삼거리에서 중산리 쪽으로 곧게 뻗은 길을 버리고 오른쪽으로 꺾어돌면 국립공원 지리산 동부관리소 건물이 보이고 찻길은 대원사계곡을 따라 거슬러올라간다. 계곡 주위에는 농사를 지을 만한 논밭이 어우러져 있고 마을도 끊임없이 이어져 아직 산골로 들어선 기분이 나지 않는다. 벌써 우리는 삼장면으로 들어선 것이다.

삼장면사무소 소재지인 대포리(大浦里)를 지나면 덕교리, 덕교리 지나면 평촌리(坪村里)가 나오고 여기서 왼쪽으로 꺾어들면 곧장 대원사로 이어진다. 평촌리를 지날 때 차창 왼쪽을 바라보면 계단식 논 한가운데에 삼층석탑이 보인다. 거기는 옛날 삼장사로 알려져 있는 폐사지다.

지리산 평촌리 집단시설지구 주차장에 하차하여 이제부터 걸어서 한시간 채 못 걸리는 등산 아닌 산책으로 우리는 대원사에 다다를 수 있다. 대원사로 오르는 길은 이미 잘 포장되어 승용차가 연신 오르내리느라 자동차님 가는 길을 비켜주기 바쁘다. 길의 생김새나 찻길의 분주함을 생각한다면 도무지 지리산에 온 것 같지 않다. 그러나 산허리를 가로지른 이 등산길 왼쪽으로는 장대한 대원사계곡이 맑은 물소리를 내며 빠르게 흘러내린다. 흐르는 계류가 큰 바위에 부딪혀 하얀 물거품을 내며 작은 물보라를 일으키기에 계곡은 한층 맑고 깊어만 보인다. 이미 답사객의 마음은 저 아래쪽 계곡으로 내려가 있다.


## 대원사의 다층석탑

대원사는 아주 조용하고 깔끔한 절이다. 지금도 50여 명의 비구니들이 참선하고 있는 청정도량이다. 절의 내력이야 통일신라시대 연기법사

| **대원사 전경** | 한국전쟁으로 전소되어 근래에 중창한 절이지만 비구니 청정도량으로 깔끔하기 이를 데 없다.

의 창건설화에서 시작되지만, 지리산 빨치산의 항쟁과 토벌의 와중에서 잿더미가 된 것을 다시 세웠으니 우리가 여기에서 무슨 문화재를 음미하고 따지겠는가. 오직 하나, 불에 견딜 수 있는 것은 돌뿐이었다. 참배객 출입 금지로 되어 있는 선방 한쪽에 있는 다층석탑은 근년에 들어와 나라에서 보물로 지정한 것으로, 그 구조의 특이성이 후한 평점을 내리게 한 모양이다.

전체적인 생김새는 삐죽하게 솟아오른 구층탑으로 석재에 철분이 많이 들어 있어 검붉게 보인다는 특징밖에 없다. 다만 각층의 지붕돌을 새긴 솜씨가 단정하고 치밀한 공력이 들어 있다는 것이 자랑이다. 그래도 이것이 보물감이 될 수 있었던 것은 맨 아래쪽에 팔부중상을 돋을새김해놓고 네 모서리는 석인상 네 분이 머리로 탑을 이고 있는 조각의 특수

| 대원사 구층석탑 | 철분이 많은 화강암으로 세워 붉은 기가 감도는데, 훤칠하게 뻗어오른 맵시와 정성을 다한 석공의 조형적 성실성이 느껴진다.

성 때문이다. 특히 이 네 분의 석인상은 도상으로는 사천왕이어야 맞는데, 하고 있는 형상이 마치 무덤 앞에서나 볼 수 있는 석인상 같아서 그것이 미술사의 큰 수수께끼로 되어 있다. 더욱이 이 석인상의 조각은 단순화시킨 형태미가 매우 현대적인 감각까지 엿보여 주목케 한다.

대원사에 들러 무슨 신기한 보물이라도 있는가 찾는 분이 있다면 곧 실망하겠지만, 나는 이런 깊은 산속에 호젓한 산사가 깃들여 있다는 사실, 절집의 밝은 분위기, 그리고 비구니들이 용맹정진하고 있다는 숙연성 때문에 몇 번을 찾아왔어도 실망하지 않았다. 절 입구에 영산홍, 철쭉꽃, 원추리, 장미꽃을 심은 것이나 대웅전 앞마당에 파초와 석류를 가꾸는 솜씨, 절 뒤쪽 차밭에서 잎을 따는 비구니의 손길 모두가 청결 두 글자 속에 모아지니 그 모든 자태가 세속의 탁족세심과 같은 뜻으로 비친다.

나의 유별난 취미인지 모르지만 이 절집에서 가장 아름다운 곳은 원

| 대원사 구층석탑의 석인상 | 이 탑 일층몸돌에는 팔부중상이 돋을새김으로 새겨 있으면서, 네 모서리는 석인상이 머리로 받치고 있는 특이한 조각이 첨가되었다.

통보전 뒤쪽에서 산왕각(山王閣)으로 오르는 돌계단 양옆에 늘어선 장독대라고 생각하고 있다. 몸체가 동글면서 어깨가 풍만하게 과장된 전형적인 경상도 장독들이 3열 횡대로 정연히 늘어서 있다. 경상도 장독은 아주 복스럽게 생겼다. 전라도 장독은 아랫도리를 홀치면서 내려가는 곡선이 아름답고, 경기도·서울 장독은 늘씬하니 뻗은 현대적 세련미의 형태감을 자랑함에 반하여 경상도 장독의 탱탱한 포만감은 삶의 윤택이 야물차게 반영되어 풍요의 감정이 일어나 더욱 좋다.

### 가랑잎초등학교를 다녀오면서

나의 대원사 답사는 그 종점이 언제나 가랑잎초등학교로 되어 있다. 대원사에서 30여 분 더 올라간 유평리마을에 있는 유평초등학교의 별명이

| **가랑잎초등학교라는 별칭을 얻은 유평초교** | 지금은 폐교되고 문패만 남았다.

가랑잎초등학교다. 취재 왔던 어느 기자가 붙여준 이름인데, 이제는 학교 정문에 본명과 함께 적혀 있으니 별명이 아니라 아호로 된 셈이다. 우리나라 초등학교는 그 이름이 당연히 소학교, 초등학교, 또는 어린이학교로 되어야 함에도 일제 말기에 황국신민화 작업의 하나로 국민학교라는 이름을 붙인 이후, 해방 50년이 되도록 원이름을 찾지 못한 서글픈 역사의 상처를 안고 있었다.

게다가 지역의 이름을 거의 예외 없이 붙이는 바람에, 유방리·왕창리는 피해갔지만, 단양 대강면엔 대강초등학교, 고창엔 난산초등학교, 합천엔 적중초등학교, 서울 방학동엔 방학초등학교, 정선 고한의 갈래동에는 갈래초등학교, 남해군 삼동면 물건리엔 물건초등학교(99년 삼동초등학교로 통폐합), 광주직할시에는 농성초등학교까지 있다. 그런 중 산간의 분교에는 거기에 어울리는 고즈넉한 이름을 가진 곳도 있으니, 밀양 사자평 억새밭 가는 길에는 고사리초등학교가 있고 이곳 지리산 대원사계곡에는 가랑잎초등학교가 있다. 그러나 가랑잎초등학교도 그 마지막을 고할 운명이 마치도 초겨울의 가랑잎 같다. 금년(1993년) 봄 학생 일곱 명에 교사 두 명이었는데, 여름엔 학생이 세 명으로 줄었으니 내년엔 교사도 한 명만 남게 된다. 그다음엔……(가랑잎초등학교는 기어이 폐교되고 말았다.)

유평리에는 등산객을 위한 식당과 민박처가 여남은 채 있는데 여기는 산골인지라 도토리묵무침과 더덕구이, 더덕찜이 일미이며, 계곡에서 잡은 피라미로 회를 치는 것도 별미란다. 그러나 값은 결코 만만치 않다.

| **대원사계곡의 세신소** | 대원사에서 유평리로 오르는 길에는 이처럼 아름다운 계곡이 이어진다.

    내가 유평리 가랑잎초등학교까지 꼭 가야만 했던 이유는 대원사부터 여기까지 오르는 길이 자연 그대로의 산길이었기 때문이다. 그러나 작년까지도 안 그랬는데 올 6월에 가보니 시멘트로 완벽하게 포장해놓았다. 그것이 못내 서운했지만 이곳 주민의 삶의 편의 때문이라니 내 낭만만 챙길 일도 아니었다. 그렇다면 내가 새삼 유평리에서 삼거리까지 답삿길을 연장할 일도 아니다.

    아무리 변하고 변했어도 대원사에서 유평리에 이르는 계곡은 내가 앞에서 내건 남한 땅 제일의 탁족처이기에 결코 버릴 수도 뺄 수도 없는 황금의 답사 코스다. 길가엔 아리따운 노송이 늠름한 자태로 줄지어 있고, 붉은 기를 토하는 암반 위로는 맑은 계류가 끝없이 흘러간다. 옛사람들은 이럴 때 옥류(玉流)라는 표현을 썼던 모양이다.

    길가에서 바로 내려다보이는 널찍한 계곡 한쪽에는 제법 큰 소(沼)를 이룬 곳이 아래위 두 곳에 있는데 아래쪽을 세신탕(洗身湯), 위쪽을 세심탕(洗心湯)이라고 부른다. 그중 나는 아래쪽 소를 즐겨 탁족처로 삼으며 이곳은 당연히 탁족소(濯足沼)라고 고쳐불러야 한다고 생각하고 있다. 최소한 나는 끝까지 탁족소라고 부를 것이다.

탁족소 너럭바위에 앉아 발을 담그고 먼 데 하늘을 바라보며 나의 긴 여로를 마무리한다.


## 산은 지리산

탁족소를 내려와 이제 서울로 올라설 채비를 하고 나니 내대리의 양수발전소가 끝내 세워지고 말 것인가 걱정스럽고 "한국인의 기상, 여기에서 발원하다"라는 비석이 서 있는 천왕봉 상봉이 그리워진다.

나는 불행히도 산사나이가 못 되었다. 내가 산보다도 문화유산을 더 사랑했기에 나의 답사는 항시 산기슭 어드메쯤에 머물 수밖에 없었다. 그러나 지리산 천왕봉에는 가까이에 법계사 삼층석탑(보물 제473호)이 있어 거기에 오를 기회가 있었다. 암반 위에 세워진 법계사탑은 생긴 것이 오종종하고 쩨쩨해서 볼품이 너무 없다. 단속사탑에 비하면 아무것도 아닌 것이다. 그러나 이 높은 산상의 탑이라는 점은 결코 무시할 수 없는 지리적 의미를 갖는 것이니 그것이 보물로 지정된 것을 잘못이라고 말할 수 없다. 또 그 덕에 천왕봉을 오른 것은 차라리 감사해야 할 일이다.

천왕봉 일출의 황홀경은 3대를 두고 공덕을 쌓아야 볼 수 있다고 했으니 그날의 궂은 날씨를 불운이라고 생각지 않으나 그 장중한 운해를 제대로 못 본 것은 분명 불운이었다. 어차피 나는 나의 답사기에 산 이야기는 쓸 생각이 없었다.

그러나 지리산 답사기를 쓰면서 산에 대해 아무런 소감을 말하지 않고 끝낸다는 것은 글의 부실함밖에 안 된다. 천왕봉의 일출은 조정래의 『태백산맥』(전 10권, 한길사 1989)에 환상적으로 그려 있으니 그것으로 대신하며 여기에 군이 옮기지 않겠다. 다만 산을 말함에 있어서도 그 옛날의 대안목들이 말하는 산은 달랐다. 산에서 느끼는 크기 자체가 달랐다. 김일손은 천왕봉의 인상을 이렇게 말했다.

한밤중 천지가 청명하고 큰 들은 광막하며 흰 구름은 산골짜기에서 잠을 자는 듯한데, 마치 바다의 밀물에 올라앉은 것 같고, 머리 내민 산봉우리들은 흰 파도에 드러나는 섬처럼 점점이 찍혀 있다. 내려다보고 쳐다보니 마음이 오싹하고 몸은 태초의 원시에 와 있고, 가슴속은 천지와 함께 흐르는 것 같았다.

이튿날 여명에 해가 돋아오르는 것을 보니 밝은 허공이 거울과 같았다. 서성이며 사방을 바라보니 만 리가 끝이 없고 대지의 뭇산은 개미집이나 버러지 자국만 같다.

평소에는 다만 구름이 하늘에 붙은 줄로만 알았고 그것이 반공(半空)에 떠 있는 물건이라는 것을 몰랐는데 여기 와서 보니 눈 아래 편편히 깔린 그 아래는 반드시 대낮이 그늘져 있을 것이다.

지리산의 장엄은 천왕봉의 높이에서만 나오는 것이 아니다. 오히려 그 넓이와 깊이에서 나온다. 그 면적이 자그마치 485제곱킬로미터로 전북의 남원, 전남의 구례, 경남의 함양·산청·하동 등 3도 5군이 머리를 맞댄 곳이다. 지리산 연봉이 이루어낸 계곡의 깊이를 우리는 가늠치도 못한다. 그 크기를 말하는 것도 대안목은 달랐다. 남명 선생은 「덕산계정 기둥에 새긴 글〔題德山溪亭柱〕」에서 이렇게 읊었다.

천 석이나 되는 저 큰 종을 좀 보소        請看千石鐘

크게 두드리지 않으면 울리지 않는다오     非大扣無聲

허나 그것이 지리산만 하겠소          爭似頭流山

(지리산은) 하늘이 울어도 울리지 않는다오    天鳴猶不鳴

　

산은 지리산이다. 지리산을 좋아하는 분은 채색장식화보다도 수묵담채화를 좋아할 것이다. 그런 분이라면 예쁜 분원 사기보다도 금사리가마의 둥근 달항아리를 더 좋아할 것이다. 그런 분이라면 바그너나 모차르트보다도 바흐를 좋아할 것이다. 그런 분이라면 톨스토이의 소설을 책상에 앉아 줄을 치며 읽을 것이다. 하나의 안목은 다른 안목에도 통한다.

산은 지리산이다.

1994. 7. / 2011. 5.

* 단속사터에 광제암문(廣濟嵒門)이라는 최치원의 글씨가 새겨져 있다는 『신증동국여지승람』의 기록은 알고 있었으나 찾아보지 못했다고 했는데, 고맙게도 경상대 의과대학 정형외과의 정순택 교수가 찾아내서 사진과 함께 보내주셨다. 덕분에 한국문화유산답사회가 펴내는 『답사여행의 길잡이:지리산 자락』(돌베개 1996)에서 자세히 소개할 수 있었다. 이 글씨는 절 아래쪽 청계리 용두마을 개울 석벽에 새겨져 있다. 글씨가 크고 형태가 단정하며 꽉 짜여 있어 보기에도 시원스러운데, 이것이 꼭 최치원 글씨인지는 알 수 없다.

# 정자 고을 거창의 코스모스 길

거창의 이미지 / 가조휴게소 / 건계정 / 외래 귀화인의 성씨 /
코스모스 / 거창의 정자들 / 황산마을의 거창 신씨 / 수승대

## 거창의 이미지

2009년 현재 우리나라에는 228개의 기초자치단체(73시 86군 69자치구)가 있다. 그중 인구 5만 명 이하를 군(郡)이라고 하고 있으니, 나라 전체로 볼 때 일개 군이 갖는 비중은 미미하다고 할 수밖에 없다. 그래서 나라 살림에서 군은 언제나 뒷전이고, 도시에 비해 군은 모든 것이 낙후된 지역으로 생각된다.

그러나 이는 인구를 기준으로 나눈 분류일 뿐, 국토의 면적과 연륜을 염두에 둔다면 대한민국은 이 86개의 군이 있어 비로소 대한민국이라고 할 수 있다. 어느 군을 가든 그곳에는 반드시 그 고장만의 역사와 자랑이 있다. 그것의 집합이 우리의 역사고 전통이다. 그러나 외지 사람들은 좀처럼 각 지자체의 정체성을 알아주지 않는다. 오히려 덮어버리고 싶은

가슴 아픈 상처를 그 지역의 이미지인 양 기억하는 경우가 있다. 이런 일을 당할 때 지역민들은 낙후한 시골에 산다는 것보다 더 큰 서러움을 느끼게 마련이다.

아주 오래된 이야기다. 어느 겨울날 무주구천동에서 워크숍을 마치고 대구로 돌아가는데, 올 때의 김천으로 해서 경부고속도로로 가는 길을 버리고 거창을 통해 88고속도로로 가는 37번 국도를 택했다. 그것은 '돌아갈 때는 새 길로 간다'는 내 답사의 기본 방침이기도 했지만, 아직껏 거창 땅은 밟아보지 못했기 때문에 일어난 호기심이기도 했다. 산굽이를 돌고 도는 험한 길이었지만 뼛속까지 스며드는 호젓함에 한껏 나를 맡겼다.

고갯마루를 내려오자 길가에 작은 휴게소가 보여 잠시 들렀는데, 손님은 없고 젊은 아가씨가 난롯가에서 가게를 지키고 있었다. 커피를 한 잔 주문해 마시면서 가볍게 말을 걸었다.

"여기가 거창인가요?"

"예, 여기는 경상남도 거창이고, 고개 너머가 전라북도 무주고, 오른쪽으로 가면 경상북도 김천입니다. 거창은 처음이신가요?"

"예, 지나쳐간 것은 여러 번이지만 거창 땅에 발을 디뎌본 것은 이번이 처음입니다."

"거창에 대해 아는 것이 있으세요?"

"예, 양민 학살로 유명하죠."

"아, 6·25 때 신원면사건 말이군요. 사람들은 왜 거창에 오면 그 이야기부터 하는지 모르겠어요. 다른 유명한 것도 한두 가지가 아닌데……"

그러고는 외면하듯 자리를 비켜섰다. 정말 미안했다. 잘 모른다고 했거나 "거창사과가 유명하죠"라고 대답했으면 상대방이 얼마나 좋아했을까? 뒤늦게 후회했지만 무를 수도 없는 일이었다. 휴게소를 나와 다시 차를 몰고 가는데 대구에 다 오도록 그 거창 아가씨의 굳어진 표정이 지워지지 않았다.

그때 나는 속으로 다짐했다. 만약 내가 거창에 대해 글을 쓸 기회가 생기면 꼭 그때의 미안함을 글로 갚겠다고. 그리고 20여 년이 지나 지금에 와서 나는 비로소 거창을 이야기하게 된 것이다. 그런 이유로 이번 답사기는 이제까지와 달리 문화유산뿐 아니라 거창의 모든 것에 대하여 말하고자 함을 미리 밝힌다.


## 가조(거창)휴게소에서

거창은 서부 경남의 북쪽 끝 소백산맥 줄기의 남덕유산을 등지고 동쪽으로는 가야산, 서쪽으로는 지리산, 남쪽으로는 황매산이 둘러싼 내륙 산간 고을이다. 전북 무주·장수군, 경북 성주군·김천시, 경남 산청·함양·합천군과 만나는 곳이다. 3도 7군이 만나는 지점이며 세 개의 국립공원을 곁에 두고 있다는 사실만으로도 능히 짐작이 가는 산중의 분지이다. 1,000미터가 넘는 높은 산이 연이어 뻗어 있는 고원지대여서 일교차와 연교차가 커 거창사과는 수분 많고, 육질 좋고, 당도 높은 독특한 맛을 내는 것이다.

지금은 88고속도로가 앞을 가로질러 달리고, 대전─통영간 고속도로가 곁을 지나기 때문에 교통이 말할 수 없이 편리해졌지만, 전에는 웬만큼 마음먹기 전에는 걸음 한번 하기가 어려운 곳이었다. 그 옛날에는 전라도 장수에서 육십령고개를 넘어 안의를 지나 들어가거나 합천 묘산면에서 싸리터재를 넘어 들어갔는데, 어느 길로 가든 길은 멀고 고개는 높았다.

이처럼 거창은 높은 산이 병풍처럼 둘러싸고 있지만, 한들이라는 제

| **가조휴게소에서 본 거창** | 88고속도로 가조(거창)휴게소에서 내려다보는 거창들판은 참으로 시원스럽고 평화로워 보인다.

넓 너른 들판이 있어 물산(物産)이 여느 고을 못지않게 풍부했다. 산자락이 겹치는 골짜기마다 맑은 계류(溪流)를 이루어 산 좋고, 물 좋고, 들 좋아 사람 살기 이만큼 좋은 곳도 없었다. 그래서 거창은 궁벽한 산골 같지만 수승대(搜勝臺)의 거창 신(愼)씨, 건계정(建溪亭)의 거창 장(章)씨, 위천(渭川)의 초계 정(鄭)씨, 갈천(葛川)의 은진 임(林)씨 등이 일찍이 세거지로 삼아 경상우도의 당당한 선비 고을로 자리매김할 수 있었다.

산중의 분지인 거창들판은 참으로 평화롭고 풍요롭다. 동쪽에서 거창으로 가려면 필연적으로 88고속도로를 타고 들어가게 되고, 대부분은 합천터널 지나 지금은 거창휴게소라고 부르는 가조휴게소에서 쉬어간다. 가조휴게소는 대단히 아름다운 전망을 갖고 있다. 방금 터널을 지나올 정도로 높은 산자락에 위치해 있으면서 발아래로 거창의 한들이 저 멀리까지 펼쳐지니 그 시원스러운 조망에 가슴이 통쾌할 정도로.

여기서 보는 풍광은 아주 특이하여 보는 사람마다 그 감동을 한마디씩 말하게 된다. 언젠가 영남대 동양화과 학생들을 데리고 갔을 때 내가 넋을 놓고 이 풍광을 바라보고 있자니 지은이라는 학생이 내게 달려와 다 먹은 아이스크림 막대기로 왼쪽의 가파른 산자락을 가리키면서 했던 말이 귀에 선하다.

"쌤(선생님), 예가 어디에예? 진짜 풍경이 특이하네예. 저레 생긴 산은 서양화로 그려야지 동양화로는 잘 안 되겠어예. 안 그렇교?"

가조 땅을 지날 때면 나는 답사객의 시선을 여기에 묶어놓기 위해 역사의 뒤안길에 놓여 있는 사실 하나를 이야기해주곤 한다.

"창밖을 보십시오. 풍광이 정말 아름답죠. 우리나라 산천은 이렇게 산자락 높은 곳에서 들판을 내려다볼 때 제멋이 우러납니다. 여기는 거창군 가조면입니다. 고려시대에는 가조현(加祚縣)이었습니다. 그런데 경상도 섬 지방에 왜구들의 침입이 너무 심하자 고려 원종 때(12년, 1271)에 거제도 사람과 관아가 모두 이곳으로 이주했습니다.

왜구의 노략질로 사람 살기 힘들다고 거제도 전체를 비워버린 것이었죠. 그때는 영토를 지키는 것보다 사람을 편히 살게 한다는 생각이 앞섰던 것입니다. 그래서 지방 수령을 목민관(牧民官)이라고 했습니다. 그런데 이 조치가 무척 오래갔습니다. 무려 150년간 여기에 있었답니다. 조선시대 들어와 태종 때(14년, 1414)에는 아예 군 이름을 거제와 거창을 합쳐 제창군(濟昌郡)이라고 불렀으니까요. 거제현이 다시 섬으로 돌아간 것은 세종 때(4년, 1422)였습니다.

역시 세종대왕이 명군(名君)이었습니다. 대마도를 정벌하여 왜구들을 혼내주고 그간 공도(空島) 처리했던 거제도를 완벽한 영토로 회복했으니까요. 이런 사정으로 거제도와 거창은 산 이름·동네 이름이 같은 것이 아주 많게 되었답니다."

이런 역사적 사실을 처음 들으면 사람들은 다소 어리둥절해한다. 그러나 답사를 다니다보면, 특히 거창에 오면 우리의 상식을 뒤집는 이야기가 많이 나온다.

### 건계정의 거창 장씨

거창의 동쪽 출입구가 가조라면 서쪽은 안의(安義)로 나 있다. 안의는 지금 함양군 안의면으로 되어 있지만, 조선시대에는 안의현 또는 안음현(安陰縣)이라고 불린 당당한 하나의 고을이었다. 1914년 일제가 우리나라 행정구역을 개편하면서 대부분 서너 개의 현을 묶어 하나의 군으로 편성했는데, 이때 안의현은 둘로 나뉘어 읍을 비롯한 남쪽 지역은 함양군에 흡수되고, 북쪽의 위천(渭川)·마리(馬利)·북상면(北上面)은 거창군으로 편입되었다. 그 바람에 안의현의 지역적 정체성은 반은 함양으로, 반은 거창으로 넘어가게 되었다. 안의의 문화적 자랑이라면 많은 선비를 낳았고, 연암 박지원과 관아재(觀我齋) 조영석(趙榮祏, 1686~1761)을 비롯하여 많은 명사들이 안의현감을 지냈으며, 아름다운 정자가 많다는 사실이다.

특히 화림동(花林洞)·심진동(尋眞洞)·원학동(猿鶴洞)은 안의 3동이라고 해서 당대부터 유명했다. 그러나 오늘날 안의의 정자와 동천(洞天)은 거창과 함양이 나누어 갖게 되었고, 안의가 낳은 거유인 일두(一蠹) 정여창(鄭汝昌, 1450~1504) 선생은 함양 분으로, 동계(桐溪) 정온(鄭蘊,

| **건계정** | 영천을 따라 나 있는 안의에서 거창으로 들어가는 길 저편에는 거창 장씨와 깊은 인연이 있는 건계정이 우뚝 서 있다.

1569~1641) 선생은 거창 분으로 되었다. 그러나 이 지역의 정서 속에는 아직도 안의라는 실체가 은연중에 살아 있는 것을 볼 수 있다.

안의에서 거창으로 들어가는 길은 사뭇 영천(瀯川)계곡을 따라 나 있다. 산이 높아 계곡이 깊고 어두운데, 계류는 너럭바위 위로 흘러내려 더없이 맑고 시원해 보인다. 어느만큼 가다 거창읍 못 미처에는 계곡 저 건너편에 잘생긴 건계정이라는 정자가 보인다.

얼핏 보면 화림동의 농월정(弄月亭)과 비슷한 분위기가 있는데, 수승대 다음으로 손꼽히는 거창의 명승지다. 여기는 거창읍 상림리 원상동으로, 이곳 말로 "씨악실 모티(모퉁이)"라고 불리는 곳이다. 주위에는 백제부흥군이 쌓았다는 거열성(居列城, 건흥산성)과 고려시대 석불인 석조관음입상(보물 제378호) 같은 유적이 있고, 요즘은 야영장과 산책로가 정비되어 있어 캠핑족이 즐겨찾는다.

이 정자는 거창 장씨들이 세운 것이다. 거창 장씨의 시조는 중국인 장종행(章宗行)이다. 그는 원래 중국 송나라 건주 사람이었지만 고려 충렬왕 때 귀화해 예문관 대제학을 지냈고 충헌공이라는 시호를 받았다. 또한 안향(安珦, 1243~1306)의 사위이기도 하다. 건계정이라는 이름은 바로 시조의 고향인 중국 건주를 의미한다.

장종행의 아들 장두민(章斗民)은 상장군으로 홍건적이 개경까지 침입하여 나라가 위기에 처했을 때 이를 물리치는 무훈을 세워 공민왕이 그를 아림군(娥林君)에 봉했다. '아림'은 거창의 옛 이름이다. 그뒤 후손들이 거창을 본관으로 삼은 것이다. 그의 후손은 고려왕조에서 높은 벼슬을 했는데, 조선이 개국하자 벼슬을 버리고 거창군 웅양면으로 퇴거하여 그곳에 정착하게 되었다.

그뒤부터 이 일대는 장씨 후손의 세거지가 되었다. 장씨는 지금도 대부분 경남 거창군과 함양군에 집성촌을 이루고 있다. 거창 장씨는 현재 약 2천 가구에 6천 명 정도가 있는 것으로 통계에 나와 있다. 바로 이들 후손이 조상을 기리면서 1905년 이 정자를 세웠고, 1970년에 중건한 것이 오늘의 모습이다. 건계정 옆에는 거창의 개화기 문인인 면우(俛宇) 곽종석(郭鍾錫, 1846~1919) 선생이 지은 아림군 장두민의 공적비도 세워져 있다.


### 외래 귀화인의 성씨들

내가 건계정에 와서 거창 장씨의 시조가 중국인이라고 알려주면 가조 땅에 거제현이 150년간 있다 돌아갔다는 사실 못지않게 모두 신기해하고 또 의아해하는 것을 보게 된다. 그러나 우리의 성씨 중에는 귀화인이 생각 밖으로 많다. 곧 우리의 발길이 닿을 수승대의 거창 신씨도 귀화인이다(신씨는 한자로 愼이 아니라 愼으로 쓴다).

외국인이 귀화하기 시작한 것은 삼국시대 초엽이라고 하나 그 숫자는 아주 적고, 조선시대에도 명나라와 일본인이 일부 귀화했으나 이도 드문 예이며, 대부분은 고려시대에 송·원·여진·거란·몽골·위구르·안남 사람들이 귀화한 것이다.

외래 귀화 성씨 중에는 중국계가 가장 많아 강릉 유씨(江陵劉氏), 평해 황씨(平海黃氏), 함양 여씨(咸陽呂氏), 결성 장씨(結城張氏), 안강 소씨(安康邵氏), 함양 오씨(咸陽吳氏), 풍천 임씨(豊川任氏), 신안 주씨(新安朱氏), 배천 조씨(白川趙氏), 밀양 당씨(密陽唐氏), 소주 가씨(蘇州賈氏), 수안 계씨(遂安桂氏), 광천 동씨(廣川董氏), 김해 해씨(金海海氏), 수원 백씨(水原白氏), 문경 전씨(聞慶錢氏), 청주 갈씨(淸州葛氏), 남양 제갈씨(南陽諸葛氏), 통천 태씨(通川太氏), 영산 신씨(靈山辛氏), 현풍 곽씨(玄風郭氏) 등 그 수가 200을 넘을 정도다.

이들 중에는 사대(事大)하는 뜻에서 일부러 시조를 중국에서 이끌어 온 경우도 없지 않아 순수 귀화 성씨가 아닌 경우도 있다고 한다. 그러나 대부분 그 사실 자체가 명확하다.

몽골계 귀화 성씨에는 연안 인씨(延安印氏)가 있다. 그 시조는 인후(印侯)인데 『고려사』에 의하면 그는 몽골 사람으로 본래 이름은 후라타이〔忽剌歹〕라 하였다. 충렬왕 원년(1275)에 충렬왕의 비이며 원나라의 황녀인 제국공주(齊國公主)를 시종하여 고려에 와서 귀화하여 평양군(平陽君)으로 봉해진 분이다.

여진계 귀화 성씨로는 청해 이씨(淸海李氏)가 있다. 시조는 조선 개국 공신인 이지란(李之蘭)이다. 그는 본래 여진 사람으로 성은 퉁〔佟〕, 이름은 쿠란투란티무르〔古倫豆蘭帖木兒〕다. 고려 공민왕 때 부하 100호(戶)를 이끌고 귀화해 북청(北靑)에서 살면서 이씨 성과 청해(靑海, 북청의 옛이름)라는 본관을 하사받았다. 그는 일찍이 이성계 휘하로 들어가 개국공신에 책록되고 벼슬이 좌찬성에 이르렀다.

위구르계 귀화 성씨로는 경주 설씨(慶州偰氏)와 덕수 장씨(德水張氏)가 있다. 경주 설씨의 시조는 설손(偰遜)이다. 『경주설씨세보』에 의하면 그는 위구르 사람으로 원나라에서 벼슬하여 단주태수(單州太守)로 있을 때 친상을 당하여 대령(大寧)에 가 있었는데, 홍건적의 난을 피해 고려로 들어와 공민왕 7년(1358)에 귀화했다. 공민왕은 그를 후히 대접하여 부원후(富原侯)로 봉하고 부원의 땅을 주었다. 호를 근사재(近思齋)라 하며 시인으로 유명했다.

덕수 장씨 시조 장백창(張伯昌, 일명 장순룡)은 아랍계 위구르족으로, 원나라 세조 때 필도치라는 벼슬을 지냈다. 『덕수장씨세보』에 의하면 그는 1275년 충렬왕비인 쿠빌라이의 딸 홀도로게리미실(제국공주)을 배행하여 고려에 왔다 귀화하여 여러 벼슬을 지내고 덕수부원군에 봉해졌다. 그뒤 후손이 덕수를 본관으로 삼았다. 덕수는 경기도 개풍군에 있는 지명이다. 조선 중엽 4대 문장가의 한 사람인 장유(張維, 1587~1638)가 이 집안 사람이다. 3공화국 시절 유명한 장관도 배출했다.

베트남계 귀화 성씨로는 화산 이씨(花山李氏)가 있다. 시조는 이용상(李龍祥)으로, 베트남의 안남 이씨(安南李氏) 왕조의 제8대 왕인 혜종(惠宗)의 숙부다. 안남 이씨 왕조가 찬탈되자 망명길에 올라 표류 끝에 고종 13년(1226) 옹진에 당도하여 귀화했다. 화산군(花山君)에 봉해졌으며 후손이 대대로 벼슬했다.

일본계 귀화 성씨로는 우록 김씨(友鹿金氏, 뒤에 사성賜姓하여 김해 김씨)가 있다. 시조는 김충선(金忠善)이며, 본명은 사야가(沙也可)라고 하였다. 임진왜란 때 가토 기요마사(加藤淸正)의 선봉장으로 한국에 내침했으나 조선의 문물과 인정, 풍속을 흠모해 귀화했다. 많은 무공을 세워 이름을 하사받고 관직이 정헌대부·중추부지사에 이르렀다.

이처럼 이들이 귀화하게 된 동기는 망명·표류·투항·왕실의 시종 등 여러 사례가 있다. 여기서 중요하게 생각되는 것은 고려왕조가 이들을 기꺼이 받아들이는 포용성을 갖고 있었다는 사실이다.

우리는 그동안 단일민족임을 지나치게 강조해온 면이 있다. 또 은연중에 약소민족을 얕보는 경향도 있다. 위구르인이라면 좋은 인상을 갖지 않는 경우도 보게 된다. 그러나 원나라 안에서 위구르족은 상부의 지도층에 가까운 대접을 받았다. 지방행정을 다루는 '다루가치〔達魯花赤〕'라는 관직엔 몽골인이나 색목인을 임명했는데 그 색목인이 바로 위구르인이다.

오늘날 우리 사회에는 이미 많은 다문화 가정이 존재하고 있고 앞으로 그 추세가 더해갈 것으로 생각된다. 여기에서 간혹 문화 충돌이 일어나는 것을 볼 수 있는데, 이런 때일수록 우리는 기왕에 자리잡은 귀화인들이 한국 사회 구성원의 일원으로 나라 발전에 큰 공을 이루었다는 역사적 사실을 상기할 필요가 있다.

『새로 쓴 5백년 고려사』(푸른역사 2008)의 저자 박종기 교수가 "우리는 고려의 개방성과 다양성을 귀하게 생각해야 한다"고 역설한 것은 귀 기울일 만한 일이다. 그런 점에서 거창 장씨, 거창 신씨가 귀화인이라는 것은 하등 이상할 것도 신기할 것도 없는 일이다.


## 코스모스를 다시 생각한다

거창의 가을 길가엔 여느 국도변과 마찬가지로 코스모스가 장하게 피어난다. 위천 수승대 가는 길, 북상면 모리재로 가는 지방도로변에도 유난히 코스모스가 아름답게 피어난다. 특히 거창 길가의 코스모스를 보면 간혹 이를 외래종이라고 따돌리는 것에 대해 무언가 강하게 항변하고 싶은 마음이 일어난다.

나는 가을을 심하게 탄다. 아침이면 벌써 냉기가 몸속으로 스며들고 천지에 요란하던 풀벌레 소리가 끊기면, 먼 산은 높은 곳부터 단풍을 물들여 내려오며 가을이 깊어간다. 길가의 가로수들이 겨울 채비를 위해 나뭇잎을 떨구며 감량을 시작하면 황혼의 적적함이 몸속 깊이 스며들어 쓸쓸한 가을바람에 마음이 스산해진다.

이 쓸쓸한 계절에 그래도 우리의 마음을 달래주는 것은 가을꽃이다. 가을산의 청초한 들국화와 해묵은 고가(古家) 장독대의 국화에는 어릴 적 친구를 만난 듯한 반가움이 있다. 옛사람들은 국화를 무척 좋아했다. 고려 상감청자 찻잔에 가장 많이 나오는 문양 중 하나가 국화이며, 조선 청화백자 중에는 들국화를 그린 명품이 많다.

옛 문인들은 국화를 즐겨 노래했다. 다산(茶山) 정약용(丁若鏞)은 강진 땅에 유배온 지 10여 년 되던 어느 가을날 "우리 집 가까이 있는 심씨네 뜨락엔 해마다 국화꽃이 종류별로 48종이 피었었지"라며 회상의 시를 읊고서는 "비 오는 가을날 다산의 초부(樵夫)는 눈물을 흘리며 이 글을 쓴다"고 끝내 울음을 터뜨렸다.

그런데 현대인들은 국화꽃에서 좀처럼 그런 시정을 느끼지 못하는 모양이다. 한 친구가 아파트 베란다에 노란 국화와 흰 국화 화분을 늘어놓았더니 아내가 꼭 상가(喪家) 같다고 투정하더란다. 현대인에게 국화 대신 가을날 서정을 북돋워주는 것은 코스모스이다. 길가에 피어 있는 코스모스는 오래전부터 가을의 여정(旅情)을 일으키는 우리 국토의 표정으로 되었다.

가을걷이를 시작하는 누런 들판과 어우러진 도로변의 코스모스가 여린 바람에도 몸을 가누지 못하고 흔들릴 때면 애잔한 감상조차 일어난다. 그래서 코스모스를 노래하는 것은 소녀 취미로 돌리고 사나이 대장부들은 모름지기 코스모스의 아름다움을 감춘다. 그러나 절로 일어나는

| **코스모스 길** | 우리나라 도로변 어디에서나 만나게 되는 코스모스 꽃길은 가을날의 시정을 불러일으키는 국토의 한 표정으로 되었다.

애틋하고 아름다운 감정을 굳이 이성의 논리로 돌릴 필요가 있을까. 그런다고 누그러지지 않는 것이 감정이다.

1999년 가을 어느 날 만주 땅 압록강변을 답사했을 때 그곳 들판의 길가에도 코스모스가 만발해 있었다. 고구려의 첫 도읍인 환인(桓仁)의 오녀산성으로 오르는 길, 「선구자」의 고향 해란강가 일송정으로 가는 길, 그 모두가 코스모스 꽃길이었다. 그래서 만주 땅은 내게 조금도 낯설지 않았고, 더욱더 잃어버린 고토(故土)처럼 다가왔다.

그런 코스모스이건만 정작 이 꽃은 우리의 재래종이 아니라 멕시코가 원산지인 외래 식물이라고 맘껏 사랑을 보내지 못하고 있다. 코스모스가 이 땅에 뿌리내린 것은 불과 100년밖에 안 된다며 거리를 둔다. 그래서 최순우(崔淳雨), 이태준(李泰俊) 같은 지난 세대의 안목들은 코스모스의 아름다움 앞에 '이국적인'이라는 단서를 달고 가을꽃으로 억새나 과꽃을 더 높이 쳤다. 그러나 나는 코스모스를 무한대로 사랑하고픈 내 감정을 속일 수 없다. 불과 300년 역사의 고추가 우리 음식의 상징이 된 것처럼 코스모스도 어느새 어엿한 귀화식물이 된 것이 아닌가. 원산지로 따지자면 채송화, 봉숭아, 나팔꽃, 달맞이꽃은 외래종이 아니더냐.

식물학에서 말하기를 외래종이 들어오는 것은 우리의 토양이 약할 때라고 한다. 우리 토양이 강하면 아무리 힘센 외래종도 이 땅에 뿌리를 내리지 못한단다. 미국자리공, 돼지풀처럼 못된 외래종이 요즘 판치는 것은 마구잡이로 땅을 파헤쳐 생땅이 곳곳에 드러나면서 황무지 현상을 일으켰기 때문이다. 그러다 토양이 다시 안정되면 재래종이 결국 외래종을 이겨낸다니 우리는 나쁜 외래종을 물리치기 위해서라도 우리의 토양을 굳게 지켜야 할 일이다.

그러나 외래종이 다 나쁜 것은 아니다. 외래종이 들어옴으로써 우리의 식물분포에 다양성도 생긴다. 코스모스가 우리나라에 들어온 것은 신작로공사가 한창일 때였다. 땅을 갈아 길을 닦으니 길가는 생토로 드러날 수밖에 없었고, 이 황폐한 자리에 멕시코의 메마른 땅을 원산지로 둔 코스모스가 자리잡게 된 것이다. 지금 거창 가는 길뿐만 아니라 우리나라 어느 국도변에 코스모스가 없던가.

외래종 중에는 재래종을 고사시키면서 자기 자리를 차지하는 것도 있지만, 코스모스처럼 재래종이 감당하지 못하는 빈자리를 채워주는 것도 있다. 그리하여 이제 우리 강산의 가을날에는 산에는 들국화, 뜰엔 국화, 길가엔 코스모스로 어우러지며 '코스모스'(조화)를 이루고 있다. 그런 외래종이라면 우리는 얼마든지 사랑해야 한다. 더욱이 코스모스처럼 어여쁜 꽃임에야. 나는 내 마음속에 일어나는 감정 그대로 코스모스를 한껏 사랑한다.

코스모스의 이런 정착 과정을 보면 나는 항시 외래문화의 토착화라는 거대 담론의 실마리를 생각하게 된다. 그래서 외래 성씨가 많이 정착한 거창 땅에 오면 코스모스가 더욱 살갑게 다가온다.

## 거창의 정자들

오늘날 거창이 내세울 수 있는 가장 자랑스러운 문화유산을 말하라고 한다면 나는 서슴없이 계곡가의 정자들이라고 대답할 것이다. 거창에는 정말 많은 정자가 지어졌다. 내력 있는 거창의 양반들은 자신들의 세거지 주변 계곡에 거의 경쟁적으로 정자를 경영했다.

거창 초입에서 거창 장씨의 건계정이라는 아름다운 정자를 만난 것은 그 예고편에 불과하다. 수승대의 요수정, 가북면 흠거리의 소원정, 북상면의 용암정, 갈계숲의 병암정, 고제면 원농산의 요원정, 남하면 살목의 심소정……

거창문화원에서 펴낸 『문답식 거창역사』(1995)에 의하면 목조건축으로 지어진 정자는 모두 68개나 된다. 거창에 이처럼 정자가 많은 것은 무엇보다 산이 많은 만큼 계곡이 발달했기 때문이다. 거창에는 갈계(葛溪)·완계(浣溪)·금계(錦溪) 등 수십 개의 계곡이 있고, 이 계류가 합류하면서 위천·영천·아월천(阿月川) 등 16개의 천을 이루고 있다.

덕유산에서 흘러내리는 물줄기가 위천이고, 거창 읍내를 흐르는 내가 영천이다. 이 여러 갈래의 천은 다시 어우러져 영호강(瀯湖江)이 되어 합천의 황강(黃江)으로 흘러든다. 이 많은 계곡과 천과 강변마다 정자가 늘어서 있으니 거창은 가히 정자 고을이라 할 만하다. 정자는 우리나라 산천의 꽃이다.

정자 하나가 있음으로 해서 그 땅의 가치가 완전히 달라진다. 마치 산과 계곡으로 이루어진 자연이라는 사랑방에 놓여 있는 아담한 반닫이

| **수승대 요수정** | 수승대의 요수정은 신권 선생이 풍류를 즐기며 제자를 가르치던 곳으로, 정자 내부에 방을 놓는 등 지역적 특성이 잘 반영된 거창 지역의 대표적 정자 문화 공간이다.

같다. 그래서 정자는 관객의 입장에서 바라보는 것만으로도 눈을 즐겁게 하고 마음을 기쁘게 하는 바가 있다. 그러나 정자의 본령은 휴식과 명상의 공간이며, 대화와 유흥의 장소이고, 학문과 예술의 산실이다.

이런 건축 공간은 우리의 독특한 자연 속에서 탄생한 한국의 표정이다. 정자가 많기로는 안동과 담양이 손꼽히지만 거창 또한 결코 이에 뒤지지 않는다. 오히려 거창과 안의의 정자를 합치면 으뜸이라고 할 수도 있다. 그런 점에서 나는 전라남도의 담양, 경상좌도의 안동, 경상우도의 안의를 우리나라 3대 정자 고을로 생각한다.

같은 정자지만 담양의 정자에는 문학성이 서려 있는 듯하고, 안동의 정자에는 어딘지 유학적 체취가 배어 있다는 느낌을 받게 된다. 이에 반해 거창과 안의의 정자에서 내가 받는 느낌은 정자 그 자체를 즐기는 생활이다. 그것은 담양의 정자는 원림(園林)과 같이하고, 안동의 정자는 서원·서재와 같이하는 데 반하여, 거창·안의의 정자는 계곡과 어우러져 있기 때문일 것이다.

그리고 정자의 주인공을 보면 담양의 정자에서는 송강(松江) 정철(鄭澈, 1536~93)과 면앙정(俛仰亭) 송순(宋純, 1493~1583) 같은 시인이 생각나고, 안동의 정자에서는 퇴계 이황과 농암(聾巖) 이현보(李賢輔, 1467~1555) 같은 유학자가 떠오르는데, 거창·안의의 정자에는 처사로 묻혀 지낸 갈천(葛川) 임훈(林薰, 1500~84)과 요수(樂水) 신권(慎權, 1501~73)이 있다. 거창의 정자 중 으뜸가는 것은 명성으로 보나 규모로 보나 내력으로 보나 위천 수승대의 요수정(樂水亭)이다.


### 황산마을의 거창 신씨

거창과 안의 사이, 위천면 황산리에 있는 수승대 요수정은 거창뿐 아니라 서부 경남에서 손꼽히는 명승지이기 때문에 가는 길을 놓치지 않을 것이다. 실제로 수승대는 대한민국 명승 제53호로 지정되어 있다. 그러나 수승대를 탐방하기 전에 주차장 바로 건너편에 있는 황산마을을 먼저 둘러보는 것이 답사의 순서다.

돌담길이 문화재로 등록된 이 마을은 거창 신씨의 세거지다. 거창 신씨의 시조 신수(慎修)는 중국 송나라 사람으로 고려 문종 때 우리나라에 귀화해 참지정사를 지냈고, 그의 아들 신안지(慎安之)는 병부상서를 역임했으며 후손들은 거창에 살면서 거창으로 본관을 삼았다. 거창 신씨는 이조참판을 지낸 신승선(慎承善, 1436~1502)의 대에 와서 명문(名門)으로 부상했다.

그는 임영대군(臨瀛大君, 세종의 넷째아들)의 딸과 결혼했고, 그의 딸은

| **황산마을 돌담길** | 이곳에는 기와지붕을 얹은 돌담이 많아 한층 품위 있는 마을길을 보여준다.

성종의 세자빈(연산군의 부인)으로 책봉되었다. 그의 아들 신수근(愼守勤, 1450~1506)은 정승이 되었고, 중종의 왕비인 단경왕후 신씨가 바로 신수근의 딸이니 당대에 이만한 권세가 없었다. 신씨의 영광은 거창에도 미쳐 연산군이 즉위한 뒤 1496년 왕비의 관향이라며 거창을 현(縣)에서 군(郡)으로 승격시켰다.

그러나 1506년 중종반정이 일어나자 단경왕후는 아버지가 연산군의 매부이고, 고모가 연산군의 부인이라는 이유로 폐비되는 불운을 맞았다. 이때 거창은 다시 현으로 강등되었다. 거창 신씨들이 한창 잘나갈 때 신권이 이곳에 들어온 이래 황산마을은 400년간 거창 신씨의 세거지가 되었다.

신권은 소년 시절 한양에서 공부하다 "벼슬이란 사람으로부터 받는 것이고, 자아는 하늘로부터 받은 것(人爵在人天爵在我)"이라며, 안빈낙도

하며 오로지 인격 수양에 힘쓰겠다고 이곳으로 내려온 것이었다. 그리고 스스로 호를 요수(樂水)라고 하였다. 그는 학식이 매우 높았다고 전한다.

신권은 거창의 거유인 갈천 임훈의 매부이기도 하니 아마도 장인인 진사공에게 가르침을 받았을 것으로 추정되지만, 문집이 전란에 불타 그 면모를 알 수 없다. 지금도 200여 호가 사는 이 마을은, 가운데로 흐르는 시내를 중심으로 동쪽은 '동녘'이라고 부르고 서쪽은 '큰땀'이라고 하는데, 큰땀에는 신씨들의 고가가 즐비하게 연이어 있다.

그중 마을 중심부에 있는 원학고가(猿鶴古家)로도 불리는 '황산리 신씨 고가'(경남민속자료 제17호)는 거창 신씨의 재력을 유감없이 보여주는 대갓집이다. 이 집은 요수 선생의 12대손으로 경남지사를 지낸 신도성 씨의 생가로, 그의 선친이 1927년에 원래 있던 낡은 가옥을 헐고 완전히 개축한 것이라고 한다. 당시 이 집은 천석꾼의 부농이었다고 한다.

집의 구조를 보면 솟을대문, 사랑채, 중문채, 안채, 곳간채, 방앗간채, 뒷문으로 구성된 전형적인 양반집으로, 입구부터 남녀의 구분이 명확한 것을 알 수 있다. 그러나 사랑채를 보면 정면 다섯 칸, 측면 두 칸의 겹집으로 기둥 사이가 넓고 반 칸의 퇴를 두어 상당히 거대한 규모로 느껴진다. 기둥도 굵고 기단돌을 장대석으로 깔아 더욱 장대한 느낌이 있다.

이런 변화는 경제력의 반영이기도 하지만 한편으로는 한옥에도 당대적 실용성이라는 시류가 반영된 것이기도 하다. 같은 한옥 저택이지만 앞으로 우리가 보게 될 17세기에 지은 동계 고택(桐溪古宅)과 비교해보면 그 미세한 차이를 느낄 수 있을 것이다. 만약 이 두 집의 미적·정서적 차이를 알아볼 수 있다면 전통 건축을 보는 눈이 한 단계 높아진 것이라고 자부해도 좋을 것이다.

그 점에서 거창은 한옥의 아름다움을 익히는 좋은 현장학습장이라고 할 수 있다. 황산마을의 돌담길을 따라 담장 너머 이 집 저 집을 구경하며 느긋하게 걷다보면 모든 것을 떠나 이런 옛 마을이 이나마 보존되고, 민박집으로 이용되어 집도 생기가 있고 답사객의 한옥 체험장이 되고 있다는 사실 자체가 고맙게 느껴진다.


## 수승대의 내력

수승대는 덕유산이 두 갈래로 뻗어내린 동남쪽의 영취산과 서남쪽의 금원산에서 흘러나온 계곡물이 합류하여 자못 큰 계류를 이루는 원학동계곡에 있다. 흰빛을 띠는 화강암 반석 위로 냇물이 굽이치며 장쾌하게 흘러내리고, 주위는 송림으로 우거져 명승이라는 말에 값하고도 남음이 있다.

넓게 트인 계곡 한가운데에는 신기하게도 거북 모양의 거대한 바위가 있어, 이를 보면 신비로운 아름다움을 절로 느끼게 한다. 예부터 사람들은 이를 대로 삼아 풍류를 즐겨왔다. 전하는 말로는 신라와 백제의 나들목이 되는 이곳에서 양국 사신이 서로 전송하면서 "근심을 잊게 했다"고 해서 수송대(愁送臺)라고 이름 지었다고 한다.

황산마을의 요수 신권은 이 거북바위를 암구대(岩龜臺)라 이름 짓고 그 위에 단을 쌓아 나무를 심고 아래로는 보를 만들어 물이 고이게 하는 구연(龜淵)이라고 이름 지었다. 그리고 중종 35년(1540)부터 정자를 짓고 제자를 가르쳤는데 그 이름을 구연재라고 했다. 이런 수송대가 전국적으로 더욱 유명해지게 된 것은 퇴계 이황이 수송대를 수승대라고 바꾸자는 글을 짓고 나서였다.

1543년 퇴계는 안의 영송마을에 사는 장인을 뵈러 와 설을 쇠었다. 퇴계는 그 기회에 수송대를 꼭 찾아가보고 싶어하면서 동천(洞天)의 천석(泉石)은 빼어난데 이름이 아름답지 못하다며 수승대라고 바꾸는 것이 어떻겠느냐고 했더니 모두 좋아했다고 한다(寄題搜勝臺). 그러나 퇴계는

| **수승대 거북바위** | 수승대의 명물 거북바위는 계곡 중간에 있는 모습이 거북처럼 보인다 해서 붙여진 이름으로 마치 거대한 계곡에 정원석이 앉혀진 것처럼 보인다.

급한 왕명을 받아 서둘러 발길을 돌리게 되었고, 아쉬움에 시를 한 편 남기고 떠났다.

> 수승이라 대 이름 새로 바꾸니 봄 맞은 경치는 더욱 좋으리
> 먼 숲 꽃망울은 터져오르는데 골짜기에는 봄눈이 희끗희끗
> 좋은 경치 좋은 사람 찾지를 못해 가슴속에 회포만 쌓이는구려
> 뒷날 한 동이 술을 안고 가 큰 붓 잡아 구름 벼랑에 시를 쓰리라

퇴계가 이렇게 시를 남기고 떠나자 요수 신권은 이에 화답하는 시를 지어 감사했다.

**| 수승대 거북바위의 글씨 새김 |** 거북바위 사방에는 빈틈없이 탐방객의 이름이 새겨져 있다. 이는 급기야 두 가문의 싸움으로 번지고 말았다.

    자연은 온갖 빛을 더해가는데 대의 이름 아름답게 지어주시니
    좋은 날 맞아 술동이 앞에 두고 구름 같은 근심은 붓으로 묻읍시다
    깊은 마음 귀한 가르침 보배로운데 서로 떨어져 그리움만 한스러우니
    세속에 흔들리며 좇지 못하고 홀로 벼랑가 늙은 소나무에 기대봅니다

    그러나 수승대 윗고을에 살던 갈천 임훈이 이에 화답한 시는 뉘앙스가 조금 달랐다. 갈천은 퇴계와 동갑으로 생원시에 합격하여 벼슬을 하다 부모 봉양을 위해 낙향하여 효행으로 정려문을 하사받고 나중에는 광주목사까지 지낸 분으로, 학식과 덕망이 높은 거창의 명사였다.

    꽃은 강언덕에 가득하고 술은 술통에 가득한데

736

유람하는 이들이 연이어 분주히 오가는구나
봄날은 가려 하고 길손도 떠나려 하니
봄을 보내는 시름만이 아니라 그대를 보내는 시름도 있네

한 세기 뒤 문인인 오숙(吳䎘, 1602~75)이라는 분은 「수송대에서 노닐며 (游愁送臺記)」에서 갈천의 시에는 퇴계가 이름을 바꾸려고 한 것에 반대하는 뜻이 있다고 했다. 갈천의 시를 보면 이곳에 와보지도 않은 '외지인' 인 퇴계가 단지 말로만 듣고 이름을 바꾸려 하자 '현지인'의 입장에서 "근심을 보낸다"는 수송(愁送)의 뜻을 봄과 길손을 이별하는 마음과 연관시켰다는 것이다. 그리고 퇴계는 처사를 자처했지만 실제로는 '바쁜 분'이어서 한양으로 급히 떠났지만 "꽃은 강언덕에 가득하고 술은 술통에 가

| **요수신선생장수동** | 거창 신씨들은 '요수신선생장수동(樂水愼先生藏修洞)'이라는 각자를 새겨 신씨가 이곳의 주인임을 은연중 나타냈다.

득"하다며 자신이야말로 처사다운 여유로움이 있음을 말하고 있다고 했다.

실제로 수승대 아래 너럭바위는 수십 명이 둘러앉을 수 있고, 장주갑(藏酒岬)이라는 긴 돌구멍〔石確〕이 있어 술을 담아 넣어두고 즐기기도 했다.

### 수승대 갈등

이런 사연으로 수승대 거북바위에는 수송대와 수승대 두 이름이 나란히 새겨 있고, 퇴계·요수·갈천 선생의 시가 모두 권위 있게 새겨져 있다. 뿐만 아니라 탐승객들까지 다투어 이름을 새겨 오늘날에는 거의 빈자리를 볼 수 없게 되었다. 글씨도 제각각이고 크기도 제각각이어서 어지럽기 그지없는데, 그 이름을 보면 신(愼)씨와 임(林)씨가 압도적으로 많다.

이는 이 명승지를 두고 벌인 두 집안의 갈등 때문이었다. 그 갈등이 얼마나 심했는지 사람까지 죽는 일이 생겼을 정도다. 갈등의 발단은 퇴계의 명성 때문에 일어난 셈이었다. 수승대 거북바위의 수많은 각자(刻字) 중 최고의 하이라이트는 퇴계의 시로, 오는 이마다 이 글을 찾았다. 그런데 퇴계의 시와 나란히 짝을 이루는 것은 요수 신권의 시가 아니라 갈천 임훈의 시였다.

그래서 임씨 문중은 은연중 위신이 높아지고 사람들은 자연스럽게 이곳이 임씨의 동천이라고 생각하게 되었다. 신씨로서는 이것이 억울했다. 그래서 '요수 선생이 몸을 감추고 마음을 닦은 곳'이라는 뜻으로 '요수신선생장수동(樂水慎先生藏修洞)'이라는 글을 새겨 신씨의 물건임을 강조해두었다.

그러자 임씨들은 '갈천 선생이 지팡이 짚고 나막신 끌고 노닐던 곳'이라는 뜻으로 '갈천장구지소(葛川杖屨之所)'라고 새겨넣었다. 이에 신씨들은 숙종 20년(1694) 구연재에 구연서원을 세우고 신권 선생을 모셨다. 또 순조 5년(1805)에는 임진왜란 때 소실된 요수정을 건너편 계곡 위 솔밭 사이에 세웠다. 이 과정에서 임씨들과 충돌이 일어났다.

이건창(李建昌, 1852~98)은 『수승대기』에서 그 사정을 이렇게 말했다.

갈천 임훈의 시가 퇴계의 시와 짝이 되는 데는 신씨들이 어쩔 수 없었다. 그러나 신씨들이 대대로 이곳에 살았고 과거에 급제하는 사람이 많아져 그 세력이 임씨를 능가하게 되었다. 그래서 '이 대는 우리 집안 물건이다'라고 시를 지어 뒷면에 새기고 자기 조상을 성대하게 추숭해 대의 주인으로 삼았다.

또 대 아래에 자손과 종족의 이름을 묘비·묘갈의 가계처럼 세세히 새겨넣었다. 그래서 왕래하다 이곳을 찾는 수령이나 사신이나 나그네는 모두 신씨가 있는 줄만 알고 임씨가 있는 줄은 몰랐다. 그래서 임씨가 크게 노해 "이곳은 우리 갈천 선생이 노니시던 곳이다"라고 나섰다. 이에 임씨와 신씨가 서로 미워하고 현감·감사·조정에 소송을 제기하여 상호 승부를 겨루었는데, 지금까지 100년이 되도록 판결을 못 내고 있다. 그동안 소송하다 죽은 사람이 여러 명이고 패가망신하거나 재산을 탕진한 자도 대략 그 정도가 된다.

이렇게 그 전후 사정을 소상히 밝히고 난 다음 이건창은 다음과 같은 판결을 내렸다.

그러나 내가 보기에 이 대는 시냇물 가운데 있는 하나의 바위일 뿐이니 밭이나 집이나 정원처럼 누구의 소유가 될 수 있는 물건이 아니다. 그러니 어찌 소송이 있겠는가? 나는 이곳의 아름다운 경관을 기뻐하지만 두 집안의 비루함은 민망히 여긴다. 아울러 이 사실을 써서 기록으로 남긴다.

이건창의 판결은 누가 봐도 명석한 것이었다. 이곳의 주인이 누구든 우리는 거창 안의 원학동계곡의 아름다움을 즐기면 그만이다. 안의현감을 지낸 관아재 조영석이 재임 시절 이곳을 찾아 이런 마음을 시로 지어 새겨놓은 것이 근래에 발견되었다.

신라 백제 시절에는 수송대라 했고
요수 선생은 개명하여 암구대라 했고
퇴계 선생이 내린 이름은 수승대인데
유풍(遺風)으로 읊는 이름은 요수대더라

| **구연정사와 비석** | 구연정사 안에는 아주 거창한 비석 3기가 마당을 차지하고 있다. 서원의 분위기보다 가문의 위세를 강조한 데는 사연이 있다.

## 수승대의 미래

이처럼 유서 깊은 명승지인 수승대는 한동안 잊혀 찾아오는 사람의 발길이 뜸해졌다. 구연서원, 관수루(觀水樓), 요수정 건물들이 낡고 퇴락하여 을씨년스럽기도 했다. 그런 수승대가 크게 바뀌는 것은 1986년 8월에 국민관광휴양지로 되어 대대적 개발이 이루어지면서였다. 이때부터 수승대는 돌이킬 수 없는 상처를 받게 되었다.

사실 수승대뿐 아니라 국민관광휴양지로 지정된 전국의 명승지들은 그때 다 망가졌다. 수승대 초입에 온갖 상점과 여관이 들어서고 거창 국제연극제가 열리는 축제극장도 수승대 턱밑에 지었다. 하고많은 땅 중에 왜 수승대 앞에 극장을 지었는지 사람들은 이해하지 못한다. 수승대 넓은 계곡을 가로지르는 철교도 놓이고, 인공적인 돌다리처럼 없느니만 못한 것이 하나둘이 아니다.

| **수승대 축제거리** | 국민관광단지로 조성되면서 수승대 입구에는 거창 축제극장이 들어서서 예스러움이 사라져버렸다.

    문화재청장 시절 이 수승대 문제를 어떻게 해결해야 할지 고민한 적이 있다. 사실 문화재청에서 하나의 계곡을 관리하는 일은 없다. 그래도 원래의 모습을 보아 기억하고 있고, 그 역사적 유래를 알고 있는 이상 그냥 외면할 일도 아니었다. 나는 이 문제를 문화재위원이자 우리나라 동천구곡(洞天九曲)을 연구한 경상대 김덕현 교수와 상의해보았다. 김교수는 어떤 식으로든 다시 원상복구해야 한다는 주장이었다.

    그래서 길을 찾은 것이 수승대를 국가명승지로 지정하여 재정비하는 방안이었다. 보통명사 명승(名勝)이 아니라 국가의 자연유산으로서 명승이다. 결국 2008년 12월 수승대는 명승 제53호로 지정 고시되었다.

    이제 수승대를 어떻게 가꿀 것인가는 거창 신씨, 은진 임씨, 거창군의 일이 아니라 나라의 일, 국민의 몫으로 되었다. 그러나 앞날의 수승대가 어떻게 변할지 기약할 수 없다. 이제 나야말로 백면서생 처사의 길로 들어섰으니 그저 국민의 한 사람으로서, 관심 있게 지켜보면서 더 이상 안타까운 일이 없기를 바랄 뿐이다.

2009. 10.

# 종가의 자랑과 맏며느리의 숙명

동계 고택 / 종갓집 맏며느리 간담회 / 모리재 / 거창의 인문정신 /
신원면 가는 길 / 거창 양민 학살 / 명예 회복과 추모공원

## 전통 건축을 보는 눈

1박 2일이건 2박 3일이건 답사의 행로에 아름다운 한옥 한 채를 만난
다는 것은 커다란 기쁨이다. 서부 경남 답사에서 거창은 동계 고택(桐溪
古宅)이 있어 더욱 매력적인 코스가 된다. 동계 고택은 안의, 거창과 삼각
형을 이루는 위천면에 있다. 면소재지인 강천리 큰 마을에서 살짝 벗어
난 강동마을 한쪽에 자리잡고 있다.

강동마을 입구에 들어서면 풍요로운 넓은 논과 밭, 저 멀리 낮은 동산
을 등지고 옹기종기 모여 있는 소담한 마을이 그림 같은 풍경을 이루고
있는데 그 한복판 양지바른 곳에 동계 고택이 홀로 우뚝하다. 높은 솟을
대문과 긴 행랑채 위로 드러나 있는 사랑채, 안채, 별채의 고래등 같은
지붕머리는 내력 있는 이 종갓집의 품위와 위용을 한눈에 보여준다. 이

위치 설정을 두고 풍수가들은 어찌해서 동계 정온 같은 인물을 길러내게 된 양택(陽宅)의 길지인가를 여러모로 따져보곤 하는데 나는 그보다도 우리 전통 건축이 자연경관과 얼마나 잘 어울리고 있는가에 더 감동한다. 어느 나라 건축인들 자연과 건축이 교감하지 않으리오만 우리 전통 건축에서 자연과 인공이 어울리는 방식은 아주 특별하다.

　같은 문화권이지만 중국과 일본의 저택들은 모두 울타리 안에서만 건축이 이루어진다. 그런 가운데 일본은 섬세하고 치밀한 인공의 손길이 강조되고, 중국은 높은 담장 속에 장대한 공간을 연출하는 데 힘쓴다. 비록 중국 전통 건축에도 차경(借景)이라는 개념이 있어 자연 풍광을 안으로 끌어들이는 효과를 말하고 있지만 그것은 우리처럼 자연과 인공이 혼연일체가 되는 것은 아니다.

그래서 이따금 우리나라를 방문하는 안목 있는 외국인 건축 전문가들은 한국의 전통 건축을 보면서 이런 특징을 한눈에 알아보고 모두 저마다의 찬사를 보내곤 한다. 비근한 예로 2008년 우리나라를 방문한 프랑스 건축가협회장 로랑 살로몽(Laurent Salomon)은 한 신문과의 인터뷰에서 한·중·일 전통 건축을 비교하면서 다음과 같이 말한 적이 있다.

한국의 전통 건축물은 단순한 건축이 아니라 그 자체가 자연이고 또 하나의 풍경이다. 중국의 건축물은 장대하지만 마치 벽처럼 느껴지고, 일본의 전통 건축물은 정교하지만 나약해 보여 건축물이 아닌 가구 같다는 인상을 준다. 이에 비해 한국의 건축은 주변 경관을 깎고 다져서 인위적으로 세운 것이 아니라 자연 위에 그냥 얹혀 있는 느낌이다. 그런 점에서 한국의 전통 건축은 미학적 완성도가 높다고 생각한다.

### 동계 고택의 구조

동계 고택은 인조 때 문신인 동계(桐溪) 정온(鄭蘊) 선생이 사시던 곳으로 후손들이 순조 20년(1820)에 중건해 오늘에 이르고 있는 전형적인 종갓집 건물이다.

솟을대문을 들어서면 높직이 올라앉은 ㄱ자집 사랑채가 이 집의 얼굴이 되고 사랑채 옆으로 난 중문으로 들어서면 안방·대청마루·건넌방과 부엌이 있는 안채가 단정한 일자형으로 자리하고 있으며, 안마당 좌우로는 아래채와 곳간채와 뒷간이 다소곳이 들어서 있다. 그리고 안채 뒤로는 낮은 기와돌담에 둘러싸인 정온 선생 사당이 있다.

평면구조 자체로 보면 여느 종갓집과 크게 다를 바 없다. 그러나 건물과 건물의 간격, 건물의 높낮이, 건물 안의 공간 분할, 마루와 방의 유기

적 연결, 이에 따른 공간 운영의 효율적 기능 등이 아주 뛰어나다. 솟을
대문에 들어서면 마주 보이는 사랑채가 여느 양반 가옥보다 늠름하고
대단히 권위 있다는 인상을 받게 되는데 그것은 두 가지 이유 때문이다.

하나는 지붕의 용마루에 눈썹이 있기 때문이다. 한옥의 지붕에서 용
마루는 기와를 5장, 7장 얹으면서 건물의 권위를 부여한다. 이 집에서는
용마루에 낙숫물받이 격의 긴 눈썹을 붙여 그 무게를 더욱 강조하고 있
다. 돌출된 사랑채 누각의 처마가 좀 과장되었다 싶을 정도로 겹처마로
되어 있어 더욱 그런 인상을 받게 된다.

또 하나의 이유는 돌기단이 낮은 편이면서 툇마루가 성큼 높이 올라
앉아 있기 때문이다. 이는 습기가 많은 남쪽 가옥에 많이 나타나는 예이
기도 하지만 인간의 시각적 습관에서 올라앉았다는 느낌과 가라앉았다
는 느낌은 그 건물의 전체 인상에 아주 큰 차이를 남기게 된다. 안채와

| **동계 고택 뒷마당** | 고택 안의 뒷마당은 내력 있는 종갓집의 가지런한 모습을 유감없이 보여준다.

사랑채가 대단히 권위적인 데 반해 중문채·뜰아래채·곳간채는 아주 소박하면서 단정해 집 전체에 조용한 건축적 리듬이 일어난다.

이런 구조는 어느 건축가의 창안이라기보다 오랫동안 유지되어온 사대부 집안, 특히 종갓집의 일상적 경험을 축적하면서 발전시킨 우리 한옥의 슬기이다. 동계 고택은 건축뿐만 아니라 종갓집의 넉넉한 마음 씀씀이가 그대로 살아 있어 우리를 더욱 기쁘게 한다. 이 댁 종부는 경주 최부잣집 따님으로 외모부터 종갓집 맏며느리의 표상 같은 후덕함이 있다. 차종부는 현대 여성이지만 시어머니로부터 물려받은 종갓집 며느리의 운명적인 덕성이 이미 몸에 배어 있다. 사실 나는 개인적으로 이 댁 종부와 특별한 인연이 있다.

## 종갓집 맏며느리 간담회

1990년대 들어서면서 우리 사회에 민주화의 기반이 다져짐에 따라 각 분야에서 시민 단체가 우후죽순처럼 생겨나고 있을 때 나도 NGO를 하나 결성할 생각을 갖고 있었다. 실제로 '전국 종갓집 맏며느리협회'를 조직해 사무국장을 해야겠다고 맘먹고 많은 준비를 하고 나선 적이 있다. 답사를 다니며 종갓집 맏며느리를 만날 때마다 그분들의 삶을 보면서 이분들만큼 우리 문화재를 실질적으로 지키는 분이 없다는 생각을 해왔다. 종갓집 맏며느리들은 자부심으로, 사명감으로 또는 운명적으로 종가의 전통을 지키고 있다. 그러나 종갓집 맏며느리들에게는 안팎으로 당하는 공통된 두 가지 고통이 있었다. 하나는 대부분의 종가들이 문화재로 지정되어 있어 무엇 하나 고치려고 해도 허가를 받아야 하는 과정에서 부딪히는 문화재청, 지자체와의 갈등이다.

또 하나는 집안 종친네들이 다 떠나고 종갓집에 홀로 남아 있어 겪는 어려움이다. 일손도 부족하고, 물질적으로도 감당하기 힘든 일이 너무 많이 생기는 것이다. 종친네들은 종갓집의 이런 고충은 모르고 옛날 종갓집은 그렇지 않았다고 손가락질을 했다. 나는 종갓집 며느리들이 안팎으로 정당하게 요구할 수 있는 것을 대변해주고 싶었다. 그때 맨 먼저 찾아가 내 뜻을 말씀드린 곳이 동계 고택이었다.

나는 건축사를 전공하는 김동욱 교수(경기대), 문화지리학을 전공한 김덕현 교수(경상대)와 함께 이 일을 추진하기 시작했다. 그러나 만만치 않은 작업이었다. 우선 전국의 종갓집 실태를 조사하는 것부터 힘들었다. 나는 재단법인 아름지기의 신연균 이사장에게 부탁해 전국의 종갓집 목록을 만드는 작업부터 시작했다. 몇 달 걸려 작업한 결과 189곳의 종가 주소록을 만들 수 있었다. 그러나 생각지 못한 문제가 있었다.

우선 어디까지를 종가로 보느냐는 문제였다. 불천위제(不遷位祭)를 지내는 명문가만 대상으로 할 경우 소외되는 종가의 문제가 있었다. 그리고 종가를 파악해 보니 80퍼센트가 안동·예천·봉화 등 이른바 경북 북부에 집중되어 있는 지역적 편중이 있었다. 게다가 종가 중에는 이미 서울로 올라와 시골집을 비워둔 곳도 많았다.

**| 동계 고택 종부와 차종부 |** 언제 찾아가도 접빈객의 예를 잃지 않는 넉넉한 마음을 보여준다.

결국 1년 가까이 검토하던 '전국 종갓집 맏며느리협회' 결성은 포기했지만 그것은 내 마음속의 빚으로 오랫동안 남아 있게 되었다. 문화재청장이 되고 난 뒤 나는 정부 입장에서 종갓집 맏며느리들의 숨은 노고에 어떤 식으로든 감사의 마음을 표현하고 싶었다. 그래서 2006년 6월 9일 한국의집에서 '종갓집 맏며느리 초청 간담회'를 열었다.

문화재로 지정된 종갓집만을 대상으로 하니 총 38개 종가였는데 종부, 차종부 등 64명이 참석했다. 안동의 농암 이현보, 퇴계 이황, 서애 유성룡, 보백당 김계행, 학봉 김성일, 고성 이씨 귀래정파, 봉화의 충재 권벌, 상주의 우복 정경세, 경주의 익제 이제현, 최부잣집, 서백당 손소, 대구의 백불암 최흥원, 매산 정중기, 고령의 점필재 김종직, 성주의 응와 이원조, 함양의 일두 정여창, 거창의 갈천 임훈, 동계 정온, 논산의 사계 김장생, 명재 윤증, 아산의 외암 이간, 당진의 남이홍 장군, 보은의 선병국, 대전의 동춘당 송준길, 담양의 미암 유희춘, 광주의 고봉 기대승, 해남의 고산 윤선도, 영암의 연촌공 최덕지, 남평 문씨 문익현, 고양의 율곡 이이, 서울의 심산 김창숙, 광평대군 종가, 광명의 오리 이원익, 성남의 갈암 이현일, 시흥의 서평부원군 한준겸, 강릉의 연일 정씨 정응경 종가, 광주의 연안 김씨 종가.

이 명문가 맏며느리들이 고운 한복과 단정한 정장으로 한국의집 마당에 모여드는 풍경은 일대 장관이었다. 간담회는 동계 고택 차종부의 감사의 인사말로 정중히 시작됐다. 그러나 간담회가 시작되자 종부들의 항의, 건의, 하소연이 폭포수처럼 쏟아져나와 나는 정신을 차릴 수 없었다.

"집 하나 고치는 데 1년 걸리는 행정이 어디 있습니까?"

"부엌과 대청마루의 증·개축을 허가해주지 않아 불편해 못 살겠습니다."

"입식 부엌으로 고치는 것이 왜 안 됩니까?"

"종갓집을 문화재로 지정했으면 종토세·종부세는 감해줘야 하지 않나요?"

"도난 방지 시설 설치를 지원해줄 수 없나요?"

"잡초 뽑는 것만이라도 국가가 도와주십시오."

나는 주문 사항을 메모하느라 쩔쩔매고 있는데, "종갓집을 문화재로 지정했으면 관리권도 아예 가져가 지켜주십시오"라는 요구가 나오자 종갓집 맏며느리들은 일제히 우레와 같은 박수를 보내는 것이었다.

그때를 생각하면 해남 윤씨 차종부가 준비해온 메모지를 낮은 목소리로 읽어간 그 애잔한 호소가 들려오는 듯하다.

| 종갓집 맏며느리 간담회 |  2006년 6월 9일 '종갓집 맏며느리 간담회'에 모인 각 문중의 종부와 차종부들.

"종가의 개념이 날로 퇴색해가면서 종손, 종부의 위상도 추락하고 있습니다. 지금 우리는 숙명으로 알고 옛 어르신들 하신 대로 좇아가고는 있습니다마는 머지않아 종부라는 것이 희귀 동물처럼 천연기념물이 될 수도 있다는 위기감이 있습니다."

종갓집 맏며느리 간담회는 한국의집에서 점심을 든 다음 창덕궁 연경당을 답사하는 것으로 끝났다. 종부들은 떠나면서 한결같이 예를 다해 인사를 하는데 어느 댁 며느님인지 아주 조용하게 생기신 분이 내 손을 잡고 이렇게 말했다.

"청장님, 우리들이 한 말에 너무 마음 상해하지 마십시오. 우리는 이렇게 불러준 것만으로도 고맙게 생각하고 있습니다. 우리가 이렇게

| 모리재 전경 | 모리재에서 올라온 길을 내려다보면 북상면 농산리 산골이 훤하게 내려다보인다.

모여본 것도 처음이고 이렇게 속에 있는 말을 입 밖에 내본 것도 처음입니다. 종부란 그런 것 아니겠습니까."

간담회 이후 나는 행정적으로 조치할 수 있는 것은 찾아서 하려고 했다. 그리고 약소하나마 지원할 수 있는 것은 바로 했다. 그러나 행정적 틀은 마련하지 못해 지금은 어떻게 되고 있는지 알지 못한다.

## 모리재를 찾아서

동계 고택 답사는 건축문화재만의 답사로 끝날 수 없다. 어떤 면에선 동계의 삶과 그 인문정신이 갖는 의미를 새기는 것이 더 중요하다고도 할 수 있다. 동계 정온은 진사 유명(惟明)의 아들로 본관은 초계(草溪)이

| **모리재 현판** | 동계는 이 산중에 칩거하면서 내가 어디로 갔느냐고 묻거든 '모리(某里)', 즉 이름 없는 동네로 갔다고 대답하라고 했다. 훗날 사람들은 여기에 모리재를 세웠다.

고 별호로 고고자(鼓鼓子)라고도 했다. 어려서 말더듬이여서 고생이 심했는데 열다섯 살 때 윗고을에 살고 있던 갈천 임훈의 문인으로 들어가 총명함을 인정받고, 서른한 살에 내암(來庵) 정인홍(鄭仁弘, 1535~1623)을 찾아가 사사했다.

학통으로 보면 남명 조식, 일두 정여창, 내암 정인홍을 잇는 경상우도 영남학파의 거유다. 나이 마흔인 광해군 2년(1610)에 과거에 급제해 벼슬길에 올라 사간원 정언이 되었다. 이때 영창대군의 죽음이 부당함을 주장하고 또 때마침 일어나고 있던 폐모론을 강력히 반대하면서 이를 밀어붙이는 스승 정인홍과 갈라섰다.

광해군은 격분해 동계를 국문하고 제주도 대정(大靜)으로 귀양 보냈다. 동계의 제주도 유배 생활은 10년이나 계속됐다. 이 기간에도 동계는 옛 성현의 명언을 모아 『덕변록(德辨錄)』을 지으면서 학문에 힘썼다. 그

| 동계 고택 사당 | 동계 선생은 훗날 문간공(文簡公)이라는 시호가 내려지면서 고택 뒤에 사당을 모시게 되었다. 아주 단아하면서 엄정한 건물이다.

래서 제주 시내 오현단(五賢壇)에는 5현의 한 분으로 동계가 모셔져 있다. 훗날 추사 김정희가 바로 이곳 대정에서 9년간 귀양살이하고 돌아가서는 일부러 동계 고택을 찾아가 '충신당'이라는 현판을 써주었다고 하는데 이 현판이 지금도 동계 고택 사랑채에 걸려 있다. 1623년 인조반정이 일어나면서 동계는 유배에서 풀려나고 대사간·대제학 등 요직을 역임하게 되었다.

마침내 광해군 시절 전권을 휘두른 정인홍은 참수당했다. 이때 아무도 그의 시신을 돌보지 않았다. 그러자 동계는 주위의 위협과 냉소를 물리치고 초연히 옛 제자로서 장례를 치러주었다. 그리고 67세 때 병자호란이 일어나 청음(淸陰) 김상헌(金尙憲, 1570~1652)과 함께 끝까지 주전론(主戰論)을 주장했으나 결국 인조의 항복이 결정되자 대성통곡한 다음 국가의 수치를 참을 수 없다며 칼로 배를 갈라 자결을 시도했다.

| **입춘대길** 사당 문에는 '입춘대길'을 붙이면서 동계의 뜻을 기리는 뜻에서 아직도 "숭정 정축 후 000년"이라고 연호를 사용하고 있다.

그러나 너무 늙어 힘이 모자라 죽지 않고 기절했다가 의사의 구원으로 살아나게 되었다. 다시 목숨을 부지하게 된 동계는 고향 거창으로 내려가서는 곧바로 집을 떠나 남덕유산으로 들어가 몸을 숨겼다. 그곳에서 조를 심고 고사리를 캐며 삶을 유지하다가 5년 뒤 세상을 떠났다. 세상 사람들이 어디로 갔느냐고 물어오면 모리(某里), 즉 이름 없는 동네에 들어갔다고만 대답하라고 했다.

동계가 세상을 떠나자 인조는 문간공이라는 시호를 내리고 정려문(旌閭門)을 세우게 했다. 그래서 지금도 동계 고택 솟을대문에는 선홍색 바탕에 흰 글씨로 '문간공동계정온지문(文簡公桐溪鄭蘊之門)'이라고 쓰여 있다. 동계 선생이 세상을 떠나고 삼년상을 지낸 그 이듬해인 1645년, 유림에서는 선생이 은거해 있던 곳에 영당을 세워 모리재(某里齋)라 하고 산 이름도 모리산이라 지었다.

| **농산리 석조여래입상** |  농산리에는 아름다운 자태의 석조여래입상이
서 있어 눈길을 끈다.

모리재는 북상면 농산리 모리산 중턱에 있다. 농산리에는 아주 아름
다운 자태의 석조여래입상(보물 제1436호)이 논두렁에 외로이 서 있어 한
번 학생들을 데리고 온 적이 있는데 모두들 양평동 불상보다 아름답다
고 감탄하였다. 북상면 갈계리는 동계가 어려서 배운 갈천 임훈 선생 종
택이 있는 곳으로 여기가 남덕유산 초입이며, 여기에서 서쪽으로 길을
바꾸면 월성계곡이 나오고 계곡을 따라 얼마만큼 가다보면 강선대(降仙
臺)마을이 나온다. 바로 여기서 내를 건너 산길로 40분 정도 올라가면 모

| 양평동 석조여래입상 | 통일신라의 거대한 석불로 거창의 대표적인 불교 유적이다. 거창에는 이외에도 많은 불상들이 남아 있다.

리재가 나온다.

　산중의 모리재는 제법 큰 규모를 갖추고 있다. 숙종 때(1704) 화재가 났으나 이내 다시 복원되었고 이것을 20세기 초에 중수한 것이라고 한다. 건물로서 모리재야 특별히 말할 것이 없지만 누마루에 올라 동계 당년을 생각해보면 백세청풍(百世淸風)의 충절과 절개를 몸으로 실천한 지조 있는 옛 선비의 그 고고한 정신만은 먼 산빛에 그대로 남아 있는 것만 같다.

　동계의 충절은 두고두고 후대에 기리는 바가 되었다. 숙종은 동계의 절의를 높이 재평가해 영의정을 추증했다. 그리고 정조대왕은 동계의 지조를 높이 사 손수 제문과 함께 시를 지어 보냈다. 이 제문과 시는 현판에 새겨져 지금도 동계 고택 사당에 걸려 있다.

세월 흘러도 푸른 산이 높고 높듯
천하에 떨친 바른 기상은 여전히 드높아라
북으로 떠난 이나 남으로 내려간 이나 의로움은 매한가지
금석같이 굳은 절개 가실 줄이 있으랴

여기서 "북으로 떠난 이"는 청나라로 끌려간 청음 김상헌, "남으로 내려간 이"는 낙향한 동계 정온을 가리킨다. 2009년 가을 동계 고택에 들렀을 때는 역사학자 강만길(姜萬吉) 선생이 답사에 함께했다. 정조의 시가 걸려 있는 사당을 참배하고 나오는데 사당 문에 붙어 있는 입춘첩에 놀랍게도 2009년이 동계 당시 표기법으로 쓰여 있었다.

'숭정(崇禎) 정축(丁丑) 후(後) 372년'. 숭정 정축년은 1637년, 즉 인조가 항복한 해를 말하는 것으로 그때를 기원으로 삼아 오늘날까지 숭정 연호를 쓰고 있는 것이다. 강만길 선생은 빙그레 웃으면서 이렇게 말씀하셨다.

"남이 이렇게 쓰면 웃음거리겠지만 동계 집안이니까 이렇게 쓸 수 있어. 벌써 372년이나 되었단 말이지."

### 동계 이후의 초계 정씨

동계 같은 인물이 나오면 그 후광은 집안과 고을에 두루 미치게 된다.

그러나 동계의 후광은 정신적으로만 이어졌을 뿐 후손의 현실적인 출세에는 오히려 막힘이 되는 역류가 일어났다. 세상의 주도권이 노론에게 돌아가면서 청음 김상헌, 안동 김씨 후손은 대대로 출세와 영광을 누렸지만 당색(黨色)이 북인(北人)인 동계의 후손은 그러지 못했다.

대북의 영수인 정인홍이 인조반정으로 참형된 이후 북인의 후예들은 거의 중앙 진출이 봉쇄됐다. 동계가 비록 스승과 갈라서 나오기는 했지만 예외가 아니었다. 영조 4년(1728) 이인좌(李麟佐, ?~1728)가 영조와 노론을 제거하고자 난을 일으켰을 때 동계의 고손인 정희량(鄭希亮, ?~1728)이 이에 동조해 경상도 지역에서 봉기한 것은 이런 누적된 정치적 소외 때문이었다.

그러나 결국 정희량이 참형을 당하면서 초계 정씨 집안은 삼족이 멸할 위기에 있었다. 그러나 충신 동계의 후손이라는 점을 감안해 멸족만은 면할 수 있었으니 이것이 동계의 후광이라면 후광인 셈이었다. 이런 동계 집안을 다시 일으킨 분은 9대손인 정기필(鄭夔弼, 1800~60)이다. 그는 헌종·철종 연간에 영양현감을 지내면서 청렴한 인품과 덕망으로 명망이 드높았다.

그가 관직을 사양하고 고향으로 돌아왔을 때는 거처할 곳조차 없었다. 이에 안의현감과 고을 사람들이 뜻을 모아 집을 지어주었으니 그것이 바로 동계 고택 바로 곁에 붙어 있는 '반구헌(反求軒)'이다. 반구헌은 반구제심(反求諸心), 즉 뒤돌아보면서 마음을 바로잡는다는 뜻에서 나온 당호다.


## 거창의 문화유산과 인문정신

나는 지금 거창 답사기를 쓰면서 건계정, 수승대, 황산마을, 동계 고택 등을 둘러보고 있지만 거창에는 이외에도 실로 많은 문화유산이 있다.

불교 유적으로 치면 이렇다고 내세울 사격(寺格)을 갖춘 절집은 남아 있지 않지만 아주 중요한 불상이 서너 점 전한다.

간송미술관에 소장돼 있는 '거창 출토 금동보살입상'(보물 제285호)은 삼국시대 불상 조각에서 아주 독특한 위치를 차지하고 있어 미술사 시험에 자주 출제되는 유물인데 아마도 거창에 있는 많은 폐사지 어딘가에서 나온 것 같다.

문화재로 지정된 것만 보아도 읍내에는 양평동의 '석조여래입상'(보물 제377호)과 상동의 '석조관음입상'(보물 제378호)이 있고, 금원산 가섭암터에는 '마애삼존불상'(보물 제530호)이 있다.

이것만으로도 한차례 답사처가 되고도 남음이 있다. 또 둔마리에는 고려시대의 아주 드문 벽화고분(사적 제239호)이 있다. 그러나 거창 문화유산의 아이덴티티는 역시 동계 이후에도 이어진 굴지의 선비 고을이 남긴 유산들이다.

거창 곳곳에 무수히 남아 있는 향교, 서원, 향사, 고가, 누정, 재실, 정려각이 이를 증언하고 있다. 하종한이 지은 『거창의 문화유산』(전 3권, 거창문화원)을 보면 현재 남아 있는 서원 향사는 용원서원, 병암서원, 포충사, 원천사 등 13곳이고, 이름 있는 누정만 골라도 관수루, 자전루, 만학정 등 24곳을 헤아리며, 고가와 재실은 그 수를 헤아리기도 힘들다. 그래서 거창 지역을 다니다보면 낡고 오랜 기와집이 신기할 정도로 눈에 많이 띄는 것이다.

거창읍의 상징적 건물은 상림리의 침류정(枕流亭)이다. 조선 명종 때(1552) 처음 세워지고 선조 때(1602) 중수한 잘생긴 2층 누각이었는데 1936년 대홍수로 유실되고 만 것을 1992년에 복원해놓은 것이다. 침류정 뜰에는 두 개의 비가 서 있다.

하나는 1919년 1월 31일 거창의 선비 이주환(李柱煥) 선생이 일제에

| 파리장서비 | 3·1운동 후 거창의 곽종석이 전국 유림을 대표하여 조선 독립을 호소하는 탄원서를 파리 만국평화회의에 보내려다 많은 분들이 고초를 겪게 된 독립정신을 기린 비다.

나라를 빼앗긴 것에 항의해 이곳에서 서울을 바라보고 한차례 통곡하고는 자결한 곳임을 알리는 사적비다. 또 하나는 '파리장서(巴里長書)'비다. 파리장서는 1919년 3·1운동이 일어나자 거창의 거유인 면우 곽종석을 비롯해 전국의 유림 대표 137명이 조선의 독립을 호소하는 탄원서를 작성 서명해, 이를 김창숙(金昌淑, 1879~1962)이 상하이에서 파리의 만국평화회의에 우송한 것이다. 이것이 일경에게 발각되어 곽종석 이하 대부분의 유림 대표가 체포됐으며 일부는 국외로 망명했고, 곽종석은 감옥에서 순사했다. 바로 이 파리장서운동이 거창에서 일어났고 그 문장은 곽종석이 쓴 것을 기린 사적비이다. 이것이 역사의 고장 거창의 이력이다.

전통이란 무서운 전승력을 갖고 있다. 거창의 이런 옛 선비 고을의 면면은 그것이 하나의 전통으로 되어 지금의 이 지역 인문정신에 그대로 나타나 있다. 근래에 들어와 거창이 세상 사람들에게 신비한 고장으로 다시 보이게 된 것은 높은 일류 대학 진학률 때문이었다.

인구 4만 명의 거창읍에 거창고등학교, 거창대성고등학교 등 무려 여섯 개의 인문계 고등학교가 있다는 것 자체도 신기한 일인데, 어떻게 교육하기에 대도시의 명문들을 제치고 그런 교육 성과와 높은 진학률을 내는지 모두 신기해하고 또 궁금해한다.

1997년 거창의 교사 몇 분이 나를 찾아와 거창문화회관에서 강연회를 해달라고 부탁했을 때 나는 주로 고등학생을 상대로 하는 작은 강연회일 것으로 생각했다. 그러나 막상 강연장에 가보니 500명을 수용하는 넓은 공간에 고교생은 하나도 없고 일반 청중으로 이미 꽉 차 있었다. 그리고 강연장 밖에는 교복을 입은 고등학생들이 서성이고 있었다.

주최한 교사에게 사정을 물으니 고교생까지 오면 공간을 감당할 수 없어 '고교생 입장 불가'를 학교마다 사전에 알려주었는데 혹시나 하고 와본 '말 안 듣는 애들'이라고 했다. 그래서 고교생 상대로 한 번 더 강연회를 해주면 고맙겠다는 것이었다.

군 단위의 강연회에 대도시에서도 없는 이런 일이 있다는 사실은 직접 보지 않으면 믿기 어려울 것이다. 그렇다면 '노찾사'(노래를 찾는 사람들)가 전국 순회공연을 떠나면서 첫번째 도시로 택한 것이 거창이었다면 믿음에 조금 도움이 될까. 거창에는 이런 인문정신이 거의 생활 속에 스며들어 있다.


## 신원면 과정리로 가는 길

나의 거창답사는 위천, 갈천, 읍내의 유적을 두루 돌아본 다음 합천 황매산 영암사터로 이어진다. 그리고 영암사터로 가는 길은 신원면 깊은 산골을 넘어가는 길을 택한다. 바로 여기는 많은 사람이 거창의 불행한 이미지로 알고 있는 거창 양민 학살사건의 현장이다.

1951년 2월 10일 한국전쟁 중 신원면에서 일어난 이른바 거창 양민 학살사건은 1995년 12월 18일 국회에서 '거창사건 등 관련자의 명예회복에 관한 특별조치법'이 통과되고 법률 제5148호에 의거해 거대한 규모의 추모공원을 지어 2004년에 완공함으로써 국가가 잘못을 공식적으로 인정한 비극적인 사건이다.

이는 2005년 12월에 출범한 '진실·화해를 위한 과거사 정리위원회'가 적극적으로 과거사 문제들을 해결하고 나서기 이전에 피해 당사자들이 무려 45년간 대를 이어가며 끈질기게 요구하고 저항하고 호소해 결국 국가로부터 사과를 받아냈다는 점에서 여느 과거사 정리와 다른 의의를 지닌다. 그 끈질긴 호소 때문에 거창 하면 양민 학살이 먼저 떠오르게 되기도 했다.

거창군 신원면 과정리, 거창 양민 학살의 현장으로 가는 길은 오늘날 아주 잘 닦여 있어 속내를 모르고 가면 환상의 드라이브 코스라고 말하고 싶을 정도로 운치 있는 길이 되었다. 그러나 90년대만 해도 과정리로 가는 길은 멀고도 험했다. 거창분지 남쪽을 가로막고 있는 검고 육중한 감악산(해발 951미터) 너머에 있는 신원면은 해발 700~800미터의 월여산, 바랑산, 갈전산 등으로 촘촘히 둘러싸인 깊은 산골이다.

그 첩첩산맥 너머는 영암사터가 있는 황매산이 가로막고 있었는데 요즘은 질러가는 길이 생겼다. 행정구역으로 보아도 거창군 신원면, 합천군 가회면, 산청군 차황면, 3개 군이 맞대고 있다는 사실만으로도 여기가 얼마나 오지인지 짐작할 수 있을 것이다.

신원면은 오늘날 거창군에 속해 있지만 조선시대에는 삼가현(三嘉縣)의 마을이었으니 신원면의 입장에서 보면 감악산을 넘어 거창으로 가든, 황매산을 돌아 삼가로 가든 멀고 험하기는 마찬가지였다.

거창에서 가회로 가는 1089번 지방도로를 타고 남상면 임불이라는 마을을 지나 밤티재를 넘어서면 갑자기 산그림자가 짙게 드리워진 음습한 계곡길이 나온다. 차창으로는 냉기가 깊이 스며들고 아무리 둘러보아도 집 한 채 없는 침묵의 길이다. 그렇게 40여 분을 가야 나오는 산중의 오지이고 신원면 과정리는 얼마 전까지만 해도 이 길의 막다른 끝이었다.

## 거창 양민 학살의 시말

1950년 6월 25일 발발한 한국전쟁 당시 유엔군의 인천상륙작전이 시작되자 인민군은 급히 퇴각했다. 이때 낙동강 전선까지 진출해 있던 인민군 중에는 미처 후퇴하지 못하고 깊은 산속으로 들어간 병력이 많았다. 이들은 전쟁 발발 전인 1948년 10월 여순 반란사건 이후 지리산 일대에 숨어들었던 빨치산과 합세해 게릴라전을 벌였다.

이런 상황이 벌어지자 국군은 빨치산 토벌을 전담하는 제11사단(사단장 최덕신 준장)을 창설해 남원에 사령부를 두었다. 그러나 빨치산 세력이 만만치 않았다. 1950년 11월 중공군이 전쟁에 개입하면서 빨치산의 게릴라전은 더욱 적극성을 띠었다. 12월 5일에는 약 50명의 빨치산이 신원면 경찰지서를 습격해 경찰과 청년의용대 40여 명이 죽었고 신원면 일대는 빨치산의 세력권에 들어가버렸다.

그러자 1951년 2월 국군은 대대적인 빨치산 소탕작전에 들어갔다. 이 작전의 이름은 견벽청야(堅壁淸野)라고 했다. 이는 『손자병법』에 나오는 전술로 '성을 견고히 지키기 위해서는 적이 이용할 수 있는 물적·인적 자원을 말끔히 없앤다'는 뜻이다. 이때 내려진 작전명령 부록에는 "작전지역 안의 인원은 전원 총살하라" "공비들의 근거지가 되는 건물은 전부 소각하라"는 지침이 있었다고 한다.

거창에 있던 11사단 9연대 3대대(대대장 한동석 소령)는 신원면 일대의 빨치산을 토벌하고 산청으로 집결하라는 명령을 받고 2월 8일 출동했다. 그런데 3대대는 이 지역을 별 저항 없이 쉽게 수복했다. 빨치산이 사전에 정보를 입수하고 일단 철수했던 것이다. 신원면에 별다른 적의 동태가 보이지 않자 대대장은 신원면 소재지인 과정리에 경찰 병력 1개 중대만 남기고 산 넘어 산청 방면으로 진군했다.

이 틈에 빨치산은 과정리를 기습 공격해 경찰 병력에 막대한 타격을 가하고는 또 산으로 도망갔다. 산청에 가서야 이런 사실을 알게 된 3대대장은 연대장에게 심한 질책을 받고 다시 신원면으로 돌아왔다. 바로 이날(2월 9일) 밤 빨치산이 또 쳐들어와 새벽까지 치열한 공방전을 벌여 쌍방 모두 수십 명씩 사상자를 냈다.

이에 대대장은 견벽청야의 명령을 그대로 수행하게 되었다. 날이 밝자 통비분자를 색출한다며 과정리, 중유리, 와룡리, 대현리 주민을 한 명도 빠짐없이 과정리 신원초등학교로 집결시켰다. 그리고 와룡리 주민 100여 명을 집결지로 데려오는 도중 탄량골에 몰아넣고 집단 사살했다. 덕산리 청연마을에서도 70여 명을 학살했다.

학교에 모인 사람들은 교실 네 개와 복도에 꽉 차 있었다고 한다. 이튿날 날이 밝자 군인·경찰·공무원 가족만 가려낸 다음 모두 박산골로 끌고 가 무차별 사격하고 죽은 시체 위에 솔가지를 덮고 휘발유를 뿌린 다음 불을 질렀다. 동시에 마을 집도 모두 불살라버렸다. 총 814가구의 1,583채가 불에 탔고 719명이 목숨을 잃었다. 대부분 노약자와 부녀자였다. 1951년 2월 11일 신원면의 하루는 그렇게 무참하게 지나갔다.

## 양민 학살 그후

군인들은 이 사실을 은폐하기 위해 외부 왕래를 모두 끊었다. 그러나 하늘 아래 비밀은 없었다. 탄량골 학살 때 문홍한 씨는 군경 가족이라고

속이고 탈주하는 도중 만삭인 아내가 산통을 시작해 신음하는 아내를 돌보고 있었는데, 이 딱한 사정을 본 충청도 말씨의 앳된 군인의 눈짓으로 교장 사택으로 옮겨 그 와중에 아들을 낳고 죽음을 면하게 되었다(그때 태어난 아들이 훗날 진상규명위원회 일을 맡아본 문명주 씨다).

신원면 양민 학살은 입에서 입으로 전해져 결국 1951년 3월 29일 거창 출신 국회의원 신중목 씨가 국회에서 폭로했고 국회와 정부의 합동 조사단이 꾸려졌다. 진상조사단은 4월 7일 현지조사를 나가기로 돼 있었다.

그러나 당시 경상남도 계엄사령부 민사부장이던 김종원 대령은 국군 1개 소대를 빨치산으로 가장하여 신원면 입구에 매복시켜두고 총을 쏘게 하여 조사단은 현지에 들어가보지도 못하고 아무 성과도 내지 못하고 말았다. 그러나 이 위장 총격마저 들통나면서 정부는 더욱 궁지에 몰렸다. 이승만 대통령은 4월 24일 거창사건에 대한 담화문을 직접 발표하며 '공비와 협력한 187명을 군법회의에 넘겨 처형한 사건'이라고 거짓 해명했다. 그러나 『워싱턴 포스트』를 비롯한 외국 언론들이 이 사실을 대서특필하면서 국제적인 비난이 쏟아지기 시작했다.

이에 정부는 사건 발생 5개월 만에 진상조사를 다시 실시하고 학살 혐의자를 군법회의에 부쳐 연대장 오익경에게 무기징역, 대대장 한동석에게 징역 10년, 경남 계엄사령부 민사부장 김종원에게 징역 3년을 선고했다. 이로써 사건은 종결됐다. 그러나 이들은 1년 뒤 모두 특사로 풀려나 현역으로 복귀했고, 경찰 간부로 기용됐다. 학살 피해자나 유가족에게는 어떤 조치도 취해지지 않았다.

한국전쟁이 끝난 이듬해인 1954년 신원면 주민은 박산골에 방치돼 있던 학살 현장의 유골을 수습했다. 이미 누구의 유골인지 구별할 수 없어 어른 남자, 어른 여자, 아이로만 구분해 뒷산에 묻어두었다. 그러나 자유

| **박산 합동묘소 위령비** | 박산골 양민 학살로 방치되었던 시신을 한국전쟁이 끝나고 나서 남자, 여자, 어린아이로만 구분하여 매장하고 위령비를 세웠다. 그러나 위령비조차 파괴되어 매몰되는 수난을 겪고 지금은 비석받침대에 비스듬히 뉘어 있다.

당정권하에서 거창 학살사건은 공비와 내통한 불온분자들을 숙청한 사건으로 인식돼 유가족조차 이 사건을 함부로 입에 올릴 수 없었다.

1960년 4·19혁명이 일어나자 민주화의 열풍 속에서 유족은 비로소 원혼에 대한 위령제를 지낼 수 있었다. 5월 11일, 박산 합동묘역 석물 운반작업 중에는 참았던 분노가 폭발한 주민들이 면장을 살해하는 또 다른 비극이 생기기도 했다. 그러다 11월 18일, 박산 뒤 야산에는 남자합동지묘(109구), 여자합동지묘(183구) 두 개의 봉분을 만들고 아이들 유골(235구)은 봉분 없이 소아합동지지(小兒合同之地)라고 표지해두었다. 나라에서 40만 환을 지원해 묘소 앞에는 노산(鷺山) 이은상(李殷相, 1903~82)이 쓴 위령비를 세웠다.

그러나 이듬해 5·16군사쿠데타가 일어난 지 3일 만인 5월 18일, 유족회는 반국가단체로 지목돼 간부 17명이 투옥됐다. 그리고 박산합동묘소의 개장 명령이 내려지고 묘역에 세운 위령비는 글자 한 자 한 자를 정으로 쪼아서 뭉갠 다음 땅에 파묻어버렸다.

그리고 또 26년이라는 세월이 흘렀다. 1987년 민주화 열풍이 일어나자 유족회는 땅속에 묻혀 있던 파괴된 위령비를 꺼내 비석받침대 위에 걸쳐놓았다. 그리고 정부를 향해 공식적으로 사과하고 이 위령비를 다시 똑바로 세워놓으라고 요구했다. 포클레인 한 대면 10분도 안 걸려 세울 수 있는 일이건만 비석은 언제나 그렇게 누워 있었다. 묘소 옆에는 허름한 게시판을 세우고 사건의 진상을 알리는 각종 자료를 대자보식으로 붙여놓았다. 그리고 명예 회복을 호소하는 플래카드를 2004년 추모공원이 생길 때까지 길가에 걸어놓으며 피눈물로 호소했다.


## 명예 회복과 추모공원

거창 학살사건 희생자에 대한 명예 회복은 1988년 13대 국회 때 김동영 의원 발의를 비롯해 여러 번 제출됐으나 번번이 보류되다가 마침내 1996년 '거창사건 등 관련자의 명예회복에 관한 특별조치법'이 제정됐다. 이로써 사건 발생 45년 만에 희생자들은 공비와 내통한 자가 아니라 선량한 국민으로 억울하게 희생됐음을 공식적으로 인정받게 된 것이다.

박산의 학살 현장 건너편 산에는 1998년에 거대한 추모공원이 착공돼 2004년에 완공됐다. 약 5만 평(16만 제곱미터)의 거대하다 못해 으리으리한 규모의 일주문, 위패봉안각, 위령탑, 부조벽, 위령묘지, 역사교육관 등으로 구성되어 있다. 그러나 이 추모공원은 규모·건물·조각·교육관 모두가 거창의 진실과 아픔을 담아내는 진정성과 너무도 거리가 멀다. 이처럼 방대하고 화려한 추모공원을 세움으로써 희생자 가족이 얼마나 위안을 받았는지 모르지만 우리가 기대한 것은 절대로 이런 것이 아니었

**| 거창 양민 학살 추모공원 전경 |** 거창 양민 학살에 대한 명예 회복이 특별조치법에 의해 이루어지면서 국가에서는 이처럼 거대한 추모공원을 세웠다.

다. 그것은 우리 시대에 아주 잘못 지은 유적으로 되고 말았다.

　거창사건이 추모공원의 건립으로 마무리된 것도 아니었다. 희생자 피해 가족에 대한 보상 문제는 전혀 해결되지 않았다. 유족회는 국가를 상대로 손해배상 청구 소송을 냈지만 2001년 대법원은 현행법상 국가에 배상 책임이 없다는 판결을 내렸다. 그리하여 이 문제는 다시 국회로 옮겨져 '거창사건 관련자의 배상 등에 관한 특별조치법'이 제출되었다. 2004년 3월 2일 이 특별법은 국회에서 가결됐다. 그러나 같은 달 23일 고건 대통령권한대행(당시 노무현 대통령은 탄핵 중)이 주재한 국무회의는 거부권을 행사해 국회로 되돌려보냈다.

　그 이유는 한국전쟁 중 민간인 희생자는 '진실·화해를 위한 과거사 정리위원회'에 신고된 것만 약 8천 명인데 이들을 모두 거창의 예에 따라 보상해주려면 그 금액이 약 25조 원에 달해 정부로서는 감당할 수 없다

는 것이었다. 이리하여 국회로 되돌아간 이 보상 법안은 17대 국회에서
더 이상 논의되지 않았고 2008년 2월 임기가 만료됨에 따라 자동 폐기되
었다. 18대 국회에 들어와 또 이 보상 법안이 법사위에 상정되었다. 그런
데 인근 지역인 함양·산청에서도 거창과 똑같은 피해가 있었다며 함께
다루자는 법안이 별도로 상정되어 사안이 복잡해졌다. 그러나저러나 두
법안 모두 지금껏 논의 한 번 없이 몇 년째 표류하고 있다.

지난번 답사 때 나는 추모공원으로 내려가지 않고 합동묘역의 깨진
위령비 앞에서 함께한 답사객과 묵념을 올렸다. 눈을 감으니 추모공원이
세워지기 전 박산골의 처연했던 모습이 떠올랐다. 그때가 정말로 역사의
현장으로, 이 자리에 선 사람은 누구든 눈시울을 붉히지 않을 수 없는 진
정성이 있었다. 그 당시엔 한 맺힌 구호로 억울함을 호소하는 빛바랜 플
래카드가 길가에 가득했다. 그중에서도 합동묘역 돌축대에 붉은 페인트
로 굵게 써놓은 처절한 구호 하나가 지금도 내 가슴에 깊이 박혀 있다.

"울리고, 울리고, 또 울리고, 울리고."

2009. 10.

# 쌍사자석등은 황매산을 떠받들고

영암사터 가는 길 / 단계마을 돌담길 / 황매산 / 화강암 예찬 /
쌍사자석등 / 무지개다리와 석축 / 두 마리 돌거북 /
합천 촌부의 회상

## 오지로 가는 길

차를 타고 답사를 다니다보면 나라에서 자동차 도로 하나는 잘 닦아
놓았다는 찬사가 절로 일어난다. 거미줄 같은 고속도로에, 능숙한 터널
공사로 질러가는 길을 척척 뚫어낸 솜씨에는 감탄마저 나온다. 그러나
국토의 운영에서 심심산골의 오지는 오지대로 남겨두어야 했던 것 아닐
까? 자연의 원래 모습을 간직한 첩첩산골은 문명에 찌들어 살아가는 현
대인을 달래줄 수 있는 심신의 위안처이다. 살다보면 그런 오지에 한번
다녀오고 싶은 마음이 일어날 때가 있다. 강원도 인제군 기린면의 내린
천은 그런 오지의 대명사 격이었다. 인제에서 소양강 상류를 따라 비포
장길로 한 시간은 족히 들어가는 깊은 산, 깊은 계곡이었다.

그런데 지금은 인제군 상남면에서 뒤로 타고 넘어들어가는 길이 생겨

오지의 깊은 맛이 사라져버렸다. 막다른 오지로 들어간 처연한 느낌을 주지 못하는 것이다. 거기에 뭐 그리 급한 일이 있다고 길을 뚫어낸 것인 가? 설악산과 오대산 사이 선림원지(禪林院址)가 있는 양양군 미천골은 정말 오갈 데 없는 '하늘 아래 끝동네'였다. 그러나 여기는 새 길이 뚫려 허리를 가로질러 들어오듯 이쪽저쪽으로 가는 중간 길목이 되었다. 이렇 게 되어서 과연 무엇이 좋아진 것인가? 여섯 시간 걸리던 길을 네 시간 만에 도달할 수 있게 되었다지만, 그래봤자 덤벼드는 것은 도회지 사람 들이고 생기는 것은 '파크'라는 이름의 모텔과 '가든'이라는 이름의 숯불 갈빗집뿐이다.

지난 세월 비장의 오지들을 그렇게 하나씩 잃어버렸고, 가뜩이나 좁 은 땅덩이가 더 좁아져버렸다는 느낌을 받는다. 이런 발상은 오지를 마 치 벗어버리고 싶은 불명예로 여기며 서울에 도달하는 시간이 짧을수록 좋다는 생각에서 나온 현상이다. 본래 시·군이란 높은 산으로 가로막혀 일일생활권이 시내·읍내로 형성되었던 것에서 유래한다.

그런데 그 경계로 삼던 산을 뚫어 사통팔달로 길을 내고 보니 군청·시 청 소재지가 갖고 있는 고유의 도시 기능이 사라져버렸다. 경상남도 함 양에 대전-통영간 고속도로의 중간 나들목이 생기자 외지 사람들이 함 양으로 많이 들어오는 것이 아니라 함양 사람들이 대전 '홈에버'에 가서 장을 보는 현상이 일어났다. 이 역류 현상을 어떻게 해석해야 할 것인가?


## 영암사터로 가는 길

거창군 신원면 과정리 박산골 '거창 양민 학살'의 현장은 깊은 산중의 막다른 마을이었다. 월여산(해발 863미터), 황매산(해발 1108미터)이 가로막 아 남쪽의 산청군 차황면, 동쪽의 합천군 가회면과 서로 등을 지고 있었

| **영암사터 전경** | 화강암으로 이루어진 황매산을 뒤로한 영암사터에 오면 누구나 그 황홀한 아름다움에 넋을 잃고 만다.

다. 그런데 지금은 이 길이 국도 59번 도로로 연결되어 차로 이삼십 분 안에 넘어갈 수 있게 되었다. 그래서 신원이고 차황이고 가회고 이제는 오지라는 말이 무색해졌고, 나의 답삿길은 아주 편하고도 자연스럽게 황 매산 영암사터로 이어지게 되었다. 문명의 편리함을 그렇게 누리지만 역 사의 향기, 답사의 그윽함은 그만큼 잃었다.

황매산 영암사(靈岩寺)의 입장에서도 똑같이 말할 수 있다. 여기는 서 부 경남의 오지 중 오지였다. 행정구역으로는 합천군 가회면 둔내리에 있지만 합천·산청·거창의 세 개 군을 갈라놓은 황매산 깊은 산중의 폐 사지인지라 영암사터에 한번 가본다는 것은 정말 큰맘 먹기 전에는 불 가능했던 곳이다.

1985년 동아대학교박물관에서 발행한 「합천 영암사지 고적조사보고서」에는 이곳의 위치와 환경을 다음과 같이 말하고 있다.

　여기는 서부 경남의 가야산과 지리산을 연결하는 중간 지점에 있는 황매산의 남쪽 기슭으로 주위는 모두 산으로 둘러싸인 첩첩산중이다. 부산에서 영암사지를 가려면 합천군에서 삼가면으로 가 거기에서 버스를 갈아타고 가회면으로 가서는 다시 버스를 이용해야만 겨우 2킬로미터 전방인 대기(大基)국민학교 앞에 이르고, 여기서 도보로 올라가야 한다.

1989년 내가 답사회원들을 이끌고 이곳 영암사터에 왔을 때 김해에 사는 한 회원은 "강원도 깊은 산골 오지의 문화유산을 볼 때면 경상도 사람으로서 마냥 부러웠는데, 이제는 그런 열등의식을 말끔히 씻게 되었다"면서 "여기는 '서부 경남 자연과 문화유산의 자존심'"이라고 기뻐했다.

　그러나 이제 영암사터로 들어가는 길은 네 가지 선택이 가능해졌다. 삼가에서 가회로 들어가는 동쪽 길, 산청군 단성에서 단계마을을 거쳐 가회로 들어가는 남쪽 길, 합천댐을 돌아 대병면에서 들어가는 북쪽 길, 그리고 지금 우리가 가는 거창 신원면에서 가회로 들어가는 서쪽 길이다.

　옛날에는 영암사터에 오면 막다른 곳에 다다른 마음의 안정이 있었다. 아름답고 거대한 황매산 양지바른 곳에 자리잡은 이 오지의 폐사지에 다다르면 처연하면서도 따뜻한 서정의 분위기가 있어 좀처럼 떠나고 싶지 않았다. 그러나 지금의 영암사터에는 그런 느긋함이 없다. 빨리 둘러보고 어디론지 가야만 할 것 같은 부산스러운 분주함이 일어난다. 아! 정말 싫다. 옛날의 영암사터로 돌아가고 싶다. 물어내라고 소리치고 싶다.

## 단계마을의 돌담길

그러나 너무 실망할 필요는 없다. 깊은 산골의 저력만은 여전하다. 어느 길로 가든 영암사터로 가는 길은 황매산이 펼쳐놓은 산자락을 돌아가면서 전형적인 서부 경남 산골의 우람하면서도 넉넉한 풍광을 만끽하게 된다. 강파른 강원도의 궁벽한 산골과 달리 산자락이 넓고 길게 퍼지면서 계단식 천수답이 층층이 펼쳐져 있고, 손등에서 다섯 손가락 퍼지듯 산마다 물줄기를 흘러내리면서 적지 않은 논밭을 일구어 산골 마을들이 넉넉해 보인다.

특히 단성에서 단계마을을 거쳐가는 길은 옛 마을을 지나는 향토적 서정이 물씬 배어 있다. 산청군 신등면 단계마을은 참으로 정겨울 정도로 묵은 동네다. 이런 산골에 이처럼 아름다운 옛 마을이 있다는 것이 신기로울 정도다. 이 마을의 역사를 보면 고려 때는 단계현으로 독립했다 조선 세종 때 단성현에 편입되었다고 하니 예사롭지 않은 것에는 충분한 이유가 있다.

단계리는 산청군 신등면소재지다. 면사무소·우체국·파출소·교회·천주교 공소·마을회관·장터·학교가 있어 작은 읍내 같은 분위기다. 이 마을의 형성 과정을 보면 전형적인 씨족 마을이다. 고려 때 입향조(入鄕祖)는 자세히 알려진 바 없으나, 조선 세조 때는 진양 유씨가 먼저 자리잡았다고 한다. 그리고 이 집안에 안동 권씨가 사위로 들어오면서 줄곧 두 씨족이 같이 세거해왔으며, 인조 때는 대사간을 지낸 권도(權濤, 1557~1644)라는 인물을 배출하기도 했다. 그러다 이 안동 권씨 집안의 외손인 순천 박씨가 들어오면서 세 성씨가 반촌(班村)을 형성했는데, 순천 박씨 집안은 부농으로 성장했다.

그래서 이 마을에는 진양 유씨, 순천 박씨, 안동 권씨의 당당한 고가가

| 단계마을 돌담길 | 이 마을의 돌담길은 전국의 돌담길 중 가장 먼저 문화재로 등록되었다. 집집마다 돌담길로 이어져 있어서 골목 풍경이 아주 정겹다.

곳곳에 널찍이 자리잡고 있고, 그중 예닐곱 채가 지방문화재로 지정되어 있다. 1862년 진주민란으로 불리는 농민 항쟁 때 안핵사로 내려온 박규수(朴珪壽, 1807~76)가 민란의 배후로 지목한 요호부민(饒戶富民)은 바로 이런 세력가들을 지칭한 것으로 생각된다.

마을의 자리앉음새를 보면 한쪽으로는 부암산(해발 696미터)·둔철산(해발 812미터)의 높은 산이 둘러싸고, 반달 모양으로 흐르는 단계천을 따라 마을이 들어서 배〔舟〕 모양을 하고 있다. 마을에는 돛대가 있을 만한 자리에 해묵은 느티나무가 있어 그 연륜과 풍수를 말해준다. 내가 영암사 터로 가던 길에 아무런 예비지식 없이 이 마을에 들르게 된 것은 돌담길이 너무나 아름다워서였다.

집집마다 호박돌이라고 불리는 냇돌을 이 맞추어 쌓은 것이 여간 보기 좋은 것이 아니었다. 다만 새마을사업, 소읍 가꾸기사업을 하면서 간

| **삭비문** | 단계초등학교 정문에는 삭비문(數飛門)이라는 현판이 걸려 있다. 어린 새가 날갯짓을 수없이 반복하는 모습처럼 열심히 배우고 익히는 곳이라는 뜻을 갖고 있다.

간이 시멘트블록 담장이 둘려 있어 옛 돌담길의 정취가 물씬 풍기지는 못했지만, 그래도 돌담이 남아 있는 이 골목 저 골목을 한참 돌아다녔다. 마을 남쪽 끝에는 단계초등학교가 있는데 학교 담장도 돌담이었다.

더욱이 학교 정문은 옛날 서원에서 볼 수 있는 세 칸 솟을대문이다. 얼마나 고맙고 반가웠는지 모른다. 전통을 살린 대문 형식도 멋스러웠지만 현판이 아주 재미있었다. 양쪽 곁문에는 '즐거운 학교' '꿈을 심는 교육'이라는 의례적 플래카드가 걸려 있었지만, 가운데 대문 위로는 한자로 '삭비문(數飛門)'이라고 쓴 현판이 높직이 걸려 있었다.

뜻을 새기자면 '자꾸〔數〕 날갯짓하는 문'이라는 뜻이다. 즉 어린 새가 나는 것을 배우기 위해 날갯짓을 하는 것이 곧 배움이라는 것이다. 본시 배우고 익힌다는 '습(習)' 자에 '날개 우(羽)' 자가 들어가는 데도 이런 내력이 있다. 옛사람들은 이렇게 자연을 통해 인생의 교훈을 많이 담아냈다.

내가 문화재청장을 지내면서 전국에 있는 돌담길 마을 18곳의 문화재 등록을 추진한 것은 이 단계마을에서 받은 깊은 인상 때문이었다. 단계마을 돌담길은 2006년 대한민국 등록문화재 제260호로 등재되었고, 이후 시멘트담을 다시 돌담으로 복원하는 2.8킬로미터에 달하는 돌담길 복원사업이 계속 진행되고 있다.

그런데 문제가 생겼다. 돌담길을 복원하면서 외지에서 들여온 발파석으로 새 담장을 쌓은 것이다. 본래 각 마을의 돌담길은 그 동네 돌로 쌓은 것에 매력이 있는 법이다. 이 동네 사정천의 냇돌을 주워다 정성스레 쌓을 때 돌담길의 원모습이 살아나는 것인데, 사방(沙防)공사하듯 허름한 축대 쌓듯 해놓아 또 다른 이질감이 생기고 만 것이다. 단계마을의 돌담길을 비롯하여 예천 금당실, 대구 옻골마을 등 많은 마을 돌담길 복원사업이 이런 시행착오를 불러일으켰다. 뒤늦게 강력한 시정 명령을 내렸지만, 과연 지금 얼마나 본래의 취지에 따라 고쳐졌는지는 잘 모르겠다. 그리고 내게는 이제 이래라저래라 할 권한도 없다. 나라에서 고쳐줄 수 없다면 집주인이 담쟁이나 하눌타리 같은 넝쿨이라도 올려 이질감을 감추어주었으면 하는 바람이다.


### 황매산 화강암 연봉들

입소문이라는 것이 무서워, 영암사터가 환상적인 폐사지이고 황매산의 철쭉꽃이 아름답다는 것이 입에서 입으로 전해지면서 이제는 합천군이 내세우는 계절 축제의 명소가 되었다. 그 덕에 이제는 절터 초입에 넓

| 쌍사자석등 | 황매산 준봉들을 배경으로 하고 있는 영암사터의 가람배치에서 핵심은 이 돌출된 축대 위에 우뚝 서 있는 쌍사자석등에 있다.

은 주차장이 마련되어 있다. 주차장에서 영암사터까지는 산자락 두어 굽이를 돌아가는 편안한 등산길이다.

얼마만큼 가다 황매산으로 오르는 길을 버리고 영암사터로 향하면 이내 해묵은 느티나무가 있어 절터 초입임을 알려준다. 여기서 사람들은 대부분 왼편으로 난 길을 따라 절마당으로 곧장 들어간다. 그러나 나는 항상 오른편 아랫길로 내려가 석축 아래에 서서 삼층석탑과 쌍사자석등이 황매산을 병풍 삼아 오롯이 서 있는 것을 보고 나서야 절마당으로 돌아 들어간다.

영암사터는 장대석으로 쌓은 석축으로 절터가 3단으로 나뉘어 있는데, 그 아랫단부터 경내로 들어가는 동선을 유지하려는 뜻이다. 사찰이든 궁궐이든 살림집이든 모든 건축에는 진입 동선이 있어 그 동선을 따라갈 때 건축의 자리매김(site)을 제대로 알 수 있는 법이다.

누구든 영암사터가 등진 황매산을 처음 보게 되면 그 환상적인 아름다움에 넋을 잃고 만다. 삼각형으로 뾰족이 솟아오른 산봉우리가 예닐곱 굽이로 길게 펼쳐져 있는 눈부신 하얀빛의 화강암 골산이다. 병풍처럼 둘러선 이 배산(背山)의 아름다움은 차라리 신령스럽다고 해야 할 것 같다. 오죽했으면 절집 이름을 불교적 이미지가 아니라 영암사(靈巖寺)라고 했겠는가.

## 화강암 예찬

지난번 영암사터 답사 때는 내 친구인 경상대 김덕현 교수가 같은 지리학과 기근도 교수와 함께 와서 숙소에서 밤새 놀았다. 이튿날 아침 그들은 학교에 일정이 있어 같이 가지 못하고 헤어지게 되었는데, 만난 인삿값으로 버스 안에서 청해 들은 기근도 교수의 즉석 강의에 모두 큰 감동을 받았다.

"저는 문화유산으로서 영암사터보다 배산을 이루는 황매산의 화강암에 대해 간단히 말씀드리겠습니다. 우리나라 자연에는 너무 흔해서 귀한 줄 모르고 귀한 대접을 받지 못하는 것이 두 가지 있는데, 하나는 갯벌이고 또 하나는 화강암입니다. 지금 가시는 영암사터 황매산은 대표적인 화강암 산입니다.

우리나라는 화강암의 나라입니다. 화강암은 땅속에서 마그마가 굳어져 지표로 올라와 침식당하면서 노출된 것입니다. 이 화강암이 석영(石英)·장석(長石)·운모(雲母)로 구성되어 있음은 중·고등학교 때 배워서 잘 알고 계시겠지요? 화강암에 물이 들어가면 알갱이가 풍화하는데, 석영은 우리가 모래사장에 누웠다 일어날 때 등에서 바로 떨어지는 것이고, 운모는 필름처럼 반짝이는 것으로 금모래라고도 하고, 장석은 뽀얗습니다."

슬슬 시작한 기근도 교수의 즉석 강의 내용은 자연과학인데도 인문학적인 해설로 이어지면서 이해하기도 쉽고 묘미도 더했다. 나는 노트에 받아적기 시작했다.

"이 화강암이라는 녀석은 참으로 고마운 존재입니다. 첫째, 화강암은 하천에 모래사장을 만들어줍니다. 화강암이 심층 풍화한 것이 모래입니다. 서울 상계동에 블록 공장이 많았던 것은 도봉산·아차산에서 내려온 모래를 중랑천이 범람하면서 공급해주기 때문이었죠. 속초 바닷가의 모래는 설악산 쌍천계곡에서 흘러내린 것입니다.

둘째, 화강암이 땅속에서 오랜 세월 풍화하면 비옥한 들판을 만들어줍니다. 호남평야가 바로 화강암지대입니다. 셋째, 화강암지대는 지하수가 맑고 깨끗해 우리나라 돌산의 물은 독일의 비델이나 프랑스의 에비앙은 따라올 수 없는 생수입니다. 넷째, 화강암지대는 배수가 잘됩니다. 도시를 형성시킨 분지를 보면 서울·춘천·안동·거창·충주 등이 모두 화강암지대입니다.

그리고 화강암은 수직절리와 수평절리가 발달해 여러 형태의 바윗덩어리로 나타나면서 아름다운 산봉우리를 형성합니다. 금강산처럼 판구조가 큰 것도 있고, 인수봉처럼 솟아오르기도 하고, 설악산 울산바위처럼 흔들바위로도 나타납니다. 여러분은 이제 황매산에 가셔서 화강암의 또 다른 아름다운 모습을 보게 될 것입니다."

기근도 교수의 설명에는 자기 전공에 대한 사랑과 자랑이 흠뻑 들어 있었다. 그 내용도 내용이지만 저토록 자기 일에 몰입해 사는 그 모습이 더욱 아름다워 보였다. 이렇게 생각하며 빠짐없이 그의 말을 적어가는데 갑자기 기교수는 힘을 주어 이렇게 즉석 강연을 끝맺었다.

"그리고 마지막으로 화강암의 성정(性情)을 말씀드리겠습니다. 여기에는 두 가지 중요한 특징이 있습니다. 화강암은 무엇보다 단단하다는 특징이 있습니다. 굳게 뭉쳐 있을 때는 아름다운 바위와 산봉우리로 나타납니다. 그리고 두번째 특징은 분해될 때는 확실하게 부스러져 모래사장을 만들어주고, 물을 빨아들여 맑게 걸러주고, 비옥한 농토를 만들어줍니다. 이것이 화강암입니다."

버스 안이 떠나갈 듯한 박수 소리를 들으며 기근도 교수는 학교에 늦을세라 황급히 버스에서 내렸고 우리는 그가 보이지 않을 때까지 감사의 손을 흔들었다. 현장에서 듣는 강의는 이렇게 학습 효과가 뛰어나다. 우리는 화강암의 그런 성질과 성정을 생각하며 다 같이 신령스러운 황매산을 더욱 오래 바라보았다.


## 영암사터의 석축과 가람배치

영암사는 대단한 절이었던 것 같다. 지금 남아 있는 유물들을 보면 모두 나말여초에 만들어진 것으로 삼층석탑(보물 제480호)·쌍사자석등(보물 제353호)·영암사지귀부(보물 제489호) 등 보물이 석 점이고, 영암사터 자체도 사적 제131호로 지정되어 있을 정도다. 영암사터는 두 차례의 발굴조사 결과 황매산 자락의 비탈을 이용해 아래쪽에서부터 석축을 쌓아 3단의 권역을 형성하며 계단식으로 올라서 있음이 확인되었다. 맨 윗단에 금당과 쌍사자석등이 있고, 그 아랫단에는 삼층석탑, 그 아랫단에는 회랑식 건물의 승방, 그리고 그 아래로는 요사채가 있었던 것으로 추정된다.

가람배치가 자연적인 지형을 살리면서 불(佛)·법(法)·승(僧)의 정연한 질서를 갖추고 있음을 알 수 있다. 영암사터가 모든 목조건물을 잃어버렸음에도 우리에게 화려한 폐사지라는 인상을 주는 것은 황매산도 황매산이지만 석탑·석등·석축 등이 옛 모습을 남김없이 전해주기 때문이다.

특히 가지런히 쌓아올린 석축은 다른 절집에서는 볼 수 없는 독특한 아름다움을 전해준다. 영암사터에 들어서면서 바로 만나는 승방 권역의 석축을 보면, 긴 직사각형의 장대석을 이 맞추어 쌓으면서 높은 곳은 열한 개의 단으로 이루어졌는데, 아홉째 단과 다섯째 단에는 일정한 간격으로 네모난 쐐기돌이 돌출해 있는 것이 아주 멋스럽다. 그 자체로 현대건축의 디자인 같다는 감동을 준다. 그런데 사람들은 대부분 이것을 일

| **영암사터 석축** | 영암사터 석축 곳곳에는 네모난 사각돌이 장식처럼 달려 있다. 그러나 이는 장식이 아니라 대못 모양의 긴 팔뚝돌을 박아 석축을 단단하게 고정시키는 역할을 하고 있다.

종의 장식으로 알고 있다. 어느 날 봉은사 주지 명진스님이 뜬금없이 나에게 이렇게 물어왔다.

"영암사터 석축을 보니 네모난 돌들을 멋지게 붙여놓았던데, 그게 무슨 법식이 있는 겁니까?"

"갑자기 그건 왜 물어봐요? 스님한테도 그런 섬세한 면이 있었어요?"

"주지를 맡고 보니 절집의 돌 하나하나를 다시 보게 되는구먼. 그게 생각나 우리 절에도 축대를 쌓으면 벤치마크해보려고."

"그러나 그건 겉보다 속이 더 멋있는 거여."

"속이라니?"

"그건 장식으로 붙여놓은 것이 아니라 속에 깊이 박혀 있는 팔뚝만

한 긴 돌의 머리가 그렇게 나와 있는 것이지요. 그래서 축대가 튼튼해지죠. 경주 불국사 석축에도 이 팔뚝돌이 있고, 석굴암 천장에 돌출해 있는 것도 똑같은 것이에요."

"아하, 그런 거로구먼. 우리 선조들은 뭐가 달라도 다르단 말이야. 그러니까 장대석 사이에 돌로 만든 대못을 박아놓은 셈이군."

아! 바로 그거였다. 나는 평소에 이 쐐기돌을 보고 팔뚝돌을 '끼워넣은 것'으로 알았는데, 스님 말을 듣고 보니 땅에 대고 '대못질'하듯 박은 개념이었다. 가르쳐주려다 오히려 한 수 배운 셈이었다.

## 돌출된 석축 옆 무지개 돌계단

영암사터의 석축에서 선조들이 뭐가 달라도 다르게 한 것은 금당의 석축을 쌓으면서 석등 자리를 앞으로 돌출시키고 양옆으로 무지개 돌계단을 놓은 것이다.

영암사터는 비탈을 고르면서 권역을 나누었기 때문에 터를 넓게 쓸 수 없었다. 간신히 금당 자리를 앉혀놓았지만 석등을 세울 만한 공간이 없었던 모양이다. 그렇다고 석축을 앞으로 내쌓으면 승방 권역이 그만큼 좁아질 수밖에 없는 일이었다. 이 문제를 선조들은 아주 간단히, 그러나 아주 슬기롭게 해결했다. 다름 아니라 석등을 앉힐 만큼만 凸자 모양으로 내쌓은 것이다. 그리고 돌출된 석등 자리 양옆으로는 승방 권역에서 금당으로 오르는 돌계단을 설치했다. 이 돌계단 또한 영암사터의 빼놓을 수 없는 걸작이다. 통돌을 깎아 무지개 곡선으로 여섯 단의 디딤돌을 새겨놓아 조심조심 오르게끔 되어 있다.

우리나라 절집의 구조를 보면 부처님을 뵈러 걸어가는 동안 어떤 식으로든 자신도 모르게 몸가짐을 바르게 하고 몸을 숙이게 하는 건축적 장치가 들어 있다. 대부분은 만세루(萬歲樓) 아래를 통해 몸을 숙이고 들어가게 되어 있거나 대웅전 앞은 축대로 막아놓고 양옆으로 에돌아 들어가게 해놓은 것이다.

관촉사 해탈문은 몸을 숙이지 않고는 들어갈 수 없게 해놓았고, 개심사는 거울못에 외나무다리를 걸쳐놓아 조심하지 않고는 법당으로 오르지 못한다. 그런데 영암사터에서는 좁다란 계단에 디딤돌을 얇게 새겨 발뒤꿈치를 허공에 매달고 오르게 되어 있는 것이다. 그것도 그냥 사다리 모양으로 곧게 뻗어 있는 것이 아니라 무지개 모양으로 호를 그리며 휘어져 있다.

그 곡선의 아름다움을 무어라 표현해야 좋을지 모르겠다. 고작해야 무지개의 한 자락을 오려놓은 것 같다는 표현을 할 수 있을 뿐이다. 나는 '한국의 자연과 건축'이라는 주제로 강연할 때면 영암사터를 빼놓은 적이 없다. 한번은 포항공대 교수연수회에 초청 강연을 가서도 이 돌계단을 보여주면서 무어라 표현해야 좋을지 모르는 예쁜 곡선이라고 말하고 지나갔다.

강연이 끝난 다음 교수들과 차를 마시는 자리에서 토목과 교수 한 분이 내게 한 수 가르쳐줄 듯이 말을 걸어왔다.


"아까 슬라이드로 보여준 영암사터 돌계단 정말 멋있습디다. 토목공학도 입장에서도 감탄이 절로 나오던데요. 그런데 다른 건축은 아름다움의 특징을 다 잘 표현하면서 이 멋진 돌다리에 대해서는 왜 그

| 쌍사자석등과 무지개다리 | 돌출된 석축 양옆으로는 절 마당에서 올라가는 돌계단이 있는데 아름다운 곡선을 그리는 무지개다리로 되어 있다.

냥 지나갔습니까?"

"좀처럼 표현할 문구가 잡히지 않아서 그랬어요."

"그러면 이렇게 정직하게 말하면 어떨까요?"

"어떻게요?"

"사인(sine) 12도의 각도를 유지하고 있다."

'사인 12도!' 그것은 내가 고등학교를 졸업한 뒤 처음 듣는 감격스러운 단어였다.

## 쌍사자석등과 금당 기단부의 돌사자

영암사터가 폐사지면서도 화려한 환상의 나라 유적지라는 느낌을 주는 것은 다름 아닌 쌍사자석등이 있기 때문이다. 쌍사자석등은 중국이나 일본에서는 볼 수 없는 통일신라시대 석공의 창작으로 현재 법주사 쌍사자석등(국보 제5호), 중흥산성 쌍사자석등(국보 제103호)과 함께 우리 불교미술의 정수를 보여준다. 그중에서도 병풍처럼 둘러선 황매산을 향해 우뚝 서 있는 이 쌍사자석등은 폐허가 되어 모든 것이 사라진 폐사의 잃어버린 가치를 남김없이 복원해준다. 쌍사자석등은 영암사터의 중심이고 핵이고 꽃이다. 그 자체로도 아름답지만 놓인 위치가 이 유물을 더욱 빛나게 한다.

앞으로 돌출해나온 사람 키보다 훨씬 높은 석축 위에서 마치 호령하는 사령관처럼, 또는 교향악단의 지휘자처럼 홀로 우뚝한 것이다. 본래 석등은 받침대·간주석(間柱石)·화사석(火舍石)·지붕돌로 구성되어 형식상 변화의 여지가 많지 않다. 화사석에 조각장식을 넣거나 간주석을 고복형(鼓腹形)이라고 해서 장구 몸통처럼 형상화하는 정도이다. 그러나

| 금당의 아기자기한 조각들 | 금당 중앙에 자리한 불대좌 지대석에 새겨진 팔부중상은 화강암 돋을새김에서도 갖은 기교를 보여준다.

더욱 아름답고 화려한 석등을 만들겠다는 조형 의지는 통일신라시대에 쌍사자석등이라는 기발한 구성의 석등을 낳았다. 영암사터 쌍사자석등은 두 마리의 사자가 가슴과 앞발을 맞대고 화사석을 받친 모양으로, 사자들의 뒷다리에 한껏 힘이 모여 있다. 그만큼 역동적인데, 발돋움을 하느라 슬쩍 올라간 사자의 궁둥이가 귀엽기 짝이 없다. 그런 중 쌍사자의 뒷다리와 앞발 사이를 공허공간(空虛空間)으로 깎아낸 것은 조각적으로 대성공이었다.

만약 이 공허공간이 없었다면 이 쌍사자석등은 아주 답답한 느낌을 주었을 것이다. 이 공허공간으로 인하여 우리는 시점을 옮길 때마다 쌍사자의 다른 모습을 보게 된다. 이처럼 쌍사자의 조각이 덩어리(mass)의 양괴감을 이용하는 데 머무른 것이 아니라 공허공간을 창출했다는 것은 놀라운 일이다. 서양 근현대조각사에서도 이런 공허공간을 적극 이용한 것은 헨리 무어(Henry Moore, 1898~1986) 때에 와서야 나타나는 기법인데, 우리 석공은 이미 9세기에 그 기법을 이용한 것이다.

## 기단부 석축의 조각 새김

영암사터는 화강암 돈을새김에서도 갖은 기교를 다 보여준다. 쌍사자 석등이 올라앉은 금당의 기단부는 아름다운 곡선의 안상(眼象)을 장식해넣고, 북쪽을 제외한 동·서·남 3면에 각각 한 쌍씩 여섯 마리의 사자를 돈을새김으로 새겨넣었다. 한결같이 배를 바닥에 대고 넙죽 엎드린 자세를 하고 있지만, 어떤 사자는 송곳니를 내민 채 눈웃음을 치고, 어떤 사자는 고개를 젖히면서 당찬 기세로 뒤를 돌아보는 모습을 하고 있다.

돈을새김을 강하게 하여 밖으로 뛰쳐나올 것 같은 사실성이 있다. 무서운 짐승을 새겨 불법(佛法) 수호의 상징성을 부여하는 것이 이 조각장식의 본뜻이지만, 아무리 보아도 사나운 기가 느껴지지 않는다. 사자라기보다 털북숭이 삽살개 같기만 하다. 이는 세계 각국마다 도깨비가 있지만 우리나라 도깨비만은 인간적인 면이 강한 것과 마찬가지다. 이 점이 우리 미술에 나타난 한국인의 심성이다.

영암사터 금당 자리를 둘러보면 돌계단 난간석에 '가릉빈가(迦陵頻伽)'를 조각해놓은 것을 볼 수 있다. 가릉빈가는 사람 머리에 새의 몸을 하고 한없이 아름다운 소리를 내며 하늘을 날아다닌다는 천상의 새다. 이 가릉빈가가 날개를 활짝 편 모습으로 난간석을 조각하였는데, 쌍사자 석등처럼 공허공간을 만들며 맞뚫림을 했다.

금당터 위로 올라가보면 불상을 모셨던 자리의 지대석에도 아주 작은 팔부중상(八部衆像) 조각들이 남아 있다. 이 또한 돈을새김으로 아주 사실적이다. 도대체 영암사에 어떤 석공이 있었기에 이 좁은 공간까지 손길을 아끼지 않았는지 존경과 감사의 마음이 절로 일어난다. 이런 조각들로 인하여 영암사터 전체를 국가 사적 제131호로 지정했던 것이다.

| 금당 석축의 돌사자 조각 | 금당의 기단을 이루는 석축 사방엔 지킴이로 사자가 조각되어 있다. 어떤 사자는 넙죽 웅크리고, 어떤 사자는 고개를 돌려 뒤를 보고 있다. 묘사가 정확하고 조각이 아주 정교하여 뛰어난 석공의 솜씨임을 알 수 있다.

### 조사당터 돌거북 한 쌍

영암사터의 가람배치는 금당에 이르는 3단의 석축 외에 조사당(祖師堂)터로 생각되는 독립된 건물터가 있다. 금당 바로 오른쪽 위편에 조사당터가 나오는데 여기에는 건물터 양옆으로 비석을 잃은 돌거북 한 쌍이 있다. 이 두 마리의 돌거북은 고승의 사리탑과 함께 세워진 비석의 받침돌이다.

승탑은 절 서쪽 1.5킬로미터 떨어진 곳에 모셔져 지금도 깨진 조각들이 여럿 있다. 승탑은 절 뒤로 모시고 그분의 공적을 담은 비석은 이 조사당 앞에 모셨던 것이니, 이 돌거북은 분명 영암사를 창건한 스님과 그

| **조사당터 동쪽 돌거북** | 조사당터 좌우에는 비석을 잃은 돌거북이 한 마리씩 놓여 있다. 두 마리 모두 제법한 솜씨로 생동감이 넘치는데 동쪽 돌거북이 훨씬 조형적 밀도가 있어 영암사 개창조의 것으로 생각되고 있다.

뒤를 이은 고승의 비석을 받치고 있었을 것이다. 그렇다면 한 마리는 하대신라의 작품이고, 한 마리는 고려 초기의 작품임에 틀림이 없다.

그러면 어느 것이 앞선 양식일까? 이것을 양식사적으로 분석하면서 판별해보는 것은 미술사학도들의 좋은 현장학습이 된다. 먼저 두 마리 거북의 모습을 보면 비슷하면서도 세부에서는 많은 차이를 보인다.

건물 왼쪽(동쪽) 거북은 머리를 약간 아래로 향한 얌전한 자세로 등에는 여섯모난 귀갑무늬 위에 구름이 꽃처럼 피어 있다. 비좌(碑座) 양쪽에는 물고기 두 마리가 새겨져 있는데, 한쪽은 서로 꼬리를 물고 돌고 있고, 다른 한쪽은 연꽃봉오리를 서로 차지하려는 듯 다투고 있다. 조각을 깊이 해서 형상이 또렷하다.

이에 비해 건물 오른쪽(서쪽) 거북은 목을 곧추세우고 여의주를 물고 있는 입을 크게 벌리고 있어 우람함을 강조한 듯한 과장이 있다. 살짝 옆

| **조사당터 서쪽 돌거북** | 반대편에 있는 돌거북에 비해 디테일이 약하지만 형태의 과장이 있어 우람한 느낌을 준다. 개창조의 그것을 모방한 중창조의 비석받침으로 보인다.

으로 비튼 네 발은 앞으로 나아가려는 듯한 동감(動感)이 일어난다. 등에는 귀갑무늬가 새겨져 있지만 각을 얕게 새겨 정교한 맛은 없다.

어느 것이 먼저일까? 영암사를 비롯하여 유서 깊은 선종 사찰을 보면 하대신라의 개창조 사리탑과 고려 초 중창조의 사리탑이 공존해 있다. 고달사·연곡사·태안사·봉암사 등에서 똑같이 볼 수 있는 현상이다. 이 경우 사리탑이든 사리탑비이든 중창조의 것은 개창조의 그것을 모델로 하면서 약간의 변형이 가해져 있다. 그래서 후대 것에는 매너리즘 현상이 나타나 긴장의 이완이 있고 또 형식적 과장이 들어간다. 조형적 밀도를 보면 단연 개창조의 것이 야무지고, 중창조의 것은 섬세함이 약하다. 이런 관점에서 볼 때 영암사터 돌거북의 경우 왼쪽 것이 개창조의 것이고, 오른쪽이 중창조의 것이 된다.

사실 이와 같은 것은 양식사적 훈련이 없다 하더라도 미술에 안목이 있는 사람이면 생래적 감각으로 둘을 비교해 조형적 밀도만 따져본 다음 바로 알아낼 수 있다. 오래전의 일이다. 누님뻘 되는 분들의 점잖은 모임에서 답사 인솔을 부탁해 이곳에 온 적이 있다. 그때 나는 버스 안에서 영암사터에 대해 설명하고 나서 시험문제를 내듯 이 돌거북의 시대적 선후 관계를 맞혀보라고 했다.

그리고 일행이 쌍사자석등을 둘러보고 나서 조사당터에 와서 돌거북 한 쌍을 바라보게 되었을 때 갑자기 나와 친한 누님 한 분이 큰 소리로 외치는 것이었다.

"유교수님, 이렇게 쉬운 것을 시험문제로 냈어요? 동쪽에 있는 것이 오래된 것이고, 남쪽 것은 그것을 흉내 내면서 변형시킨 것이라는 걸 한눈에 알겠구먼!"

순간 나는 실수를 저질렀다는 것을 알아챘다. 나는 가벼운 마음으로 문제를 내면서 재미있게 보자고 한 말이었지만, 막상 듣는 사람은 시험을 치듯 긴장을 하게 되는 것이었다. 또 맞히지 못한 사람은 어떤 식으로든 상처를 받을 수 있다는 점은 생각하지 못했던 것이다. 그러나 그 영리한 누님이 회원들을 곤경에 빠뜨리지 않게 하려고 나에게 닦달하듯 큰 소리로 외쳤던 것이다.

참으로 고마웠다. 나중에 그 누님께 사과드리고 나서 어떻게 그리 빨리 알아냈느냐고 물었더니, 그 대답이 더더욱 명답이었다.

"알기는 뭘 알아. 둘 중 하나를 찍어 말한 것이지. 그게 틀렸다면 나 혼자만 틀린 것이 되잖아?"

## 영암사터의 내력과 미래

영암사터는 남아 있는 유물로 보아 하대신라에 창건된 절이고, 발굴 결과 고려 말까지 유지되었던 것까지는 확인할 수 있다. 그러나 이 깊은 산중의 오지에 어떤 인연으로 누가 창건했는지에 대해서는 전혀 알려진 것이 없다. 『삼국유사』『삼국사기』『삼가현 읍지(邑誌)』 어디에도 영암사라는 절에 대한 언급은 나오지 않는다.

더욱 이상한 것은 『신증동국여지승람』을 보면 황매산 아래에 몽계사 (夢鷄寺)·사라사(舍羅寺) 터가 있었다는 것은 명확히 기록되어 있는데 유독 영암사에 대한 언급만 없다. 폐사지의 절 이름이 영암사였다는 것은 마을에 구전되어온 것일 뿐, 기록으로 고증된 것도 아니다. 그러던 중 서울대도서관에서 '합천 영암사 적연국사비'의 옛 탁본이 발견되어 영암사라는 속전이 사실인 것을 확인하게 되었다.

비문에 의하면 적연국사(寂然國師, 932~1014)는 경상도 성주 사람으로 13세 때 전라도 장흥 천관사에 들어가 중이 되고 37세에 중국에 유학하고 귀국했다. 성종이 스님을 대사로 봉했고, 목종은 대선사로 승진시키며 임금의 곁에서 불법을 전하게 하였다. 그러다 80세가 되었을 때 가수 현(嘉壽縣, 오늘날 삼가면과 가회면) 영암사에서 조용히 주석(駐錫)하다 현종 5년(1014) 입적하니 향년 83세였다. 이에 영암사 서쪽 산중에 장사 지내고 나라에서는 적연국사라는 시호와 함께 자광탑(慈光塔)이라는 탑호를 내려주었다고 한다. 이 적연국사의 비는 조사당 남쪽에 있는 돌거북 위에 세워져 있었던 것으로 추정된다. 영암사가 언제 폐사되었는지 확실하지 않지만 조선 초였을 것으로 생각된다. 절터 발굴 때 나온 도편(陶片)이 조선 초 분청사기까지만 있기 때문이다. 이후로는 폐허가 되어 발굴 전까지만 해도 석축 아랫단은 밭이었다.

이런 영암사터의 유물을 오늘날까지 이나마 지켜낸 것은 전적으로 마을 사람들이었다. 1933년 일본인이 몰래 쌍사자석등을 훔쳐가는 것을 막아 면사무소에 보관해두고, 1959년에는 석등을 절마당으로 옮겨놓았다. 그리고 주민들은 무너진 삼층석탑을 바로세우고 마을의 헌 집 두 채를 옮겨지어놓고 이 절터를 지켰다.

지금 영암사터 삼층석탑 양옆에 있는 허름한 건물이 바로 그것이다. 나라에서는 1984년 동아대학교박물관에 발굴을 의뢰하였고, 1999년 복원·정비 사업을 벌인 다음 2002년 3차 조사를 실시하기에 이르렀다. 그 사이 절터 안쪽 저편에 새 절이 들어섰다.

문제는 볼썽사나운 허름한 집이다. 이것을 빨리 철거하고 그곳마저 발굴조사를 해야 영암사터는 더욱 아름답고 환상적인 절터로 각광받을 수 있을 것이다. 다만 지난 세월 나라에서 거들떠보지도 않던 시절 마을 사람들이 관리소 격으로 지어 이곳을 지켜온 것인데 이제 와서 불법 건물이라고 철거할 수만은 없는 일이다.

나는 청장 시절 이 문제를 슬기롭게 해결해보려고 노력했지만 뜻을 이루지 못하고 자리를 떠났다. 그것이 내내 마음에 걸렸다. 그래도 언젠가는 해결될 것으로 믿고 기다려왔는데, 이 글을 쓰기 위해 문화재청 담당 부서에 문의하니 마침 청장 시절 나의 비서였던 여규철 씨가 그 실무를 맡고 있었다. 영암사터가 어떻게 되었느냐고 채 묻기도 전에 그의 대답이 먼저 나왔다.

"청장님, 잘됐습니다. 그 허름한 집들 철거하기로 합의했습니다. 새 절 쪽으로 옮겨주기로 했습니다. 올해 철거하고 발굴에 들어갈 겁니다."

이렇게 기쁜 소식이 또 있을까 싶다. 그때 가면 영암사터는 완벽한 국

| 합천군 가회면 오도리 이팝나무 | 꽃이 필 때 나무 전체가 하얀 꽃잎으로 뒤덮인 모습이 이밥 즉 쌀밥과 같다 하여 이팝나무라고 불린다고도 한다.

가사적으로 면모를 갖추게 될 것이다.


### 합천 촌부의 회상

영암사터가 있는 합천 가회면에는 시도기념물로 지정된 거대한 이팝나무 고목이 있어 어느 핸가 5월달 답사 때는 만발한 이팝나무 꽃을 보기 위해 찾아갔다. 해묵은 고목 전체가 하얀 꽃잎으로 뒤덮여 있는 것은 그야말로 장관이었다. 이팝나무란 이름은 꽃이 필 때 나무 전체가 하얀 꽃잎으로 뒤덮인 모습이 이밥, 즉 쌀밥과 같다 하여 붙여진 것이라고 한다. 또 전하기로는 여름이 시작될 때인 입하에 꽃이 피기 때문에 '입하목(入夏木)'이라 부르던 것이 입하나무를 거쳐 이팝나무가 되었다고도 한다.

합천군 가회면 오도리 길가에 있는 이 이팝나무는 높이가 15미터, 둘레가 2.8미터나 된다. 마을에서는 이 나무를 신성스러운 나무로 여기며, 이 나무에 꽃이 활짝 피면 풍년이 온다는 전설이 전해오고 있다. 여기뿐만 아니라 오래된 이팝나무가 있는 동네에는 한결같은 이런 이야기가 전해지고 있는데 그것은 이팝나무는 물이 많은 곳에서 자라는 식물이므로 꽃이 활짝 피었다는 것은 가물지 않았다는 것을 뜻하니 벼농사와 관련지어 이와 같은 전설이 생긴 것이다. 그런 전설이 아니더라도 이팝나무 흰 꽃이 만발할 때 이 신령스러운 고목을 보는 것은 어느 문화유산을 만나는 것 못지않은 감동을 준다.

그러나 영암사터를 답사하고 난 뒤 나의 답삿길은 대개 해인사로 향한다. 해인사로 갈 때는 합천댐을 끼고 돌게 된다. 호수는 언제나 사람의 마음을 편하게 가라앉혀준다. 그래서 여기를 지날 때면 답사객들이 차창 밖으로 합천댐 너른 호수를 무심히 바라보곤 한다. 그러다 어느만큼 지나면 나는 내가 정말로 잊을 수 없는 한 합천 촌부(村夫)의 이야기를 들려준다.

내가 근무했던 영남대학교박물관에서 합천댐 수몰지구를 발굴했다. 그때 봉산면 개포리 수몰지구에 살던 박삼수라는 촌부가 집을 잃고 발굴단의 인부로 일했다. 그는 참으로 순박하고 부지런한 분이었다. 농사꾼 또는 촌부가 갖고 있는 미덕을 모두 갖고 있는 진국이었다. 고 권이구 관장은 합천 발굴이 끝나고 돌아올 때 출토 유물과 함께 그를 '신고 와' 박물관 주사로 일하게 했다.

내가 박물관장이 되어 정원을 손보려고 하면 그는 얼른 삽을 빼앗아 내가 생각했던 것보다 훨씬 깔끔히 일을 해치웠다. 박물관에는 궂은일, 힘든 일, 지저분한 일이 많다. 전시실, 유물 창고 정리뿐 아니라 특별전이라도 하려면 잡역부 일이 아주 많이 필요하다. 또 정원도 관리해야 한다.

더욱이 영남대박물관의 민속원에는 안동 수몰지구에서 옮겨온 구계서원, 의인정사를 비롯하여 한옥이 여섯 채에다가 넓은 논과 밭이 있어 그것이 민속원의 화단 내지 정원 구실을 한다. 박주사는 그 모든 걸 관리했다. 관장을 지내면서 누구에게 무슨 일을 시키든 마지막에 망치, 삽, 곡괭이, 도끼 같은 연장을 쥐고 있는 것은 언제나 박주사였다.

한번은 '오래된 카메라' 특별전을 하는데 오픈 전날에도 플래카드가 걸리지 않았다. 나는 직원들에게 밤을 새워서라도 내일 아침 학생들 등굣길엔 볼 수 있게 하라고 지시하고 들어갔다. 이튿날 아침에 나오니 4층 건물을 꽉 채운 플래카드가 정말로 보기 좋았다. 한쪽이 약간 기운 듯하지만 사다리차도 없이 그만큼 달아놓은 것이 장했다.

기꺼운 마음으로 플래카드를 보고 있는데 박주사가 냉큼 달려와 무슨 지시를 받을 자세로 내 옆에 섰다. 밤새 일 시킨 것이 미안하기도 하고 칭찬도 해줄 겸 박주사에게 "이렇게 해놓고 보니 어때요?"라고 하자 그는 주춤하면서 짧게 "예" 하고 물러서는 것이었다. 그래서 다시 "멋있지 않아요?"라고 하자 이번에는 "예에, 멋지긴 멋지죠……" 하고 대답을 길게 빼는 것이었다. 그래서 "근데 박주사 아까 왜 놀란 것처럼 대답했어요?" 하고 물으니 그는 멋쩍어하면서 이렇게 대답했다.

"예에, 지는예, 다시 달라고 하는 줄 알고예."

영남대 시절 나는 승용차를 학교에 두고 다녔다. 주말이면 박주사가 쓰게 하기도 했다. 그래서 항시 떠날 때는 기름을 채워놓고 갔다. 영남대는 자체 주유소가 있어 기름을 몇 리터 넣었는가 표시해두면 나중에 월급에서 공제하곤 했다. 어느 날 박주사에게 내 차 기름을 가득 넣어오라고 했더니 돌아와서는 내게 확인을 받는 것이었다.

"관장님예, 기름 다 넣었어예. 35.8리터 넣었어예."

내가 수고했다며 고개를 끄덕이고 결재 서류를 검토하고 있으니까 다시 확실하게 확인받아두려는 듯 말했다.

"그러니까 두 말 넣은 택이라예."

## 올해도 개복숭아가 피었습니다

나는 나무꽃을 좋아한다. 특히 매화와 복숭아꽃을 좋아하여 영남대 시절 3월이면 개학하자마자 학생들과 함께 임업시험장에 무리 지어 피어나는 매화밭을 거닐었다. 4월이면 수업이 끝나자마자 경산 상대온천 가는 길 산비탈에 있는 복숭아 과수원에 잘 놀러가 학생들이 '쌤 과수원'이라고 부르곤 했다. 나는 나무꽃 중에서도 산벚꽃, 산목련, 산동백처럼 '산' 자 들어가는 얇은 홑꽃을 좋아하고, '겹' 자 들어가는 겹벚꽃, 개복숭아 겹꽃처럼 요란한 것은 싫어한다. 그런데 영남대 박물관장실 창밖에는 늙은 개복숭아 한 그루가 있어 해마다 꽃이 만발하는데, 어찌나 그 모습이 요란한지 시골 할머니들 말대로 '지랄같이' 핀다.

그러던 차 식목일날 민속원 앞 비탈밭에 복숭아밭을 만들게 되었다. 나는 직원 40명에게 각자 한 주씩 심게 해 나무에 대한 정을 갖게 하려고 회식 자리를 마련하여 내 뜻을 말했다. 박주사에게 내일 경산장에 가서 묘목을 사오라고 했더니 "백도, 천도, 수밀도가 있는데 어떤 것을 사옵니꺼?" 하고 물었다. 나는 거기까진 생각하지 못해서 잠시 고민하고 있는데 박주사와 함께 일하는 민주사가 "관장님예, 꽃을 볼라 합니꺼, 열매를

먹을라고 함니꺼?" 하고 묻는 것이었다. 내가 당연히 꽃을 보려고 한다고 대답하자 그는 "그라믄 문제없심더, 박주사가 길러논 묘목이 많심더" 하여 우리는 박주사가 가져온 복숭아 묘목 40주를 심게 되었다.

묘목은 박주사가 잘 관리하여 한 그루도 죽지 않았다. 이듬해는 제법 컸지만 꽃은 몇 송이 피지 않았다. 꽃망울이 실하게 달리려면 이듬해 봄까지 기다려야 했다. 나는 이제나저제나 민속원 복숭아밭에 꽃이 피기를 기다렸는데, 4월 어느 날 주말을 서울에서 보내고 박물관으로 출근하자 박주사가 달려와 민속원 복숭아밭에 꽃이 피었다는 것이다. 나는 곧바로 박주사와 함께 민속원으로 달려갔다. 멀리서 보니 제법 빨갛게 피어난 것이 복숭아꽃 핀 마을을 아름답게 연출하고 있었다. 복숭아밭으로 들어가보니 아뿔싸! 이게 웬일인가. 온통 개복숭아꽃이었다.

내가 하도 어이없어 "박주사, 이 묘목들 어디서 기른 것이었어요?"라고 물으니 그는 "관장님방 창 앞에 있는 늙은 개복숭아 씨를 뿌려 3년 키운 겁니다. 그래서 튼튼하지예. 장에서 사면 약해서 못써예. 그리고 꽃이 홑겹이라 색이 약해예."

나는 빨리 포기했다. "고마워요. 이렇게 좋은 꽃을 잘 키워서."

이 사실을 알고 나의 학생들은 "쌤이 편견이 많아 괜히 미워하니까 개복숭아가 뭐가 어때서 그러느냐고 덤벼든 겁니다"라며 나를 놀려댔다.

그리고 이듬해 나는 영남대를 떠나 명지대로 자리를 옮겼다. 그해 4월 어느 날 영남대에 두고 온 제자가 이메일을 보내왔다.

"쌤, 올해도 민속원엔 개복숭아가 '지랄같이' 피었습니다. 그리고 박주사님이 개복숭아꽃 보니까 쌤이 무척 좋아했다며 더 생각난대요."

이후 나는 더 이상 개복숭아를 미워하지 않게 되었다. 부여 시골집 뒤란에 한 그루 심어 정을 붙이고 있다. 그리고 10년이 지났다. 2008년 봄 합천 영암사터를 다녀오면서 합천댐을 지나게 되니 박주사 생각이 났다. 모처럼 전화를 걸었다.

"박주사, 잘 지내요?"

"예, 관장님도 잘 계시지예. 신문에 글 쓰는 거 보면 반가워예. 오늘도 났데예."

"그랬군요. 개복숭아는 잘 커요?"

"잘 큽니더. 한번 오시이소. 근데예, 관장님방 창밖에 있던 늙은 개복숭아가 저작년에 죽었다 아닙니까. 가물어서예."

"그래요? 그 앞이 허전하겠네."

"어데예(아뇨), 제가 민속원에 심을 때 세 그루 심어놓은 게 잘 커서 꽃이 이뻐예."

그는 그렇게 후계목을 키워둔 것이었다. 나 같은 서생은 절대로 생각지 못하는 일이다. 박주사의 이런 모습 때문에 박물관의 젊은 학예사들은 그를 '도사님'이라고 부른다.

박주사의 고향은 합천군 봉산면 개포리 골마마을이다. 지금은 합천댐 깊은 곳에 수몰되었고 동네 이름도 지도에서 지워졌다.

2009. 10.

서문 모음

# 국토박물관의 길눈이

"우리나라는 전 국토가 박물관이다."

1987년, 뉴욕 메트로폴리탄뮤지엄의 한 관계자가 내게 한국의 박물관 실태를 물어왔을 때 내 대답의 요지는 그것이었다. 서구의 미술관들은 경쟁적으로 그 규모의 방대함을 자랑하고 있지만 그것은 제국주의시대의 산물로 한결같이 "이국 문화의 포로수용소"일 뿐, 낱낱 유물의 생명력은 벌써 잃어버린 것이다. 그래서 프랑스의 한 평론가는 "명작들의 공동묘지"라는 혹독한 자기비판을 하기에 이르렀다.

우리나라는 참으로 좁은 땅덩이이다. 그러나 우리나라처럼 같은 지역에서, 같은 혈통끼리, 같은 언어로, 같은 제도와 풍습을 지니면서, 같은 운명 공동체로서 그토록 오랜 역사를 엮어온 민족국가는 드물다. 길게는 7, 8천 년, 줄여잡아도 3천 년의 연륜을 헤아리게 된다.

그 역사의 연륜이 좁은 땅덩이에 쌓이고 보니 우리는 국토의 어디를 가더라도 유형, 무형의 문화유산을 만나게 된다. 그것은 영광의 왕도에서 심심산골 하늘 아래 끝동네까지 아직도 생명을 잃지 않고 거기에 의연히 자리하고 있는 것이다. 지금 박물관 유리장에 진열된 유물들이란 어차피 고향을 떠나야만 했던 실향 유물들의 보호처일 뿐 전 국토가 박물관인 것이다.

그리고 모든 유물은 제자리에 있을 때에만 온전히 제빛을 발할 수 있다. 태백산맥 전체를 절집의 정원으로 끌어안은 부석사 가람배치의 장대한 기상과 그윽한 암곡동계곡에서 쫓겨나 경주박물관 뒤뜰로 옮겨온 고선사탑의 애처로움은 국토박물관이라는 나의 표현에 정당성을 부여해준다.

그럼에도 불구하고 우리는 국토박물관의 참모습과 참된 가치를 제대로 인식하지 못하고 살아왔다. 외국을 관광하고 돌아오는 사람 중에 "대영박물관에 가보았더니 한국 미술품이 너무 초라하더라"라는 식의 말을 아주 쉽게 해버리는 경우를 자주 만난다. 그러나 이 말을 정확한 표현으로 고친다면 "대영박물관의 한국 미술품 컬렉션은 별 볼일 없더라"라고 해야 옳다.

사람들은 생래적으로 흔한 것은 귀하게 여기지 않는 습성이 있다. 가식의 화려함에는 곧잘 현혹되면서도 평범하고 소박한 가운데 진실과 아름다움이 있음은 쉽게 놓쳐버린다. 게다가 세상의 관심이 아직도 남의 문화에 대한 대책 없는 선망과 모방에 쏠리다보니 저 국토박물관의 유물이 말해주는 진실과 아름다움을 읽어내지 못하고 있다.

그렇다고 하여 국토박물관의 유물에 대한 친절한 안내 글이 세상에 있는 것도 아니다. 답삿길에 문화재 안내표지판을 읽다보면 저렇게 어려운 전문적 사항의 냉랭한 나열이 과연 관람자들에게 무슨 도움이 될지

의심스럽기만 하며, 문화재 전문가의 한 사람으로 살아가고 있는 나 자신이 일반 대중에게 큰 잘못을 저지르고 있다는 죄책감 같은 것을 느낄 때가 한두 번이 아니었다.

미술사를 전공으로 삼은 이후 내가 주위 사람들로부터 가장 많이 받은 질문은 어떻게 하면 미술에 대한 안목을 갖출 수 있느냐는 것이었다. 이 막연한 물음에 대하여 내가 대답할 수 있는 최선의 묘책은 "인간은 아는 만큼 느낄 뿐이며, 느낀 만큼 보인다"는 것이었다. 예술을 비롯한 문화미란 아무런 노력 없이 획득되는 것이 아니기 때문이다.

그러면 그것을 아는 비결은 따로 없을까? 이에 대하여 나는 조선시대 한 문인의 글을 원용하여 훌륭한 모범 답안을 구해둔 것이 있다. "사랑하면 알게 되고 알면 보이나니, 그때 보이는 것은 전과 같지 않으리라."

그러한 사랑의 감정으로 문화유산을 답사하면서 나는 감히 국토박물관의 길눈이가 되어 나와 동시대에 살고 있는 모든 사람들과 함께 국토의 역사와 미학을 일상 속에 끌어안으며 살아가는 행복을 나누어 갖고 싶었다. 그것이 이 글을 쓰게 된 계기다.

이 책은 월간 『사회평론』에 '나의 문화유산답사기'라는 제목 아래 연재한 글들에서 16회분을 묶은 것이다. 그러나 그때의 글들을 그대로 재록한 것은 아니다. 불가피한 원고 제한으로 미흡했던 설명과 빠진 부분들을 보완하고 때로는 새 글을 써서 삽입한 것도 있다. 이를 위하여 나는 애초에 내가 쏟았던 시간의 두 배 이상을 할애해야 했으니 그것은 새집 짓기보다 헌집 수리하기가 어려운 것과 같았다.

책에 실린 사진들은 내가 지난 20년간 답사 다니면서 슬라이드 강의를 위하여, 또는 아름답거나 괴이한 풍광을 보는 순간 거의 습관적으로 찍어둔 것들이다. 따라서 일광과 계절을 고려한 전문적 노력이나 솜씨가 들어간 것은 아니다. 다만 꼭 필요한 몇 장만은 사진작가의 것을 이용하고 이름을 밝혀두었다.

책이 나오기까지 나는 수많은 분들의 도움과 수고로움을 입었다. 내 비록 그분들의 이름을 여기에 일일이 기록하지 않지만 그 고마움만은 가슴 깊이 새기면서 감사를 올린다. 그리고 나의 역마살을 용서해준 집사람과 두 아이에 대한 미안함도 함께.

나는 앞으로도 계속해서 이 답사기를 쓸 것이다. 그 양이 얼마가 될지는 나 자신도 가늠치 못한다. 어림짐작에 국토의 절반, 남한 땅을 다 쓰는 데만 50회는 족히 넘을 것 같으니 책으로는 서너 권의 분량이 될 것 같다.

국토박물관 문화유산에 대한 사랑의 지지자가 될 독자 여러분의 성원을 부탁드린다.

1993. 4. 11.

# 글쓰기와 책 읽기의 행복한 만남

첫번째 책을 펴낸 지 꼭 1년 만에 두번째 책의 서문을 쓰고 있다. 글쓴이로서 작업량과 공력이 첫째 권보다 덜하지 않다는 생각이 드는데도 그때의 기쁨과 기대 같은 것은 없고 오히려 불안감만 찾아온다.

지난 1년간 나는 대수롭지 않은 책 하나로 과분한 사랑과 감당하기 힘든 찬사까지 받아왔다. 처음에는 그것이 그저 고맙고 행복하게 느껴졌지만 나중에는 무거운 짐이 되어 나를 짓누르게 되었다.

나는 어떤 문화적 사명감에서 답사기를 쓴 것이 아니었다. 미술사를 전공하면서 나는 모든 유물의 역사는 그 자체의 역사뿐만 아니라 그것에 대한 해석의 역사까지 포함한다는 사실을 알게 되었다. 고유섭 선생은 이를 일러 "종소리는 때리는 자의 힘에 응분(應分)하여 울려지나니……"라고 하였다. 그런 생각에서 부당한 천대 속에 외면당하고 있는 우리 문화유산에 대한 나의 느낌들을 정직하게 기록하면서 은근히 '국토박물관에 대한 사랑의 지지자'가 생겨나길 기대했을 뿐이다.

그러나 독자들은 나의 글 속에서 내가 의도한 것 이상의 것들을 읽어내고 있었다. 그들은 벌써 나보다 더 큰 가슴으로 국토와 문화유산을 끌어안고 사는 지지자 이상의 존재가 되었다. 글쓰기와 책 읽기는 언제나 동일선상에서 이루어지는 것이 아니다. 쓰인 글이 내 몫이라면 거기서 읽어낸 내용은 당연히 독자의 몫이고 역량이다. 그런 의미에서 책의 가치란 유물과 마찬가지로 그 자체의 내용뿐만 아니라 독자의 반응까지 포함한다고 할 수 있다.

나는 독자들로부터 사랑만 받아온 것이 아니었다. 항의 전화도 있었고 다시는 답사 가지 못할 곳도 생겼고, 내용증명으로 우송된 고소장까지 받았다. 그것은 내 글의 단정적인 논조라는 결함 때문에 자초한 업으로 생각하고 있다.

그러나 내 글의 오류에 대한 애정 어린 가르침에는 고마운 마음 이를 데 없다. 잘못이 발견되면 판을 바꿀 때마다 수정·보완하였다. 이제 두번째 책을 펴내면서 독자들에게 사과의 뜻과 함께 그 수정·보완 사항을 밝혀두는 별도의 글을 후기로 실어놓게 되었다. 그 과정에서 나는 독자들의 검증을 통하여 완결한다는 글쓰기와 책 읽기의 아름다운 만남을 경험하는 행복한 필자라는 생각도 해보았다.

두번째 책을 준비하면서 나는 고민도 많았고 여러 번 출간을 미룰 생각도 했다. 내 글이 늘어진다는 인상을 받으면서, 차라리 칭찬받을 때 그만두고 싶은 생각까지 들었다. 처음엔 글이 점점 길어져가는 이유를 잘 몰랐다. 그러다 나중에 가서야 첫째 권은 미지의 독자를 향해 쓴 것임에 반하여 둘째 권은 나의 독자를 위해 쓰기 때문에 서술 방식부터 다를 수밖에 없었음을 알아채게 되었다. 그러니까 첫째 권에는 내 글을 읽어달라고 갖은 애교와 하소연과 독설까지 퍼부어야 했지만 둘째 권에서는 그럴 이유도, 필요도 없었던 것이다. 그러니까 첫째 권처럼 아기자기한 맛은 없어지고 뭔가 진지하게 더 깊은 이야기를 전해주려는 마음이 앞섰던 것이다. 그래서 본편을 압도하는 속편이 없고, 1편을 능가하는 2편, 3편이 드물다는 사실을 실감했다.

그러다 책을 펴내기로 마음먹게 된 것은, 내가 문필가로 명예를 걸고 이 글을 쓰는 것이 아니라 국토박물관의 길눈이를 자원했다는 사실이 하나, 내 글이 처진다는 것은 혹시 유장하게 변해가는 탈바꿈일지도 모른다는 애틋한 기대가 하나, 그리고 영화 「부시맨」은 1편보다 2편이 훨씬 재미있고 좋은 작품이었다는 사실에서 큰 용기를 얻은 것이다.

나의 답사기는 과연 몇 권으로 완결될지 아직은 나도 가늠치 못한다. 쓰다보면 나도 독자도 원하고 있는 북한 문화유산답사기를 쓸 행운이 올지도 모를 일이다. 나는 답사기의 각 권에 부제를 달기로 했다. 첫째 권은 '남도답사 일번지', 둘째 권은 '산은 강을 넘지 못하고'.

그러나 셋째 권이 언제 나올 것이라는 약속은 지금 드릴 수 없다. 이제 나는 숨도 돌리고, 쉬면서 지내고, 밀린 논문도 쓰고, 본업인 평론도 하면서 더 좋은 글쓰기를 위한 재충전의 기회를 갖고 싶다. 희망 같아서는 2년 안에 마무리되었으면 하는데 그것은 알 수 없는 일이고, 책 이름만은 충남 부여편의 제목으로 삼은 '산에 언덕에 피어날지어이'로 정해놓았다.

독자 여러분의 성원에 온 가슴으로 감사드린다.

1994. 7. 25.

# 문화유산의 생산과 소비자로서 인간

독자들과 약속한 대로, 또 나의 희망대로 세번째 책을 세상에 내놓게 되었다. 애초의 계획보다 많이 늦어졌지만 결국 책이 나왔다는 안도감 때문에 늦어진 것에 대한 미안함을 못 느끼고 있다. 그만큼 나는 이 책을 쓰면서 고군분투하였다.

돌이켜보건대 내가 답사기를 쓰기 시작한 것은 1991년 5월, 월간『사회평론』에 연재를 시작하면서부터였다. 글을 쓰게 된 동기는 문화유산이 지닌 미학을 전공자가 아닌 일반 독자를 위해 재미있고 친절하게 쓰겠다는 소박한 생각에서 비롯된 것이다.

그리고 2년 뒤인 1993년 5월, 첫번째 책을 세상에 선보이게 되었다. 출간 이후 뜻밖의 반응과 세평으로 나는 무수한 인터뷰와 강연에 시달려야 했다. 그러면서도 둘째 권을 당연히 내야 하는 것으로만 생각했다.

그때 나는 나 자신에게 이런 다짐을 했다. 이 기회에 문화유산에 대한 일반인의 인식을 한 단계 끌어올려보자고. 그것이 얼마나 큰 오만인가를 잘 알면서도 그런 욕심은 인생에 한 번쯤 배팅하듯 던져볼 만하다고 생각했다. 그래서 둘째 권은 첫째 권과 다른 방향에서 써나갔다.

내가 첫번째 책에서 문화유산을 통하여 하고 싶었던 얘기는 사랑과 관심이었다. 그래서 '아는 만큼 보일 뿐'이라는 명제를 내걸기도 했고 "사랑하면 알게 되고 알면 보이나니 그때 보이는 건 전과 같지 않다"는 말을 인용하기도 했다.

그런데 나의 독자들은 이미 문화유산과 깊은 사랑에 빠져 있었다. 뒤늦게 배운 사랑이 밤새는 줄 모르는 격이었다. 이제 더 이상 사랑을 강조할 필요가 없었던 것이다. 그래서 둘째 권을 쓰면서 나는 문화유산의 해석에 관한 문제를 강조했다. 둘째 권에서 유명한 미술사가를 비롯한 당대의 대안목들이 보여준 높고, 깊고, 넓은 해석을 많이 소개한 것은 이런 마음에서 나온 것이었다. 그래서 둘째 권은 첫째 권보다 재미없고 지루하다는 평을 받아야 했다. 그 점은 누구보다 나 자신이 잘 알고 있었던 사항이다. 우현(又玄) 고유섭(高裕燮) 선생의 "종소리는 때리는 자의 힘만큼 울려퍼진다"는 가르침에 따라 더 많은 것을 제시하고 싶었던 것이다.

그렇게 두번째 책을 펴낸 뒤에 나는 당분간 답사기를 중단하고 새로운 글쓰기를 위한 재충전의 기간을 갖겠다고 했다. 사실 그때 나는 많이 지쳐 있었다. 그리고 셋째 권을 어떤 각도에서 쓸 것인가에 대한 뚜렷한 비전이 없었다.

물리학에서 말하는 관성(慣性)의 법칙은 인간의 사고와 행동에도 그대로 적용될 때가 많다. 내가 확고한 주제 의식을 견지하지 않는 한 나의 글쓰기는 관성에 따라 둘째 권 또는 첫째 권의 패턴을 따라가게 마련인 것이다. 20회로 끝낼 연속극을 시청률 높다고 30회로 늘리는 일 비슷해

질 수 있다는 위기의식이 있었다. 나는 결코 그런 식으로는 셋째 권을 쓰고 싶지 않았던 것이다.

그리고 2년쯤 지난 연후에야 나는 문화유산이 창조되고 사용되는 과정을 얘기하면서 자연스럽게 그 미학의 성격을 드러나게 하는 방법을 생각하게 되었다. 논리적 사변의 전개가 아니라 삶의 체취로 다가서보는 것이다. 요컨대 문화유산의 생산과 소비자로서 인간의 이야기이다.

사실 따지고 보면 우리가 문화유산을 얘기하고 있는 것은 그것이 인간의 일이기 때문이다. 금세기 최고의 미술사가라 할 에르빈 파노프스키(Erwin Panofsky)는 「인문학의 실현으로서 미술사」라는 유명한 논문에서 하나의 작품 속에는 인간 정신의 기록과 기쁨과 고뇌, 소망과 믿음이 서려 있는바 미술품을 통해 인간 정신의 발달 과정을 탐구하면서 더 높은 고양을 구현하는 것이 미술사의 임무라고 했다. 나는 그 정신을 답사기 세번째 책에 실어보고 싶었다. 여기서 나는 또 한 번 모험을 하게 된 셈이다.

문화유산의 미학과 그것의 사용자인 인간의 이야기를 날줄과 씨줄로 교직하면서 그 고유의 미학에 접근한다는 이 원대한 구상이 얼마만큼 성공했는지는 이제 독자들의 심판을 겸허히 기다릴 뿐이다.


세번째 책에서는 답사처를 네 개의 문화권으로 압축하였다. 하나는 부여·공주·익산·서울 등지에 남아 있는 백제의 미학이고, 둘째는 경주 불국사가 보여주는 통일신라의 조화적 이상미(理想美)이며, 세번째는 안동 문화권에 서려 있는 조선시대 양반 문화의 미학이다. 그리고 네번째로는 섬진강·지리산변의 옛 절집에 담겨 있는 산사(山寺)의 미학을 말하고 싶었는데 구례 연곡사로 입문한 상태에서 셋째 권을 마무리하게 되었다.

나는 앞으로도 답사기를 꾸준히 써갈 것이다. 그러나 그것을 어떤 방식으로 써서 언제 책을 펴내겠다는 약속은 드리지 않겠다. 한국미술사를 연구하는 학도로서 그 본업에 열중하면서 틈을 보아가며 써나가겠다. 그렇게 하는 것이 일의 순리이며 나를 위해서도, 답사기를 위해서도 좋다는 판단이다.

내가 지금 답사기를 여기서 끝내지 못하는 이유는 세 권을 쓰도록 일언반구도 언급하지 않은 경기도, 충청북도, 제주도 그리고 못다 쓴 남도의 산사, 가야의 숨결이 살아 있는 경상남도 지역과 나의 고향인 서울 그리고 내 삶의 새 터전이 된 대구가 기다리고 있기 때문이다. 게다가 꿈은 자꾸 부풀려져 일본과 만주에 있는 해외편과 언젠가는 쓰게 될 북한편도 염두에 두며 살고 있으니 어쩌면 답사기라는 굴레를 벗어던지지 못하고 살아갈 것도 같다. 스스로 좋다고 만든 멍에이니 무얼 탓하고 누굴 원망하겠는가.


세번째 책을 내는 데는 신세진 분이 많다. 시사월간 『Win』에 연재하지 않았으면 글을 모을 수 없었으니 나를 반강제로 끌고 간 벗 장성효 부장과 박준영 주간 이하 『Win』 편집부원들께 감사드린다. 또 이시영(李時英) 부사장 이하 창비 식구 40명께도 똑같은 고마움의 뜻을 전한다. 사진으로 말할 것 같으면 '프레스·큐'의 최재영 팀장과 사진작가 권태균·이창수님, 한국문화유산답사회 김성철님, 사진작가 김복영님, 안동문화회관 이진구 관장님, 복제를 허락해주신 원로 작가 김대벽·이경모 선생님께도 감사드린다. 그래서 이번 책에선 나의 사진 이외에는 모두 사진작가를 명기해두었다. 그리고 문화유산답사회의 김효형·서종애 총무의 도움은 거의 결정적인 것이었다.

이제 나는 감사의 말을 마치고 독자에게 부탁드릴 차례가 되었다. 책머리말에서 필자는 독자에게 사랑과 질책과 성원을 부탁드린다고 말하는 것이 거의 공식으로 되어 있다. 나는 이런 기본적인 부탁 말고 특별한 청을 하나 더 드리고 싶다. 그것은 세번째 책은 드러누워서 읽지 말고 앉아서 읽어주십사 하는 부탁이다. 책상에 앉아 밑줄까지야 그을 일 있으리요마는 이야기의 행간에 들어 있는 상징과 은유를 간취했을 때만 나의 뜻이, 아니 문화유산의 진실이 다가오기 때문이다. 부탁드린다.

1997. 6. 15.

# 답사기를 다시 매만지며

그리고 세월이 많이 흘렀다. 『나의 문화유산답사기』 첫 책이 간행된 것은 1993년 5월이었다. 두번째 책은 94년에, 세번째 책은 97년에 연이어 펴냈다. 집필을 시작한 1991년 3월부터 셈하면 20년 전, 15년 전에 쓴 글인데 지금도 독자들이 찾고 있다는 것이 한편으로는 고맙고 신기하게 생각되지만 저자로서는 좀 미안한 감이 없지 않다.

지금 읽어보면 답사처의 환경과 가는 길이 크게 바뀌어 글 내용과 맞지 않는 것도 있고, 새로 발견되어 유물 설명이 누락된 부분도 많으며, 유적지 관리가 부실하다고 비판한 데가 면모일신하여 말끔히 고쳐진 곳도 있다. 글 쓸 당시의 세태를 빗대어 은유적으로 말한 것은 왜 그 시점에 그 얘기가 나오는지 새 독자들은 잘 이해하기 힘들 것 같다. 어떤 독자는 태어나기 전에 쓰인 글을 읽는 셈이니, 심하게 말하면 내가 육당 최남선의 『심춘순례』를 읽는 것 같은 거리감이 있을 성싶다.

이 점은 『나의 북한 문화유산답사기』에서 더 심하다. 내가 처음 방북한 것은 1997년 9월이었다. 당시 나의 방북은 하나의 사건이었다. 분단 50여 년 만에 남북 양측이 처음으로 공식적인 허가를 내준 것이다. 그 때문에 많은 제약도 있었다. 당시 독자들은 북한의 문화유산보다도 그들이 사는 방식에 더 많은 관심을 갖고 있었다. 그래서 남한의 답사기와는 전혀 다른 맥락에서 썼다. 기회가 있을 때마다 답사기 행간에 그네들의 일상생활, 그네들의 유머 감각, 그네들이 생각하는 태도를 본 대로 느낀 대로 중계방송하듯 기술했다. 그래서 남한의 독자들이 반세기 동안 닫혀 있던 북한 사회를 편견 없이 볼 수 있는 계기가 되기를 희망했다.

그러나 나의 방북 이후 북한의 문이 점점 열려 정상회담도 두 차례나 있었고 지금은 북한에 다녀온 사람도 적지 않아, 내가 신기한 듯 전한 사실들이 이제는 모두가 알고 있는 평범한 이야기가 되었고 지금이라면 더 생생히 말할 수 있겠다는 생각도 갖게 되었다.

북한 답사기 두번째 책인 '다시 금강을 예찬하다'의 경우는 나의 방북 이듬해에 금강산 관광길이 열리게 됨으로써 방북 직후 집필한 것을 폐기하고 2년간 현대금강호를 타고 철 따라 다섯 차례를 답사한 뒤에 다시 쓴 것이어서 그나마 생명을 지닐 수 있었다. 그러나 나중엔 육로 관광길이 열려 뱃길로 다니던 현대금강호는 다시 떠나지 않게 되었고 지금은 다시 금강산 답삿길이 끊겼다.

나는 이 다섯 권의 답사기를 그냥 세월의 흐름 속에 맡길 생각이었다. 언젠가 수명을 다하면 그것으로 끝낼 생각이었다. 그래서 이미 북한 답사기 두 권은 어느 시점에선가 절판시켰다. 그러나 『나의 문화유산답사기』 국내편에는 미결로 남겨둔 것이 있었다. 남한의 답사기를 세 권이나 펴내도록 충청북도, 경기도, 서울, 그리고 제주도와 다도해의 문화유산은 언급조차 못 했다. 어쩌다 이 지역 독자들로부터 항의성 부탁을 들을 때면 언젠가는 이를 보완하겠다고 그들과 약속했고 나 스스로도 사명감 같은 것을 갖고 있었다. 북한편도 개성, 백두산, 함흥을 남겨두었다.

그러나 답사기에만 매달릴 수 없었다. 사실 답사기는 원래 내 인생 스케줄에 없던 일이었다. 나는 오랫동안 업으로 삼아온 미술평론집도 펴냈고, 한국미술사 연구 논문집도 출간했다. 또 답사기보다 먼저 연재를 시작했던 '조선시대 화인열전'도 마무리해야 했다. 그리고 바야흐로 다시 답사기를 시작하려는 시점엔 공직에 불려나가 4년간 근무하고 돌아오는 바람에 10년의 공백이 생기고 말았다.

이렇게 미루어만 오다가 재작년 가을부터 '시즌 2'를 시작한다는 자세로 답사기 집필에 들어가 마침내 여섯번째 책을 출간하게 되었다. 그러고 보니 앞서 나온 다섯 권의 책에 대해 저자로서 책임질 부분이 생긴 것이다.

어떻게 할 것인가? 나는 많은 사람들에게 자문을 구했다. 굳이 고쳐 쓸 이유가 없다는 견해, 가는 길이 뒤바뀐 것을 다 손본다는 것은 거의 불가능할 것이라는 조언, 글 사이에 들어 있는 언중유골의 에피소드는 신세대 독자들을 위해 상황 설명을 덧붙이라는 권유 등 내가 미처 생각지 못한 것을 많이 지적해주었다.

이럴 경우 저자가 의지할 가장 좋은 조언자는 역시 편집자다. 편집자는 '제일의 독자'이자 '독자의 대변인'이기 때문에 그들이 이상하게 느끼면 독자도 이상하게 느끼고, 그들이 괜찮다면 독자들에게도 괜찮은 것이다. 편집자는 내게 이렇게 권유하였다.

① 반드시 개정증보판을 낼 것. ② 처음 쓰인 글도 그 나름의 역사성과 의미를 갖고 있으므로 되도록 원문을 살리고 각 글 끝에 최초의 집

필 일자를 명기할 것. ③ 수정·보완이 필요한 부분은 첨삭을 한 다음 최초 집필 일자와 수정 집필 일자를 병기할 것. ④ 행정구역 개편으로 달라진 지명은 글 쓴 시점과 관계없이 현재의 지명에 따를 것. ⑤ 답사처로 가는 길은 변화된 도로 상황만 알려두고 옛길로 갔던 여정을 그대로 살릴 것. ⑥ 사진은 흑백에서 컬러로 바꿀 것.

나는 편집자의 이런 요구에 응하기로 했다. 이 원칙에 입각해 다섯 권의 책을 오늘의 독자 입장에서 다시 읽어보며 마치 메스를 손에 쥔 성형외과 의사처럼 원문을 수술하는 개정작업에 들어갔다. 그 결과, 그동안 부기로 밝혀놓았던 오류들은 모두 본문에서 정정하였고, 강진 만덕사의 혜장스님 일대기, 감은사탑에서 새로 발견된 사리장엄구, 에밀레종의 음통과 울림통에 대한 과학적 분석 결과, 무령왕릉 전시관과 공주박물관 부분은 새로 보완하였다. 또 북한 답사기에서는 누락되었던 조선중앙력사박물관과 조선미술박물관 순례기도 써넣었다. 그리고 화재로 인해 새로 복원한 낙산사는 거의 새로 집필하였다.

개정판 작업에서도 답사회 총무인 김효형(도서출판 눌와 대표) 님의 큰 도움을 받았다. 특히 답사 일정표와 새 지도를 직접 제작해준 것에 대해 깊이 감사드린다. 흑백사진을 컬러로 바꾸거나 낡은 사진을 더 좋은 사진으로 교체하면서 많은 분들의 도움이 있었다. 사진 자료 수집을 맡아준 김혜정 조교, 사진작가 김복영, 김성철, 김형수, 안장헌, 이정수, 고 김대벽 선생님, 그리고 낙산사와 운문사에 감사의 인사를 전한다.

이리하여 다섯 권의 개정판을 세상에 내놓게 되니 밀렸던 숙제를 다하고 난 개운함이 없는 것은 아니지만, 마음에 걸리는 일이 따로 생겼다. 하나는 북한 답사기를 진작에 절판시켜놓고 이제 와 창비에서 개정판으로 다시 펴내게 되었으니 중앙M&B에 미안한 마음이 일어난다. 고맙게도『나의 문화유산답사기』를 전집 형태로 마무리하고 싶다는 저자의 마음을 넓은 마음으로 이해해주셨다.

그러나 어디에 대고 양해조차 구할 수 없는 미안함이 따로 남아 있다. 그것은 기왕에 다섯 권을 구독한 독자들이다. 이는 모든 개정판 저자들이 갖는 고민인데 나로서도 출판사로서도 어쩔 도리가 없다. 책이 수명을 연장해가는 하나의 생리라고 이해해주십사 독자 여러분의 너그러움에 호소할 따름이다.

내가 지난날의 독자분들에게 따로 보답할 수 있는 길은 이제 막 시작한 답사기 '시즌 2'를 열심히 잘 써서 다시 즐거운 글 읽기와 행복한 답삿길이 되게 하는 것밖에 없는 것 같다. 그리고 언젠가『나의 문화유산답사기』가 전집으로 완간되면 그때 독자 여러분께서는 저자가 이 시리즈를 완성하는 데 세월을 같이했다고 보람을 나눌 수 있기를 바라는 마음이다. 넓은 마음으로 이해해주시고 기왕의 따뜻한 격려를 다시 한번 부탁드린다.

2011. 4. 10.

# 인생도처유상수

다시 답사기로 돌아왔다. 첫번째 답사기인 '남도답사 일번지'가 출간된 1993년부터 치면 18년, 금강(金剛)을 예찬한 다섯번째 책이 나온 지 10년 만이다. 그간 답사기의 집필을 중단한 것은 두 가지 이유에서였다. 하나는 전공인 한국미술사 연구와 저술에 많은 시간을 보내야 했고 또 공직에 복무하여 여기에 마음 쓸 시간적 여유가 없었기 때문이다. 또 하나의 이유는 답사처를 바꾸어가며 관성에 젖어 서술한다는 것은 연속극이 인기가 있다고 방영 횟수를 늘리는 것과 다를 바 없을 것 같아 일단 중단했던 것이다.

그렇다고 답사기 저술을 포기한 것은 아니었다. 무엇보다도 기존의 답사기에는 충청북도, 경기도, 서울, 제주도와 다도해, 경상남도의 대부분을 언급조차 못 했기 때문에 언젠가는 집필해야만 한다는 부담을 지녀왔다. 이제 그 숙제를 풀기 위해 '나의 문화유산답사기'라는 이름으로 다시 글을 쓰게 된 것이다. 드라마에 비유하면 '시즌 2'를 시작한 셈이다.

그러나 막상 새로운 시즌을 시작하면서 나는 적지 않은 부담을 느꼈다. 돌이켜보건대 내가 처음 답사기에서 추구한 것은 무관심 속에 방치된 문화유산의 객관적 가치에 대한 관심을 불러일으키는 것이었다. "아는 만큼 보인다" "사랑하면 알게 된다"는 말을 써가며 독자들에게 문화유산에 대한 사랑을 호소하였다. 그래서 앞에 쓴 글일수록 어떻게 하면 독자들을 매혹시킬 수 있는가를 염두에 두었다. 그러나 다음 권부터는 문화유산의 내재적 가치를 드러내려고 노력했다. 둘째 권에서 석굴암을 얘기하면서 자연과학자들의 논문까지 인용하고, 셋째 권에서 안동 어느 집안의 불천위(不遷位) 제사를 생중계하듯 소개한 것은 이런 마음에서였다. 최소한 나는 첫째 권과 다른 둘째 권, 둘째 권과 다른 셋째 권, 그리고 남한 답사기와 다른 북한 답사기를 쓰려고 노력했다.

그러면 이제 10년 만에 다시 시작하면서 나는 또 어떤 시각에서 이야기할 것인가. 고민에 고민을 거듭한 끝에 내가 도달한 것은 초심(初心)으로 돌아가는 것이었다. 애당초 나는 답사기를 쓰는 것을 염두에 두고 답사를 다니지 않았다. 미술사를 공부하는 현장이기 때문에 그곳을 찾아갔고, 나 혼자 좋아하기 아까워 학생들과 답사객을 안내하면서 그것을 글로 옮겼을 뿐이다. 답사기란 문화유산의 객관적 가치와 내재된 의미를 확인시키는 일에 다름 아닐 것이니 지금의 내 시각에서 그것을 진솔하게 말하는 것이다.

답사에 연륜이 생기면서 나도 모르게 문득 떠오른 경구는 '인생도처유상수(人生到處有上手)'였다. 하나의 명작이 탄생하는 과정에는 미처 내가 생각하지 못했던 무수한 상수(上手)들의 노력이 있었고, 그것의 가치를 밝혀낸 이들도 내가 따라가기 힘든 상수들이었으며, 세상이 알아주든 말든 묵묵히 그것을 지키며 살아가는 필부 또한 인생의 상수들이었다. 내가 인생 도처유상수라고 느낀 문화유산의 과거와 현재를 액면 그대로 전하면서 답사기를 엮어가면, 군이 조미료를 치며 요리하거나 멋지게 디자인하지 않아도 현명한 독자들은 알아서 헤아리게 된다는 생각이 든 것이다.

이렇게 답사기 '시즌 2'를 시작하고 보니 전과 달리 얘기가 길어지고 에피소드도 많이 들어가게 되었다. 이번 책은 14꼭지로 앞의 책들과 큰 차이가 없지만 경복궁과 부여 지방에 4회씩 할애하는 바람에 여전히 충북, 제주도, 경기도는 언급하지 못했다. 도동서원과 거창·합천은 내 마음의 빚이 있어 먼저 쓴 것이고, 선암사는 해마다 내 집처럼 찾아가도록 만든 고마움을 표한 것이며, 경복궁에는 문화재청장의 경험이 담겼고, 부여는 내 개인적 삶의 변화를 이야기한 것이다. 그러니까 이번 책은 문화유산 중 나 개인과 인연이 깊은 곳을 골라 쓴 셈이다.

글이란 시간의 덧셈으로 양이 채워지지 않는다. 이제까지 출간한 다섯 권의 답사기 모두가 월간지와 신문에 연재한 것을 다시 다듬어 펴낸 것이었다. 월간지 연재는 미리 대중적 검증을 받을 수도 있어 여러 가지로 유리하다.

나는 내 인생의 친정집 같은 『월간중앙』을 찾아가 답사기 '시즌 2'를 쓰고 싶다고 했다. 그곳은 반갑게 나를 맞아주었고 창비에서 전집으로 내는 것도 양해해주었다. 그리하여 2009년 10월호부터 연재를 시작했고 지금도 계속하고 있다. 이에 한 권 분량을 개고하여 『나의 문화유산답사기』 제6권을 펴내게 되니 감사하는 마음 이를 데 없다.

아울러 내가 직접 찍은 사진 외에도 많은 사진들을 실었는데, 아름다운 사진을 제공해주신 김성철, 김종오, 서헌강 작가 등 여러 분들께도 고맙다는 말씀을 드린다.

다시 시작한 나의 답사기가 언제까지 계속될지는 나도 기약할 수 없다. 마음 같아선 국내 답사는 한두 권 더 펴낼 생각이다. 그리고 정말 가보고 싶은 함흥, 북청, 삼수, 갑산까지 갈 기회가 있다면 이미 다녀온 개성, 백두산과 함께 북한 답사기를 마무리 지을 수 있을 것 같다. 또 여러 차례 답사해둔 중국, 일본에 있는 우리 문화유산 답사기에 대한 욕심도 있다. 기왕에 다시 시작한 것, 오랫동안 독자들과 함께하고 싶은 마음이다. 많은 격려를 부탁드린다.

2011. 4. 20.

# '제주 허씨'를 위한 '제주학' 안내서

1

『나의 문화유산답사기』를 처음 구상할 때만 해도 제주도를 한 권의 책으로 펴낼 생각은 전혀 없었다. 미술사를 중심으로 한 문화유산답사기라면 아마도 서너 편으로 족할 것이라 생각했다. 그러나 답사기를 위해 제주도에 자주 드나들고 관련 자료를 찾아보면서 나도 모르는 사이 제주도의 매력에 점점 깊이 빠져들어갔다.

애초에 제주도가 나를 부른 것은 미술사를 공부하는 현장답사였다. 돌하르방이라는 제주도 예술의 명작과 추사 김정희 유배지 그리고 고산리 신석기유적지, 불탑사의 고려시대 오층석탑, 회천의 다섯 석인상, 국립제주박물관의 유물들 정도였다. 이형상의 『탐라순력도』도 회화사적 입장에서만 관심이 많았다.

그러다 제주의 자연을 그린 강요배의 그림을 평하기 위해 그 현장을 확인하면서 제주의 자연에 매료되고 말았다. 다랑쉬오름에 처음 올랐을 때의 그 벅찬 감동을 어떻게 다 표현할 수 있을까.

그가 4·3사건을 주제로 그린 「동백꽃 지다」로 그 섬에 사는 사람들의 아픔을 새삼 알게 되었고, 현기영의 소설들은 그 역사적 상처의 심연을 들여다보게 했다. 문무병의 제주의 굿과 무속에 대한 연구를 통해 제주인의 애환과 삶이 지닌 무게를 느끼게 되었고 김순이의 해녀와 제주여성사 연구는 삼다도 여인네들의 강인한 생활력이 어떻게 형성되었는지를 가르쳐주었다. 그리고 김상철은 제주인의 일상과 일생을 기회 있을 때마다 내게 얘기해주었다. 제주도에 이런 선후배, 벗들이 있었기에 나는 제주를 족집게과외 하듯 배울 수 있었다. 와흘 본향당에 내 가슴에 품었던 소지를 걸면서 나는 미술사를 벗어나 제주의 모든 것을 만나기 시작했다.

그리고 문화재청장이 되면서 제주도와 더 가까워졌다. 문화재청은 천연기념물도 관리하는데 제주엔 천연기념물이 40가지도 더 된다. 산천단 곰솔, 돈내코의 제주한란 자생지, 천지연폭포의 담팔수 자생지, 용암동굴, 제주마, 무태장어 서식지…… 문섬과 마라도는 섬 전체가 천연기념물이다. 비자림도 문화재청 관리. 제주도를 유네스코 세계자연유산으로 등재시키는 작업을 하면서는 나는 제주명예도민까지 되었다. 나의 제주도 답사기에 자연 지질과 나무 이야기가 많이 나오는 것은 이때의 경험 덕분이다. 그리고 나는 워낙에 나무를 좋아하기도 한다. 청장을 그만둔 후에도 제주 추사관 건립을 추진하여 지금도 명예관장을 맡고 있다. 그렇게 나는 반(半) 제주인이 되어갔다.


2

나의 제주도 답사기가 기존의 답사기 여섯 권과는 달리 '제주 허씨'를 위한 '제주학' 안내서가 된 데에는 두 번의 계기가 있었다.

한 번은 출가한 여제자의 푸념이었다. 시집간 우리 제자애들은 시댁 식구들을 모시고 학생 때 간 코스를 그대로 안내해 높은 점수를 딴다며 곧잘 자랑을 한다. 그런데 제주도답사만은 그렇게 되지 않았던 모양이다. 제주도를 일반 관광으로 다녀왔는데 유명한 관광지만 돌아다니고 제주의 참모습은 하나도 못 본 것 같아 짜증스러웠다면서 이렇게 물었다.

"선생님, 우리 4학년 때 갔던 제주도답사 코스를 다시 찾아가려면 어떻게 해야 돼요? 다음엔 저도 시어머니 모시고 렌터카로 다니려고 해요. 제주도 답사기는 저 같은 사람을 고려해서 써주세요. 아마 많은 사람들이 그런 걸 원할 거예요."

나는 우리 학생들과 제주도를 답사했을 때를 생각해보았다. 학생들이 유적지보다도 좋아했던 것은 차창 밖 풍경이었다. 납읍, 명월의 중산간 지대를 지날 때면 밭담이 아름답다고 했고, 구좌의 초지를 달릴 때는 오름의 능선이 환상적이라고 했으며, 종달리 해안도로를 따라갈 때는 비췻빛 바다에 넋을 잃곤 했다. 그리고 거문오름에 올라갔을 때는 우리나라에도 이런 원시림이 있느냐고 흥분했다.

자동차를 빌려서 사랑하는 마음, 신비로운 마음으로 제주의 속살에 다가가고 싶어하는 육지인을 위한 제주도 답사기. 나는 그런 콘셉트로 제주도편을 쓰기로 마음먹었다. 우리나라 렌터카 자동차 번호에는 '허' 자가 붙어 있으니 '제주 허씨'를 위한 제주도 안내서라고나 할까?

나의 제주도 답사기를 '제주학' 안내서로 방향을 틀게 만든 결정적 계기는 나비박사 석주명이 '제주학'을 선구적으로 외친 것에 크게 공감하면서였다. 바로 그것이었다. 제주는 자연, 역사, 민속, 언어, 미술 등이 하나로 어우러져 있을 때 그 가치가 드러난다. 제주학의 입장이 아니면 제주도 답사기는 지나가는 객이 쓰는 겉핥기에 불과하다는 생각이 들었다.

또한, 이즈미 세이이치(泉靖一)가 30년에 걸쳐 써낸 『제주도』라는 저서는 내게 큰 감동이었다. 그의 학자적 자세에 존경을 보내지 않을 수 없었고, 인류학적 사고의 총체적 시각이 갖는 인식의 힘이 무엇인지를 말해주는 듯했다.

제주도는 바람, 돌, 여자가 많아 삼다도(三多島)라 하고 도둑, 거지, 대문이 없다고 해서 삼무(三無)를 말하고 있다. 여기에 더해 제주에는 삼보(三寶)가 따로 있다. 그것은 자연, 민속, 언어이다. 이 세 가지를 모르면 제주도를 안다고 할 수 없고, 이 세 가지를 쓰지 않으면 그것은 제주도 답사기일 수 없다.

이에 나는 내 전공을 넘어 제주도를 사랑하는 한 사람이 지난 세월 여기서 보고 느끼고 배운 바를 기술하여 동시대인들에게 내가 새롭게 본 제주도를 그대로 전해주는 방식으로 쓰기로 한 것이다. 그것은 '제주도 관광'이 아니라 '제주학'일 수밖에 없었다.


이리하여 제주의 동서남북을 모두 15편으로 구성하여 마침내 제주도 답사기를 한 권의 책으로 펴내게 되었다. 아직도 언급하지 않은 지역이 많지만 여기서 마치고자 한다.

제주에는 나라에서 관리하는 수목원, 휴양림도 많고 개인이 조성한 아름다운 식물원도 많다. 그것은 제주의 큰 자산이자 매력이어서 나는 제주에 갈 때마다 한 곳 이상 방문하며 맘껏 자연과 대화하며 즐기고 있지만 내가 이를 소개할 수 있는 자연과학 지식이 있는 것은 아니어서 답사기에서는 다루지 않았다. 비자림도 마찬가지다. 그리고 영등할망을 맞

이하는 칠머리당굿만은 꼭 소개하고 싶었지만 한 차례 구경한 것만으로
는 감당하기 어려워 쓰지 못했다. 이 분야 전공자의 저서를 참고해주기
바란다.

해군 기지 건설로 논란이 되고 있는 *강정마을 구럼비바위*는 답사기로
소개할 곳은 아니어서 따로 언급하지 않았지만 제주는 더 이상 인간의
간섭을 받아서는 안 된다는 것이 평소 나의 지론임은 밝혀둔다.

그리고 당연히 소개했을 만한 유명한 곳을 언급하지 않은 것은 둘 중
한 가지 이유 때문이다. 하나는 너무 유명해서 굳이 내가 답사기에 쓸
이유를 느끼지 않은 곳이고, 또 하나는 거기에 가봤자 실망하거나 기분
나쁜 일을 당할 것 같은 곳이다. 그것은 독자들이 스스로 가려주기를 바
란다.


3

제주도 답사기를 쓰는 동안 내가 마음속으로 고마움을 잊지 않은 분
들이 있다. 우선 지난 30년간 나에게 제주도를 성심으로 가르쳐준 벗들
로, 그들은 이 책의 본문 속에 자주 등장한다.

답사기의 내용이 문화유산에 국한되지 않는 바람에 내 지식의 정확성
을 담보할 수 없어, 식물은 경북대 박상진 명예교수, 지질은 경상대 기근
도 교수, 역사는 건국대 김기덕 교수, 제주마는 오운용 농업연구관, 제주
마을과 도로는 제주도청 박용범 학예사와 제주 출신 제자인 황시권 님
의 감수와 교열을 받았다. 얼마나 고마운지 모른다.

또 하나는 제주올레의 선구자들이다. 이들은 우리나라 여행과 관광
행태를 단숨에 바꾸어놓은 장한 문화운동가들이다. 제주올레가 이미 자
리잡았기에 나는 그 부분은 전적으로 거기에 맡기고 오직 '제주 허씨'들

을 위한 답사기를 쓸 수 있었다.

그리고 정말로 존경하는 마음으로 감사드리고 싶은 것은 헌신적이고 열정적인 '제주학' 연구자들이다. 김종철의 『오름나그네』가 없었다면 나는 오름의 가치를 몰랐을 것이다. 현용준의 제주 무속과 신화, 김영돈의 제주 해녀, 고창석·김일우·김동전의 제주 역사, 현평효·고재환·강영봉의 제주어, 조영배·좌혜경의 민요, 현승환의 설화, 박용후·오창명의 제주 지명, 손인석의 용암동굴, 홍순만·오문복·김익수·강문규·박경훈·주강현·이영권 등의 제주학 연구와 저서들이 없었다면 나는 이 책을 쓸 수 없었을 것이다. 아니 제주를 알지 못했을 것이다. 사단법인 제주학회의 젊은 연구원들께도 존경과 감사를 드린다.

이 책의 출간과 함께 내게 바람이 있다면 나의 독자들도 제주의 가치를 새롭게 발견하고 내가 왜 답사기에 '제주학'을 역설하고 있는지 공감하여 우리 모두가 이를 격려하고 지원하고 동참하는 것이다.

"'제주 허씨'들이여! 지도를 펴고 내비를 찍고 맘껏 제주의 가로수길, 해안도로 바닷가 길, 중산간도로 산길 들길을 달려보십시오. 아마 당신들도 저절로 제주를 죽기 살기로 좋아하는 '사생(死生)팬'이 되고 말 겁니다."

2012. 9.

# 남한강 따라가는 와유(臥遊)를 위하여

1

답사기가 다시 국내편으로 돌아왔다. 제7권 제주도편을 펴내고 3년 만에 복귀한 것이다. 가볍게 일본편을 한 권 쓴다고 잠시 떠난 것이 네 권의 시리즈로 펴내는 바람에 생각보다 오래 걸렸다. 일본편 완간 이후 독자들은 나의 발길이 혹 중국으로 가는 것 아니냐고 다소는 기대 어린 추측을 하였던 모양인데 그건 나중 이야기이고 나는 확실히 국내로 돌아왔다.

제주편 이후 나의 답사기에 대한 구상이 많이 바뀌었다. 그동안 지역을 안배해 각 권마다 8도를 고루 배치하려던 생각은 없어지고 한 지역 또는 하나의 테마로 쓰는 것이 나를 위해서도 독자를 위해서도 유리하다고 판단한 것이다. 그리하여 새 책의 주제로 삼은 것이 남한강을 따라가는 답사이다.

남한강이란 그저 남쪽에서 흘러오는 한강이 아니라 영월부터 남양주 양수리(두물머리)까지를 의미한다. 나는 오래전부터 이 남한강을 따라 내려오면서 아름다운 강변 풍광과 그 고을의 문화유산에 얽힌 이야기를 세상 사람들에게 들려주고 싶었다. 그간 내가 다녀온 것이 몇 번인지 헤아릴 수 없는데 번번이 나 혼자만 즐기기엔 너무도 아깝다는 생각을 해왔다.

나는 외국 여행도 많이 하는 편인데 어디를 가든 반드시 만나게 되는 한국 관광객들이 외국의 풍광에 감동하고 부러워하는 것을 볼 때면 저분들이 국내 여행에서는 어떻게 느낄까 궁금했다. 우리가 외국 여행을 떠나면 최소한 5일, 길게는 보름의 여정을 잡는다. 만약에 국내 여행을 그런 긴 일정으로 잡고 남한강 물줄기를 따라 답사한다면 정말로 우리나라가 금수강산임을 뼛속으로 느끼게 될 것이다. 외국계 기업에 오래 근무한 분 하는 얘기가 회사 분들이 가장 즐겨 찾아가는 곳이 청풍·단양의 남한강과 충주호반이라고 해서 잠시 놀란 적이 있다. 그 외국인들은 하루만에 한국의 산과 강과 호수를 한꺼번에 즐길 수 있다는 것에 너무도 신기하고 행복해하더라는 것이다.

이번 책의 답사 코스는 영월부터 시작하여 단양·제천·충주·원주·여주로 이어진다. 이 코스를 한 번에 다 도는 데는 4박 5일이면 충분하다. 수도권을 출발지로 할 경우 모두 각각 당일로 다녀올 수 있는 곳이기도 하다. 그러나 나는 그보다도 2박 3일 한 번에 1박 2일 또는 당일 답사로 두 차례 나누어 다녀오는 것을 권하고 싶다. 답사 떠나는 분들을 위하여 내가 남한강을 답사한 여러 버전의 일정표를 부록으로 실어두었다.

2

영월은 동강과 서강이 만나 남한강이 시작되는 고을이다. 문화유산으로는 단종의 장릉과 청령포가 널리 알려졌고 구산선문의 하나인 법흥사와 주천강변의 요선정도 훌륭한 한차례 답사처이다. 특히 주천강변은 우리나라 강마을의 평화로움을 여전히 전해준다는 점에서 대단히 매력적이다. 서울에서 간다면 영월은 당일 답사도 얼마든지 가능하다.

제천과 단양은 남한강 답사기의 핵심인 셈인데 여기는 단양8경을 비롯한 수려한 경관을 갖고 있을 뿐만 아니라 조선시대 문인들이 여행하면서 남긴 자취가 무수히 많다. 지금은 행정구역이 제천시와 단양군이지만 그 옛날에는 제천·청풍·단양·영춘을 묶어 남한강의 사군(四郡)이라고 부를 정도로 이름 높았다.

청풍의 한벽루는 남한의 3대 정자 중 하나로 거기에 얽힌 시와 기문의 뜻이 하도 깊어 별도의 장으로 소개하였고, 박달재 아래위에 황사영 백서사건의 현장인 배론성지와 1895년 을미의병운동의 발상지인 자양영당이 있어 이 극명한 대조를 이루는 역사의 현장에 오래 머물렀다.

특히 영춘향교와 온달산성은 비장(秘藏)의 답사처로 우리나라에 아직도 이런 옛 고을이 있고 산성이 이렇게 아름다울 수 있다는 데 크게 공감할 것이다. 단양 영춘은 전란을 피할 수 있는 이른바 십승지(十勝地)의 하나로 꼽히기도 하는 곳이니 얼마나 깊은 산골인지 알 만하지 않은가.

'단양 적성 신라비'와 충주의 '중원 고구려비'는 남한강 유역을 둘러싼 삼국의 전투가 얼마나 치열했는가를 물증으로 알려주는 남한 최고의 비문인지라 그 발견 경위와 금석학적 의의를 깊이 다루었고, 충주의 중앙탑과 탄금대는 명성이 명성인 만큼 그 유래를 자세히 소개했다.

남한강의 풍광을 즐기자면 충주에서 유람선을 타고 월악·청풍·장회·신단양나루에 이르는 뱃놀이가 우선이겠지만, 답사객에게는 청풍과 장회나루를 오가는 왕복선을 타고 옥순봉과 구담을 즐기는 것을 권해보고 싶다. 그래서 두 명승을 그림과 함께 따로 소개하였다.

제천·단양·충주에 이르는 답사는 남한강의 가장 유명한 나루터인 충주의 목계나루를 종점으로 삼았다. 이후 원주로 흘러드는 남한강변의 답사는 사실상 폐사지 답사인지라 성격을 달리하기 때문이다. 여기까지의 답사는 2박 3일이면 알차게 볼 수 있다.

이번 답사기에서 내가 처음으로 충청북도를 소개한 셈인데 주제가 남한강인지라 충주의 수안보를 비롯하여 괴산·보은·청주를 다루지 못했다. 나는 이를 별도의 주제로 저금해둔 것으로 생각하고 있다.

원주의 거돈사터·법천사터·흥법사터, 그리고 충주의 청룡사터, 여주의 고달사터는 우리나라 폐사지의 고즈넉한 정서를 남김없이 보여주는 답사의 명소이고 당일 답사의 황금 코스이다. 여기는 내가 학생들을 데리고 당일 답사로 가장 많이 다녀온 곳이기도 하다.

폐사지를 답사하다보면 절집이 그리워지기도 한다. 그리하여 여주의 신륵사에서 나의 남한강 답사기를 마무리하였다. 그곳은 우리나라에서는 보기 드문 강변의 사찰이기에 그 뜻이 잘 맞았다. 여기서 더 진행하자면 세종대왕 영릉을 답사해야 하는데 이번 테마와 성격이 달라 요담에 수도권 답사기에서 다루기로 하고 남겨두었다.

3

집필을 끝내고 독자 입장에서 찬찬히 읽어보니 내 글이 많이 달라진 것을 느끼게 된다. 글이 늘어졌다는 인상을 주는 것은 아니지만 유적 유물에 대한 설명이 전보다 길어진 것은 사실이다. 따지고 비판하는 것이 줄어들고 슬슬 얘기하는 분위기이고 유머를 구사한다는 것도 전과는 사뭇 다르다는 것을 느끼게 된다.

나이 탓도 있겠지만 처음에는 미술사적 유물을 중심으로 하던 것을 점점 폭을 넓혀 문화유산 전체를 이야기하면서 생긴 변화인 것 같다. 그전에는 나의 전공인 미술사 이외의 유적에 대해서는 가볍게 짚고 넘어갔지만 지금은 역사·문학·민속, 나아가서는 자연유산에 관한 것도 서슴없이 말하면서 글이 길어질 수밖에 없었고 내 전공이 아닌 사항에 대해서는 날카로운 비평을 가하기 힘들어 이죽거리고 지나가곤 한 것 같다.

그리하여 앞의 답사기에서는 내 글에 꾹꾹 눌러쓰는 문어체는 아니어도 '강의체'가 간간히 섞여 있었는데 지금은 마치 달밤에 시골집 툇마루에서 오랜만에 찾아온 친구나 제자들에게 얘기해주는 기분을 갖게 된다. 독자들도 그런 편한 마음으로 읽어주었으면 좋겠다.

이번 책에 유난히 그림이 많이 소개된 것은 이를 통해 옛 풍광을 그려볼 수 있기 때문이기도 하지만 조선시대 회화사가 전공인 내가 독자에게 서비스한다는 마음으로 구도에 필치까지 설명하느라 그런 것이기도 하다. 이런 시각적 경험이 그림을 보는 안목을 높이는 데 도움이 될 것으로 기대하며 도판도 많이 실었다.

이번 책엔 신경림 시인의 시가 4편이나 소개되었다. 너무 많은 것 같아 줄이려고 다시 읽어보았지만 뺄 것이 없었다. 오히려 「농무」도 넣고 싶다. 아시다시피 신경림 시인은 남한강 유역에서 태어나 남한강을 노래한 남한강의 시인이다. 중국을 답사하다보면 가는 곳곳마다 이태백·두보·소동파의 시와 글이 소개되는 것을 보고 얼마나 부러웠는지 모른다. 시가 있음으로 해서 중국의 산하는 더욱 풍요로운 이미지를 가질 수 있었다. 시를 빼놓은 중국 답사기는 애당초 불가능할 정도다. 이에 비해 나는 그곳을 읊은 감동적인 시를 찾아내려고 무던히 애쓰곤 했다. 기왕에 나온 내 답사기에 실린 시들은 그런 생각에서 내가 애써 찾은 것이었다.

남한강편에서는 신경림 시인의 시를 옮김으로써 내가 미처 보지 못하고 생각하지 못한 것을 독자들에게 전할 수 있어서 얼마나 고마웠는지 모른다.

정호승 시인의 시도 내 책마다 한 편은 소개되었는데 이번에도 폐사지를 노래한 그의 시를 실었다. 내가 시인을 의식해서 고른 것이 아니라 시 자체가 나로 하여금 답사기에 넣게 만들기 때문이었다.

어찌 되었건 이렇게 또 한 권의 답사기를 펴내고 보니 큰 숙제를 해낸 개운함과 함께 다음번 답사기에 대한 부담이 시작된다. 이 답사기 시리즈가 도대체 몇 권이 되고 어디까지 갈 것인지는 나도 생각하지 않기로 했다. 다만 다음 답사기는 '서울편'으로 정해놓고 벌써부터 답사처를 하나씩 돌아다니고 있다. 그때 다시 만날 것을 약속드리며 부디 이 책과 함께 행복한 여행이 되기를 바란다.

동양화에서 산수화는 5세기 남북조시대 화가 종병(宗炳)이 늙어서 더이상 산에 오르기 힘들어지자 산수화를 그려놓고 누워서 보며 즐긴 데서 나왔다고 한다. 이를 누워서 노닌다고 하여 와유(臥遊)라고 한다. 나의 답사기가 꼭 현장에 가보지 않는다 하더라도 소파에 편하게 기대어 독서하는 또 다른 와유가 되기를 바란다.

2015. 9.

# 답사 일정표와 안내 지도

이 책에 실린 글을 길잡이로 직접 답사하실 독자분을 위하여 실제 현장답사를 토대로 작성한 일정표와 안내도를 실었습니다. 시간표는 휴일·평일에 따라 차이가 있을 수 있습니다.

**일러두기**

1. 서울을 비롯한 다른 지역에서 출발해도 오후 1시경에 1차 목적지나 주요 접근지(고속도로 나들목 등)에 도착하는 것으로 일정을 설계했다.

2. 답사일정은 1박 2일을 원칙으로 하며 늦어도 1시경에는 출발지로 떠나는 것으로 했다.

3. 이 책에 소개된 유적지를 답사하는 것을 기본으로 하되 상황에 따라 코스를 추가하거나 삭제했으며 일부 코스는 나누기도 했다.

# 천 년 서라벌을 걷다 —경주 왕경과 남산

**첫째 날**

| | |
|---|---|
| 13 : 00 | 경부고속도로 건천IC |
| 13 : 10 | 여근곡 (건천읍 신평리 원신마을 입구) |
| 13 : 20 | 출발 |
| 13 : 40 | 태종 무열왕릉과 서악동 고분군 |
| 14 : 10 | 출발 |
| 14 : 25 | 국립경주박물관 |
| 15 : 30 | 승용차는 국립경주박물관에 주차 후 도보로 출발 |
| 15 : 40 | 월정교, 월성, 계림, 첨성대, 임해전지(안압지) |
| 17 : 00 | 출발 |
| 17 : 05 | 분황사와 황룡사터 |
| 17 : 50 | 출발 |
| 18 : 00 | 노동·노서동 고분군 |
| 18 : 30 | 출발 및 숙소 도착 |

**둘째 날**

| | |
|---|---|
| 08 : 30 | 출발 |
| 08 : 50 | 배리 삼존불 |
| 09 : 00 | 출발 |
| 09 : 05 | 삼릉휴게소 도착 |
| 09 : 10 | 남산 종주 (삼릉→선각마애불→ 상사암→용장사터→ 신선암 마애불→남산 쌍탑) |
| 14 : 10 | 출발 |
| 14 : 20 | 보리사 |
| 14 : 55 | 출발 |
| 15 : 00 | 탑곡 마애불 |
| 15 : 25 | 출발 |
| 15 : 30 | 불곡 감실부처 |
| 16 : 00 | 귀가 |

---

\* 경주 남산 종주는 한나절 산행이 이어지고 출발지와 도착지가 다르니 자가용 이용보다는 단체 답사가 적합하다.

\* 경주 남산은 국립공원이라 산행 시 취사를 할 수 없다. 도시락과 음료수를 필히 지참해야 하며 산불 방지 기간에는 입산이 일부 통제될 수 있으니 답사 전 입산이 가능한지 확인해야 한다.

\* 경주는 우리나라 최대의 관광도시답게 시내와 보문단지 주변에 다양한 숙박 시설이 있다.

\* 경주역을 비롯해 경주 여러 곳에서는 자전거를 대여해주는 곳이 있다. 남산 산행이 아닐 경우 대중교통을 이용해 경주로 와서 시내의 유적지를 자전거를 타고 돌아보는 것도 또 다른 체험이다.

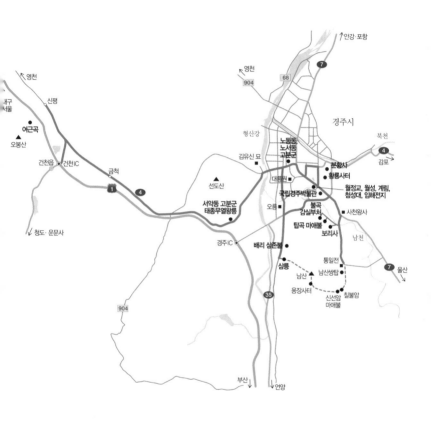

↗안강·포항

↗영천

904

68

7

경주시

영천

형산강

북천

4

감포↗

여근곡

노동동
노서동
고분군

오봉산

신평

대구
서울

건천읍 ●건천IC

금척

김유신 묘

분황사

황룡사터

대릉원

국립경주박물관

선도산

오릉

월정교, 월성, 계림,
첨성대, 임해전지

1

4

청도·운문사↙

서악동 고분군
태종무열왕릉

불곡
감실부처

사천왕사

경주IC

탑곡 마애불

남천

보리사

배리 삼존불

통일전

삼릉

남산

남산쌍탑

용장사터

7

울산↘

904

신선암
마애불

칠불암

35

부산
↓

언양
↓

# 토함산과 불국사

---

＊경주는 우리나라 최대의 관광도시답게 항시 관광객이 많지만 4월 초 벚꽃이 필 적이면 불국사로 가는 7번 국도와 보문단지 일대가 상춘객으로 몹시 혼잡하다. 또한 5월은 수학여행 철이라 관광버스와 학생들로 붐빈다. 호젓한 답사를 원한다면 이 시기를 피하는 것이 좋다.

＊석굴암은 현재 보존을 위해 석굴 내부로 들어갈 수 없어 정작 석굴암 답사 때는 석굴암을 자세히 살펴볼 수 없다. 석굴암의 이해를 위해서는 신라역사과학관 방문이 매우 큰 도움이 된다. (신라역사과학관 : 경북 경주시 하동 201, 054-745-4998)

＊새벽에 석굴암 일출을 보는 답사를 한다면 위에서 제시하는 답사 일정에 골굴암을 더할 수 있다. 예) 기림사→골굴암→진평왕릉

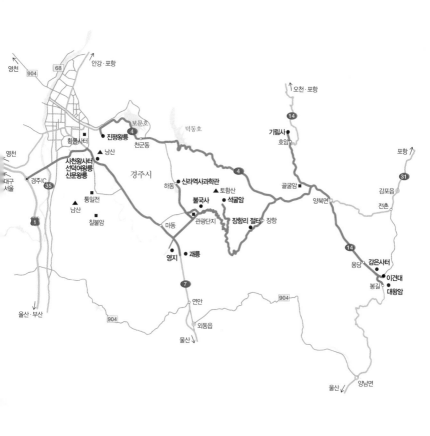

영천

904

68

↗안강·포항

영천

904

영천

경주IC

35

대구
서울

1

울산·부산

울산·부산

↓

진평왕릉

4

분문호

덕동호

천군동

황룡사터

낭산

사천왕사터
선덕여왕릉
신문왕릉

경주시

통일전

남산

칠불암

하동

신라역사과학관

불국사

토함산

석굴암

마동

관광단지

장항리 절터

장항

영지

괘릉

7

연안

904

외동읍

울산

↓

↑오천·포항

기림사

14

호암

골굴암

4

양북면

감포읍

포항

31

전촌

14

용당

감은사터

봉길

이견대

대왕암

904

울산

양남면

↓

# 사무치는 마음으로 가고 또 가고
## ─ 영주 부석사와 봉화 닭실마을

* 소수서원에서 부석사에 이르기까지는 은행나무가 줄지어 있어 가을 단풍이 곱다. 또 5월 초에는 부석사 주변 북지리 일대가 과수원의 사과꽃으로 하얗다. 이때 부석사를 찾아갈 경우 잠시 시간을 내어 과수원 주변의 산책을 권한다. (소수서원: 경상북도 영주시 순흥면 내죽리 151-2, 054-639-6693)

* 중앙고속도로 풍기IC가 있는 풍기는 강화, 금산과 더불어 우리나라 최대 인삼 산지이다. 풍기역 입구 인삼 시장을 둘러보면 다양한 인삼 제품을 맛보며 싸게 구입할 수 있다.

* 중앙고속도로 개통으로 인하여 더 이상 영주는 교통의 오지가 아니라 전국 어디에서나 빠르게 찾아갈 수 있는 곳으로 변해 당일 답사가 가능한 곳이 되었다. 영주 지역 당일 답사는 풍기IC→소수서원→부석사→닭실마을 (충재 권벌 유적지)→영주IC로 진행하면 알차다.

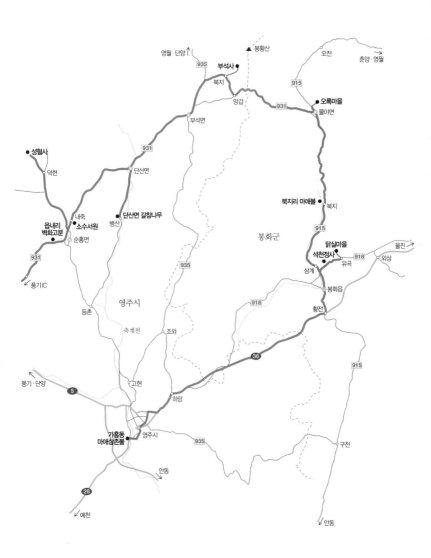

영월·단양 ↑
봉황산 ▲
오전
춘양·영월 →

935
부석사 ●
북지
망갑
915
931
오록마을 ●
물야면

부석면

931
성혈사 ●
덕현
단산면
북지리 마애불
북지

읍내리
벽화고분
내죽
소수서원
단산면 갈참나무
병산
봉화군
915
순흥면
닭실마을
석천정사
울진
931
935
삼계
유곡
918 외상
풍기IC

영주시
봉화읍
등촌
황전
죽계천
918
조와
36
915

풍기·단양
5
고현
하망
구천

가흥동
마애삼존불
영주시
935

안동

28

예천
안동

# 경북 북부 순례 1—의성과 안동

---

＊하회는 우리나라 전통 마을을 대표하는 곳으로 항상 관광객들로 붐비니 하회를 제대로 보려면 하회를 숙소로 정한 뒤 관광객이 모두 돌아간 저녁이나 이른 아침에 둘러보는 것이 좋다. 또한 만송정 앞에서 배를 타고 강을 건너가 꼭 부용대에 올라가서 하회마을 전경을 내려다볼 것을 추천한다.

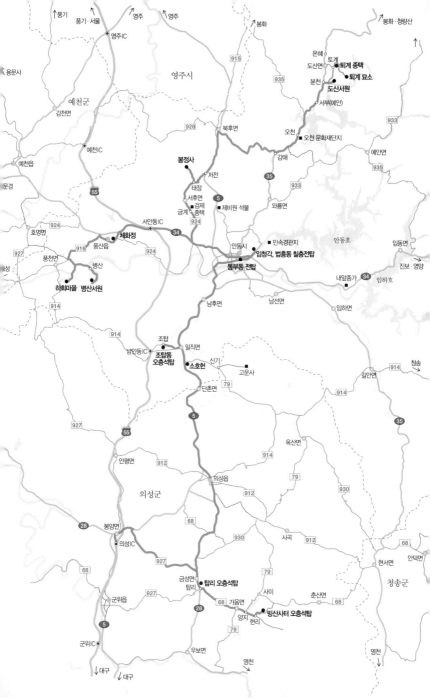

↑풍기
풍기 · 서울
↑영주
영주IC
↑영주
봉화
↗봉화 · 청량산

온혜
토계
퇴계 종택
도산면
분천
퇴계 묘소
도산서원
서부(예안)

915
935
용문사
예천군
영주시
933

감천면
예천IC
예안면
928
북후면
오천
오천 문화재단지
935
예천읍
감애
봉정사
문경
저전
태장
55
서후면
금계 종택
924
제비원 석불
와룡면
35
933

924
서안동IC
안동시
민속경관지
안동호
34
임청각, 법흥동 칠층전탑
임동면
924
체화정
풍산읍
병산
동부동 전탑
927
916
호명면
안동호
진보 · 영양
풍천면
병산
하회마을 병산서원
914
남후면
남선면
임하면
임하호
34
내압종가

914
조탑
914
청송
조탑동
일직면
오층석탑
남안동IC
소호헌
신기
갈안면
914
고운사
단촌면
79
927
옥산면
35
55
안평면
912
914
의성군
79
930
의성읍
912
28
봉양면
68
사곡
912
의성IC
930
68
68
현서면
68
927
청송군
금성면
탑리 오층석탑
군위읍
탑리
춘산면
68
양지
빙산사터 오층석탑
28
가음면
군위IC
79
5
현리
우보면
영천
↓대구
↙대구
영천

# 경북 북부 순례 2 — 안동과 영양

---

* 첫날 일정을 위에서 제시한 코스대로 의성 김씨 내앞 종가에서 마친다면 주변에 마땅한 숙소가 없다. 다음 날 일정을 위해서라면 청송군 진보(김주영의 소설 『객주』의 무대)에서 숙식하는 것이 좋으나 고택들로 형성된 지례 예술촌에서 숙식하는 방법도 있다.

* 영양 지역의 답사는 주실마을숲의 250여 년 된 느티나무·느릅나무 등이 한창 우거지고, 서석지에 연꽃이 피는 7~8월경이 좋다.

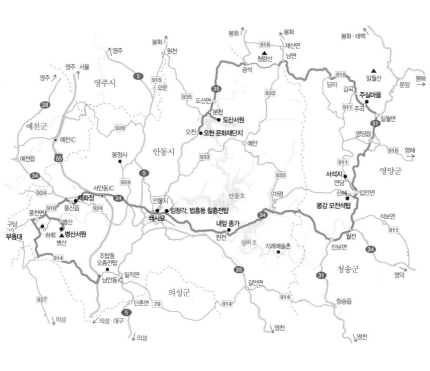

영주·서울 ↑
봉화 ↑
원천

↑영주
영주·서울 ↑
영주

915
오운
935
예천군
928
예천 IC
예천읍
55
봉정사
924
서안동IC
34
제화정
풍산읍
916
924
풍천면
구담
병산
하회
부용대
병산서원
914
조탑동
오층전탑
남안동IC
일직면
927
↓의성
단촌면 79
의성·대구 ↓
↓의성

영주시
봉화 ↑
봉화 ↑
봉화·태백 ↑
918
청량산
재산면
남면
광석
도산면
933
분천
도산서원
오천
오천 문화재단지
예안
933
안동시
935
안동호
마령
안동시
임청각, 법흥동 칠층전탑
태사묘
천전
임하호
지례예술촌
내앞 종가
34
35
갈안면
914
의성군
28
34
5
5

918
당리
감곡
911 주곡
일월산
평해 →
문암
주실마을
31
일월면
영양읍
서석지
연당
신해
봉감 모전석탑
입안면
월전
진보면
청송군
31
청송읍
918 영해 →
영양군
911
석보면
911
34
영덕
영천 →
영천 →

# 운문사와 그 주변 — 청도와 울산

**첫째 날**

13:00 중앙고속도로 청도IC
13:30 장연사터
13:50 출발
14:10 선암서원
14:30 출발
14:35 운강 고택과 만화정
15:30 출발
16:00 운문사(운문사 입구 주차장에서 걸어서 운문사까지)
18:00 운문사 입구 숙소 도착

**둘째 날**

09:00 출발
09:30 석남사
10:30 출발
11:00 반구대 암각화와 암각화박물관
12:00 점심식사
13:00 출발
13:20 천전리 암각화
14:00 귀가

---

* 운문사 답사의 하이라이트는 예불이다. 답사 일정을 조절해서라도 운문사 예불에 참석하는 것이 좋다. 특히 새벽 예불은 장엄하기 그지없다. 새벽 예불의 경우 여러 명이 참석하려면 미리 운문사 종무소(054-372-8800)로 연락을 주는 것이 예의다. 새벽 예불은 새벽 3시 25분에 법고가 울리기 시작하므로 예불에 참석할 경우 늦어도 3시 30분에는 대웅전에 도착해야 한다.

* 운문사 입구에는 숙소가 많지 않다. 답사 당일 숙소가 없을 경우 가까이 있는 운문면소재지의 숙박업소를 이용할 수 있다.

* 운문사와 가까이 있는 금천면소재지인 동곡리 강남반점(054-373-1569)은 고기를 넣지 않은 짜장면(일명 스님 짜장면)으로 유명하다.

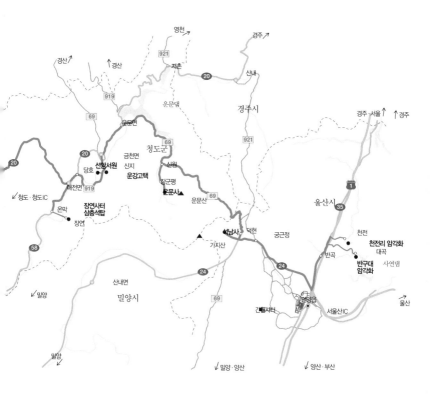

경산↗

영천↗

경주↗

921

경산↑

저촌

신내

20

운문댐

경주시

919

69

운문면

청도군

69

20

금천면

921

신원

선암서원

신지

운강고택

당호

집곡평

경주·서울→  경주↑

매전면

운문사▲

919

1

청도·청도IC

운문산

69

온막

장연사터
삼층석탑

울산시

장연

울산→

35

58

석남사

궁근정

천전

천전리 암각화

덕현

대곡

밀양↙

가지산▲

사연댐

반구대
암각화

24

산내면

밀양시

24

69

연양읍

울산↘

간평사터

서울산IC

밀양↙

밀양·양산↓

양산·부산↓

# 문경 봉암사

## 당일 답사

| | |
|---|---|
| 10:00 | 중부내륙고속도로 문경새재IC |
| 10:30 | 봉암사(경내와 백운대 마애불) |
| 12:00 | 점심식사 |
| 13:00 | 출발 |
| 13:45 | 연풍 관아터(단원 김홍도 유적 / 연풍초등학교) |
| 14:30 | 출발 |
| 14:40 | 원풍리 마애불좌상(이불병좌상) |
| 15:00 | 귀가 |

---

* 봉암사는 음력 4월 초파일에만 일반인에게 개방된다. 따라서 답사도 초파일에만 다녀올 수 있다. (봉암사: 경북 문경시 가은읍 원북리 485, 054-571-9088)

* 봉암사는 초파일 행사로 몹시 붐빈다. 식당을 미리 예약하지 않으면 식사하기가 힘들다. 초파일 행사로 절에서 식사를 제공하나 역시 혼잡하기 때문에 일행이 모두 모여 식사하기는 힘들며 각자 해결해야 한다. 도시락을 준비하면 식사 시간을 줄일 수 있으며 봉암사 입구에 있는 야유암(夜遊岩)과 '청풍명월 고산수장(淸風明月 山高水長)'의 암각 글씨를 돌아볼 수 있는 시간이 생긴다.

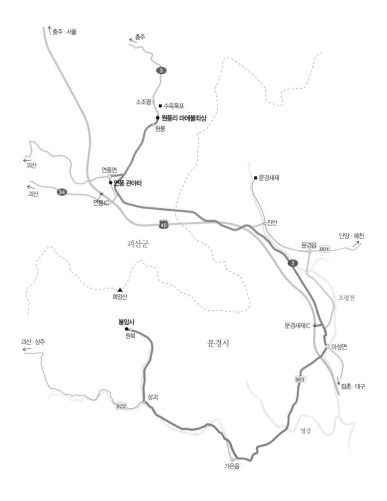

↑충주 · 서울

↗충주

[3]

소조령    ■ 수옥폭포

**원풍리 마애불좌상**

원풍

괴산

연풍면

←괴산

[34]    ●**연풍 관아터**

연풍IC

■ 문경새재

괴산군

진안

단양 · 예천 →

문경읍

[901]

[3]

▲ 희양산

조령천

**봉암사**

원북

문경새재IC

과산 · 상주 ←

문경시

마성면

점촌 · 대구 ↘

[901]

상괴

[922]

영강

가은읍

# 영남의 거유와 서원을 찾아 ─ 달성 고령과 합천 성주

---

* 고령 지산동 고분군을 오르는 코스는 여럿 있으나 대가야박물관을 통해 오르는 것이 대표적이다. 대가야박
물관에서 지산동 고분군 정상까지는 30분 정도 산행을 겸하는데 한여름에는 음료수 준비가 필수적이다.

* 청량사 가는 길은 길이 좁아 버스는 다니기 힘들고 승용차로는 가능하다. 큰길에서 청량사까지는 걸어서 20
분 정도 걸린다.

* 해인사는 굴지의 관광지답게 다양한 숙박 시설이 있으나 호젓한 숙식을 하기에는 조금 번잡스럽기도 하다.
조용한 숙식을 하려면 성주사터(성주군 수륜면 백운리)로 가는 것이 좋다. 숙박할 수 있는 곳은 많지 않으나
호텔에서 민박까지 있다. 또 이곳에서는 가야산의 장대한 풍광이 한눈에 들어오며 일출도 볼 수 있다.

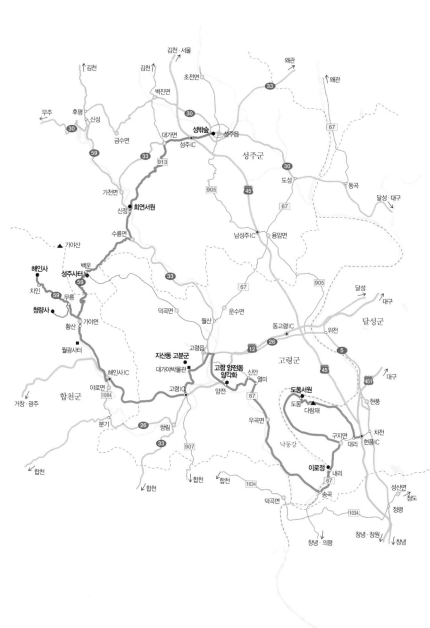

# 지리산의 동남쪽 — 함양과 산청

**첫째 날**

13 : 00   통영-대전고속도로 서상IC

13 : 10   동호정

13 : 40   출발

13 : 45   거연정

14 : 10   출발

14 : 15   화림동계곡(농월정터)

14 : 55   출발

15 : 00   안의마을
          (허삼둘 가옥과 박지원 사적비)

16 : 00   출발

16 : 10   정여창 고택

16 : 50   출발

17 : 00   함양상림과 학사루

18 : 00   함양 읍내 숙소 도착

**둘째 날**

09 : 00   출발(함양IC → 단성IC)

09 : 50   단성향교

10 : 10   출발

10 : 20   남사마을

11 : 00   출발

11 : 10   단속사터

11 : 45   출발

12 : 00   남명 조식 유적
          (산천재, 덕천서원, 남명 묘소)
          점심식사

14 : 10   출발

14 : 20   대원사

15 : 00   귀가

---

＊ 함양과 산청은 남덕유산을 넘어 지리산 둘레를 돌아보는 코스로 답사 내내 자연풍광이 아름다운 곳으로 사철 좋지만, 누정과 고택이 어우러진 풍광을 제대로 즐기려면 여름철에 찾을 것을 권한다. 한편 산청 남사마을과 단속사터 산천재는 산청3매라 불리는 고매가 자라고 있어 그윽한 매화향과 함께하는 답사를 즐기려면 3월 하순경에 찾아가는 것이 좋다. 함양상림은 11월 중순경에 낙엽과 어우러진 가을 단풍이 장관을 이룬다. (산청 남사마을: 경남 산청군 단성면 남사리 / 함양상림: 경남 함양군 함양읍 대덕리)

＊ 대원사를 끝으로 답사를 마치고 귀가할 경우 되돌아 나가 단성IC를 이용하는 것이 보편적이나 대원사에서 산청으로 계속 이어지는 59번 국도를 따라 산청IC를 통해 귀가하는 것도 권한다. 계속 이어지는 59번 국도를 따라 가다보면 밤머리재라는 높은 고개를 넘는데 이곳에서 내려다보이는 풍광이 장대하다. 그러나 겨울철 큰눈이 내리면 다소 불편을 겪는다는 점도 염두에 두어야 한다. (밤머리재: 경남 산청군 금서면 지막리)

860

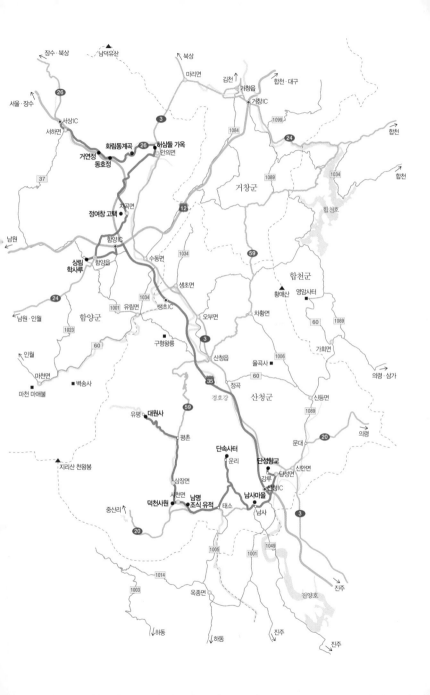

장수·북상
남덕유산
북상
마리면
김천↑
거창읍
합천·대구
서울·장수
26
거창IC
서상IC
서하면
3
화림동계곡
안의면
26
허삼둘 가옥
합천
서울·장수
거연정
동호정
1099
24
합천
37
1084
거창군
1089
1034
합천호
합천군
남원
정여창 고택
지곡면
함양IC
12
함양읍
상림
학사루
수동면
1034
59
합천군
24
함양군
생초면
황매산
영암사터
남원·인월
유림면
1001
생초IC
오부면
차황면
60
1089
1023
구형왕릉
산청읍
가회면
60
안의
마천면
마천 마애불
벽송사
3
율곡사
정곡
60
신등면
의령·삼가
35
1089
경호강
산청군
1006
의령
지리산 천왕봉
대원사
유평
59
문대
20
평촌
단속사터
운리
단성향교
단성면
신안면
삼장면
강루
시천면
남명
남사마을
단성IC
덕천사원
조식 유적
태소
20
중산리
남사
3
1005
1001
1049
1014
1003
옥종면
진양호
진주
하동
하동
진주
진주

# 영남의 산골 마을 —거창과 합천

## 첫째 날

13 : 00   통영-대전고속도로 서상IC

13 : 30   거창 북상면 농산리
           강선교 입구 하차 →도보로 산행

14 : 10   모리재

14 : 40   도보로 농산리
           강선교 입구까지 하산

15 : 10   출발

15 : 20   수승대

16 : 10   출발

16 : 15   황산마을

16 : 55   출발

17 : 00   동계 고택

17 : 30   출발

17 : 45   건계정

18 : 00   출발

18 : 10   거창 숙소 도착

## 둘째 날

09 : 00   출발

09 : 10   침류정과 파리장서비

09 : 30   출발

10 : 00   신원면 괴정리 신원초등학교

10 : 15   출발

10 : 20   박산합동묘역 및 추모공원

11 : 20   출발

12 : 00   영암사터 입구 점심

13 : 00   영암사터

14 : 00   출발

14 : 20   단계마을과 단계초등학교

15 : 00   통영-대전고속도로
           단성IC를 통해 귀가

---

* 거창 북상면 농산리 산중턱에 있는 모리재는 승용차로 갈 수는 있으나, 좁은 길이라 SUV 자동차가 아니면 좀 처럼 권하지 않는다. 모리재에 다녀올 때는 수승대 답사 전 가까이 있는 농산리 석불입상을 함께 보면 좋다.

* 영암사터 입구에는 식사할 곳이 몇 군데 있으나 단체가 식사하려면 미리 예약하는 것이 좋다.

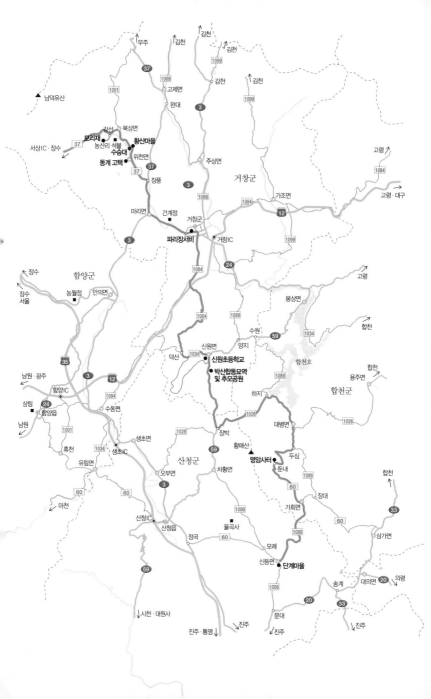

여행자를 위한
# 나의 문화유산답사기 3
경상권

초판 1쇄 발행 2016년 6월 15일
초판 7쇄 발행 2020년 1월 29일

지은이 / 유홍준
펴낸이 / 강일우
책임편집 / 창비 교양출판부
디자인 / 디자인 비따
펴낸곳 / (주)창비
등록 / 1986년 8월 5일 제85호
주소 / 10881 경기도 파주시 회동길 184
전화 / 031-955-3333
팩시밀리 / 영업 031-955-3399 편집 031-955-3400
홈페이지 / www.changbi.com
전자우편 / nonfic@changbi.com

© 유홍준 2016
ISBN 978-89-364-7293-1 04810
          978-89-364-7965-7 (세트)